PKO司令官の手記

なぜ、世界はルワンダを救えなかったのか

ロメオ・ダレール……著　ブレント・ビアズレー……協力　金田耕一……訳

風行社

SHAKE HANDS WITH THE DEVIL
THE FAILURE OF HUMANITY IN RWANDA
by LGEN. ROMÉO DALLAIRE

私の家族、私とルワンダで任務に就いたすべての人びとの家族に、深い感謝を込めて

平和を実現する人々は幸いである、
その人たちは神の子と呼ばれる。

（マタイ第五章九節）

運命に委ねられ、なぶり殺しにされた何十万ものルワンダの人々に捧ぐ

私の命令に従って、平和と人間性のために勇敢に死んで行った一五人の国連兵士に捧ぐ

ロタン中尉	ベルギー	任務遂行中に死亡	一九九四年四月七日
ルロイ上等軍曹	ベルギー	任務遂行中に死亡	一九九四年四月七日
バシン伍長	ベルギー	任務遂行中に死亡	一九九四年四月七日
ロワール伍長	ベルギー	任務遂行中に死亡	一九九四年四月七日
モー伍長	ベルギー	任務遂行中に死亡	一九九四年四月七日
プレシア伍長	ベルギー	任務遂行中に死亡	一九九四年四月七日
デュポン伍長	ベルギー	任務遂行中に死亡	一九九四年四月七日
ユイトブレック伍長	ベルギー	任務遂行中に死亡	一九九四年四月七日
デバティ二等兵	ベルギー	任務遂行中に死亡	一九九四年四月七日
レンワ二等兵	ベルギー	任務遂行中に死亡	一九九四年四月七日
アヘドル上等兵	ガーナ	任務遂行中に死亡	一九九四年四月一七日
メンサ＝バイドー二等兵	ガーナ	任務遂行中に死亡	一九九四年五月九日
ムベイ大尉	セネガル	任務遂行中に死亡	一九九四年五月三一日
ソーサ少佐	ウルグアイ	任務遂行中に死亡	一九九四年六月一七日
アンカー大尉	ガーナ	任務遂行中に死亡	一九九四年七月八日

研究者、ジャーナリスト、親友であり、本書の物語を描くことに懸命であった二〇〇二年六月一日に亡くなった、
シアン・キャンスフィールドに捧ぐ

〔目　次〕

序　ix
地図　xvi
序章 ―― 1
第1章　父に教えられた三つのこと ―― 8
第2章　「ルワンダ？　それはアフリカですね」 ―― 27
第3章　「ルワンダを調査して、指揮をとれ」 ―― 41
第4章　敵同士が手を握る ―― 54
第5章　時計の針が進む ―― 75
第6章　最初の道標 ―― 92
第7章　影の軍隊 ―― 126

第8章　暗殺と待ち伏せ　156
第9章　希望の復活なき復活祭　184
第10章　キガリ空港での爆発　205
第11章　去るか残るか　242
第12章　決議なし　303
第13章　虐殺の報告　346
第14章　ターコイズの侵略　390
第15章　多すぎて、遅すぎる　427
結論　472

人名・地名・用語一覧　485
読書案内　502
訳者あとがき　506

序

この本を書くのに随分時間がかかってしまった。もっと早く書かなかったことを心底悔やんでいる。一九九四年九月ルワンダから帰国した際に、友人や同僚、家族は、記憶が鮮明なうちにこの任務について書いておくように勧めてくれた。ルワンダで何が起こったのか、その全貌を明らかにすると称する本がいくつも本屋の棚に並びはじめていた。しかしどの本もそうではなかった。よく調べてあり、かなり正確であったとしても、いずれの本もルワンダで起こったことを正しく伝えているとは思えなかった。私はこれらの本の著者の多くに手を貸してきたが、いつも、最終的に書かれたものには何かが欠けているような気がした。音、匂い、略奪、非人間的な行為の場面がほとんど描かれてはいなかった。しかし、その空白に取り組み、欠けた部分を書くことが、私にはできなかった。何年もの間、うんざりし、嫌悪し、恐れおののいていた。そして仕事に取りかからない言いわけをしていた。

ごまかしは時代の風潮であるが、私はその大家となった。毎週のように、この問題について話してくれという招待を受けた。先延ばしにしてもジェノサイドをめぐる混乱した感情と記憶から逃がれられるものではなかった。逆に、私はさらに深く引きずり込まれることになった。その後、正式の訴訟手続きがはじまった。ベルギー陸軍が、ルワンダにおける最も親しい同僚の一人であったリュック・マーシャル大佐を、軍法会議にかけると決めたのだ。彼の国は、この戦争がはじまってわずか数時間のうちに、任務遂行中の一〇人のベルギー人兵士を殺害されたのだが、その損失の責任を誰かにとらせようとしていた。リュックの上官は、私にまで追及の手を伸ばすために、自分の部下の一人であり、勇敢な兵士をすすんで犠牲に供したのである。ベルギー政府は、ベルギーの平和維持部隊員の死の真犯人は私である、あるいは少なくとも共犯者に違いないと決めてかかっていた。ベルギー上院のある報告書のせいで、私は自分で身を守らなければならないような場所に兵士を配置させるべきではなかった——私たちにはルワンダ人と任務に対して道義的責任があったにもかかわらず——という見方が強まっていた。私は一時期、ルワンダでうまくいかなかったすべてのことの責任を負わせるのに都合の良い、格好のスケープゴートにされていたのだ。

私は、自分に向けられた非難を苦にしないようにし、任務の失敗に対する罪の意識を軽減するために、仕事をした。陸軍を再編し、第一カナダ師団つまりケベック方面軍の指揮をとり、カナダ全軍の生活環境向上プログラムを作り、将校団の改革に取り組み、あらゆる仕事を引き受けて、懸命に馬鹿みたいに働いた。あまりに懸命に、あまりに馬鹿みたいに働いたおかげで、一九九八年九月、帰国して四年後に、身も心も音をあげてしまった。最後の一撃は、その年初めに、ルワンダ国際刑事裁判所で証言するためにいったアフリカへの旅である。記憶、匂い、邪悪な感覚が荒々しく甦ったのだ。その一年半後、私は陸軍を病気除隊した。ルワンダで一緒に任務についた多くの兵士たちと同じように、私も外傷後ストレス障害と呼ばれる病を患ったのだ。退役したことで、考えたり話したり、可能であれば物を書いたりする時間と機会ができた。私は一冊の本のアイデアを温めていたが、それでもまだ先延ばしにしていた。

一九九四年にルワンダから帰還して以来、私はブレント・ビアズレー少佐と緊密に連絡をとりつづけていた。彼は派遣団の最初のメンバーとして任務につき、一九九三年の夏から一九九四年四月末日に病気でキガリを離脱するまで私と一緒だった。ブレントは、あらゆる機会を捉えては、本を書くように私を急き立てた。最後には、もしあなたがこの話を書かないでいたら、子供や孫たちが、ルワンダが破局へ向かう過程で私たちがどのような役割を果たしたかについて、まったく何も知らないでいることになる、そう説得したのだ。どうやって彼らは、私たちが何をしたのか、とりわけなぜそうしたのかを知るのか？　他の誰がそれに関わり、何をし、何をしなかったのか？　彼は言った。同じような状況に直面した未来の兵士たちに対する責務もある。私たちの経験から、任務をやり遂げるのに価値ある話を彼らも見出すかもしれない、と。この本の執筆のすべての段階で、ブレントが協力してくれた。彼の激励と支援に感謝する。また、彼の奥さんマーガレットと子供たち、ジェシカ、ジョシュア、ジャクソンが、最初の調査と草稿の作成、校正の間、ブレントを貸してくれたことに感謝する。ブレントは最後には原稿の仕上げまでも手伝ってくれたのだ。ブレントが本書のきっかけとなって私をここまで導いたのであり、最も有能な秘書であった。彼は、私がこの著作を書き上げることができるように、毎日をこの仕事に捧げてくれた。オーバーワークと睡眠不足、彼自身の外傷後ストレス障害の苦痛にひどく苦しんでいた時期

序

でさえ、ブレントはつねに要求されている以上の努力をした。彼はルワンダにかかわるすべての面で、私の心の友になった。彼は、ルワンダの大失策に終わった努力について、冷静で客観的な考えや意見を伝えてくれた。延々とつづくルワンダ国際刑事裁判所で彼はすすんで検事側の証人となり、そして私自身が証人となった時には支えとなってくれた。そのことによって、私たちの人生は、前線から帰還した元戦士たちの最良の伝統の中で、固く結びつけられたのである。彼は私を私自身から救い出してくれたのであり、本書の内容だけでなく、ある意味で私が生きているのも彼のおかげなのだ。

特に私は、カナダ・ランダムハウス社が、作家でもなんでもない、ただの病んだ退役軍人にチャンスを与えてくれたことに感謝したい。ランダムハウスが理解し、激励し、支援してくれたことに感謝する。特別な謝意を、編集者であり友人であるアン・コリンズに表する。彼女のアドバイスと励ましと教えがなければ、本書を書くことはできなかっただろう。彼女はずっと、この本は書かれなければならないし、書かれることになるだろうと言いつづけた。何ヶ月もの間、私はそれに必要な努力をしなかったが、彼女は辛抱強く、私に真摯な心遣いをして、結果的に私たちの中の誰よりも我慢強い人間であることを証明した。彼女はリスクを厭わない女性であり、私はその勇気と決断を賞賛せざるをえない。また、エージェントであるブルース・ウエストウッドに感謝したい。彼は、この物語を書くことのできる人間は私しかいない、そう信じていてくれたのだ。彼はつねに友人のような眼差しで私を見守り、ずっと励ましつづけてくれた。彼は親しい仲間になった、私は、出版の複雑な世界における彼の技能と経験を尊敬している。

私は本書を執筆するためににわか仕立ての幕僚をかき集めた。彼らは相互に尊重し合い、協力しながら立派に働いてくれた。ジェームズ・マッケイ少佐は、国際裁判所での私の証言活動のために、また紛争解決の問題について長く研究しており、私にとっては「新しい世代」の人間である。彼の支援に感謝したい。根気強い研究者であると同時に「記録書類の管理者」であるフランシーヌ・アラール海軍少佐は、まだ私がカナダ軍に勤務している時に私のために働いてくれた。六ヶ国語に堪能な彼女は、この本の執筆に関わり、チームの重要なメンバーであった。フィル・ランカスター（退役）少佐に特に感謝しなければならない。彼は、ルワンダでのブレントの後任として、任地での最後の数ヶ月、軍事補佐官を務めた。彼は戦争とジェノサイドに関する章の草稿を作るのを手伝ってくれた。兵士であると同時に哲学博士であり、思いやりに溢れる人道主義者であるフィルは、退役以来、ほぼフルタイムで、アフリカ大湖地域の戦争被災児童のために働いている。彼は本当の意味ではルワンダから帰還しなかったのだ。私は、彼と彼がおこなっている仕事に敬意を表する。

カナダ国防総司令部の「歴史と遺産」部門のディレクターであり、私の士官候補生時代からの同期生であるセルジュ・ベルニエ博士は、本書執筆の間ずっととても暖かく励まし、いつも連絡を絶やさなかった。彼はフランス語版を読んでくれた。また、私がジャック・カストンゲイ博士に帰還報告して、この任務の公式の歴史を作成する際に、資料を提供して手助けをしてくれた。彼は私の人生におけるいつも変わらぬ代弁者である。

それに加えて、多くの近親者、友人、同僚、知らない人までもが、この本を書いている間、私を励ましてくれた。その時々にそれだけ多くの激励が必要だったのだ。彼らにこれからもずっと感謝したい。

今日のルワンダでは、なぜ国連ルワンダ支援団（UNAMIR）、国連、国際社会がこのような災厄が起こるのを放置していたのか、と何百万人もの人びとがいまだに問いつづけている。私は、その問いに対するすべての答えをもっているわけでも、多くの答えをもっているわけでもない。しかし私は、生存者たちとルワンダの未来の世代に対して、憶えているかぎりの経験を是非とも語らなければならない。私は毎日の活動、会合、コメント、感想をノートに記していたが、とりわけジェノサイドの初期には、細かなことまで記録する時間、意志、気力のない日が多くあった。本書での説明は、私が目撃した出来事をできるかぎり追想したものである。私は、自分の記憶を、暗号ファックスに残っていた記録、国連文書、カナダ軍から私に開示された書類に照らして、チェックした。もし場所や人物の名前に綴りの間違いや、日付の記憶違いがあったならば、読者にお詫びしたい。いまでも私には、UNAMIRの派遣団長かつ専任の部隊司令官として下したすべての決定と行動について責任があり、それを説明する義務がある。

妻であるエリザベスは、報いることができないほど私に尽くしてくれた。ベス、何日も、何週間も、何ヶ月も、何年も、私が世界のどこに任務で出かけていようと、本国で仕事に明け暮れていようと、駐屯地練兵場で訓練をおこなって、軍の家族用宿舎で眠っている君や皆を砲声で目覚めさせた時も、家を守り、家族をまとめてくれたことに感謝する。この最後の任務で君が支えになってくれたことに感謝する。この任務は、私の人生の中でも最も困難で最も複雑な努力を要するものの一つだった。子供たち、ヴィレム、キャサリン、ギイには、感謝する。彼らはフルタイムの父親なしに育ったが、つねに私の人生の誇りであり、私の勇気の真の証であり、自分で道を切り開いている。素直に育って、お母さんに感謝してほしい。この本を書いた理由の一つは君たち、私の身近にいる家族だ。だから、ページをめくると、私のルワンダでの経験が君たちに強いたつらい思い、いまだに強いているつらい思いに対する慰めになるだろう——私の経験は、使命感とか「結果はどうであれ」とかをはるかに越えたものだった。私は一〇年前にアフリカに出発した時とは人間が変わってしまったが、君たちはジェノサイドが最も陰惨なものになった期間、君たちが軍と軍のコミュニティから見捨てられた時でさえ、皆変わらずこの老兵に尽くしてくれた。君たちは、平和維持部隊員の配偶者と家族に何が起こったかを直接目にしたのだ。君たちが、新しい世代の帰還軍人の家族の窮状に、私の目をはっきりと開かせてくれたことにこれからもずっと感謝する。本当のことを言えば、カナダ軍生活改善運動をはじめたのは、ほかでもない君たちなのだ。

　本書を四つの異なるグループの人びとに捧げる。第一にまず何より、本書を、ジェノサイドで亡くなった八〇万のルワンダの人びと、および傷を負い、家を追われ、難民となった何百万の人びとに捧げる。二一世紀にジェノサイドを暴き、根絶するのに役立つ情報は増えているが、本書がさらにその一助となることを祈る。本書によって、世界中の人びとが国家利益と自己利益をこえて立ち上がり、人間性というものの存在意義に気づいてくれたらと思う。人間性は、本質において同じ存在である人間のための楯として存在しているのである。

　また本書を、私の指揮の下、ルワンダの平和のために任務遂行中に亡くなった一四人の兵士に捧げる。司令官にとって最も厳しい要求は、生命を落とすかもしれない任務に兵士をつかせることであり、翌日に同じ運命が待っている可能性があるにもかかわらずふたたび兵士を送り出すことである。兵士を失うこと、それは最も想起することが辛い記憶だ。その決定と行動の責任は、究極的には命令した者にある。あの勇敢で、雄々しく、献身的であった兵士の家族たちに、本書で経緯を説明したい。世界の他の人びとが希望すら与えることができなかった時に、あなた方の愛する人びとは、名誉と尊厳と忠誠心をもって任務についた。そしてその任務と引き換えに命を落としたのだ。

　本書を、シアン・キャンスフィールドに捧げる。シアンは本書の影の著者だが、完成を見ることなく亡くなった。ほぼ二年間にわたって、彼女はルワンダに関するありとあらゆることに没頭していた。彼女の超人的な記憶力は研究者の天分である。私は彼女の輝く才気、熱狂、そして戦後数年してから現地で知ることになったルワンダとその国民への愛情を思い知らされた。真実を捉えようとするジャーナリスティックな攻撃性、物語の核心を呼び覚まそうとするエネルギーと熱意が相まって、彼女は私たちのチームの「曹長」の肩書きを献じられた。ずっと一緒に仕事をし、一緒に笑い、私が悲劇的で、胸が悪くなって吐き気をもよおすような、苦痛にみちた何百もの出来事や経験を語るほどに、彼女はたくさんの涙を流した。本書の草稿の最終段階で、内容と作業の重荷でユーモアのセンスと客観性を失ってしまうほど、彼女が疲れ切っていることに気づいた。同じような症状をみせる士官や兵士たちにいつもそうしたように、休息、睡眠、食事、充電のために長い週末休暇を彼女に与えた。週末に出かけた翌朝、彼女が自殺したというニュースを伝える電話があった。シアンの死は、ルワンダ以来感じたことがなかった痛みを私にもたらした。UNAMIRの任務はいまだに罪のない人びとを殺している、そんなようにも思えたのだ。翌週、葬儀に出席し彼女の家族と会ってお悔やみを言った。彼女の死ですべて終わったという感覚とショックで、一九九四年以来私につきまとってきた感情が息を吹き返した。本書の執筆を放棄して、自分の体験談は墓にもっていこうとさえ思ったのだ。彼女と私の家族、特にベス、チームと多くの友人たちに励まされて、シアンにできる最大の供養が本書を仕上げることであり、世界がいかにして何百万人ものルワンダ人と小規模の平和維持部隊を見捨てたかについて物語ることだと気づいた。シアン、この本の大部分を君に捧げる。まるで君もルワンダからの帰還兵であるかのように、君の精神は私と一緒に生きている。この世においてあれほど捉まえがたかった平和を、あの世で見つけられんことを。

本書を捧げる第四のグループは、故国にあっても遠く離れた地にあっても国に尽くしている人びとのすべての家族である。カナダの陸軍、海軍、空軍兵士の配偶者あるいは子供であることは並大抵のことではない。非常に楽しい、エキサイティングな時もあれば、辛くて厳しい時もある。昔は、このような生活はとても貴重で、それだけの価値があるものであった。しかし、冷戦終結後は、政府がカナダ軍の兵員を送り出している任務の性格、スピード、複雑さが、結婚生活に大きな犠牲を強いることになっている。片親だけで子育てしなければならないこと、孤独と疲労、愛する人が送り込まれた戦闘地域から二四時間伝えられるニュースが耳目に与える衝撃、これらが平和維持部隊員の家族のストレスを想像以上に高めるのである。家族は、私たちと共に任務を生きており、同じトラウマを負っている。任務の前も、その間も、その後も。私たちの家族も深く任務に関わっているのだから、その分だけ支援されなければならないのだ。数年前まで、私たち軍のメンバーとその家族の生活の質はどうしようもないほどお粗末であった。政府がこの点で責任を果たすようになるま

序

でに、ほぼ丸九年かかった。アフガニスタンで負傷したり殺されたりした兵士に対してカナダ人が抱く深い感動と純粋な共感を目の当たりにして、この国全体としてはこのような若くて、忠誠心に燃える帰還兵士とその家族に対する責任を最終的に完全に認めると私は楽観している。カナダ国民と国は、私たちのために尽くしてくれた兵士とその家族に対して義務を負っている。このことをカナダ人が理解するのに、本書が役立ってくれればと思う。

以下は、一九九四年ルワンダで起こったことをめぐる私の物語である。それは裏切り、失敗、愚直、無関心、憎悪、ジェノサイド、戦争、非人間性、そして悪に関する物語だ。強い人間関係が作られ、道徳的で倫理的かつ勇敢な行動がしばしば描かれるものの、それは近年の歴史の中で最も迅速におこなわれ、最も効率的で、最も明白なジェノサイドには太刀打ちできない。八〇万人以上の罪のないルワンダの男たち、女たち、子供たちが情け容赦なく殺されるのにちょうど一〇〇日が費やされたが、その間、先進世界は平然と、また明らかに落ち着き払って、黙示録が繰り広げられているのを傍観するか、そうでなければただテレビのチャンネルを変えただけだった。私の父や妻の父はヨーロッパの解放に手を貸した——その時、絶滅収容所の存在が暴き出され、声を一つにして人類は「二度とこんなことはさせない」と叫んだ。それからほぼ五〇年たって、私たちは、この言葉にできない惨事が起こるのをふたたび手をこまねいて見ていたのだ。私たちはこれをやめさせる政治的意志もリソースも見出せなかった。以来、ルワンダを主題にして多くのことが書かれ、論じられ、議論され、主張され、映像化されたが、つい最近に起こったこのカタストロフはすでに忘れられつつあり、その教訓は無知と無関心に埋もれている、そのように私は感じている。ルワンダのジェノサイドは人類の失敗であり、それはまた疑いなく繰り返される可能性があるのだ。

ルワンダから帰還して私は多くの講演をした。その一つが終わった後に、カナダ軍の牧師が私に訊ねた。つまるところ、このようなものを目にして、このような経験した後で、まだ神を信じて生きていけるのか、と。私の答えはこうだ。私はルワンダで悪魔と握手をしたのだから、神は存在するということも分かるのだ。私は悪魔と出会い、悪魔の匂いをかぎ、悪魔に触れた。私は、悪魔が存在するのを知っている。だからこそ、神が存在することも分かるのだ。求めよ、されば道は開かれん。

二〇〇三年七月

陸軍中将　ロメオ・ダレール

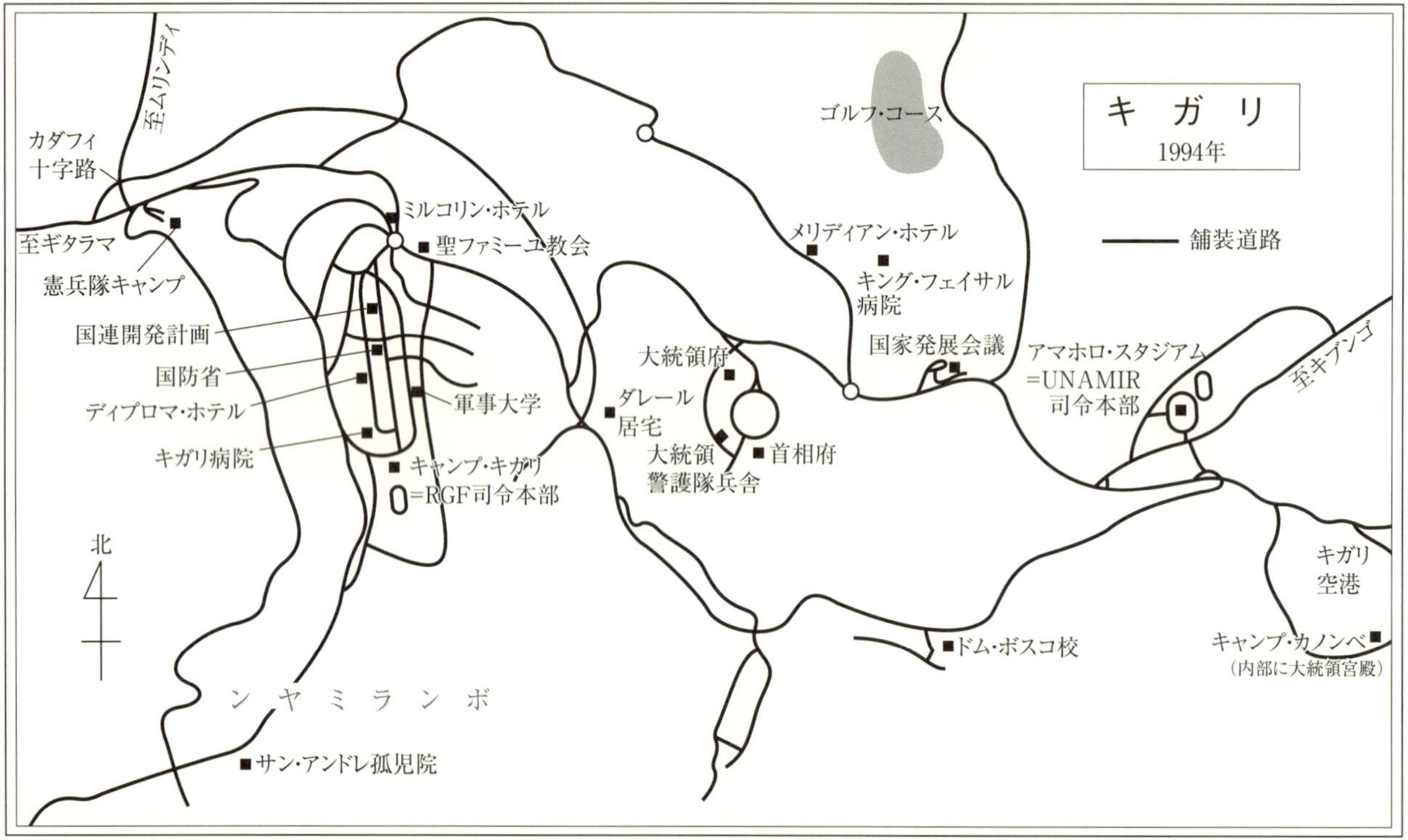
キ ガ リ
1994年
舗装道路
至ムリンディ
カダフィ
十字路
至ギタラマ
憲兵隊キャンプ
国連開発計画
国防省
ディプロマ・ホテル
キガリ病院
ミルコリン・ホテル
聖ファミーユ教会
軍事大学
キャンプ・キガリ
=RGF司令本部
北
ンヤミランボ
サン・アンドレ孤児院
ゴルフ・コース
メリディアン・ホテル
キング・フェイサル
病院
国家発展会議
大統領府
ダレール
居宅
大統領
警護隊兵舎
首相府
アマホロ・スタジアム
=UNAMIR
司令本部
至キブンゴ
キガリ
空港
ドム・ボスコ校
キャンプ・カノンベ
(内部に大統領官殿)

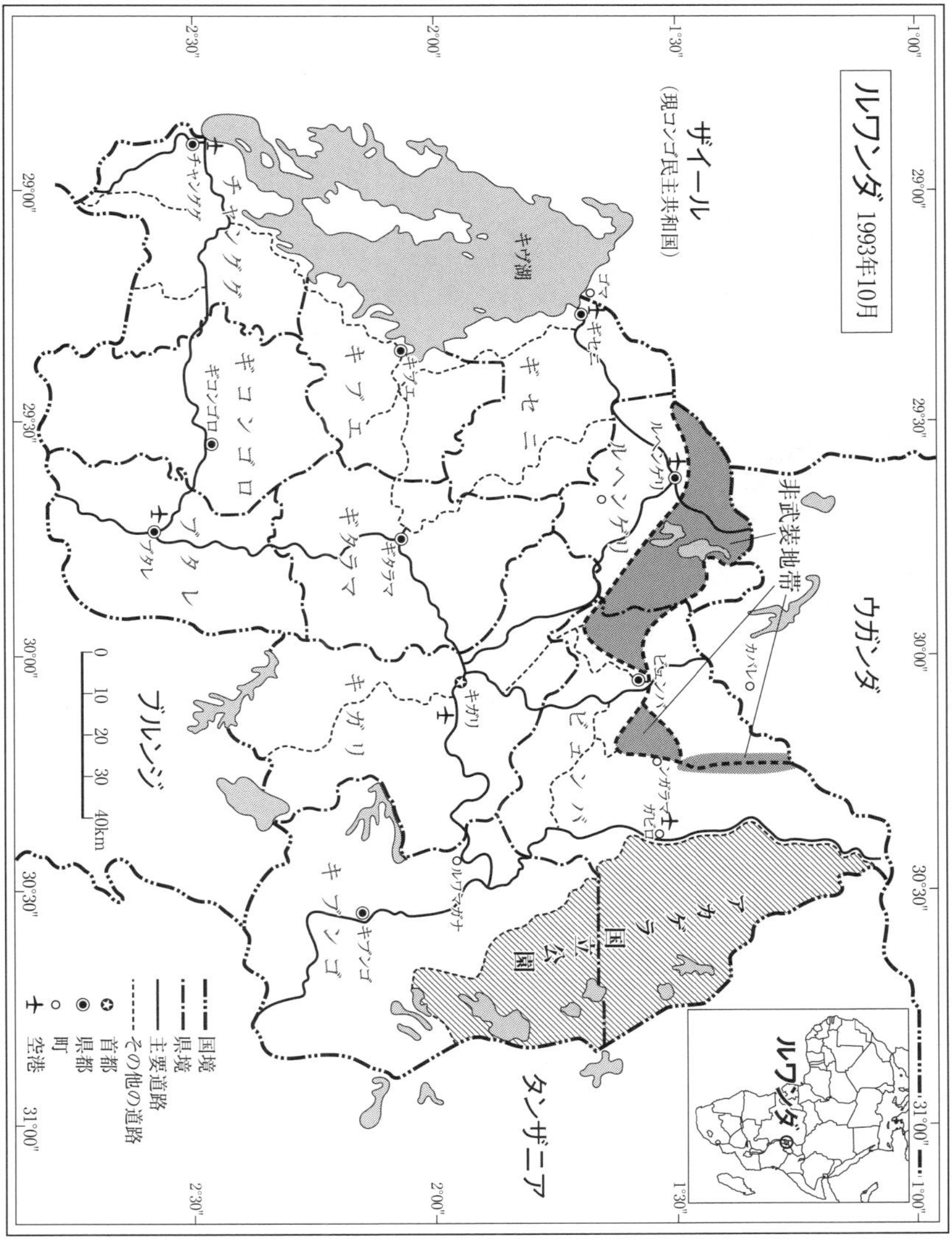
ルワンダ 1993年10月
ザイール
(現コンゴ民主共和国)
ウガンダ
ブルンジ
タンザニア
キヴ湖
非武装地帯
アカゲラ国立公園
チャンググ
ギコンゴロ
キブエ
ギセニ
ルヘンゲリ
ブタレ
ギタラマ
キガリ
ビュンバ
キブンゴ
ゴマ
カバレ
ガビロ
0 10 20 30 40km
国境
県境
主要道路
その他の道路
首都
県都
町
空港
ルワンダ
1°00″
1°30″
2°00″
2°30″
29°00″
29°30″
30°00″
30°30″
31°00″

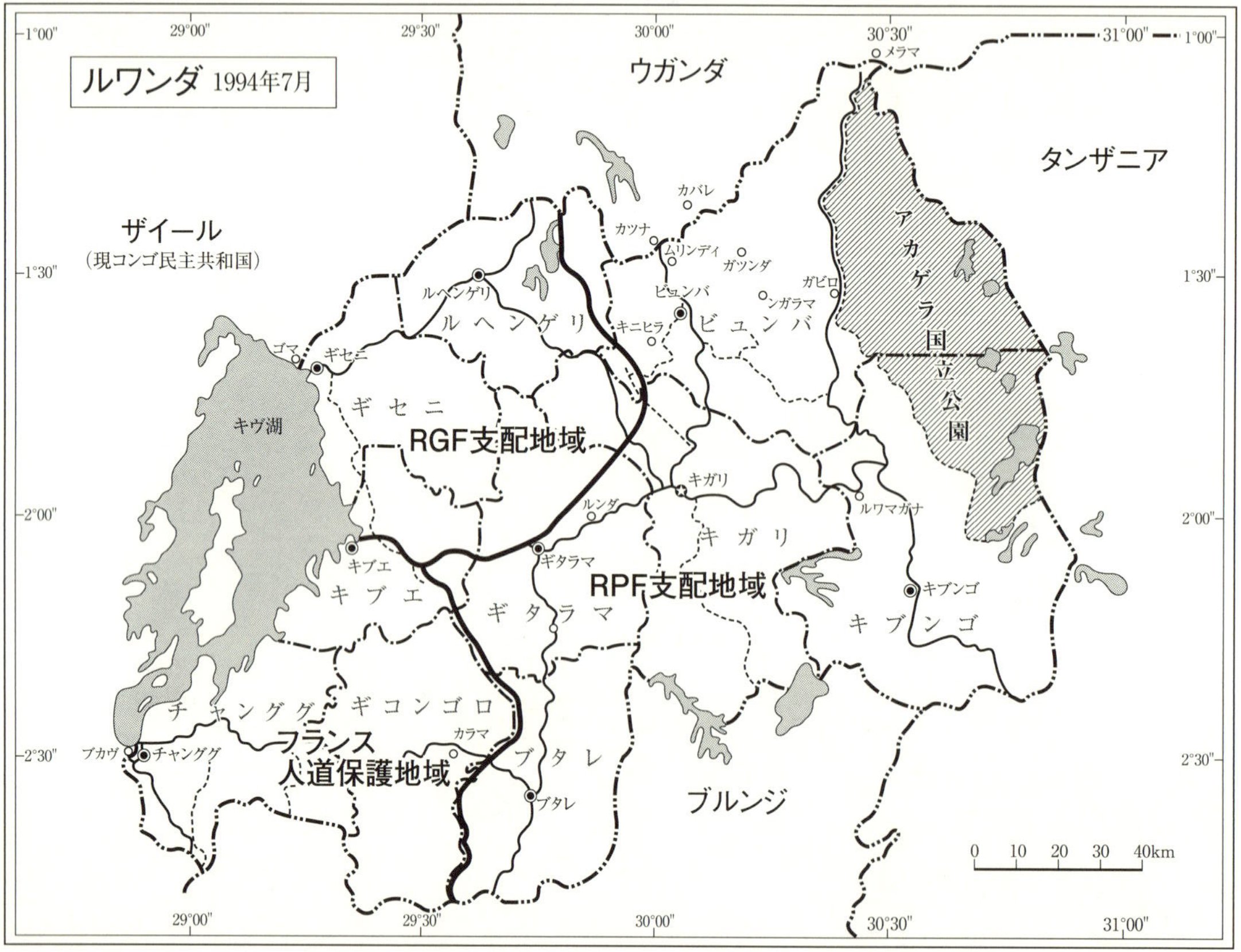
ルワンダ 1994年7月
ザイール
（現コンゴ民主共和国）
ウガンダ
タンザニア
ブルンジ
キヴ湖
RGF支配地域
RPF支配地域
フランス
人道保護地域
アカゲラ国立公園
ギセニ
ルヘンゲリ
ビュンバ
キブエ
ギタラマ
キガリ
キブンゴ
チャンググ
ギコンゴロ
ブタレ
ゴマ
ルヘンゲリ
カバレ
カツナ
ムリンディ
ガツンダ
ガビロ
ンガラマ
キニヒラ
メラマ
ルワマガナ
ルンダ
カラマ
ブカヴ
0 10 20 30 40km
1°00"
1°30"
2°00"
2°30"
29°00"
29°30"
30°00"
30°30"
31°00"

序章

それは、一九九四年五月のまったく申し分ない日だった。青空には雲ひとつなく、そよ風が木々を揺らしていた。過去数週間にわたってつづいた想像を絶する災厄が、ルワンダのなだらかな緑の谷と靄のかかった丘を腐乱した死骸の散乱する悪夢へと変えたなどとは、とても信じがたいことだった。私たちは皆、毎日、悪夢をなんとか乗り越えなければならなかった。ルワンダの国連平和維持部隊司令官として、私はその悪夢について心から責任を感じざるをえなかった。

他の日に比べれば、いい一日だった。限定的で、いつ破綻するか分からない停戦に守られて、私の部隊はどうにか二〇〇人の民間人——ルワンダの首都キガリで私たちの下に避難することを望んだ数千人の人びとのうちのわずかな数でしかないが——を護衛して、政府軍と民兵が配置された検問所を通過し、ルワンダ愛国戦線（ＲＰＦ）の前線の向う側にある安全地帯にまでたどりつくことができたのだ。ジェノサイドがはじまって七週間になる。規律のとれた反乱軍であるＲＰＦ（独立の際に故国を追われて以来、国境を越えたウガンダにあるキャンプに暮らしていたルワンダ難民の子弟で編成されていた）が、キガリに向かって北から掃討作戦をおこない、この国の無秩序と大量殺戮に、内戦という要素を加えることになっていた。

無辜の民という大切な荷を送り届けた私たちは、国連の白いランドクルーザーでキガリへの帰路についた。車のボンネットには部隊司令官の小旗、右後部の旗竿には青い国連旗をたてている。新型のカナダ軍Ｃ－７ライフルで武装した部下のガーナ人狙撃兵が後部座席に乗り、セネガル人の副官ンディアエ大尉が右に座った。私たちはとりわけ危険なコース、狙撃される可能性がある道を走っていた。このあたりの村ではほとんどの住民が虐殺され、わずかに生き残った者は着の身着のままで逃げ出していた。ほんの数週間のうちに、その辺りはまったく人気のないさびしい所になっていた。

突然、前方に子供が道をふらふらと横切るのが見えた。その小さな男の子に近づいて車を停めた。彼を怖がらせてしまったのではないかと思ったが、まったくおとなしくしている。その子は三歳くらいで、汚い破れたTシャツ、ぼろぼろになった下着の切れ端を着て、膨らんだ腹の下にはせいぜい腰巻きといえるほどのものを垂らしただけだった。泥だらけで、髪はほこりで白くざらざらになっている。ハエの群れが、身体のあちこちの皮膚の破れた場所にしつこくたかっていた。その子は、黙って私たちを見つめていたが、私は彼が高蛋白ビスケットをしゃぶっていることに気づいた。一体この子は、この荒れ果てた土地のどこで食べ物を見つけたのだろう？

私は車を降りて、彼に近づいた。多分それは危険なことだったが、私にはその子が天使のような顔、まったく無垢な目をしているように見えたのだ。あまりにも多くの子供たちが切り刻まれるのを目にしていたので、この小さな、まだ手足の残った状態でうろうろしている少年が、希望のように映ったのである。まさかまったく一人で生きながらえることができたわけではあるまい。私は手振りで副官にクラクションを鳴らすように合図して彼の親を呼び出そうとしたが、その音は空っぽの景色に響き渡って、数羽の鳥か何かを飛び立たせただけだった。男の子は立ちすくんでいる。言葉も発せず泣きもせず、ただ立ってビスケットをしゃぶり、大きな、暗い目で私たちを見つめるだけである。それでも、彼が一人ではないのではないかと思い、私は副官と狙撃兵に誰かいる様子はないかと探させた。

私たちは、生い茂ったバナナの木と竹が分厚い葉の天蓋を作っている谷間にいた。無人となった小屋が道の両側にばらばらに立ち並んでいる。少年の側に一人で立っていると、不安で胃が締めつけられるのを感じた。待ち伏せをするには絶好な場所だろう。部下が戻ってきたが、誰も見つけることはできなかった。その時下草の中でサラサラという音がして、私たちは飛び上がった。私は少年を掴み、自分の身体にしっかりと抱き寄せながら、本能的に車と溝の間で防御態勢をとった。茂みが開いて、完全武装した一四歳くらいのRPF兵士が姿を現した。彼は私の制服に気づいて、きちんとした敬礼をし、自己紹介をした。近くの丘にある前線監視所の一員であった。私は、この少年の名前はなんというのか、彼の世話をすることができるものが村には誰か生き残っているのか、と訊ねた。その子には名前もないし家族もいないが、自分と仲間が面倒を見ているのだ、と兵士は答えた。それでビスケットの説明はついたが、子供の安全と健康状態に対する

序章

不安はおさまらなかった。この子には適切な世話が必要であり、私にはそれを与えることができる。私たちはキガリで孤児を保護して面倒を見ており、そこのほうがこの子にとってずっと生活状況は良くなるだろう。そう私は主張した。兵士は静かに、この子は今のまま、彼の仲間と一緒にいると主張した。

私は食い下がったが、少年兵はこの問題について議論する気などなく、とうとう偉そうに、彼の部隊が子供の面倒を見るし、養うと言い放った。私は怒りと不満で顔が赤くなるのを感じたが、その時、子供自身が自分をめぐる議論の最中にこっそりいなくなっていることに気づいた。彼がどこに行ったのか、誰にも分からない。副官が少し離れた小屋の入り口にその子がいて、玄関に倒れている丸太によじ登っているのを見つけた。私は彼を追いかけ、すぐ後を副官とRPFの少年兵がついてきた。私が追いつく前に、子供は小屋の中に消えていた。玄関の丸太に見えたものは、明らかに死後数週間経った人間の身体だった。肉は腐って蛆虫がわき、骨から剥がれかけていた。

死体をよけながら小屋に入ると、蝿の群れが鼻にも口にも入ってきた。中は暗くて、私の前にあるおぞましいものが何か、見るよりも先に匂いで分かった。その小屋は二部屋だけの粗末な造りで、一部屋がキッチンとリビングとして、もう一部屋が共同の寝室として使われていた。泥と木でできた壁に二つの粗末な窓が開かれている。ほんのわずかな光が暗がりに差していただけだが、目が闇に慣れると同時に、リビングの周りにほぼ円形に、男、女、二人の子供の腐乱した死体が転がっているのが分かった。何もついていない白い骨が、かつては皮膚であった、乾燥した皮のようになった外皮から飛び出していた。小さな男の子は、母親の残骸の側にしゃがみ込んで、なおもビスケットをしゃぶっている。私はできるだけゆっくりと静かに彼のそばにゆき、両腕で抱き上げ、小屋から連れ出した。

抱き寄せた小さな身体の暖かさが、私を穏やかな気持ちで満たし、私を混乱した感情から救い出した。この子は生きてはいるが恐ろしく空腹であり、美しいが泥にまみれており、うろたえているが恐れてはいない。私は決心した。この子をダレール家の第四子にしよう。私にはルワンダを救えなかったが、この子を救うことはできるのだ。

その子供を抱き上げる以前に私は、人道支援活動をする人びとおよび戦闘状態にある両軍の代表と、ルワンダの孤児を外国へ連れ去ることは、いかなる場合であれ許可しないということで合意していた。人道支援組織からそのような要請があっても、飛行機で一〇〇人の子供をフランスかベルギーへ移動させる金があったら、三〇〇〇人の子供たちに住む場所を与える孤児院をルワンダに建設し、スタッフをつけ、運営できる、と私は主張した。この一人の少年が、私の主張をすっかり台無しにしてしまった。まるで現代の聖クリストフォロスのように、子供を腕に抱きかかえてモントリオールの空港ターミナルに到着した私を、妻のベスがその子を受けとろうと待ちかまえているのを目に浮かべることができた。

若い兵士が狼のような素早さで私の腕から子供をもぎとって、そのまま茂みの中に連れていったことで、夢想は不意に中断した。彼の部隊の何人かがすでに私たちに銃の照準を合わせている可能性もあったので、しぶしぶランドクルーザーに乗り込んだ。そして後ろ髪を引かれる想いで、ゆっくりと車を出した。

そこを引き上げたことは、間違いなく賢明であった。一人の幼い少年を奪い合うという無益な戦いになったかもしれず、そのために部下の二人の兵士の生命を危険にさらすという事態を避けられたからだ。しかしその時には、正義のための戦いから手を引いてしまったように思えた。それができなかったことこそ、ルワンダでの私たちの失敗をすべて物語っているように思えたのだ。

あの美しい子供は一体どうなったのだろう？　ＲＰＦの前線の奥深くにある孤児院にたどり着けただろうか？　あの後の戦闘で生き残ることができただろうか？　死んでしまったのか、あるいは、彼自身が少年兵士となって、彼の国に広がる終わりのないようにも思える戦いに巻き込まれているのだろうか？

あの瞬間が、兄といってもいいくらい若い兵士の腕に抱かれた少年が森にすっかり飲み込まれていった瞬間が、私を捉えて離さない。私たちは、永続的な平和を実現することが可能になるような安全な環境を確立する、とルワンダの人びとに約束した。しかし、それがどれほど役に立たない無責任な約束であったかということを、決して忘れられないものにした記憶である。ルワンダを離れてほぼ九年になるが、このことを書きながら、一瞬一瞬が明確に、あの音、匂い、色が洪水になって押し寄せてくる。まるで誰かが私の脳を薄く切り開き、ルワンダという名の血まみれの組織を、直接私の大脳皮質に移植したかのようだ。忘れたいと思っても決して忘れることはできない。この何年もの間、私はルワンダに戻って、あの青緑色の丘に自分の亡霊をつれて消えてしまいたいと心から願ってきた。許しと贖罪を求めるただの巡礼としてである。しかし少しずつ元の生活を取り戻すにつれて、もっと苛酷な巡礼の旅をすべき時がきたのだということに私は気づいた。あの恐ろしい記憶をすっかりたどり直し、自分の魂を取り戻す旅である。

一九九四年九月にルワンダから帰還した直後に私はこの物

序章

語を書こうとしたが、しばらく休息をとって、私のＵＮＡＭＩＲ〔国連ルワンダ支援団〕司令官としての役割が、国際社会の無関心、複雑な政治的駆け引き、憎悪と残虐の深い源泉とどのように関連して、八〇万人以上の人びとが命を落とすことになったジェノサイドが結果的に引き起こされたかを整理したいと思った。実際には、私の精神状態はひどく悪化してしまい、そのおかげで、数回の自殺未遂、軍の病気退職、心的外傷後ストレス障害（ＰＴＳＤ）の診断、数えきれないセラピー治療の繰り返しと大量投薬を経験した。これは今でも私の日常生活の一部になっている。

あの年のルワンダでの出来事を詳細に記述したいという気持ち、気力、精気を取り戻すまでに七年も要した。内部関係者としての視点から、どのようにして一つの国が平和の約束から陰謀、民族的憎悪の煽動、暗殺、内戦そしてジェノサイドへと進んでいったのか、それを詳しく物語ること。そして、いかに国際社会が、国連の的外れな命令と無関心、自己利益、人種差別としか言いようのないものによって、このような人間性に対する犯罪に手を貸し、それを煽ったか――私たちの誰もが、何百万の人びとが死に、住む場所を追われ、中央アフリカ全域を不安定化させることになったあの混乱を生み出すのに、どのように手を貸したのか？

ルワンダにおける悲劇的事件をさまざまな角度から探る本や論文の資料は増えている。目撃者の証言、メディアの分析、当時のアメリカ政府の行動に対する批判、明らかに無能な国連に対する非難。しかし、ジェノサイドの発生について国際社会と国家による調査がはじめられてはいるものの、国連の個々の構成国に対する非難はあの手この手で握りつぶされており、特に安全保障理事会常任理事国であるアメリカ合衆国、フランス、イギリスなど影響力をもつ国々についてはそうである。そうした国こそ、何もせずにすべてが起こるのをただ傍観していたのであり、部隊を引き上げるか、そもそも最初からまったく部隊を派遣しなかったのだ。何人かのベルギーの士官がルワンダで犯した罪について処罰されるために法廷に引き出された。キガリ地区司令官を務めたリュック・マーシャル大佐はブリュッセルで軍法会議にかけられた。彼に対する告発の狙いは明らかに、私の指揮下にあった一〇人のベルギー人平和維持部隊員の死に対する責任を、ベルギー政府から逸らせることにあった。最終的に判事はすべての告発を却下し、マーシャルがほとんど不可能ともいえる状況でその任務を立派にやりとげたという事実を認めた。しかし、そもそも彼やＵＮＡＭＩＲ部隊の他の隊員たちがなぜそのような危険な状況に置かれたのか、その理由に決して光は当てられなかった。

そろそろ私の立場からこの物語を語る時である――文字ど

おり、終わるまで何週間もつづいた殺戮のまっただ中にいた者として。あの一番辛かった年の、私の行為、私の決定、私の失敗について公的に説明することが、この悲劇を知的にも感情的にも理解しようとする際に、どうしても外しようのない要素であろう。私たちに信頼を寄せてくれたすべてのルワンダ人、国連の平和維持部隊が来たのは過激主義を抑え、殺戮をやめさせ、危険な旅を永続的な平和へと導く手助けをするためであると考えていたすべてのルワンダ人に対して喪に服することが、私にとって終わることはないということは分かっている。あの任務、ＵＮＡＭＩＲは失敗だった。私は国連安全保障理事会に与えられた杓子定規な指令《マンデート》における人命のコスト、この任務の財政支出の削減、国連の形式主義、政治的駆け引き、そして私自身の個人的限界を十分に承知している。しかしながら、その核心にあるものとして気づいたのは、国際社会が、世界の大国にとってなんの戦略的価値も資源としての価値もないちっぽけな国の、七、八〇〇万のアフリカ黒人の窮状には、根本的に無関心だということなのだ。人口過剰の小さな国が孤立主義に陥って自国民を殺している時、それを目にした世界は、それでも介入しようとする政治的意思をどこにも見出すことはできなかった。今でも私の脳裏に刻まれているのは、ジェノサイドがはじまって最初の数週間に状況「評価」にやってきた少人数の官僚グループの判断である。「我々は政府に、リスクが高いし、ここには人間しかいないので、介入しないように勧告する」

　私の話は、ルワンダの瓦解に関する厳密な意味で軍事的な説明ではないし、客観的、学問的研究でもない。世界における平和の力としての国連がおかした多くの失敗に対する、単純な告発でもない。正義の味方と悪者の物語でもない。そんな話なら簡単に書けただろう。この本は、殺戮されたおびただしい人びとに代わっておこなう魂の叫びであり、権力にしがみつこうとする人びととは想像上の差異を有するという理由で、マチェーテ〔山刀〕で切り裂かれた人びとへの鎮魂である。またこれは、典型的な冷戦期の平和維持部隊のための規則書《ルールブック》では想定されていなかった課題に直面し、有効な解決法を見出すことができなかった一人の司令官の物語である。あたかもその懲罰でもあるかのように、自分の部隊の何人かが命を落とすのを、一つの民族集団を絶滅させようとする試みを、胎内から出てきたばかりの子供が殺されたのを、薪のように積み上げられた無数の手足を、陽の光にさらされて腐ってゆくばらばらにされた死体の山を、私はこの眼で見たのだ。

　本書は、人びとが平和の果実を味わうのを手助けするという任務を与えられた人間たちの行動を説明したものでもなんでもない。それどころか、私たちがしたことといえば、悪魔

序章

が地上の楽園を支配し、守られなければならなかった人びとの生き血をすするのを、ただ傍観していただけなのである。

第1章 父に教えられた二つのこと

これまでずっと、最愛のものは陸軍だった。陸軍こそ私の恋人であり、女神であり、家族であった。子供のころでさえ、どこに行きたいのか、何をしたいのかについて何の疑いももたなかった。最初のおもちゃは、カナダ陸軍のジープの非常に不細工な模型だった。それは、第二次世界大戦後、母と私が父に会いにケベックに来た時、戦争で荒廃したオランダからもってきたものだ。男の子らしく、私は、両親が用で出かけて一人で留守番をさせた時も、大きな居間の敷物の上に戦場を作っていれば幸せであった。夏のコテージでは、私は巨大な砂の要塞を建設して、防衛作戦を展開したものだ。私のありったけのミニチュアと何百ものプラスチック製の兵隊をつかった演習にすっかり夢中になって、銃砲が戦闘の帰趨を支配しているような古い戦場を夢見たものである。私はつねに砲兵であり、感動的に勇ましく近づいてくる騎兵と一団となった歩兵を、砂の大きな塊で攻撃したのだ。

私は戦争ごっこをしていたわけではなく、戦争を、はるか昔のことではあるが私にとっては生き生きとした時間の中で、一人で生きていた。カーペットや砂の上で作戦を展開していない時には、陸軍の歴史に関する本を熟読し、派手な赤と青のサージの制服に身を包み、ナポレオン戦争で重砲と軽砲からなる砲兵中隊を指揮する大尉になっているところを夢想した。そうした場面はあまりにもリアルであったため、私は火薬の匂いをかぎ、馬のいななきを聴くことができたのだ。戦場のスリルと興奮が私の中を駈け抜け、私が育ったモントリオールの東端の憂鬱な灰色の街から私の気持ちを救い出してくれた。

私は、陸軍軍人の家族に生まれた。三人の子供の一番上で唯一の男の子だった。だからおそらく、軍人としての生活が

1 父に教えられた三つのこと

職業になったばかりか、情熱になったとしても驚くべきことではないだろう。私の父はカナダ陸軍の下士官であり、母はオランダからの戦争花嫁だった。二人は、父が一九四五年冬の防御戦の後方にある、アイントホーフェンに駐留している時に出会った。母は看護学生であり、友達と一緒に病院に行く途中、街の一角にあった臨時野営地をとおりかかった。彼女たちは、カナダ人たちがあまりにもひどい状態で暮らしているのを見た。凍てつくような冬の雨の中のテントで、暖房も水道もなかった。私の母の家も含めた地域の家庭が、カナダの部隊を家に寄宿させてほしいと頼まれた。特務曹長ロメオ・ルイ・ダレールは誰もが振り返るような、鋭い青い目をした大男だった。母は二六歳でまだ独身であった。何やかにやで、あっという間に一九四六年に私が生まれた。

父はその時四四歳だったが、屈強で印象的な風貌をした男で、いつも年齢より若く見られた。彼は困難でかなり孤独な人生を送っていた。一九〇二年にケベック州の東部の郡にあるセトフォード鉱山のアスベストを採掘する街で生まれた。若くして両親が亡くなり、サスカッチワン州のノース・バトルフォードの近くに大きいが収益性の低い農場を所有する、冷酷で吝嗇な婚期をすぎた叔母のもとで暮らすため、西へと送られた。叔母との生活は苛酷な肉体労働の連続だった。時々まともな夕食をとるために、父は捕まえた鶏をしめ、堆肥の山の上に放り投げた。叔母には鶏が寒さで死んだにちがいないと話した。鶏を無駄にしないために、彼女はそれを調理してディナーにしたのだ。彼女との生活があまりに堪え難かったので、成年に達するとすぐに農場を離れ、働きながらゆっくりとケベックへの帰路についた。

彼は二十代を放浪して歩き、見つけた仕事は何でもやったおかげで、肉体労働の生々しい跡が残る逞しい男になった。一九二八年、二六歳の時王立第二二歩兵連隊に二等兵として入隊して、ようやく彼は兵士生活に落ち着いた。その当時、第二二連隊はカナダ陸軍で唯一のフランス語系部隊であり、一般には「ヴァンドゥーズ」〔the Vandoos. フランス語の二二番目（vingt-deuxième）を誤って英語読みしたもの〕と呼ばれていた。

ヴァンドゥーズで父はようやく家族というものを見つけ、兵士の間に育まれた友情と深い信頼の絆を味わった。一九三一年、彼は陸軍補給部隊に配属された。これは、輸送、装備、保守、給与その他、軍の機能維持を受けもつ後方支援部門である。当時はまだ補給部隊は馬を引いており、叔母の耕作馬の世話をして、馬を操るこつを身に付けていた父は本領を発揮した。

第二次世界大戦がはじまると、海外に配属され、初めは北スコットランドでシャルル・ド・ゴール将軍の自由フランス軍パラシュート部隊隊員を訓練した。しかし、そんな割のいい仕事でも寒さと湿気にはうんざりした。最終的に第二カナダ軍団第八五橋梁中隊に配属され、イングランド南部での延々とつづく演習を終えて、部隊は一九四四年Dデイのひと月後にノルマンディーに上陸した。一九四四年から四五年にかけての冬の間、カナダ軍はナイメーヘン南のドイツ国境から、マアス川沿いにオランダ諸島をとおって、河口にあるダンケルクにいたる三二二キロを越える戦線を維持した。その長く厳しい冬の間、彼はライン川を渡河してドイツの背後を突こうとする絶望的な戦闘で、多くの友人たちが粉々に吹き飛ばされ、叩き潰されて絶叫し、血まみれの肉の塊になるのを目の当たりにした。

その頃には父は特務軍曹になっており、あちこちを回って二五〇台の車両と架橋機械の保守をおこなう現場を任されていた。すでに四〇歳をすぎている彼は老兵であり、現場の最古参であったが、ほとんどどんな戦闘機械でも保守し修理する技術をもっていたおかげで、人がうらやむような評価をえていた。彼は優秀な調達屋だったが、それは実際的なカナダ陸軍の上級下士官にとっては不可欠な技術だった。というのは、カナダ陸軍はつねに他国の部隊に比べるとでもなく物資が不足していたからだ。カナダの兵士は、部隊の役に立つのであればどんなものでも取引きし、物乞いをすることで有名だった。三〇年後、東西ドイツ境界線沿いで、疑うことを知らないアメリカ兵に対して、それと同じ手練を部下の下士官が使っているのを見た。カナディアンクラブ・ウイスキーの四〇オンス・ボトルをエンジンそっくりと交換したのだ。ある時など、私の部隊の移動野戦厨房から暖かい食事を届けるという約束で、一週間の間に八基の対空ミサイルを手に入れることができた。このような取引きには大雑把なルールがある。個人の利得のために調達した者は誰であれ追放される、というものである。父に言わせれば、自分の利得のために取引きするのは仲間から盗むのと同じことであり、軍隊で犯す犯罪のうちでも最悪のものだということになる。

戦後、父はほぼ一年間駐留し、カナダ軍の車両をオランダとベルギー政府に寄贈するのを見届ける戦後プログラムに従事した。その仕事のためにアイントホーフェンを訪れる機会を得て、可愛い若いオランダの女性がほどなく私の母になったわけである。

カナダに帰還すると解隊が急ピッチで進んでおり、父は即座に戦中の階級であった軍曹の階級を剥奪され、二本線の袖章の伍長となった。母はこの処遇に激怒した。彼女はわざわざオタワまで出かけ、カナダ陸軍総務局長にあらゆる手を使って抗議した。まもなく父の階級は元に戻された。それでも父は、再訓練の機会も昇進の機会も蹴り、ケベック中を周っ

1 父に教えられた三つのこと

て装備検査をして一〇年をすごした。一九五七年に退役した後、父は民間の仕事を得てさらに一〇年間、苛酷な条件でモントリオールのイーストエンドにある陸軍の重機作業場で働いた。

めったに自分の体験を私や、緊密な絆で結ばれた仲間の退役軍人以外の人間に話すことはなかったものの、戦争はまだ彼にとりついていた。私が知っていた父は、タフで無口であり、自分に閉じこもって内省にふけった。そんな不機嫌な様子が訪れると、家族は父を避けるようにした。

母、キャサリン・ヴェルメッセンは生粋のオランダ人であり、信仰心に篤く、家事にうるさい人だった。大家族を残して、六ヶ月の赤ん坊を連れて大西洋を渡り、それまで軍隊にしか感情的絆をもたなかった一五歳年上の男に嫁いできた。ハリファックスの二一番埠頭に私と一緒に到着した母は、他の何千人もの戦争花嫁と一緒に赤十字の列車に乗った。それは妻と子供たちを、場合によってはあまり気乗りしない夫と父親の元へ送り届けるためのものであった。戦争花嫁とその子供たちに対しては、かなりの敵意が向けられていた。母は一目置かれる人物にはなったものの、決してモントリオールのイーストエンドの閉鎖的な世界にすっかり溶け込むことはなかったし、また彼女を奇妙な外国の考え方をするよそ者、違った世界の住人と見る文化の中でいささか途方にくれていた。

彼女は言葉や感情を無駄に使うような女性ではなかったが、戦争はかなり深い傷を残していた。時々、おそらくひどい孤独感から、彼女は私に秘密を打ち明け、物語を次から次へと語ったものだ。私は彼女と一緒に、戦争中の暗くて、危険な通りへと押し流された。彼女は、死んだ友人たちについて教えてくれた——とりわけ彼女の脳裏に生き生きと残っていたのは若いユダヤ人で、ゲシュタポに真夜中に捕えられ、ホロコーストの悪夢の中に消えていった。どの話をくりかえす時も、ドアをピシャッと閉める音が聞こえ、月明かりに光る不吉なブーツ、若者の白い引きつった顔、恐怖に見開かれた暗い目が見えるようだった。

彼女は、ライン川へ前進するカナダ陸軍の先方にある都市や農地を叩くために連合軍の爆撃機がもたらした音と恐怖——そして希望——についてよく話してくれた。連合軍がナイメーヘンとアーンヘムを攻撃する間の、輸送機の音と、見渡すかぎりの空を埋め尽くす何千というパラシュートの光景を話した。彼女と家族が、子供時代には街の目印だった、何世紀も前の塔と優雅なカテドラルが炎に包まれるのを見たことを語る時、無言の恐怖が伝わってきた。彼女は私に戦争の悲惨な被害を教えたが、そうしながらも、彼女のお話ではカナダの兵士は英雄だった。彼らは叙事詩的な救い主であり、戦争で破壊された土地に光と希望、生きる喜びをもたらしてくれたのだ。彼女は私に、わくわくするようなカナダの誇りを教え込んだ。カナダ国民はこの戦争に脅かされていたわけではないにもかかわらず、ナチの暗い力から世界を救うために若者を犠牲にしたのだ。これらの物語は私に深い影響を与えた。同世代の多くの人びとは戦争を終わらせようと決意して熱心な平和活動家になったが、彼らとはちがって私は正反対の教訓を学んだ。私は、自分自身の自己利益をこえたところにある利益を見据え、世界の大部分の平和と安全を脅かす悪を打ち負かすために命を投げ出す勇気というものを知った。この自己犠牲のモデルに倣おうとして、居間の敷物の上で戦争ごっこをしていたわけである。

私たちの最初の家は、タール紙を貼った臨時兵舎、H宿舎であり、しかもそれを他の二つの家族と共有していた。父と補給部隊の何人かの友人が苦労して建築資材を調達し、住居を独立した部屋に分割したが、トイレとバスはまだ共用だった。そこには一九五一年まで住んだ。ようやく父に自分の家を買う余裕ができたのだ。

軍の給料は安い。子供たちを養うために、父は時には近所の車を修理して給料以外にも稼いだ。下の妹ヨランダが生まれたのは、父が五〇歳の時である。私たちが住んだのは戦時住宅で、すぐ目と鼻の先にある石油精錬所と化学プラントが辺りに濃く厚い雲の有害物質を吐き出していた。当時モントリオールのイーストエンドは、北米でも最大の石油化学産業の中心地の一つであった。あまり大気の汚染がひどいために外で遊べない日もあった――汚染で喉がひりひりして家に帰ってむせかえった。どの家も安物の粗雑な造りで、地下室もセントラルヒーティングもなく、石油ストーブと石油の入った大きな燃料用ドラム缶が窓の外に置いてあった。冬になると、窓枠の下には小さな氷柱ができ、隙間風を防ぐために挟んでおいたタオルが凍った。冬の風はドアの下と窓枠の周囲でヒューヒュー鳴り、寒さが私たちの暖かな巣であるベッドにその鋭い指先まで伸ばしてきた。

その土地は乱暴で荒っぽいブルーカラーが住む一画であり、生き残るには腕力が必要だった。地域の住人は二つの教区に分かれており、一つはフランス語系のカトリック、もう一つは英語系あるいは英語を選択した移民のプロテスタントであり、それぞれ別の学校、教会、クラブに行った。人びとは自分たちのやり方にこだわりがちだった。私たちはフランス語系の教区に住んでカトリックを信仰していたが、母は英語が堪能であったためか、英語を話す人びとといるほうが寛ぐことができた――英語を話す人びとは彼女と同じように新

1 父に教えられた三つのこと

しくやって来たカナダ人だったのである。彼女は、オランダでの子供時代のガールスカウト運動を懐かしく思い、カナダ・スカウト連盟に加入したが、それは英語系のプロテスタント学校で活動していた。彼女は私をその最初の集会に引っ張ってゆき、そこに行くことを許すのはただ英語を上達させるためにだけだ、と断固として言った。私はカブスカウトが好きで、何人か親友もできたが、当時、カブスカウトは英語を母国語とする人びとの団体であるだけでなくイギリス国教会派の団体だった。火曜日の夜にカブスカウトの集会に行ったら、水曜日の朝早くに告解に行かなきゃ、というジョークを飛ばしたものである。

カブスカウトであることは、宗教だけでなく付き合いの上でも影響があった。フランス語系の子供たちと英語系の子供たちは別々に仲間集団を形成しており、強いライバル意識をもっていた。両方に友達がいるということで、私はうさんくさい、考えようによっては、裏切り者のような存在になった。そのために生きるのが楽になったわけではない。妹のジュリエットがまだほんの五歳か六歳のころ、家の裏庭でおこなわれたフランス語系と英語系の仲間の間での投石合戦の十字砲火にあったことを覚えている。フランス語系の友人と私が妹を助け出した。彼女の後頭部が切れて血が流れていたので、柵の向うの安全地域にまで彼女を運んだ。それから反撃に出ると、英語系側はあわててタール紙でできた小屋に逃げ込んだので、私たちはそれに火をつけはじめた。私たちの攻囲が突然終わったのは、見るからに巨大な一人の母親が介入したからだ。数日後、私はまだ小さな妹に怪我をさせた英語系の子供たちをやっつけた。最終的には停戦を結んだが、次に出会った時には、気づいたら私は英語系側に加わっていた。そんな具合に、行ったり来たりしたのだ。

私は、聖ガブリエル修道会が経営する地域の男子だけのカトリック・スクールに通っていた。修道士たちはしばしば、たいていは夕食時に、両親を訪ねて家に立ち寄った。父はコロンバス騎士団のメンバーであり、草の根レベルで自由党を組織したことで有名でもあり尊敬もされていた。母は、女性の自由党組織と慈善活動に深く関わっていた。しかしながら、修道士たちの訪問は必ずしも私にとっては居心地のいいものではなかった。というのは、私が授業中にぼんやりしているとしばしば愚痴をこぼしたからである。

私の数少ない取り柄といえば、合唱隊で独唱することくらいだった。合唱隊の指揮者レオニダス修道士は、とても厳格ではあるが才能ある音楽家であり、私たちのレパートリーの中でも数少ない英語の歌を私が歌えるので喜んでいた。彼はいつも私たちを合唱コンクールに引っ張り出したが、たいていかなり良い成績を収めた。

私はまた、皆がうらやむミサの侍者を務めた。それはいい副業で週に二五セントになったし、それ加えて結婚式や葬式ではさらに割り増しで一〇セントがついた。すぐに私は、葬式の方がずっと手が込んでいて、そのぶん結婚式よりも儲けが良いこと、音楽もまたずっと良いことを知った。

だが、通りを渡ったところにある修道女会の学校に集まる女の子たちの間では、私はダンスがうまいことで知られていた。もっとも女の子の手を握るところを決して修道士に見つからないように注意しなければならなかった。そのような異性交友は即座に処罰される。辞書のページを写す、教室の隅で跪かせる、といったものである。修道士と修道女は、学校の行き帰りに男子生徒と女子生徒が口をきいたりしないように、見通しの良い窓に陣取って目を光らせていた。男子と女子が一緒になるのを許される唯一の機会がフォークダンスの練習で、初めは教区が、後には学校が主催した――厳重な監視の下に。あらゆるフランス語系カナダのフォークダンスを教わったが、他の国のものもあった。特に好きだったのがユダヤ系のダンスで、本物らしくするために、堅くて冷たい体育館の床が実際には柔らかくて暖かい砂漠の砂だとイメージして、裸足で演じたことが忘れられない。女の子たちの素足を見るスリルは堪えられないものだった。

高校時代に父の旧友が家に立ち寄るまで、勉強よりもスポーツに関心をもつ平凡な生徒としてすごした。その人は、父の戦友で少佐だった。二人は一晩中戦争時代の話をし、私はそれに聞き耳を立てていた。まだ私は兵士になる夢を捨てていなかった。私は陸軍の練習生となって、モントリオールの南にある第一次世界大戦時の陸軍キャンプがあったファーナムのテントで、一夏をすごしたことがあった。そこで作戦行動とマシンガンの撃ち方を、朝鮮戦争と第二次世界大戦の復員軍人から教わった。私は彼ら教官を偶像のように崇拝していた。

思い出話が途切れたところで、父が言った。「ところで、家の息子は陸軍大学に入ることを考えているんですよ」

少佐は笑って私の方に顔を向けた。「それはいい、きみ。成績はどうだい?」

私は彼に教えた。

「きみ、そんな成績では陸軍大学などとてもおぼつかないぞ。八〇点台――しかもむらなく八〇点台――でなければ相手にもされない」彼の言葉に重みを加えたのは、父の時代には陸軍大学は士官の息子だけが入れるところであったということである。下士官の子供はそれまで入学を認められていなかったのだ。

少佐が帰ってから父は、明らかに私の気持ちを思いやって、

1 父に教えられた三つのこと

あまり口をきかなかった。しかし、私は老少佐の話し方、私を見つめる目に、それとは違ったメッセージを感じとっていた。本当は、私ならやれると思っていたのであり、私の成功への意欲をかき立てようとしていたのだ、そう確信した。友人であるミシェル・シュブレットの成績ははるかに私の成績をしのいでいた。私は彼の助けを借りて、どうやって勉強に本腰をいれて取り組めばいいかを教わった。家族も、そして私自身も驚いたことに、私の平均は第九学年で七二パーセントだったが、第一〇、一一、一二学年では九一パーセントに上った。部屋のドアを閉めて、ラジオをつけ、自分を勉強に打ち込む気にさせた。週末になると、ミシェルと私は時には一二時間ぶっとおしで勉強することもあった。一一年生の時分には、実際ある日曜日の午後に両親が私を廊下に追い出して、家族はもうこれ以上おまえと暮らすのはやめる、おまえに会うのが食事の時だけというのはうんざりだ、と言ったものだ。両親の言うとおりだった。そそくさと食事を終えて皿を洗うと、私は部屋に消えた。しかし私はきまりを破った。私には勉強と仕事に没頭する傾向があるが、いまだにそれを止められそうにない。

卒業直前に、修道士たちは、私たちが人生の将来の方向についての神の導きをじっくりと考え発見できるように、静修〔黙想のために閉じこもること〕させた。私たちの大部分にとって、静修に行くということは『プレイボーイ』とチョコレートバーを仕入れることを意味したが、そうしている間にも、私の風変わりな考えは変わらなかった。私たちは告解に行き、私は従軍司祭を引退した、太った老神父と話すことになった。ちょっと身なりが汚くて、黒いスータン〔神父の日常着〕にはケチャップが染みついており、不器用に剃られた顔は青く、目は充血している。そして、骨張った膝を冷たい石の床に押しつけて、何を言ったらよいか分からないまま、私はそこにいた。長い、居心地の悪い沈黙の後で、彼は私を汚れた眼鏡越しに眺めて、どのように人生を送ろうと計画しているか、と訊ねた。私は、陸軍大学に入学を希望しており、父と同じように陸軍で職を得たいと答えた。彼は椅子にゆったりともたれて、懐かしそうな響きを帯びた声で「ああ、軍人ね」と言った。「ねえ、軍人っていうのはとても変な連中なんだよ。外から見ると、タフで、とてもきつくて、厳しい連中に見えるんだが、その外見の下では、一番人間的で、思いやりがあり、逆境を生きている人びとにとても強い愛着をもっているんだ」これは、まさしく私が父と父の陸軍仲間に見た奥深い感情を言い表わす言葉だった。そして、私とあの老少佐の間を流れた感情でもあった。その言葉は、やがて、私の部隊と私の間につねに存在した深い尊敬を表現することになるのである。

私はケベックの静かな革命の世代であり、両親と同じように、六〇年代初頭にケベックの首相であったジャン・ルサージュが唱えた構想の熱烈な信者であった。二〇年近くにわたってケベック州を自分の個人的領地のように経営したモーリス・デュプレシが敗れて、ケベックは暗い、四〇年代五〇年代の教会による分断〔カトリック教会による支配〕を大胆なエネルギーで、打ち破った。それは完全に時代に合っていた。学校で私は、教師たちが先頭にたつ大きな運動「正しいフランス語」に加わった。それはフランス語の尊重、さらには崇拝を強調するものであり、フランス語に忍び寄りつつある英語化に対する攻撃であった。私の世代は、カナダの内部でのフランス語系カナダ人少数派の権利に対する平等な承認を求めることに、自信をもつと同時に情熱を傾けた。ジャン・ルサージュの言葉でいえば、「カナダでは『フランス人』と『イギリス人』が名前であり苗字が『カナダ人』である。私たちは、過去の遺産に対して忠実でなければならないが、また同時に私たちのまさに個人性、魂である名前にも忠実でなければならないのであり、私たちはそのことに劣等感も優越感ももつ必要がないのである」

しかし、私は、フランス語系カナダ人の権利と差異を承認するという点では、他の領域よりもはるかに遅れている軍隊文化に入ろうとしていた。五〇年代には、カナダ軍は、朝鮮戦争と新しく編成された北大西洋条約機構で生じた需要に応えるために、新兵補充をはじめていた。ケベックからの陸軍の採用数はめんくらってしまうほど少なかった。ケベック州からの採用可能数は、英語系が支配して極度にフランス語系カナダ人に非寛容であった軍によって抑制されていたのだ。一九五二年に、トロワ・リヴィエール出身で野党の勇気あるメンバーであったレオン・バルセルが下院で立ち上がり、ルイ・サン＝ローラン首相に、採用人員が少ない理由、特に軍全体でフランス語系士官が少ない理由について問い質した。彼はケベックに大きな影響をもたらすことになる政治的騒動に火をつけたのだ。多くの調査と委員会の後、サン＝ジャン王立軍事大学（CMR）が一九五二年に設立された。J・E・P・ベルナチェス少将とジャン・ヴィクトール・アラール大将は、当時将軍の地位まで登りつめた唯二人のフランス語系カナダ人であったが、彼らのような先駆者が、舞台裏で不平等をなくし、フランス語系士官を教育・養成するために後押しし、せっついた。私は、過去にカナダ軍を支配していた田舎者的な狭量な政策をなくそうとする記念碑的努力の恩恵を蒙る一人となったのである。

軍事大学に出発する前夜、父と私は家の近所を散歩した。

1 父に教えられた三つのこと

私は一八歳で永久に家を出てゆこうとしており、父は、自分に与えることのできる最善のアドバイスを私が聴きたがっていると考えているようだった。下士官の息子が軍事大学に入学できたことを父はとても誇りにしていたが、彼はもし陸軍で出世したいなら、名前をダレールからダレアズに変えるべきだと勧めた。一番の希望は砲兵になることだったが、彼の経験ではフランス語系カナダ人は砲兵では通用しない。父は、名前を変えることなどただの処世術にすぎないと言わんばかりに、素っ気なくこのアドバイスをした。本当に陸軍で出世しようと決めたら、金持ちにはなれないが、送りうる人生の中で最も満足のゆく人生の一つを送ることになるだろう、と彼は言った。それから、満足をえるためにはおまえも、将来もつことになるかもしれないおまえの家族も大変な犠牲を払うことになるだろうと警告した。感謝されることなど期待してはならない。兵士というものは、もしも満足をえようとするならば、一般市民も政府も、場合によっては軍それ自体さえ、彼がどのような犠牲を払ったかを分かってくれることなどない。それを理解していなければならないのだ、と。私は、名前は変えないことに決めたが、それ以外の彼が苦労してえた知恵を理解しようと努めてきたし、それにしたがって生きようと努めてきた。

軍事大学は、すべてがまったく私にとっては新しい世界だった。サン＝ジャン旧砦の跡に、それは設立されていた。その地は、一七七五年、チャールズ・プレストン少佐とフランス語系カナダ人民兵、インディアン、数人のイギリス正規兵からなる部隊が、アメリカの将軍リチャード・モンゴメリーに抵抗したところである。彼らがモンゴメリー麾下の大部分をなぎ倒し、将軍の到着を遅らせた結果、大晦日にケベックの玄関口で前が見えなくなるほどの吹雪に巻き込まれた将軍は敗退した。一六六六年に砦が築かれて以来、ずっと兵士によって守られてきた。この場所は、過去の戦いの亡霊とともに生きつづけており、私はわくわくしながらホールを歩き回った。

週末になると、クラスメートと一緒にモントリオールによく出かけた。そこで私は、私が育った狭いイーストエンドの教区とはまったく違った都市を経験した。六〇年代のモントリオールは、劇場、ビストロ、音楽、自分たちに特有の伝統と文化に熱烈な誇りをもつ若いフランス語系カナダ人の芸術家や知識人が次々と現われることで生み出されたジタン的〔ジプシー的〕空気で、活気に溢れていた。私たちはいろいろなディスコ・バーに、ミリタリーカットの頭をカツラで隠して踊りに行った。これは、ディスコの用心棒の目をくぐり抜けるためで、警察の風紀係か軍憲兵隊員と間違えられるからである。もちろん、私たちはケベック民族主義派《ナショナリスト》に加わり、そのおかげで、英語主義者の砦たるカナダ軍に入隊することをめぐる白熱した議論に巻き込まれた。そして私たちは、ヴェトナムで起こっていることや、冷戦における核戦力の増強を理由に何であれ軍事的なことには反対する平和主義者に出会った。時には、私たちはもっとボヘミアンなクラブや居酒屋から追い出され、また時には、相手側のきわめて説得力のある議論に説き伏せられ、あやうく決心を変えそうにもなった。もちろん、場合によって妥協もした。特に、酔っぱらったり、若い美しい女性がいたり、その場の空気に漂う例の非合法な物質の刺激的香りに影響されてのことだが。あらゆる休暇の機会も使って、厳しく統制された男ばかりのキャンパスから逃れて、当時のモントリオールの通りに息づいていた若い豊かな文化の中に飛び込んだのだ。

私のサン＝ジャン王立軍事大学での三年間は幸せな三年であったが、学業の面では遅れをとった。正直にいえば、私はクラスをどん尻で卒業したのだ。私はまったく世事に疎いまで入学し、できるだけ短い時間で、その経験の欠如を取り戻そうと決意した。スポーツの代表チーム、政治討論、セックス、酒盛りとロックンロールの中で、自分を見失った（そして発見した）おかげで、成績はぼろぼろだった。

同級生と私はごたまぜだった。私たちのうちの中には軍人という職業について真剣に考えていたものもいたが、多くの連中はそうではなかった。中にはヒッピー同然の連中もいて、髪を長く伸ばし、授業をさぼって煙草の煙が充満するコーヒーハウスで、ボブ・ディランやレナード・コーエンに相当するフランス語系の歌手であるジル・ヴィノーやテックス・ルコールを聴きにいった。私のようなもっとマッチョな、科学・機械系のタイプと同じように、そうした連中も私の遊び仲間であった。まったく違った環境からやってきた人びと、芸術や文化を愛し、私とはまったく正反対の政治的見解をもつ人びとと付き合うことは、刺激的なことだった。

サン＝ジャン王立軍事大学の生徒数の七〇パーセントはフランス語系で、三〇パーセントは英語系だったが、私はかつて近所の子供たちの間でもそうであったように、二つのグループを気楽に行き来した。特に、英語系の大部分がフランス語系の中に入れられて突然に自分たちが少数派になったと気づいた時の、二つの離れ島に蔓延する不安感がよく分かるので、私はそれぞれのグループを相手のグループから擁護した。私は決してどちらか一方の集団に完全に属することはなかった。二つの集団を隔てるフェンスに坐っており、つねに少しばかり引き裂かれていた。議論に負けて、フランス語でも英語でもすぐに言葉を発することができなくなって、自分に癇癪を起こすこともしばしばあった。しかし、一方の側だけに自分を縛りつけないことで、頭の固いクラスメートが見逃している微妙な感覚を理解することができたのだ。

　最初は一八三人のクラスだったが、その中から一〇〇人超が卒業し、オンタリオのキングストンにある王立軍事大学（ＲＭＣ）へと進んで、さらに二年間の教育を受けることになった。そこで私は非常に異質の、必ずしも好意的ではない環境に出会った。キングストンでは、いまだにイギリスの植民地時代の過去に強く結びついた、アッパー・カナダ〔オンタリオ州の旧イギリス植民地〕の底流に触れた。私たちの教育はバイリンガルでおこなわれることになっていたが、英語系とフランス語系との間には深い溝があった。ケベック人は強固な派閥を組み、自分たちの間だけで付き合い、しばしばキングストンの厳格なプロテスタント精神と大学の英語系の連中から受ける継続的苛めから逃れて、モントリオールの週末にいつもの活気を求めた。

　しかしおそらく私たちは、極端に保守的な機関がこれまでに出会った中でも、最も自信にあふれたフランス語系カナダ人であっただろう。私たちは引き下がらなかったし、同化することもなかった。時代の精神の虜になって、時には、平等を達成するために必要な些細な戦いをすることもあった。

　一九六七年の夏、友人のほとんどが夏季訓練をモントリオールで受けることを選んだ。それは都会の生活に浸り、万博の興奮を味わうためだった。しかし私はマニトバのシロを選び、大草原の香りを味わっていた。シロは初めて戦闘指揮官かつ砲兵隊員が自分の天職であると確認した場所だ。一九六五年の夏、そこに初めて行った時に、私たちは丘の斜面に坐って生の砲撃訓練を見せられた。それは素晴らしい背景で、カーベリー砂漠（カナダで唯一の砂漠）の白い砂丘が、明るい青空の下できらきら輝いていた。その前年にＲＭＣを卒業したばかりの若い士官が、自分の任務を説明した。彼は重砲の実射責任者であり、現場にいる九〇人が直接の指揮下にある。身体の内の奥深くから沸き上がる興奮と、指揮を執ることによる集中力で、彼の顔は火照っていた。彼は砲手たちに急速部隊展開をやらせて見せた。私たちは砲が丘の向う側から現われて私たちの左手で、ワルシャワ条約軍に見立てられた三キロ離れた標的に照準を定めるのを見た。若い士官は、指揮台に立つ指揮者のようにその真ん中にあるトラックの上に立ち、砲、弾薬車両、測量班、自衛のための台座付重機関銃の即時配置を命じた。すべてが配置につくと、彼は怒鳴った。「撃て！」凄まじい爆発音とともに砲が弾丸を吐き出し、標的のすぐ右で土煙の大きな柱が立ち上がった。「左二〇〇。撃て！」砲手はその命令を速やかに効果的に遂行して、ほとんど無言で命令どおりに繰り返し砲撃した。私は、音と恐ろしいほどの破壊にすっかりまいり、無煙火薬の匂いに夢中になった。一人の若い士官の命令の下に全員が一丸となっているのを目にして、まさにこの時この地で、これこそが私が入ることになる兵科だと決意したのだ。

だから、友人たちが夏をモントリオールに帰っている間、私はシロに戻った。そこでしくじれば陸軍大学から見放されることになりかねないにもかかわらずである。毎年夏をなんとか生き残ることができたのは、ひとえに、同級生が砲火射撃訓練に特有の隠語《ジャーゴン》について救いの手を伸ばしてくれたからだ。一九六七年の夏は、四〇人のクラスにフランス語系カナダ人が私だけだったので特に厳しかった。さらに悪いことには、私たちの担当教官はまるまると太った砲科指導者で、RMCの「生意気な秀才」が大嫌いであり、私に惨めな思いをさせようと決めていた。彼は私を首席教官の前に進ませて、他の失敗だけでなく「flippant」だとこき下ろした。私は彼の非難を認め、敬礼して自分の宿舎に戻り、落第させられるに決まったと考えた。私には彼が言った言葉の意味が分からなかった。ただルームメイトが強く言うので、私はプレッシャーに負けてへこたれないことにした。とうとう私は教官にflippantの意味を訊ねた。「生意気だ」ということだと彼は答えた。あきれたが、私は我慢した。

その後で、七月二四日の夜、事態はさらに完全に悪くなった。食事に少し遅れて行くと、テレビ部屋のドアからほど近い場所が空いていた。その日のトップニュースは、フランス大統領シャルル・ド・ゴールがモントリオールの市庁舎のバルコニーから群衆に向かって敬礼し、「ケベック万歳、ケベックの自由万歳」と叫んでいた。テレビに写る群衆は喜びを抑えきれずに大声で怒鳴っていたが、食堂は静まり返っていた――食堂で唯一人のケベック人を見ようと、椅子の位置を変える際の床をこするくぐもった音以外は。私にはまるで、ニュースがそのシーンを二〇回も繰り返しているように思えた。そしてその度に、さらに多くの視線が突き刺さるように感じた。ニュースが終わると、ゆっくりと食堂は空になった。誰も私に近寄らず、誰も私に話しかけなかった。私はこの国を分裂させようと脅かしている悪の帝国の一員であった。沈黙はほとんど丸二日つづいた。私が敬遠された理由は、私がどういう人間であるかではなく、私がどういう人間であるとされているか、であった。この経験は私の記憶に焼き付いている。

その秋RMCに戻ると、私の将来には暗雲が立ちこめていた。夏の訓練でのひどい成績、大学でのさらにひどい学業成績では、落第は間違いなかった。しかし、最後の最後で、私は、集中力を発揮するというかつての習慣を取り戻して、徐々にではあるが確実に成績を挽回していった。

一九六八年の秋、ピエール・トルドーが首相に選ばれ、二言語二文化に関する王立委員会の予備報告書が出版され、言語の問題はさらにいっそうＲＭＣで重要な問題になった。一一月には、フランス語系の四人の同級生が二ヶ国語問題に関する委員会を作り、フランス語系候補生が大学で直面する諸問題について概略を述べた覚書が作られた。委員会はそれを司令官に提出し、小さな波紋を引き起こした。委員会のメンバーは司令官の前での説明を求められた――民族主義的な傾向を抱いているとして譴責を受けている若い士官候補生にとってはぎょっとするような経験である。しかし、彼らはきわめて論理的で原理原則に忠実な態度のおかげで勝利をえて、小さな変化をもたらすことができた。カナダ軍にとどまった者たちは、陸軍の内部でのフランス語系の権利を監視し擁護しつづけようと決意した。私たちは、自分たちの文化的アイデンティティについて気楽に話すことができた、ＲＭＣにおけるフランス語系カナダ人の最初のクラスである。しかしそうであったにもかかわらず、一緒に軍事大学に入ったフランス語系士官候補生一三〇人のうち、一九六九年春に実際に卒業したのは五八人しかいなかった。

私は、できたばかりのフランス語系カナダ砲兵部隊の一つ、ヴァルカルティエのカナダ第五軽砲兵連隊に配属された。これは一九六八年冬にアラール将軍とピエール・トルドー首相によって設立されたもので、古い英語系連隊を解隊してフランス語系部隊を作ったので、かなりの物議を醸していた。私たちはゼロからはじめて、文字どおり連隊を作り上げた。ほとんど装備も事務的補助もなく、借家にオフィスを置いていたのである。当時のカナダ軍の四〇〇〇人の砲手のうち、フランス語を話すものは一〇〇人足らずしかいなかった。とうとう私たちは、フランス語能力はゼロでもフランス語系の苗字をもつ英語系カナダ人兵士と、ケベック以外で働き、長く英語の中で仕事をしていたためにほとんどまったくフランス語を忘れてしまっていた兵士を集めた。それは苛々するような仕事だった。というのは、ありとあらゆる英語文書をフランス語に翻訳することに多大の時間を割かなければならなかったからである。しかし、ヴァルカルティエで、私は本当の意味で、連隊の歴史に加わっているという気分を味わった。

一九六九年までに、ストライキと学生の抗議活動に煽られて、ケベックの雰囲気は次第に暗くなりつつあった。その中にはかなり過激なものもあった。突然怒りの波が州を切り裂き、人びとの心に火をつけた。分離過激派は、文化と言語的アイデンティティを求めるこみ入った闘争を、英語系支配者に対する戦いに作りかえてしまった。ケベック人が――タクシーの運転手から医療労働者に至るまで――一連の大規模ストライキと大衆デモのために通りに出るにおよんで、まるでケベック州が暴動の瀬戸際にあるかのようになった。

当時はテロリストもいた。ケベック解放戦線（ＦＬＱ）は一九六三年以来ケベック州で活動しており、独立フランス社会主義国家の設立を呼びかけ、資本主義システムの打倒と、独立フランス社会主義国家の設立を呼びかけていた。ケベック解放戦線は激しい爆弾闘争を宣言し、その標的はモントリオールの三つの地区の兵器庫であり、前首相ジョン・ディーフェンベイカーが乗る列車攻撃未遂も含まれていた。さらに別の攻撃の結果、爆弾専門家として従事していた兵士を不具にすることになった。攻撃の規模と暴力の程度は、一九六九年から一九七〇年にかけて次第に大きく、強くなった。

ヴァルカルティエでは、私たちは黙々と武装蜂起を阻止する訓練をおこなっていた。皆、警察当局から暴動を阻止するための手助けを求められる可能性が高いということを知っていたが、どれくらい状況が悪化するかは誰にも分からなかった。第五連隊の最初の年、私たちは群衆統制、要人・重要地点保護の訓練をおこなった。看守がストライキをおこなっている間、何度も秩序回復に呼び出され、いくつかの大規模なデモでは群衆を散らすのを手伝った。その中には、銃撃が発生したマーレイ・ヒルのバス運転手ストライキもある。一九六九年にモントリオール警察隊の三〇〇〇人の隊員が仕事を放棄した時には、私たちが治安維持にあたった。ストライキは五日間にも及んだ。その月の後半、ケベック・シティの議事堂に四万人がデモをかけた時に、警戒態勢についたのは私たちである。私たちは何日も何週間も砲廠に泊まり込み、武器を手に立哨をした。ぴりぴりとした興奮が部隊を走っていた。そのうち真価を試されることになる、と感じていたのだ。

一九七〇年一〇月五日、イギリスのケベック貿易委員ジェームズ・クロスがウェストマウントの自宅から誘拐された。ケベック解放戦線はＣＢＣ放送で声明文をフランス語と英語の双方で読み上げることを要求し、政府はクロスの生命を助けるためにしぶしぶながらそれに従った。声明文は「すべてのケベック人の完全な独立」と「政治犯の釈放」について語った。その時、前国防参謀総長であったアラール将軍とその家族はケベック解放戦線に尾行され、トルドーを暗殺する陰謀があるという噂もあった。これがカナダでかつて起こったことだとはとても信じられない。ケベック解放戦線が面倒を引き起こすただの短気者連中なのか、もっと悪意のある何かを表明しているのか、誰にも分からなかった。それから一〇月一〇日に、ピエール・ラポルトが誘拐された。まるで、来るべきものが来たという感じだった。

感謝祭でモントリオールは寒い日だった。私は長い週末を実家ですごした。月曜日、たぶん召集がかかるだろうと父が言った。その時点では、私はまだ状況がそれほど深刻だとは

1 父に教えられた三つのこと

考えていなかった。その夜ケベック・シティまで車で帰り、一一時三〇分頃地下にある小さなアパートに着いた。落ち着いたと思った途端、電話が鳴った。私たちは召集されていた。苦労して戦闘服を身に着けて階上に登り、大家と奥さんにしばらく出かけるので手紙をとっておいてくれと告げた。夜中に叩き起こされて、玄関に完全武装でヘルメットを被った私を見つけた、あの品のいい中年夫婦が心中どんな気持ちだったか想像がつく。ケベックで内戦がはじまったと確信した奥さんは、叫んで気絶しそうだった。私は慌てて彼らを安心させた。

ヴァルカルティエで三日間の厳しい訓練を受け、移動命令を受けた。政府は戦時措置法を発動し、危機の間、市民権が停止された。私たちの交戦規則には、暴動行為を鎮圧するための実弾の使用が含まれていた。それは、発砲のみならず、誰かを撃ち殺す可能性が現実にあるということを意味していた。この状況は、二三歳の私を、私の軍歴の中でも最も困難な倫理的かつ道義的ジレンマに陥れた。私自身の家族親戚は、古くからの近所の友人たちと同様に、分離主義運動を支持していた。制圧するように命令されている敵対する群衆の中に、いつ見知った顔を発見するかもしれない。その時どうすればよいのだろう？　自分の家族に発砲することができるだろうか？

若い少尉として、四一人の兵士を指揮していた。もし射撃命令を出すのであれば、その命令の正統性に私がほんのわずかでも疑念をもっているなどと彼らに気づかせてはならない。少しでも確信が揺らげば、それは部下に伝わってしまう。少しでも躊躇いがあれば混乱が生じて、罪のない犠牲者がでることになるだろう。一瞬のうちに、私は心の奥底にある個人としての忠誠心を脇にどけ、任務を優先できなければならない。私は自分のルーツに対する忠誠心を脇にどけ、心から国に対する忠誠心を抱くことができるようになるまで、この問題について何時間も格闘した。私は、深いコミットメント、過去の友情、家族関係やエスニシティを考え合わせたうえで、完全に自分の選んだ道は正しく公正であると考えた。

一〇月一七日、カナダ全軍が展開した。部隊はオタワ－ハル地域に西から移動し、ペタワワからの部隊がモントリオールに入った。降下連隊がエドモントンから飛来し、サン＝ジャンの軍事大学に予備隊として待機した。私たちの旅団の大部分はケベック・シティに展開した。私の連隊は国会議事堂と他の政府庁舎、それに州の政治家を守るために配置された。膨大な数の部隊がモントリオールに輸送され、何十台ものハーキュリーズ輸送機がオタワに飛来した。私たちは長い隊列を組んでヴァルカルティエから、さまざまなルートで街の中心に入った。隊列の先頭を車で走っていると、人びとが車のクラクションを鳴らし、手を振ってくれたことを憶えている。中には、こんなことがカナダで起きていることが信じられず、ショックを受けて私たちがとおりすぎるのを見ている人もいた。

その日の遅く、ケベック内閣の大臣ピエール・ラポルトが殺されているのが発見された。彼の死体はモントリオールで乗り捨てられた車のトランクに押し込められていた――ケベック解放戦線は、私たちが力を大規模に見せつけたことに対して、明白に暴力的なやり方で応えたのだ。

展開を終えると、日常的な仕事のやり方がきまった。三ヶ月の間、私たちはつねに、六時間の見張り、六時間の休息、三週間ごとに一日の休暇というペースで勤務した。私たちは「共同ベッド」をしていた。つまり、寝袋を引きずって、自分と交代で勤務につく兵士が出たばかりの簡易ベッドに倒れ込むというわけである。私の部隊は、議事堂の外の立哨と、オールドタウンの中心にあるシャトー・フロンテナック・ホテルに近い州裁判所庁舎を交代で担当した。ケベックの骨の芯まで凍える寒さの秋と冬の間ずっと、二〇分間中に入って身体を温めるために休憩をとるだけで、六時間の勤務をこなした。よく、誰かが撃ちはじめようとしても残業するのはごめんだ、という冗談を言ったものだ。私たちは、分離支持者たちからかなり激しい非難を浴び、からかわれたり、文句を言われたりした。連隊の中のかなりの数の英語系隊員には基地外に住む家族がおり、家を突きとめていやがらせをするようなトラブルメーカーから、実際に家族を守る術がなかった。隊員にはめったに休暇が認められなかったので、彼らは家族が心配でならなかった。彼らの不安はしばしば、対峙している若いフランス語系カナダ人との間の険悪な場面で爆発した。フランス語系兵士は両方から敵意をもたれた。彼らの中には分離主義派の家庭出身の者もいて、裏切り者よばわりされた。同時に、多くの仲間からは、信頼できない「カエル野郎」［フランス人に対する蔑称］というレッテルを貼られていたのだ。

私は、朝鮮戦争の帰還兵で、気難しい古参軍曹であるロイ・チアソンと一緒に巡回した。まったく何事も起こらなかったので、つねにこの作戦の性格について隊員たちの注意を喚起する必要があった。また隊員には、自分たちのおかれた困難な状況についての相談役が必要だった。軍曹と私は、寒さの中、隊員たちを叱咤激励して何時間もすごした。これまで私はしばしばリーダーとしては「感情的」であり、十分にマッチョではないと非難されてきたが、この職歴の最初の段階でさえ、指揮の秘訣はオープンであること、隊員に対して共感できると同時に距離を置き、いかなる任務を与えられても、自分と隊員にはそれを達成する能力があると、つねに最高の

1 父に教えられた三つのこと

自信をもつことだと信じていた。

幸運なことに、一〇月危機は、致命的な武力が必要な段階にまではエスカレートしなかった。しかし、当時としてはきわめて厄介なものに思えるような、危機一髪の状況があった。一一月末の身を切るような寒さの夜、部下の兵士たちがケベック司法省と中央裁判所を警備していた。私は、五、六人の小さな予備部隊と一緒に建物の中にいた。あたりは静まりかえって、一緒にその建物を受け持っていたケベック市警の警官が、私たちが来たから退屈だと不平を言うほどだった。突然、一台の車がタイヤをきしらせながら通りを走ってきて、一人の兵士の前で急停車した。ドライバーが車から降り、早口でののしりながら、なんの前触れもなくいきなり兵士を激しく殴ったために、その兵士は入院することになった。私は建物の周囲に歩哨を立たせて、全員で互いをカバーし孤立しないようにしていたのだが、誰も自分の配置場所を離れて仲間を助けに行こうとはしなかった。というのは、これが罠かおとりである可能性があったからだ。彼らは無線で応援を要請してきたので、私たちは助けるために外に飛び出した。しかし、無線周波数をモニターし、どんな些細なことでもやりたがっていた警察も、応援要請を聞いていた。数秒後、サイレンの音高らかに屋上灯をつけた六台の警察車両が、狭い通りを猛スピードでやってきた。逞しい警官たちが車から飛び出し、その男を引き離して、いかに衝動的なことであるにせよ、兵士を襲ったことを後悔させにかかった。後になって警官の一人が言った。「誰も兵士たちに怪我をさせて、軽い罪で済ますことはできない」警察が兵士を守ってくれたのだが、兵士は法と秩序を守るためにいたのだ!

私は部下の兵士を誇りに感じた。彼らは、信じられないくらいひどい挑発にも乗らず、訓練したとおりに対応した。チアソン軍曹と私でそのレベルの技術と規律を隊員たちの間に作り上げることができたこと、彼らが頭を働かせて命令にしたがったことは、嬉しいことだった。これが、私が本当の意味で部隊を指揮するということを味わった最初の経験であった。

一九七〇年一二月三日、陸軍情報部の部隊が、ジェームズ・クロスを人質にしているケベック解放戦線の細胞のおおよその場所を突きとめた。王立第二二連隊の歩兵のほぼ全員で、北モントリオールのなんの変哲もないテラスハウスの一画の周囲にネズミ一匹逃さぬ包囲網をしき、国中が待ち受ける中、危機を解決するための最後の緊張した交渉がはじまった。数時間後、痩せて青い顔をしたジェームズ・クロスが、誘拐犯たちに急き立てられて出てきた。誘拐犯たちはユーコン輸送機に乗って、キューバに行くことを認められたのだ。こうして危機は終わった。一月には、私はヴァルカルティエでの、いつもの平時における任務に戻ったのである。

第2章　「ルワンダ？　それはアフリカですね」

カナダ軍のどの連隊でも、年長者――上級士官やいまだに連隊生活と親密な繋がりをもっている退役士官――のインフォーマルな協議会がある。それぞれの連隊の文化や性格は、彼ら年長者によって決まるのである。彼らの重要な責任の一つは、いわゆるストリーマーを選ぶこと、つまり年長者たちが将来の将軍になれる適切な素質《ライト・スタッフ》をもっていると信じる若い男性、女性を選び出すことである。この過程が公式にアナウンスされたり認められたりすることは決してないが、それに選ばれると、あたかも見えない手が伸びて導いてくれるように、注意深く選ばれた指揮官や幕僚の地位が回ってきて、キャリアをつむことになる。それによって、さらに高い指揮をとる能力があるかどうかを試され、その準備をすることになるのである。ストリーマーになっても、成功が約束されたわけではない。逆に、与えられた指揮をしくじれば、キャリアはそれで終わりとなるか、少なくとも遅れてしまうわけだ。

　私にストリーマーになる最初のチャンスが訪れたのは、一九七一年の春だった。私は約三週間にわたって連隊での訓練を受けていたが、その最終日に、ケベック州バゴヴィルの北で空中戦訓練をおこなっていた二機のＣＦ５戦闘機が空中衝突を起こした。パイロットは深い森で行方不明となった。バゴヴィルの空軍基地は救助を開始しようとしたが、ヘリコプターのうち一機が着陸しようとして墜落し、さらに負傷者を増やすことになってしまった。私の連隊は緊急即応部隊の任務をもっていたため、捜索の救援に出動を命じられた。

　その前夜、訓練の終了を祝って、ちょっとした祝宴が開かれていた。ＰＸの利益で買った大量の食料とビールをもち込んだ大パーティーとなった。砲兵中隊に、ひどい二日酔いになっていない者などいなかった。いつものように、私は完全にお祭り騒ぎに浮かれ、砲兵中隊司令官ボブ・ボードリーに呼ばれた時には、ひどい頭痛に苦しんでいた。彼は口数の少ない堂々とした紳士で、いきなり要点に入った。「君は先遣隊を率いることになった」と彼は言った。「ヘリコプターが、ヴァルカルティエで君たちの部隊を待っている。ヘリは君たちを北へ送り、そこで君たちは空軍と連携して捜索を開始することになる。連隊の他の部隊は約二日後に合流する」

私は耳を疑った。二日酔いかどうかは別にして、独立して指揮をとる機会を与えられているのだ。つらい仕事の命令であるにしても、私たちにとっては、自分の気概を試す夢のような機会を与えられたのだ。

私たち四〇人は二、三台のヘリに詰め込まれて、最後に飛行機の位置が確認された地点にほど近い伐採キャンプに飛んだ。私はすぐにベースキャンプを設営し、ケベック北部の深い、道なき森林での苛酷な捜索活動を開始した。三日目までに、私たちは苦労して枯れ木や朽ちた切り株を踏み越え、ひどい筋肉痛になり、足がもはや上がらなくて、丸太と低く茂った低木でつまずいたり転んだりした。

その頃には、連隊の他の部隊も私たちに合流していたが、私たちはそれまでに苛酷なペースで捜索をしていたので、ずっと前方にいた。とうとう、五日目になって、私たちの部隊の一人が大声で叫んだ。行方不明になっているパイロットの一人のヘルメットを見つけたのだ。私たちはそのエリアを暗くなるまで捜索したが、何も得られなかった。翌朝、低空での捜索とバゴヴィルからの救援チームが、パイロットの身体が、木の横にじっと坐っているのを発見した。彼のパラシュートは枝に引っ掛かっていた。目的を達成したと感じた満足感が押し寄せたが、無残な若者の姿を思い浮かべると、すぐにその満足感もしぼんでしまった。その知らせを聞いた時に、皆静かになったことをまだ憶えている。彼は知り合いではなかったが、国に尽くして死んだのである。彼と彼の家族のために祈りの言葉をつぶやかなかった者は、一人としていなかった。

他のグループが最終的に別のパイロットの死体を探し当て、私たちは連隊の他の連中よりも先にバゴヴィルに帰って一晩すごした。部隊は宿営し、私には士官クラブが割り当てられた。私は装備を片づけてから、陸軍の緑色の戦闘服を着てバーに向かった。ほとんど一月近くその戦闘服を着ていたことになる――いい匂いがするとはいえなかった。バーには何人かのパイロットがいて、亡くなった仲間を悼んでいた。彼らは私が何者かを知っており、私の部下の隊員たちがこの五日間、パイロットを探して森と奮闘していたことを知っていた。私にビールを奢るどころか、彼らは解散して私を一人残した。誰も私に近寄ってきて言葉をかけたりはしなかった。

私はだんだんこの無言の扱いに当然の怒りを感じてきた。そして半分ほど飲んだグラスをバーに叩きつけると、ビールがそこら中に飛び散った。私はバーを飛び出した。落ち着きを取り戻したところで、父の言葉を思い出した。軍隊で満足したいのなら、誰かにサンキューと言ってもらえるなどと期待するな。たとえその士官が血を分けた兄弟であったとしても、馬鹿げた軍内部のライバル関係を越えて、握手しようと手を差し出すことはありえないだろう。

陸軍での平時におけるキャリアとは何か？ 実力が試されるような武力衝突がない時代に、どうやって指揮官として身を立てればよいのだろうか？ 私は、多くの良質の訓練任務を与えられた。それはある面で、すでに結婚して子育てをしていた多くの同僚とはちがって、私がまだ独身で手が空いていたからだと思っている。私たちの多くにとっては、陸軍は何にもまして高貴な職業でなければならなかった。もし陸軍が家族をもつことを望んでいるのであれば、家族を配給してくれるだろう、というのが昔ながらの考え方であった。私は十二分に仕事に専念し、その結果すぐにもう一つの厳しい軍事的教訓をえた。訓練においてさえミスは命取りになる、というものである。

私はケベック地区の市民軍事組織に二年間配属され、一九七一年カティマヴィックと呼ばれる、若者たちに基礎的な予備役訓練を提供する、非常に大がかりな計画を運営していた。家族もちの兵士は優先的に休暇が与えられ、上級士官の多くは同時に除隊した。私は、計画を実施するためにくたくたになるまで働いた——それは若者の雇用に責任を負う連邦政府の大臣がぎりぎりになってひねり出した計画であった。私はほとんど徹夜で、ほぼ六〇〇人の若者のための訓練支援計画を立てた。自分のやる気満々の態度に酔っており、実際には、能力以上のことをしていることに気づかなかった。

当時予備役だったかつての同級生の一人が、未来の新兵のうち約六〇名の面倒を見るために雇用された。彼は、駐屯地の近くに適当な訓練場所を見つけられなかったので、かなり離れたシャルルヴォワ地区の農場主と話をつけたと言った。兵員輸送の問題は解決していると私を説得したので、許可を出した。

友人は、三台の重軍用トラックの荷台の金属製ベンチに、それぞれ一八人の候補者を坐らせて出発した——ほぼ積載重量ぎりぎりである。不幸なことに、トラックの運転手は経験不足で、セント・ローレンス川沿いのハイウェイは起伏があり、水面近くにまで下りるS字カーブがあって、所々に危険な箇所があった。運転手の一人がカーブを曲がり切れず、トラックはコントロールを失ってスピンし、ほとんどの若者が川っぷちの土手に放り出された。六人が死んだ。

六人の若い生命が一つの愚かな決定のために失われたのだ。私は打ちのめされた。大がかりな調査がおこなわれ、責任追及がなされた――私は譴責処分ですんだ。しかし、私は自分ができることをしなかった、もっと問い質すべきだった、もっとよく状況を把握しておくべきだった、という考えをぬぐい去ることができなかった。六人の家族の身を切るような悲嘆が私の記憶に焼き付いている。それは、指揮にともなう重責をいつも思い出させるのである。


私がエリザベス・ロベルジに出会ったのは、一九六九年の連隊での結婚式で、以来私たちは付き合うようになった。ベスは、ヴァルカルティエ基地にある学校の一つに付属する幼稚園で先生をしていた。彼女と同僚はよく士官クラブに昼食にきたが、私は彼女の快活さと美しさにうっとりとなった。彼女は、二〇年代後半と三〇年代前半に、ヴァンドゥーズで父と一緒に勤務し、伝統ある名高いフランス語系カナダのケベック・ヴォルティギュール予備役連隊を指揮していたギ・ロベルジ中佐の娘であった。私は若い少尉にすぎず、「部屋住み」(つまり士官クラブに泊まり)、少ない給料から実家の両親に仕送りをしていた。ベスの家庭は二世代にわたる陸軍一家であり、若い、ほとんど一文無しの士官をもてなすには美味しい食事がよいということを知っていた。

ロベルジ家の可愛い家のドアに一歩足を踏み入れた途端に、スパイスの素晴らしい暖かい香りが広がり、清潔で糊のきいたリネン、家族の愛蔵品などを見て、私はすっかり寛いだ気分になった。ベスの母親は上品な婦人で、非常に教養があり、すばらしい料理上手だった。しかし、父親はとりわけ私を可愛がってくれた。彼は私の良き指導者《メンター》であると同時に第二の父となったのだ。ロベルジ家には四人の娘がいたが息子はいなかった。そのためおそらくロベルジ中佐は、家庭で陸軍について話す機会がほとんどなくて、少しばかりがっかりしていたのだと思う。彼は、他の兵士ともあまり付き合いがないようであった。

ロベルジ家での日曜のディナーはフォーマルな家族行事であり、全員が美しい古いハードウッドのテーブルの決められた席についた。最初のディナーで席についたとたんに、ロベルジ中佐は席順を変更して、私を彼の右隣の特別席に座らせた。ケベック・シティに配属されている間中、毎日曜日、私はその席に座ったのである。

義理の父は、連隊の指揮からイタリア侵攻作戦に自由フランス軍と第一カナダ軍団の間の連絡将校としての参加に至るまで、興味深い軍歴をもっていた。彼は最高位の将軍たちが戦闘作戦の計画を練るのを目にしており、私は彼の話に魅せ

2 「ルワンダ？　それはアフリカですね」

られた。一九四三年に帰還すると、彼は動員された二つの歩兵連隊を外地任務につかせるために育成し、訓練した。指揮行動についての彼の多くの洞察は、私自身の思想と行動を形成するのに役立った。私たちは何年にもわたって非常に親しく付き合い、彼は多くの賢明な助言をしてくれた。私が准将に昇進する直前、義父が旧退役軍人病院、現在のラヴァル大学医療センターで、危篤状態にあった時のことを今でも憶えている。私が最後に見舞った時、呼吸が非常に浅く、目は閉じられ、息を引きとろうとしているのは明らかだった。私は身をかがめ、将軍に昇進したとささやいた。彼のまぶたがその瞬間震えて、これは断言できるのだが、口元にほんの微かに笑いが浮かんだ。彼は私のことをあたかも息子のように誇りに思っていた。昏睡状態になってから二日後、彼は亡くなった。

エリザベスは一九七〇年以来、ドイツのラールにあるカナダ軍基地で先生をしていた。彼女はそこでの生活を愛しており、私を休暇に誘った。スイス・アルプスでスキーをし、彼女の新しいプジョー五〇四で走り回って、一緒に素晴らしい時間をすごした。しかし私がドイツを訪問したのには、別の隠れた理由もあった。帰国すると、連隊で数少ないフランス語系カナダ人士官の一人として、私は、降下部隊に配属されるか、ドイツの第四旅団に配属されるかのいずれかしかないという噂があった。私はドイツへの配属を求めて、砲兵連隊の司令官に運動するつもりだった。ドイツの駐屯地でしばらく滞在し、士官食堂で隊員や士官に混ざって、楽しい時間をすごした。私は好印象を与えたにちがいない。というのは、当時の司令官であったハリー・スティーン中佐が、いまだに、気の狂ったフランス語系カナダ人が部隊で大騒ぎをして湧かせたことを覚えていると言うからだ。彼は私がドイツに配属先をえる努力を熱心に支持してくれることになる。

一九七三年で、まだ冷戦の真最中であった。ドイツは間違いなく、まさしく迫真の作戦上の舞台であった。着任すると、長期間の実弾砲火訓練と何週間にもわたってＮＡＴＯの大演習がつぎつぎとおこなわれた。しかしながら、駐屯地同様戦地での生活は素晴らしいものだった。ＣＢＣが運営する発足したばかりのラジオ局とラジオ・カナダ以外には、電話もテレビもなかったからにちがいない。フランス語放送の連中は左翼の平和主義者だったが、まぎれもないケベック・ナショナリストとはほんのわずかしか違いがなく、非常に気の良い仲間だったので彼らとつるまないではいられなかった。一九七六年にルネ・レヴェスクのケベック主権（独立）派政府が選挙で勝った時のことを覚えている。ラジオ局で大パーティが開かれ、私は部隊の誰かに見られてはいないのを確かめるためにずっと後ろを振り向いていた。後にルワンダへの配属に重要な鍵を握ることになる同僚士官モーリス・バリルに初めて出会ったのも、ラールであった。彼は、伝説のヴァンドゥーズ出身で、私より数歳年上、少佐で歩兵大隊の副司令官であった。

七年間にわたる交際をへて、一九七六年の六月二六日、私とベスは結婚した。ヴァルカルティエ連隊の大半がモントリオールでオリンピックの警備にあたっていたために、小さな結婚式となった。ドイツでの六週間の新婚旅行から帰ってから、NATOの訓練に呼び出されるだけでなく、講座への参加など、目まぐるしく業務に追われた。ベスはヴァルカルティエでの教職に復帰した。私はモントリオールの陸軍司令部に配属されることになっていた。しかし、最後の最後で、ニューブランズウィックのゲージタウンに、フランコトレインと呼ばれる国家プログラムの責任者として赴任することになった。このプログラムは、英語が使われている軍のすべてのマニュアル、文書、教育ツールをフランス語に翻訳するためにはじめられたものである。ベスにとってストレスのたまる時期だった。これらの激動と不確実な状況がつづく中で、彼女は流産した。私がドイツに訓練のために出かける夜だった。彼女は多くの軍人の妻がそうするように、一人で困難に立ち向かって頑張った。

セント・ジョン川沿いのオロモクトの小さな街にあるゲージタウン基地は美しい場所ではあったが、ドイツの後に赴任するにはいささかがっかりするようなところだった。ゲージタウンにいる間に私は少佐に昇進した。まだ三二歳と若かったために、多くの年長の連中が、私がフランス語系であるために早く昇進するのだと不平を漏らした。連隊生活を少しばかり不愉快なものにしかねない辛辣な嫉妬に、私は初めて出会った。同僚士官から距離を置かれることで、孤独で傷つきやすくなることがあるのである。

配属されて一八ヶ月後、長男のヴィレムが生まれ、少なくともしばらくの間は、どんな陰口もわが家では気にならなくなった。父は大喜びした。話し相手になる家族をもたずに育った人間にとって、孫の世代に出会うことは重要なことであった。父が初めて腕にヴィレムを抱いた時ほど愛情と誇りに満ちているのを見たことがない。父はヴィレムが生まれて数ヶ月後に突然、脳卒中で亡くなった。

一九七八年、私はヴァルカルティエに復帰し、砲兵隊——一二〇人の砲手——の指揮を任された。得意な領域に戻ったのだ。私は、砲兵隊が、ついでにいえば連隊全体も、訓練中に本来の力を出しきっていないことに気づいた。というのは、通信兵の多くがフランス語しか話せないカナダ人であり、砲

2 「ルワンダ？ それはアフリカですね」

撃訓練命令はつねに特殊な陰語《ジャーゴン》で発せられるので、軍用英語を修得する必要があるからである。フランス語系の砲手はまったく対応できていなかった。私はいくつかの改革、特にフランス語で命令を出すことができるよう要求した。公用言語法が通過してほぼ一一年が経過していたが、私たちはいまだにこうした馬鹿げた言語制限と戦っており、結果的に、作戦遂行上に必要とされる砲兵連隊としての能力を発揮していなかったのだ。

幸運なことに、司令官はティム・スパーリングという話の分かる、偏見のない人で、戦場においてフランス語で指揮する試みに許可を与えてくれた。私は会話講座を開き、すべての技術的内容をフランス語に訳した。これはまるで魔法のように効果てきめんで、劇的な効果が出た。通信兵は、自分たちが何を言っているのかがようやく理解してもらえたので、有頂天となった。何年もの間、私がフランス語系カナダ人のナショナリストであることについてぶつぶついう声が多かったが、この結果に文句をつける奴はいなかった。部隊が自分たちの言葉で戦うことができれば、士気も効果も間違いなく上がるのだ。

その後すぐに、ヴァージニアにあるアメリカ合衆国海兵隊の指揮幕僚大学に入学する機会を与えられた。家族と私がこの文化に適応するにはいささか時間がかかったものの、非常に有意義な一年であった。私たちの受け入れ家族は、ボブ・リスト少佐と夫人のメアリであった。リストは、二回ヴェトナムで長期従軍しており、航空母艦から飛び立つA6イントルーダー戦闘爆撃機のパイロットだった。彼と夫人は、ヴィレムがフランス語を話すのを聞いた幼い娘さんが「この子英語が話せない」と叫んだことにちょっと驚いた。思わず私は、次のように答えた。「この子はアメリカ語も話せないのです」そこからだんだん事はうまくいくようになった。

ヴァージニアの幕僚大学で、私はヴェトナム戦争が残した恐ろしい代価を直接目にした。教官や同僚士官の中で、戦場でのひどい傷を負っていない者は一人としていなかった。精神的代価も同じように明らかで、それは、戦場でしくじったり、国にとどまって安穏としていた将軍や高級司令官に対するきつい罵詈雑言に現われていた。もし同期生の六三％を戦闘で失うようなことになったら、私も政治家や大物の戦略家、国防総司令部の事務屋に同じような疑惑を向けただろうと考えた。

私はこつこつ勉強し、なんとかそれなりに目立った成績を上げ、極地の脅威と北極戦争の性格について研究論文を書いた。それは後に、国防総司令部が北西航路沿いに陸海空軍の人員からなる永続的な駐屯地の設置を真剣に検討する際に利用された。

カナダに帰ると即座に、ダグ・ベーカー少将、陸軍副司令官の上級アシスタントという特別の地位に任命された。真正面から銃をぶっ放すように命令を出すそのスタイルから、「二丁拳銃」のベーカーとして彼は誰にも知られていた。フォークランド戦争がつづいており、まるで私たちは始終、国中を駆け回り、またイギリスとアメリカの間を行ったり来たりしているみたいであった。その間、将軍はチョコレートバーを頬張りながらいつも持ち歩いている何冊もの西部劇を読むのに没頭し、私は本分を守ってクラウゼヴィッツの『戦争論』を読んでいた。

ベーカー将軍は、厳しい労働倫理ときわめて高い水準を要求する厳しい監督者であった。彼は決して時間を無駄にしなかったし、私もそれを学んだ。通常の就業時間内で書類仕事は片づけ、その分の時間を意思決定と部隊のためにとっておくのである。

一九八二年の夏、私は中佐に昇進し、娘のキャサリンがダレール家の成長期世代に入った。一年足らずを、モントリオールの民兵地区司令官の副参謀長としてすごした。一九八三年、六〇〇人以上の部隊兵力を有する第五カナダ軽砲兵連隊の司令官としてヴァルカルティエに戻った。それは私がかつて若い少尉として在籍した頃の、懸命に頑張っていた若い連隊とはまったく違う一団であった。連隊の設立五〇周年式典で、私たちはフリーダム・オブ・ザ・シティ・オブ・ケベックの栄誉を受けた。砲手たちは一六〇八年以来の古い駐屯地の町の歴史の一部であり、祝典の日はずっと、市長のジャン・ペレティエからの栄誉を受けるために、銃を捧げて城壁で防備された町を練り歩いた。

しかし、多くの兵営では、第五連隊は特別に編成されたフランス語系部隊の一つであり、本当にその実力が試されたことはないという空気があった。一九八五年四月、RV85と名づけられた大規模な陸軍の訓練がおこなわれることになり、この二ヶ月間の訓練で、私は部下の砲手たちに他のカナダの砲兵隊よりも優れた成績をおさめさせ、一泡吹かせてやろうと決心した。

訓練の九ヶ月前、作戦参謀アンドレ・リカール大尉、ミシエル・ボネ大尉を招き、陸軍随一の砲兵連隊を作ることを確実にする訓練プランを考え出した。九月の第一週、連隊全員を基地の大講堂に集めて坐らせた。「私たちが二級市民《セカンドクラスシティズン》ではないことを他の砲兵に示す絶好の機会だ」部屋が静まり返った。兵士たち自身も自分たちに対するこのような感情に不満をもっていたが、これまでに上級士官が立ち上がって、自分たちがどのように見られているかを向こう見ずにも公式に認めることはなかったのだ。次のようにスピーチを締めくくった。「ここにいる君たち一人一人の身も心も、訓練のため

2 「ルワンダ? それはアフリカですね」

に必要としている。奥さんのお産が近いという理由で、君たちの誰かが脱落しなければならなくなるのは見たくない」大きな笑いが起こったが、この言葉はそのまま私に返ってくることになった。

つづく六ヶ月間、私たちは猛烈に働いた。私は弾薬、装備、戦場でのさらに長い訓練時間、砲を使ったより多くの冬季訓練を要求した。私は、部隊が自分たちで思っている限界を越えて、これこそ彼らの本来の能力だと信じるところまで追いつめた。私の兵士たちは素晴らしく、集中し、勤勉で、完全に没頭した。

わが国で最大の演習場であるアルバータのサフィールドに着いた時には、技術的にも戦術的にも用意万端であった。訓練が二ヶ月目に入ると、陸軍と師団長たちは私の連隊が軍団の中でも最良の砲兵連隊であるだけでなく、師団の中でも最も優れた戦闘部隊の一つであることをはっきりと認めた。

訓練が終わる二日前、電話を受けた。当時ベスのお腹にはギイがおり、合併症を起こしていた。医師は、流産を心配して、彼女を病院に移したのだ。ベスの側にいなければならないと分かった。私は無線網を使って、行かなければならないということを連隊の全員に伝えた。私の声は涙声になったが。彼らにそうしないでくれといったことを私はしているのだ、ということは痛いほど分かっていた。後に、ヴァルカルティエに戻ると、私は近づいてくるたくさんの砲手でもみくちゃにされた。彼らは、私が強情をはらないで、人間らしさを見せ、私の人生と私の戦いを彼らと共有したことに感謝してくれたのだ。

ギイはその数日後に生まれた。そして彼もベスもまったく元気で頑張った。私は、連隊の全員にビールをおごった。

一九八六年、私はオタワの国防司令部の課長となり、プロジェクト管理と調達のコツを学んでいた。大佐に昇進してからは、陸軍の装備研究プログラムの管理者に任命された。カナダ軍が直面している重大な問題が、つねに作戦行動ができるようにしておく上で必要なシステムを獲得する予算が不足していることと合理的計画がないことだったので、この仕事はやりがいがあった。その仕事は、私たちの手本となる寛容な上司リチャード・エヴレール少将、ほとんどワーカホリックに近いチーム、そして私たちが引き起こす摩擦を許容範囲内にとどめておくよう助けてくれる少数からなる閣内内閣〔内閣の重要閣僚で構成される会議〕のおかげで、申し分ない仕事になった。私たちは、空軍、海軍、そして連邦政府の官僚たちと、戦いを繰り広げていたからである。

合衆国は、ロナルド・レーガンの下、冷戦に勝利するために何兆円もの予算を支出していた。合衆国からのますます高まる圧力に応えて、ブライアン・マルルーニー率いる保守党政府は、防衛予算の増額を約束する発表をおこなった。政府は、カナダ軍が相応の力を蓄えるまでの一五年戦略を構想する白書を求めてきた。国防総司令部で、私たちは歓声を上げた。とうとう私たちは本物の国防予算について考えることができるようになったのだ。おそらく、陸軍だけで一八〇億ドルの予算であり、通常兵員を七万二〇〇〇人から九万人にまで増やし、予備役兵を四万五〇〇〇人から九万人に倍増することができる。その場しのぎのお飾りのような戦力に代えて、NATOへの責任を果たせる本物の信頼できる軍隊になるチャンスをえたのだ。

私たちは休むことなく白書作りに励んだ。正当な根拠と正当な予算案を用意することができれば、政府と国に、大規模で、装備の整った、資金の十分にある軍隊をもつことがいかに賢明であるかを理解してもらえるはずだ、と私たちは信じていた。私は、六〇人の大尉、少佐、中佐、信頼できる副官ホーウィー・マーシュ等、ひたむきなスタッフからなる中枢メンバーと一緒に働いた。八ヶ月の間、夜も、週末も、祝日も働いた(何人かは、オフィスに簡易ベッドを置いていた)。

その後一九八七年三月一七日、国防省から、私たちの計画を採用することはできないと内閣が決定したという知らせがきた。中にはショックを受け、怒りと不信感で大声をあげる者もいた。しかし、若く野心に満ちた国防大臣ペリン・ビーティーは、政策書類を作る仕事を継続すべきであり、それが決して実施されないということは分かっていながらも、下院に提出すると決定した。私たちは上級将軍と提督たちからの抗議を予想した。彼らは、新しい政策基礎と財政基盤を求めるこの戦いで、対立が生じる可能性が高いと私たちを説得していたからだが、誰一人として抗議の声を上げなかった。

一九八七年三月のこの日ほど、経験をつんだ士官のグループの士気が、これほど急速に、またこれほど極端に下がるのを見たことがない。

ビーティーが、牙を抜かれ、偽善的でさえある文書を提出した七月五日、私は下院の回廊に坐っていた。二年以上にわたって、保守党は私たちの獲得計画の残骸を目茶目茶に切り刻んだ。とうとう一九八九年の夏、私はうんざりしてオタワを後にした。幻滅したとは言いたくないが、現実を思い知らされたのだ。

家族と私はモントリオール地域にまた戻った。私は准将に昇進し、王立軍事大学の司令官の立場になった。私はこの仕事が大好きだった。素晴らしくやりがいのある仕事であっただけではなく、私をもう一度原点に立ち戻らせ、自分自身について考え直す機会を与えてくれた。日常的業務はオタワで負った傷を癒すのにいくらか役立ったし、妻と私は一つの制度のもとで、将来の士官を養成するという、同じ目的を追求

2 「ルワンダ？ それはアフリカですね」

する学者や士官、候補生の集まりというめったにない顔ぶれの中で社交生活に浸った。校長のロッシュ・キャリエールは、物静かで落ち着いた振る舞いの下に、強い意志と決断力を秘めた第一級の作家であった。一緒にすごした二年間は、本当に喜びに満ちた二年だった。

私の関心は、リーダーシップ訓練の改善を試みることだった。着任した時、将来の士官たちに、公式の軍事的リーダーシップの教材と経験はほとんど伝えられていなかった。この仕事は大変であった。というのは、当時のカナダ軍には、与える公式の教材がほとんどなかったからである。私の世代は上の世代から経験を伝えられた最後の世代であり、第二次世界大戦と朝鮮戦争の帰還兵から経験を受け継いだ。戦功勲章をもった人びとが退役し、彼らの経験のほんのわずかしか文書化されなかったため、リーダーシップ訓練は戦場に行ったことのない人びとにとって、ますます難しいものになった。大抵の人にとっては、身体訓練や警備を教えるほうがずっと簡単だ。軍事的リーダーシップの原理は、いまだに教えにくいものである。

大学での仕事を終える前に、私はイギリスのキャンバリーの高級指揮幕僚コースへの入学に選抜された。湾岸戦争がはじまったばかりで、私たちはこのコースに「シュワルツコフ〔湾岸戦争時の「砂漠の嵐」作戦を指揮した将軍〕の仕事入門」という綽名をつけた。

カナダに帰ると、私はヴァルカルティエの第五カナダ機械化旅団の司令官に任ぜられた。約五二〇〇人の兵員、一二〇〇人の文民支援スタッフ、北米の最も古い首府であるケベック・シティに関連する歴史的駐屯地の職務に関する責任者となったのだ。私は第五旅団から軍歴をはじめて、それを指揮するようになった最初の士官であった。湾岸戦争たけなわで、ヴァルカルティエはカナダ軍の平和維持と紛争解決の時代の幕開きに、絶好の作戦上の位置を占めていた。

私は休む間もなく働いた。私たちは、エイブラハム平原にある旅団司令官の歴史ある公邸に住んだ。子供たちは、古い街の宗教的慣習にしたがって運営されるカトリックの私立学校に入った。私は、埃一つない黒塗りの公用車で基地までの二六キロを通った。妻はコミュニティの中心人物で、任務で離れている兵士の家族を手助けしてよく働いた。私は、目の前にある可能性の宝の山に興奮した、しかしまた、完全に孤独であった。子供たちとすごす余分な時間はまったくありそうになかった。そして、めずらしく家にいる間にも机かダイニングテーブルで仕事をする私を見て、子供たちがどれほど我慢していたかを、今になってようやく気づいたのである。

ナショナリストに同情的なケベックの要塞でこれほど大き

な兵士の一団を指揮するのは、デリケートなバランス感覚を要することであった。私にとってもまた司令本部のスタッフにとっても、旧ユーゴスラビアにおけるリスクの高い平和維持任務にそなえた一六〇〇人の分遣隊の訓練を目的とする演習中ほど、このことをはっきりと自覚したことはない。私たちは護衛任務と輸送警護を部隊に訓練しており、ちょっと本番らしくするために、特定の日を決め、警察と町議会にあらかじめ警戒体制をとらせた上で、地元の町で演習をおこなうことを計画した。まさにその日が、マルルーニ首相が他の大臣と一緒に、ミーチ・レイク協定の交渉をするために町にやって来る当日であるということが分かった。この協定は、ケベックが特別な地位のもとでカナダにとどまるという和解を目的としたものである。誰かがメディアに、軍隊の大規模な展開を命じることで、首相は分離主義者をびくつかせようとしていると話した。

私は演習の中止を命令され、ブルーベレー〔平和維持部隊員〕はしょげかえって兵舎に戻った。その日の遅く、ジャーナリストに捕まった私は、ケベックのパラノイアを助長し、本当に何が起こっているのかを確かめようともしないで結論だけに飛びついたメディアを非難した。明らかにそれはオタワに小さな嵐を起こしたようであった。オタワで誰かが私を擁護して立ち上がったにちがいない。というのも以来、それについて二度と耳にすることはなくなったからである。

一九九一年から九三年にかけて、旅団は四〇〇〇人以上の隊員を、平和維持任務でカンボジアからバルカン諸国、クエートまで世界中のあらゆる場所に派遣した。ある時私は陸軍司令官に電話をかけて、私だけが国に取り残されているような気がするので、旅団司令本部全体を海外に移転してはどうだろうかと提案した。彼は、軽はずみな申し出にさしあたり謝意を表し、さらなる国連任務のために備えておくように言った。私はそのための部隊をどうやって得ればよいのか見当もつかなかった。

私たちは、古典的な国連憲章第六章に基づく平和維持任務を遂行する用意ができた兵士を、そのような介入がこれからは起こりそうもない世界に送っていた。国連憲章の第六章は国際平和と安全への脅威について述べたものである。五〇年代に、当時のカナダ外務大臣レスター・ピアソンが平和維持活動という概念を考え出し、冷戦期の間中、紛争地域で実施されてきた（それによってピアソンはノーベル賞を受賞した）。これらの平和維持作戦では、軽武装の、多国籍からなるブルーのヘルメットをかぶった不偏中立の平和維持部隊員が展開され、同意に基づいて、一九五六年から六七年のシナイ半島のように現状を維持するか、あるいは、当時で言えば

2　「ルワンダ？　それはアフリカですね」

カンボジアのように平和協定を実施する党派を支援するか、いずれにしても、それまで戦っていた対立党派の間に仲裁に入った。このような作戦の基本原理は、不偏性、中立性、そして合意である。古典的な平和維持は冷戦の間にはうまく機能した、というのは、二つの陣営が主要な大国を引きずり込んで核戦争というハルマゲドンを招きかねない紛争を沈静化するために、平和維持活動を使ったからである。私が訓練を受けたタイプの平和維持活動はこれであり、最も精通している原理であった。

しかし私たちは次第に、古典的なアプローチの効果を確信できなくなっていた。十分な兵員を見つけだすことができないだけでなく、何よりも、犠牲者が出はじめていたのだ――任務の途中で殺されるものもいた。一九九三年六月一八日、旅団の兵士の一人ダニエル・ギュンター伍長がボスニアでの任務遂行中に死んだ。当時私が受けた報告では、彼が乗った装甲兵員輸送車の近くで迫撃弾が炸裂し、飛んできた破片で殺されたとのことである。ベスと私は葬儀に参列したが、それは礼を失するほどに簡素なものであった。ギュンター伍長は平時の最小限の栄誉しか与えられずに埋葬され、あたかも交通事故で死んだかのような扱いを彼と家族は受けたのだ。悲しみに打ちのめされた父親が葬儀の後で私のもとに近寄り、一体息子は何のために死んだのかと尋ねた。私には、彼とショックと悲しみのうちに残された家族に対して、口にできる答えはなかった。

若い隊員からの肺腑がえぐられるような証言によれば、しばしば現場で気づくと、予測するよう求められていたよりもずっと危険で複雑な状況にいることに気づくことがあった。たとえば、ずっと後になって分かったことだが、実際には、ギュンターは肩掛式のグレネードランチャーから発射された対戦車ロケットで胸を打たれていたのだった。彼は意図的に狙われ、殺されたのだ。そしてそれまでのところ、私たちが戦場地域に行く前の隊員たちに与えることになっていた訓練は、軽武装のブルーベレーが安定した停戦状態を監視するという、どうしようもないほど時代遅れのモデルに基づいていた。私たちがどのような教訓を学んだのかは次第に明らかになりつつあったが、そのスピードは現実の変化を促すほどには早くなかったし、それだけの力もなかった。私が深い関心をもったのは、戦場で遭遇する極端なストレスと残忍な暴力が一緒になって部下の隊員たちに与えている影響である。私は、問題の解決策を考え出してくれる臨床心理学の専門家を何人か送ってもらうよう、陸軍司令部をせっついた。どんな反応が返ってきたか？　部隊の制限から、任務を果たすのに十分な兵もいない、ましてそのようなプライオリティの低い労力のためのリソースなどない、というものだった。司令官というものが知っていなければならないのは、する必要のあることをどのようにするかだけだというわけだ。

一九九三年六月二七日、私は指揮下の部隊の一つである第四三〇戦略ヘリコプター騎兵大隊の司令官交代式典に出席した。美しい、雲ひとつない晴れた日で、兵士たちが緑の制服を着ていても窮屈に感じないほどそよ風が吹いていた。私は離任する司令官に感謝の、着任する司令官には歓迎のスピーチをして、演壇を降りた。その時副官が駆け寄りケベック陸軍方面司令官であり当時の私の上司であったアーマンド・ロイ少将が幕僚の車に電話をかけてきて、私と至急話したがっていると言った。急いで車に行き受話器をとった。ロイ将軍は、平和維持任務で海外に派遣されることに何か不都合があるかと訊ねた。私はまったく何もありませんと答えた。国連本部がルワンダに派遣団を送ろうとしているという。興奮で心臓がばくばくするのを感じた。私はどもりながら言った。「ルワンダですって、それはアフリカですね」彼は笑って、詳しいことは明日電話すると言った。私は飛び上がらんばかりの気分で式典にもどった。それほど私は舞い上がっていたのだ。私はベスにかがみ込んで囁いた。「アフリカに行くことになりそうだ」

第3章 「ルワンダを調査して、指揮をとれ」

告白しておくが、ロイ将軍から電話があった時には、ルワンダがどこにあるのかも、その国がどんな難局に見舞われているかも知らなかった。翌日、彼は、ちっぽけだが人口の多いアフリカのその国についてもっと多くのことを教えてくれた。ルワンダは、反政府軍であるルワンダ愛国戦線（ＲＰＦ）と政府の間で二年半におよんだ酷い内戦を終結させるために、和平協定の交渉中であった。反政府運動は六〇年代初頭、独立によって母国の政治的バランスが崩れたために北方にあるウガンダへと逃れたルワンダ人難民の中から生まれた。九〇年代初頭には、反政府軍は二度にわたってルワンダの北方地域に攻め込み、今は、アフリカ統一機構（ＯＡＵ）の支援のもと中立の軍事監視員のグループが監視する非武装地帯の向こう側に腰をすえている。タンザニアのアルーシャで和平条件について当事者が交渉している間に、ＲＰＦを増強するための武器と兵士がウガンダからルワンダに入らないようにするため、ウガンダ大統領ヨウェリ・ムセヴェニが国境を監視する小規模の部隊を提供するよう国連に申し入れた。

これが私の任務となるはずのもので、国連ウガンダ・ルワンダ監視派遣団（ＵＮＯＭＵＲ）と名づけられていた。ロイ将軍はそれが古典的な平和維持作戦であり、交戦中の両者が落ち着いて真剣に和平に取り組むことができることを目的とする、信頼醸成活動であると説明した。範囲からいっても規模からいっても非常にささやかなものであった。私は総勢八一名の非武装の軍事監視員を指揮して、国境のウガンダ側で活動することになっていた。

なぜ、ほとんど聞いたこともないような場所での、この小さな任務を率いるために私が選ばれたのだろうか。私は第五旅団グループの司令官としては前例のない、三年目に入ろうとしていた。四日もすれば、一〇〇〇人をこえる部隊員の式典で創設二五周年を祝うことになっていた。第五旅団グループはその時も多くのやりがいのある仕事に直面しており、その多くは平和維持の分野のものである。私たちは、ますます困難になってゆく派遣任務に配備するための隊員を、いまだにその場しのぎで準備していた。私たちが隊員を送り込む紛争は古典的な戦争のようには展開しないにもかかわらず、訓練の多くは古典的な戦闘に関するものであった。私について言えば、まだ離任する時期ではなかったが、出かけていくよう求められた——命令されたのだ。大規模な軍であろうが小規模な軍であろうが、たとえ私ひとりであろうが、私は行く気だった。モーリス・バリル少将が国連平和維持局(ＰＫＯ局)を率いていると知って、私はこの派遣任務には見た目以上の何かがあるに違いないと推測した。最後に私はこれを、冷戦後の世界で性格を変えつつある紛争で何が役立つかを直接学ぶチャンスにしようと決意した。

しかしながら私は、カナダがこの派遣任務に私だけを差し出そうとしており、それ以上は一人の兵士も出そうとしていないと知って愕然とした。国防省に抗議したが、私が申し合わせの小さな穴に気づくまで、国防省は頑としてその決定を変えなかった。私は国連に文民契約——本質的にはカナダ政府から国連職員への出向である——で雇用されていた。そのため国防省は、ＵＮＯＭＵＲに送ると同意したカナダ人士官を差し出さなければならない羽目になった。国防本部のカナダ平和維持活動の部長は、軍事補佐役になる士官を選ぶために一〇人のリストをくれた。この派遣部隊は非常に小規模なので、適格な軍事補佐を選ぶことが決定的に重要だった。私が作戦、訓練、政治的問題に集中できるようにするために、彼は大量の書類仕事と管理責任をこなすことになる。

私は一〇人のリストにあがったどの名前も知らなかった。そして実を言えば、私の旅団の士官が誰もリストにあげられていないことにむっとした。ルワンダの国民はキニヤルワンダ語だけでなくフランス語を話す。ＲＰＦは英語を使う。軍事補佐はバイリンガルにしたかったが、リストにあがった士官はいずれもその条件にはあっていなかった——急であったこと、志願者がいなかったというのが本部の下手な言い訳だった。最終的に一人の名前に目をとめた。陸軍の上級歩兵連隊である王立カナダ連隊のブレント・ビアズレー少佐である。三〇歳で、リストの他の多くの者よりは年長で、最近はカナダ軍の平和維持マニュアルの草案作りに関わっていた。書類を見るかぎりは、国連本部と平和維持活動については限られた経験しかもたない私と、釣り合いのとれるバックグラウンドをもっているようだった。幸運なことに、彼の上官ホーウィー・マーシュは私の古い同僚であり、掛け値なしに本当の

3 「ルワンダを調査して、指揮をとれ」

ことを言うことが分かっていた。電話をすると、ブレントは素晴らしい労働倫理をもつ堅実な兵士であり、さらに重要なことは、彼が素晴らしい観察者《ペルスピカセ》であるということだ、と言った——つまり彼は洞察力と先見性を見事に兼ね備えているのである。

一九九三年七月一日、私は指揮権を後任者であるアラン・フォランド准将に、第五旅団の創立記念式典で、驚く観衆を前にして手渡した。私の家族は司令官公邸を引っ越さなければならなくなるので、ベスは、子供たちが転校しなくてもすむように同じ地域を希望して、新居探しに取りかかった。将来が不安定になったため、家を買おうとは思わなかった。そこで、古い守備隊クラブに隣接する軍の家族用宿舎に引っ越した。

私について言えば、すでに身も心もルワンダの任務に没頭していた。私は、守備隊クラブの要塞砲兵室を臨時司令部としてとっておいた。この要塞は一八二〇年代に、旧首都の大規模な防衛任務のための司令部としてイギリス人エンジニアが建てたものだ。窓は何世代ものフランス、イギリス、カナダの軍事指導者たちが作戦の構想を練ったエイブラハム平原の青々とした緑に向かい、草原の向うにはセント・ローレンス川が流れている。この部屋には、重厚で古い樫の家具と要塞での訓練と戦闘シーンを描いた黄ばんだ一九世紀の版画がかけてあり、いつも私をわくわくさせた。まるで、軍事・政治指導者たちが私の前に現われて、暖炉の前を行ったり来たりしながら、戦略を練り、難しい戦術的問題を検討しているように感じることができた。

私の任務は彼らがおこなったような作戦行動にははるかに及ばないものの、私は、私にとってアフリカが意味している冒険という考えにうっとりしていた。五〇年代にケベックのカトリックとして成長した私は、「暗黒の大陸」の伝道物語に魅了されていた。結果的に、私のアフリカに関する理解は、時代遅れでヨーロッパ中心主義的なものだったのだ。私は図書館を漁って、ルワンダと中央アフリカの大湖地方に関して何でもいいから知ろうとした。たいした情報はなかった。しかし、重大な仕事が目前に迫っており、時間が最も重要であった。

私はビアズレー少佐と電話で一度だけ話したことがあって、ケベック・シティに技術的な平和維持活動に関する最新のデータ、ルワンダに対してPKO局が二回にわたっておこなった調査派遣の結果と一緒に、事後報告と公式政策、その国について手に入れることができるあらゆる一般情報を持参するように頼んでおいた。詳細な情報報告は、後でオタワの国防総司令部で受けられると期待していた。ブレントと会った瞬間に、私は自分の選択は間違いなかったと分かった。彼は、典型的な寡黙なカナダ人であり、思慮深く、過ちを認める謙虚さと、穏やかな薄茶色の目の中にはきらめきがあり、それは情熱と決断とユーモアが溢れていることのしるしであった。派遣任務の作戦構想は、ほんの数日前に国連安全保障理事会に提出されたばかりだったが、それを伝えるニューヨークからのファックスをもって、私たちは仕事にとりかかった。初めて一緒にした午後の仕事が終わるまでには、二人は一つのチームになっていた。ブレントは仕事熱心で、新たに現われる目標を予測する能力は畏敬の念を抱かせるほどであった。しかし私は、彼の最も印象的な資質は、その控え目な自信であったと思う。

それから三週間、ブレントは組織管理をおこない、オタワで私たちのために材料を集めた。私はニューヨークとオタワに何回か出かけたが、どちらでも非常に限定的な報告しか受けられなかった。私はPKO局の担当官であるミゲル・マルティン少佐、イセル・リヴェロと仕事をした。マルティン少佐はアルゼンチン人で、アンゴラ、モザンビーク、中央アメリカ、リベリアほか多くの場所の担当官でもある。リヴェロは、前キューバの自由戦士であり、中央アフリカの政治担当官として勤務していた。私たち四人が、国連がUNOMURにあてた職員のすべてであり、マルティンとリヴェロは私たちとはパートタイムで働くにすぎない。この小さな派遣団が、国連であれオタワの国防総司令部であれ、誰かを動かすことはできないし、それが彼らを日々飲み込んでいる他の多くの派遣団、危機、問題、歳出カットとはまったく違うものであるということは明らかであった。

私たちはできるかぎり中央アフリカの大湖地方に関して知識を詰め込もうとした。ちっぽけな、陸に閉ざされたルワンダは、西をザイール、東をタンザニア、北をウガンダ、南をブルンジに囲まれている。ルワンダは西側諸国の学者が詳細な調査をおこなう必要があるほど重要な国だと考えられたことは一度たりともない。ブレントと私はなんとか新聞記事と数少ない学術論文をつなぎ合わせて大雑把なこれまでの歴史を描いたが、それらは非常に複雑な社会的政治的状況を単純な部族間紛争にしてしまっていた。無知ゆえの自信をえて、私たちはさらに仕事をつづけた。

最近の戦闘状態の原因は二〇世紀前半のベルギーによる植民地支配にまで遡ることができた。ベルギー人が一九一六年にドイツをこの国の領土から追い払った時、彼らは二つの民族集団がこの国を共有していることに気づいた。ツチ族は、背が高く肌の色が非常に薄く、家畜を飼って生活していた。それに比べて背が低く、肌の色も濃いフツ族は野菜畑を耕作して生活している。ベルギー人は少数派のツチ族をヨーロッパ人に人種的に近いと考え、彼らを多数派であるフツ族に対

3「ルワンダを調査して、指揮をとれ」

する支配者の地位に引き上げた。それは、農民としてのフツ族と領主としてのツチ族という封建的関係へと事態を悪化させることになる。ツチ族の支持を得ることによって、戦争する手間もなしに、また大量の植民地行政官を配置することなしに、ベルギー人はコーヒーと茶のプランテーションの広大なネットワークを育て上げ、そこから利益を絞りとることができたわけである。

　民衆が蜂起してツチ族エリートを虐殺あるいは追放し、カリスマ的指導者グレゴワール・カイバンダによってフツ族支配の政府が樹立された後の一九六二年、ルワンダは独立を勝ちとった。つづく一〇年間、ルワンダのツチ族住民を標的にした虐殺がつづき、それまで以上に多くの人びとが隣国であるウガンダ、ブルンジ、ザイールに逃げ、国家なき難民として不安定な生活を送っていた。

　一九七三年、フツ族のジュヴナル・ハビャリマナ少将がクーデタでカイバンダを打倒し、二〇年にわたる独裁がはじまった。この独裁によってある程度ルワンダは安定し、不安定な大湖地域ではうらやましがられた。しかし、この国におけるツチ族の追放と迫害は、永遠の不和の種を蒔いた。次第に、ツチ族の故郷を追われた人びと《ディアスポラ》は無視できない勢力になっていった。ルワンダでつづく抑圧と、いやいやながら彼らを受け入れている国々での冷たい処遇に不満を募らせた故郷喪失者たちは、ついに連合してルワンダ愛国戦線《RPF》を結成した。小規模ではあるが非常に能力の高い軍事的かつ政治運動体であるRPFは、フランスに支援されたルワンダ政府軍（RGF）と交戦し、打ち負かすだけの力があることが明らかになった。一九九一年には、ルワンダ政府は、ますます手強い相手になる反政府軍と、民主的改革をもとめる国際的圧力の板挟みになっていた。ハビャリマナ大統領は断続的に交渉をはじめ、それがタンザニアのアルーシャでおこなわれる和平会談の基礎となったのである。

　手に入るだけの資料をほんの二、三週間拾い読みするくらいでは、私たちは二人ともアフリカ専門家になれそうにはなかった。

　七月中旬のマンハッタンのダウンタウンは熱く、通りは旅行者で溢れかえっていた。ニューヨークに滞在するには良い時期ではないが、キラキラきらめく国連本部のガラスのタワーは魅力的だった。時々、これは夢ではないのだと確信するために頬をつねらなければならなかった。

　国連を初めて訪れた者がそうであるように、私は総会と安全保障理事会が開かれる部屋の壮観な眺めに圧倒された。しかし現実の仕事は、一般公衆からは見えない場所に配置されているウサギ小屋のようなオフィスでつづけられていることを知った。一番くすんでいて窮屈なオフィスがＰＫＯ局には与えられているようだった。職員はひどい条件の中で働いていた。デスクはぎゅうぎゅうに詰め込まれ、電話は始終鳴りっぱなしで、旧式のコンピュータは壊れ（たいていの職員はいまだにタイプライターを使っていた）、しばしば最も基本的な事務機器さえ不足していた。有り体にいってしまえば、ＰＫＯ局は本質的に三六階にある労働搾取工場であった。そのあまりにひどい備品不足の状態は、国連がおこなうイメージ戦略の一部なのかもしれなかった。つまり、無責任なメディアや、国連は金を「無駄遣いしている」という告発を言い逃れに利用する国際政治のハゲタカどもの怒りを買わないようにするための戦略である。しかし、たとえば国連児童基金（ＵＮＩＣＥＦ）であるとか国連高等難民弁務官事務所（ＵＮＨＣＲ）のような他の国連機関は、もっと立地の良い場所にオフィスを構えているだけでなく、何をとってももっとましな生活水準を享受していることにすぐに気づいた。

モーリス・バリルは、ＰＫＯ局を率いる三首脳の一人だった。彼以外の首脳は平和維持活動担当の事務次長コフィ・アナン、そしてアナンのナンバーツーで、本来はこの部局の首席事務官であるイクバル・リザである。バリルは一九九二年の六月に任命されたが、それはカナダの成功としてお祝いされた。しかし、彼が自分で設定した仕事——このオフィスを作戦立案だけでなく効果的な軍事戦略の司令本部にするという仕事——は、とてつもない難事業であった。批判的連中はＰＫＯ局には無能な間抜け連中が配置されていて、たいした時間働きもせず、現場の状況が危機的になると姿を消すと非難した。サラエボで平和維持派遣団を率いたことがあるカナダのルイス・マッケンジー少将は、ＰＫＯ局が一般的に現場にいる人びとに対して否定的な態度をとり、今すぐに必要なことに応えようとしないこと、そして、緊急の決定をしなければならない時にいつもスタッフとその指導部に連絡がとれなくなるように思えること、これらのことを指摘してさんざん侮辱していた。彼の批判はカナダと世界のほとんどの首都で有名になり、ＰＫＯ局の士気を下げた。

モーリスは作戦室を作り、そこに二四時間ぶっとおしで才能豊かで献身的な若い士官たちを配置した。彼ら若い士官のほとんどは各国の常駐使節から直接バレルが借り受け、しかも経費も出身国になんとか負担してもらったのだ。彼は率直に要求を切り出した。「私がＰＫＯ局を立ち上げる時に、貴国の優秀な士官を一人か二人貸し出すというのは、またとない訓練の機会になると思いませんか」多くの国が、ある種の自己利益になるという判断から、即座にまた積極的にその申し出に応じた。彼はまた、専門家をニューヨークに帰らせようと、現地の派遣団から士官を「拝借」しはじめた。そして

3「ルワンダを調査して、指揮をとれ」

ニューヨークで彼は、その士官たちに、派遣団が現場で直面している問題を解決する任務を与えたのだ。

非常に多彩なスタッフに囲まれて、彼はそのような状況ではなかなかお目にかかれないようなセンスのよいユーモア、激務、そして協調的な雰囲気を作り上げた。国連派遣団の数は数年のうちにほぼ三倍の一七になった。それに参加している人員は六〇の負担国から八万人以上になり、想像をはるかにこえた後方支援、訓練、倫理的かつ装備の問題を抱え、またすべてその時に応じて、ニューヨークの人員不足で資金不足の司令本部からの命令で動いていたのである。ある時モーリスのオフィスで待っていると、彼はある国の陸軍が提供する何台かの旧式のM48戦車と、クロアチア国境に待機している別の国の陸軍の歩兵大隊を連動させようと電話をしているとのことだった。戦車が必要であるだけでなく、戦車の訓練と維持修理が必要だったからである。次の電話で彼は、ドイツにいる合衆国の役人を待たせて、戦車の弾薬と交換部品を提供するよう頼んだ。それでもまだ、どこから整備の指導員を調達すればいいかを考えだす必要があった。

モーリスがかき集めてきた担当官たちは、気の利かない官僚的な国連の手続きと自分のスタッフをホッケー選手のようにあやつって、彼らが実際に自分の仕事ができるようにするモーリスの手腕を高く評価していた。とりわけ彼らから称賛されていたのは、何についても力をもっているアメリカ人に臆するところが彼の態度になかったことである。彼はアメリカ人と交渉し、PKO局の利益が危うくなると、退路を断って一人で対決をすることも恐れなかった。モーリスは水をえた魚のように、照れ隠しに自虐的なユーモアを使って、無愛想このうえない国連の事大主義者たちを味方に引き入れていった。本国にいる友人からは、国連で働くことは悪夢になるかもしれないと警告されていた。しかし、ほんの一年ほどの間に国連組織の中でモーリスが真の評価をかちとったところを見ると、私でもなんとかやってゆけるように思われた。

私はまた、アナンとリザにも非常に強い印象を受けた。アナンは温和で、柔らかい口調で話し、骨の髄まで品位のある人物であった。私は彼が、国連の設立原理に純粋に、あるいは信仰のように献身し、紛争や人道上の破綻《カタストロフ》がしばしば連動して世界中で発生する、この予想もできないほど困難な時期にあって、国連組織を苦境から救い出そうと疲れも知らず努力をつづけていることを知った。私たちは、ジョージ・ブッシュが二年前に宣言したように、新しい世界秩序に直面しているのではなく、新しい世界無秩序に直面しているのであり、「平時」としては最高の数の人間の生命を破壊しているのである。

リザは彼の上司アナンほどは人好きのする人物ではなかっ

たが、話し相手の意図をすばやく読み取り、どんな人と会ってもその場の雰囲気を支配することができた。長身痩躯で緊張した面持ちの彼は、愚か者には容赦しなかったし、時には、その事実を思い知らせることを躊躇わなかった。彼が時折見せる知的傲慢さは、しかし、健全な常識と政治的洗練を持ち合わせていることで相殺されていた。

　私が知るかぎり、この二人の人間の関係が、ＰＫＯ局の核になっていた。非常に人間的で配慮溢れるアナン、そしてクールで抜け目のない儀礼の達人リザ。はっきりものを言い、ビジネスライクで直接的なリザは、見事に場を支配した。バリルを加えてこの二人の黒幕は、自分たちがその職についている間に無理矢理にでも変革を進め、ソマリアとバルカン半島での最近の失敗の汚点を消そうと決めているように思えた。

　ルワンダ国内それ自体に大規模な平和維持派遣団を配備するという話もあったが、立ち消えになった。ＰＫＯ局の中には、ルワンダで小さくても短期間で成功を収めれば、加盟国は国連の平和維持の努力に次第に信頼を寄せることになるだろうし、軍事的財政的リソースを与えることに寛大になるだろうと考える者もいた。問題は、私も何度かあけすけに告げられることがあったように、フランス人、そしておそらくはベルギー人以外は、世界の誰もルワンダ地域に利害関係がないということなのだ。一体どこから政治的意思とリソースが手に入るだろうか？　少なくともこれが、ＰＫＯ局のアフリカ部門責任者であるヘディ・アナビが引いた路線であった。それでも私が知るかぎり、そしてブレントが分かっていたように、アルーシャにいる当事者たちは和平協定の最終調整をする段階にまでさしかかっていた。和平協定が結ばれれば、ＯＡＵあるいは国連のいずれかがその実施を援助するために引っ張り出されることになるだろう。モーリスは、ＯＡＵにはルワンダに十分な力をもった平和維持活動を開始するための専門技術もリソースもなく、またその気さえもないのではないかと思っていた。そして、ＰＫＯ局が手綱をとるよう求められることになると確信していた。しかしその時点では、ルワンダの派遣のための予備的活動に時間を割く気があるのは、私が率いる非常に少人数のチームだけだった。

　モーリスとの会話から、私は次第に彼が対処しなければならない、念入りに作り上げられた権力関係を理解していった。ＰＫＯ局は明らかに、国連というトーテムポールの下部に位置する、西アフリカのシエラレオネ出身のジェームズ・ヨナ博士が率いる政治局（ＤＰＡ）よりも、さらに下の方に置かれていた。政治局はたしかに非常に政治的な場所であり、多くの担当官がコネ、とりわけブトロス・ブトロス＝ガリとのコネをひけらかしていた。モーリスは、自分と同僚が直面する最も難しい問題のひとつは、政治局がいつも干渉を繰り返

3「ルワンダを調査して、指揮をとれ」

し、現場にいる派遣団と直接連絡をとっているPKO局の政治スタッフに相談なく策を弄することだと教えてくれた。

　モーリスと私は、八〇年代にオタワの官僚機構と戦っている時に親しくなっており、彼のことはよく分かっていると思っていた。しかしながら、ニューヨークは、いわく言い難いような方向に彼を変えてしまっていた。素朴で善良なユーモアはいまだに健在ではあったが、周囲に調子を合わせようとするようになっていた。彼は以前よりもずっと用心深く、政治的に敏感だった。たとえば、彼と彼のスタッフはいつも私服を着ていた。彼が言うには、軍服を着ていると国連の文民スタッフが落ち着かず、不必要な摩擦を生むので、私服を着る方針を採用したとのことであった。新しい、以前よりも目先がきくようになったモーリスが理解したことは、同盟国に助けを求めるには、一般に軍での経験で許されていたよりも、ずっと柔軟な態度をとる必要があるということだった。彼がこのような知識を私に授けようとしたので、ブレントと私はあまり気が進まなかったが、いつも私服を身に付けていた。

　モーリスは、政治的、外交的、人道的、そして軍事的緊急事態を、内紛による摩擦に満ちた一つの組織にまとめ上げる名人になっていた。彼はどんどんずる賢くなったのだろうか、それとも大局的な戦略レベルに習熟しただけなのだろうか？　たしかに彼は、軍事力行使の政治的側面に非常に熟達し、注意深くなっていた。彼が決定を下す際には非常に多くの要素を考慮に入れるので、どうやっても彼の闘争的な切れ味を出すことはできないのではないだろうか？　私に言えることは、彼はいまだに親しい友人ではあったが、現場の兵士には容易には理解できないような垢抜けした側面をもつようになっていたということである。

　国連安全保障理事会は七月に国連ウガンダ・ルワンダ《UNOM》監視《UR》派遣団を承認したが、ウガンダ政府が、同国内で私たちの部隊が活動することを認める派遣地位協定（SOMA）に調印するまでは、何もすることができなかった。モザンビークがその当時活動していた平和維持活動派遣団のために、派遣地位協定の調印を時間稼ぎして遅らせていた。そのため、国連が調印なしに平和維持部隊を送ると、派遣団は到着したとたんに、兵士と装備に対してとてつもなく重い税を課せられるのである。安全保障理事会では、イギリスが、国連が調印済みの派遣地位協定を手に入れないかぎり、派遣団を配備することを拒否していた。ブレントは国連の廊下での情報収集に非常に熟達した。ある連中は、ウガンダは、RPFに武器補給する他のルートを見つけることにてんやわんやで調印する気などないと観測し、他の連中は、それは国連からキャッシュを引き出そうとする策略だと冷ややかに考えていた。

私たちはこの派遣団のために必要な大量の書類仕事を抱えており、それにはまだ現場で確認する必要のある作戦書類が含まれていた。あらゆる可能性を探っていたからだ。私たちは、派遣団のための最終的な調整会議を開くよう、関連する部局出身の担当官を説得することができていなかった。そのような会議を組織することはほとんど不可能である。というのは、国連の文化の一つは、嫉妬によって守られたストーブの煙突のように相互に孤立した縄張りであり、そこでは情報が権力だからである（複雑で、多国籍、多分野にわたっており、しかも財政的に苦しい国際的な組織にとって最善の方法とは言えない）。

派遣地位協定の調印を待ってぼんやりしているのは貴重な時間の浪費であった。私は、家族よりも大きな善であると考えるもののために家族を放り出してきたのだ。きわめて短期間に、彼らは美しく広い要塞の司令官住宅を引き払い、家族用住宅に移らなければならなかった。それは一八〇四年に建築され非常に良好な状態にあるとは言い難い古ぼけた建物である。ブレントの奥さんマージは第三子を身ごもっており、これから難しい時期にさしかかっていた。とうとう私は休暇を申請し、モーリスはすぐにそれを認めてくれた。

家に帰る途中で、行政関係と諜報関係の最新情報を求めてオタワに立ち寄った。最新情報はあったが、諜報関係の情報はなかった。カナダ国防省は中央アフリカの大湖地方が優先事項であるということに納得できなかったのである。

ケベック・シティでは、仕事のペースを落として、私と家族がこれから迎える長い別離はまた別の転属になったからにすぎない、という素振りをすることは難しいことが分かった。表面上、私たちは完全な軍人の家族であった。三人の可愛い子供たちと美しい妻であり母。彼女は一二年にわたる教員生活の後、チョークとワークブックを捨てて、子育てと私たちのために家庭作りに専念するという選択をしたのだ。水面下では問題があった。長男のヴィレムは一四歳で、学校で問題を抱えていた。彼は、ケベックの主権独立派の教師から、父親が頑固な連邦主義者であることについて始終からまれていた。私は彼がなぜ怒り、孤立し、困惑しているかは分かったが、彼に付き合う時間も忍耐も持ち合わせていなかった。私はすべての時間を、私が導き、相談にのり、何年もの間育ててきた若い士官たちのために使ってきたが、それと同じだけの愛情と支えを息子に与えることはできなかった。その代わりに、私は家族を新しい家に落ち着かせようとして、表面上の細々したことを処理した。

ベスもまた苦闘していることに気づくべきであった。彼女は有名人であったが、駐屯地司令官の妻として多くのことに関わる生活から、軍人社会が私の後任を急いで受け入れるに

3 「ルワンダを調査して、指揮をとれ」

ともなって、容赦なく追っ払われた。アフリカに行くことが私の望みであり義務であったが、そのことで彼女がこのような立場になったのだとすれば、私に彼女をどう慰めることができただろうか？

　八月八日の週末、ブレントから緊急の電話を受けた。ルワンダがアルーシャ和平協定に調印した——何よりも和平合意が依拠している不安定な停戦を保証するために国際平和維持部隊の迅速な展開を必要としている。ＰＫＯ局では、大急ぎで対応をまとめ上げるために大混乱が起きており、私はニューヨークへ戻る必要があった。何枚かの服をバッグに放り込んで、すぐに出発した。

　国連に戻ると、すぐに私たちは、フィジー軍の大佐が提供してくれたアルーシャ協定の文面に没頭した。大佐の名前はイソア・ティコカといい、アルーシャでの交渉の最後の数ヶ月間ずっと国連の軍事オブザーバーであった。ティコカの存在は私にとっては驚きだった。アフリカの現地に国連所属の軍人がいて、ニューヨークにいる数週間に彼から情報を貰えたかもしれない。そのことをそれまで誰も私たちに教えようとは思わなかったのだ。すぐに私たちは彼をティコと呼ぶようになった。彼はベテランの平和維持部隊員であり、文字どおり大男で、心優しく、活力にあふれていた。彼はアルーシャの和平会談のオブザーバーとしてソマリア派遣団から引き抜かれた。ソマリアでは、車に乗っているところを何回も銃撃され、何度も銃を突きつけられて強盗にあい、個人装備一式を失っていた。それから数ヶ月のうちに、彼は私の最も貴重なアドバイザーになっていた。

　和平合意は込み入った文書で、タンザニア大統領アリ・ハッサン・ムウィニが苦労を重ねた仲裁の産物であった。アルーシャでは、ほぼ二年間にわたって険悪な交渉がおこなわれたのだ。ニューヨークに座っている私たちに明らかになっていなかったことは、和平文書が、それまで戦闘してきた両者の間でどのように権力を共有するのか、またルワンダ人難民をどのように再定住させるか、という重要な問題を解決したというよりは、ただそれを糊塗したにすぎないということだった。ルワンダ人難民の中には、四〇年前に国を離れたが、いまも子供や孫がルワンダの市民権を要求している人びとがいる。私たちはまた、これほど戦闘があった後の、この国の人権状況を理解していなかった。（そのような情報はニューヨークでも入手できたが、国連の部局、国連機関、非政府組織《NGO》の間で情報の共有がなされていなかったために、一九九三年に実際に現地に行くまで、誰も詳しい知識を与えてはくれなかったのだ。）

　基本的に協定は、てきぱきとした、二二ヶ月間にわたる行程表を設定しており、ＲＰＦと前の政権政党である「発展のための革命的国家運動」（ＭＲＮＤ党）を含めたさまざまな党派が、まず広範な支持基盤をもつ移行政府（ＢＢＴＧ）を作ることになっていた。その後で、この国は何段階もへて自由かつ民主的な多民族による選挙へと進む。その過程で、移行政府はなんとか難民とＲＰＦを統合し、双方の軍を解散して新しい国軍を作り出し、憲法を再起草し、文民警察を復活させ、破綻した経済を再建するために、世界中の財政機関と援助団体に支援を求める。それらは、国の複雑な諸問題に資金を投じる必要があるのだ。この過程はすべて、協定の諸段階の実施を支援する、中立的な国際部隊を即座に配置できるかどうかにかかっている。部隊を配置するためにアルーシャ協定が設定した期限は九月一〇日、たった五週間先のことである。

ＰＫＯ局はルワンダに、三回目の調査団を出すことを決めた。たいていの場合は各部局がチームを、自分たちの都合に合わせて送り込む。今回は、私たちがいち早く方針転換をおこなおうと試みて、関連するすべての部局の代表が、同時に出かけることになった。

ブレントと私はすぐに、着手計画を作った。それは、軍事的な関心に焦点をあてたものだが、同時にこの任務の人道的側面も考慮に入れなければならなかった。政治的側面はいぜんとして政治局《DPA》の権限であった、私たちはオフィスも支援スタッフも、また地域の正確な軍事地図さえない状態で働いた——私たちは二人とも、借り物のラップトップコンピュータで徹夜をしていた。調査計画を立てるために使ったのは、ルワンダの観光旅行用の地図だ。

八月一〇日、ブレントと私は、調査派遣チームの他のメンバーと、計画と必需品について議論するために、急遽予定に組み入れられた会議に呼び出された。誰も役立ちそうなものを提案することはできなかったし、ほとんどがまったく蚊帳の外におかれているようであった。きゃしゃな体つきの物憂げな様子のアフリカ人で、アルーシャにおける国連の政治オブザーバーであり、調査派遣団の責任者に任命されているマケレ・ペダノウでさえ、行動計画についてほとんど提案するものはなかった。モーリスと他の連中は、ルワンダは国連の平和維持活動の評価を取り戻すチャンスであると語っていたが、この派遣任務がいまだにメインイベントの余興だと考えられていることは、私の目には明白であった。メインイベントは、ほとんどの人びとが地図上でその位置を示すことに困るような中央アフリカのちっぽけな国ではなく、これよりもずっと重要などこか他の場所、ボスニアやハイチやソマリアやモザンビークといった場所でおこなわれているのだ。

ルワンダに向けて出発する数日前、モーリスは私をオフィ

3 「ルワンダを調査して、指揮をとれ」

スに呼んで状況報告させた。彼の仕事場は機能的で、どちらかといえば陰鬱な雰囲気であり、ほっとさせるような植物も何もなかった。彼は大半の時間を現場と、国連のあちこちで開かれる無数の会議で費やしているので、自分のオフィスにいる時間は多くない。たいていの司令官オフィスにたまるような私物もなかった。六〇年代の木製の羽目板は全面的に貼り直す必要があったし、家具もごみの山に出すべきだった。

　私は調査計画、つまり国連用語でいう「技術派遣」に関してはかなり自信をもっていた。モーリスは注意深く私の話に耳を傾けたが、帰ってきても旅団規模の派遣団を要請しないでくれと言った。彼の言い方はぶっきらぼうだった。「これは小規模で安上がりでなければならないんだ。そうでなければ安全保障理事会の承認をえることはできない」私は面食らった。彼は軍でいうところの「評価に状況を合わせること」を求めている。つまり、私たちは状況をみて現実に必要となるものを評価するために派遣されようとしているのだが、その結果に応じて派遣団を計画するのではなく、使えるリソースに合わせて計画を立てるよう求めているのだ。

　ブレントが派遣団に使わせてくれる資金をめぐって国連の官僚主義と渡り合っている間に、私はこの新しい情報と取り組んだ。慢性的な人手不足と装備不足にある陸軍出身の一兵士として、間に合わせでやることには慣れていた——それは兵士の仕事の一部である。しかし、私は深刻な苦境に立たされていた。予想からいえば、アルーシャ協定はその里程に応じて、国連の派遣団を要請することになるだろう。しかし、もしも私の技術派遣報告が、各国が喜んで支払ったり貢献したりできる以上のものを求めれば、国連派遣団は消滅してしまうだろう。ニューヨークを出発する前から、すでに私の手の中には大きな倫理的ジレンマがあったのだ。

　それから、私たちは目の調子が悪いためにペダノウがはずれるという報告を受けた。緊急手術を受けなければならないので、彼は私たちに同行してルワンダに行けないというのだ。飛行機のチケットを私たちに手渡すまで、モーリスは派遣団の責任者としてペダノウの代わりになりうる人物が政治局《DPA》から誰も来ないということを教えなかった。欠員になったことで、私が責任者にならざるをえなかった。しかし、このことを嬉しく思うほど、私はまだナイーブだった。

第4章　敵同士が手を握る

ルワンダの首都キガリに着陸したのは一九九三年八月一七日だった。柔らかな霧に覆われた山々を一目見た瞬間、ルワンダが好きになった。ほぼ赤道上にあるにもかかわらず、標高が高いおかげで、良い香りのそよ風と信じられないほどの緑に満ちた温暖な場所になっている。延々とつづくなだらかな丘に小さな平らな畑があり、エデンの園のようにも思えた。しかし、ルワンダの美しさを楽しんでいる余裕はなかった。飛行機が着陸した瞬間から、私はあわただしい外交活動に巻き込まれた。滑走路から最初の記者会見に臨んだが、それは地元と外国からのメディアで満員だった。

雰囲気は友好的で前向きだった。空港での公式歓迎パーティの主催者は、連立政府の外務大臣アナスタセ・ガサナ、ルワンダの国連大使であるジャン＝ダマスセネ・ビジマナ、ルワンダの駐ウガンダ大使である。ガサナはアルーシャにおけるルワンダ政府内部で最も強力な和平推進者の一人であり、技術派遣団との正式な連絡役に任命されていた。愛想がよく、控え目な男で、ハビャリマナ体制に対立する政党である「民主的共和主義運動」（MDR党）出身の政治家である。彼は、アルーシャ和平合意が国の民主化のはじまりとなると信じていた。彼はルワンダがまた戦争になると心配してはいなかったが、複数政党制、権力分立による民主的システムへの移行がこの国で実施されるには、危険な政治的不確実性があることを認識していた。国連が中立的な平和維持部隊を作ってできるだけ早く投入しなければならないという彼の主張は、断固としたものだった。

私はガサナの楽観主義に元気づけられた。中立を装ってそれに応じないのは難しかった。ビジマナについては違っていた。彼はじっくりと観察し耳を傾けるが、何も語らず、その

4 敵同士が手を握る

陰鬱な沈黙はかなり気になった。というのは、彼はニューヨークの国連本部にいるルワンダ代表であり、その日メディアの前で私たちを代表する重要な司会者だったからである。当時私は、彼が議会の強硬派であることを知らなかった。

私はきっちりと原稿どおりに、私のチームは事実を明確にする任務に着手するのだということを強調し、私たちが来たからといってアルーシャ協定が求めているような完全な平和維持活動に国連が乗り出すことを保証するものではないということを強調した。九月一〇日、つまり移行政府が設立されることになっていた日付けに関して多くのジャーナリストから質問が出た。私たちがここに来たのは第一段階にすぎない、ルワンダに誰かが派遣される前に、国連と部隊を拠出する国が一連の決定を下さなければならない、そのことを何度も指摘したことを覚えている。九月一〇日までは、決して国連の派遣団が入ることはない。しかしながら、もし派遣が承認されれば、いくつかのルールを破ることは言うに及ばず、これまでのどこよりも可能なかぎり早く来ると約束した。このニュースでレセプションはかなり盛り上がった。

驚いたことに、ハビャリマナ大統領への公式訪問は日程にはすぐには入っていなかった。というのは、彼は派遣団を送るかどうかの決定に大きな影響を及ぼすことになる国連スタッフのチームを率いている人物を、自分で値踏みしたかったのだろうと思う。このことをガサナに言うと、大統領は私に会いたがっていると請け合った。それ以上何も言わなかったので、私もしばらくの間何も言わずにいた。

一二日間、たった一八人のチームと私で、国連平和維持部隊が入った場合の政治的、人道的、行政的、軍事的側面を評価しなければならなかった。いまや派遣団の団長となった私は、軍事面だけではなく政治的・人道的側面を担当し、また移行政府の構成に参加することになっている七つの党派の指導的立場にある政治家たちに会うために時間を割かなければならなかった。私はまた、キガリの外交官社会のメンバー、そして国連開発計画（ＵＮＤＰ）の駐在代表であるセネガルのアマドウ・リィにも会わなければならなかった。アマドウ・リィは、ルワンダにおける国連の上級代表である。

その結果、私は多くの軍事偵察任務をブレント、ミゲル・マルティン、そしてパディ・ブラグドン准将に任せなければならなかった。ブラグドン准将は、英国陸軍の退役将官であり国連の地雷除去専門家である。その間に私はすべての陣営の最高軍事責任者との仕事だけを引き受けた。また、人道援助機関との連絡をとらなければならなかった。難民、国内で強制移住させられた人びとや、この国の内外で飢餓に苦しんでいる住民を助けたり、後になって武装解除した兵士を再統合したりする際に、人道援助機関は重要な役割を果たすことになるからである。
現地活動部門《FOD》（国連の現地行政・後方支援機関）のスタッフが、通信、インフラ、人員、地域の支援と輸送その他、この辺鄙な、陸に閉ざされた国で派遣団が必要とするあらゆる管理的サポートの側面について検討してくれた。

技術派遣団でさえ、車両や現地スタッフ、電話、その他あらゆる装備が必要だった。私たちは臨時の司令部をミルコリン・ホテルの会議室に設置したが、後方支援の問題には悩まされた。私は自分たちの司令部を設置するためだけに費やした時間を考えて苛々していた。あるのは、壁に何枚かの旅行者用地図、机の上に置かれた数台のコンピュータ、テーブルと椅子、それだけだ。この短い旅の終わりには私は勧告書を提出し、作戦構想の草稿を作って国連の承認を得なければならなかった。そしてすでに行政的な問題と物品不足のためにかぎられた時間と集中力を浪費しているのだ。

幸運なことに、ルワンダに三年いて土地の様子を知っているアマドウがいた。国連の他の多くの連中とは違って、彼は、へまと無能のつけを自分が払わされていることを目にしても、シニカルでもなく疲弊してもいなかった。彼の温和な物腰の下には猛烈な仕事への意欲が隠れており、それに触発されて、少人数だが献身的な彼のスタッフが乏しいリソースで小さな奇跡を達成したのである。彼はやりくりして、紙と鉛筆から国際通話、運転手付きの車にいたるまでなんでも用意してくれた。もちろんそれは彼のすべき仕事ではなかったし、彼のオフィスはこのようなサービスを私たちに提供するほどの予算はなかったのだが。この旅で、リィはルワンダで私たちに過激派一派が抱いている不満、民兵の存在について警告してくれた数少ない人びとの一人であった。民兵は、穏健派の政党も含めてさまざまな政党の青年組織に浸透していた。彼は、時間が重要な要素だと言った。そうした武力集団が支配力を増大させないようにするには、国連の平和維持部隊ができるだけ早く着任する必要がある、というのであった。

最初の公式会見は、暫定政府首相でアガート夫人として広く知られているアガート・ウィリンギイマナと、アルーシャで移行政府の首班に指名された首相予定者であるフォスタン・トゥワギラムングとのものであった。私たちは、アガート夫人の広く風通しのよいオフィスで会った。彼女は母のような優しい女性であったが、冷徹なところもあった。彼女は国連の平和維持部隊派遣を支持した。彼女が言うには、ルワンダの将来はどっちつかずの状態にあり、連立に参加したくない少数の強硬論者がいるので、デモクラシーのためのこの歴史的機会を逃すことはできないのだ。

4 敵同士が手を握る

トゥワギラムングは一九六八年から一九七六年頃までのケベックで勉強しており、戦争措置法とルネ・レヴェスクが率いる分離主義者のケベック党が劇的に権力を奪った時代を経験していた。彼はフランス語系のマッギル大学の大集会に参加したことがあった。その経験が自分の政治生活にとても役立っていると感じていた。彼はアガート夫人ほどには私の心を動かさなかったし、前面に出ようとはしなかったが、移行政府の設立には非常に熱心であった。政治の世界に入る前、彼はルワンダの国際貨物輸送を独占する国営企業の総括支配人であった。トゥワギラムングは一度収賄の罪で告発されてしばらく投獄されていたのだが、彼はそれを政治的迫害を受けたためだとしていた。彼のクールで、けんか腰の態度はそれで説明がついた。彼はアガート夫人が国連を支持するのに賛成したが、彼女ほど熱心ではなかった。

私は、出会ったルワンダの政治家たちがまわりくどい言い方をするのが時には腹立たしかったが、すぐに、質問するのをやめて耳を傾ければ、大抵の場合、この国の歴史と文化について、そしてこの国を苦しませているものについて、驚くほどの洞察を聞くことができることに気づいた。たとえば、分断された民族の双方の出身者たちは将来への不安を漏らしたが、その間ずっと和平協定が実施されることを自分たちがどれほど望んでいるかを語った。過去の自分たちに対する処遇が不正であったという気持ちがいつまでも残っていること、カオスのような不確実性、そして権威に対する不信、その感覚が和平プロセスのもたらしたこの信じられないような機会を掴むうえで障害となる可能性があった。全体的にいえば、彼らは本物の、あるいは想像上の過去の不満によって心理的抑圧を受けている人びとだった。彼らは悲観的で、だがおそらくは現実的な、将来像をもっていた。

出会った多くの人びとがカナダを研究したり、ルワンダでカナダ人の教師に教わったりしたことがあると知って驚いた。人びとはまた、かつての宗主国であったベルギーとフランスの学問的また軍事的環境に非常に密接な繋がりをもっていた。キガリに着く前に私が集めたわずかな情報ではまったく分からなかったが、ほとんどはフツ出身だがフランス語系ルワンダ人とケベック、とりわけそこにある二つの大きなフランス語系大学ラバル大学とモントリオール大学との間に何十年にもわたる関係があった。穏健派の「自由党」党首であるランドアルド・ンダシングワはケベック人のエレネ・ピンスキーと結婚していた。彼らは一風変わってはいるが、カリスマ的なカップルだった。ランドは生まれの良さからくる魅力がありよく笑ったし、エレネは、ターボチャージャーのついたベラ・アブズグ〔元米国下院議員でカイロ会議等で活躍したフェミニスト〕を思わせた。ランドは暫定政権の社会問題大臣であり、移行政府でも大臣になると考えられていた。エレネは家族で事業を営んでおり、それは「シェ・ランド」という、ルワンダ在住のヨーロッパ人とルワンダ人の両方に人気のあるホテル、バー、レストランである。

　エレネのおかげで、フランス語系カナダの文化――言語、音楽、文学、激しい社会的政治的議論を好む傾向――がどれほどルワンダ語に翻訳されているかを理解するのは容易なことだった。派遣任務がすすむにつれて、私はこのフランス語系国民にいっそう心を許すようになった。おそらく私はすすんでルワンダの魅力の虜になったのだが、この小さなアフリカの国の闘争は、私の内に情熱的な同情的反応をわき起こしはじめていた。私の目は、いつもの軍事領域とはかけはなれた現実に対して開かれつつあった。そして政治指導者たちの二枚舌の下にある、あらゆる文化的ニュアンス、あらゆる歪曲を、すべて吸収しようとしたのである。

　ペダノウが降りた後、ブトロス・ブトロス＝ガリは派遣団の新しい政治責任者を任命しなかったが、ＰＫＯ局はマルティンに加えてリベロをすべての私の外交的・政治的ミーティングに同伴させるために送ってきた。そして政治局《ＤＰＡ》は私を補佐するために下級政治担当官をよこした。彼女は国連事務次長ジェームズ・ジョナのアシスタントをしており、立派な身なりの横柄な女性だった。外交官の社交環境で育ったフィクサー兼アレンジャーであり、私の日程表を次々と会議とカクテルパーティーへの出席で埋めていった。私たちは、ドイツ人、ベルギー人、アメリカ人、中国人、ロシア人、バチカン使節、ブルンジ大使、そしてもちろんフランス人――むこうの主張で二回――に会った。彼らの誰も、私に深みのある政治的分析をしてはくれなかった。みんな同じ譜面を見て歌を唄っているようだ。国連は一刻も早く派遣しなければならない、という歌を。しかしながら、そのうちのどの国も部隊を一つもテーブルの上に並べていない。そしてほとんどの国が、そのような派遣団にかかるだろう規模とコストについてあら探しをすることにしているのである。

　我らが下級政治担当官は、偶然にもフランス人であり、フランス大使との二回の面会の約束を予定に入れていた。一回はその旅の初めに、もう一回は私が帰る前日である。フランスは七〇年代半ばからずっとハビャリマナ体制と関係があった。その間、フランス政府はフランス語系ルワンダ人にかなりの投資をし、武器と軍事専門家を提供した。この支援は、一九九〇年一〇月と一九九三年二月のＲＰＦ反政府軍に対抗するための徹底的な介入にエスカレートした。しかしＲＰＦは不屈の粘り強い敵であることが明らかになった。そしてフランス人はとうとう国連と一体となって一連の停戦と、最終的にはアルーシャ協定になる外交努力をおこなったのである。フランスはいまだに降下歩兵大隊の半隊をキガリに駐屯させ、現地ヨーロッパ人のコミュニティを守ることになっており、また政府軍《RGF》の主な部隊に、制服、私服双方の軍事顧問を供与している。フランスは、国連安全保障理事会において、ルワンダに明確な関心を示している唯一の理事国でもある。フランスの大使に情報を提供しつづけることは重要である——国連による部隊展開がどうなるかは分からないからだ。

　嬉しいことには、彼の住まいでおこなわれた最初の会見の間中、大使ジャン＝フィリップ・マルローはオープンで友好的な態度に終始し、それまで他の機会に会ったどのフランスの官僚にもつきものの傲慢さは見られなかった。彼は一九九三年三月にルワンダに赴任したばかりであり、アルーシャ協定の目的を促進しようと決めているようだった。彼は注意深く私の話を聴き、私が考えついたばかりのアイデアに心から共鳴を示し、調査計画に目をとおしてさえくれた。リィを別にすれば、彼はルワンダで、私の仕事の細部にわたってまで表面的関心以上のものを示した唯一の人物である。彼は九月一〇日に関して、ルワンダ国民を安心させる何らかの手段を見つけることが是非とも必要であると考えていた。ちょっとした意思表示であっても、人びとの懸念を和らげることができるだろう。

　私がなんとか政治的会談を乗り切っている間に、ブレントとティコは忙しく軍事状況を評価していた。このフィジー人の巨漢はカシミール、シナイ、レバノン、ソマリアその他の場所で任務についたことがあり、汲み尽くせないほどの戦場エピソードの宝庫であり、同じくらい汲み尽くせないほどのユーモアの持ち主のようであった。この旅の二、三日目に、私たちは一緒に、キガリの北六〇キロのムリンディの非武装地帯の北側にいるＲＰＦの上級指導部に会いに出かけた。みずみずしい緑の田園地帯を走りながら、私はＲＰＦの軍事指導者ポール・カガメ少将に思いを馳せていた。ぼろぼろのゲリラ戦士の一団を、戦場で一度ならず二度までも、フランス軍兵士に対峙して一歩も引かない能力をもった部隊へと変えたこの男に、是非とも会ってみたいと思っていたのだ。

　私たちは、途切れることのない歩行者の流れを越えた。女性たちは、派手な色のドレスに身を包み、頭に乗せた大きな包みのバランスをとって優雅に身体を揺らしながら、時には、背中に斜めに掛けたショールに小さな子供を背負っている。男たちは、木片から作った手作りの自転車を、あらゆる種類の野菜で飾って漕いでいる。だぶだぶの木綿のシャツを着た笑顔の少年たちの一団が家畜を追う。ルート沿いに、テラコッタの色とりどりのレンガ作りの一軒屋《コテージ》が連なるこぎれいな村が点在しており、その風景の美しさは私が知っている絶望的な貧困を忘れさせるほどであった。

その時、この田舎の田園風景の真ん中で、長い内戦の身の毛もよだつような残骸に出会ったのだ。

キャンプが見えてくる前に、まずその匂いがした。糞便、尿、吐瀉物、そして死の入り混じった毒の匂い。丘陵一面を青いビニールのテントの森が覆っており、そこでは非武装地域とRPFの支配区域から強制移住によってやってきた六万の人びとが数キロ四方にぎっしりと詰め込まれていた。車をとめて降りると、黒い雲のような蝿の群れにたかられた。そいつらは目と口にこびりつき、耳と鼻に潜り込んでくる。あまりの匂いに吐きそうになるのだが、口を開けて息をするのは蝿のおかげで困難である。若いベルギー人の赤十字職員が私たちを見つけ、仕事を中断してキャンプを案内してくれた。難民たちは小さな焚き火を取り囲み、沈黙した幽霊のような群衆が、不潔なキャンプを慎重に道を選んでゆく私たちを物憂げな目で追っていた。私は、この若いベルギー人女性が絶望的な状況にいる人びとにできるかぎりの援助を親切に与えているのを見て、彼女の静かな情熱に胸を打たれた。彼女が汚れと絶望の向こうに、彼らの人間性を見ることができているのは明らかであった。

この場面には深く心をかき乱された。そして作り物のテレビのニュースのように意図的なものではない、これほどの苦難を目撃したのは初めてのことだった。何よりも衝撃的だったのは、老女が一人で横になって、静かに死を待っている光景である。彼女は十二キロもなかったはずだ。すでにそのテントも取り払われて、持ち物が一切合切持ち去られた自分のシェルターの廃墟の真ん中に横たわっており、顔のしわ一本一本に苦痛と絶望が刻み込まれていた。難民キャンプのぞっとするような現実の中で、彼女はすでに死んだものとして諦められ、わずかな所有物ももう少し元気な隣人たちの間で山分けされたのだ。援助職員が、その老女は翌朝までもたないでしょうと囁いた。愛してくれる人も慰めてくれる人もいないままに、一人で死んでゆく彼女のことを考えると、涙が出てきた。

なんとか平静を保とうと努めていた私は、キャンプの子供たちの一団に取り囲まれた。彼らは真ん中にいるこの奇妙な白人を見てあからさまに笑うか、内気に微笑むかのいずれかだった。彼らは、乾燥させた小枝と蔓から作ったボールでサッカーをしており、私のズボンを引っ張って、熱心に私をゲームに加わらせようとした。私は彼らの活力に恐れ入った。老女には遅すぎるが、彼らには未来に対する権利がある。これが、私が個人的に国連平和維持部隊をルワンダに送ることに自分を捧げた瞬間だった、そうは言っても私はメロドラマにでてくるような人間ではない。それまでは、派遣団を送ることは興味深いチャレンジであり、野戦司令官になる可能性がある手段であった。私は車に乗り込みながら、今や第一の任務は、この子供たちのためにルワンダに平和を確立すること、この苦難を和らげるために全力を尽くすことだということが分かったのである。

4 敵同士が手を握る

まもなくして私たちは政府軍《ＲＧＦ》の検問所をすぎ、前線を囲んでいる地雷原と表示された地域をゆっくりと進み、非武装地帯に入った。そこは、難民キャンプで出会った人びとが強制移住を受けて、人気のなくなった村々が点在する気味の悪い場所であった。この地域に住んでいた人びとは一九九〇年代の戦闘で追い出され、土地や農地はうっそうとした植物と野生の花で覆われはじめていた。辺りはタイランチョウとナキドリの騒々しいが寂しい泣き声で満たされていた。車から降りて辺りを散策したかったが、この地域には地雷が沢山仕掛けられていると警告されていた。だから、ＲＰＦの支配地域まで、この非武装地域を越える間は道からはずれないようにした。

ＲＰＦは私たちを約三〇人のイントーレ、つまり戦士の踊りからなる栄誉儀礼で出迎えた。彼らはそれぞれ豹柄の布で飾られた紫色の木綿の短いアンダースカートを履き、ライオンのたてがみに似せて作られた髪のついた大きなかぶり物をつけていた。裸の胸にはビーズが飾られ、足首には小さな鈴、そして手には儀式用の楯と槍をもっている。頭を激しく揺さぶり、身体を捩りながら、彼らが大きな鳥の一団のように空中に軽々と飛び上がると、汗のしたたる裸身が日光を浴びてキラキラ光った。およそ二〇分間にわたって彼らは踊り、太鼓を叩き、歌を唄い、最後に武器を派手に振り回し、私たちに見せつけた。彼らの見せた踊りは、古くからの戦士の伝統と、よく訓練された近代的な陸軍がもつ規律と正確さとを織り上げたものであり、次に何が起こるのかと思わせるような雰囲気を漂わせていた。

ＲＰＦは人の住んでいない茶のプランテーションの大きな一群の建物を司令部として使っていた。私たちは、摘み取りの済んでいない茶が青々と茂った丘を車で登り、優美で大きな邸宅の前に車を止めた。その邸宅には伝統的な庭を望む広いベランダがあったが、庭はゆっくりと廃虚と化しつつあった。空気には花の香りが溢れていた。家の中で、ＲＰＦ議長であるアレクシス・カニャレングェを含めたＲＰＦの政治・軍事指導部から暖かい歓迎を受けた。カニャレングェは丸々と太って、明るい目をしており、なんともいえないほほ笑みを浮かべていた。上級政治担当官であるパストゥール・ビジムングはせっかちであると同時に雄弁であった。ポール・カガメは反政府軍の司令官というよりは頑固な大学教授のように見えた。彼らは私を、家具をすべて取り去って集会場として使われているリビングルームに案内した。

カニャレングェ、ビジムング、カガメの三人は明確で興味深い見解を述べたが、それぞれが独自のもので非常に説得力があった。RPFの名義上の代表であるカニャレングェはフツ族であり、自分に与えられた指導的役割に居心地が悪そうであり、発言する度に他の二人の反応をうかがっていた。しかし、彼が堅実で真面目できちんとした人物であることは分かった。ビジムングは公式のRPF政治代表である。彼はかつてハビャリマナ政権で政府の高官を務め、そのおかげで、政権の最悪の残虐行為を暴こうとして投獄され拷問を受けた。彼もまたフツ族であり、情熱的で、理屈っぽく、頑固ではあるが、真のカリスマ性には欠けている。さらにカガメがいた。彼は明らかに三人の中で一番無口ではあるが、人を惹きつける人物である。ほぼ典型的なツチ族である彼は、信じられないくらい痩せており、身長は六フィートをゆうに越える。彼はこの集まりを、その鷹のような激しさをまったく隠すことなくじっと上から見つめている。眼鏡の後ろのキラキラ光る灰色の眼差しがこの場を射抜くように支配していた。

上級士官を含めて、このグループのほとんどの者が静かな自信と威厳をそなえた振る舞いをした。休憩の時も彼らは決して無駄話をせず、仲間同士で問題点について話し合っていた。雰囲気は質実剛健《スパルタン》であった。旗も絵も、いかなる装飾もなく、アルコールや煙草のような享楽もなかった。私たちは部屋の中央の長いテーブルに座った。三列あるベンチは、会議を見守る幕僚と文民指導者たちで埋まった。

RPFはアルーシャ協定を支持する点では一致していた。協定の「腐食」、つまりそれが紙くず同然になるのを防ぐためにも早急に私たちは行動すべきだ、と議長は強調した。彼はまた、ルワンダ内部での議会諸会派の伸長と活動に関心を寄せていた。彼が言うには、もし国連がアルーシャ協定を履行する中立的な平和維持部隊を構成するつもりならば、RPFの指導者たちがキガリに移って移行政権に参加する際に、その安全を保障しなければならない。また、兵士を国からできるだけ早く退去させるよう国連がフランスに圧力をかけるべきだと主張した。彼は礼儀をわきまえて口にはしなかったが、誇り高きアフリカ人であるRPFには、実際には平和維持部隊は国連から派遣されるよりも、OAUによって運営されるほうが好ましいのだ。

RPFは自分たちを、帰郷して平和に暮らすことだけを望むルワンダ人難民グループであると称していた。彼らは、ルワンダに多民族からなるデモクラティックな社会を築くことが希望だと主張していたのだ。彼らの誠実さには疑問を抱か

4 敵同士が手を握る

なかったが、内戦で成功をおさめてきたために、彼らには恐れるものがないし、和平協定が首尾よく実施されれば何でも手に入れることができるということに私は気づいた。私たちはただ一つ厄介な問題にぶつかった。議長が、八月初旬にアルーシャ合意がうたわれて以来、非武装地帯から強制移住させられた住民——六〇万人にものぼる——がこの地域に帰りはじめていることに懸念を表明したからだ。RPFは、結果的にこの地域の安全が保障されなくなるのではないかと心配していた。強制移住させられた人びとの地獄のようなキャンプを目撃した後だっただけに、私はあえてこれらの貧しい人びとは自分たちの家と小さな農地に帰りたいと切望している、彼らが再定住できるよう準備するために、非武装地域の地雷除去が第一におこなわれなければならない仕事の一つである、そう言ってみた。ビジムングは同意しなかった。アルーシャ合意の文言によれば、中立的な国際部隊がこの地域を非武装のままに保ち、封鎖しなければならない。その時は、彼の懸念は武装蜂起した反乱部隊の疑心によるものだと思っていた。後になって、この問題をRPFが取り上げたのは安全保障とはそれほど関係なく、むしろ当時ウガンダにいたツチ族難民を再定住させたいという希望に関係していたのではないか、と考えるようになった。

RPF軍に対する私たちの視察は、ひどい轍を踏みしめて、非常に注意深い護衛のもとにおこなわれた。私には、これは私たちの時間を浪費させ、RPFの司令部と部隊を本当に十分には見せないようにする意図的な努力に思われた。しかしながら、ヘリコプターがあれば深い森と山からなる地域の上を飛ぶこともできただろうが、それがないので部隊を偵察するには大きな限界がありそうだった。士官たちは、完全に協力しているという印象をうまく与えていたが、部隊構成や真の能力についてはほとんど情報を与えなかった。私たちが会った兵士たちは明らかに統率がとれており、よく訓練され士気も高かった。彼らは東ドイツ軍の夏服とゴムブーツという独特な組み合わせの服装をしていたが、いずれも清潔できちんとしていた。下士官と兵卒の多くは若く、時には少年さえもいた。士官もまた若いが、明らかにどのように部隊員を動かせばいいか心得ていた。訓練をしていない時には、兵士は講義に出席し、装備の清掃保守をおこなっていた。これは戦闘能力があることを証明しており、いつでも戦うことのできる軍隊だということである。

RPFの唯一の制約は後方支援にあった。彼らにはほとんど車両がなかったし、部隊がいつでも用意万端で、栄養も十分、そしてかなり十分な装備があるように見えても、彼らは足と自転車で戦って補給を受けなければならない軽歩兵だった。しかし、最近の戦いでことごとく勝利をおさめてきたのは、その優れた指揮、訓練、経験、倹約、移動力、規律、そして士気ゆえにであった。もしカガメがこの部隊の養成の責任者であったとすれば、彼は本当に深い感銘に価する指揮官であり、おそらくはメディアが彼に冠した綽名、アフリカのナポレオンに価する人物である。

ＲＧＦはこれとははっきり対照的である。軍の参謀長であるデオグラティアス・ンサビマナ少将は巨漢で、表情からして信頼のおけない人物であることが分かった。彼は感銘を受けるような兵士ではなかったし、一九九三年春のＲＰＦに対する最後の作戦からも有能とはとても言えないことは明らかであった。彼はハビャリマナ大統領と近い関係にあるために、交戦状態が終わった後もその地位にとどまっていた。暫定政権が存在しているにもかかわらず、軍と憲兵隊（ルワンダ警察）の大部分がいまだにハビャリマナ政権の支配下にある。それは、大統領の与党であるＭＲＮＤ党出身の高い地位を占める強硬論者たちが国防省での権力を手放さないことによるものであった。

ＲＧＦの上級士官の中には、アルーシャ協定を支持しているように思える、そして戦場で敗北を喫した対立が終わることを心から期待する、少数の佐官からなる幹部グループもあった。しかし、士官団、とりわけ北部ルワンダ出身の士官団の内部には、アルーシャをそれほど支持しておらず、またＲＰＦに対する憎悪を隠そうとしない者も多くいた。一緒にやっていけるグループと監視しなければならないグループがいることは明らかであった。

私は、非武装地帯のＲＧＦ側とこの国の南部を、ガゼル軽武装ヘリに乗って訪れ、ハビャリマナの生地にほど近いルヘンゲリにあるＲＧＦのエリート部隊の訓練キャンプを見るために北部にも飛んだ。ルヘンゲリに近づくと、ヴィルンガ山脈が新緑に覆われた丘の海から、青い巨人のように私たちに立ちはだかった。この息を飲むような光景（映画『愛は霧の彼方に』〔原題 Gorillas in the Mist〕で有名になった）は、前政権の心の故郷であった。

この地域のエリート部隊は、特殊部隊《コマンド》のキャンプを基地としている。憲兵隊の即応部隊とエリート軍事部隊はルヘンゲリの憲兵隊学校を基地としていた。いずれもフランスとベルギーの軍事顧問によって訓練を受けているところであった。

その一方で、陸軍の前線部隊は十分な訓練を受けていない徴募兵で編成されており、武器も食料も医薬品もなく、とりわけ指揮と士気を欠いていた。最悪の生活条件ゆえに脱走率が高く、マラリアの発生率が高いために始終部隊が交代しなければならなかった。この軍隊では二つの基準があった。エリート部隊のための高い基準と、それ以外の軍のための低い基準である。

4 敵同士が手を握る

私の関心を最も引いたRGFの部隊は大統領警護隊であり、すでにブレントとティコがキガリのメリディアン・ホテルの近くにあるそのキャンプをつぶさに偵察していた。それは高度な訓練を受けた士官、下士官、兵士から編成されており、最も攻撃的であるだけでなく、最良の武器と人材をそなえたエリート部隊であった。彼らはハビャリマナの近衛部隊であり、傲慢なまでに自信に満ちた行動をとった。私は彼らの規律の基準を評価しなかった。彼らは自分たちの上官に対しては敬意を払い従順であったが、RGFの他の兵士に対してはことごとく、私に対してでさえ、侮蔑的な態度をとった。彼らを慎重に扱わなければならないことは明らかであった。彼らが軍務を解かれた時に社会復帰させること、あるいはルワンダのために計画されている新しい軍隊に編入することは、控え目に言っても困難だろう。武装解除の段階では彼らが最優先の課題になるだろうし、彼らを統制するには大統領の個人的介入が必要となるだろうと確信した。

RGFの徴募兵が一日二本のビールを生き甲斐としており、その支給を半分に減らされるとほとんど反乱状態になったのに対して、彼らを指揮する若い士官たちは一般に活気に溢れ力強かった。士官たちと下士官・兵の溝を説明してくれたのは、ルヘンゲリの駐屯地にいた上級地方指揮官であるが、彼が言うには、士官が昇進する唯一の方法は「名を上げること」である。詳しくは語らなかったが、彼が「戦闘で」と言いたいのは分かった。これは将来国連平和維持部隊員になるかもしれない者にとって、心穏やかに耳にできることではなかった。というのは、失うものがなく、得るものしかない野心的で若い士官たちは、自分の昇進のためとあれば、指揮下にある男たちの命を喜んで危険にさらす、ということを意味しているからである。

他にも、私にとって心穏やかではなく腹立たしいことだったのは、RGFが子供を前線で使っていることであった。ルワンダで子供たちが重い力仕事をしているのにはいささか慣れてきてはいたが、政府軍部隊を見て歩きながら、私は兵士たちが子供を洗濯や料理、掃除をする召使いとして使い、休暇になると男たちが彼らを慰みものにしていることに気づいた。私は一度ならず、この子供たちは軍隊と一緒にいるほうが間違いなくましな生活ができるのだ、と教えられた——少なくとも彼らは食べることができる。しかし子供と戦闘部隊が親密な関係にあるのは紛れもなく間違いである。私はこんな年端のいかない子供がRPFにいるのを見たことはない。もっとも、RPFの兵士の多くも明らかに一八歳以下ではあったが。

もっと率直に語るRGFの士官たちは、低い給料、（あるとしても）劣悪な訓練、かぎられた補給、うんざりするような脱走率と隊員たちの自信喪失について教えてくれた。隊員たちは戦闘に熟達したRPFとの戦いに投入され、特に一九九三年二月の最後のRPFの攻撃で甚大な損害を蒙っていた。無秩序状態にあるこの軍隊は非常に危険な存在となる可能性があった。カリスマ的な指導者の下に糾合すれば、情け容赦ない暴徒へと変わるかもしれない。私はいかなる任務となっても、国連部隊の大半をRGFの支配地域である非武装地帯の南側に展開することを決めた。

フランス式の準軍事組織である憲兵隊は、ルワンダの第三の組織化された軍であり、兵力約六〇〇〇であった。その参謀長オーギュスタン・ンディンディリマナは、作戦立案、支援と兵站については国防大臣に仕え、国内での日常的な警察活動については内務大臣に仕えていた。国防大臣ビジマナは、憲兵隊が軍を増強するために前線に動員された戦争の間に、憲兵隊に対する強力な支配権を握っていた。この戦争の前には、憲兵隊には二〇〇〇人足らずの隊員しかいなかったが、若者を徴用することで規模は三倍になった。その過程で、憲兵隊は結束、規律、訓練、経験、信頼性を失った。この派遣の間に一緒に働かなければならなかった士官のうちで、ンディンディリマナは最も役に立ち、率直でオープンな人物であった。

ティコとベルギーの憲兵隊士官であるエディー・デルポルテ少佐が憲兵隊の分析をおこなった。デルポルテは、西サハラの国連派遣団からこちらに一時的に配属されていた。彼らの調査によれば、それは本物のプロの警察官からまったくの犯罪者が制服を着ているだけの者まで含めた、不安定な士気と規律のない隊員の集団であった。国中に展開してはいるが、部隊の大半はキガリとルヘンゲリにいた。概して、隊員たちは軍にいる連中に比べれば教育を受けて、自尊心をもつようになっているように思えた。デルポルテは、フランスとベルギーはRGFと憲兵隊に顧問を、司令部から戦場に部隊を送る訓練施設に至るまで派遣しており、大使や武官が認めているよりもはるかに広範な顧問団ネットワークを展開していることを確認した。デルポルテはベルギー人からもっと情報を得ようとしたが壁に阻まれた。この壁を私たちはとうとう突き崩すことはできなかった。彼らのルワンダでの本当の任務は何だったのだろうか?

私たちのスタッフは、キガリのフランス降下歩兵大隊にも接触したが、この訪問はキガリ市内のRGFに関して地図上で情報をえた以外にはほとんど成果がなかった。この歩兵大隊もまた、兵力とルワンダでの本当の任務については口を閉ざしていた。空港や夜間のパトロールをしたり首都の内外に道路封鎖をしている時以外には、めったにフランス兵を見ることはなかった。全体的に、キガリの市内の状況は平静で抑制されたものであり、その雰囲気にはおそらく歩兵大隊が貢献していた。キガリと中央アフリカの夜は普通はとてつもなく暗い。夜のとばりが降りるとともに街は眠りにつく。アフリカの夜は、平和と静寂、暗やみと危険の間ではっとするほど対照的であることに気づいた。

4 敵同士が手を握る

ＲＧＦに危険な兆候を読みとることができたが、技術派遣が終わりに近づくにつれて、ルワンダは緊急事態にあるという印象を付与することができれば、古典的な国連憲章第六章に基づく平和維持任務が役立つ場所であると確信した。作戦はかつて敵同士であった陣営の間で仲裁し、和平協定が履行され、誰もがルールにしたがって行動するようにすることである。部隊は武装隊員と非武装の監視員から構成し、対立が発生しそうなすべての地域に注意深く、そして厳格な交戦規則で展開する。その規則とは、武器は自衛のためにだけ用いるという規則である。第六章に基づく作戦以外の選択肢としては、外交的手段をつうじて紛争を抑制するよう試みる（それはルワンダの場合には見込みがなかった）、あるいは第七章に基づいて、平和執行任務をおこなうというものもあった。平和執行任務では、国連は諸国家連合に、攻撃的な軍事力で当事国を侵略し諸党派に平和を課すことを認める。どの国も、戦略的にみて国益も国際的な利益もなく、また国際平和と安全に対する大きな脅威にもなっていない国に、第七章任務で貢献する用意はないだろう。第七章は冷戦がはじまった時に韓国で用いられ、最近では、湾岸戦争とソマリアで使われた。第七章は、大国の政府を牛耳っている戦争アレルギーのリベラル派を恐々とさせていた。つまり、植民地主義の匂いがし、国家主権を侵害する。結果的には膨大なリソースと人命を犠牲にすることになるだろう、というのである。もし私がルワンダの場合に第七章の適用を主張していたら、片道切符を渡されてオタワへの帰路についていたことだろう。第六章が、私たちが手にしている唯一現実的な選択肢だった。

しかしながら私は、この紛争には民族紛争の性格があり、和平合意に反対する人物が存在し、動員解除された兵士による略奪や民族殺戮の可能性があることを考えれば、そうした脅威に対抗できる軍事力が必要であることも分かっていた。だから、この任務について私が提案した交戦規則（ＲＯＥ）の中に（大部分はカンボジアで使われた規則からの頂き物だが）、第一七節を挿入した。それは、私たちが「人間性に対する犯罪」を阻止するのに必要な武力を使い、それには人を死に至らしめるような武力をも含めることを認めるものであった。私たちは新しい一歩を踏み出していたのだが、それを当時の私はまだ本当には理解していなかった。後にそれは「第六章半」と呼ばれることになるものであり、紛争解決のまったく新しい方法へと私たちは進んでいたのである。

ルワンダでの八月の一二日間に、私は楽観的になれるいくつもの根拠を見出していた。私が開いた会議の中で、最も生産的で多くの情報を得ることができたものに、非武装地帯の中心であるキニヒラで開催されたRPFとRGFの合同会議があった。キニヒラではその前数ヶ月間にわたってアルーシャ和平合意の多くの条項が調印されたのだ。RPFはパストゥール・ビジムングを首席スポークスマンとして送ってきた。彼の相手となるRGF側は、テオネステ・バゴソラであり、国防相の官房長である。バゴソラは眼鏡をかけたずんぐりとした男で、事の進み方に困惑しているように見えた。彼はアルーシャ合意を支持すると言ったが、しばしば特にRPFの代表団と対立した。

言語は深刻な問題だった。RPF代表団の大部分は英語圏のウガンダで育ったルワンダ難民から構成されているのでほとんど英語を使い、ルワンダ政府の代表者たちはフランス語しか使わない。私は二つの言語集団の間をとりもってきたそれまでの経験を生かして、公式通訳として行動することにかなりの精力を注いだ。もしそのような立場にならなければ、交渉のテーブルのまわりで繰り広げられたにちがいない本音の意見をもっと多く聞き取ることができただろうか？　いずれにしても、通訳として私は一言も聞き逃さないようにした。

私たちは広大な茶農園の支配人の家で会談した。周囲の段丘とテラコッタのコテージを望むベランダから、対立する代表団のメンバーが手に手をとって散策しながら、議論をおこなっているのをうっとりして信じられない思いで見ていた。キプロス任務の経験があるベテランが、ギリシア系とトルコ系のキプロス人が交渉の間にうったわざとらしい演技の話をして面白がらせてくれた。彼らがこだわったことの一つは、同じ出入り口を共有しなくてもよいように、会議場の入り口を分けることであった、というのである。交渉のテーブルではRPFとRGFは冷たく攻撃的ではあったが、休憩時間と昼食になると、兄弟のように親しげであった。

代表団の全員がこのような親善の素振りを見せたわけではない。とくに目立った例外がバゴソラと、RGFと憲兵隊の参謀長である。

公式セッションの間、私は両代表団に、私が理解しておらず、明確にしておく必要がある和平合意の諸側面について説明させた。このようなやり方をとることによって、合意の各条項の意味を誰もが理解していることが確信できた。私たちは曖昧な議事進行上の問題点を議論することから、キガリに駐屯するRPFの六〇〇名の兵士からなる軽歩兵大隊の配置

4 敵同士が手を握る

について議論することまでおこなった。この歩兵大隊の目的は、移行政府が樹立される間、RPFの高官を警護することにある。この点については会議で非常に時間がかかった。というのは、武器の大きさから装弾の量まで、一つひとつ詳細に議論して解決したからである。対空砲火システムの問題をバゴソラがもちだした。対空砲火用に特別な砲架に取り付けられた重機関銃だけが許される。ミサイルは認められない。RPFは東側ブロック製の短距離ミサイルを所有していると宣言していたが、RGFはミサイル能力をまったくもっていないと主張した。しかしRGFがキガリ空港に対空砲と数は分からないがSA－7ミサイルをもっていることを私は知っていた。キガリの中心部にRPF歩兵大隊のための場所を見つけなければならないこと、それについて双方が合意しなければならないという事実については、誰も文句を言わなかった。RGFは、中立的な平和維持部隊がこの状況をコントロールできると信頼していると主張した。

最大の問題は、それぞれの軍と憲兵隊の動員解除と新しい国軍の創設にどのように対処するかということにある。私にはそれが分かっていた。軍を武装解除して放り出すだけでは十分ではないだろう。兵士一人一人にアルーシャ協定で約束された年金と、他の雇い主を見つけることができるように再訓練を与えなければならない。動員解除は移行政府が九月一〇日に発足するとすぐにはじめられることになっていた。それまでたった一三日しかない。技術的報告書さえそれまでに終わりそうにもなかったのだ。

安全に動員解除し、再統合するために払う資金がどこにあるのかという問題を、さまざまな外交使節団との会議で何度も提起したが、それを引き受ける国はなかった。私が腹を立てたのは、信じ難いことに、この問題をほかの派遣団がどのように処理しているのかについての情報を国連の誰も提供できなかったことである。そのような、ギリギリの期限があるなかで、わざわざ一からやらなければならなかった。アマドウ・リィはそのいつもの楽観主義で、国際通貨基金（IMF）と世界銀行を引きずり込んで、その保証で供与国になりそうな政府のラウンド・テーブルに出資させたらどうかと提案した。それがだめなら、残された唯一の方法は、動員解除を人道援助グループが提案する包括的な援助計画と結びつけるしかなかった。人道援助グループは、派遣期間中、国連の管轄下で活動することになっている。

そのために技術派遣の最後の数日間、ルワンダにおける主要な人道援助機関に詳しくなることに時間を費やした。これ自体が大変な仕事であった。というのはこれらの機関は、それぞれ自分たちの独自のやり方で活動し、外部の団体による包括的計画に統合されるのをいやがる傾向があるからだ。ルワンダはサハラ以南のアフリカでも最も人口密度の高い国の一つであった。アルーシャ協定が難民の帰還する権利を保障する一方で、その再定住の条件、たとえば土地所有権と徴用された所有権に対する補償などの条件については、国連高等難民弁務官事務所《UNHCR》によってさえ何も示されてはいなかった。

一日一日がすぎるたびに、専門家チームの報告があがるたびに、この任務には最初に見積もった五〇〇〇万米ドルをはるかに越える額が必要になりそうだということが明らかになった。この頃の毎日の会議で、私は全体報告書の第一草稿ができるまではキガリを離れないと主張した。そのようなスピードを決めたのは、一つにはルワンダにいる間に万全の手を打ち、できるだけ多くの情報をえようとしたからである。しかしまた、専門家たちが普段の仕事に帰ってゆくということも分かっていた。つまり、国連にいる捉まえにくい官僚たちを、担当分の報告書を出させるために追いかけ回さねばならないようなことにはなりたくなかったのだ——彼らは私よりもずっと国連ビルに詳しいので、隠れ場所も分かっている。だから私は、全員に設定した締め切りを守らせた。彼らは早めに手を引いたり、報告書を書くのを遅らせたりするためにいろいろの理由を作った。たとえば、「疲れ果てた」とか「ゴリラを見にいけないのか」とか——私が一番気に入ったのは——「考える時間が必要だ」というものだ。

ミルコリン・ホテルの会議室には大きな長方形のテーブルが真ん中にあり、三方の壁には個人用の仕事机があった。ブレント他の数人がようやくとても大きな軍事用地図を手に入れて、四番目の壁に貼った。非武装地域、新しい地雷原、軍事キャンプ、強制移住させられた人びとのキャンプのいくつかが、情報が毎日寄せられるたびに地図上に記入されていった。

八月二八日、この国を離れなければならない日の四日前、ブレント、ミゲル、マルティン、パディ・ブラグドン、ティコ、そして元カナダ軍の補給将校であり現地活動部門チームのリーダーであるマルセル・サヴァルドに手伝ってもらって、ルワンダにおける第六章任務のための作戦構想を書面にした。私は三つの選択肢を示したかった。ブレントとミゲルは状況の明確な評価を終えていた——もしも理想的な世界で活動し、希望するすべての部隊とリソースをもらえるとしたら、仕事を終えるために何が必要となるか？　今回までに二つの技術派遣が実施され、第一のものはカナダのキャメロン・ロス大佐が率い、第二のものはモーリス・バリルの指揮によるものだったが、それらは初期に必要な戦力を八〇〇〇人、その後は五五〇〇人の人員が必要であると見積もっていた。私

4 敵同士が手を握る

たちの「理想的な」勧告は五五〇〇人の水準であった。三つの歩兵大隊（いずれも八〇〇人規模）が非武装地帯に、二つの大隊がキガリの確保に加えて即応戦闘能力、そして三五〇人の非武装の軍事監視員が派遣団の目と耳になって国中を移動する。完全な後方支援、ヘリコプター、装甲兵員輸送車、車両、病院、土木工事。モーリスとの会話から、この勧告は決してPKO局の外に出されることはないということは分かっていた。

私たちは、二番目の評価を「合理的で実行可能なオプション」と呼んでいた。それが要求する部隊はかなり小さくて約二五〇〇人であり、結果的に派遣団により大きなリスクを負わせるものであったが、承認され結果的には配備される可能性が高かった。これを練り上げるのに一番時間がかかった。国連開発計画《UNDP》の機密保持電話回線でモーリスにそれについて話すと、彼は、国連と部隊を拠出する国々の負担を最小限にするために、部隊を段階的にどのように配備すればよいかを考えるように指示した。

最後のオプションは、合衆国、フランス、ロシアの関心を引くことを狙ったものだ。それらの国の大使はそろって派遣団は五〇〇から一〇〇〇人程度の人員の戦力しか必要としていないと主張していた。どうしたらそれですむのかまったく理解できず、そのようなやり方から生じるリスクをすべて草稿の中で展開した。

モーリスの支持があれば、「合理的で実行可能なオプション」が認められるだろうと予想していた。まだルワンダを出発してもいないのに、ブレントと他の連中はどのようにすれば指令《マンデート》の承認を早くし、早急な部隊の展開に備えることができるかについて考えはじめていた。

ルワンダを出発する前日のフランス大使との会談で、私が発見したことを幾つか話す機会があった。大使は私の報告書は筋がとおっていると考えたが、具体的な数字を話しはじめると、フランスの駐在武官が黙っていなかった。なぜそれほど多くの隊員が必要なのか理解できないと彼は言った。フランスはわずか三二五名の兵員からなる歩兵大隊をこの国に駐留させているだけで、状況をうまく掌握している。大使が私のプランへの支持をもう一度繰り返し、むっとした武官が黙って椅子に座りなおして、気詰まりな瞬間が訪れた。武官の立場は私には理解できなかったが、彼がずっとある意図があって邪魔しようとしていたのだと結論した。この出来事は私に、フランス外務省と国防省が支持する政策の間に明白な亀裂がある、ということを警告した。さらに検討しなければならないことができたわけだ。

私は、ハビャリマナ大統領とまだ会談していないという注意を受けた。彼とその体制はいくらか強要されて和平合意に調印していた。ハビャリマナは最終的に、私のルワンダ滞在の最終日に宮殿で会おうと言ってきた。政治局《DPA》の下級政治担当官とリィが同伴することになった。私たちは公式会談用に正装した。

大統領宮殿は近代的なマンションの複合ビルで、ごてごてしてはいないが優美であり、壁には高価そうな芸術品がかけてあった。中庭に案内されると、大統領が半袖の開襟シャツを着て、チンザノのロゴ入りの傘の下に坐っていた。側には官房長官エノック・ルヒギラ、RGFの参謀長ンサビマナ、憲兵隊のンディンディリマナ、もう一人RGFの大佐、そしてRGFとRPFの二日にわたる会談でも会っていたバゴソラがいた。驚くべきことに、首相も首相指名を受けた者も、国防大臣も法務大臣もいなかった。

ハビャリマナは若い時には非常にハンサムだったにちがいない。そして彼の背丈と外見はいまでも印象的であった。私たちを暖かく出迎えた彼に、気づいたことと助言を手短におこなった。彼は熱心に私の話を聴き、私の報告に何の誤りも見つけなかったようだ。彼は、できるだけ早く国連部隊を派遣するように念押しした――キガリに平和維持部隊がいなければ、移行政府の樹立にむけて何の動きも起こらないだろう、と。私たちが四〇分間話をする間、他の誰も口を出さなかった。ハビャリマナはほほ笑みながら、強制移住させられた人びとと干ばつの問題について誠実に語った。この国は平和への非常に複雑な道を歩みはじめたのであり、国際社会は、ルワンダへの国連平和維持部隊の早急な展開を迫る私の報告書に対して、積極的に答える必要があると指摘した。それでも心配だったのは、彼が公式にはこの派遣を支持していないことだったが、彼の言うことを額面どおりに受けとってはいけないという理由もなかった。

ルワンダを発つ準備をしている時、派遣団が可能であるし不可欠であるという私の最初の評価をぐらつかせるようなものは何も見なかったし、聞かなかった。ブレントと調査チームの残りのメンバーはニューヨークへの帰路についた。私はさらにタンザニアへと足をのばし、アルーシャ和平合意の立役者であるアリ・ハッサン・ムウィニ大統領に会い、その後エチオピアでOAUの事務総長であるサリム・アーメッド・サリムに会うことになっていた。どちらの人物もアルーシャ合意のキーマンであり、私がもった印象を追認して私により全体的な構図を説明してくれるものと期待した。また、OAUが和平合意の執行について役割を果たしつづけてほしいとRPFが望んでいるのは確かだったが、OAUがそう思っているかどうかをはっきりさせなければならなかった。

4 敵同士が手を握る

驚いたことに、緊急手術からすっかり回復したペダノウが、ダル・エス・サラームで合流した。彼はすぐに派遣団長の地位を奪い返し、私をナンバーツーとして扱った。彼がすでにアルーシャ合意の途中からムウィニを知っていることを考えて、これについては気にしないことにした。彼にとっては主導権を握ることは当然のことであったが、これは心に引っ掛かった。

私たちはタンザニア大統領に、華やかなかつての総督府で会った。私はいささか雰囲気に圧倒され、傲慢で横暴なアフリカの専制支配者が登場するのではないかと思った。それはまったくの誤りであった。ムウィニは寸分の隙のない年配の政治家であり、威厳と礼儀をそなえた人物であったが、すぐに緊張を和らげてくれるような暖かさと魅力もかねそなえていた。彼は私の状況説明に注意深く耳を傾け、状況の適切な評価であると判断した。彼は九月一〇日が、学年のはじまりであり植え付け期のはじまりであることから注意深く選ばれたのだということを教えてくれた最初の人物である。事態は変化しており、新しい統一された民主的ルワンダへと向かうのが、自然で不可避な流れであるという意識を利用することが決定的に重要である。私は、提案した作戦計画に非常に高い点数を正式にムウィニからもらって、ほとんど有頂天になりそうであった。

翌日、アジス・アベバに飛んだ私たちは、国連アフリカ経済委員会を訪れた。それは宮殿のように豪壮な建物で、それまでに私が見たこともないほどの多くの黒いメルセデスが駐車場に停めてあった。国連スタッフは高価な仕立てのスーツとファッションドレスを着て、第三世界の真ん中にいるというよりはジュネーブの下町にいるかのように、踊り回っていた。彼らは周囲の貧困には慣れっこになっているようだった。もし向こう見ずにも貧困問題を彼らにつきつけたら、うんざりしたような冷笑で見返されて、肝を冷やしたことだろう。

サリムとの会見で、ペダノウは自分が調査の専門家であると名乗った。ダル・エス・サラームでは我慢していたが、彼をやり込める時が来ていた。私は彼が一息つくのを待ってから、その合間をとらえて話しはじめ、完全にOAU事務総長に自分の提案する作戦計画を説明し終えるまで、話をやめなかった。サリムは熱心に私の説明を聞き、きわめてはっきりと、ルワンダにはおおいに関心をもっているが、OAUにはリソースも、資金も、装備もないと述べた。現在非武装地帯で停戦を監視している五五人の非武装のOAU軍事監視員とチュニジアの軽歩兵中隊を一〇月末以後駐留させることはできない、と。彼はルワンダのために三〇〇人の部隊をかき集めたが、国連の援助なしにはそれはできなかった。彼はすべての仕事をできるだけ早く私たちに譲ってしまいたかったのだ。

飛行機が飛び立つ時、私はそれなりに満足して椅子に背をゆったりともたせかけたことを覚えている。とても懸命に働いたし、役に立つ派遣計画を策定したと感じていた。主要な政治的、軍事的、人道的な関心事をすべて考慮に入れたうえで、アルーシャ和平プロセスの主要プレーヤーから肯定的な評価をもらったのだ。本物の安堵と満足感に満たされていた。しかし、本当のところ私は、悪魔がすでに足元にいることに気づいていなかった。

私がルワンダで出会ったばかりの人物が、ジェノシデール〔ジェノサイドの実行者〕となるであろうなどとは思いもしなかった。私は自分が状況を正しく評価しているとばかり考えていたのだが、注意深く値踏みされているのは私の方だった。私はまだ、概して人びとが思っていることをそのまま語っていると考えていた。そうではないと考える理由が見当たらなかったのだ。しかしルワンダでの調査で出会った強硬論者たちは、私たちが西洋で行ったのと同じ学校を出ていた。彼らは同じ本を読み、同じニュースを見ていた。彼らはすでに、OAUによって代表される発展途上諸国は、ルワンダに武力を展開するリソースも手段ももっていないと結論づけていた。西洋は、旧ユーゴスラビアと平和の配当としての兵力削減に苦労しているので、たいして中央アフリカに関与することはできないと判断していた。彼らは実際すでに、白人の西洋諸国は、黒人のアフリカにもう一度進出するには、問題を抱えすぎているということに賭けていたのだろうか？ 強硬論者は私たち、そして私を笑い者にしていたのだろうか？ そうだと思う。すでにボスニア、クロアチア、ソマリアで示されたように、西側には世界の治安を維持し、それに必要なリソースを出し、必要とあれば犠牲を引きうける気などないという結論を出していたのだと思う。彼らは、西側は名前だけの部隊を展開し、危なくなったら逃げ出すと計算していたのだ。彼らのほうが、私たち自身よりも、ずっと私たちのことを知っていたのである。

第5章 時計の針が進む

私がニューヨークに戻ったのは九月四日で、切迫感にかられていた。アルーシャ合意の最初の期限までたった六日しかない。和平プロセスの勢いをここで失わせるわけにはいかなかった。私は、合意は善意に基づくものであり、アルーシャ合意に反対している人びとは、自分の立場をはっきりさせる時間がなかったのだと信じていた。時計はどんどん進み、行動を起こすべき時はすぎてゆこうとしていた

　翌朝、私はコフィ・アナン、モーリス・バリル、イクバル・リザ他のＰＫＯ局のメンバーと会い、彼らにルワンダの状況について説明した。彼らは熱心に耳を傾け、どのように進めるかについてうまく対処したと考えているようではあったが、すぐに行動に移りたいという私の希望に対する反応は冷めたものだった。派遣の承認と部隊展開のプロセスに三ヶ月かそれ以上はかかるだろう、そう私に注意した。それについてはすでに承知していた。予想もしていなかったのは、事態全体に対してほとんど無関心といってよい彼らの態度であった。この会議に参加した人びとの中には、「一体誰が九月一〇日などという無責任な期日を持ち出したのだ」といった意味のきつい発言をする者もあった。明らかなことは、新たに派遣団を送り出すために、国連という財政的・行政的巨人《ゴリアテ》を動かす仕事をしたいとはもう思っていないということであった。

　その日昼食をとりながら、モーリスは私に、部隊の国別分担を「率先して」引き受ける国が必要だと説明した。それを手がかりにして、国連の官僚的手続きを進めるという、うんざりするような奴隷仕事にとりかかることができるのだ。ベルギーが第一に考えられるが、ルワンダの旧宗主国であるために、ベルギーが参加することは国連にとっては好ましくな

い。バリルは派遣をゼロから、つまり、少人数の、経験はないが善意あふれる士官たちが借り物の会議場で自前の紙と鉛筆、ラップトップ・コンピュータを使っておこなうような派遣には、並外れた熱意と意志力、我慢強さ、幸運が必要とされるのだと言った。しかし、そのような厳しい現実を突きつけられても、この仕事に献身しようという私の気持ちは揺るがなかった。私はブレントとミゲル・マルティンに次のような言葉で報告した。「彼らは派遣がうまくいくなどとは思ってもいない。危機感がまったくないんだ。それにこれからとんでもなくたくさんの仕事がある。だから取りかかろう」

二回目の会議でPKO局の三首脳は、技術派遣団の報告を完成し、ルワンダで小規模の部隊を早急に展開することを求める勧告を添えるよう命じた。この文書は事務総長への正式報告の基礎となるものであり、それを基に事務総長は安全保障理事会への報告と勧告をおこない、さらにそれに基づいて安全保障理事会が(私の希望では)私たちの派遣を命じる安全保障理事会決議をすることになるのである。

私は、なんとかしてこのプロセスを早める方法を見つけなければならないと感じたが、それは難しいことが分かった。ブレントと私が、繰り返しどのように国連の平和維持部隊派遣の手続きが進められ、承認にいたることになっているのかを訊ねても、その過程全体を説明するモデルも原理も理論も説明されなかった。ただ、国連主導の派遣を効果的に擁護するような、適切で説得力のある報告書をまとめる努力をするという戦術レベルの足枷にとらわれていた。思っていたとおり、ニューヨークに帰ると、調査チームの他のメンバーはそれぞれの職場に戻るか休暇をとるかして姿を消していた。残ったのはブレントと、パートタイムで手伝ってくれるミゲルと、たった一人の政治担当官だけであった――ただし、それは私と一緒にルワンダを旅したリヴェロではない。彼女もまた休暇をとったのだ。

ミゲルは今までどおり、固い信念をもってこの派遣を支持していた。彼は断固とした義務感をもった戦闘士官であり、そのおかげで数ヶ月にわたるスピードの早い、プレッシャーがかかるわりには、はっきりとした成果のほとんど見込めない仕事をつづけることができた。彼はいつも眉間にしわを寄せていたが、それは本気で仕事に取り組むことが彼の本性であることを示していた。それは「俺の邪魔をするな」と語っているのだ。しかし彼は、そのタフな外見にもかかわらず、心から正義と人権を信じていた。彼が冗談を言ったことはないと思うが、彼がジョークを聞くのを楽しみにしていたことは確かである。私たちは毎日、彼を質問攻めと問題漬けにし、彼は無条件に時間と専門知識を与えてくれた――たとえそれが、彼が責任者となっている他の半ダースほどの任務をおざ

5 時計の針が進む

なりにすることになってもである。

ブレントと私は技術報告書を書き上げ、部隊を拠出する国の正式のガイドラインを作成し、交戦規則と作戦、後方支援、人員計画を磨き上げることに関しては、彼にまったく頼りっきりになっていた。私には常設のオフィスがなかったので、電話を使うためにいつもあちこちをうろつかなければならなかった。新しい任務に取りかかろうとしているスタッフのために空ける場所はなかったので、ブレントと私は三六階の大きな会議室の一つに陣取っていた。すぐに私たちは、通常の業務時間の混乱した騒音と邪魔に比べれば、早朝と週末の静寂と平穏、新鮮な空気をありがたく思うようになった。PKO局の人の渦と騒音にうんざりしていたので、いつも六時頃になると仕事をやめ、夜にこなす仕事をホテルの部屋に持ち帰った。

私はいまだに、五五〇〇人の隊員と要員からなる「理想的」オプションがベストだと感じていたが、議論を蒸し返す術はなかった。国連本部に帰って最初の週末までには、「合理的で実現可能な」オプションでゆくほかないということが分かった。最大で二六〇〇人の小規模の兵力にまとめるが、それには装甲兵員車両とヘリコプターをそなえた移動可能な予備部隊が含まれる。それによって国のどこで暴力が再燃しても、速やかに沈静化できるだろう。この規模の兵力であれば非武装地帯とキガリの監視をなんとかおこなうこともできる。それ以外の地域は、武装した平和維持部隊を駐屯させるかわりに、少数の非武装の軍事監視チームでカバーすることができるだろう。これらの軍事監視員（ＭＩＬＯＢ）が、少数だが高度な訓練を受け十分な装備をもった即応部隊に、トラブルに対処するよう警告を発することができるだろう。しかし、この部隊レベルを実現して兵の数を最大にするには、かなりの妥協をしなければならなかった。私は軍事司令部と信号部隊が欲しかったが、モーリスはどの部隊拠出国もそれを提供してくれないと言った。だから私は、少人数の国連文民通信分隊という選択肢を受け入れた。このことは、戦闘指令所と作戦本部を運営するにあたって、それに所属する司令本部の支援スタッフと通信要員をもたないということを意味していた（このおかげで後に手痛い犠牲を払うことになる）。工兵中隊と輸送中隊もまた非常に能力が低く、装備も十分ではなかった。それは舗装路がかぎられ、インフラのない山がちの国で部隊を展開するには危険なことであった。

後になっても私の脳裏にこびりついて離れない疑問は、「あまりに妥協しすぎたのではないか」また「受け入れられないようなリスクを冒してまで、この任務を引き受けたかったのではないか」というものであった。その頃何回かモーリスに会ったが、そのいずれかの機会に彼は、一般的に派遣は、とりわけ私が担当するような小規模な派遣は、安上がりにおこなわなければならないと念を押した。手に入るだけのもので戦わなければならないのだ、と。リソースが不足していることを手を引く言い訳に使うな、そう彼はアドバイスした。多くの担当者が頼りになる人物を仕事に貸してくれたが、それは必ずしもルワンダの和平プロセスが成功すると信じていたからではない。その時以後、私は必ずどんな会話でも派遣に関する文書においても、これは私の派遣団であり、これを率い、責任をもち、説明責任を負うのは私である、ということを明確にした。不可能な仕事から降りるのではなく、ルワンダに平和をもたらすために最善を尽くそうと決心したのである。

私たちは技術報告書を書き終えて、九月一〇日金曜日にコフィ・アナンのスタッフへの配布と検討にまわした。その日の遅くに、安全保障理事会議長が気乗り薄の声明を発表し、国連はいくつかの選択肢の検討をつづけているとほのめかした。彼の態度は明らかにキガリで警報ベルを鳴らすことになった。九月一五日水曜日、ルワンダ政府とＲＰＦの合同使節団がニューヨークに到着し、国連が行動をとるよう急き立てた。パトリック・マジムハカがＲＰＦ派遣団を率い、アナスタセ・ガサナが暫定政権を代表していた。私はアフリカではマジムハカに会っていなかったが、微妙な状況ではいつも彼がＲＰＦの首席交渉人であった。彼はまたカナダ政府との繋がりをもっていた。彼はカナダに移民し、サスカッチワン大学で教鞭をとり、アフリカに帰ってＲＰＦに加わる以前には、反アパルトヘイト運動に参加していた。彼の妻と子供たちはサスカトゥーン〔サスカッチワンの都市〕に住み、妻は博士課程の院生だった。

国連への来訪は突然のことだったが、ルワンダ人たちは世知に長けていて、そつがなかった。ＰＫＯ局の主要メンバーとの会談はコフィ・アナンのオフィスの隣りにある会議室で開かれ、ガサナは国際的な部隊の早急な承認と展開の必要性について長々と述べた。マジムハカはもっと簡潔に話したが、同じように雄弁であった。彼らの話が終わるころには、会議室は静まり返っていた。明らかに心を動かされて、アナンはすぐに行動を起こし、私の作った派遣計画の書類に注釈を急いで書き加えながら、使節団に、安全保障理事会に席をもつ大使たちとすぐに会見するよう勧めた。

ルワンダ人たちがそのようなドラマティックな方法で主導権を握り、それ相応の報道をされた以上、承認へのプロセスは高速ギアに切り替わるだろうと思った。しかし、何の成果もなかった。ブトロス・ブトロス＝ガリにも、安全保障理事会のメンバーの誰にも、話を聞きたいと求められることはな

5 時計の針が進む

かった。私もゆっくりと座ってはいられなかった。積極的に使節団のためのロビー活動をおこなった。安全保障理事会で最も影響力のある人びと、アメリカ人とイギリス人へと通じるドアは、いまだにしっかりと閉ざされていた。私はようやく合衆国のアフリカ担当の国務省次官と話したが、彼の唯一の関心はこの派遣団のコストの見積もりであった。実際、アメリカ人は決してルワンダ人や私の話を真剣に聞こうとはしなかった。彼らの見解は、相変わらず、その仕事はもっと少数の人員でも可能であるというものであった。キガリでマルロー大使が示した非常に積極的な反応を思い出して、私はフランス人にも話をしたが、駐在武官のほうがはるかに影響力をもっているようであった。フランスは一〇〇〇人の兵力で十分だと考えていたのである。NATO諸国で積極的な部隊参加について前向きだった国はベルギーであった。ベルギーの申し出は私がルワンダから帰る前に、すでにミゲル・マルティンの机の上に置いてあった。しかし、ルワンダのベルギーによる植民地化の過去を考えれば、支援の申し出はありがたいようでいてありがたくないようなものであった。それでも、彼らは是非この派遣をしたいと望んでいた——私は、ベルギーとフランスとの間で、フランス歩兵大隊の国外退去後には、キガリにおける両国の国益をベルギーの部隊が守る、という取り引きがあったのではないかと思っている。

九月の後半、ブレントと私は、派遣団が必要とする人員と資材のショッピングリストを作成する仕事に取りかかっていた。つまり、貢献国のための案内である。これは、各編成部隊あるいは歩兵大隊が必要とする弾薬の量とタイプまで規定する、きわめて詳細な文書である。そのような少数の隊員でどうにかすることになるのであれば、十分な装備を与えたかった。しかし、このリストはあまりにもぜいたくだったのだろう。モーリスは私を呼び出して、できるだけ柔らかな言い方で、国連部隊の司令官——私はまだその職に任命されてはいなかったが——は、部隊員と装備の両方については貢献国の気前の良さを頼りにするものだと説明した。部隊員についても装備についても、質量ともにいかなる保障もなかった。望める最善のことは、懐に余裕のあるNATO諸国の注意を引くことであり、それまでのところ手を挙げていたのはベルギーだけだった。

私は、母国で事を円滑に進ませることができれば、他のNATO諸国も乗ってくるのではないかと思い、カナダにアプローチした。当時カナダ国連大使であったルイーズ・フレシェットは大いに乗り気であった。私が初めて彼女に会ったのは一九九二年のカンボジアで、戦争で廃墟になったプノンペン郊外の私の部隊のキャンプが主催する夕食の席であった。私は約二五〇名の兵士を駐屯させており、その国にいる膨大な国連派遣団のための重量貨物輸送にあたっていた。フレシェットは隊員たちに、長い間軍隊で働いていたような口調で話しかけた。彼女は愛想がよく、鋭かった。（後になって、彼女は国防次官を勤め、さらに後には、国連事務次長を勤めた。）私は彼女をつねに官僚組織にいる友人だと考えており、しっかりと支持してくれるだろうと信じていた。だから、国防省からの返事をもらった時には二重にショックだった。それは、航空機に兵員と機材を積み込み、降ろし、派遣するために、三〇人で編成される移動管理小隊を負担してほしいという控え目な要請を拒絶し、これ以上の幕僚あるいは軍事監視員を提供することは拒むものであった。その理由は、カナダ軍はすでにバルカン諸国と他の派遣で負担しすぎているから、というものであった。

その後、私は外務省と国防省の官僚たちが縄張り争いをしていたという噂を耳にした。国防省はルワンダに派遣することを支持した。自国の将軍の一人が部隊司令官という栄誉ある仕事を与えられた場合には、その国はかなりの軍事的人員装備を提供するというのが慣習である。その一つの単純な理由は、司令官の出身国が部隊員を出さないかぎり、他の国は自分たちの兵士を外国の司令官の指揮下におくなどという危険な方法をとろうとは思わないからである。しかし外務省が派遣に反対したのは、カナダの外交の焦点をアフリカから逸らして、東欧とバルカン半島に向けようとしていた最中だったからだ。外務省は部隊派遣のコストを負うことなしに名誉ある立場をえたいと考えており、しかも主導的な省庁であるおかげでこの縄張り争いに勝ったのである。

がっかりしてやる気をなくすというわけにはいかなかった。官僚同士の小競り合いは尽きなかった――ブレントは必要なヘリコプターを求める分厚い書類を提出したが、それはいつまでもたらい回しにされた。（ようやくルワンダにヘリコプターが到着したのは一九九四年の三月末のことで、しかも四月に戦争がはじまると任務を放棄した。）

私たちは九月一杯、ロビー活動と派遣計画の作成をつづけた。ＰＫＯ局の同僚の多くは、私が部隊司令官に選任されるかどうかについてはまだいくつか問題があると指摘した。多分彼らは、なぜ私がそんなにこの仕事に情熱を傾けているのかいぶかしく思っていたのである。国連には不文律があって、可能であればアフリカの平和維持派遣団はアフリカ人が指揮をとるべきだというものである。第一候補は当時、非武装地帯で停戦を監視していたＯＡＵ監視団を指揮するナイジェリアの将軍であった。私は技術派遣で彼に会い、兵士そして指揮官としての彼にはあまり感心しなかった。彼の部下が私のスタッフに語ったところによれば、二月に非武装地帯で戦闘がはじまって監視団が自分たちが戦争の真っ只中にいること

5 時計の針が進む

に気づいた時、この将軍は兵士たちをそのまま放り出してキガリの居住区域に閉じこもり、命令を出すことも支援を送ることも拒否したそうである。

九月の終わりの一〇日あまりの時間の大半は、公式の国連代表たち、そしてドアを開けて話を聞いてくれる者であれば誰彼なく、状況説明をすることに費やされた。アフリカ担当の国務次官に加えて、私はパリからの大人数の重要な代表団にも状況説明をした。彼らは、政治問題、人道問題、現地活動部門《FOD》と人権に関する非常に影響力のある部門の責任者たち、そしてそれほど影響力はもたないものの、人事、航空機、財務、輸送などの領域のオフィスの責任者たちである。

アナン、リザとバリルがバルカン諸国に最初は関心を集中していたために、ＰＫＯ局のアフリカに関するキーパーソンはヘディ・アナビであった。彼は、派遣の苦労を一身に背負っているようであった。彼のオフィスは中世の錬金術師の部屋のようであり、包みや書類がうずたかく積まれているために、その傾きかけた山の一つが倒れてすでに床にある障害物がさらに増えようものなら、迷子になってしまいそうなほどであった。彼のオフィスでは、平らなところがないために地図を広げることもできなかった。アナビはアルーシャ合意が成立するかどうかについて懐疑的な意見を表明した国連で唯一人の人物であった。彼は、フツ族強硬派が非常に強い圧力をかけられて合意にサインしたのだということに注意を促した。私は彼の疑念を心の奥にしまい込み、仕事をつづけた。

私たちがＰＫＯ局の指示で作り上げた作戦構想では三〇ヶ月以上の期間がかかり、四つの段階と、絶対的に必要とされる場合にだけ展開されるものとして、最大で二五四八人の兵力を要求していた。

第一段階は、アルーシャ合意で概要が示されているように、安全保障理事会が派遣を承認した日にはじまって九〇日間で、一二〇〇人までの要員の増強を必要としていた。まずとりかからなければならない任務はキガリ市内の安全を確保することであり、アルーシャ合意にそってフランス軍部隊の撤退を確実におこなうことである。ＲＰＦはフランス軍をＲＧＦと連携した別動部隊と見なしており、フランス軍がいるかぎり市内には入ろうとしないので、とりわけ重要なことであった。

その後、キガリを武器管理地域にしなければならない。その場合、ＲＧＦとＲＰＦは武器を保有するが、武器や武装部隊を移動できるのは国連の許可と国連の同伴がある場合だけにするよう合意交渉をする。平和維持部隊としては、どこに武器があるかをすべて知っている必要がある。フランス軍が退去し、キガリが武器管理地域であると宣言するとともに、ＲＰＦは政治指導者と、護衛に必要な歩兵大隊をキガリに移動させる。そして移行政府《BBTG》——そのメンバーはすでにアルーシャ合意で交渉済みであるが、正確な構成についてはいまだに議論があった——の設立を宣言することができるだろう。

　第一段階ではまた、非武装地帯での監視任務を引き継ぎ、国内の一〇県（地方）を巡回して起こりうる突発的な事件に目を光らせるために、非武装の軍事監視員のチームを設立しなければならない。

　ルワンダの南にある国ブルンジは、独立以来、初めての民主的選挙をおこなったばかりであり、少数派ツチ族の軍事独裁政権からその国の政府を率いる最初のフツ族大統領の就任へ平和的に移行した——私はルワンダ南側の安全については心配していなかった。南部は一般的にこの国で最も穏健な地域と考えられており、非武装の軍事監視員《MILOB》の少人数のチームでも十分に仕事ができると確信していた。東ルワンダはタンザニアに面しており、ここもまたかなり平和であったが、ザイールとの国境に近い西ルワンダは十分に注意する必要があるだろう——強硬派の本拠地は北西部にあり、ザイールからこの国に武器が密輸されているという報告があったからだ。それにもかかわらず、一二〇〇人の隊員からなる第一次派遣部隊で仕事ができると確信していた。

　移行政権が発足し、アルーシャ合意で決められたように、ハビャリマナが一時的な国家元首に就任した後、第二段階へと進む。それにはさらに九〇日間かかり、最大で二五四八人の兵力の展開が必要となる。これがこの任務で最も危険な部分になるだろうと考えていた。約八〇〇人の歩兵大隊が、二〇〇人からなる工兵中隊の支援を受けて非武装地帯に入り、RPFとRGFが防衛陣地を動員解除センターまで撤退させると同時に、その間に緩衝地帯を作る。すべての武器が宿営地点に集められることになる。私はこの段階で、非武装地帯をパトロールするための夜間視認能力を備えたヘリコプター（これが例のブレントが出した分厚いファイルの件だ）八機からなる支援小隊が必要になると見積もっていた。ウガンダ国境は高度があり、その地形と霧に覆われた谷からして監視が困難であった。そしてRPFはすでに、かつてのヴェトコン〔ヴェトナム戦争時の南ヴェトナム解放民族戦線に対する呼称〕のやり方をまねて、自転車に荷物を積み、国境をあちこちで越える細い山道を運ぶというやり方で、あらゆる軍事物資をこっそり持ち込んでいるのではないかと考えていた。国連ウガンダ・ルワンダ監視派遣団《UNOMUR》の派遣は、こうした可能性のある軍事物資ルートを押さえることになっていた。和平プロセスの成功には、このルートを断ち切らなければならないからだ。もしも交戦状態を鎮圧するために部隊を早く投入できるようにしようと思うのであれば、部隊にはさらに二〇台の装甲兵員輸送車《APC》が必要だろう。というのは、キガリ近郊

5 時計の針が進む

をはずれればほとんどの道路が泥道だからだ。

私は、非武装地帯では安全な環境を維持するために、アメと鞭の体系を採り入れることを提案した。交戦している陣営の間に武装した歩兵大隊を投入する。そしてそれぞれの軍の背後には、非武装の軍事監視員を駐留させる。歩兵大隊も軍事監視員も脅威を与えるものではなく、二つの陣営それぞれと、また二つの陣営の間に、友好的で良好な関係を作り上げることに集中することになる。鞭は、攻撃を食い止めるために即座に介入する、予備兵力が担当することになる。この派遣には、私たちに与えられた指令《マンデート》を支えるのに必要とあれば、兵力を拡大する手段を私たちに与える断固たる交戦規則が必要となるだろう。

第三段階は、具体的な動員解除と再統合プロセスであり、一〇ヶ月を要する。この段階ではRPF、RGF、憲兵隊の隊員を統合する新しい部隊である国家防衛隊が創設されることになる。新しい軍を構築する場合には、アルーシャのガイドラインにしたがう。三つの部隊にいる兵士の大多数には年金が与えられ、民間での仕事につくための再訓練を受けさせる。このプロセスが進むにつれて、私の部隊は一〇〇〇人規模にまで縮小する。これは、国連からのコストを削減するようにという圧力を受けた結果として作った勧告であり、まったく不安のない最善の道筋だと考えていたわけではない。

派遣の最終段階はルワンダで最初の民主的選挙を実施するものであり、国内に不安定な時期を迎えることになる。一〇〇〇人規模の国連使節団が新しい軍隊の応援を受け、民族紛争にふたたび陥る可能性を阻止すべくうまく仕事をしてくれるというのが、私の希望であった。第四段階は一二ヶ月かかる予定であり、それが終われば荷物をまとめて帰国することができるだろう。

国連用語でいえば、この派遣は小さく、安上がりで、短く、穏便でなければならなかった。

私の技術報告は部隊の即時展開を要請するものであった。それを先に延ばせば、十分な輸送能力、つまり「空輸」能力をもった西側の軍事大国の参加が必要となる。空輸能力は、ルワンダが陸に閉ざされた国であり、空港の数が限られており、最も近い港ダル・エス・サラームでさえほとんど痛んでいない道路を使ってもキガリから一〇〇〇キロほど離れているという事実に対応するためのものである。ベルギーを別にしてどの国も手を挙げなかった。当時、その本当の理由は何だろうかと考えていた。これは、嘘偽りなくささやかな第六章に基づく派遣であり、国連の利益になり、皆の利益にもなる。では、何か隠されていたのだろうか？　当時のPKO局の話では、西洋中心の部隊貢献国出身の白人士官たちから教えられたように、これらの国々は「平和維持活動」をやめようとしており、これ以上遠く離れた国へ派遣する気はないということであった。結構なことである。モーリスと彼のスタッフが、相変わらずバルカン諸国とソマリアのために比較的容易にかなりの部隊と装備を獲得していることを別にすればの話しだが。

八月にキガリで外交官団と会った時に、他の理由を思い知らされることになった。ルワンダは戦略的関心の対象としてはどの国のレーダーにもかかっていない。ルワンダには、自然資源もなければ地理的重要性もない。すでに国を維持してゆくそれだけのために外国からの援助と、国家破綻を避けるために国際基金に頼っている。その時にはまだ派遣は成功するように思えていたのだが、たとえ成功したとしても貢献国には何の政治的利益もない。国際的に唯一の受益者は国連なのだ。ほとんどの国にとって、国連の目的のために活動することは、最小限のリスクさえ引き受けるにも価しないことのように思われていた。たとえ偽善に満ちた表向きの発言ではそうは言っていないとしても、巨大で、信頼性のある、強い、独立した国連など加盟国は望んでいない。望んでいるのは、弱く、加盟国に感謝を忘れず、恩義を感じてスケープゴートとなる組織であり、失敗すれば非難でき、成功すればその勝利を横どりすることができる、そんな組織なのである。

最悪なことに、これらの強国が関わりたくなかったのは、アルーシャ協定の成功を危うくする脅威が存在することを、私たち以上にしっかり把握していたからではないかと思う。確かにフランス、イギリス、中国、ロシア、合衆国という安全保障理事会常任理事国はいずれもルワンダに完全装備した要員を配置した大使館を置いており、駐在武官と情報担当者も派遣していた。ルワンダの政治的あるいは軍事的組織が利用する通信手段のうち、RPF内部で使われるいくつかの通信資産を別にすれば、暗号化能力をもつものはなかった。しかし、現地での人的かつ通信による情報と、宇宙と航空機を使った地球規模の監視システムを使って、これらの国々は何が起こりつつあるかを詳細に知っていた。そうでなければ油断しきってぐっすりと眠っていたのである。これらの国々が眠っていたなどとはまったく思いもよらない。フランス、ベルギー、ドイツは、ルワンダの軍と憲兵隊の司令部と訓練組織のあらゆるレベルに何十人にものぼる軍事顧問を送り込んでいたのだ。

しかしながら八月にキガリを発って以来、私にはルワンダに関して情報を収集する手段がなかった。国連に対して、あるいは私個人にでさえ、正確で最新の情報をすすんで提供してくれる国は一つとしてなかった。第六章任務が有する制約の一つは、それ自体が情報収集活動をおこなうことができないことにある。公開性と透明性の精神にのっとって、敵対し

5 時計の針が進む

ている両陣営が善意から、派遣団司令部に問題と脅威について情報を与えてくれる、それを全面的に信頼しなければならない。情報と基本的な作戦資料が欠けており、そしてどの国も私たちにそれを与えようとはしなかった。そのことが、現場で助けが必要となった時に孤立無援の状態になるのではないか、という最初の疑念を私にもたせることになった。

そんなわけで、ＰＫＯ局のスタッフの継続的な努力にもかかわらず、先進諸国の中でベルギーだけが参加を申し込み、フランスが政治的関心を表明しただけであった。それ以外には、三つの大陸にまたがる多くの発展途上国からの反応があったが、これらの国々の部隊は限られた装備能力しかなく、また後方支援と財政についてそれぞれ深刻な問題を抱えていた。国連が後方支援基地を設営している間、国連の支援に頼らないでも必要とされるすべての装備と物資をそなえた部隊を展開する能力をもっていて、平和維持活動をおこなえる国はわずかしかなかった。これらの国々は基本的には西洋と第一世界の国々である。ルワンダの派遣に参加する用意がある国のリストはゆっくりと増えてはいったが、それらは部隊貢献国としては新しい世代に属する国々であり、多数の任務に就いていない兵士を要してはいたが、物資についても、継続可能性についても、また複雑な紛争と広範な人道的カタストロフに特有に必要とされるような特殊な訓練についても、ほとんどまったく不十分であった。それ以上に、場合によっては、人権精神をまったくと言っていいほどもっていない国の部隊であることもあり、それはまたまったく別種の問題となった。

九月がすぎてゆくにつれて、私は自分の存在と攻撃的なやり方が現地活動部門《FOD》と人事部の多くの上級スタッフを苛立たせるようになっていることに気づいた。現地活動部門は必要とされる装備についてすべての監督権を握っている。人事部は人事配置の序列を決め、現場での国連スタッフの展開についての最終権限をもっている。まだ正式には発令されてもいない任務について、しかもまだ部隊司令官に任じられているわけでもないのにあまり強く出ると、実際には正当な主張もとおらなくなるのではないか心配した。

私がもっと大規模な派遣団を組織しようと頭を悩ましている間に、ウガンダがようやくＵＮＯＭＵＲのための派遣地位協定《SOMA》に調印し、最初の監視団がすでに現場に到着しようとしていた。私も一緒に行かなければならないことは明らかだった。ルワンダの派遣のこの先についてはニューヨークの専門家たちを信頼せざるをえないのだが、私はまだ国連に目と耳をもっていたかった。そこで、少なくともひと月はブレントをそのまま残して、ミゲルと仕事をつづけさせることにした。ブレントの妻は一一月に出産することになっていた。しばらくニューヨークに留まることで、彼女の近くにいることができるだろう。

九月の末に、国連は、シエラレオネの本職の外交官で政治エキスパートであり、また現場と国連でかなりの経験を有するアブドゥル・ハミッド・カビア博士を、ウガンダ派遣団の政治担当官に任命した。それが発表されるとすぐに私は彼の政治局にあるオフィスに出向いて、面会した。傲慢で野心的な伊達男か、何もかもお見通しの気難しい老獪な政治屋で、軍人などの下で働く気などないか、そのいずれかであろうと予想していたのだが、どちらでもなかった。カビア博士は私を暖かく迎えてくれた。彼のオフィスはどちらかといえば閑散としており、備品はよくあるグレーメタル、そしてデスクにはぐちゃぐちゃに集められているように見える書類が積み重なっていた——しかしどこになんの書類があるか彼には分かっていることに気づいた。

彼は、自分が現場に行くように選任されたことにいささか驚いているのだと打ち明けてくれた。というのは、彼は自分がニューヨークのデスク仕事で国連最後の年を終えることになるのではないかと漠然と考えていたからだ。しかし気が進まないわけでも、嫌がっているわけでもなかった。彼は私の最も信頼するアドバイザー兼同僚の一人になることになった。一〇月中旬に彼はウガンダに飛び、UNOMUR司令部におけるポストを引き継いだ。

どういうわけか、三六階の空気が変わった。そしてブレントが仕入れてきた最良の廊下情報によれば、ルワンダ派遣団の部隊司令官の最有力候補に私がなっているとのことであった。ニューヨークを発つ前の最後の仕事の一つは、この派遣団に名称をつけることだった。頭に「国連」とつけることは決まっている。私たちの任務はアルーシャ合意を実行に移すにあたって諸党派を援助することであるので、支援《アシスト》というのはふさわしい名である。そして最後に、私たちがそれをするのは「ルワンダのため」である。「ルワンダのための国連支援団」が完全なタイトルだが、頭文字で表わすと問題がある。UNAMFRというのは耳触りがよくない。そこで「Mission」から二番目のIをもらってUNAMIRとすることにした——略称はマンハッタンのレストランのナプキンの上で修正した。長い間、私は、国連職員、学者、官僚たち——いずれも専門家だ——がこの名称を誤解して、ルワンダにおける〔in〕国連支援団とものものしく語るのを聞いてきた。しかし、ルワンダの「ために」〔for〕というのが何よりも重要なのだ。

私は、PKO局の三首脳に、ヘディ・アナビと一緒に会い、最後の指示を受けた。彼らは、ウガンダの派遣団を立ち上げて運営し、その上で、UNAMIRが承認されたらキガリに

5 時計の針が進む

早急に展開できるように準備しておくよう言った。私はミゲルとモーリスをつうじて連絡をとることにし、皆が私に幸運を祈ってくれた。コフィ・アナンが握手をする時、彼らの暖かさと本当に気遣ってくれていることを感じ、しばらくの間胸がいっぱいになった。彼は、陳腐な言葉と予想どおりの冷静さを保って配下の将軍の一人を送り出す、そんな政治ボスではなかった。優しさをたたえた目と静かな物腰のうちには、それまでに経験したことがほとんどないような、ヒューマニズムと他者の苦境に献身しようとする態度が現われていた。彼は多くを語らなかったが、そこからも私のリーダーがこの派遣を正当なものであり、私が軍事司令官として適任であり、自由と尊厳を求めて苦闘しているあのアフリカの人びとの戦いを助けたいと考えていることは明らかであるように思えた。

私は九月三〇日の午後遅くにニューヨークを発った。日差しは初秋の色合いを帯び、マンハッタンの摩天楼のガラスの枠を一面オレンジ色の光で染めていた。私は、活力と楽観と目的意識に燃えていた。とうとう私は自分が専門とする仕事で試されようとしているのであり、作戦指揮をおこなうのだ。何年もの間歴史上の偉大な将軍たちがとった戦略と戦術について読んできた日々が心に浮かんだ。居間の絨毯の上で兵士たちを率いて遊んだ時から、第五旅団を指揮したことまで、この現場指揮がそれらすべての経験の集大成となるだろう。

短い休暇をとるためにケベック・シティに向かい、家族に最後の別れを告げ、所持品と膨大な量の装備をかき集めた。それは、カナダ陸軍が、熱帯病が蔓延する危険地帯へと赴く私のために配給してくれたものだ。告白しておくが、家族を訪ねた時、見届けておきたいと思っていたものを見ることができた。彼らは新しい家に落ち着き、私なしにでも十分にうまくやっていた。ベスと子供たちにとって駐屯地での空気はすでに、私が海外での指揮官となったことに対する嫉妬で険悪なものになっており、上の方から手を回さねば状況を改善することができないくらいであったが、私はそのことを知らなかった。ルワンダに滞在している大部分の時間、ベスと子供たちは私の安否と健康について本物の情報を喉から手が出るほど欲しがったが、恐怖に脅えて孤立し、結局は世界の他の人たちと同様、CNNにくぎ付けになるしかなかったのだ。

空港で、アフリカでのいつまでになるか分からない滞在に出発するにそなえて、私はヴィレムに身体をかがめて、兵士が長男にする典型的なスピーチをした。彼が必要としていたのは、やさしく、しっかり抱きしめてもらうことだったのだが。「息子よ、作戦に出発する、だからおまえが家族では最年長の男だ。後はお前に任せるからな。立派に責任を果たしてお母さんを助けてくれ」この短い、選択を誤った言葉が、十代の息子にどんな影響を与えたか、私はほとんど理解していなかった。飛行機が飛び立つ時、私は心の中で家族との生活へと通じるドアを閉め、任務に気持ちを集中させた。兵士というものはそうでなければならないのだ。

一二時間後、私は世界を半周――時間でいえばほぼ二〇年を遡っていた。エンテベ空港に着陸する時、一九七六年夏にパレスチナのテロリストがハイジャックしたエア・フランスのＤＣ８が滑走路に停まる古い空港を、飛行機がとおりすぎた。その光景を見て、何年も前にイスラエルの特殊部隊がおこなった大胆だが成功に終わった急襲を思い出し、背筋がぞっとした。どうしてこんな薄気味悪い想い出を手もつけずに放っておいているのだろう。記念碑か、おそらくは警告だったのだろうか？

私はウガンダが気に入った。カムパラは活気に溢れており、アジス・アベバほどは大きくないものの、景気も良さそうであった。私は国連開発計画《UNDP》の駐在事務所代表の出迎えを受けた。彼は政治・軍事指導者との会見スケジュールを非常に効果的に調整してくれており、その中にはウガンダ大統領も含まれていた。

私たちは到着するとすぐにヨウェリ・ムセヴェニに会いに行った。彼は私たちを元イギリス総督の私邸で迎えたが、それはヴィクトリア湖を臨む巨大な白亜の邸宅だった。私たちは、アフリカの工芸品がびっしりとつまった広く優美な部屋にとおされ、さらに邸外の大木の下で大統領が謁見する場所にでた。ムセヴェニは上背があり、完全に禿げており、大きく腹が突き出していた――控え目に言っても相当に目立った。ルワンダについて非常によく知っているようではあったが、何の特別の意見も述べなかった。私は面食らい、かなりがっかりした。何を期待していたのか自分でもはっきりとは分からないが、私の印象では、彼は自分の国に店を出そうとしている多国籍企業の社長に対するのと同じくらいの注目しか、私に払わなかったようだ。

ウガンダ陸軍の参謀長はいささか動揺していた。彼は協力的な人物で、ウガンダがＵＮＯＭＵＲに強く関わるつもりだと約束したが、効果的な仕事するのに必要な情報をいくらか出ししぶっているような気がした。そんな印象をもったのは、ウガンダの国境にあるカバレの町にある、派遣団の司令部に着いた時である。私の行動計画のうちの一番目にある項目は、ウガンダ陸軍の南部方面司令官に会って、私の作戦計画について話し合うことであった。私たちは、丘の中腹にちょこんとある美しくこじんまりしたホワイトホース・インにおかれた臨時司令部で会った。彼は真面目な本物の軍人であり、ＵＮＯＭＵＲとの協力に熱心なようだった。その後、派遣団の

5 時計の針が進む

ために任命されたウガンダ国民抵抗軍（ＮＲＡ）〔ウガンダ軍〕の連絡将校が訪れて、私たちを護衛する部隊を用意するために少なくとも一二時間前に連絡する必要があるので、私のパトロールはすべて事前に計画されなければならないと告げた。私は心底驚いて彼を見つめた。パトロールの肝心な点は、あらゆる望ましからざる越境活動をあぶり出すために、不意をつくことにあった。彼は私の目をじっと見つめ、礼儀正しく、やさしい言い方で、この地域にはどんな地図にも記載されていない地雷原があり、安全のために、ＵＮＯＭＵＲのパトロールは彼の側の兵士によって護衛されなければならないと主張した。私たちは別々の五つの越境地点を一日二四時間監視しなければならないのだ、と言った。彼はそこに自分の兵士を配置するよう努力しようと、答えた。私はそれに異を唱えることもできたが、そうしても良いことはなさそうだった。

何はともあれ、私は、国連本部から離れた現場で、部隊を指揮して、標識もない一九三キロにもわたる国境線を監視するという仕事にとりかかれたことを喜んでいた。カバレはなだらかに起伏する丘の真ん中にあり、ちょっと地上の楽園のようであった。数軒の商店と数えきれないほどの教会が並ぶ大通りが一本ある。地元の住人は、私が地元経済にもたらす米ドルに非常に感謝しているようであった。私たちは司令部として使うために地元の商人の一人から大きなバンガローを借りた。それは町の外れにあり、周囲には十分な土地があったので、小さなヘリポートを設けた。

副司令官はジンバブエ人の大佐でベン・マティワザといった。彼はズールー族で、独立戦争ではローデシア人と七年にわたって戦ったことのある、ルワンダの非武装地帯へのＯＡＵ派遣団のベテランであった。前に反乱軍に籍をおいた経験から、彼はＲＰＦの動きを嗅ぎ分ける術をもっており、彼らの心理を見抜いて恐るべき洞察を示した。ヴィレム・デ・カントは若いオランダ人大尉で、この派遣団の作戦室担当幕僚であり、私の到着直後に任務の状況について説明した。すぐに彼には感心させられた。

国境は防御しにくく、一〇〇〇年も昔からある細い山道が入り組んでいた。八一人の監視員しかいない小さな部隊と、夜間視認能力をもたないヘリコプターしか手段がないという事実を考えれば、国境を監視下におくという仕事はせいぜいのところ形式的なものにすぎなかった。部隊員は、オランダ、ハンガリー、バングラデシュ、ジンバブエ、その他九ヶ国の出身者であり、ＮＲＡとＲＰＦの支援のもと、あるいはその支援なしで、数ヶ月にわたって相当な決意と勇気をもって働いた。

他にも一つ問題があり、おそらく私はその後直面することになる問題の予兆として捉えるべきであったかもしれない。ウガンダ政府が調印した私への指令《マンデート》は、ウガンダ国内に一〇〇キロ入り込むことを認めていた。それによって、エンバララの町が私の監査地域に入ることになった。ウガンダ陸軍は今では二〇キロまでが限度だと主張した。私は交渉をつづけた。エンバララは開拓時代の西部にあったような町で、平屋の建物、大きな倉庫、何軒かのバーが並ぶ広い土埃のする通りがあった。輸送の中継点で、国境を越える武器密輸を止めるには重要な場所だった。情報報告は、この地域での武器貯蔵庫に注意を促していた。それを突き止めれば、国境を警備して、ムセヴェニ大統領がRPFへの武器供給を支援しているという憶測を否定するのにおおいに役立つだろう。またそれだけではなく、そのような行動は指令の範囲内であり、私の部隊の能力でも十分に可能である。実りのない話をずいぶんして、多くのメッセージをPKO局に送ったが、引き下がっているように命令された。エムバララは放っておかなければならなかった。

UNAMIRの指令《マンデート》は、一〇月五日に安全保障理事会で承認され、私は正式に部隊指令官に任命された。国連は通常は承認後、関係するインフラが現場にある場合であってさえも、派遣団を現地に送るのには最大六ヶ月かかる、と何度も繰り返し言われた。たしかにルワンダの状況はそれに当てはまらなかった。燃料、食料、交換部品を少数の有力者が握っており、必要なものに国連が法外な金を払ってくれると期待していた。私についていえば、すでに最初のアルーシャ協定で定められた期限をほぼひと月遅れており、これはどうしようもなかった。私はカバレでUNOMURを監督するのに時間を費やした。強力なチームを配置しており、このチームは制限の範囲内で、またもっているわずかなリソースで、できるだけのことをすると期待できた。そろそろルワンダに注意を向ける時だった。

キガリには司令部はなく、参謀長も、派遣団の政治部門の責任者もまだ任命されてはいなかった。しかしながら、カバレで一緒になった何人かの優秀な士官がこの紛争の当事者について知識を仕入れており、きっと助けになってくれるだろう。その何人かをキガリに連れてゆくことができれば、国連が動くスピードを速め、もっと早く任務を開始することができるだろうと考えた。私はすでに作戦地域にいるので、PKO局の上司たちに現地に入ることを認めるよう主張した。

一〇月二一日朝のカムパラ発のフライトを予約し、ヴィレム・デ・カント大尉を副官として、注意深く選んだ有能な士官を一緒に連れてゆく計画を立てた。ホテルに向かう前に、空港にスケジュールと予約状況を確認するために立ち寄り、皆チケットを手にしているにもかかわらずキャンセル待ちリストのようなものに乗せられていることが分かった。私は空港の人間を探し出し、五〇ドルを投げつけて言った。「あの飛行機に乗らなければならないんだ。なんとかしてくれ」その夜遅く、私たち四人全員が搭乗できるという確認の電話を受けた。

翌日空港に着くと、飛行機にはいくらでも余裕があると言われた。夜のうちにブルンジでクーデタがあり、その結果、飛行機はキガリから先には飛ばないことになったのだ。何もかも変わった。ブルンジでのクーデタがルワンダでの脆弱な政治状況を揺さぶるだけでなく、安定した国境の南側も消滅してしまった。私の派遣計画はそれをあてにしていたのだ。

機上、私の人生全体と私の幼い家族たちの人生を変えてしまうことになる旅への最初の一歩を踏み出した時、憂鬱でも怖くもなかった。私はこの派遣団を指揮したかったのだし、そのためにあらゆるものを投げ打っただろう。キガリの明るい近代的な空港に着陸した時、私は父と、それにベスの父親である大佐のことを考えた。そして、五〇年前イギリスに上陸し、戦争の第一線に向かう時、彼らの胸に去来したのは何だったのだろうかと考えたのだった。

第6章　最初の道標

キガリの空港で、私たちを迎えたのは外務大臣アナスタセ・ガサナのほか数人の高官と報道関係者がぱらぱらとである。私たちはほとんど注目されていなかった。そのかわりに、誰もがブルンジでのクーデタの行方を不安そうに見守っていた。民主的な選挙で選ばれたフツ族穏健派が率いる政府が、ツチ族の軍事指導者によって転覆された。大統領と多くの閣僚大臣はすでに死に、国民は民族大殺戮へと向かっていた。その副次現象はルワンダにすぐに現われた。キガリでは噂と疑惑がうずまき、地方メディアはツチ族の覇権についてヒステリックにがなり立てた。八月にキガリにあった快活とさえ言える楽観主義と一〇月八日に私が戻った時に首都を覆っていた陰鬱な空気は、かつてないほど対照的であった。

アマドウ・リィはブルンジから突然殺到した難民について報告することにかかりっきりであったが、いつものように、私たちが落ち着けるようできるかぎりの手助けをしてくれた。国連はようやく派遣団の責任者を指名した。その正式職名は国連事務総長特別代理（SRSG）である。名前を、ジャック＝ロジェ・ブー＝ブーと言い、カメルーンの元外交官でブトロス・ブトロス＝ガリの友人であった。彼が到着するまで、私が政治面でも軍事面でも責任を負った。その週末、私はあちこちはい回って、ミルコリン・ホテルに臨時司令部を設け、ブルンジの最新情報を入手した。アマドウが、私たちを連れて回る現地人運転手付の車数台と、必要となるかなりの額の現金を手配してくれた。（国連の規則を逸脱することに彼がつねにおおらかでなければ、第一段階の目的を達成することはできなかっただろう。）

到着後数日には、かつてカンボジアでの派遣団に勤務した経験のあるウルグアイ、バングラデシュ、ポーランドからの

6 最初の道標

先遣隊の士官がキガリで合流した。この士官たちは、いずれ劣らず優秀であった。彼らを率いていたのはハンサムで臨機応変の才に富むウルグアイ人ハーバート・フィゴリ大佐で、三ヶ月後に本国勤務になるまで、非武装地帯の地区司令官を務めた。他の者たちは、最後までこの派遣団の中心となりそうであった。私は彼らを会議室に入れ、私の作戦構想と任務について徹底した状況説明を直接おこなった。彼らは細かな注意を払い、興味深い洞察に富む質問をした。私たちはすぐに結束できたようであった。私は、議論したことの要諦を書類に「部隊司令官指令第一号」としてまとめた。それは第一段階をつうじて指針となる計画を説明したものだった。それから、九月にすでにブレントと草案を作ってあった、暫定的な交戦規則を「部隊司令官指令第二号」として発令した。両方の文書をニューヨークと部隊拠出している国々すべての政府に送り、交戦規則の確認を求めた。国連からは、私が定めた規則について正式に文書による承認を得なかったばかりか、ベルギーとカナダ以外どの国からも、肯定的であれ否定的であれ、いかなるコメントもなかった。ベルギーは群衆鎮圧に自国の部隊が使われることについていくらか懸念を抱いており、カナダは、あらゆる国連財産を守るために殺傷を伴う武力の使用があまりに広く認められていることに抗議した。最終的に私たちはこうした心配に応えるべく規則を修正し、何も指摘されなかった点については暗黙のうちに承認されたと考えた。

この初めの頃に、私はペル・O・アルキヴィストに会った。退任した国連職員だが、私たちの派遣団の首席管理官（CAO）を務めるために呼び戻されたのだ。彼は、少人数の文民先遣隊を引き連れてキガリに私より一、二日早く到着し、派遣団のインフラの建設をはじめていた。アルキヴィストは、自分が手続きにうるさいこと、UNAMIRの管理および後方支援システムが完全に機能するまでには六ヶ月以上かかると考えているとはっきりと言った。彼が言うには、国連は「プル・システム」であって、私がかつてNATOで経験したような「プッシュ・システム」ではない。というのは、国連は利用できるようなリソースの蓄えがまったくないからだ。必要なものはすべて要求しなければならないのであり、要求が検討される間は待っていなければならない。頼み込まなければ、何も得られない。たとえば、兵士はどこにいても食料と水が必要だ。プッシュ・システムでは、展開している大量の兵士のための食料と水は何も言わなくても供給される。プル・システムでは食料と水を配給してくれるよう頼まなければならないのであって、どうやっても常識が通用することはないのだ。フラッシュライトを頼むのであれば、電池と電球も頼まなければならず、さもなければ電池も電球もないフラッシユライトが届くことになるだろう。要求をしなければならないという厳しい事実によって、立場は不利になる。補給に権限をもっているのは作戦指揮官ではなく、国連の文民の後方支援担当者なのだ。その物品が必要だと彼が判断すれば、国連はそれを補給してくれる。そうでなければ、補給されないわけだ。

　私たちはすぐにこれらの厳しい現実についてもっと学ぶことになるが、最初の会談で、私はアルキヴィストの「手続き」への頑強なこだわりにまいってしまった。私たちは、数日間のうちに完全に作戦行動に入る必要があった。数ヶ月ではない。私はルールを無視し、官僚主義を廃し、規則を曲げ、私たちの最初の道標を達成するために、しなければならないことは非合法な活動は別として何でもすることにした。

　一九九四年一月一日が暫定政府の委任統治の最終日であった。私たちは、その日から逆算して移行政府《BBTG》を設立するためにやり遂げなければならないすべての任務を算入して計画を立てていた。移行政府にアルーシャの和平プロセス全体がかかっているのだ。私は要員を三つの作業グループに分け、大きなミーティングルームを分割して、長方形のテーブルの周りに作った専用の小部屋に仕切った。ある朝行くと、どこかで見たことのあるような強い感覚を覚えた。その様子は、母国で演習の前にやっていた机上演習の指揮所にそっくりだった。ちがうのは、ここでは明白な敵が決まっておらず、また誰が味方なのかについてもはっきりとした確信がもてなかったことである。

　一つのグループは部隊の受け入れと支援を担当し、兵士の宿舎、装備を見つけ、その支払いと食料をどうすればよいか考えていた。この可哀相な連中は始終アルキヴィストとそのスタッフと戦わなければならなかった。もう一つのグループは、たとえばキガリを武器管理地帯にするためには何が必要か、といった作戦計画を担当していた。第三のグループは主に国中の偵察をつうじた情報収集にあたっていた。たとえば、ブルンジの状況が私たちの計画に与える影響を瞬時に判断しなければならなかったのだ。

　一〇月二五日日曜日、アマドゥ・リィが、現在の状況に関する彼自身の解釈を教えてくれた。彼はすでに、ハビャリマナ大統領が私と会見する時間を割かなかったこと、ルワンダに来たＵＮＡＭＩＲを正式に歓迎する時間を割かなかったことに不安を覚えていた。私は政治プロセスが現在どの段階にあるのかを知る必要があったが、その時点では、助言をくれる政治スタッフはいなかった。アマドゥははっきりものを言った。強硬派のラジオ放送局ＲＴＬＭ［ミルコリン自由ラジオテレビ］は人種偏見を煽るアフリカのロック・ミュージックを流すことで、キガリにかなりの支持者を集めている。約一五人の士官と下士官からなるベルギー陸軍の偵察グループが翌日到着することになっていたが、ＲＴＬＭはかつての宗主国の部隊が首都にやって来ることについて世論の反対運動を組織している、そうアマドゥは教えてくれた。彼は、政治的風景がかつて思われていたものとはちがってきていることを理解させたかったのだ。移行政府の実現は立ち往生しており、それを軌道に戻すには手際のよい綱さばきが必要となる。

そのことは分かったが、政治について私は門外漢である。是非、私の周りで起こる政治的に微妙な出来事を理解したいと心から思ったものの、母国では、将軍たちは議会と政治からはできるかぎり遠ざけられている。私は当初から、そばに有能で知識のある外交官がいてくれたらと考えていた。軍事そして支援面では、私を補佐してくれる参謀ないし副司令官がまだいなかった。しかし一週間もしない一〇月三〇日、それまで非武装地帯をパトロールしていたＯＡＵ平和維持派遣団がＵＮＡＭＩＲの指揮下に入った。私は未知の水域にいた――地理、文化、政治、野蛮、過激主義、ほとんどルワンダの芸術の一種であるかのようにおこなわれるペテン――すべてが私にとって初めてのものであった。しかしながら、私は民族的少数派の感じ方、彼らがスタイルと態度の違いに重きをおくことは分かっていた。もともと私は間に立って調停する役回りである。そしてアルーシャ平和協定を実現するのに役立とうという強い意欲に燃えていた――それはルワンダの国民にとって新しい社会契約をする最善の機会なのだ。私は五日間のコンサートをおこなうことになっているオーケストラの指揮者で、楽団員たちがまだなんの楽器も手にしていないにもかかわらず、コンサートをすると決めたようなものだ。私は自分のオーケストラをゼロから士官グループたちで組織しようとしていたが、彼らはそれぞれちがった平和維持に関する教義に忠実であるばかりではなく、共通の言語も使用していない。そして私は、国連がこの緊急事態に対処するだけの能力をほとんどもっていないように思われるのに、コンサートを開こうと心に決めていたわけである。

初めの数日間で、自分では夢にも思わなかったほど、物乞いをし、借用することを覚えた。軍を動かす仔細なことにあまりにも多くの時間をとられ、トイレットペーパーから公式コミュニケの形式にいたるまで、あらゆることでアルキヴィストと延々とやり合う羽目になり、やがて、彼と議論するのは時間の無駄であるということが次第に分かってきた。というのは、彼が私に同意した場合にでさえ、彼には裁量権などなかったからだ。私の精神はつねに軍事上の問題と悲しいほど仔細な問題との間で引き裂かれていた。軍事的問題とは、移行政府の設置を立ち往生させている政治的問題を解決するために何ができるかについてじっくり考えることであり、仔細な事柄とは、たとえばニューヨークへの電話代を払うことができず、私自身のクレジットも限度額を越えてしまいそうであったことだ。

それらすべてに加えて、それまで派遣団はルワンダ国内ではまったく曖昧な存在として活動していた。住民のほとんどは私たちが何者で、何をしているのか知らない様子であったし、本国では、何人かの国連担当記者たちがすでに私たちの「無為」を非難しはじめていた。私はUNAMIRの存在を宣言する方法を見つけなければならなかった。そして非武装地帯で国連旗掲揚のセレモニーをとりおこない、OAU派遣団に(いまだに部隊司令官としての仕事が与えられないことに不満を抱いている司令官である私から)国連旗を手渡すというアイデアを思いついた。国連旗はすでにルワンダでは、教育やヘルスケア、食糧援助といった好ましい事柄と結びつけられて尊敬されていた。私たちの新しい役割が、そのリストに加えられる必要があったのだ。

長さ約一二〇キロ、最も広いところで幅二〇キロもある非武装地帯をパトロールするための手もちの部隊は、五五名の非武装の監視団員と、移動手段、基本的装備、資金の不足という制限のある、軽武装のチュニジア軍兵士六〇名からなる分遣隊しかなかった。私は、これらの部隊への指令《マンデート》をかぎられた地域の停戦を監視することから、全土での和平協定の実施に関わることに変えようとしていたが、それによって彼らのリスクは増大した。いつになったら彼らが置かれた状況と能力を改善することができるのか具体的な当てはなかったが、国連に対して、私たちが完全に関与しており――「作戦上のリスク」に陥っており――、それゆえPKO局が部隊と後方支援を展開するスピードを速める必要がある、という強いサインを送る必要があった。はっきり言えば、国連旗を掲げたのも、瀬戸際作戦の試みであった。

私がキニヒラをセレモニーの場所に選んだのは、アルーシャ合意を形成するいくつもの協定がそこで交渉されたので、その場所が国内外でよく知られていたからである。村は小さなゆるやかな山の頂にあり、そこから二つの小さな川がナイルの源流に注ぎ込んでいるのを見ることができた。川までの斜面には、コーヒーの木の新緑と茶プランテーションの織りなす幾何学模様が交互につづいている。

キニヒラはすぐにルワンダでの私のお気に入りの場所の一つになった。村の学校は長方形の泥レンガでできた一部屋しかない簡素なものだった。冬の強風が波板屋根を破き、その穴から日差しが注ぎ込んでいる。黒板は壁に黒くペイントしたひびだらけのもので、粗末なチョークで線が引かれている。

6 最初の道標

五〇人かそこらの小学生が午前と午後に分けられ、きちんと並べられた石に座り、二人の教師が世話と指示をする中で、石板に課題を書きなぐってゆく。二人の教師は何ヶ月も給与の支払いを受けておらず、使える紙もなく、本も一冊しかない。使い古された教師用の本はフランスのものである。学校の裏手には埃っぽい小さな運動場があり、四季をつうじて真っ青な空のケープがかかっているように見える、緑の楽園を臨むことができた。それまで見た中で、最も平和な場所の一つであった。

若い大尉であった当時から、私は軍隊生活をセシル・B・デミル［アメリカの映画監督。大衆受けする作品作りで手腕を発揮した］が描くように演出してきた。それは、人びとに影響を与え、感動させたり、出来事の象徴的意味を痛感させたりする格好の機会となるのだ。私には「ランチをとりながら仕事の交渉をする」能力はなかったが、いつも軍隊が、群衆を喜ばせ、興奮させ、心を揺さぶることを示す機会を最大限に利用してきた。国連旗掲揚で、ルワンダの人びとに私たちが友好的な軍隊であることを知ってほしかった。同時に、戦っている者たちには、私たちが任務を果たすためにここにきたことを認識して欲しかった。戦いがおこなわれた山の頂に象徴的な国連旗を掲揚することで中立的な領域を作りだし、和平を交渉する場所として利用することは、またとない機会であるように思えたのだ。

その日、一一月一日は非のうち所がなかった。もうすっかり雨期に入っていたというのに明るい陽が差し、そよ風がかすかに吹いていた。近隣の村から人びとがぞろぞろと集まってきた。華やかな時を迎えて子供たちが走り回っている一方で、はじめのうち大人たちは興味津々であるにしても、めずらしく遠慮しているように見えた。チュニジアの兵士たちと非武装の軍事監視員には、二週間ずっとしつこくせがんでようやく手に入れた青いベレー帽が支給されていた。国連のバッジがついた一一五個の青いベレー帽を獲得することが奇跡といえるほどのことには思えなかったが、古株の国連専門家は、私の幕僚たちがまだPKO局に残っているブレントとミゲルと一緒になって、それをもぎとってきた素早さに感銘を受けていた。しかしそれでも、そのおかげでチュニジア人と軍事監視員の頭がよく、訓練が行き届いており、専門家であるように見せることになったのだから、努力のかいがあったというものだ。

軍楽隊はなかったので、音響装置を据えて、国歌と皆がよく知っているアフリカの音楽を何曲もかけた。そのおかげでひどい緊張が和らいだし、あたりにお祭りムードが漂った。紛争の当事者双方から武装した部隊が重要人物についてやって来ている場合には、そうしたムードはなかなか作りづらいものだ。彼らの大半にとって、これがかつての敵に出会う最初の機会であった。そして、彼らがどのように対応するかが私の一番の心配であった。部隊は乗り物にとどまり、群衆から離れているべきだと主張すると、彼らは実際にそうしたが、武器をもっていることは明らかだった。

招待状は、大統領、RPF議長と指導部の面々、政府側の大臣たち、各政党の代表者、外交団と軍事指導者たちに送られていた。パストゥール・ビジムングを含むRPFの文民代表は大人数で、二〇分遅れて到着し、不機嫌そうであった。行事が進むにつれて彼らが気分を良くするのをみて私は喜んだ。アガート夫人、フォスタン・トゥワギラムング、アナスタセ・ガサナも全員出席した。この時もハビャリマナは、ポール・カガメと共に欠席した。正直言って、この状況で必要とされるだけの安全を確保することができなかったので、私はいささかほっとしていた。しかし、国防大臣オーギュスタン・ビジマナと与党MRND党の主要メンバーが出席すると期待していたので、彼らが顔を見せないことに非常に当惑した。彼らが来ていないことにRPFは気づいていないわけがなかった。私は、欠席はUNAMIRに対する意図的な侮蔑であると受けとった。私たちも平和協定も時間を割くに価するほど重要なものではない、という意味である。

しかし、行事は簡素で恭しくとりおこなわれ、何事もなく進んだ。国連旗が掲げられ、そよ風に堂々とたなびいた。それはかなり大きな青い旗であり、ルワンダの空の青さに映えて雄弁に語りかけていた。私のものをはじめとしてスピーチは楽観主義に彩られ、UNAMIRは出席したルワンダの指導者たちから一致して支持を受けた。セレモニーをとり仕切ったフィゴリ大佐と彼が率いる軍事監視員は胸を張り、私からの称賛と感謝を受けた。

スピーチが終わると群衆が押しかけ、私たちが提供できるささやかな軽食——暖かい飲み物——を楽しみながら、どんな警備担当者であっても悪夢と見なすような状況の中、入り混じった。最初にそこを離れたのはRPFである——状況はいささかひどいカーニバルの様相を呈しはじめ、兵士たちが緊張していた。つづいて他の大物たちも離れた。子供たちの集団と一緒にすごし、バナナの葉と茎で作ったボールでのサッカーのやり方を習った後で、ようやく私はキガリに向かって出発した。この任務とこの国の将来に対する不安が低いうなり声になって出たが、それはもっぱらMRND党から受けた侮蔑に対するものだった。国内外の報道機関は素晴らしい写真と、めずらしく中央アフリカの気分の良いニュースをもって帰っていった。

その夜キガリに帰った私は、カビア博士に相談する必要があると確信した。彼はカバレにいてUNOMURのために熱練した手際で政治的任務をおこない、監視だけでなくより奥深くの地域でもっと部隊が自由に移動できるよう、ウガンダ政府の高官と交渉にあたっていた。国連旗掲揚に強硬派が欠席したことを政治問題化すべきかどうかを知りたかったのだが、カビアは非常に賢明にも、私がそれについて公の場で不満をもらせば、行かなかったのはＵＮＡＭＩＲが安全を確保してくれる確信がもてなかったからだ、と言うだけだろうと指摘した。派遣団の面子をつぶされるだけで得るものは何もない、というわけだ。

次の数週間にわたって、派遣団の政治的ペースがスピードを増すにつれて、何度もカビア博士に相談した。彼が真面目な人間であり、ニューヨークの政治局の上層部とも緊密に連絡をとっていることが分かった。また彼はいつも非常に的確な助言をしてくれた。ウガンダでの任務を引き継ぐにふわさしい人材が見つかるとすぐに彼はキガリに飛んできて、私の政治アドバイザーになり、後には国連事務総長特別代理の首席補佐官となった。

ベルギーの偵察グループが荷物をまとめて帰国の途についた時、派遣本隊の準備をつづけるために数人の幕僚を残していった。五日にわたる情報収集活動の間ベルギー人を町のいたるところで目にすることができたが、注意を引くような、とりわけＲＴＬＭラジオ局に煽られた彼らに対するデモ行動は小さなものがいくつかあっただけだった。彼らがそこにいる理由は、もしそれを問われれば、隊員はベルギー軍の制服を着てはいるものの、国連の作戦指揮下にあり、権威を示しているのは国連の記章と青いベレーであるということだった。それに、ＲＰＦもルワンダ政府も、私たちが安全保障理事会の承認を得るために提出した部隊拠出国のリストを見ており、かつて交戦していた両派のいずれもがベルギー軍兵士の存在に異を唱えはしなかった。思うに、両派がベルギー人の受け入れをしぶしぶ認めたのは、モーリス・バリルが、ベルギー以外のどの第一世界の国もまったく関心をもっていないとはっきり言ったからである。私は、ベルギー軍部隊員が行儀よく行動し、私たちがルワンダ人から好意的な待遇をうけているかぎり、どうにか状況をうまくやってゆくことができると信じていた。

ベルギーの派遣部隊の受け入れ準備におよそ三週間しかなく、つぎつぎと多くの軍事監視員が毎日のように到着していた。一一月の前半の大部分を五〇人足らずの士官たちと、部隊司令部がなんとか機能するようにするためにへとへとになるまで働いてすごした。私たちは次第にミルコリン・ホテルで歓迎されなくなっていた。休暇にやってきている客と任務中の兵士はうまくやっていけない。アルキヴィストに、軍事と行政部門の双方が入ることができる常設の司令本部を見つけるという任務を与えた。私はまた、キガリにも国連旗を掲げればキニヒラに国連旗を掲揚したのと同じ象徴的な目的を果たすことになるだろうと考えた——つまり私たちが、この国が永続的な平和へと向かうのを助ける責任を負っていることを示すのである。

いつまでたっても管理とリソースの問題には決着がつかなかった。非武装地帯にいるフィゴリ大佐に無線で、どんなことが起こっているのか書面による状況報告が必要だと伝えるメッセージを送ったが、彼らには使える紙も鉛筆もなく、もっと欲しいという彼らの要求を財政的理由でアルキヴィストが拒否したという返事をしてきた。

車両配備の進捗状況はさらにひどくなっていた。国連の輸送用と通信用の車両は、カンボジアの派遣団に寄付された多数の日本製四輪駆動SUVの寄せ集めであった。それは堅牢で、悪路とがたがたした地面を走行することができ、優れた無線を搭載し(ただし暗号化されていないので安全ではない)、エアコンを装備していた(しかし私からすればそれは実際には欠点だ。冷房を効かせるために隊員が窓を閉め切っていると、現地住民に話しかけにくくなる)。これらの車両を配備するのは首席管理官《CAO》の管轄で、アルキヴィストはとりわけ軍用よりも文民用を優先させているという印象だった。幸運なことに車両をもっていた軍事監視員は、キガリのすぐ近くの用でガソリンの無駄遣いをしていると文句を言われていたが、文民スタッフの中にはボルケーノ国立公園でゴリラを見たり、他のルワンダでの名所へ週末に物見遊山に出かけて燃料を使っている連中もいた。

車両や事務用品をめぐるきわめて内輪の戦いをしなければならないことに私は頭にきていた。備品の欠如と遅れで派遣団は身動きのとれない状態になっていた。何百人もの隊員が到着しつつあるというのに、キッチンも食料も隊員の宿舎となる場所もない。不満を言うといつも決まって返ってくる公式の返答は、各国の派遣部隊は二ヶ月間自立できるだけの糧食を備えているはずだ、というものであった。たしかにそれがルールである。しかし、もし部隊にその備えがないのであれば、国連にルールと現実の差をなんとかするだけのリソースがないのであれば、それをこの場でなんとかすることが私に任されることになる。たとえば、カナダとベルギーのような金持ちの西側諸国であればそうしたリソースを提供することができるが、貧しい国々にはできない——しばしばそうした国々は現金を払う代わりとして国連に兵士を「貸し出している」のである。結果的に、統合平和維持部隊を構成するうえで難儀なことに、西側の兵士たちが現場でそれなりに快適な状況にあるのに対して、第三世界の兵士はほとんど窮乏状

6 最初の道標

態で生活することになる。

偶発事件のプレッシャーとアルーシャの最初の行程が遅れつづけている中で、私のスタッフは夜も昼もなく働いていた。アルキヴィストとその文民スタッフは一般的に九時から五時、月曜から金曜まで働く。その理由は彼とその部下は長期間にわたってルワンダにおり、軍事関係の要員は一時的に滞在するにすぎないからだという。彼らは兵士であり、それでなんとかなると考えるべきだというのである。しかしながら、私の階級とカナダからの出向契約があるために、アルキヴィストは私が好きなだけあらゆる役得と特権を利用することができると考えていたようである。高級車、邸宅、贅沢三昧の生活。私は、司令官というものは任務で身を削るものであり、部下の兵士たちがコックの用意した無味乾燥な食事を土砂降りの雨の中移動キッチンで立ったまま食べている時に、贅沢な生活をするのは任務に悪影響をもたらすものだと信じている。アルキヴィストが私のために任命したメルセデスのための人員を帰らせて、国連標準の四駆ランドクルーザーに乗ったり、ヴィレム・デ・カントに小さな家を借りさせたりしたことで、アルキヴィストは本当にショックを受けたのではないかと思う。その家に、ヴィレムと私、そしてブレントと私の運転手が着いたら一緒に住むつもりだったのだ。多くの国連スタッフが得ようとしていた快適な住居を欲しいとは思わなかった、というのもそれは、ルワンダ国民に、彼らの利益よりも自分たちの快適さを優先しているのだというメッセージを送ることになるからであり、またそう思われることに我慢できなかったからだ。私はヴィレムが見つけてくれた家を気に入った。それはキガリの丘の上にあり、壁と一つしかない金属製の門を入るとこぢんまりして清潔であった。毎朝、私は中庭でお茶を飲み、眼下に広がる街の景色を眺め、時にはその日の難題に取り組むためになかなかその平和な場所から出てゆく気になれなかった。

モーリスとリザに管理状況について文句を言うと、同情してくれた。しかし彼らにもこのシステムを改善するためにできることはなかった。アルキヴィストは国連の指針の範囲内ではうまくやっている。彼と私はお互いにうんざりし、私たちが出す異なった命令のおかげで派遣団の中心に引かれた戦線で身動きがとれなくなっていた。

私が指揮するUNAMIR軍事監視員が到着したので、多国籍チームへと編成した。車両と無線機が手に入ると、チームを国中に送り込んで偵察活動とチームの駐留地の候補を見つけ、各県の政治、治安、軍事関係の役人に面会し、はっきりとこちらの要求を伝え、自分たちが何者であり何をしようとしているのかを明確に伝えさせた。

ティコカ大佐が到着すると、軍事監視団の全体指揮を引き受けた。ティコはブレントと一緒に多くの軍事的評価を八月におこなっていた。ティコと一緒に働いた者で、彼の勇敢さと大胆さについて語る逸話をもたないものはいない。その前の国連のソマリアでの派遣任務の間、車に乗っているところを何度も撃たれたので、一番忠実な部下しか彼の車には乗らなかった。彼は素晴らしい兵士で、恐れを知らず、寛大であり、自分の隊員を敬愛する司令官であり、きわめて悲惨な状況であっても隊員たちの絶対的な忠誠心を勝ちとる力をもっていた。彼の唯一の欠点はあらゆる書類仕事が大の嫌いであることだった。それは、私の部隊指令本部が往々にして、彼の管轄下にある地域で何が起こっているかについて適切に理解するために必要とされる、決定的に重要な情報を得られないままでいることを意味していた。しかも、彼はキガリ外のほとんどすべての地域を管轄していたのだ。彼の部下は武装なしでつい最近まで戦争がおこなわれていた国内を移動した。彼の部下の多くは他の兵士に比べて勇敢であり臨機応変であった。そしてティコは、この人間というリソースを計算して、最善の持ち駒を非常に複雑な状況に展開することに優れていた。彼は最終的には、国中の無数の監視チームの間での厳格な手続きの基準を設けることで、書類嫌いを克服した。

苛々しながら待った後でようやく、アルキヴィストはUNAMIR司令本部の最終的な場所として、アマホロ（平和）・スタジアムとそれに付属する競技者用ホテルを探し出してきた。建物は、キガリの東端にある空港への主要道路をはずれており、戦略的に見てうってつけの場所にあった。周囲を取り囲まれたスタジアムは歩兵大隊規模の兵士、車両、装備を収容することができる。ホテルはオフィスと会議室をとっても十分なスペースがあった。

一一月一七日に派遣団司令本部を公式にオープンした。私はペースを早めていた――ベルギーの派遣部隊はまだ二日間は到着しないので、セレモニーの進行を監視するために軍事監視員を使わなければならなかった――しかし地域と外国の記者団の前に姿を見せる必要があったのだ。私たちは第一段階の目的達成で遅れをとっていたので、失った時間を取り戻す用意があることを示したかった。ハビャリマナ大統領にはキガリに着いて以来会っていなかったが、ようやく姿を現わして公の場でUNAMIRへの支持を表明した。RPFも協力的だったが、UNAMIRとの連絡将校としてカラケ・カレンジ司令官を送ってきただけであった。というのはその時点では、大人数のかつての敵であるRPFに対して、キガリでの安全を保障することができなかったからである。

ハビャリマナ大統領にホテルの建物の主玄関で会った。私

6 最初の道標

はカナダ軍の将軍であることを示す軍服に、国連の肩章、そして青いベレーをかぶった。彼は政治家らしくシワ一つないダークスーツと、エナメルのように見えるほどぴかぴかの黒い靴を履いていた。彼は威厳あるやり方で握手をした。大統領警護隊を外に残し、少数の私服を着たボディーガードだけを引き連れ、私と一緒にメインホールに歩いた。

私たちは激励の拍手、喝采、笑い声に迎えられた。たしかに主要な国際機関の本部なみの壮観で豪華な飾り付けをすることはできなかったが、雰囲気は祝賀ムードであった。人びとは数百の借り物の折り畳み椅子と木製のベンチに腰をかけ、私は大統領を部屋の前方の位置に案内した。これは普通の六フィートの折り畳みテーブルを布で覆ったもので、その後ろに彼の席があった。国連旗とルワンダ国旗が、彼の後ろの壁に貼られており、融和を象徴していた。

私が最初に話し、三、四行はキニヤルワンダ語で話してみた。数少ない現地人スタッフが私のために発音を書き留めてくれたのだ。心からの笑いが私を包んだが、この試みは——そしてスピーチの残りの部分はフランス語に切り替えてこの国でのUNAMIRの存在意義を説明した——群衆にはきわめて好評であったように思えた。それから大統領が、平和と協力、和解を求める高邁な希望に溢れる、心にしみるスピーチをフランス語でした。それは彼の政党の従来の主張を裏切るものであったので驚いた。

メディアが取材し、多くの写真を撮った。政府はこの出来事の公式カレンダーポスターさえ発行し、大統領と私がルワンダと国連の旗の下で握手をしていた。しかしハビャリマナは質問を受け付けず、すぐに私は彼を装甲したメルセデスに案内した。群衆は、彼がとおりすぎる時に歌を唄い、手を叩いて熱狂した。

その後残ることを希望した人びとと小さなレセプションを開いたが、アルキヴィストは、自分には社交的行事に支出する権限がないので、そのような軽食にも金を出すことはできないと言った。ここでもアマドゥ・リィが派遣団の守り神の役割を果たしてくれて、金を出してくれた。全体として、その日には満足していた。この公式オープンで、司令本部と司令官が本来の場所につき、キガリに旗が掲揚され、指令された事項を前に進めることができるように思えたのだ。しかし、平和と楽観主義的な空気はその夜のうちに壊れ、暴力へと発展した。

一一月一八日〇六〇〇時、ンクムバ村の村長がキガリのメディアと政府に、ルヘンゲリの北にある境界の曖昧な非武装地帯の境界沿いで、連続殺人があったという電話連絡をした。彼はこれらの出来事一つひとつについて詳細を明らかにすることができたが、それによればその日の夜中、二三三〇から〇二三〇時の間に五つの異なる場所で発生した。これらの場所のうち二つは彼の管轄する地域でさえなく、またこの国の電話連絡網は信頼できない。私たちはどうして村長がそんなに早くこれらすべての情報を入手したのだろうかと考えた。殺人は入念に計画されたものであるように見えた。犠牲者は支配権を握るMRND政党に属する男、女、子供たちで――二一人が殺され、二人が重症、そして明らかに二人は誘拐されていた。彼らの中には地方選挙に当選した者、次の選挙の候補者もいた――選挙は非武装地帯にいるフィゴリ大佐とその隊員の支援のもとに実施されていた。

地元メディアはこの話に飛びつき、死者の数を四〇人に水増しし、RPFが容疑者であると告発した。私の考えでは、政府側が不満を言ったすぐ後に殺人が生じているのは疑わしい。オーギュスタン・ビジマナとデオグラティアス・ンサビマナから不満は伝えられたのだが、ウガンダ部隊とRPFの増援部隊がカバレの南とヴィルンガ山地に集結していると訴えるものであった。私はUNOMURのベン・マティワザに連絡して調査してもらった。彼の部隊がその地域を始終監視していたからである。彼が言うには、大部隊の移動の兆候はない。ビジマナとンサビマナに会ってどこでその情報を得たのかと聞くと、曖昧な答え方で、ワシントンの連絡相手からのものだと言ったが、名前を明かすことは拒否した。

意図されたものであるとしてもそうでないにしても、虐殺はUNAMIRに対する直接的な挑戦である。私たちは駐留を宣言し、それは喝采と歌、歓喜で迎えられたばかりであった。今や私たちにはこの国で安全な環境を確立するのに本当に役立てるのかどうか試されているわけだ。(偶然にも、本来ならば私たちの公式オープニングに割かれるはずであった新聞紙面は、殺人に関する憶測と感情的反応一色になった。)調査してRPFがこの殺人事件を起こしたという決定的な証拠が見つかれば、かつて敵対していた両派の一方が意図的にこの国を不安定化しようとしているということになり、非常に難しい状況であることになる。また調査してRPFを犯人として名指すことができなければ、メディアと特にRTLMは私たちがRPFと結託していると考えるか、そうでなければ、まったく無能であると考えるかのいずれかである。

喧噪渦巻く中、私は即座に調査委員会の設置に乗り出したが、まだ文民警察派遣団も法律アドバイザーもいなかったために、まったく身動きがとれなかった(国連はUNAMIRに法律アドバイザーを一度も任命せず、そのことが後になって、ジェノサイドが本当に生じているのかどうか世界中で問題となった際に、とんでもなく問題を複雑化することにもなった)。殺害を犯した者たちは、RPFの関与を示唆する証

6 最初の道標

拠をたっぷりと残していた(服の一部、ＲＰＦ規格のゴムブーツ、そして食糧まで)が、それが意図的に置かれたものであるという疑いをはらすことができるほど多くはなかった。調査によって結論を出せないということが明らかになったので、私たちは両方の側に調査に参加するよう呼びかけたが、政府はぐずぐずして代表を寄越さず、調査は翌年まで長引いたまま解決することはなかった。

ある意味で、私のはったりも見透かされていた。すべての人員が配置につく前に司令本部をそのような目立つやり方でオープンするというリスクを冒した結果、今や私たちの信頼性は危機に瀕していた。一一月一七日と一八日の虐殺の容疑者を見つけられなかったことが、強硬論者にとっては、ＵＮＡＭＩＲは政権に対して偏見をもっている、ＲＰＦ支持者に近いということの証明となった。法律、メディア、現場での政治戦略に長けた人員を至急配置してほしいという要求は無視された。どれほどこの問題で打撃を受けているかということにＰＫＯ局が同情してくれても、すでに人員超過した国連部局にそのポジションを埋めるだけの力はなかった。私は二つのことを考えて自分を慰めた。私と一緒にこの派遣団を育て上げてきたブレント・ビアズレーが一一月二二日に到着して、私の執務室での軍事補佐官の仕事をすることになっている。そしてブレントの到着した翌日には、ジャック＝ロジェ・ブー＝ブーがキガリに来る予定であった。

一一月一九日、最初のベルギー輸送機が着陸して、その乗員貨物を降ろしはじめた――約七五人の第二降下歩兵大隊のメンバーで、彼らを一時的にアマホロ・スタジアムに泊めた。ベルギー人と私が翌日の歓迎式典で打ち解けたとは言えない。ベルギー陸軍で最後に残ったフラマン語とワロン語のバイリンガルの部隊の分遣隊であることに気づかずに、私はフランス語でスピーチした。司令官ルロイ中佐は自信に満ちあふれた古参の降下兵であり、この任務に何の思い入れももっていなかった。

国連が要請したのは、八〇〇人の車両化歩兵大隊で、そのうち一中隊(一二五名)が装甲兵員輸送車に乗り込んでいることになっていたが、ベルギーの部隊はそれとはちがった。実際は九月以来ずっと、ベルギーには、軽武装でわずかな車両、少数の装甲兵員車両と小規模な後方支援部隊、医療外科部隊と司令部からなる、四五〇人の降下特殊部隊であれば送ることができると言われていた。(私たちは最後には、その戦力の不足分を、バングラデシュの大隊半隊の四〇〇名の戦力で補わなければならなくなった。大隊半隊を二つ集めても大隊全隊の結束力には及ばない。)ベルギー兵士の多くは第七章派遣団であるソマリアでの勤務を終えたばかりであり、

UNAMIRに非常に攻撃的な態度でやってきた。私の幕僚はすぐにベルギー人兵士の何人かが地元のバーで、自分たちの隊がソマリアで二〇〇人以上を殺してきたし、アフリカではどんなふうに「ニガー」に言うことを聞かせればいいかを知っていると自慢しているのを耳にした。歩兵大隊半隊の大半が到着すると司令官を召集せざるをえなかった。彼らに私たちの交戦規則をざっと教え、地元住民に対する個人的な態度を変更し、第六章指令《マンデート》に合わせて任務を遂行する必要があるということを銘記させるためである。私は人種差別的発言、植民地主義的態度、不必要な攻撃やその他の力の濫用を許さない、ということに疑問をはさませないようにした。

　ベルギー軍の装備の多くはソマリアから直接、清掃も点検修理もすることなく船で送られてきており、使用するにはあまりにもひどかった。しかし、そうであってもベルギー軍は私の配下では最も優れた戦闘部隊であった。ルワンダではすべての道がキガリに通じているので、キガリを征する者は国を征する。私はベルギー部隊を市内に配置する計画を立てた。通常の国連の慣行では部隊には元の出身国に由来する名前をつける。それにしたがえば、ベルギー軍はBELBAT（ベルギー大隊の略）と呼ばれる。私はこの習慣を無視した。というのも、私の混成戦力を一つにまとめあげる最善の方法は、全員を共通の任務に集中させることだと考えていたので、ベルギー軍部隊はキガリ大隊という意味をもつKIBATになったのである。

　この期間、南部ルワンダに集まる情報はアマドウ・リィの現地チーム、穏健派政治家、NGO職員、フリージャーナリストからの非公式のレポートにかぎられていた。彼らは揃って、ブルンジのクーデタの結果、地域での緊張が高まっていると主張した。約三〇万人の難民が国境を越えてルワンダに入っており、ブルンジ国内での虐殺の結果、河や小川は水膨れした死体で一杯になっていた。難民は間に合わせのキャンプを占領し、何十年も苦労して土壌浸食を防ぐために山肌に営林した小さな森を荒らしていた。この地域は二年目の干ばつに入ったところで、広範囲に不作に見舞われており、地域のルワンダ人の多くは食料援助に頼らざるをえなくなっていた。国連高等難民弁務官事務所《UNHCR》が即座に現地入りしてブルンジ難民に必要物資を提供したが、UNHCRが受けた指令は国境を越えた難民の面倒を見ることだけだったので、強制移住させられたり、飢餓に陥ったりしたルワンダ人に物資を提供することはできなかった。これは、難民が食事にありつくのを目にしながら、地元民とその子供たちが餓死するということを意味した。

　私たちは、南部の難民キャンプに手を差し伸べようとしているＮＧＯから報告を受けた。キャンプの中でもその近くでも、暴行と窃盗が人びとを不安にさせるほど増加しており、また武器密輸の報告もあった。暴力を抑えるために、ルワンダ政府はブルンジ難民を民族ごとに分けられたキャンプへ移した。これで民族間の暴力の機会は減ったが、急進主義者がキャンプに入り込んで騒ぎを煽る土壌となった。私たちにはこの地域にわずかな数であっても駐留しつづけ――それによって緊張を和らげるのに役立つのではないかと願いつつ――、貴重な軍事監視員チームのいくつかを南部に振り向け、キャンプで散発的に立入検査をおこなうほかなかった。

6 最初の道標

一一月二三日、国連事務総長特別代理（ＳＲＳＧ）が到着し、私はチュニジア兵を儀仗兵につけた。彼らは閲兵にきわめて習熟しはじめていたが、ジャック＝ロジェ・ブー＝ブーはもっと洒落たものを期待していたような気がした。

最初のミーティングで、派遣団の責任者は強い印象を与えたようであった。背が高く、がっしりとして、自信あふれる歩き方をするブー＝ブーは、きれいに髭をそり、明るいブルーのスーツを着ていた。白髪まじりの髪は短く刈られ、一分の隙もない外交官あるいはビジネスマンに見えた。事実、外交官を引退して以来、バナナの生産販売の世界で大変な成功を収めていた（かつて彼は私にカメルーンの広大な保有地の写真を見せ、財産を管理するためにそこにいられないのは残念だと言ったことがある）。ブー＝ブーは、友人のブトロス・ブトロス＝ガリから直接懇願されたという理由だけで、引退生活を送るのをやめてこのポストに就いたというのである。政治、外交、ビジネス、国連でのキャリアからいって、そして国連事務総長との関係からいって、彼はこの仕事にうってつけの人物であるように思えたし、たしかに一緒にやっていくことができる人物であると思えた。彼が来たことで、私はもはや派遣団の責任者ではなくなった。党派抗争が、移行政府設立へ向けての動きの障害となっている。彼がそれをうまく避けることができればよいのだが、と思った。

カビア博士と私は彼にできるかぎりの状況説明をした。九月には、主要な穏健派政党のうちの二つであるＭＤＲ党とＰＬ党が分裂して、穏健派と過激派の「フツ・パワー」（フツ至上主義）派に分かれた。穏健派、過激派それぞれが、それまでアルーシャ和平合意で諸党派に分配されていた大臣ポストと議席を要求している。もちろん、ＲＰＦとしてはこれらの党派のいずれについても穏健派候補が出てきてほしい。大統領が所属するＭＲＮＤ党と、次第にフツの過激派政党であることが明らかになりつつあるＣＤＲ党は、フツ・パワーの候補者を望んでいる。こうした思惑が最近になってようやく表面化したのであり、巧みな政治的かじ取りが必要であった。

このような仕事は私には向いていないことを知っていたし、ブー＝ブーにそれを引き継いだからには、軍事と治安問題に集中できる。

ブー＝ブーが到着したのはちょうど、天候が悪化するとともに、国中での銃撃と殺人の報告が増えた頃だった。毎晩、大きな深紅の雲が空にかかると雷のごろごろ鳴る音が聞こえた。日暮れには、土砂降りの雨でずぶ濡れになり、稲妻が空を切り裂いて、気味悪い閃光が町を覆った。

ブー＝ブーがキガリに到着した翌日、ルワンダ西北部のある村が不詳の人間に襲われ、相当数のフツ民間人が殺されたという報告が入った。その後すぐに、何人かの子供がヴィルンガ山地で水を汲んでいる間にいなくなったというニュースが流れた。私は現地に行き、チュニジア兵と一緒に死亡を確認した。ＲＰＦが襲ったという噂が飛んだため、私はこれらの残虐な犯罪を調査して容疑者を見つけることにした。地元民と軍関係者を尋問したが、彼らは証拠も目撃者もないにもかかわらずＲＰＦを非難した。その後私は、竹林の中をカリシムビ山いう火山までパトロールし、いくつかの水汲み用バケツが捨てられているのを発見したが、行方不明の子供たちの手がかりはなかった。暗やみが迫ってきたので、チュニジア兵に翌朝には捜索を火山まで広げるよう任務を与え、キガリに帰って流言を鎮めようとした。

翌日チュニジア兵が子供たちを見つけた。一人の幼い少女を残して、皆殺されていた。その女の子を部下の兵士が近くの病院へと運んだ。私はブレントともう一人他の将校、そして地元の通訳を現場に派遣した。長距離のドライブと行軍の末、彼らは八歳の少年と、六歳から一四歳の少女が絞殺されている場所についた。深い紫色のロープが子供たちの首に食い込んでいた。彼らはまた全員頭に傷を負い、明らかに少女たちは殺される前に輪姦されていた。一つの死体のそばにＲＰＦの制服の迷彩模様の手袋があった。どうしてそんなにはっきりとした証拠の品を残していくのだろうかと思いつつ、ブレントは手袋を回収した。

少人数の民間人のグループも、死んだ子供たちの親戚だといって、現場にまで登っていた。最初の実況検分を終えたブレントがそのグループの方を見て、通訳に、誰がこの虐殺をおこなったと思うかと尋ねさせた。通訳はキガリの私たちの派遣団の広報担当オフィスの人間で、信頼できる人物であった。しかしブレントは、その男がグループに話しかける時、繰り返しインコタニという言葉を使うのに気づいた。ブレントはそれがＲＰＦを指すスラングだということを知っていたのだ。（大雑把に訳せば、それは「自由の戦士」ということになる。ＲＰＦはそれを真面目に言い、対立している者たちは、

6 最初の道標

皮肉として使う。）通訳はブレントに向き直って、村人はＲＰＦがこの殺人の張本人であると信じていると言った。ブレントは、この男が証人を誘導していると確信した。その日以後、私たちはその通訳を信頼できなくなったが、彼が派遣団に潜入する命令を受けたＲＧＦのスパイではないかと強く疑うようになったのは、もっと後のことである。（戦後、ＲＰＦは私たちの現地スタッフのうち六人がＲＧＦのスパイであったことを確認した。私の最初の民間人運転手は民兵組織のメンバーであることが分かり、国連事務総長特別代理のフランス語を話す職員はＭＲＮＤ党の情報提供者であると伝えられた。）

その頃には、午後も遅くなっており、ブレントは自分と分隊の残りの部下は暗くなる前に山から降りたいと考えていた。彼は親戚の者たちに向かい、死体を山から降ろすのを手伝うように頼んだ。彼らは恐怖で目を見開き、頭を振って、死んだ子供たちに手を触れるのを拒んだ。親戚の者たちが死体に触れないのは霊魂の崇拝からか、何かほかの宗教的理由なのだろうと考えて、ブレントは死体を置いていかなければならなかった。後に彼は、家族は死体に罠《ブービートラップ》が仕掛けてあると考えて、最初に誰かほかの者に触ってほしかったのだということに気づいた。

山の麓で、ブレントと彼の分隊は大規模な政府軍のパトロールと出会った。ＲＧＦの兵士は色のついたロープを腰に巻き、ほかの武器に加えて大きな戦闘用ナイフを持ち歩いている。ブレントは、発見したものについて指揮官に手短に説明し、ＵＮＡＭＩＲのパトロールが翌日子供たちの死体を回収に来て、家族のもとに返すだろうと言った。こちらから何も言わないうちに、指揮官がＲＰＦが虐殺をおこなったのだと繰り返し非難した。しかしブレントはいまだになぜＲＰＦがそんなことをするのか分からなかった。ゲリラ地域を五、六〇キロも超えてフツ族の中核地域へと入り込み、そのような残虐な犯罪をおかすことになんの戦略的利点もない。ブレントと分隊は別れを告げてルヘンゲリの病院に行き、襲撃で生き残った少女を見舞った。

六歳にようやくなろうかというぐらいで、深い昏睡状態にあったが、激しい脳への損傷のため震顫を起こしていた。数週間前にカナダに帰国していたブレントは、三番目の子供のお産をする奥さんにつきそっていた。その彼が今は、幼いルワンダ人の少女のベッドの脇に立っている。彼女のために祈りを唱えながらも、その日に見聞きしたことに当惑していた。彼は、犯罪現場にはきわめて奇妙な点があるという印象を拭い去ることができなかった。なぜＲＰＦは証拠の手袋を残したのだろう？　彼らも馬鹿ではない。ほかの連中が責任をＲＰＦになすりつけて非難するために事件を犯した可能性はないだろうか？　ブレントはＲＧＦの兵士の腰からぶら下がっていたロープと大きな戦闘用のナイフを思い出した。あのナイフの持ち手の部分であれば、一振りすれば、子供たちの頭に見た深い傷を負わせることができるのではないかと思った。少女が目を覚まし、本当に起こったことを教えてくれるようブレントは願った。彼は警護を彼女の側に配置し、容態に変化があればすぐに知らせるように指示した。しかし、幼い少女は二度と意識を回復することはなく、翌日には死んだ。見たことに困惑し、それ以上捜査することができなかったことに苛々しながら、ブレントはキガリに戻った。

私は、その前の殺人にもいまだにかかりきりだったが、子供たちの殺害の真相を突き止めようと決心した。私はＲＧＦとＲＰＦを、ＵＮＡＭＩＲと一緒に事件を起こしたのは誰かを究明する合同委員会に誘った。ＲＰＦは即座に二人の法律家を捜査に含めるよう指名した。ＲＧＦは躊躇して、問題を検討しなければならないと言った。繰り返し圧力を加えた結果、数ヶ月してようやくＲＧＦは委員を指名したが、そのおかげで私たちは皆、古くなった証拠を調べることになった。一方で子供の死が過激派のプロパガンダ装置の火に油を注ぐことになったが、ＲＴＬＭでさえ、私たちが両方の側を平等に参加させて捜査に当たらせたことを認め、そして私個人を攻撃しなかった。このように私たちが、抜け目なくやって迅速に行動すれば、時には主導権を握ってやられたことにやり返すこともできたのだ。

驚いたことに、また残念なことに、ジャック＝ロジェ・ブー＝ブーは外交官としての勤務時間をきちんと守る、立派な紳士であることが判明した。虐殺事件の余波と、それが引き起こしていたプロパガンダに対処しようとする私を手助けしようとはしなかった。一〇時までにオフィスに顔を見せることはめったになく、たっぷり二時間の昼食をとり、五時には帰っていった。彼は、よほどの緊急事態が生じないかぎり、週末に自分を探し回ったり、邪魔したりするなと明言した。ルワンダについての専門知識についても、紛争の知識についても、アルーシャ協定に関する詳しい知識についても、この国の政治的陰謀を解明して対処する技術についても、何ら新しいものをもたらさないように思われた。巨大な力が付与され、国連安全保障理事会の指令《マンデート》では彼がその力をふるうことになっていたにもかかわらず、彼には、国際社会の政治的努力を引き出そうとする気はなかった。キガリに到着して数日の内に大統領やアガート首相、ＲＰＦの指導者に面会したが、これらの会見は真に重要な問題を議論するというよりも、むしろ儀礼的なものであった。ハビャリマナはすっかりくつろいで、私と一緒にいるよりも、フランス語を話すアフリカ人

6 最初の道標

といるほうがずっと気楽なのは明らかであった。大統領の中庭のチンザノの傘の下での会見は腹蔵のないもので、ハビャリマナが率直にRPFへの不信感を露にしたからである。彼の見るところ、MRND党は陰謀と不公正な取引の標的にされている。そして彼は、アルーシャ協定以前からルワンダに唯一存在した政党が、事態の進展において重きをなしていないように見えるという事実に、不公平感を抱いていた。ブー＝ブーは何の質問も約束もせず、ただ、大統領に自分は信頼できる人間だと言っただけであった。

RPFのこととなると、ブー＝ブーの英語が最小限のものであったために役立たなかった。ムリンディで最初に会った際に、RPFの代表は政治的行き詰まりを乗り越えて、自分たちをキガリの街区に入れるようにする計画の概要を説明するよう迫った。ブー＝ブーには説明すべき何の戦略もなく、RPFを失望させた。

私は彼に同行を求められたり、状況説明を求められたりすることはほとんどなかったし、彼は主要な政治的な実務者会談の後で私に決して状況報告をしなかった。彼は総じて、自分の意見を明かさないか、非常に近しい政治顧問とだけ意見を交換していた。彼らは皆フランス語系アフリカ人で、最後の最後まで事実を明かさなかった。彼の政治スタッフの掌握は揺るぎなかった。カビア博士がUNAMIRの首席補佐官に指名された後に、彼は慎重に、派遣団長が何をしようとしているのか——何をしようとしていないのか——、その内幕を明かしてくれた。

ベルギー軍の最後の部隊が一二月の第一週に到着し、最後の私の個人的スタッフ、軍用運転手であるフィリップ・トロート伍長を連れてきた。彼は私の宿舎に合流した。トロートはもともと軽装歩兵であったが、冷戦の終結によるNATO軍の縮小によって転属し、思うにしぶしぶのことだろうが、降下部隊に所属した。優秀な運転手であり、頑丈な体つきをした経験ある兵士で、腕にはすごい彫り物をし、蒸気も凍らせるような冷たい眼ざしをしていた。ベルギー南東部のワロン出身であり、英語どころかフラマン語すら話せず、フランス語しか話せないことを誇りにしていた。また彼は三週間以上家を離れたことがそれまでなかったので、離れている間、妻子がどのように暮らしているか気にかけていた。

リュック・マーシャル大佐は、キガリの地区司令官になることになっていた。一二月四日に、青いベレーをかぶってさっそうと用意万端で、飛行機を降り立った。彼は非常に幅広いアフリカ経験を有する上級大佐で、ベルギーの国防大臣官房長を務めていた関係で、この任務について十分な知識を有していた。私は彼に現場で出会えたことを非常にうれしく思った。とりわけ、それまで相手にしてきた連中よりもベルギー人の方がずっと問題となりつつあったからだ。

同国人たちとは違って、リュックは植民地風の態度をとらなかった。彼は私が作った、にわか仕立の多民族多言語部隊にするりと溶け込み、あまり訓練の行き届いていない軍の部隊をうまくやっていく特別な要領をつかんでいた。彼はルワンダに特別の関心があり、地元の指導者や一般人と非常に積極的に関係を築いた。私は、任務は現在進行中の政治プロセスを支援することであり、それゆえ、厳密に第六章指令にしたがわなければならないことを強調した。武器管理地域について協定が結ばれるとすぐに――そしてリュックのキガリ地区における司令官としての重要な役割は、それを維持することであった――、RPFは武装歩兵大隊を首都に送ろうとしていた。私は、この問題に対処するために迅速な対応を望んでいた。しかし、ベルギーはいかなるものであれ群衆鎮圧に部隊を用いることを禁じていたので、バングラデシュ部隊からそのための部隊を編成しなければならなかった。マーシャルはそれを手伝ってくれた。

不幸なことに、彼の到着直後に、リュックはベルギー部隊の設備をめぐるくだらない諍いに巻き込まれた。私はベルギーの司令官に、彼らの分遣隊の大部分が、駐屯地とその最初の防御陣地として空港を使用するように求めた。陸地に囲まれたこの国では、唯一可能で効果的な出入国の方法は飛行機によるものであり、空港は決定的な拠点である。しかし同時に私は、部隊に市中に居てもらう必要もあった。それは、平和維持を目的としつづけるためには安全な環境を作る必要があるためである。それだけでなく、市の中心にRPFの武装部隊が存在することに地元住民が抱く恐怖を鎮めるためでもある。そうするために、ベルギー軍に駐屯地の外で生活する用意をさせておく必要があった。

部隊貢献をしている国々の間の指針にそって、分遣隊は野営装備（テント、ストーブ、洗い場施設などなど）をもっていくように命じた。しかし、ルロイは私に、野営装備をもっていかないばかりか、テントで暮らす気などないと報告してきた。ベルギー人兵士は、国の方針により、堅牢な建物にしか寝泊まりしないというのだ。私は、国の方針を見せてくれと頼み、その後数週間にわたって、多くの議論をリュックとベルギー人司令官たちとその問題についておこなった。結局、彼らは私に、あるベルギー陸軍の政策を見せてくれた。それには、アフリカでは、ベルギー人兵士は決して夜営をせず、建物の中にしか居住しないと書かれていた。それは、必ずしも快適さと衛生のためばかりではなく、アフリカ人に対してあるべき自分たちの体面を保つという理由からであった。

ますます事態を悪くしたのは、ベルギー人が最終的に自分たちに都合の良い宿舎をキガリのあちこちに散在する建物に見つけてしまった上に、その賃料を国連に払うように求めたことである。この要請を伝えてきたのはリュックである。彼は私とUNAMIRの作戦上の必要と、上官への、軍の方針への、そして政府への忠誠との間で板挟みになった――彼にはベルギー兵を市中のあちこちに置くのは危険であるということが分かっていた。四月六日以後、それは疑いの余地のないものであることが明らかになる。私たちは宿泊に関する小競り合いで仲違いしないようにおおいに努力し、すぐに相手を尊敬するようになった。

私の小規模な部隊は今や精一杯働いていた。それでもなお、予期せぬ暴力的衝突に効果的に対応するだけの余力をもち合わせていなかった。しかも、あらゆる殺害と暗殺の背後に潜んでいるらしい、はっきりとはしない第三の勢力の匂いを嗅ぎとるようになっていた。一二月三日、私はRGFの上級士官グループと憲兵隊の事務所から、一通の手紙を受けとった。それは、大統領側近に和平プロセスを妨害しようとする分子がおり、恐ろしい結果をもたらす可能性があるという情報を伝えていた。陰謀の第一幕は、ツチ族の大虐殺になるだろう。

その後数ヶ月にわたって、私は何度もレニオダス・ルサテイラ大佐と私的な会談をもった。彼は軍学校の校長であり、このグループの上級メンバーであった。私は、軍の内側でのこの穏健派グループの規模と政治的勢力をはっきりさせ、彼らと連絡をとりつづけたいと考えた。また私は、この士官たちの存在がカガメに伝わり、RPFが現在の治安部隊の内部に彼らと一緒に動くことのできる穏健派が存在することを認識できるようにした。それが誰であり、どの部隊がどれであるかをはっきりさせるために、私は二人からなる情報班を設けた。率いるのはベルギー人のフランク・クレイス大尉であり、補佐するのはセネガル人のアマドゥ・デメ大尉である。クレイスは若くスマートで、傲慢なところがないが自信に満ちている。アフリカ生まれの彼は、ベテランの降下特殊部隊員、特殊部隊士官であり任務に最善を尽くした。その点では、有能で数ヶ国語をあやつる彼のチームメイトも同様であった。私が受けた第六章指令にしたがって、収集する情報すべてを、それまで交戦状態にあったグループの善意に頼っていたが、不可解な死が政治的色合いを強めるにしたがって、情報を交戦中の両陣営にだけ頼っていることはまったく馬鹿げていた。この情報班は存在しないことになっていたために、その支出は私のポケットマネーを使うことで隠し、しばしば、デメとクレイス自身もその資金を出した。

すぐに彼らは、一一月一七日と一八日に起きた殺人はバゴウェ基地の降下特殊部隊員によって実行されたという情報を仕入れてきた。バゴウェ基地は、北西部のRGFの大規模な訓練基地である。このちょっとした情報と、大統領の出身地の街の武器貯蔵庫に関して彼らが明るみに出した情報から、私は幾晩も眠れぬ夜をすごすことになった。不穏な動きが確実に存在していた。私は自分の発見をもってブー＝ブーと話し、武器貯蔵庫を捜索して押収することを提案することにした。しかし、彼はこのアイデアに懸念を示し、そのような作戦を実行することは、政治過程をさらに危うくすることになるかもしれない、と言うのである——私たちが狙っているのが政府軍側だけであるため、私はしぶしぶ彼の指示にしたがった。

一二月七日、政治局の事務次長ジェームズ・ジョナ博士がルワンダを訪問し、ハビャリマナ大統領と一連の会談をもった。私はそれに加わらなかったが、ブー＝ブーのオフィスの活動が突然のようにあたふたしていることに気づいた。翌日、国連事務総長特別代理からメッセージを受けとった。ブー＝ブーが政治的行き詰まりを打開するために、一二月一〇日にキニヒラで大規模な集会を開こうとしていると書いてあった。この集会は急遽設定されたもので、私には十分な護衛を用意したり適切な武器規制をおこなったりする時間がなかった。これは最悪の状況だと考えながらキニヒラに着くと、カビア博士から通訳チームを集める時間がないと言われた。ブー＝ブーは、私が個人的に協力して手助けしてくれるとあてにしていた。私は誰彼かまわず通訳をしなければならなかったために、五時間ぶっとおしで会議に縛りつけられて、トラブルに目を光らせることができなかった。軍事側の私たちは全員が汗びっしょりだった。その一方で、出席していた数多くのお偉いさんたちにとってこの会合は魅力的なものだった。

ほとんど事前の連絡がなかったにもかかわらず、出席者は非常に多く、特に外国の記者が集まった。しかし事はうまく運ばなかった。部屋は解決ではなく対決の場となり、一方にはRPFと穏健派政治指導者がしめ、もう一方には政府代表がしめた。相互不信を克服しようと試みる代わりに、ブー＝ブーはとにかく中立的な仲裁者として振る舞った。その部屋にいる誰にとっても聞く必要があったのは、穏健派政党は厳密に言ってRPFの側とも政権の側とも同盟を結んでおらず、いずれの側にも関係していないということであった。誰かが、すべての政党はルワンダのことを第一に考える必要がある、そう発言しなければならなかった。

そう発言するのに最適な人物は、フォスタン・トゥワギラムングであっただろう。彼は首相に予定されていたが、いくつかの理由から、そう発言しないことを選んだ。この議論をする唯一の人間は、自由党のランド・ンダシングワであったが、誰も彼の大胆な立場を支持しなかった。会議が長引けば

6 最初の道標

長引くほど、代表者たちはかつての抑圧と差別の話を蒸し返した。ブー＝ブーは、時計の針ばかりが進み、記者団の苛立ちが募るのを見て、数人の指導者を裏の部屋に集めた。そこで、彼らはアルーシャ協定に責任を負うことを確認するという弱々しい宣言をなんとかひねりだした。私はすっかり憂鬱な気分で会議を離れた。今度も、根本的な問題に取り組む代わりに、諸党派は、頑固に自分たちの不満にしがみつき、公衆の面前で意見の違いを取り繕うほかなかったのである。

行き詰まりは一二月中つづき、諸政党は、移行政府を前進させるために彼らが考えるメンバーのリストをすりあわせようとした。ブー＝ブーは、これについても他のいかなる政治的問題についても私に助言を求めなかったが、私は情報を彼から直接聞いたり、とりわけ将来の計画を尋ねたりするのを忘れなかった。私は、カビア博士をつうじて最新の政治的論争に通じていたが、キガリの外交官サークルの内部の友人からも情報を探っていた。私にとっても誰にとっても、民族間の論争と恐怖をあおる強硬派の声が議論を支配しつつあることは明白であった。そして、次第に、ＲＴＬＭ放送から流れる政治的論調にも暴力的な性格が強まっていった。キガリの空気に緊張が高まったのである。

私は以前から、バングラデシュ兵士がほとんど装備もなく、支援も受けていないことを知っていたが、彼らをうまく指導して訓練したいと考えていた。是非とも彼らに現場に立ってほしかった。そうすれば、アルーシャ協定に謳われているように、キガリにいるフランスの降下大隊が出発することができるからである。フランスは、キガリの兵士は在留外国人のコミュニティを守るために駐留していると主張していたが、ベルギーとバングラデシュ兵の両方が市内に展開すれば、この言い訳は無効になり、フランス部隊は帰国することができるわけである。

しかし、一二月中旬にキガリ空港に降り立ったバングラデシュ兵は、個人用の武器と装備以外には何ももっておらず、それ以外に必要なものはすべて国連が支給してくれると期待していた――現場での最初の食事からテントまで。この軍隊の面倒をみる後方支援の重荷が加わったことは、派遣団にとっては災難であった。

彼らをアマホロ・スタジアムで宿泊させるために、私たちは最後のＫＩＢＡＴ〔ベルギー大隊〕を立ち退かせなければならなかった。厳格な訓練計画をはじめたが、バングラデシュ側はあまり気乗りしないようであった。彼らは私と地区司令部の直接の上司に、石鹸から弾薬、車から砂嚢に至るまで、ありとあらゆる日常的な要求を満たすようにせかした。バングラデシュは最初に歩兵大隊を展開し、第二段階には、約束した他の部隊（工兵中隊、補給中隊、病院、憲兵部門と移動管理小隊）を送ることに合意していた。これが私が計画したことであり、彼らにしてもらいたかったことである。しかし、四〇〇名の兵士はばらばらの隊員の寄せ集めであり、しかも頭でっかちだった。四〇〇人の部隊は通常、大佐もしくは中佐によって指揮される。バングラデシュ部隊は一人の大佐によって指揮され、その下に六人もの中佐、一二人もの少佐と数えきれないくらいの大尉と中尉がいたのである。私が現場に必要としていたのは士官クラブや司令部ではなく、現場に立つライフル兵であった。

一二月中旬にフランス部隊が帰国すると、キガリ武器管理地域（KWSA）合意を実現するための障害物がなくなったが、それでも移行政府を立ち上げるというもう一つの道標が残っていた。キガリ武器管理地域は、それまで戦っていた何千もの敵に取り囲まれた状態で、武装したRPFの兵士をキガリの街の中心に置くという、ユニークな課題に対処するために私が考えついたものである。合意の上で、キガリ地区の党派はその武器を保有することができるが、それを移動させたり武装部隊を移動させたりするには、私たちの許可と同行が必要とされる。こうした条件が守られた時、その場合にかぎって、RPFはキガリでの移行政府における政治的・行政的役職者を、護衛大隊と一緒に送ることになっていた。いったんそれが立ち上がれば、新政府樹立が宣言され、それは私たちの軍事目標の第一段階が終了したという合図となるだろう。

クリスマス前の数週間、私はキガリ武器管理地域協定に謳われたことを確実なものにし、RPFの代表団と大隊がキガリに移動する準備を整えるのに没頭した。一二月二三日、集中的な話し合いをもち、延々とつづいてようやく終わったのは夜遅くだった。すべての党派がこの協定の条件に同意するまでは、誰も話し合いから席を立たないと決めていた。私たちは「キロメーター六四」と名付けた場所で会合をもった。キガリからウガンダのカバレに向かう道の、首都からちょうど六四キロ離れたところにあったからである。それは会合をするのにはうってつけの場所だった。非武装地帯の道路脇に古いバラックがいくつかあって丘に囲まれていたので、兵士をそこに配してトラブルに眼を光らせることができた。電気はなく、移動式の発電機を持ち込まなければならなかった。地元の大工に安くテーブルとイスを作らせた。誰もじっくりくつろぐことができないように有り合わせの家具が欲しかったのだ。私はすべての党派が、できるだけ早急に真剣な交渉という本来の仕事に取りかかることを望んでいた。

テオネステ・バゴソラ大佐と、UNAMIRへのRGF側

6 最初の道標

連絡将校であるエフレム・ルワバリンダ中佐が政府軍を代表してそこにいた。RPFは上級将校からなる代表団を送ってきたが、彼らは自分たちを名前だけで自己紹介した――チャールズ隊長、アンドルー隊長といったように。両者がぶつかる主要な点は、RPFがすべての「個人の護身用武器」も記録して、それを合意に含むことを求めたことである。バゴソラはそれを拒否し、これらの護身用武器は軍事的なものには含まれない、と述べた。私たちは皆個人使用の護身用武器について議論しているわけではなく、増加しつつある民兵、この国で活動しているいわゆる自警団について議論しているのだと分かっていた。私はこれらのグループも協定に参加させて、管理下に置きたかったのだ。会議を午後の三時から、夜中の三時まで引き延ばし、ようやくバゴソラは折れた。

車に乗って長い帰路に着く頃には、皆眠くて死にそうだった。幸運なことに、ヴィレムが、夜のうちに誰かが道路に地雷を仕掛けたことに気がついた。彼は私と他の多くの者にそれを警告したが、バゴソラ大佐は他の者よりはずっと帰りを急いでおり、彼とルワバリンダはすでにリムジンに乗って出発していた。私たちはホーンを鳴らして彼らが行くのを止めようとしたが、ちょうどその時、車が地雷原の真ん中で立ち往生したことに気づいた。私はバゴソラがそんな目にあったことに笑いを禁じえなかった。RGFは、私たちが何度そんなことはやめろと警告しても、非武装地帯の自陣側に地雷を埋めるという悪い癖があったからだ。私たちはバゴソラの部隊が近くに控えていることを知っていたので、ホーンを鳴らして彼らに警告を発した。しかしRGFの兵士が現場に姿を現して、バゴソラの車が地雷原の真ん中に停まっているのを見て恐怖の色を浮かべるまで一時間以上かかった。混乱から抜け出すことができたのは夜明け前のことである。私のジープの明かりで、恐怖で彼の表情がこわばり、おそらくは自分で引き起こしたネズミ取りゲームに引っかかって憤然としているのを見ることができた。

キガリ武器管理地域協定が調印された後も、私たちはそれを実行するには多くの問題に直面したし、それは驚くようなことではなかった。私の部隊員が、RGFが協定の施行される地域のすぐ先に大量の武器を移動させていると報告してきた。また、キガリ武器管理地域の下でも民兵の訓練がつづけられていると耳にしていた。RGFの参謀長と国防大臣に問い合わせても満足のゆく答えをえることはできなかった。ただ肩をすくめてはぐらかすだけだった。私にできることは、軍事監視員と一緒に状況を監視しつづけ、ニューヨークに報告することだけであった。

これまでのところ第一段階でやり遂げなければならなかっ

た最も重要な軍事的役割は、「回廊清掃」と呼ばれた作戦である――ＲＰＦの歩兵大隊と政治家がキガリに入ることができるルートを確保し、その上で、到着後に彼らが滞在することができる安全な場所を確保する準備をすることである。私はルワンダに到着した直後から、国防大臣の後を追いかけて、キガリにＲＰＦが駐屯する場所を選ぶのを手伝った。しかし彼は、私が要求を何度繰り返しても、この重大な決断を最後の最後まで引き伸ばした。私が四つの適当な場所を提案したにもかかわらず、ＲＧＦとＲＰＦは、私からみれば最悪と思われる選択肢で最終的に合意した。それは「国家発展会議」（ＣＮＤ）、実際には宿泊施設と会議場が一体となった国会議事堂である。議会を支配する人間は国民を支配する。私が恐れたのは、過激派がＵＮＡＭＩＲは国民の魂をＲＰＦに譲り渡したと言いかねないことであった。反乱組織にカナダ議会の東側か西側ブロックの支配権が与えられたと想像してみてほしい。あるいは、ワシントンの首都施設が分割されたと。見かけは最悪だ。

国家発展会議の建物は街の中心の小さな丘の上にあり、キガリを出入りする二つの主要幹線を見渡すことができ、また金属フェンスで囲まれていた。一方の側はルワンダの議会と政府オフィスであり、その一部をバングラデシュ兵が占拠して、自分たちの居住区として使っていた。他方は約二〇〇室からなるホテルの建物である。それは別個の入り口をもち、ＲＰＦの新しい基地となることになった。近くの高原の低いところには、大統領警護隊の司令部があった。二つのグループはお互いに監視の目を光らせることができた。丘の上から、ＲＰＦは市街を貫く主要で不可欠な幹線を監視し、支配することができた。ＲＧＦから見ると、ＲＰＦが国家発展会議に駐留していることは、彼らを容易に砲撃することができる丘に閉じこめたことを意味していた。いざとなれば、ＲＧＦは敵を閉じ込め、分断し、攻囲することができた。決定すると、私は自分の部隊で建物を取り囲み、それまで敵対しあってきた両者の間に薄い国連のブルーのラインを引いた。

両者が交わした八月の調印によれば、ＲＰＦの政治家に付き添う軽歩兵大隊は、迫撃砲だけではなく対空砲をそなえた機関銃で装備して来ることになっていた。私はポール・カガメ少将の技量には感服せざるをえなかった。彼はその場所の戦略的優位性を見越していたに違いないし、その機会を逃さなかったのである。

一二月二四日朝にキガリ武器管理地域合意が調印され、一二月二八日にＲＰＦをキガリの駐屯地まで護衛する日程が決まったのをうけて、私たちは、思うに生涯で最悪のクリスマスになる一日に向かって仕事をはじめた。デ・カントは休暇

6 最初の道標

をとってガールフレンドに会いにケニアに行き、サファリで休日をすごした。私には、ブレントとフィリップが妻と幼い子供たちに会いたがっているということが分かっていた——ブレントは、息子との最初のクリスマスを逃がそうとしていた。

クリスマスイヴには、通常の仕事を終えて家に帰り、スパゲッティの夕食をとった。私たちのコックであるティソはバナナの木をくれた。そしてガーナ人のアーサー・ゴドソン少佐は電飾をくれた。ブレントは二つの贈り物を合体させて、それまで見たこともないほど力強そうに見えるクリスマスツリーを作った。夕食の後で、小さな贈り物を交換し、クリスマスの贈り物の荷物と一緒についた、カナダの小中学生からのたくさんの手紙を開いた。それは、第一次世界大戦以来、毎年作戦従事中の部隊に母国の人びとから送られてきたものである。メイプルシロップ、フルーツケーキ、ハム、チェダーチーズ等のご馳走はおおいに私たちの士気を高めた。それでも、私たちは九時にはベッドに入った。

目が覚めるとクリスマスツリーは枯れていた。明らかに、バナナの木は電気のランプを張り巡らせるのには向いていなかった。私たちはクリスマスの朝の大半を、かわいそうな木を生き返らせようとしてすごした。ティソが短い休暇から帰って私たちの不注意を見つけたらと思うと、とても気まずかったからだ。フィリップと私は、そんな状況でできる唯一のことをすることにした。ブレントのせいにすることである。

その夜、フィリップはベルギー分遣隊のクリスマス礼拝とディナーに出かけ、同僚と一緒にすごした。ブレントと私は、カナダ領事デニス・プロヴォストの家庭に招かれ、カナダ式のクリスマスを彼の家族、多くのカナダ人居住者、カナダと関係のあるルワンダ人と祝った。家にいたら、ベスと私は大家族を家のテーブルに集めて、私がターキーを切り分けていたことだろう。私がいなくて、彼女と子供たちはどうしているだろうと考え、それからすぐにそれを考えないようにした——私は目の前にある最善のことをしなければならないのであって、遠くに思いを馳せるべきではない。長い時間、エレネ・ピンスキーと話し込んだのを覚えている。彼女は、ルワンダの状況は良い方向に変わりつつあると確信しており、品位ある態度と人権の尊重が国民の間に根づくにしたがって、かならず明るい日々が訪れると確信していた。そのパーティーに来ていた、カナダ人と婚姻あるいは友人関係にあったルワンダ人のうち、一人としてやがて来るジェノサイドを生き延びたものはいなかっただろう。

一二月二八日、予定どおり「回廊清掃作戦」に乗り出した。リュック・マーシャルと彼が率いるキガリ地区の分遣隊はこの困難で危険な任務、UNAMIRが直面した最大の試練で重要な役割を担うことになっていた。

私たちは夜明け前に起床した。私はブレントを国家発展会議で降ろし、RPF到着にそなえて最終準備を監督させた。アルキヴィストとその次官はクリスマス休暇で居なかったが、スタッフの中でももっと職業意識が高く協力的なメンバーが休日返上で働いてくれたおかげで準備ができた。フィリップと私は、非武装地帯の近くにあるンゴンドレの難民キャンプまで車を走らせた。そこで情報をチェックし、UNAMIR部隊、RGFの憲兵隊兵士、そしてルワンダ憲兵隊のキャンプで展開を監督した。それから、私たちは待った。RPFの輸送部隊はムリンディを夜明けには出発し、RGFの前線を朝食前後に越えて、キガリに昼食前に着く手はずであった。夜明けから大分すぎてからも、移動に関する暗号は届かなかった。リュックがなぜ遅れているかを電話で知らせてきた。RPFの兵士が彼らの車両を移動させ、整列させるのにひどく時間がかかっているが、一時間もすれば準備ができるだろうと彼は予想していた。一時間後にふたたび電話をかけてきて、RPFが移動するのを拒否している、その理由というのがUNAMIRがRPF議長をキガリに移送するのにふさわしい車両を提供しなかったからだというのである。誰も私たちに司令部用の車を出すように求めなかったが、彼らはふさわしい車を送るまではムリンディを出発しないと主張した。私たちは急いでメルセデスと運転手を見つけ、護衛付きでキガリから北部へ送り込んだ。車が着く頃にはほとんど昼食時間になっていた。リュックにせっつかれて、輸送部隊はようやく移動しはじめた。国家発展会議に暗くなる前に到着しなければならず、時間に余裕はなかった。しかしすべてはうまくゆき、輸送隊はRGFの前線をさっさと通過してキガリに向かった。

難民キャンプではみんな無口だった。国家発展会議は用意ができており、キガリへのルートは安全であり、喜んだフツ族とツチ族の大群衆が集まって通りを埋め、RPFがキガリに来るのを歓迎していることが分かった。過激派はどこにも見えなかった。私たちは、特にインテラハムウェがいないことを喜んだ。インテラハムウェは支配政党であるMRND党の青年組織に所属する若者のグループで、多くの政治集会に姿を現わすようになっていた。彼らは、ルワンダの国旗の色である赤と緑と黒を異様にシンボル化した木綿の奇妙な作業服を着て、マチェーテ(山刀)あるいは木を削ってカラシニコフ銃に似せた模造銃をもっていた。私たちには、はじめ彼らが滑稽に見えていた。というのも、彼らの姿や振る舞いが道化じみていたからである。しかしそのうち分かったことだが、彼らが姿を見せる場所ではどこでも、暴力と騒ぎが起こ

6 最初の道標

らなかったためしがなかった。

　輸送隊が難民キャンプに到着したので、私は合流した。ルートの途中ではなんの事件もなかった。ようやく私はなぜＲＰＦがぐずぐずしていたのかが分かってきた。誰か内通者がいて待ち伏せをしかけていたとしたら、輸送隊が早朝に出発すると予期していただろう。何時間も輸送隊が遅れたら、待ち伏せしていた連中は、パトロールに発見されるのを恐れて、あるいは輸送作戦は中止になったのだと考えて、待ち伏せ態勢をやめたことだろう。長時間にわたってじっと待ち伏せ態勢をとらせるにはかなり訓練された兵士がいるし、訓練された兵士はＲＧＦにも過激派陣営にも十分にはいなかった。

　キガリへと向かう道沿いに並ぶ群衆から、たった一発でも銃弾が打ち込まれるか手榴弾が投げ込まれれば大惨事になっていただろうが、通りを進む間中、陶酔感しかなかった。ＲＰＦの兵士は歓迎され、花のシャワーを浴びた。三時すぎには、輸送隊は国家発展会議の建物に入った。私はじきじきにアレクシス・カニャレングェ大佐を迎えた。彼はＲＰＦの議長であり、キガリにルワンダ国旗をもってきて国家発展会議に掲げた。ＲＰＦの部隊が荷を降ろすとすぐに、彼らは建物の回りに防御態勢を整えるよう展開し、私の部下の兵士から防護任務を引き継いだ。これらの引き継ぎが完了したので、私の部隊は建物の周囲に引き上げ、ＲＰＦと、歓喜した群衆を押し返すのに苦労していた憲兵隊の間に割って入った。

　その夜はリュックと一緒に国家発展会議に滞在し、ＲＰＦが任務に就くのを見ていた。外交官コミュニティの大使たちがやってきて議長を表敬訪問した。私は、フランス大使が到着したのをみて驚いた。というのも、この日がやって来るのをフランスほど反対した国はないからである。おそらく、フランス人はこれから生まれる新しいルワンダと折り合いをつけたのだろう。

　ブレントはその午後と夜にＲＰＦの兵士とその国家発展会議周辺での展開を検討していた。司令官——彼は戦場名であるチャールズ司令官で通した——はまだ二十歳代後半だったが、明らかに経験を積んだ有能な司令官であった。国家発展会議の占拠は十分に前もってリハーサルがおこなわれていた。ＲＰＦは中隊、小隊と区域単位のグループを遅滞なく慎重に展開した。全地域は逐次チェックされ、司令官は命令を伝達し、部隊は防御態勢に移動して、すぐに塹壕を掘った。いったん安全が確保されるや、彼らはＵＮＡＭＩＲの部隊を追い払い、建物の内部を完全に掌握した。ＲＰＦが塹壕を掘りはじめると、その後四ヶ月はそれを決してやめることはなかった。小さなものから大きなものまで、彼らは完全な塹壕を掘り、その上で、砲弾や迫撃弾の火炎から守るために屋根をはった。それから一つひとつの塹壕の間に連絡用の塹壕を掘り、掩蔽壕を作り、やがてそれは大きな洞窟のようになった。四月に戦争が再開した時には、国家発展会議の下に地下建造物が造られていたのだ。和平プロセスが進行している間にも、彼らが不測の事態の準備をしていたことは明らかだった。不測の事態が起こるようなことにはさせないと私は決意していた。

一二月の初旬に、ブレントと私は腰を落ち着けて、ブトロス＝ブトロス・ガリに提出する三ヶ月間の評価報告を書いていた。この評価報告は一二月三〇日の安全保障理事会に出されることになっていた。全体的に見て私たちは満足していたし、多分いい気になっていた。世界中から関心をもたれておらず、物資は欠乏し、我らが首席管理官《CAO》からは妨害にあってはいたが、私たちは設定した期限までに第一段階の軍事目的は達成するだろう。暫定政権が下野して、移行政府が宣誓するための基礎は用意された。

しかしながら、私たちが直面している状況は困難だった。首都にいるＲＰＦと、移行政府の指名を確定する作業が遅れていたのに加えて、作戦日程を進めるためには第二段階の部隊を前倒しで展開することが緊急に必要であった。私は、非武装地帯を犠牲にしてキガリに部隊を集中しなければならなかった。そのおかげで、戦闘がはじまりそうな心配のある二つの前線があるのに、一つの戦線にしか十分な部隊がいないという状態になってしまっていた。私は事務総長に対してきわめて率直に、いかに後方支援の欠如によって自分の部隊が過度に危険な状態におかれているかについておおまかな説明をした。ブルンジのクーデタの副産物として、この派遣団の軍事的側面での必要性が増大していた。私は南部での状況の変化に対処するためにさらなる部隊を要請したが、ＰＫＯ局から、私の技術派遣報告では要請していなかったのだからそれはできない、と言われた。しかし、まだクーデタが起こる前なのに、どうしたらその要請をすることができただろうか？　そこで私は次のように報告した。非武装の軍事監視員をぎりぎりまで広げることによって、ＵＮＡＭＩＲが少なくとも南部にも駐留しているという状態を維持できるようにしている、と。私たちはできるだけそれを楽観的に描くように務め、それまでに与えられた不適切な支援を糾弾する代わりに必要な支援を強く求めた。報告を書き上げ、ブー＝ブーの包括的な派遣団報告に加えてもらうために彼に送った。

最終的に安全保障理事会に提出された文書のコピーを手に入れて、私は怒った。ブレントと私が書いた、派遣団が直面しているどうしようもない課題の、確かに誇張はあるにしても、リアルな説明をブー＝ブーと彼のスタッフが水で薄め、時間はかかっているものの着実に進行しているという安心できる物語を、ニューヨークにいるご主人様たちに伝えていたのである。

6 最初の道標

一二月の最後の数日間、フォスタン・トゥワギラムングが何度もアマホロの私のオフィスにやってきた。私たちは時にはバルコニーに腰を下ろして夜遅くまで話し込んだ。バルコニーは北西に向いており、太陽が地平線に沈んで空を深紅に染める頃、いくつもの丘や谷間に数百もの小さなたき火が見えた。はっきりと見分けがつくのは、国家発展会議の白い立方体と歩哨に立っているRPFの兵士の姿だけであった。夕暮れの静けさは、しばしば説明のつかない銃撃音で破られた。

フォスタンは、六〇年代のカナダの「静かな革命」の時期に、ケベックで教育を受けたルワンダ人指導者の一人であった。彼は、ケベック党の分離主義の大義のもとに馳せ参じた急進派の学生や知識人と親交があった。この時期に彼が出会った人びとの一人が、ケベック党の指導者となったルネ・レヴェスクである。長く会話する中で、彼はカナダでの学生生活と若き日の急進主義の思い出話にふけった。私たちが歴史を共有しているおかげで、彼の国が直面しているこの複雑な状況を論じるのが、彼にとって容易で自然なものになっていると考えているのだ、そう私は思った。

一二月三〇日に彼が会いにやってきたのは夜更けで、別の延々とつづく会議に出席する途中だった。その会議は、政治家たちが移行政府の代表の最終リストを決定する会議である。アルーシャ協定によれば、移行政府はルワンダの条約に調印した五つの政党の連立政権であった。その五つの政党とは、フォスタンのMDR党、ハビャリマナが率いる与党のMRND党、ランドの自由党〔PL党〕、PDC党とPSD党（どちらも穏健派政党で、前者はジャン＝ネポムセネ・ナインジラによって、後者はフレデリック・ンザムラムバホ、フェリシアン・ガタバジ、テオネステ・ガファランジの三頭政治によって率いられていた）、そしてRPFである。しかし、ジャン・シランベール、ジャン＝ボスコ・バラヤグイザ、マルタン・ブキヤナのような連中に率いられた過激派のCDR党のイデオロギーは露骨にファシズムかつ人種差別主義的であり、アルーシャ協定に調印するのを拒否したために、結果的に移行政府からは除外された。そのことによって彼らが公式政党に入り込んだり、プロパガンダ用の低俗な新聞『カングラ』やRTLMをつうじて大衆の疑心暗鬼やヒステリーを煽ったりできなくなったわけではなかった。

アルーシャ協定では、ランドの自由党は強力な司法大臣の地位を与えられ、RPFには内務大臣の地位が与えられていた。これによって理屈の上では、汚職や殺人ほかの犯罪について個人を捜査し、起訴し、裁くことができるわけである。

この権限は間違いなく多くの現在のルワンダの権力保持者を脅えさせていた。彼らはポケットに金を入れ、その手は血にまみれていた。フォスタンによれば、前与党の最も恐れていることは、移行政府がいったん成立してしまうと、自由党とRPFは、大統領と多くの側近たちが政権時代に犯した罪で牢にぶち込まれるようにするのではないか、ということにあった。その夜、フォスタンは私に、ハビャリマナ大統領は移行政府の設立をなんとかして回避しようとしており、彼の直接的な妨害が政治的行き詰まりの主要な要因の一つであると、教えてくれた。

大統領の策略がどのようにおこなわれるのか、なぜ移行政府の代表者リストが変わりつづけているかを説明する際に、フォスタンの声が不安と心配からうわずっていたのを覚えている。アグネス・ンタンビョウロという名の女性が司法大臣の地位を求めて運動しているが、彼女が自由党の党員であるにもかかわらず、その指名をランドは妨害しているところだった。ランドはまた、自分の党の党首ジャスティン・ムゲンジとも揉めていた。ンタンビョウロもムゲンジも、「ル・パワー」あるいは「フツ・パワー」〔フツ至上主義〕と名乗る影のグループに加わっている過激派であることが知られていた。ムゲンジは、ハビャリマナの取り巻きから、自由党内を引っかき回すよう金をもらっているという噂もあった。

私はフォスタンに、心配は分かると言ったが、政治プロセスを軌道に乗せるために、他の政党の穏健派を結集する道を模索するように求めた。もしも移行政府の設立がこれ以上遅れると、軍隊、憲兵隊、地方警察の中の穏健派の支持も失う危険がある。彼らがアルーシャ協定を支持していることは知っていた。軍の穏健派の多くは、UNAMIRに精一杯の協力をすることで、非常に大きな個人的リスクをおかしていた。彼と他の政治家たちが成功するチャンスをものにしようと思うなら、同じようにリスクをおかさなければならない。私は彼を元気づけたかったのだが、その夜は説得に応じることなく帰っていった。

休日はよく分からない会議ですぎていった。誰もが移行政府の設立のために最後の可能な機会をものにしようと先を争っていた。この最後の公式の議論は、アマホロの建物の内側の円形の大広間で開かれた。私はすべての会議に出席し、そのうちのいくつかの会議で議長まで務めた。ブー＝ブーは休日に入るまでに、何ら事態を前進させることができないでいた。大晦日までに、自由党とフォスタンのMDR党との亀裂がさらに鮮明になり、議論が脅迫的な調子になっていた。一九九三年の時計が進むにつれて、私は自分の力と楽観主義が萎えていくのを感じていた。真夜中ちかくに会議が終わると、気持ちが落ち込み、疲れ切っていた。何週間もよく眠れておらず、ただ家に帰って眠りたかった。

私が荷物を整理していると、ブレントがオフィスに目を輝かせて入ってきて、士官たちが企画したメリディアン・ホテルの新年パーティーに行かないかと誘った。本当は行きたい気分ではなかったが、行くべきだということは分かった。パーティールームに入るとすぐにどっと沸き返った。連中はライブバンドを雇っており、素晴らしいアフリカの曲を勢いよく演奏しはじめ、おかげで私の血が騒ぎはじめた。抵抗できなかった。私は踊り出し、たっぷり二時間は踊りつづけた。はじめ部下の隊員たちは、信じられないという目で見ていたが、おそるおそる踊りに加わった。夜が朝に変わる頃には、欲求不満と失望を踊ることで振り払い、すっかり緊張がほぐれたのを感じた。

これから何が起ころうと、その夜は、私の部下たちと共有する素晴らしい絆を、何ものにも傷つけられたり邪魔されたりすることはなかったのである。

第7章 影の軍隊

新年の朝七時半に、私はオフィスに行った。文民スタッフは休暇をとっており、アマホロの二階は静まり返っていた。見回してみると、私のオフィスは派遣がうまくいってないことを象徴しているかのように見えた。机の上の電話は、付属の盗聴防止装置がなかなかうまく作動しないために、恐る恐るでしか使えなかった。私たちはこの部屋の備品を購入するために懇願し、借用し、ねだり、さらに自分のポケットマネーをつぎ込んで経費を捻出した。ファックス用紙は首席管理官《CAO》によってまるで黄金でもあるかのように少しずつ分け与えられた。この派遣に関するすべてが、闘争のようなものだった。

私は、アルーシャ和平合意において設定された最初の九〇日間の道標を達成するために、微力ではあるにせよ全力を注いできた。しかし、それでルワンダや私たちにどれほど得るものがあっただろうか。相変わらず私たちは、派遣を台無しにしてしまう恐れがある政治的窮地に立っていた。水、食糧、燃料はほんの三日分しかなかったし、防衛用品(有刺鉄線、砂嚢、材木など)もなかった。また交換部品、暗視装備もなく、無線や車両の不足も深刻だった。机も椅子も極端に不足していたため、スタッフは床に腹ばいになって仕事をしていた。書類用キャビネットもなかったが、それは作戦の情報や計画が適切に機密保護されていないことを意味していた。毎週の状況報告書とほぼ毎日の電話で、不足分を送ってくれるよう懇願した。イタリアのピサの国連倉庫に備品があることを知っていたが、明らかに私たちの優先順位は低く、あらゆるものが前ユーゴスラビアのような派遣に向けられているようだった。司令官というものは、作戦をおこなうのに不可欠な装備をすべて手にしていることはめったにないので、不足には

7 影の軍隊

うまく対処しなくてはならないのだが、不足していることそれ自体がリスクを示している。リーダーとは、リスクになんとか対処しようとするものである。しかし私がUNAMIRでしたことの何から何までもがリスクであった。私たちはほとんど何ももっていなかったからだ。

私はバルコニーに歩いて出て、煙草に火をつけ、すでに群れをなして活動をはじめている国家発展会議の建物を見わたした。しばらくの間、私はRPFの組織力、熱意、決意の固さを羨んだ。私たちは三ヶ月間派遣任務に従事していたが、それでも部隊副司令官と参謀長を欠いており、それは日々の任務や物資のやりくりについての決定がすべて私に降りかかってくることを意味していた。私にはどのくらいこの多忙なペースで仕事をつづけられるか、どのくらいの管理上の混乱に耐えられるか見当もつかなかった。管理上の混乱で、私は時間を食いつぶされていたのだ。

一月の最初の週、私はアルキヴィストと大喧嘩をした。それは司令部中に聞こえたにちがいない。アルキヴィストがクリスマスと年明けに休暇をとっている間に、私が首席管理官である彼の部下を勝手に使ったと責められたのだった。彼の部下を使ったのは、RPFの大隊のために国家発展会議を整理したり、修繕したり、装備を取り揃えたり、それに加えて防御線を構築するためだった。私に言わせれば、彼は私たちの要求が満たされたかどうかを確認しないまま、任務から離れたではないかとやり返した。彼は、自分には要求を満たすようにする権限もなければ資金もないと主張した。私は、里程標を設定しているのは私ではなく政治家や協定だと大声で叫んだ——そうはいってもこの国を駄目にしたら非難されるのは私なのだ。この口論は、私の人生の中で最も長く激怒した数時間であったが、どういうわけかこれによって私たちの間のしこりはとれた。その後もやはり国連の行政システムと後方支援システムに私たちはとてつもなく苛々させられつづけたが、アルキヴィストと私はともかく一緒に働く方法を見出した。

移行政府の宣誓のセレモニーのために一月五日が空けておかれた。一二月下旬の刺々しい議論の後になっても、内閣について合意はできなかった。しかし、ブー＝ブーは一月五日まで議論を進め、最低でもハビャリマナに宣誓させ、それから後で大臣と議員の問題は片付ければいいと主張した。私にはそのアイディアが適切なものなのかどうか自信がもてなかった。国連事務総長特別代理の到着以来、私は政治的事態について直接関与するのをやめると誓っていた。だから一月二日に突然エノック・ルヒギラが訪問してきたのには驚いた。彼は前ルワンダ首相で今はハビャリマナ政権の官房長官であり、腹心だったからだ。

私たちはオフィスの隣の小さな会議室で、政治的行き詰まりについて話しあった。ブレントが移行政府の現在の概要を壁にかけられたホワイトボードの一つにまとめた。私はそのホワイトボードを見つめていたことやルイギラと合意しなければならならないと考えていたことを今でも覚えている。前政権内部にいた者たちにとっては、目の前でインチキがおこなわれているように見えていた。穏健派が政府の要職についていたほとんどの者たちを窮地に追い込んだように見えたのだ。ルヒギラにとって、彼らは穏健派でもなんでもなく、「ＲＰＦシンパ」以外の何者でもなかった。彼はいったん移行政府が樹立されれば、ＲＰＦとそのシンパがハビャリマナとその周辺人物を政権時代の罪で犯罪者として刑務所に送ることができるのだと主張した。

　そして、彼が言ったことは正しかった。アルーシャ和平交渉の間、前政権、特にハビャリマナは恩赦条項を求めた。和平を長つづきさせるために、彼らにそれが与えられるべきだった。私の考えに反して、ＲＰＦは国民議会における三分の二の投票で大統領や大臣たちを弾劾できる訴追手続き論を巧妙に展開した。ＲＰＦは新政府になれば、すべて穏健派野党がそれを支持すると信じていた。穏健派とＲＰＦは要職を握り、記録を調べ、明白に不正を見つけだし、前政権の犯罪を国民議会に提出して投票にかけるだろう。前政権にいた個人を弾劾、告発し、ＭＲＮＤ党の評判をおとしめて処罰することができるだろう。しかしアルーシャ協定以来のハビャリマナ政権側が画策してきたことはすべて、フツ・パワーが穏健派に浸透することで議会の最低でも四〇％の勢力を掌握して、それによって政治的弾劾の可能性を阻止することができるまで、移行政府の宣誓を妨害することに向けられている。そのことに私は気づいた。したがってアルーシャ和平協定に恩赦条項が盛り込まれれば、そのような危険な状況になることは一切ない。しかし、私は何とルヒギラに言うことができただろうか？　私には次のように言うのが精一杯だった。国際社会が関与しているのだから、法の適正手続き《デュープロセス》が守られなければならないし、どの弾劾もはじまるまでに何年もかかるだろう、と。きっと時間がすぎれば態度も軟化し、政治過程も成熟するだろう。その上、と私は付け加えた。予定されている民主的な選挙が二年以内に実施されれば、政治環境は劇的に変わる。その時には、ハビャリマナを裁判にかけることは逆効果になるということが明らかになるだろう。

　ルヒギラが帰った後、私は一人で会議室の椅子に座って、移行政府の図を見ながら考えた。ＲＰＦの態度を少しでも和らげさせ、前体制への譲歩を引き出すにはどうすればいいだろうか？　しかし、彼らにとってはアルーシャで結んだおいしい和平合意があるので、交渉にはほとんど関心を示さなか

7 影の軍隊

った。私からすれば、こんな状況で宣誓式典を進めることは災いを招くことにほかならない。しかし国連事務総長特別代理は主張を変えず、また外交官コミュニティだけでなく関係諸党派のどの会合でも、政権樹立式典の日程が確認された。

R部隊に単独で介入させることによって、突発的事態を引き起こしたくなかった。私たちは暴徒の周りで助けを求めてきた人びとを保護した。私は、式典を見守るために、ブー＝ブーや大使たち、その他の要人に加わることになっていたが、なんとなくその気になれなかった。私は議会の外の状況に目を光らせていなければならないという口実を作って、式典から抜け出した。

一月五日の朝、式典が開催されることになっていた国家発展会議の周りに大群衆が群がった。人びとは騒々しかったが、憲兵隊と一緒に治安警戒をしていたUNAMIRの兵士にとりわけて脅威となっていたわけではなかった。それからハビャリマナが大統領警護隊の猛スピードの車列で到着した。警護隊はほとんど見物人とブルーベレーたちをひき殺しかねないほど無謀な運転をした。警護官は乗ってきた車から飛び出してきたが、頑健で、尊大で、完全武装していた。ハビャリマナが国民議会の中へ押し込まれたので、大統領警護隊の指揮官は門のすぐ外に立って、大声で隊の何人かに命令を出しはじめた。彼らは私服だった。彼らが群衆の中に散らばった瞬間、見物人が入り口をとおり、ハビャリマナにつづいて入ろうとしていた穏健派代表団を脅しはじめるという酷い状況になってしまった。ランド・ンダシングワとバスで乗りつけた自由党代表団が溢れ出たが、中に入るのを妨害され脅された。私たちは憲兵隊に間に入るよう頼んだが、暴徒を抑えようと試みたものの及び腰であった。私は武装したUNAMI

一方、国家発展会議の中では、ハビャリマナがもったいぶったセレモニーで宣誓した。それから大臣と議員のリストが配られた時、議事は突如中断した。RPF派遣団は、誰かが土壇場で文書を書き換えたことに気づいた。MDR党のフツ・パワー派メンバーがリストには載っており、穏健派の名前は削られていた。RPF派遣団は飛び出して行き、式典は失敗に終わった。それでも、新しく宣誓した大統領は建物から出てきて、待っていたテレビカメラに笑顔を見せた。すぐに警護隊の非常線に囲まれたハビャリマナは黒いメルセデスに乗り込み猛烈なスピードで去っていった。ブー＝ブーと彼の政治スタッフも次第にいなくなり、何が起こったかをRPFやメディアに説明するのは私に任せられた。

失敗に終わった宣誓就任式典の翌日のインタヴューや会議で、国連事務総長特別代理はそれをむしろ大きな前進であったと説明した。彼は、移行政府の具体的な組閣の遅れは、すぐに解決される小さな政治的問題にすぎないと語った。特にハビャリマナが就任宣誓に同意することによって、アルーシャ和平合意に責任を負うことを示したのだから、と。ブー＝ブーと他の政治屋たちは、これでハビャリマナが行き詰まりを打開するための取り引きを仲介することができるようになったのだ、と説明しているようであった。彼らはまったくひどい勘違いをしていた。

それよりも大きな心配事があった。暴徒を焚きつけた大統領警護隊のスピードと技能である。この時私は初めて、過激派と大統領警護隊がどれくらいよく組織されているか、そして彼らがどれほどやすやすと大きな作戦を調整することができるのかを見た――これは私たちが克服しなければならない新しい治安上の課題であった。その午後、私はリュックとティコ、主要な司令本部の参謀で会議を開いた。そこで私たちは今後の就任式典のための警備戦略を作成した。私たちは大統領警護隊をその駐屯地に釘付けにし、国家発展会議と大統領邸までの主要道路を管理し、穏健派政治家の前に期せずして現われるかもしれないどんな障害も払いのけようとした。

週の残りは、代議員について合意を生み出す試みに費やされた。ある時点で、私は論争に足を踏み入れてしまい、国連事務総長特別代理にこう言った。エノック・ルヒギラと会談をした結果、RPFと穏健派が恩赦の問題をめぐって、あるいは司法大臣の選択をめぐっていくらか譲歩することに合意できれば、この混乱を回避する道があるかもしれない、そう考えはじめたのだ、と。

その週のある夜、状況を議論するために彼の家に来るようにとランドから電話をもらった。私はブレントとフィリップ・トロートと一緒に彼の家に向かった。ランドとエレネ、他数人のPL党のメンバーがリビングルームで即席の会議を催していた。二、三人の代表が、ジャスティン・ムゲンジと何らかの妥協をするようにとランドに強く主張していた。ムゲンジはPL党を割って、今は過激派つまりフツ派を率いている。ムゲンジは相当のやり手で、人当たりがよく魅力的だが、政府の汚い部分にどっぷりとはまっていた。しかしながら彼はPL党内の多くの過激派を支配下においていたので、行き詰まりを打開するには彼を引っ張り出すことが決定的に重要であった。ランドも私自身もそのような同盟関係が危険であることが分からなくはなかったが、もしムゲンジとその一派が和平プロセスに入らず、インテラハムウェのような暴発しやすい連中とつるみつづけるならば、ルワンダにとってもっと大きな危険となる。

これは難しい会議だった。しかし私は移行政府の設立がまさに自由で公平な選挙へと向かう道の一段階にすぎないのであり、そしてその実施を遅らせることは、ルワンダが依存している国際社会に否定的なシグナルを送ることになると一貫して強調した。その夜、私の主張はランドの理解を得られたと思う。それまでの会議では彼はとても能弁で、めったに譲歩しなかったし、本当にめったに人の言うことに耳を貸さなかったが、その時は確かな変化があった。彼は状況がどれくらい深刻になったか、そしてどれほど大きな賭けなのか分かっていた。私たちは会議にムゲンジを招くことに合意した。そして私は彼を連れて来るためにブレントとトロートを送った。ムゲンジの家には民兵が配置され、この政治家を保護して、家から連れ去られたりしないようにしていた。ブレントが敷地に入ろうとした時、ムゲンジの妻は彼女の夫が自宅にいないと言った。しかしブレントは、彼女が本当のことを言っていないのではないかと思った。男の声が中から聞こえたからである。

　ムゲンジがいなくても、私はどこかで彼をつかまえることができるかもしれないと思い、国連事務総長特別代理に電話して協力してもらうよう指示した。このアイデアはそれほど熱心に受け入れられたわけではなかったが、私は重要なものになる可能性がある政治的会議を国連事務総長特別代理なしで開くことを考えるといやな感じがして、ミルコリンにある彼の部屋までブレントに迎えに行かせた。それは非常に遅い時間で、ブー＝ブーは寝ているところを起こされて不機嫌だったが、とにかく彼はやってきた。そして、私たちはさらに一時間以上会議をつづけたのである。具体的には何の同意にもいたらなかったが、私はランドの弱点を見つけ、その数日前よりもいくらか楽観的な気分で帰った。

　国連事務総長特別代理の同意のもとにある政治的プレイヤー――つまり大統領と二人の首相そしてＲＰＦ――は、一月八日の日曜日に移行政府の代表の宣誓をふたたびおこなうことに決めた。私たちは式典が可能なかぎり厳重な安全の下で確実におこなわれるようにするため最大限の努力をした。しかし、その土曜の朝、私たちはキガリのいたるところでおきた一連の激しいデモに驚かされた。多くのデモ参加者はマチェーテで武装しており、彼らの怒りの矛先は穏健派、つまりＰＬ党、ＭＤＲ党、ＰＳＤ党のうち彼らと連携して行動しない人びとに向けられていた。怒り狂った群衆は、政治家たちが式典が開催されることになっていた国家発展会議へ行けないようにした。群衆は急速に数を増やし、また、大統領警護隊が市民の格好をして彼らを煽動しているのが確認できた。

　この宣誓はまた、大臣と議会選任リストについての裏での操作と、裏舞台での大統領とフォスタンの間の勢力争いによって失敗に終わった。最後の最後になって、大統領は不参加をきめ、政治家や外交官コミュニティやＲＰＦの代表団が彼は来ないという事実を聞きつけた時には、式典は怒鳴り合いになってしまっていた。

一月一〇日の午後遅く、フォスタンがオフィスにやってきて二人だけで話をしたいと言った。彼は興奮と恐れで震え上がっていた。彼を盗み聞きされずに話のできるバルコニーに連れ出した。ほとんど息もつかずに、彼は、インテラハムウェ内部の人間と接触したと私に告げた。その男は、UNAMIRに伝えたい情報をもっている。私がどうにも抑えきれない興奮を覚えたのは、謎に満ちた第三の軍隊、私がルワンダに来て以来次第に強くなってきた過激派の影の集団への糸口をとうとう掴んだかもしれないと気づいた瞬間である。

フォスタンが立ち去った後、私はすぐにリュック・マーシャルに電話をかけオフィスに来るよう頼んだ。私はフォスタンがもたらしたニュースを伝え、その夜に密会を調整してみてはどうかと提案した。彼と同様私も興奮してはいたものの、フォスタンに会いに来た人物は本当のことを言っていないかもしれないし、罠である可能性もあることをリュックに警告した。そして情報士官を同行させるよう指示した。私はできるだけのことをして、バンガローへ帰った。ブレントと私は両方とも期待で緊張していて、たがいにほとんど口を利かなかった。紅茶を淹れ、座ってテレビを見てリラックスしようとしたが、落ち着くことができなかった。リュックは結局、クレイスとキガリ地区の作戦士官ヘンリー・ケステロット少佐とともに二二時ころ家に着いた。

自分でとった多くのメモを見ながら、リュックはジャン・ピエールという暗号名を付けた情報提供者との会見を説明した。ジャン・ピエールはリュックに、自分はゲリラの士官で大統領護衛であったと話した。彼はインテラハムウェの主席訓練官になるため軍を離れた。一九九三年、ルワンダの村の若者の集団の教練をはじめたが、最初はRPFが攻撃を再開した時に戦うための民間護衛スタイルの民兵を準備しておくという名目であった。ジャン・ピエールが言うには、彼の直接の上司は、MRND党の党首であるマテュー・ンギルムパッセであった。彼はンギルムパッセから命令を受けることで、一ヶ月一五万ルワンダフラン(当時のUSドルで一五〇〇ドル)の給与をもらった。彼がリュックに言うには、過去数ヶ月の間で、インテラハムウェの訓練の背後にある本当の計画がはっきりしはじめたのだ。

彼や彼と同じような人びとが、自分たちの指揮下にある集団にあちこちの村のツチ族のリストを作るように命じられた。ジャン・ピエールはこのリストは、その時が来たらツチ族、つまりルワンダの人種偏見的ラジオが呼んでいる「イネンジ」――キニヤルワンダ語でゴキブリを意味する――を集め、殺すのを容易にするために作成されているのだと思った。

7 影の軍隊

ジャン・ピエールはRPFが嫌いで、彼らをルワンダの敵だと思っていると語った。しかし、住民に対して銃口が開かれれば、命令を受けてから二〇分以内に、キガリにいるとんでもなく多くのツチ族を殺すことのできる、非常に能率的な部隊群を作るなどという計画に巻き込まれることを恐れていた。軍事基地でインテラハムウェが軍の教官にどのような訓練を受けていたのかを彼は詳細に説明した。週に一度たくさんの若者が集められ、三週間の間、人を殺す方法に特に重点をおいた武器と準軍事的訓練コースに送られる。それから、若者たちは自分たちの村に戻り、ツチ族のリストを作成して、召集がかかるのを待っているよう命じられる。

私はこの情報の深刻さと現実味に衝撃を受けて黙りこくった。情報提供者ジャン・ピエールによって、まるで過激派の第三の部隊の隠された世界へとつづく水門が開かれたかのようであった。この時まで、この部隊が存在していることを感じてはいたが、はっきりと把握することはできなかったのだ。

リュックは、いままでインテラハムウェが所有していた唯一の武器は伝統的な槍や棍棒そしてマチェーテだけだと話していたが、ジャン・ピエールは、軍は最近AK-47、弾薬、手榴弾の積み荷を四回にわたって大規模に民兵に配ったと主張した。これらの武器はキガリに四ヶ所ある隠し場所に別々に保管されていた。私たちに提供した情報が確かなものであることを保証するため、彼は、その隠し場所の一つを見せると申し出た。四ヶ所すべての兵器の隠し場所とインテラハムウェ、そのリーダー、資金調達、MRND党や行政機関、軍、憲兵との繋がりについて知っていることすべてを明かすには、自分のルワンダフランをUSドルに替え、友好関係にある西側の国への自分と家族のパスポートを与えるよう求めた。彼はまた私たちに、彼に関する話をする相手に気をつけるよう求めた。UNAMIRの現地民間人スタッフにまでスパイが入り込んでいるだけでなく、ブー＝ブーのスタッフになっている民間人のフランス語系アフリカ人までも過激派は仲間に引き入れていた。ジャン・ピエールが言うには、最高レベルの作戦決定に関する一連の情報でさえ、直接マテュー・ンギルムパッセに伝わっている。

自分が信頼できることを証明するため、ジャン・ピエールは、先週の土曜の朝に起こったデモを組織し、操作する手助けをしたと語った。この暴力的なデモの狙いはUNAMIRのベルギー軍を挑発することだった。それぞれの場所で、ベルギー軍に威嚇射撃をさせるため、選ばれた人間が棍棒やマチェーテを使ってベルギー兵を脅すことになっていた。この計画がうまくいき、銃声が響き出したらすぐに大統領警護隊、憲兵隊、すでに群衆に紛れ込んでいたRGF降下特殊部隊は、隠しもっていた銃器を持ち出しただろう。この攻撃はただ一つの目的のために開始される。それはベルギー兵を殺害することだ。

ジャン・ピエールはこの罠が数十人のベルギー兵を殺害することを目的とするものであったとリュックに語った。フツ・パワー運動の指導部はベルギーが旧植民地で犠牲者を出す覚悟がないと決めつけていた。そして、もしベルギー兵が殺されたら、ベルギー政府はUNAMIRから撤退するだろう。過激派はベルギー軍がUNAMIRの中では最高の分遣隊を持ち、派遣団の主力であることを知っており、ベルギー軍が去れば派遣団は失敗すると確信していると彼は言った。ジャン・ピエールは、指導部が貯蔵した武器をキガリのすべてのインテラハムウェに配分する決定をしようとしていると警告した。もしそうなったら殺戮を止める術はない。彼はそう語った。

リュックの報告を聞いている間にも、私は武器貯蔵庫を襲う決断をしていた。奴らが油断しているうちに捕えて、奴らに、私はお前たちが何者か、何を目論んでいるかを知っているし、お前たちを完全に叩きつぶすつもりだ、というシグナルを送らなければならない。私はこの急襲がかなりのリスクを伴うものであり、犠牲者がでる可能性があることを承知していたが、それは十分に私に与えられた指令と能力の及ぶ範囲内のことであることも分かっていた。ソマリアでの平和維持活動の手痛い失敗の亡霊は、もう気にはならなかった。これらの武器貯蔵庫の存在はキガリ武器管理地域合意に違反するものだ。つまり、民兵の武装はアルーシャ和平協定と私に与えられた指令《マンデート》に違反しており、私の部隊に大きなリスクになっていた。私に与えられた交戦規則では、自衛、部隊全体の防衛、人道に反する犯罪の予防のために一方的な武力の使用が認められていた。ジャン・ピエールが罠を仕掛けているかもしれないので、攻撃する前に武器貯蔵庫の存在を確かめる必要がある。しかし情報提供者が本当のことを言っているなら、行動を起こさなければならない。

リュックが報告を終えた時、一瞬完全な沈黙があった。ブレントの顔を見ると赤くなっていたが、それは意気揚々としているとしか言いようのないものだった。ようやく私たちは第三の部隊を特定し、尻尾をつかみ、押さえつけることができるように思えた。フラストレーションのたまる、後手後手に回ることを余儀なくされた数ヶ月の後で、ようやく主導権をつかむチャンスを得たのだ。

リュックの報告は二時間近くつづき、私たちは真夜中まで起きていた。私は彼がうまく仕事をこなしたことに感謝し、もっと多くの情報を得るためにジャン・ピエールと会いつづけるようにクレイス大尉に指示した。私はそれから緊急参謀会議にも匹敵するものを開いた。私はリュックに、彼の幕僚

7 影の軍隊

に三六時間以内に四つの武器庫を同時に調査押収する作戦を立案させること、彼の司令部内で厳格な情報漏洩防止原則に基づいてこの計画を秘密にしておくことを命じた。その時から二日後の一月一二日水曜日に、もう一回宣誓式典が試みられる。ジャン・ピエールの件は分岐点だった。彼の情報にしたがって行動を起こすことによって、私たちは政治プロセスを刺激して促進するか、それがまやかしにすぎないことを明らかにするか、どちらかになるだろう。

　リュックが去った後、朝のうちに国連事務総長特別代理に第一報を知らせることにきめた――国連事務総長特別代理のスタッフ内でのこの情報の機密保持についてはかなり心配ではあったが――、さらにバリル将軍向けに暗号ファックスを用心深く作成して、できるだけ早く送ることにした。暗号ファックスをバリルに直接送ることは、通常の手続きに違反することになる。標準的な作戦手順では、部隊司令官とPKO局の間に存在する事柄に関する通信のすべては、文民の政治ヒエラルヒーをつうじておこなわれることになっている――この場合には、ブー＝ブーとその事務所をとおしてということである。部隊司令官が直接、国連の軍事顧問あるいは他の関係部局に関わるのは、純粋に行政的事項あるいは必要物資について議論する場合だけである。暗号ファックスを、私の署名のもとに軍事顧問――モーリス・バリル――に送るという決定は前例のないものだった。私はそうする権限をもたない領域に通信ラインを開設しようとしていた。しかし私は、ジャン・ピエールからの暴露を聞いたことで、すぐにそうすべきだと確信した。（注1）私は外電の最後に、高校と第五旅団のモットー「望まば道は開かれん。さあ行け！」と書いた。

　ファックスを送ることは多くの面で危険でもあった。ニューヨークへのファックスは盗聴からは守られているが、文書はしばしばバリル、リザ、アナンのデスクに届くまでに多くの人びとの手を経由した。そのような人生の皮肉の一つが、一月一日に起こった。ルワンダ政権が安全保障理事会に席を得たのである――常任理事国以外の加盟国が定期的にその任を引継ぐのはローテーションの巡り合わせである。その結果

（注1）派遣任務の期間中、私は国連事務総長特別代理（SRSG）あるいは彼の事務所の承認を得ることなく直接PKO局に情報と意向を伝え、PKO局からの指示と助言を求めた。派遣団の発案者であると同時に責任者であったため、国連事務総長特別代理がキガリに着任する前から利用できたチャンネルを使いつづけたにすぎない。このようなことをおこなうのを止めるよう国連事務総長特別代理あるいはPKO局から忠告されたことはないが、時には、私の暗号ファックスへの返答が国連事務総長特別代理に直接届き、行動を求めることもあった。

としてルワンダ人は自国での作戦に関わる多くの安全保障文書に目をとおしていた。

　私はニューヨークに次のことを理解させる必要があった。たとえ私が早く動きたいとしても、今回の件がＵＮＡＭＩＲに攻撃をしかけさせ、脆い平和の守護者としての私たちの役割を危機に陥れようとする、巧妙に仕掛けられた罠であるという可能性を考慮しなかったわけではない、ということである。私はまた、外電の中で、武器貯蔵庫を襲撃する許可を求めているのではなく、ニューヨークに部隊司令官の責任としてそうするという私の意図を知らせたいだけだ、ということもはっきりさせたかった。私はようやく強硬派から主導権をもぎ取ることができつつあった。ブレントと私は二時間以上にわたって言い回しを推敲した。文書に満足して、ブレントはそれをプリントアウトして送るために、アマホロへ急いで向かった。これまでずっと状況をコントロールすることは困難であったが、ようやく支配権を握ったのだという確信をもって、私は眠りについた。
　二、三時間の落ち着かない眠りの後、翌朝目を覚ました時も、まだ天にも昇るような気持ちだった。私たちは主導権をもうちょっとで取り返す寸前にいるか、少なくとも過激派のバランスを崩して、脱落者やパニックを起こしやすくし、愚かな間違いを犯させるところにまできていると確信していた。仕事に向かう途中の汚れた道の片側で地元の少年に手を振った時には、ニューヨークがすでに私の行動計画をずたずたにしているとは思いもよらなかった。
　リザによって署名されたコフィ・アナンからの暗号ファックスが私と国連事務総長特別代理のもとに届いた。その内容には完全に虚をつかれた。それは武器貯蔵庫を攻撃することについて考えていることそれ自体について私を叱責し、すぐに作戦を中断することを求めるものであった。アナンは事細かにニューヨークが第六章平和維持活動作戦の部隊司令官としての私に課している限界について説明した。すなわち、ＵＮＡＭＩＲの支援で戦争抑止作戦を指揮することを許されていないだけでなく、透明性のために、私はジャン・ピエールが私たちにくれた情報をすぐにハビャリマナ大統領に提供すべきであったというのである。私は大いに苛立ち逆上した。一一月の大虐殺、重武装した民兵の存在、ツチをゴキブリと叫び、ツチ族の血が流されることを求める狂信的な過激派の新聞、政治的な行き詰まり、そしてその結果生じる緊張——これらすべては、古典的な第六章平和維持活動の状況には私たちがもはやいないというサインだった。ジャン・ピエールは単純に点をつないで、この派遣——およびアルーシャ和平合意——は危機に陥っていることを明らかにしただけである。私たちを大惨事から救うためには、何かをしなければならなかった。週末までに、私はニューヨークに何度も繰り返し電話をかけ、武器貯蔵庫を襲撃する必要性についてモーリスと議論した。ニューヨークは今では、私を攻撃的だが慎重な軍司令官ではなく、何をしでかすか分からない人物だと見ている。この意見交換の間ずっと私はそう感じていた。

ジャン・ピエールの情報にしたがって行動するようニューヨークを説得することに失敗したことに、いまだに私は思い悩んでいる。私がモーリスをうまく味方につけることさえできていれば、友人として彼に話し合いに出させて、アナンとリザに私が銃をぶっ放したがるようなカウボーイではないと説得させることさえできていたら、と。私は今となっては、PKO局がソマリアでのアメリカの失敗の余波でまだ尻込みしていたということを知っている。ソマリアでは、モガディシュの街路で民兵組織の将軍を逮捕しようとして、一八人のアメリカ兵が殺された。しかし、私は当初から自分が採用していたアプローチに一貫する、合理的かつ慎重な襲撃計画を提示していた。そのアプローチとは、和平協定が要求する安全な環境を確実なものにするために、私たちの交戦規則を最大限に活用することである。PKO局の暗号ファックスの論調は、私とニューヨークとの完全な断絶を示唆していた。この作戦にはリスクはあったが、回廊清掃作戦ほどには危険ではなかったし、私たちはそれを支障なしにやってのけたのだ。しかし彼らは、この作戦を指揮する私の判断力をもはや信頼していなかった。私の見解では、ジャン・ピエールによってもたらされた内部情報は、ルワンダを困難から解放する本物の機会を意味していた。だから、PKO局の対応には心底驚いたのである。

パキスタンのブルーベレーが受けた殺傷事件やその後のソマリアでおこったアメリカのレインジャー部隊の事件は、PKO局の三首脳陣だけでなく多くの加盟国に多大な衝撃を与えていたにちがいない。当時、とにかくPKO局内の雰囲気は「身近な国」に犠牲者を出す可能性のあるいかなる作戦行動も実施できるものではなかった——PKO局とその周辺全体の雰囲気はリスクを回避することであった。暗号ファックスで私は、可能性としてリスクの高い攻撃を要求したが、それは国連の支配的雰囲気とは正反対のものだった。国連からの反応が非常に速く、慎重であり、有無を言わさぬ否定的なものだったのも不思議ではなかった。しかし、国連の決定が理解できればできるほど、現場にいる私には受け入れがたいものだった。私たちが違法な武器が隠されているという現実に対応しなければ、その武器は結局、私たちや罪のないルワンダ人に牙をむくことになる。

私が一月一一日の朝に国連事務総長特別代理とカビア博士

に状況説明をすると、カビア博士は完全に私を支持してくれたが、ブー＝ブーはどっちつかずであった。私は、国連事務総長特別代理にニューヨークに最後の訴えをする手助けをしてくれるよう望んだが、それは誤っていた。彼にはPKO局の決定を覆す主張をするために直接ブトロス＝ガリのもとへゆく権限があったが、彼はそのような考えを一蹴して、私たちが忠実にニューヨークの指示に従うように提案した。一月一二日朝にハビャリマナに会いにゆく直前、国連事務総長特別代理、カビア博士と私は、ベルギーとアメリカ合衆国の大使とフランスの代理大使に事の次第を説明した。彼ら全員、私たちが提供した情報を正しいものと認め、それぞれの政府に報告すると述べた。彼らのうち誰一人として驚いているようには見えなかった。そのことで私は、私たちの情報は単に彼らがすでに知っていたことを確認したにすぎなかったのだと結論づけた。私はジャン・ピエールと家族のために庇護する国を見つけてくれるよう懇願したが、アメリカ、ベルギー、フランスはそれを拒否した。私たちがたくさんの情報を確認できたのは、彼が自分と家族に相当のリスクがあるにもかかわらず情報を提供してくれたおかげだった。外交官コミュニティがやっかいな状況で価値のある情報を提供してくれた他の者を手助けしてきたことを知っていたが、彼らがその時なぜ手助けを拒否したのかを理解できなかったし、今でもまだ理解できない。

通常UNAMIRの誰かが大統領との会談を要請すると、謁見を許すまでハビャリマナは二、三日じりじりと待たせた。だから、彼がすぐに私たちに会うことに同意した時、国連事務総長特別代理と私はかなり驚いた。彼は、日当たりのよい中庭で私たちに挨拶した。横には、エノック・ルヒギラ、国防大臣ビジマナ、陸軍参謀長デオグラティアス・ンサビマナ少将、そして、憲兵隊参謀長(注2)オーギュスタン・ンディンディリマナ少将、が並んでいた。出席した五人のうち四人は強硬派で、ンディンディリマナははっきりしなかった。私は彼らの誰ひとりとして信用していないのに、その日までに集めた最高の内部情報を手渡そうとしていた。ブー＝ブーが口火を切って、大統領に彼の党の活動についての私たちがもつ知識の詳細な概要を与えた。それにはアルーシャ協定を破綻させるインテラハムウェの策謀とMRND党との関係だけでなく、キガリ武器管理地域での違法な武器の配分についての情

(注2) 一九九四年一月一日、アルーシャ和平合意にしたがって、RPF、RGF、憲兵隊の軍事指導者は全員少将の階級に昇進し、他の士官の階級も、三者が今後の武装解除とルワンダの新しい軍の創設において同等の階級を分かち合うように調整された。

7 影の軍隊

報も含まれていた。私がいくらか満足したのは、大統領の表情がうんざりした無関心から明白に疑い深い表情へと変わったのを見たことである――ハビャリマナはそのような兵器貯蔵所についてすべての情報を否定した。そのような情報、あるいはUNAMIRがそのような情報を得たということに、彼が本当に驚いていたのかどうかについて窺い知ることはできなかった。国連事務総長特別代理は、ニューヨークは完全な調査が四八時間以内におこなわれることを期待しているとハビャリマナに話し、それにつづいて、キガリでこれ以後起こるどんな暴力でも安全保障理事会の注目を即座に集めるだろうと警告した。大統領は即刻行動すると約束し、ブー＝ブーはハビャリマナがメッセージを受けとったと確信していた。しかし、私には彼がどんなメッセージを受けとったのか、よく分からなかった。これは彼にとってまったくの晴天の霹靂だったのか？　彼は加担していたのか、それとも取り巻きを抑えきれなくなっていたのか？　彼が実権を失っているならば、誰が張本人だったのか？　噂では、彼の妻とその兄弟がフツ・パワーの中心にいるということであった。彼らは「奥様一族」と呼ばれていた。私が確信できたことは、この情報が過激派に伝わるということであり、武器貯蔵所はすぐに移動されるか、さらに悪いことには、配分されることになるだろう、ということであった。

会見終了時、国連事務総長特別代理と私が党本部でMRND党首に直接状況説明する気があるかどうか、ハビャリマナは自分から聞いてきた。このMRND党の名目上のトップからの異例の要請は、噂に流れているように、強硬派MRND党と過激派MRND党との間で亀裂が生じているかもしれないことを意味していた。私たちはマテュー・ンギルムパッセ（ジャン・ピエールによれば彼の上司である）と党の事務局長のジョセフ・ンジロレラに会いに行き、キガリ武器管理地域におけるインテラハムウェの訓練と違法な武器貯蔵所に関する情報をぶつけた。二人とも知らないふりをしようとしたが、私たちがインテラハムウェのメンバーが前の土曜日に発生した暴動に参加しているのを見たと主張すると、メンバーの何人かが出席していたことを認めた。しかし、彼らは暴力をMRND党のバッジを着けた潜入者と暴漢のせいにした。

その夜、ジャン・ピエールはクレイスとの待ち合わせ場に遅れて現われたが、遅れたのはンギルムパッセと急に会うことになったためだと彼は言った。ジャン・ピエールが言うには、彼の上司は私たちの訪問に当惑したようで、武器の配分をすぐにおこなえと言った。それからジャン・ピエールは約束したように、クレイス大尉と情報チームのもう一人のメンバーであるデメ大尉に武器の貯蔵所の一つを見せるためにドライブした。デメはセネガル人で流暢にフランス語を話し、私服を着ていた。武器の貯蔵所には二人の監視人がいたのでクレイスは車に残り、デメはジャン・ピエールと一緒に中に入っていった。ジャン・ピエールは監視人に彼はアフリカ人の友達だと言った。武器の貯蔵所はMRND党本部の地下にあった。私とブー＝ブーがその日の早くに訪れたのと同じ建物である。その武器貯蔵所には少なくとも五〇丁のアサルト・ライフルと弾薬箱、弾倉、手榴弾があった。その建物の所有者は憲兵隊参謀長であるンディンディリマナであったが、彼は穏健派を自任していた。しかし彼は過激派一派のようで、彼の配下の憲兵は過激な活動に関与していた。そして今や、MRND党に貸した建物の地下は武器貯蔵庫になっていることが明らかになった。彼は本当のところ何に忠誠を尽くしていたのだろうか?

私たちが情報をハビャリマナとンギルムパッセに伝えていたと分かったら、ジャン・ピエールは私たちに話すのをやめるだろうと心配したが、彼は貴重で確証できる情報を与えてくれつづけた。私は彼を国外の安全な場所に匿ってやりたかった。しかしニューヨークは、彼に旅行書類を提供するような「秘密の」活動に関わることはできないと言った。

ジャン・ピエールがとうとう私たちに愛想をつかして、完全にコミュニケーションをとるのを断つ前に、きわめて重要な情報を提供してくれた。その情報のおかげで、私はこの任務の内にある脅威をよりはっきりと評価することができたのである。彼は私たちに次のように言った。政府の情報部員がアマホロの部隊司令本部の中で民間人契約で働いており、そのうちの一人はトロートに代わる前の私たちの運転手だった人物だ。少なくとも四回にわたって、MRND党役員とフランス語を話す非ルワンダ系アフリカ人のインタヴュー・テープを聞くのに呼び出されたことがある。その非ルワンダ系アフリカ人は、UNAMIRについて政治行政に関する情報を提供していた、と。ジャン・ピエールはまた過激派の今後の行程表と計画過程を教えてくれた。一月中頃まで、ジャン・ピエールのおかげで、私たちは必要な情報をすべて手に入れ、どんな手段を使ってもアルーシャ和平協定を無効にしようと目論む、よく練り上げられた陰謀が国内に存在することを確信した。ジャン・ピエールは一月の終わりごろに姿を消した。彼が自分で逃亡をたくらんでいたのか、内通がばれて処刑されたのか、とうとう分からなかった。もっと厄介なことは、私たちの優柔不断と無能に怒りと幻滅を感じ、彼がインテラハムウェに戻ってジェノサイドに加わった可能性があることである。

キガリにおける安全状況も、非武装地帯の境界と南部の難民キャンプで起こった事件をきっかけに悪化しつつあった。

ニューヨークから武器貯蔵庫については動かないように言われていたので、一月一八日に私はすべての地区本部と駐屯地に守備態勢を改善し、週内に守備のために必要な物資の要求を提出するように指示した。私たちはこれらの要求を統一して、ニューヨークの現地活動部門《FOD》に回した。しかしそれらは受理されなかった。結果的に、私たちはキャンプ内に避難シェルターを作るための物資をまったく受けられず、四月の惨状を招く結果になった。私たちはまた残りのバングラデシュ部隊とガーナ大隊が一月中頃に現場に到着するのを目にする予定になっていた。しかしどの部隊もまだ配置されていなかった（そして事実彼らは二月の初頭にようやく到着した）。私の手持ちの戦力は、早まる作戦のテンポに対処するためにうまくやりくりしようとするにつれて、消耗しつつあった。

その間、国連の地雷除去プログラムの責任者であるパディ・ブラグドン（退役）准将が、ルワンダにおける地雷の脅威の査定を終え、地雷除去プログラムの提案を完成させた。パディが、ルワンダに脅威となっている地雷は見積もりで「たったの三万個で、そのほとんどは地上兵士殺傷用であ」って、それは大した脅威ではないと言った時、幾分ショックを受けた。それらの地雷一つひとつが男や女、子供を殺し傷つける可能性をもっているわけで、三万個の地雷が重大な問題ではないと考えられていることにショックを受けたのだ。しかし彼がカンボジアやアンゴラ、モザンビーク、ボスニアそして世界中の他の紛争地域で地雷査定をやった範囲を説明してくれたので、彼の発言の基準が理解できた。彼は財政支援をとりつけ、地雷除去プログラムの契約を準備することをやってみるが、時間がかかるだろうと言った。四ヶ月後、戦闘がふたたびはじまった時、私たちはルワンダでまだ一ドルも、また一つの除去された地雷も見ていなかった。そして兵士や市民が生命や手足を日々失いつづけた。[注3]

（注3）私は、バングラデシュの工兵がまったく地雷処理装備をもっていなかったので、それを提供してくれるように依頼した。送られてきたのは、古くて役に立たない装備か、国連が私たちに試してみてほしい新しい装備かのいずれかであった。バングラデシュ工兵には新しい装備を使う技術がなく、またそれを使えるようにする訓練にはまったく興味を示さなかった。使い物になる装備を頼むと、それを買う予算はないとふたたび言われた。ベルギー分遣隊はある程度の地雷処理能力をもっていたが、緊急事態を別にして地雷処理に関わってはならないと国から厳命されていた。緊急事態とは、ＵＮＡＭＩＲ要員の生命が直接危険にさらされている場合か、ベルギー軍宿舎のすぐ側で発見された場合である。国連の官僚的かつ財政的制約、そして部隊貢献国の国家政策による制限の結果、私たちはこの国の地雷の脅威にとり組むことがまったくできなかった。

一月一八日の夜、私は派遣団に別れを告げるフィゴリ大佐に敬意を表して、メリディアン・ホテルでめったにない上級士官たちによる社交的ディナーを催した。フィゴリは一〇月以来私の側にあって、たった一〇〇人あまりの軍事監視員と兵士、あらゆる面で不足している後方支援と装備で、他の誰よりも非武装地域の平和を維持してきた。国連事務総長特別代理も出席し、アルキヴィストも招いた。

その日、私はまたチュニジア中隊の半分に別れを告げた。彼らはフィゴリの指揮に仕え、任務を解かれて帰郷した。チュニジア兵たちは皆、ルワンダでの活動に従事するために自発的に兵役を延長した徴募兵であった。彼らは模範的士官であるモハメッド・ベルガセム司令官によって率いられた、まさに文字どおりプロの兵士だった。この少数だが団結力のある集団は、私の緊急出動部隊だった(そうでありつづけた)。困った時はいつでも、非武装化地域であろうと、キガリの国家発展会議であろうと、後に戦争になっても、私はチュニジア兵を頼りにしており、しかも彼らは一度も失望させることはなかった。私は空港の滑走路でこの三〇人に別れを告げながら、非武装地域における一九九三年後半の非常に危険な時期に、彼らが払った献身と犠牲を讃えた。このような兵士たちの力があってこそ、私たちは大湖水地域における難題に立ち向かうこともできたのだ。彼らが到着して数日のうちに、ベルガセム司令官は新兵を部隊に統合し、高い水準の作戦遂行上の効果を維持した。チュニジア人はずっと苦境にあった私にとっての切り札でありつづけたのである。

当時私は、和平プロセスが遅々として進まないことについて、ポール・カガメから圧力をかけられはじめていた。彼が言うには、部隊に食糧を供給し、燃料を補給するための資金が底をつきかけている。その結果、兵士たちは、食糧と水を求めて、非武装地帯への危険な侵入をおこなっていた。もし、彼がすでに深刻な物資不足に直面しているとすれば、移行政府が任命されてから三ヶ月後にはじまる武装解除までの間を、どのようにして彼の部隊は生き延びることができるだろうか? また、彼の軍隊が四年近くもの間戦場に出ているという事実は、未婚の二〇代の兵士たちに犠牲をしいることになっており、彼らは落ち着きを失いつつあるとカガメは言った。常識的に言えば、兵士たちが三〇歳までに結婚しないとなれば、彼らは生きて自分たちの孫を見ることはないだろうし、彼らの社会において年長者としての利益を得ることもないだろう。これはカガメの軍隊にとって、さらなる非常に現実的な社会的圧力であった。

誰もすすんで資金を提供しようとしない場合、どうやって

７ 影の軍隊

武装解除のプロセスをはじめるかについて思案しなければならなかった。皆が政治的行き詰まりの打破に集中してきたので、軍事部門以外の者は誰もこのとても重要な局面の計画を立てるために時間を費やそうとはしなかった。国連の貧弱な割り当て金すらなかった。それでもなお国際社会からあの手この手で資金を調達しようとしていた唯一の人物が、アマドウ・リィ（注４）だった。私はブー＝ブーのところに行って、これが緊急に必要であると説明した。いつもと同じように彼は私の話を最後まで聞いたが、国連事務総長特別代理として、この案件を進めることに責任を負う必要があるということを理解しているようにはまったく見えなかった。

ＵＮＯＭＵＲのベン・マティワザの報告によれば、難民がウガンダから北部ルワンダのＲＰＦの支配地域へと逃がれてきていた。また、私たちが受けた未確認の報告によると、ＲＰＦが運営していたラジオ局ラジオムハブルが、アルーシャ和平合意によって認められた帰還の権利を利用するよう、ルワンダの故郷を追われた人びと《ディアスポラ》を煽っているとのことだった。これは、移行政府を設立させようとＵＮＡＭＩＲに圧力をかけるために、難民の帰還と非武装地帯への襲撃をカガメが利用しているように思えた。一月二〇日、カガメの要請で私はムリンディで彼と会い、これらの問題その他について話し合った。

ベルギーの部隊がもってきた二機ある五〇年代の旧式のヘリコプターのうちの一機に乗って、私はムリンディに飛んだ。ムリンディか、キガリ以外の場所へ急に訪問しなければならない場合にはいつも、二機のうち一機を使う手はずを整えていた。この古い機体には操縦士と二人の乗員のための空間しかなく、十分なパワーもなかった。それでもムリンディへのフライトが、私は好きだった。（いつもと同様に、私たちを撃ち落とそうとする者からの攻撃を防ぐために）起伏に富んだエメラルド色の丘を低空飛行でこえた。周囲を木々に囲まれた荒れ果てたサッカー場に着陸した。それは、まるで山肌を削り取ったようなサッカー場だった。ＲＰＦ部隊は四方八方に散らばっていた。彼らはサッカー場を練兵場として使っていたのだ。いつ行っても少なくとも一〇〇人かそこらの男たちが訓練していた。

護衛が私を出迎え、ＲＰＦの敷地内に案内した。カガメ

（注４）一月二六日、リィはキガリで、人道支援機関、世界銀行、ＩＭＦ、関連する国連組織、ＲＰＦ、ルワンダ政府、援助諸国、ＵＮＡＭＩＲの代表を集めて円卓会議を主催し、余剰部隊の武装解除と再統合の資金戦略について議論した。この会合は三月にヨーロッパで開かれた援助国円卓会議の基礎となった。

は、他の建物から離れた質素なバンガローをもっていた。耳に入ってくるのは、鳥の歌声と木々の間をぬける穏やかな風の音だけだった。彼は、小屋に隣接した小さな中庭に座っていた。彼は立ち上がって挨拶するために、その長く、骨張った身体を椅子からゆっくりと起こした。彼は信じられないくらい強い眼をしていて、こちらの眼をじっと見つめ、探りをいれ、うかがい、試した。そして社交的な挨拶にはほとんど時間をさかなかった。席につくとすぐに彼は話し合いに入った。ブルンジに長期に滞在しているルワンダ人難民は、一〇月のクーデタで居住できなくなっていると話した。彼が言うには、ブルンジ大統領殺害の報復をしようとする武装した群衆から逃れるため、難民の多くが学校や教会使節団に安全な場所を求めて逃れた。多くの人びとは、ルワンダに逃れて帰るか、群衆の手にかかって死ぬかのどちらかしかない。ウガンダにいるルワンダ難民は、ブルンジの場合ほど極端ではないにしても、我慢の限界にきているウガンダ人から同じような圧力を受けているのだという。最近の土地改革によって、ルワンダ難民が三〇年近くも占拠してきた土地が無断居住地とされ、難民たちは強制退去させられつつある。カガメやRPFの他の指導者たちは、ルワンダへの難民の流入を止めようとしたが、彼が言うには、それは難しい。結局のところ、RPFは難民が生まれ故郷に戻れるようにするために戦っていたのだから。

難民の窮状について語る時、彼は日頃の抑制を幾分か失い、自分の主張を強調したり説明したりするために自身の経験について詳しく語った。時おり、彼は立ち上がって落ち着きなく歩き回りながら、ウガンダでの難民キャンプで成長したこと、いつもよそ者、マイノリティであったこと、黙認はされていたが決して本当に同等な人間として受け容れられていたわけではないことを説明した。難民キャンプにはびこるどうしようもない敗北主義に対して、自分たちの価値と尊厳の意識を維持するために戦ったことを思い起こすと、彼の表情には怒りの色が走った。彼の場合には、身を立てることに専念した。彼は、ウガンダを独裁者ミルトン・オボテから解放するためにいかに戦ったかを教えてくれた。NRA〔ウガンダ軍〕に参加し、タンザニアで訓練を受け、ウガンダで現在の大統領ヨウェリ・ムセヴェニの下で戦った。カガメは将校として高く評価されたが、NRAにおいてすべての力を発揮することは決してできなかったという。なぜなら誰もが、彼がルワンダ人だということを忘れなかったからだ。

NRAが、カガメのようなツチ族難民を将兵として受け容れたことは私も知っていた。ツチ族がムセヴェニのために戦ったのは、オボテを倒してムセヴェニを政権につければ、自分たちが公平に扱われると信じていたからだ。しかしムセヴ

7 影の軍隊

ェニは自分を権力の座につかせた多数のツチ族難民を犠牲にして、他の部族や集団と同盟を結ばなければならなかった。私はRPFの連絡将校であるカラケ・カレンジ司令官がブレントに話した、ウガンダにおけるツチ族の経験を説明する話を想い出した。カレンジが言うには、狩人と犬が獲物を追っている時には彼らは平等だ。しかしいったん獲物が捕まると、狩人が肉を手にし、犬には骨しか与えられない。そしてこれは、ウガンダのツチ族が、困難な状況下でNRAのために闘い、ムセヴェニが権力についた後で感じたことなのだ。彼らは自分たちがいつまでもウガンダでは犬のままであると悟ったのであり、それがRPF結成を促す原動力となった。彼らは故郷に帰り、自分たちの国で平等な者として扱われることを求めている。

難民がおかれた状況を解決する唯一の方法は、行き詰まった政治プロセスのエンジンをかけ直すことだ、とカガメは語った。彼は私の眼を見つめながら言った。さもなければ、状況は悪化するだけだろう、と。絶望的になった人びとは、生まれながらの権利を主張するためには喜んで武器をとろうとする。会談の終わり近くで、彼は私に身体を傾けて、断固として確信をもって、こう言った。「もし事態がこのままつづくようであれば、どちらか一方が勝利者とならざるをえないような状況に、私たちは立ち向かうことになる」言いかえれば、政治的行き詰まりが即座に解決されないのであれば、アルーシャ和平協定は一蹴され、RPFは戦争を再開して、勝利を勝ちとるまで戦い抜くことになる。これまでに二度、勝利しかけたのだ。いずれの場合にも、フランスがRGFに肩入れして介入したのだが。

最後に私は立ち上がって、いくらか残念な思いで、私のヘリには夜間飛行能力がないので帰らなくてはならない、と説明した。カガメと護衛なしに数時間もの間会って、この並外れた人物をかき立てている情熱を垣間見ることができたのは、驚くべきことだった。

翌一月二一日金曜日、私はキガリの空港に、部隊副司令官兼参謀長にようやく任命された、ガーナのヘンリー・アニドホ准将を出迎えた。アニドホは堂々とした男で、身長は六フィートを超え、体重は一二〇キロ以上ある。その堂々とした風采どおり、彼は仕事に対して貪欲なほどに意欲的であった。彼は天性の司令官であった。私と同様に、ヴァージニアのアメリカ海兵隊指揮幕僚大学を卒業しており、多くの作戦に参加して並外れた経験を積んでいた。その作戦には、六〇年代のコンゴからレバノン、カンボジア、そして言うまでもなく彼自身の国のものが含まれる。ヘンリーは最初から自信に溢れ、積極的、有能で任務に専心的であった。私たちはひと目でお互いを気に入った。

　その日の遅く、空港の軍事監視員チームの一つが、キガリへの飛行予定がないＤＣ８貨物機を発見し、大量の砲と迫撃砲弾を積んでいるのを見つけた。その機に関する書類――登録、所有、保険、積荷目録――には、フランス、イギリス、ベルギー、エジプト、そしてガーナの会社が記載されていた。このリストにあるほとんどの国がＵＮＡＭＩＲに部隊を送っている。ブレントはベルギーの将校に、君がルワンダで命を危険にさらしている時に、自分の国が君を殺すのに使われるかもしれない武器を商っているというのは、どんな気分かと訊ねた。その将校は、平和維持は平和維持、ビジネスはビジネス、ベルギーのビジネスは武器だと答えた。私は、おそらくはいまだに宗主国気どりの国のダブルスタンダードを呪った。私は軍需物資の押収を命じ、国防省に説明を要求した。ブレントに、メリディアン・ホテルを兵舎にしているマーシャル大佐へ、空港で武器を押収したという通告を届けさせた。リュックは、私たちにはこの武器を押さえる権限が与えられているのかどうか尋ねた。それが指令《マンデート》の一つでありキガリ武器管理地域合意に含まれると考えている、そうブレントが明言したので、リュックはそれにしたがって命令を出した。

　部隊司令本部への帰り道で、ブレントとトロートは国家発展会議の外に集まっている群衆に出くわした。ＲＰＦがキガリに移動して以来、ＲＧＦと国防相は国家発展会議を訪れる人の多さに何度も不満をもらし、ＲＰＦが訪問者と一緒に増援装備や弾薬をこっそりと持ち込んでいると非難していた。ＲＧＦと大統領警護隊、インテラハムウェはつねに人びとを周囲に配しておき、人の出入りを監視し、しばしば訪問者を止めたり嫌がらせをしたりしていたので、怒った群衆がそこに集まっているのを見るのは珍しいことではなかった。しかし、ブレントとトロートが車でとおりすぎようとした時、群衆がマチェーテで武装し、建物の内部に駐在しているＲＰＦの守衛に叫んでいるのが見えた。ブレントは何が起こっているのか見るために、トロートに車を停めるよう命じた。一日で分かったことは、群衆の何人かが、国家発展会議を訪れようとしていた夫婦を襲い、今度はＲＰＦの守衛が夫婦を助けようとしたといって罵っていたということである。

　状況が急速にエスカレートしていることを理解したブレントは、仲裁に入り、ＲＰＦに建物内にとどまって挑発に乗らないように命じた。それからブレントとトロートは、国家発展会議の入り口に配置されているバングラデシュの八人の護衛部隊がきっと援護してくれると確信して、群衆に向かっていった。彼らが群衆の真ん中に入ると、あちこちを斬りつけられ血を流して地面に横たわっている男を見つけた。彼の顔はほとんど二つに切り割られていて、青白く輝く骨が見えていた。そのかたわらにはお腹の大きな妊婦が横たわっており、腕が骨まで切られ折られていた。ブレントは男を肩に担いで、まっすぐ車両に向かった。血まみれの男を担いで進んでいくと、マチェーテをもった一人の男が群衆をかき分けて、ブレントの行き手に立ちふさがった。瞬時の躊躇もなく、ブレントは拳をその男のみぞおちにぶちこみ、地面に打ち倒した。トロートが突撃銃を構えると群衆は下がり、彼が女性を拾い上げて安全な場所へと運ぶ余地ができた。ブレントとトロートが車両に戻って初めて、バングラデシュの護衛兵がどこにも見当たらないことに気づいた。彼らはゲートに隣接する掩蔽壕に隠れていたのだ。

　ブレントとトロートはまっすぐキング・フェイサル病院へと車を走らせた。その病院は、サウジアラビアが九〇年代の初めにルワンダへの贈り物として立てた医療施設である。問題は、この国には十分な能力のある医療スタッフもいなければ、病院を運営する資金もなかったことである。そのため、ルワンダ人は基本的にこの場所を立ち入り禁止にし、埃だらけにしていた。野戦病院を与えられなかったことから、私は医療スタッフをキング・フェイサルに配置することを思いつき、政府はその考えに飛びついた。バングラデシュの医療小隊は素晴らしい腕の外科医として有名な中佐に率いられており、一流の病院施設に喜んでいた。

　ブレントが負傷者とともに病院に到着すると、例によって救急処置室の大混乱に迎えられた。妊娠中の女性は、病院へ向かう車中ひっきりなしにキニヤルワンダ語でしゃべりつづけていたが、突然おいおいと泣きはじめた。バングラデシュ人が、英語ができるという理由である年若いルワンダ人少年を雇っていた。彼が彼女の悲痛な叫びを翻訳した。襲われた時彼女は腕に赤ん坊を抱えていたが、その赤ん坊がどこにいるのか、怪我をしているのかどうかも見当がつかないということが分かった。ブレントは踵を返して、トロートを連れて国家発展会議にとって返した。

　彼らが着くまでには、数人の憲兵隊が到着して群衆を追い払っていた。襲撃した者たちはまだぐずぐずしていたが、通りの向こう側で、女性が壁に寄りかかって赤ん坊をあやしていた。ブレントはたどたどしいフランス語で、その子はもしかしたら群衆に怪我をさせられた女性の子ではないかと尋ねると、彼女はうなずいた。ブレントとトロートはすぐに赤ん坊を病院に連れてゆき、両親と再会させた。その週末、ブレントが両親を訪ねると、彼らは元気に生きていた。バングラデシュの外科医は、クーデタ未遂事件で銃撃された大臣の一人の命を救ったことで本国では有名だった。彼は、襲われた男の顔を見事な手際で縫い合わせ、さらには女性の腕とお腹の赤ん坊もなんとか救ったのだ。

ＵＮＡＭＩＲが、ツチ族を殺そうと群衆がマチェーテを振るって罪のない市民を狙うのを見たのは、国家発展会議での攻撃が最初ではなかった。しかしその後、移行政府の設立が失敗に終わったことがアルーシャ協定とＵＮＡＭＩＲへの不満を募らせてゆくとともに、このような事件は深刻さを増し、民兵はおおっぴらに攻撃的になっていった。それはまるで、市民を不安に陥らせ、傷つけ、死に至らしめるというサイクルの開始を、彼らに告げるシグナルであるかのようだった。

国連文民警察部門の長であるマンフレッド・ブレイムが、一二月末に着任していた。私は、彼がすぐに仕事にとりかかり、キガリにいる文民警官を鼓舞して、もっとＵＮＡＭＩＲと協力して働くよう説得してくれることを期待していた。私はまた、民族間の暴力の拡大に積極的に参加するところまではいかなくても、それを暗黙のうちに支持している憲兵隊と地方警察内部の一団を、彼が突きとめることができると思っていた。私の技術派遣報告は文民警察が私の指揮下で動くように求めていたが、それは、ルワンダでは憲兵隊は準軍事組織と非常に良く似た構造をしていると考えていたからである。しかしながら、ブレイムは私たちと働く代わりに、全く独立した官僚組織を作り上げた。それは部隊と憲兵隊とのコミュニケーションを危うくした。ブレイムとその部下は、一一月の殺人事件についての調査をほとんど進めなかった。その殺人はいまだに、過激派が、ＵＮＡＭＩＲは無能なだけでなくＲＰＦ寄りなのだと主張するのに好んで使う事例であった。ブレイムとその部下は決して憲兵隊とも地域警察とも良好な協力関係を築かなかったし、ルワンダ警察の幹部の内部にいる穏健派や過激派についての情報を苦労して集めたり、働きかけたりということもしなかった。それどころかブレイムの目的は、独立した国連文民警察部隊を作り上げることであり、その目的達成に役立たせるために国連事務総長特別代理との密接な職務上の関係を育んだ。

国家発展会議の外で夫婦が攻撃された翌日の朝、起床してアマホロでの仕事へと車を走らせる途中で、道々の主要な交差点がマチェーテと棍棒を振り回す若者たちに閉鎖されているのが分かった。メリディアン・ホテル近くのロータリーで、きわめて凶暴な群衆に出くわした。彼らは文民スタッフの乗った車両を取り囲んだ。私は即座に車から出て、ブレントとデ・カントもつづいた。トロートに車の側でライフルを構えさせておいて、私たちは人だかりの中に入っていった。群衆に車をとおすように命令すると、彼らはそうしたが、今度は彼らの注目は私に集中した。私はキガリ武器管理地域合意違反であると彼らを叱責し、間もなく憲兵隊が彼らに対処するだろうと言った。私たちは、彼らが暴言を吐き挑発する仕草をする中を、車両に引き返した。

アマホロに到着すると、町中から、すべての主要交差点が閉鎖されているという報告が入っていた。ブレントは国連バスと現地人運転手を連れて、土曜の午前中に働くことに同意した何人かの文民スタッフを集めに行った。ある場所で、彼はマチェーテで酷い傷を負わされた男を見つけ、病院に運んだ。しかしいくら交渉しても、群衆の中をバスが文民スタッフを運んで安全にとおり抜けることができる保証はなかった。ブレントはメリディアンでスタッフを降ろすことにし、アマホロまで迂回して戻ってきた。その時、他の群衆に車から引きずり出されている男女に出会った。クレイス大尉もたまたま側を車でとおりがかっており、彼も車を停めた。ブレント、クレイス、トロートは、群衆に向かって突進し、皆そのカップルを残して逃げ去った。彼らはツチ族の医者とその妻の看護婦であり、キガリ病院に向かおうとしていた。病院には、街中の多数の負傷者が収容されている、とラジオで放送されていた。

一方、本部に戻ると、部下の司令官と幕僚たちの多くが、必要であれば武力を用いて介入し、デモを排除するように進言した。しかしＵＮＡＭＩＲの誰も直接には攻撃を受けておらず、文民スタッフが襲われたという確かな報告も受けていなかった。この件に巻き込まれることも、それが任務に重大な困難をもたらしかねない発砲事件を引き起こすことも、私の望むところではなかった。交差点の封鎖解除は憲兵隊の基本的な治安維持の役目であり、ブレイムとそのチームが支援すべきだと考えた。しかし、彼らはどこにも見当たらなかった。ほとんどの場合、国連文民警察部門は、月曜から金曜まで日中に仕事をするだけだった。土曜日にはその本部に誰も配置されていなかったのだ。憲兵がいる気配もなかった。

リュック・マーシャルはすでにこの混乱の渦中にいた。彼はンディンディリマナを追いつめ、キガリ武器管理地域合意を実施するために介入するように要求していた。午前中には、憲兵隊の隊長が同意した。昼食時間までには、彼の部下が配置され、デモ隊は次第に去り、群衆も散らばっていった。私は、ＵＮＡＭＩＲがたいした武器ももっていない市民からなる怒れる群衆との銃撃戦に巻き込まれずにすんだことを喜んでいた。そして、憲兵隊の尻を叩いて仕事をさせたことに満足していた。一週間もしないうちに、この決定をしたことがどれほど幸運なことであったかが明らかになった。ジャン・ピエールがクレイス大尉に言ったことだが、デモは過激派がベルギーの兵士が武力を行使するように誘いかける、もう一つの試みだった。多くのデモ隊の近くで注意深く待ち伏せされていたのであり、ここでも私たちの自制がＵＮＡＭＩＲの兵士たちの命を救ったことになる。

治安状況が悪化したため、一月の最後の週までに、私たちは次の人物たちの家に護衛を配置した。アガート夫人、憲法裁判所長官のジョセフ・カヴァルガンダ、フォスタン、ランド、他に四人の穏健派大臣である。キガリ地区ではそれぞれの家に五人から八人の部下を配置し、二四時間体制で警護に当たることにした。部隊に余裕はなくなるが、死の脅威は現実味を帯び、確実になっていた。これらの人物はルワンダの将来にとって非常に重要であったので、そうする以外に選択肢はなかったのだ。ある時など、キガリには、護衛に任命することができる部隊はたった三個中隊しかいないこともあった。ベルギー兵二個中隊とバングラデシュ兵である。そのうち一個中隊は空港を守る任務についていたので、手をつけるわけにはいかなかった。それぞれの隊がせいぜい九人の要人を守ることしかできない。これらの護衛チームを許可した結果、私は部隊の全隊員を使いつくしてしまった。UNAMIRに護衛を求める人は、他の穏健派の政治家や人権団体の活動家、少数政党の役員、国連文民行政官の各部局にまで増えはじめた。国連文民行政官の各部局は、本部から離れたところに事務所を構えていたのだが、いまや私の兵士たちに護衛してほしいという。意図的で継続的な攻撃の場合を別にして、護衛は信頼できる防壁になるが、護衛を提供することによってUNAMIRが実行する必要のある他の不可欠な役割を遂行する能力は削がれることになる、そのことは分かっていた。だからそれ以上の要求は断った。例外は国連事務総長特別代理からのものである――ブー＝ブーの住居が銃撃されたので、個人用の警護部隊を求めたのだ。ふたたび私は主導権を失いつつあると感じていた。私たちは脅威それ自体に直接対処するのではなく、脅威の標的になっている人びとを守ることに懸命になっており、他の目的を達成する私たちの能力は弱体化している。一月末までに、まだ第二段階の配備を受けられてはいないので、実質的にキガリには四つの仕事をする一個中隊しかなかった。

この騒動の只中で、私は珍しい招待を受けた。運輸大臣でMRND党の幹部と認められているアンドレ・ンタゲルラが私に会いたがっていた。一月二四日、MRND党本部に程近いペシェ・ミノンというレストランで夕食をとりつつ会うことに同意した。そのレストランは丘の上にあり、素晴らしい料理と、噴水のある素敵な庭があることで評判が高かった。二一〇〇時少しすぎに到着すると（目立たない護衛という役割を負っていたヴィレム・デ・カントと一緒に）、店にはほとんど客がいなかった。ンタゲルラは予約された席に座っていた。彼は陽気な感じのする太った男で、非常に丸い顔をし

7　影の軍隊

ていた。彼の目鼻立ちは特徴的であり、曲線が強調されていて、喜びであろうと怒りであろうと、その表情で人を圧倒することができた。ンタゲルラはハビャリマナ政権に一三年近く加わっていて、非常に影響力のある政府閣僚のいくつかを歴任してきた。彼はハビャリマナの内輪仲間《インナーサークル》のメンバーであり、なぜ私に会いたがっているのか興味があった。しかし、招待を受けることはハビャリマナに好意的であると誤解される心配もあった。

　ンタゲルラがアルコールを注文しなかったし、私にも勧めなかったので、この会合がどれほど重要なものになると彼が感じているのかが分かった。彼もまた、ケベックで長年すごしたことのあるルワンダ人政治家であることを知った。彼は私以上にケベック市民であることに誇りをもっており、私の故郷とカナダの政治文化について知識が豊富であった。ひとしきり、私の関心を惹く話をしてから、彼はこの会談の要点に入っていった。彼は言った。大統領はもう政権運営能力がなく、ＭＲＮＤ党は彼とは無関係に動いている。フォスタン・トゥワギラムングが彼自身の政党内部からの移行政府の指名について頑なな態度をとっていることが、この政治的行き詰まりの原因の大部分だ。私に顔を寄せ、ウエイターが近づいた時には口を閉ざすように気をつけながら、ンタゲルラは、ハビャリマナに行き詰まりの打開を迫っても無駄だと主張した。トゥワギラムングを説得して、彼の党からの移行政府メンバーの指名は、彼自身の意志ではなく、党の意志を反映するものにさせるほうが良い。つづけて彼は、ＰＬ党の内部問題に触れ、ランドとジャスティン・ムゲンジは見解の相違はおいて、それ以上争わないようにすべきだと述べた。

　話題に熱が入るにつれて、彼の本質的にしみったれた心根が透けて見えてきた。彼は言った。移行政府はこの国の現実の構成を反映すべきであって、多数派を支配しようとして突然蜂起した少数民族の存在を反映すべきではない。ＲＰＦは、内閣の多数派を取り込んで、ＭＲＮＤ党を孤立させ、移行政府を支配しようとしていると主張した。彼は、ツチ族が支配した独立前の封建制への回帰の匂いを嗅ぎ取っていたのだ。

　ンタゲルラの目つきは鋭くなり声が驚くほど高まって、ＲＰＦはツチ族の支配を大湖水地域にまで広げるだろうと主張した。彼の主張によれば、国家発展会議兵舎内部のＲＰＦ兵士の数は一二月以来、一〇〇〇人以上に増えており、ＲＰＦのスパイが地域住民に影響を与え、武器を分配している。私は、アルーシャ協定ではＲＰＦは他のどの政党とも同じように活動しうる自由があるし、それには政治集会を開いたり彼らのメッセージを地域住民に伝えたりすることも含まれる、と指摘した。彼は疑い深そうな目を投げかけて言った。ＵＮＡＭＩＲはＲＰＦにあまりに甘い、特にベルギー人は。不満そうに口をすぼめながら、ベルギー人は女の尻ばかり追っかけて、地元のバーやディスコで喧嘩ばかりしていると見られていると彼は言った。太い指を突きつけて、UNAMIRは一一月の殺人の犯人をまだ見つけていないし、ツチ族とその支持者にだけ護衛をつけているようだと非難した。

事態は目前に迫っている、そう彼は警告した。そしてUNAMIRはもはや蚊帳の外にいる場合ではない。UNAMIRは地元住民の理解を得ていないし、私たちが主導権を握らないかぎり、誤った情報に踊らされつづけることになるだろう。もしこのままの状況がつづけば、暴力行為とネガティブな報道はエスカレートするだろうと、ほのめかした。

話し合いを終える頃には、時間は夜中の一時に迫っていた。ンタゲルラは落ち着きを取り戻し、礼儀正しく魅力的な彼に戻っていた。私は彼の率直な意見に感謝し、慎重にとったメモをかき集めた。立ち上がりながら彼は愛情を込めて握手を求め、もう一方の手で私の腕を軽く叩いた。その様子は、明らかに会談の内容に満足しているようであった。ヴィレムと私は基地に帰る途上で、会談を思い返していた。私は国家発展会議の警護を改善しなければならないと思った。ンタゲルラの態度は、ジャン・ピエールから教えられていたことを確証した。現政権は、流れが自分たちに不利になっていると感じている。大きな裂け目が口を開けつつあり、それに架橋する唯一の方法は、UNAMIRがおこなっているよりもずっと高いレベルでの政治的関与と外交活動である。私たちは、民族主義の過激主義に迎合しないようにしながら、強硬派に接近する方法を見つけなければならない。ンタゲルラは、さまざまな思惑があって、大統領はもはやMRND党運動を完全に掌握していないと主張したのだ。では、過激派側の糸を引いているのは誰だろうか？

次の日、私はブー＝ブーと何人かの彼のスタッフにンタゲルラとの会合について報告し、彼が行動を起こすために、会話に関する文書にした分析と報告を手渡した。私たちはもっと強く出なければならない、もっと諸政党に彼らの間の不一致を解決するよう圧力を加えて、移行政府を樹立しなければならないと言った。ブー＝ブーは警戒心をあらわにして答えた。逆に、合意を形成するためにプロセスをスローダウンする必要がある、と彼は言った。ブトロス・ブトロス＝ガリとハビャリマナの間でのやり取りを指摘して、私たちは大統領の外交的努力が実を結ぶかどうかを待ってみるべきだと言った。私は彼の言っていることが理解できなかった。MRND党の幹部が大統領はもはや自分自身の党をコントロールしていないと主張している、そう言ったばかりではないのか？私は腹を立ててオフィスに戻った。

翌日、私と国連事務総長特別代理との会談に出席していた政治担当官の一人が作った分析のコピーを、カビア博士から受けとった。MRND党の主要人物の一人が大統領はもはや実権を失っていると言っているということを指摘する代わりに、この政治顧問は、私がンタゲルラに会った事は不適切な手続きであるという事実についてもっぱら言及していた。「国連の慣習とガイドラインによれば、ルワンダで私たちが直面している闘争状況では、スタッフは個人、組織、政党、党派といかなる密接な関係をもってはならないと警告されている。それは職務を遂行するうえで不偏かつ客観性を維持する能力に関していかなる疑念も生じさせないようにするためである」

ルワンダは迷走しており、誰もルワンダを何とかしようとは思っていないし、実際何もできないのだ。

私はウガンダのUNOMURから報告書を受けとった。内容は、ルワンダ北部のRPF地域への食料、燃料、若者の移動が増加していることについてであった。ベン・マティワザ他の人びとは、RPFが行動に向けて準備を整えていることを確信していた。政府軍も同じように忙しく動いていた。軍事監視員チームは、南部地区から、RPFにも非武装地帯にも近いキガリ武器管理地域の北部地域まで部隊の動きが見られると報告してきた。陸軍の参謀長は、国防大臣のオフィスに呼ばれた会議の席上、キガリをエリートの特殊部隊で強化する許可を求めた。彼は、RGFは補給上問題があり、部隊をキガリの連隊本部の近くに集結しておく必要があるからという説得力のない口実を使った。国防大臣はそれから四〇〇人以上からなる軍憲兵大隊をキガリ武器管理地域の内側に静的防護任務のために展開し、憲兵隊の任務を軽減するという口出しをした。国防大臣は、憲兵隊が消耗しているので強化が必要だというのである。私は、頭からこの二つの要求には反対していた。憲兵隊は、限度一杯に働いてはいたが、今でも緊急即応中隊を展開することができたし、キガリ武器管理地域の内側での部隊バランスからみればすでに圧倒的優位に立っていた。ジャン・ピエールとの連絡が絶たれた後でも、私たちは、MRND党とCDR党に連携した武装民兵が継続的に兵器を備蓄し、それを支持者に配分しているという信頼できる報告を受けていた。どちらの側も支持者の囲い込みをしているのである。もしも政治的プロセスが失敗に終われば、すぐにでも戦いがはじまりかねない。

国家発展会議の建物の内側にこもっているRPF大隊が、強迫観念に捕われつつあった。最近、彼らは何回か敷地から抜け出して、銃を乱射したり、UNAMIRの路上封鎖を突破したりした。部隊も政治指導者たちも、UNAMIRに対して不満を吐き出すことが次第に増えており、軍事監視員のスタッフが護衛任務に着くのが遅れるとスタッフを脅かしたり、キガリ武器管理地域ルールにあからさまに違反してアマホロの司令本部に武装して現われたりしていた。大隊は六週間にわたって国家発展会議の建物に閉じ込められており、しばしば入り口の階段にまで敵意に満ちたデモ隊がやってきた。私は、政治的停滞がこれ以上つづけば、好ましくない事態が起こるだろうと考えていた。この時期に、マーシャル大佐が本部を訪問し、RPFが移行政府の準備のためにキガリ周辺での集会の数を増やしているので、UNAMIRはRPFの護衛部隊の理不尽な要求でお手上げ状態になっているということを知らせた。彼の意見では、これはRPFの策略であり、UNAMIRが政治的行き詰まりを打開するためにさらに活発に活動するよう圧力をかけてきているというのだ。

しばらくの間、ジャスティン・ムゲンジは移行政府内におけるPL党の代表者について政治的妥協に歩み寄りを見せていたが、一月一九日の集会からの帰宅途中で待ち伏せされ、ボディガードの一人が殺された。彼はふたたび強硬路線に転換してしまった。誰がムゲンジを殺そうとしたのかは分からなかった。カガメにその件について問いただしたところ、RPFは関与していないと答えた。もしRPFが関与していたとしたら、ムゲンジは生きてはいなかっただろう、と彼は言った。

キガリ武器管理地域協定ルールを施行しようと最大限の努力を払ったにもかかわらず、ルワンダにはいまだに銃が溢れていた。手榴弾は地元の市場で三USドルも出せば簡単に手に入った。一月の初めには、二晩に一回はキガリで手榴弾の爆発音を聞くことができた。その月の中頃には毎夜になり、月末には一晩に何回にもなった。私たち派遣団に対する攻撃とUNAMIRに近い関係にある人びとに対する攻撃がとうとうはじまった。一月二九日、何者かがUNAMIRとRPFの新任連絡将校であるフランク・カメンジ大佐を手榴弾で暗殺しようとした。翌日には、幸いにも負傷者はいなかったものの、誰かがキガリ地区本部に手榴弾を投げ込んだ。マッチが擦られるのを待つばかりの乾いた焚き付けのように、こんな要素が積み重なっていたのだ。

私はなんとしても優位に立つ方法を見つけ出さねばならなかった。見るところ、その唯一の方法は、PKO局にもう一度訴えて、非合法の武器の回収を目的とする抑止作戦を開始する許可をもらうことだった。今回は、その作戦を憲兵隊と共同で実施する、あるいはそれが適当な場合であればRPFとさえ共同して実施するという提案をしようと思っていた。必要なことは、私たちが安全な環境を作るのに役立っており、受動的で防御的な態勢をとるのはやめたということを立証することであった。

一月三一日、私はブレントと一緒に机に向かって、ブー＝

ブーに行動を起こさせるための詳細な治安状況分析の草稿を書いた。私が、公式で包括的な軍事的かつ政治的分析をおこなったのは、その月三度目であった。最初のものは、ブー＝ブーの支持のもとに一月五日に送った。二番目は、一月二一日で、国連事務総長特別代理のヒヤリングもほとんど受けずに、カビア博士の秘密文書をつけただけで、ＰＫＯ局に送った。カビア博士の文書をつけたのはニューヨークのスタッフの注意を引くためである。どちらの文書についてもニューヨークからいかなる指示もなかった。ＰＫＯ局はその文書を受けとっていないか、その情報に対応する余力がないかのどちらかだ、そう私は結論づけた。そこで私は、カビア博士とモーリス・バリルの手を借りて、キガリで私ができるかぎりの手を尽くすことにした。

三番目の報告書で、私たちがどのように武器の発見、押収作戦を実施するかを示した。地元民に私たちの目的を知ってもらうために、同時に広報活動を用いながら透明性のあるやり方で実施する。そこでＵＮＡＭＩＲ運営のラジオ局を開設することにした。ずっとイタリアにしまい込まれていた機械をブレントがやっとのことで見つけ出した。私たちは地元メディアがばらまく偽情報になんとか対応する必要があった。私は、アルーシャ和平協定の、特に五四条に言及して論拠とした。その条項は、中立的な国際的部隊の役割として、「武器貯蔵庫を突き止め、国内の武装集団の非武装化を促進」し、「市民に配分されるすべての武器、あるいは非合法に市民が獲得するすべての武器を回収することを促進する」と謳っていた。ブー＝ブーはきわめて肯定的に私の提案に賛同し、それをニューヨークの三首脳に送った。

その返事はアナン自身の署名付きで二月三日に帰ってきたが、また酷い失望感を味わった。彼はまたしても、この任務に対する消極的姿勢を強めていた。彼は書いてきた。「……私たちが、ＵＮＡＭＩＲが積極的に応えることに承認を与えるのは、ケース・バイ・ケースだが、政府とＲＰＦが非合法武器の回収作戦について求めてきた支援に対してである。しかしながら、そのような作戦計画にＵＮＡＭＩＲが助言／指針を提供することはあっても、ＵＮＡＭＩＲがそれを実行するに際していかなる積極的な役割を果たしてはならない、繰り返すが、することはできない。ＵＮＡＭＩＲの役割は……監視機能に限定されるべきである」彼らは私の手を縛って、身動きがとれないようにしたのである。

第8章

暗殺と待ち伏せ

二月は乾期の終わりにあたる。新鮮な空気は失われ、風景は細かな赤い砂埃の膜で覆われ、それは突風に巻き上げられて塵旋風となった。政情は重苦しい予感に包まれていた。二月一日、国防大臣は私を彼のオフィスでの会談に招いた。オーギュスタン・ビジマナは、ポケット一杯に秘密をもっているような印象を与える男である。無関心な平静さを保とうと努めてはいるが、時に何か内的な力に駆り立てられるように、その豊かな表情の顔を不条理なほどしかめた。それまで彼との会談で退屈したことは一度もない。というのも、どんな時でも、彼は何かを口走ってしまいそうになるからである。

しかしその火曜の朝、ビジマナはいつになく積極的に発言した。まるで私のキガリ武器管理地域の安全上の懸念事項リストに目をとおして、一つひとつチェックしていったかのように、次から次へと問題を挙げていった。実際に彼は、強盗、手榴弾攻撃、違法デモ、偶発的暴動といった問題について、双方で共に働きかけていくことを提案した。また、事態をコントロールするためには、憲兵隊にその任務を任せる必要があるとも言った。彼は、武装民兵とどのように彼らを抑えこむかをめぐって、ＭＲＮＤ党指導部との会合を終えてきたばかりであり、また同じような話し合いを他の政党とも設けようとしていた。さらにＵＮＡＭＩＲとインテラハムウェ指導部との会議の開催を申し出た。彼によれば、そうすることによって、インテラハムウェ指導部との対話をはじめることができ、もしかしたらこの非常に微妙な政権移行期においてより建設的な役割を果たすよう教えることができるかもしれない。耳を疑いながら、私は熱心に彼の話を聞いた。

オフィスのドアは半開きで、彼の声が届くところに軍情報部長ントゥイラガバ大佐とテオネステ・バゴソラが待機していた。私はビジマナの突然の心変わりにとても戸惑っていた——というのもほんの数日前に、彼は地元のメディアでUNAMIRを中傷していたからだ。しかし私はこの機会を使って、リュック・マーシャルと私自身を安全保障と大規模な安全と治安に関する会議に招いてくれるよう頼んでみた。その会議はキガリの知事の主催で、地域の全市長や副知事が集まると聞いていた。国防大臣はちょっと面食らったようだったが、手配すると約束してくれた。

本部へ戻る車内で、なぜビジマナは態度を突然変えたのかについてあれこれ考えた。最近の重要な出来事といえば、国連におけるアメリカ国務長官代理であるダグ・ベネットが訪問したことくらいである。（国務省高官が、国連安全保障会議に持ち回りで議席をえた国の首都を訪れるのは慣習的なことである。それは、アメリカの政策について政治外交の上層指導部に説明し、アメリカの利益になる側につかせるようにするためである。）ベネットは、大統領、暫定首相、首相指名者、外務大臣、国防大臣その他と会い、それぞれの会合でルワンダの政治的行き詰まりの打開と移行組織の導入の重要性を強調した。

翌二月二日、私はブー＝ブーや多くのNGOの代表と一緒に、アマホロの会議室でベネットにみずから報告する機会を得た。私はルワンダを苦境に立たせている問題を率直に話し、その上で、もし私たちが最初に約束されていたリソースと行動への正統性を与えられれば、UNAMIRにはまだ成功する見込みがおおいにあるというメッセージをベネットに伝えたかった。彼は愛想のいい人物で、私が言うべきことを我慢強く聞き、いくつかの鋭い質問をしてきた。しかしそれで彼は立ち去り、たとえアメリカに戻って本当に私のメッセージを伝えていてくれたとしても、結果的に何も起こらなかった。しかしながら、彼の訪問と彼が伝えたメッセージは、強硬派の団体に反響を引き起こしたのかもしれず、それにビジマナが反応していたわけである。

午後、私は合同軍事委員会のためにキロメーター六四（一一六頁参照）に出かけた。[注1]政治的行き詰まりから生じる一つの積極的な側面は、非武装化という困難なプロセスについて計画を立てる時間が稼げることである。最初の、かつ決定的に重要なステップは、二つの勢力が、最大射程距離の銃を使ったとしても互いに脅威にならないほど十分な距離をおいて

（注1）この会議はアルーシャ合意と第六章の手続きにしたがって、一一月には設定されていた。それは、RGF、憲兵隊、RPFの責任者がUNAMIRと一緒に、アルーシャ協定が求めている治安部隊の撤退、武装解除、社会復帰、再統合の細部について、課題と計画を設定し、承認するためのものであった。

離れるように、非武装地帯を引き直したことであった。現状では、いくつかの地点で両陣営はおよそ二〇キロ離れ、場所によっては数百メーターしか離れていなかった。アルーシャ和平協定は、非武装地帯を再定義し、それを守るべく部隊を移動するよう協定前の交戦当事者を説得する役割を、中立的な国際的部隊に与えていた。交戦当事者の間の領域は、UNAMIR部隊の支配下に置かれることになっていた。それは議論のある問題を意図的に曖昧なままにしたこの和平合意のもう一つの典型的例であり、UNAMIRはそれを解決しなければならなかった。

私は八月の調査の間に、このプロセスの問題を十分に考えていた。非武装地帯をどのように引き直すのかが議論の的になるのは分かっているので、それを提示できる程の十分に強い関係をRPFとRGFの間に確立することができるまで、具体的なプランは秘密にしておいた。二月一日金曜日にようやくそれを明らかにしたので、誰にとってもそれを見るのはこれが初めてだった。私が考えた新しい境界線では、RGF部隊の七五パーセントを、距離にして数キロ退かせる必要があった。RPFをウガンダに入り込ませることなく、それ以上押し戻すことができなかったためである。

キロメーター六四の荒削りの木製テーブルの周りに集められたのは、およそ二〇人だった――ンサビマナ少将、ンディンディリマナ少将、カガメ少将、そしてそれぞれの幕僚たち――これは、これまで憎み合っていた敵同士が、実際に対面する最初の機会であった。カガメがまったくフランス語を話さず、ンサビマナがまったく英語を話さなかったので、私はまた、誤解の余地がなくなり、時間の浪費も最小限になるように同時通訳をした。今回も幕僚たちは容易に打ち解けた。私はまた司令官たちが相手に丁寧に礼儀正しく接する態度に心を打たれた。しかし、間に合わせの会議小屋で地図を広げて、新しい境界線をたどった時、私はンサビマナのがっかりする表情を見た。彼は一九九三年二月のRGFの軍事的敗北について非難を受けながらも、辛うじて現在の職を維持していた。テーブルの向こう側に座るのは、彼を打ち負かした男だった。視線を地図から私に向けたンサビマナは、なぜ撤退を求められているのか知りたいと要求した。カガメは黙ったままだった。

私は言った。撤退を求めたのではなく、両軍が射程範囲に入らぬように部隊の位置を変えるよう求めたのだ。そうすれば、私の部隊が両軍の間に安全に入ることができるだろう。カガメの軍は移動する余地がなかったため、RGFが移動しなければならなくなったのだ。しかし、このシナリオを彼が受け入れなかった場合、もう一つの選択肢があった。もしそれぞれの軍が大型そして中型兵器を、RGFのヘリコプター

8 暗殺と待ち伏せ

を含めて、UNAMIRの管理下に委ねれば、そのような大規模な軍の配置転換をおこなわなくてもよい、というものだ。部屋に沈黙が充満し、今日のうちにこの新しい計画を受諾しようとする者はいないことは明らかだった。私は彼らに本部にもって帰って、七日以内に戻ってくるよう要求し、皆が同意した。熟慮するための七日間は何週間にもなり、非武装地帯の新たな境界線の問題はとうとう解決されることはなかった。

しかし会談を終えた時は、局面を打開したと思っていた。もし両勢力の最高軍事当局者が、軍事行動停止について議論するために会っても構わないとまだ思っているなら、和平プロセスを前進させつづける見込みがあるということである。しかし、私には、この小さな軍事的前進を政治的レベルにまで発展させる手だてがなかった。実際には、カガメ、ンサビマナ、ンディンディリマナといつ会っても、三人とも私よりはずっと政治状況について情報をもっていた。私はブー＝ブーが着任して以来関係を育んできた。しかしその関係は、彼が自分の周りにフランス語系アフリカ人の顧問を集めるようになって、途絶えていた。カビア博士とビーデンガー・デサンデのような数少ない例外はあるにしても、彼らは私に敵意をもっていた。私たちは結束したチームではなかったのだ。

そのグループの最高位には、ブー＝ブーの主席政治顧問でありこの派閥のリーダーでもあるママドウ・ケインがいた。一二月中旬にキガリに降り立った瞬間から、彼は自分の権威や給料、地位を高めるために絶えず策略をめぐらしていた。たった二ヶ月の間に、彼は二回昇進し、最後には国連の契約では私とブー＝ブーを除く他の誰よりも上位になった。そしてついには、ブー＝ブーとその派閥は、派遣団の他の者たちから孤立するようになった。つまり右手は左手が何をしているのか理解するどころか、知りもしないというわけである。

次の日、リュックと私はキガリで治安に関する市役所の会議に参加した。そこは満員だった。私たちは政治家や大臣、地方公務員たちからなる堂々とした一団と一緒に、演壇の長いテーブルに着席した。会議はだいたい朝一〇時にはじまり、六時間休みなくつづいた。その間中ずっと、さらに多くの人びとが会議の部屋に詰めかけてきた。UNAMIRはたくさんの質問を受け、多くは会場の一般市民から出たものである。それによって、政治的停滞が彼らの生活にどれだけ影響を与えているのかということが分かった。人びとは、政府はもはや政府としての機能を果たしていないと不満を述べた。例えば給料の多くは未払いだし、公立学校は閉鎖されており、政府支給の医療はリソースが底をついていた。彼らは増加する強盗や無法状態にとても不安を覚えていた。それでも、地域の指導者や一般市民はあきらめてはおらず、解決策を見つけようとしていた。彼らは鋭い質問をし、またリュックと私が自分たちの派遣団が受けた指令を説明すると熱心に聞いてくれた。私たちが説明したのは、アルーシャ協定にはっきり書かれているすべての目標をなぜ達成できないでいるのかを明らかにするためであった。彼らは私たちが暴力を抑制するためにもっと多くのことをするよう望んでおり、またキガリの安全を担うために憲兵隊に私たちの指揮下で働いてほしいと思っていたが、私たちの任務には限界があることを聞いてがっかりしていた。

明らかなことは、一般大衆はまだ、白い車で走りまわっている青いベレー帽の集団が本当のところ何を意図しているのか分かっていなかったということである。私がPKO局や現地活動部門を心から恨めしく思うのは、彼らが、ラジオ局あるいは公的情報部局が任務にとって決定的に必要であることを理解していなかったことである。そうしたものがあれば、私たちは平和をこの手に掴みとろうとする大多数のルワンダ人の願いを当てにすることもできたのである。群衆がUNAMIRを支持した後、テーブルについていた大臣たちはそれぞれUNAMIRを支援することを堅く約束し、キガリ武器管理協定をもっとしっかり実施するために武器貯蔵庫を襲撃するよう私たちを励ましさえした。ンディンディリマナは、憲兵隊が致命的な武力に訴えることなく暴力的デモを統制できるように、再三、致命傷を与えることのない暴動鎮圧装備を国連に求めるように訴えた。政治家のある者は、情報大臣と情報省を使って、私たちのメッセージを広く伝えるべきだとさえ主張した。

その後、私が会議の要点を伝えるためにブー＝ブーを訪ねると、彼はそのニュースに非常に励まされたように見えた。それから私は、他のスタッフがいつ到着すると思うかとまた率直に訊ねた。私たちは一一月の虐殺について行き詰まっている調査の解決策を見出して、専門家として指導をしてくれるよう法律アドバイザーを必要としていた。例えば、私たちの交戦規則では、かつて戦闘に加わっていた兵士が私たちの部隊に加わった場合、彼を守る権限が与えられているのだろうか？　私はUNAMIRへのRPF連絡将校フランク・カメンジ少佐の暗殺未遂を念頭に置いていたのである。私たちはまた民族的動機から生まれた暴力の解決策を見つけたり、ルワンダにいるたくさんの活動家や組織と連絡をつけたりするのを手助けしてくれる人権活動家を必要としていた。また多くの活動家や組織は豊富な情報をもっているものの、それを私たちと共有していなかった。大部分のNGOはUNAMIRをまるで交戦当事者の一つのように扱い、彼らがもつ素晴らしい情報を私たちにではなく国際的なニュースメディア

8 暗殺と待ち伏せ

へ渡していた。

とりわけ私たちは、人権活動のコーディネーターや活動家を必要としていた。彼らはこの国での非常に多様でさまざまな危機に対処している多くのNGOと国連機関をうまく動かして、移行政府が樹立された時にこの国になだれ込んでくるルワンダ人難民たちが生み出す、将来の難問に対応することになるだろう。私は国連事務総長特別代理に次のように話した。国民が疑問をもった時に、私たちが実際に専門的に答えられるように、アドバイザーやコーディネーターが是非とも必要であると。私たちは三ヶ月以上現場にいて、まだこの危機的な地域で役に立っていなかった。ブー＝ブーはこれらの問題が重要であるということは分かってはいたが、もっている力を行使することは控えているようであった。私は、前進することはこれからも決してないだろうと確信して、彼のオフィスを辞した。

私はフランス大使、ドイツ大使、ベルギー大使に憲兵隊が暴動鎮圧のために使う装備を用意してくれるよう要請する活動を引き受けたが、どの国もそれらリソースを与えることは約束してくれなかった。なぜこれほど嫌がるのか不思議だった。なぜなら、これらの国は市民の暴力を非難し、ルワンダの憲兵隊が過剰に対応しないように強く主張していたからだ。しかし、実際に言ったことに見合うリソースを実際に出す段になると、彼らは何もしなかった。

その間に、ルワンダへの支払いは期限を迎えた。政治的行き詰まりはこの国の主要な債権者を動揺させ、世界銀行は移行政府が三月一日までに設立されなかった場合には財政支援を打ち切ると脅した。世界銀行が実際に一旦資金提供を打ち切ってしまうと、新たに予算編成するのに六ヶ月はかかる。その結果、他国や組織も連鎖反応を起こして悲惨な結果になるだろう。それはルワンダの経済全体の崩壊をもたらし、その結果さらに暴力が横行するようになってしまう。会議に来ていたような普通の人びとは、ハビャリマナ大統領の安定はしているが圧政的な支配が、現在の治安悪化と困難にとって好ましいものであるかどうか疑問に思いはじめている。そういう状況にいることに私たちは気づくだろう。

他の恐ろしい経済ニュースが、武装解除プロセスについての予備報告から入ってきた。ＩＭＦと世界銀行の武装解除の実施に関する検討は、三月中旬までに終わらないだろう。結果的に、武装解除のために資金ができて、部隊の解散をはじめるまでにもう三ヶ月から六ヶ月かかることになる。さらに、ＩＭＦと世界銀行は、最初の四ヶ月、武装解除された兵士の基本的必要を満たすことを私たちに押し付けることを決め、そのために一二〇〇万ＵＳドルあまりを提供した。しかしながら、もし武装解除の対象となる部隊――四万人もの怒り、腹をすかせ男たち――が一気にこの武装解除センターにやってきたら、私たちに責任を預けてしまった以上、ＲＰＦとＲＧＦが彼らの面倒を見たいなどと思うはずはなく、私たちの計算では三一〇〇万ドルのコストがかかることが予想された。私たちは自分たちの小規模の平和維持活動のための十分な資金さえ得ることができていない。それにもかかわらず、九ヶ月以上もの間、武装解除、再訓練、部隊の再統合という負担を負うことになるのだ。ＩＭＦと世界銀行はＵＮＡＭＩＲがおかれている厳しい資金的制限を明らかに理解しておらず、また、どうやってもうまくいかない計画を練っていた。

私は再度、合同軍事委員会をつうじて情勢を加速させるために、商業にも人道支援にも必要な交通のためルワンダとウガンダを結ぶ主要道路の開通を訴えた。臨時援助の輸送を除き、その道路は戦闘がはじまった一九九三年二月から閉鎖されていた。造りもよく状態も良かったが、ルワンダとウガンダを結ぶ橋は戦闘で被害を受けており、修繕が必要だった。また、道路から地雷を除去する必要もあった。私は、非武装地域に近いビュンバに配置したバングラデシュ兵の工兵なら簡単にこの両方の仕事をやってのけると確信していた。道路は両勢力の支配地域をとおっていたので、この道路を開通させるためには、両者に相当な協力的態度をとらせる必要がある。

私は、国連がオブザーバーになって監督するＲＰＦとＲＧＦの混成チームが道路を監視するプランを立てた。その大きな目的は、両者に良好な関係を構築させることであった。今回、ビジマナはすぐに私のプランに同意したが、ＲＰＦは拒否した。彼らが主張するには、現在の政治状況を考えれば、私たちがまずムリンディからキガリの彼らの拠点にまでつうじる道路の南側部分を開通させないかぎり、同意できないとのことだった。私は、彼らが目先の利益しか読めないことに腹が立った。一般のルワンダ人は、人道支援物資が適切に分配されていないために飢えに苦しんでいた。その障害になっているのは、キガリからムリンディへの道路が分断されていることが原因ではないのだ。私は、ようやくＲＰＦを説得し、人道支援のためと国連スタッフの往来のために道路を開通させることができた。しかし、彼らは検問所を設けたままにして、商業的な利用や市民の自由な通行は拒否した。またもやＲＰＦは、切り札をあきらめることにはどこまでも頑強に抵抗するという態度を示したのである。

ルワンダでの情勢は悪化していたが、派遣団についても同じだった。二月一三日、ペル・アルキヴィストが辞表を提出した。ママドウ・ケインはアルキヴィストに多くの装具を要

8 暗殺と待ち伏せ

求して圧力をかけていた。ブー＝ブーの邸宅はすでに素晴らしいものであるにもかかわらず、ケインは国連事務総長特別代理が豪勢な外交官的なやり方で国中をまわることを主張した。ある時など、ケインは大宇〔韓国の自動車メーカー〕のスーパーサルーン二台と、絨毯や高価な安楽椅子を含めた調度品を買うことを命じた。軍事監視員に車両が不足している時でさえ、ケインは、ブー＝ブーの所用と買い物に使うために、ランドクルーザーと運転手を勝手に使っていた。アルキヴィストはこれらの多くの物品の購入を拒否し、国連事務総長特別代理にケインについて繰り返し不満を訴えた。しかしケインはブー＝ブーの保護、友情、信頼を受けていた。そしてアルキヴィストが激怒したのは、国連事務総長特別代理が、そのような問題はブー＝ブーに訴えるのではなく、ケインに直接に言えといったことである。ケインに関する問題を細かく記した長い罵倒の手紙を書いてアルキヴィストは辞職し、不満をニューヨークにもち帰ったのである。

彼の辞任はこれ以上ないというほど悪い時期に重なった。バングラデシュの分遣隊は一月三〇日に部隊の展開を完了し、ガーナの分遣隊は二月九日より順次到着した。二週間の間に、約一二〇〇人の兵士がキガリ空港に到着し、宿舎の提供を受けて各々の新たな任務に就くのを待っていた。私は部隊と士官を歓迎するために、ほとんどの便をみずから迎えた。一月末にバングラデシュ兵が到着した際に、私はその指揮官であるナズラル・イスラム大佐にアマホロ競技場にある兵舎で挨拶するために招かれた。彼と兵士たちの軍服と礼式は典型的な旧イギリス植民地のものであった。アマホロ競技場のサッカー場に新しくやってきた連中に挨拶するために足を踏み入れた時、数列にわたって六〇〇人以上の隊員達がぎっしりと並び、その軍服が一切乱れておらず、整然としていることにとても驚いた。私の歓迎と激励の言葉は通訳によって彼らに伝えられた。彼らは皆英語もフランス語もルワンダ語も分からないのだという事に気づいた。将校が片言の英語を話すだけである。兵士たちは個人的規律の強さ、行儀の良さ、訓練で優れていることを示していた。しかし、私はすぐにこれが彼らの精一杯の技能であるということに気付いた。彼らは、大規模な先遣隊と同様に、ばらばらな寄せ集め部隊であった。だから先遣隊と同じように、生活と軍事活動の必要物資の支給をＵＮＡＭＩＲに頼らなければならなかったのである。

ガーナ人兵士についてはそれとは違った話がある。彼らが非武装地帯での活動地域である北へと直接向かったので、彼らが空港へ到着した時に話しにいった。将校と下士官を驚かせたのは、私が二〇〇から三〇〇人の全部隊を私の回りに集まるように合図をしたことである――そして実際に青いベレー帽に囲まれて私は見えなくなったが、彼らの任務のルワンダにとっての重要性、非武装地帯で私の目となり耳となって首尾よく働くという彼らの重要な役割について話した。この男たちは長身でがっしりとしていて、任務に対する決然とした雰囲気があった。観兵式場においてはバングラデシュ兵士たちほどには訓練されていなかったが、十分に統制された、団結した部隊であるということを示していた。実際に彼らは二ヶ月たって実際に戦場に出てから、その違いを発揮した。彼らはつねに先陣を切り、躊躇うことがなかった。彼らは補給が到着するのを待つことがなかった(もし彼らが補給品を待っていたら、彼らはいつまでも待たされていただろう)。というのも、彼らは工夫して作ったり、交換したり、そして規則を曲げてでも、できるかぎりのものを調達してきたからだ。私はこの男たちに強い親近感を覚えた。六〇年代初頭に独立した後、ガーナ軍を訓練してきたのはカナダ人だった。彼らは、私たちと同じように、創意工夫をしてどんなものからでも必要なものを作ることができたのである。

彼らと一緒に、ガーナ軍のフィゴリ大佐の立派な後任、新たな非武装地帯地区司令官としてクレイトン・ヤーチェ大佐が着任した。彼はルワンダ紛争の間に有名人になる。彼は屈強で、頭が切れ、熱心で落ち着きのある人物であった。彼はとても簡潔な命令で、非武装地帯を掌握した。彼が私の部下に加わってくれたことは歓迎すべきことであった。彼は後のジェノサイドの間にＵＮＡＭＩＲの緊急人道支援班でそのリーダーシップを発揮することになる。

ガーナ人が自分たちで物資を調達することが巧みであったことはとても役立った。たとえ有能なスタッフが努力して、兵士たちがさしあたり必要としているものを把握できたとしても、アルキヴィストと文民スタッフには兵士たちが緊急に必要としている食料や宿舎を手配する能力がなかったからである。私は、自分たちが一一月のどうしようもない混乱状況に引き戻されつつあり、混乱に対処する余裕がないように感じた。バングラデシュ兵士は個人装備と武器以外には何ももっていなかったし、自国から送られてくることはまったく期待できなかった。アマホロ・スタジアムには八〇〇人の部隊の食事を賄えるほどの炊事施設はなかった。炊事は野外設備でおこない、その上十分なトイレ設備もなかった。私はアルキヴィストに、基本的な上下水道施設を含む適切な施設建設の資金を懇願していたが、無駄に終わった。彼はもう去ってしまったのだから。ヘンリー・アニドホは、ガーナ軍が十分な補給を受けられるようにしてゆくと確約したものの、装備品の類はガーナからダル・エス・サラームまで船足の遅い船で運搬され、東アフリカをキガリまで車両で横断して運ばれなければならなかった。それには三ヶ月はかかるだろう。十

8 暗殺と待ち伏せ

分な装備をもって働ける部隊を、できるだけ早く非武装地帯に配備する必要があった。キガリにいるガーナ兵士たちを手当するだけの装備をもたせることもできないまま、私たちは彼らをビュンバへと送り出した。彼らはカナダ国際開発局（CIDA）によって建てられた学校に駐留した。私たちはアルキヴィストの退任後、代理首席管理官《CAO》となった文民スタッフ職員クリスティーヌ・ド・リゾの協力を得て、たとえ明白に国連規約のいずれかのルールに違反することであったとしても、彼らのためにできるかぎりのことをした。

　二月一三日の夕方、アマホロでふたたびすべての党派を集めた会合を開いた。その翌日が、移行政府設立の締め切りだった。このような、非常に高度のセキュリティを必要とするイベントには、「グラスホッパー」という暗号名を採用することにしていた。ほとんどすべての穏健派、RPFにはUNAMIRの護衛をつけた。RGFがMRND党を保護し、またPL党、MDR党そして多くの反対派や過激派には憲兵隊がついた。私はいつも、この会合の休憩時間になると外に出て、さまざまな兵士や民兵のグループが駐車場の周りにいるのを見た。彼らは皆体の隅々まで武装し、ピリピリと警戒している。なんどもこのグラスホッパーという暗号名の会合を開いたが、一度も銃撃になったことはない。しかし、この種の会合には人手が必要であり、キガリに駐在する私の部隊をさらに緊張させた。

　会合がはじまる直前に、ブー＝ブーはこれからもう会合は開かないと宣言した。つまり今夜、行き詰まりを解決することになる、と。彼はノートから目を上げて、MRND党の代表がわざとやってきていないことに気づいた。ぎこちない間が空いて、何人かが笑いをかみ殺していたが、そのうちに政治家たちが席につき、これまでと同じ、堂々巡りの議論がはじまった。

　総論の時に、私も長い間考えていた案が提出された。いくつかの地位については議論があるまま埋めないでおいて、誰もが同意した代表者と大臣に宣誓就任させて移行政府を設立し、新政府にその問題を解決させる、という案である。少なくともそうすれば、国際社会からの継続的財政的支援を受けるために提示された条件のいくつかについては同意することができる。それと同時に、ルワンダ国民に向けて、私たちはどうしようもない泥沼にはまっているのではなく、解決に向けて前進しているのだと言うこともできる。PL党とMDR党はこの案を激しく非難した。政党に割り当てられる地位や議席が、フツ・パワー一派に牛耳られることを懸念しているのである。口論が何時間もつづいた後で、ブー＝ブーが突然テーブルを叩いて私たち全員を驚かせ、立ち上がって怒りに震えながら椅子をひっくり返した。この会合では何も生まれない、と彼は強調した。さらに自分の時間をこれ以上無駄にしたくないと言ったのである。実際、その後一切この種の会合の議長を務めるのを拒んだ。彼は自分の荷物をまとめて、周囲の者が驚きから覚めやらぬうちに、部屋を出ていってしまった。

私にも、部屋に残された誰にも、この上宣誓式を開いても意味がないのは明らかだったが、その夜ブー＝ブーは連絡してきて、宣誓式のためのセキュリティ上の措置を私がすべておこなったかどうかを確認した。次の日、宣誓式の日のための護衛の細部と群衆を封じ込める用意を整えたが、今回はどの政党も現われなかった。建物内のちょうど反対側にいるRPFでさえ、促しても姿を見せなかった。そこにいたのはブー＝ブーと何人かの大使と記者のみであった。

インテラハムウェや、私服に身を包んだいつもの大統領警護隊の連中に煽動されたデモ隊が、建物を取り囲んでいた。式典のショーを見られないおかげで、彼らはますます不機嫌になった。その月の初めには垣間見えた誠実さや和解は跡形もなかった。

二月の二週目、私の情報将校は、武器貯蔵庫と民兵の軍訓練についてジャン・ピエールが以前に明かしてくれていたことにさらに詳しい情報を加えてくれる、インテラハムウェ内部の情報提供者を苦労して獲得していた。情報提供者によるとMRND党が一連の、ツチ族や穏健派企業、キガリ地区本部やカメンジ少佐に対しておこなわれた手榴弾攻撃の首謀者であるという。また、二月七日のUNOMURからの報告書を受けとったが、それによるとNRA〔ウガンダ軍〕からの複数の信頼できる情報源が「UNOMUR職員に、移行政府の樹立宣誓が行き詰まった結果として、RPFとRGFの間の〔戦闘行為〕再開が、今週にも生じるだろうとほのめかした」という。ランド・ンダシングワと憲法裁判所長であるジョセフ・カヴァルガンダともども暗殺する目的で、殺人部隊が編成されつつあるという情報も得た。UNAMIRが二人にこの脅威を知らせたところ、どちらも驚かなかった。私たちが知っている以上に、自分の命が脅かされていることは日頃から知っていたからである。情報提供者は、その殺人部隊を背後で操っている首謀者は、ハビャリマナ大統領の義理の兄だと指摘した。その情報を裏付ける術がなかったが、それはほぼ事実だろうと確信した――それは、外交官や穏健派政治家、NGOや外国人居住者の共通の認識でもあったからだ。私は、UNAMIRがマキァベリ主義的陰謀を知っており、それを抑止する決意をしているということを、何らかのやり方で示すことが急務であると考えた。しかし一体どうやれば良いのだろうか?

最後にアナンから私の行動を制限する暗号ファックスを受けとってから、私はPKO局にその問題を頑固に指摘しつづけてきた。二月一五日、まったく予期せぬ方向から、私は戦争抑止作戦のための支援を得た。カビラ博士が、ニューヨークからの暗号ファックスをよこした。そこには、ベルギー外務大臣のウィリー・クラースから国連事務総長が受けとった手紙に、国連が返事を書くのを手伝うように要請する旨が書かれていた。リュック・マーシャルがブリュッセルの当局者に対して説得力のある主張をおこなった結果、クラースは、抑止作戦を求める私の要請を支持していた。そして、UNAMIRがもっと積極的な役割をとらないのであれば、政治的行き詰まりは「取りかえしのつかない暴力の爆発」に至るだろうと警告していた。ついに私は、ニューヨークが私にもっと大きな柔軟性を与えてくれるよう説得することを可能にする味方を得たのであった。私はクラースの見解に対する返事の草稿を即座に書いた。それは、武器回収作戦の既存の計画に治安対策を加えたものであり、それをブー＝ブーのオフィスにもっていった。国連事務総長特別代理は私の提案を聞き入れたかのように見えたが、かなり後になって、ブー＝ブーが私の提案をアナンのオフィスには送ったが、クラースへの返信には含めていなかったということが判明した。それどころか、ブー＝ブーは武器の配分と新規採用した民兵訓練について私たちが集めた情報を、クラースに対してたいしたことではないように見せていた。そして、最も強い言葉を使って、この任務には限界があることを強調していたのだ。

二日後、ヘディ・アナビの助言を受けたニューヨークの三首脳は、私の変更した武器回収と治安計画の返答となる暗号ファックスを送ってきて、再度計画は頓挫した。その返答は、「UNAMIRはキガリの内外において法と秩序の維持を引き継ぐ能力をおそらく現在もっていないし、もつことはできないだろう」ということを強調していた。「治安および法と規律の維持は当局の責任である。他のすべての平和維持活動においても言えることであるが、それは彼らの責任でなければならない」私は机に座って、この返信を読んだことを覚えている。アマホロの廊下を、音を立ててひときわ暴力的な突風が走り抜け、窓をガタガタ揺らし、ドアをばたばたとさせていた。

その月、日を追うごとに、私は部隊の状態を一層危惧するようになった。私が何ヶ月も前に要請した装甲兵員輸送車が、一月三〇日、モザンビークの国連派遣団から到着した。私は二〇台を要請した。実際に到着した装甲兵員輸送車は八台で、そのうちちゃんと動いたのはたった五台だった。修理能力のある技術者も、交換部品も、道具もまったくなく、ロシア語の操作マニュアルがついているだけであった。一〇〇台以上の車両、主にカンボジア派遣団の終結によって生じたSUVは、すでにダル・エス・サラームに輸送されていたが、そこで港に置かれている間に破壊されていた。タンザニア人は、車両を守るためにUNAMIRの部隊を派遣することを許可しなかった。また国連にはそれを警備する能力がなかった。国連は輸送契約を最も安い値で入札した業者と結んだが、その業者は、車両をキガリまでの一〇〇〇キロものアフリカの未舗装道路を輸送するために、経験のない民間の運転手を雇った。その途上、およそ一〇台の車両が消えていた。輸送団が到着するまでに、たった三〇台ほどの車両しか動かず、しかもワイパーから座席まですべてがなくなっており、また多くがラジオまではずされていた。ルワンダでは交換部品やそれを交換する専門家も見つけることができなかった。

リュックも私も、とりわけ空港における火力を向上させたかった。弾薬、いくらかの重火器、迫撃砲といったものを要請した——どれも来ることはなかった。ベルギー兵は訓練演習で沢山の弾薬を使い尽くしたが、決してそれは補填されなかった。というのも、国連とベルギーが、どちらがその支出をするのかについて合意しなかったからである。国連かベルギーのどちらかが再補給して、費用については後で喧嘩をすればよかったのだ。

私はさらに、RPFとRGFの両者がブルンジの難民キャンプにおいて徴兵をおこなっているという報告を確認して、それに対処するために四八人の非武装監視員を二月に要請していた。にもかかわらず、国連事務総長特別代理は私の要請を支持せず、監視員を受け入れることはなかった。現状では、そのキャンプを調査するのにたった六人の非武装の軍事監視チームしかなかった。彼らは、その報告書の内容を確認する以上のことはほとんどできなかった。その上、非武装地帯における停戦状態はますます危ういものとなっていた。二月一一日、RGF部隊とRPF部隊が川の両岸に駐屯しているビュンバから北東に約三〇キロの場所で、大規模な停戦違反が生じた。RGFの兵士が取水作業中のRPF隊員を銃撃したことは明らかであった。短時間の銃撃戦の後、RGF軍兵士の三名が死亡、他五名が負傷した。またその激しい銃撃に巻き込まれた多くの市民が負傷し、うち一人が死亡した。ティコカ大佐は、非武装地帯の強化のために新たな部隊展開計画を示したが、彼が提案した措置は他の地区に犠牲をしいるものであった。

私がバリル将軍にその必要性について話すと、そのような大規模な要求を場あたり的にすべきではないと言われた。かわりに、三月におこなわれるはずの六ヶ月毎の任務報告の際に、そのような必要を考慮すべきである。このことはつまり、兵力の増強が認められるとしても、夏までは新たな部隊を迎えることはできないということを意味していた。

二月一七日、ベルギー陸軍監察官ユイッテルヘーヴェン将軍と降下特殊旅団司令官ジャン＝ピエール・ローマン大佐が四日間の訪問のためキガリに到着した。私は彼らに会うことができて非常に嬉しかった。ベルギーの上級司令官と、その分遣隊について抱えているいくつかの問題についてきちんと話す必要があったのだ。私たちは、国連が三月にキガリの降下特殊大隊を、ベルギー降下特殊部隊員とオーストリア兵から構成される臨時大隊と交代させようとしていると聞かされていた。そのような動きは未然に防がなければいけないと決めた。私の部隊の仕事は一層骨の折れるものとなりつつあったが、部隊の中で結束感ができはじめているのだから。

リュック・マーシャルの全面的な助けをかりて、ベルギー大隊の指導力、規律、訓練の深刻な欠陥について話を切り出した。ベルギー軍の指導部に第六章任務を成功させるには態度を変える必要があると率直に話した後でも、大隊の取り組み方は変わらなかった。ベルギーの兵士たちは、私たちのような平和維持活動任務に必要とされる辛抱強い交渉に、しばしば苛立ちを感じていた。この任務では、地域住民との信頼と協力関係を築き上げることが、道路封鎖して武器密輸をチェックするのと同じくらい重要である。彼らは自分たちのことを最も精鋭であると考えており、ＵＮＡＭＩＲの同僚よりもはるかに優れていると思っていた。彼らは、この派遣を、彼らのリクレーションや休暇の必要に応える、ある種「地中海クラブ」〔会員制リゾート〕への赴任のようなものだと心得ているようだった。ここで受けるどんな訓練も、彼らがベルギーに戻った後に受ける降下部隊員としての評価を上げるためのものと見なしていたのである。この指導力の深刻な欠如は、規律上の問題やこの任務に固有の訓練の欠如とあいまって、派遣団とＲＧＦや一般大衆の間にいざこざを生んでいた。

大量の規律違反があった。ベルギー兵たちは彼ら自身の安全のために制限されているにもかかわらず、立ち入り禁止のナイトクラブでしょっちゅう捕まっていた。彼らは酔って街を練り歩きバーで喧嘩をしたが、どうやらそれはフランス人隊員の行動からヒントを得たようだ。フランス人隊員は、地元の人気スポットであるキガリ・ナイトに出かけて踊ったり飲んだりしていたが、個人的に武器を携行していた。ある晩など、酔ったベルギー兵士が、キガリ社交界でも有名な酒場であるミルコリン・ホテルのロビーを完全に破壊した。また他国からの派遣隊、特に有色人種の将校に敬礼したりふさわしい敬意を払うのを拒否することがしばしばあった。休暇をとらないでザイールに出国し、当局に拘束されるまで何やら怪しげな所業にふけっていたベルギー兵士もいた。もっと深刻な出来事は、ベルギーからの空輸日に、大隊司令官ルロイが部隊のためにメリディアン・ホテルでパーティを開き、要人を招いたことである。気分を盛り上げるために、医療目的の避難のために空港に停めてあったベルギーのハーキュリーズ機のパイロットが、ホテルをすれすれで飛ぶことにした。メリディアンを低空でかすめすぎる時、飛行機が国家発展会議の建物を越えたため、警戒を怠らないRPFは即座に警戒体制に入った。ほぼ二ヶ月近くも閉じ込められて、軽い偏執症になっていた彼らは、屋根によじ上って飛行機に向かって砲火を開いた。この場合には、他の多くの場合と同じように、犯人は正式にリュック・マーシャルによって告発され、処罰を受けるために帰国させられた。

またリュックの気になっていた、そして私も気にしていたことは、数人のベルギー軍幕僚がツチ族の女性と性的関係にあったことである。RTLMと下品で過激派の新聞『カングラ』はこの噂を嗅ぎつけて徹底的に利用し、まるで私もそのような行為に及んでいると暗示するような淫らな風刺画つきの、どぎつい記事を書いた。私が知るかぎり、戦時中または紛争地域において、兵士と現地民間人との間に同意の上での性交渉というものはありえない。ベルギー人は、私たちはツチ族寄りであるという噂に油を注ぐことで、UNAMIRの信頼性をまたしても低下させたわけである。リュックはこれらの将校をオフィスに召集し、ふしだらな行為についての記事を読んで聞かせ、彼らと大隊を兵舎に閉じ込めた。何日かして、数人の将校が向こう見ずにも私のオフィスにやってきて、リュックの行為に抗議したことがあった。私はリュックを完全に支持しているばかりでなく、私自身も彼らの参謀長に手紙を書くつもりだと言ってやった。

とはいえ、いくら私やリュックが譴責や規律引き締めをしても、この分遣隊にはびこる腐敗をただすには至らなかったようである。二月の初め、部下のベルギー人パトロール部隊の一人がテオネステ・バゴソラにキガリの検問所で手ひどい扱いをした。バゴソラはそれとはっきりと分かるマークのついた軍用車両に乗っており、パトロール兵に身分証明書を提示したが、ベルギー兵は無理やり彼と運転手、ボディーガードを車から降ろし、終始銃口を突きつけたまま屈辱的な身体検査を進めた。一人のベルギー人将校が最後にようやく止めに入った。

とどめの一発はユイッテルヘーヴェン将軍とローマン大佐が到着する直前に起こった。私服を着たベルギー兵の一団がCDR党過激派の幹部の一人ジャン＝ボスコ・バラヤグイ

8 暗殺と待ち伏せ

ザの家に押し入り、家族の目の前で彼に暴行をくわえたのである。CDR党はRTLMと密接な関係にあり、RTLMはベルギー人に対する否定的な話をよく持ち出している。兵士たちはその政治家を玄関口で手ひどく殴り、立ち去る前に、一人が彼の頭に銃口を突きつけて、彼や彼の党、地元メディアが一度でもふたたびベルギー、ベルギーの在留住民、UNAMIR派遣兵を侮辱したり脅したりすることがあればここに戻ってきて殺す、と警告したのである。バラヤグイザはただちにこれを公表し、この月初めに苦労して手に入れた民衆たちの共感をすべて吹き飛ばしてしまった。私は犯人を突き止め責任をとらせるために、包括的な調査を命令したが、沈黙の壁が部隊全体に広がっており、ついにその犯人が明らかになることはなかった。

この事件についての分厚い報告書を、私はユイッテルヘーヴェン将軍とローマン大佐につきつけた。私は、彼らの部隊がベルギー陸軍の不名誉であるばかりでなく、この任務の信頼性をひどく低下させたのだと告げた。このように攻撃的で破壊的な態度でこの第六章派遣任務についているということは、彼らの配置前の訓練がどうしようもなく不適切であったということである。さらに悪いことに、私が指導部に直接指示していたにもかかわらず、事態は何も変わらなかった。かつてリュックをつうじて、後任部隊が同じ轍を踏まぬよう、この任務のためにベルギーの交代大隊がおこなっている訓練プログラムの写しを一部要求したことを私は想い出した。このように冷徹なほどに率直に話すことで、私とベルギー陸軍当局との関係が破綻しかねないということは承知の上であったが、選択の余地はなかった――ベルギーの降下特殊部隊はこの任務自体を危険にさらしているのだ。

後になって、ローマン大佐みずから私のオフィスにやってきて、事態を納めて自分の部隊を擁護しようとした。私に、降下部隊の特殊性を説明すべきだと思ったのだった。彼が言うには、降下部隊は個人個人が独立し、また創意を発揮するよう訓練されており、だからこそ通常の歩兵部隊に比べると、いささか将校団の思うようにならないところがある。彼らには、高い水準で効率的能力を維持するために訓練が必要だ。このような背景のすべてに対して私は過剰反応しすぎであり、「人は簡単には変われない」――それはまさにカナダ陸軍の中で私が戦っていた時代遅れの考えであった。私は大佐に、隊は既に能力を維持するのに十分な程時間を費やして、私の貴重な弾薬の多くを使ってしまっていること、そして彼らの政府は必要不可欠な弾薬のストックを元に戻すことに熱意がないようで、私たちを危機に陥らせていると反論した。ユイッテルヘーヴェン将軍に言ったのと同じ事を彼にも言った。訓練、規律、態度そして指導に関するこれらの決定的な欠陥に本気で取り組まないかぎり、ニューヨークにベルギーをこの派遣から撤退させるよう勧告するという前例のない手段も私は考えている、と。私の話が終わると、大佐の顔は怒りで蒼白になっていた。

偶然にもウィリー・クラースもキガリに滞在していた。二月二〇日の日曜日、NGOや外交官、在留外国人、国連事務総長特別代理との円卓会議で彼と話した。私が彼に伝えたのは、アルーシャ協定で謳われた時間の枠組内での成功を確かなものにするためには、軍事的にも政治的にも、私たちはもっと粘り強く、もっと積極的にならなければならないということである。また、ルワンダに生まれつつある政党の指導者たちは、自分たちの自己利益を越えて考えるだけの力がないことを露呈していると言った。彼らの中に本物の政治家はいないのだ。行き詰まりを打開するためには、外交的賭けに出て、ベルギーのような国際的パートナーを得て、ハビャリマナのみならずRPFを含むすべての政治的プレーヤーに本物の圧力をかけなければならない。クラースは熱心に耳を傾け、今日に至るまでのUNAMIRの貢献を讃えた。ブリュッセルやニューヨークで私たちの任務のために戦ってくれるだろうという印象を残して、彼は去って行った。

同じ日、このベルギーの政治家はルワンダ政治のいくつかのおかしな実例を目撃する機会に出会った。日曜日は一週間のうちで、私の部隊にとって最も難しい日である。日曜には各政党が党集会を開くからである。小さな白いトヨタのトラックに、酔っ払って喧嘩早いインテラハムウェやイムプザムガムビの民兵が一杯乗ってキガリ中を走り回り、さまざまなトラブルを引き起こすのである。道はいつもうろうろしたり、何かすることはないかと探したりする連中で溢れており、彼らを焚き付けるのにそんなに時間はかからない。この日曜日は最悪であった。MDR党がニヤミランボのスタジアムで巨大な集会を催していた。フォスタンはまだ自分と、MDR党の副党首であるフロデュアルド・カラミラに率いられた党の武闘派との間の亀裂を回避しようと努めていた。私たちの情報提供者によると、インテラハムウェは「イネンジ《ゴキブリ》の殺虫剤」と称してDDTで武装して会合に参加するよう呼びかけていたという。午後にその大会がはじまるまでには、スタジアムの周りにインテラハムウェの騒々しい群衆がひしめき、MDR党の指導者たちはビルにたどり着くことがほとんどできなかったほどである。アガート夫人がベルギー兵の護衛と共に現われた時、群衆は石を投げつけはじめ、流血の事態となった。ベルギー兵は空に向けて銃を撃ち、群衆を追い払った。

その夜、ベルギー使節団の出発に際して設けられた夕食の席上、ウィリー・クラースはルワンダ政治の一触即発の空気

8 暗殺と待ち伏せ

を特等席で目にした。すべての外交官コミュニティ、国連事務総長特別代理、UNAMIRからは私、そしてRPFも含めた公認政党から主要な政治家たちが招待された。過激派は穏健派と隣り合って座った。しかしその夜は、ふんだんな量の食事とアルコールのおかげで、気楽なお喋りがたっぷりかわされる中で順調に滑り出した。政治的議論もあったが、すべて茫洋とした楽天的なものであった。私たちは、その週の後半にふたたび移行政府の樹立を試みようとしていたが、会話は、行き詰まりに関する現実の議論を注意深く避けるようにして、巧みに私の周囲を飛び回っていた。私はここでも、ルワンダ人の一致協力する能力にまごついていた。国際社会の目が光っている間は、彼らは、あたかも仲の良くない大家族が外見だけを取り繕おうと陰謀を企てているように見えるのだ。

その時、予想もしないことが起こった。私はフェリシアン・ガタバジの隣に座っていた。彼は、影響力のある（そしてまだ統一されていた）PSD党の党首であり、また大変なRPF支持派の南部出身の有名なフツ穏健派であった。彼は少しばかりワインを飲みすぎたようで、MRND党のメンバーと彼らの過激な見解をめぐって激しい議論を繰り広げはじめたのである。ガタバジが飲めば飲むほど、声は大きくなり、態度は挑戦的になり、最後にはほとんど叫んでいた。彼はMRND党の個々のメンバーを侮辱しはじめ、政治プロセスをもてあそんで、行き詰まりを生んだと糾弾した。部屋中が沈黙して聞いた。ガタバジはすでに公の場で、カノンベ兵舎で民兵を訓練している大統領警護隊を糾弾し、殺すという脅迫を数多く受けていた。その夜、彼には怖いものなどなかった。私は必死に間に入って話題を変え、状況を沈静化しようとしたが、すでに報復ははじまっていた。MRND党の過激派の目を見ると、険しい憎悪が映っており、私とガタバジを囲んで壁のように立っていた。その夜、ガタバジが自分で自分の死刑宣告文を書いたのは疑えないと思う。しかし、ディナーの帰り道、待ち伏せにあったのはフォスタン・トゥワギラムングの車だった。フォスタンは逃げたが、護衛一人が殺された。

暗黒な力のようなものが解き放たれたかのようであった。次の日、CDR党のデモ隊がアガート夫人のオフィスに押し入り、八人の人質を取った。居心地の悪いよそよそしさもあったが、憲兵隊が私の部隊を支援するためにやってきてくれた。そして、何時間にも及ぶ忍耐強い交渉の後、ようやくデモ隊に人質を解放させたのである。

その夜、ブレントは、デ・カントと私が米国大使宅で大使主催の晩餐会に出席している間、一人家で静かな時間を楽しもうとしていた。ちょうど二週間の休暇から戻ってきたところで、荷物を解こうとした矢先、突然家の裏からの聞き間違いようのない自動小銃の音がして、夜の静寂が破られた。自分たちの家が攻撃されていると考えたブレントは、電気を消し、戸棚まで這って行った。そこにヴィレムはピストルがあると思っていたのだが、その夜ヴィレムはピストルを帯びて出かけていた。ブレントはカナダ製の「マチェーテ」（鞘から出したこともないし、研いでさえもいなかった）をもって、本部を呼び出すために電話まで匍匐していった。手間取っている間に電話が鳴った。隣に住んでいたフェリシアン・ガタバジであった。彼は待ち伏せにあって怪我をしており、息を切らして、ひどく痛がっているのが分かった。彼はなんとか家まで戻り、ブレントに助けを求めてきたのだ。ブレントはすぐに本部に電話をして発砲事件を報告し、伝言をかならずディナーに出席している私に届けるよう伝えた。ちょうどベルギーの小隊が車を止めたところに、デ・カントとトロートと私は家に着いた。まず私たちはブレントが大丈夫だということを知ると、その地区を徹底的に捜しまわった。家の裏にある道で、ベルギー兵のパトロールが、銃弾で穴だらけになったリムジンを発見した。ガタバジの護衛だった二人の憲兵の身体が血の海に横たわっていた。ガタバジは、ブレントに電話をかけた直後に死んでいた。

その死が、国全体を激しく燃え上がらせる火の粉となるのは十分予想できることであった。翌日の二月二二日、もう一度、移行政府の宣誓をおこなうことになっていた。最悪の事態を恐れて、非番の兵士全員に兵舎に戻るように命令し、すべての休暇を取り消した。最初の火花の前に、部隊は非常体制をとり配置についた。

翌朝、穏健派と過激派の両者がキガリの通りに向かった。すぐに、過激派メディアは、ガタバジ殺害をフツ族の裏切り者に対する勝利として祝福する見出しを載せた。インテラハムウェが目立って多かった。憲兵隊は兵舎に姿を隠しているようで、すべての派閥の政治指導者たちが文字どおり目につかないように隠れており、連絡をとろうとしても逃げまわっていた。通りを支配する群衆に、ＵＮＡＭＩＲだけが対峙していた。私は不必要な動きはすべて制限したが、街に静穏を取り戻すために私たちの存在感とパトロールは増やした。そんな状況の最中に、リュック・マーシャルはウィリー・クラースを空港まで送らなければならなかった。ふたたび移行政府の宣誓が中止になった。大統領が国家発展会議までやってきたにもかかわらず、指名を受けた首相とＲＰＦは、ガタバジ暗殺に抗議して出席を拒んだ。

国連文民警察部門がこれらの政治的暴力事件の一つを解決しようと決然と努力したにもかかわらず、ブレントとガタバジの家族以外には一人の目撃者も出てこなかった。キガリで

8 暗殺と待ち伏せ

は、筋のとおったものから、奇妙なものまであらゆる種類の噂でもちきりだった。ガタバジ暗殺は、トーゴの襲撃隊の仕事であると話すものもあった。しかし、多くの人びとはCDR党の中の過激派の仕業だと信じていた。（実際、この事件はいまだに解決していない。）

ガタバジの出身地、南部のブタレでは巨大なデモがおこなわれていた。午後遅く、PSD党支持者の暴徒がCDR党全国議長マルタン・ブキヤナにブタレの近郊で襲いかかり、彼をリンチにかけたという情報を耳にした。このニュースがキガリまで広まると、インテラハムウェの民兵は主要な交差点と外から街に繋がる道をすべて封鎖して応酬した。

UNAMIRは、路上に溢れ出し、ヒステリックに興奮した暴力的な大量の市民に圧倒されていた。できることはその周囲を動くことだけだった。私は、UNAMIRの兵士が、武装していない市民や、マチェーテしかもっていない市民に対して、武力を使うことは避けたいと思っていた。たとえ何かのはずみにせよ誰かを撃ったりしたら、まちがいなく暴力がエスカレートするだろうと確信していたからである。その代わりに、私は政府と憲兵隊に連絡して、彼らの果たすべき仕事をさせるように努めた。

アガート首相は平静を訴えるために国営ラジオ局へと向かった。どうやってもンディンディリマナに行動を起こさせることはできないように思えた。おまけに、陸軍参謀長は姑息にも姿を隠していた。ようやく見つけ出すと、彼はキガリ武器管理地域合意を遵守せざるをえないのだと言った。彼の部隊は憲兵隊が責任を負うべき仕事をすることを禁じられている。暴力が高まるにつれて、私たちは振り回された。その後二、三日のうちに三五人が死に、さらに一五〇人以上が負傷した——大多数はツチ族と穏健派フツ族であった。それ以前までは疑念にすぎなかったとしても、もはや疑問の余地がなくなった。民族憎悪という毒を盛られた鍋が、十分にかき混ぜられ煮えたぎりつつあったのだ。

アガート夫人の要請で、私は彼女のオフィスを訪ねた。彼女は今にも涙を流しそうであった。彼女は、あなたたちがすでにおこなっている以上のことはできないことは分かっている、と言った。しかし、穏健派の家に配置している護衛は引き上げないでくれと懇願した。

私は、状況が沈静化するまで、危険にさらされているすべての政治家に対して、二四時間体制の保護を提供しつづけると請け合った。彼女は、人びとは安全だなどと思っていないのだから、私の部隊がキガリ武器管理地域内での安全な状況を掌握しなければならないと強調した。暗くなるとすぐに多くの人びとが家を捨てて教会の敷地に向かい、一晩、あるいは帰宅しても安全だと思うまで野宿している。教会はルワンダではつねに避難場所であったが、身の危険を感じている人びとの隠れ場所にますますなりつつあった。

彼女は歩きながら話した。その姿は小さすぎるオリに閉じ込められた疲れきったライオンのようであった。彼女は私に、強硬派MRND党の大臣たちが彼女の設定した会議への出席を拒んだこと、さらに彼女からの電話にも出ないと語った。彼女はハビャリマナ本人と、彼が政治状況に干渉するそのやり口に非常に怒っていた。彼女は助言や答えを求めているのではなく、ただ慰めの言葉と、たとえ状況がどんなに厳しくなろうとも、彼女や穏健派を見捨てはしないという保証を私に求めていたのである。

私が立ち去ろうとした時、彼女の頬を涙がこぼれた。そして私は胸が一杯になるのを感じて、何があってもルワンダを見捨てたりはしないと誓った。彼女のそんな姿を見ているのは辛かった。彼女は、私が知り合って以来の困難な数ヶ月の間に、岩のように頑なになっていた。しかし、アガート夫人の勇気や決意はまったく揺らいでおらず、母国とその国民に対する彼女の絶対的な信頼が私をその気にさせたのは間違いない。私は新たな決意をして、彼女のオフィスを辞した。

その後で、マーシャル大佐を伴って、ようやくビジマナとンディンディリマナに会った。内務大臣で、MRND党の有名な強硬派であるフォスタン・ムニャゼサも加わった――私にはそれが偶然のことなのか、仕組まれたことなのかは分からなかった。私は彼らに直接、なぜ状況を沈静化させようと行動しないのかと尋ねた。私はンディンディリマナに、私の部隊が暴動を抑えようとした時に、憲兵隊は十分な手助けをしてくれなかったと言った。彼は言い訳として、どうすればいいのか分からなかったのだと白状した。彼の部下は疲れ果て、車両は壊れており、燃料はほとんど尽きていた。さらに、内務大臣を意味ありげに見つめながら、死者が出るかもしれないような力を行使してもよいといういかなる政治的命令も受けていないとつけくわえた。彼の部下は、群衆を蹴散らすための武器以外の手段である暴徒鎮圧用の装備、催涙ガス、放水車のどれ一つとして持っていなかった。重大な局面を切り抜けるためには増強を必要としている。ビジマナはここで話に入ってきて、次のように主張した。キャンプ・カノンベにいるRGF部隊に要人と拠点の警備を引き継ぎ、軍憲兵の大隊をキガリに移動させれば、疲弊した憲兵隊を強化することができる、と。それだけ増強すれば、八時以降の夜間外出を禁止し、これ以上の暴力行為を抑制することに着手できる。これは本質的には、この月の初めに、私が頭から却下したのと同じ要求であった。私にはキガリ市民の安全と保護がビジマナの主要な関心事であるとは信じられなかった。もし要求を聞き入れたら、その兵力でキガリの兵力を増強して街を掌握し、RPFの大隊を国家発展会議の建物内で壊滅させる可能性があった。そうなったらこの国はふたたび戦争に戻ってしまう。

私は反論して、彼らがメディアに出て、過激派政党に民兵の統率と暴動の停止を訴えるよう勧告した。そして、彼ら三人が居心地悪そうにそわそわしているのを見つめていた。情報提供者はインテラハムウェとインプザムガムビの民兵がそれぞれMRND党とCDR党に直結していることを教えてくれていた。私はそこに、つまり国防大臣と内務大臣の間に座っているにもかかわらず、実は過激派と向かい合っていることが分かっていた。ンディンディリマナについてはまだはっきりしていなかった。私には彼が、仲間とその提案に躊躇しているように感じられた。私は彼のほうを向き、憲兵隊とUNAMIR部隊による共同パトロールをすることを提案した。十分な車両がないと言って反論してきたので、彼の部下は私の部隊の車に乗ればいいと言い返した。私は彼に、すでに数週間前に私たちは一緒に行動して、アガート夫人のオフィスで発生したデモの鎮圧に成功したことを話した。私は、外出禁止パトロールの計画を考えること、部隊と車両の問題が解決し次第、外出禁止の共同パトロールを開始するという約束をして、三人と別れた。しばらくの間、RGFがキガリにより多くの兵士を移動させる必要はなくなった。

8 暗殺と待ち伏せ

およそ一六〇〇時に司令本部に戻った。私たちはその朝RPFに対し、武装した軍事監視員の護衛の下で、連絡と補給のための輸送を許可していた。それはムリンディとの間での通常の管理運行を実施するものであり、薪や食料、郵便物を運ぶためのものであった。輸送は何の問題もなくキガリの外でおこなわれたが、その日の遅くになってから、暴徒がふたたびムリンディを封鎖した。カダフィ十字路の北の不穏な現状を調べるためにティコカを送り出した後に、私は輸送隊がその午後に戻ってくるのは安全でないと判断し、危険が去ったことが確認されるまで、戻らずにムリンディに留まるよう指示を出した。しかし、ベルギーの護送隊は意図的にその命令に背いた。彼らは、車で野営して落ち着かない夜をすごすより、むしろ暗くなってからすべての輸送隊と共にキガリに戻る危険を冒すことにしたのだ。

彼らはちょうどカダフィ十字路に隣接する北側に入ったところだった。その日その場所は、一触即発状況になっている地域だった。手榴弾が先頭車両に投げられ、機関銃の銃火がつづいた。ベルギー軍は応戦して、待ち伏せ攻撃からなんとか脱出しようとした。軍事監視員の車両の一台が溝の中にはまり、二人の監視員は這い出してベルギーのジープの一つに飛び乗った。もう一台の軍事監視員の車はそこから脱出しようとなんとかUターンをした。RPFの兵士は車を撃たれ、Uターンできなかった。彼らは携帯無線で助けを求めながら応戦した。そして、一人が頭を撃たれた。ベルギー兵は、RPFが彼らと一緒に脱出していないことを知りながら、引き返さずに北ルワンダのビュンバにあるUNAMIRキャンプに安全のために向かった。RPFのメッセージがキガリで受信されるとすぐに、バングラデシュ兵の歩哨の弱腰の抗議をあっさり振り切って、RPFの二つの応援分隊が国家発展会議の建物から飛び出し、仲間を救うために市街を突っ切って駆けつけた。

待ち伏せが私たちの無線連絡上で報告された時、私たちはちょうど夕食を終えたところだった。その直後に、RPFが建物から飛び出していったことを聞いた。私は電話でリュックに行動を起こすよう頼み、現況報告を聞くために半時間以上後に電話をした。しかしまだ何も動きはなかった。私は、ブレントとヴィレムを見て、「調べに行こう」と言った。私たちは私の車に折り重なるように乗り込み、トロートに運転させてカダフィ十字路に急行した。

私たちが到着した時、そこは静まりかえっていた。近くにはまばらに家があったが、人の気配はなかった。人もなく、光もなく、音もなかった。道路中に血が流れ、そして灰色の物体は間違いなく人間の脳だと分かった。溝の中に置き去りにされた軍事監視員の車と、その近くで血の跡を見つけた。最悪の事態を考えて、ヴィレムとブレントは車の周りで、何が起こったのかを知る手がかりを探しはじめた。三つ目の小径で、ヴィレムは突然ブレントに止まるよう叫んだ。ブレントの足のすぐ側にあるのはピンが抜かれ、ハンマーのない不発手榴弾だった。まさに危機一髪であった。

リュックがケストルートと共に到着し、その後しばらくしてその地区を管轄するベルギーの分隊が到着した。ブレントとケストルートは道路を歩いて、溝に置き去りにされた大きい古いトラックを発見した。ブレントが後部扉から覗くと、頭蓋骨をマチェーテで二つに割られて死んでいる男性民間人の死体が見えていた。

ベルギー軍は、ムリンディにその夜は滞在せよという私の直接命令に背き、保護する責任を負っていたRPF輸送隊を置き去りにし、完全に臆病なところを見せていた。そればかりではなく、彼らは任務より自分たちの命を優先したのであり、軍務に就く者のあらゆる服務規約に違反する行為だった。私は詳細な調査と処罰を要求した。リュックはひどくばつの悪い、恥ずかしい思いをしたが、それに同意した。

敷地から飛び出していったことで、RPFがUNAMIRをまったく信用していないことが明らかになった。しかしその時点では、彼らが信用しないのも当然だと同意せざるをえ

8 暗殺と待ち伏せ

なかった。その夜、私はチュニジア中隊の六〇人に非武装地帯を出て国家発展会議の任務に就くように命令し、バングラデシュ兵には部隊に戻って、もっと責任の軽い任務を引き継ぐよう命令した。それから状況をはっきり知るために直接国家発展会議に向かった。そこに到着した時、負傷したＲＰＦ兵士が緊急手術のために私たちの病院に移送されているところだった。彼は待ち伏せ場所に、脳の大半を残してきたのだ。チャールズ司令官は、キガリ武器管理地域協定を破ったことを認めたが、それは私の部隊が彼の部下を保護するのに失敗した後のことだった。このような部隊の失敗を気に病みながら、私はその夜は遅くに帰った。

その同じ二月二二日の夜、ハビャリマナは彼のオフィスのある建物で、ＲＰＦを除くすべての政党を招いて会議を開いていた。カビア博士が私に詳しく内容を教えてくれた。ブトロス・ブトロス＝ガリと同様に外交官コミュニティは、政治的危機を解決するために大統領に大きな圧力をくわえていた。彼らは、アルーシャ和平合意によって、大統領が統治に対する権威を失い、国家元首という役割に棚上げされたのだということを理解していないようだった。大統領の唯一の力は、説得することだけだった。

この時点で、誰に本当は権力があるのかをめぐって多くの人びとが混乱していた。統治に責任を負っているのは誰なのか？　それは一二月末に任期が終了していたアガート夫人の暫定政府だったのか？　解決策を見出すことに最終的に責任を負うのは誰なのか？　フォスタン・トゥワギラムングか？　ブー＝ブーか？

会合の間、ハビャリマナはこの不確実な状況を、一つの解決策を押し付けるという試みに賢く利用した。彼はＰＬ党とＭＤＲ党の内部で争っている派閥が、大臣と副大臣の地位を半々に分けることで妥協するという計画を示した。副大臣としての適格性に異議を唱えられた場合、その地位は裁判所によって決定される。その提案は理にかなっているように見えたが、アガート夫人とＰＬ党の代表者たちは即座に拒んだ。ハビャリマナにはそのような解決策を押し付ける力はないにも関わらず、ハビャリマナがこの行き詰まりを巧みに操り、自分の利益を確保しようとしていると声高に抗議した。彼女の穏健派の多くの仲間の意見では、アガート夫人のこの会合における大統領に向けた恐れを知らぬ侮辱が、彼女の運命を決めた。フォスタン・トゥワギラムングの方はといえば、おそらく最近娘が死んだことで感情が抑えられていたのだろうが、アガート夫人よりずっと前向きにこの提案を受け入れようとしているように見えた。しかし、アガート夫人やＰＬ党からの反対により、何の同意も結べぬままこの会合もやはり失敗に終わった。

二月二三日、キガリにおいて八時以後の外出禁止令が発令された。憲兵隊の存在感が増したことによって、暴徒は去ったが、街は不穏な静寂に包まれた。暴力と破壊行為はなくなったように思えたが、私には、それらすべてを組織する隠れた手がうごめいているような気がしてならなかった。暫定政府を動かしている有力な大臣連中と民兵との間に、直接的な繋がりがあるということにもはや疑いはなかった。しかし、情報提供者は、彼らの背後には別の存在があり、そのメンバーは会議に出席しておらず、私たちはその真意を探りはじめたにすぎないと告げた。何回にもわたって、私はこのような政治的—軍事的問題とはっきりしない点について、リュックを自分の意見への反応を探る話し相手にした。彼と私は何時間をも費やして、すべての道筋が行きつく先をつきとめようと試みたが、そのパズルを解くのに近づいたと思ったとたんに、道筋は消えてしまうのだった。

明らかなことが一つあった。私たちはこれから何が起こるのかということを予測するのではなくそれが起こってから事後的に対応するという、つねに不利な立場に置かれているということである。その理由は明確だ。一月以後、ルワンダの国連大使ジャン＝ダマスセネ・ビジマナが安全保障理事会に席をもっており、派遣団の内情に通じているだけでなく、安全保障理事会の派遣団に対する態度や理事会が多くの難問を抱えていることもよく知っていた。明らかに、これら情報のすべてがルワンダを仕切っている隠れた存在へともたらされていたのだ。私はモーリスに対して電話でこの状況について何度も抗議を繰り返した。彼が言うには、そうだ、皆はそれが問題だと知っている。しかし、彼から席を奪うことは不可能だろう。そこで私は、過激派が戦略情報に対して直接パイプをもっているおかげで、私の動きをすべて調べることができるのに対抗して、わずかな情報を得るために命をかける情報将校の小さなチームを作った。

次の日、私はRPFの上級幹部がブタレでおこなわれるガタバジの葬儀に出席するように招待を受けたと知った。サッカースタジアムが葬儀のために準備されるほどで、とても大規模な出来事になるはずだった。私はRPFが私に知らせることなく招待を受諾したことにショックを受けた。ブタレまで一〇〇キロもの道を走る高位高官のRPF代表団は、過激派にとっては見すごすことのできない標的となることだろう。私たちはRPFに対する足場をこれ以上失うことができなかったので、代表団が安全に葬儀へ向かい、また戻ることができるように回廊清掃作戦に匹敵する作戦を幕僚と一緒に立てた。それには待ち伏せされるという危険もあったが、今

8 暗殺と待ち伏せ

回はそれを圧倒する武力を使うこと、そして私自身がその作戦を指揮することにした。

私たちは大きな、十分に武装された輸送車両に乗り込み、途上ずっと頭上のベルギーのヘリコプター二機と装甲兵員輸送車が配置についた。重要な合流点では、自信をもち統率のとれたＵＮＡＭＩＲの兵士の前をとおりすぎた。その日のすべての部隊、とくにベルギーとバングラデシュの兵士は堂々たるものだった。

ブタレまで三時間半のドライブであった。ルート中に、私たちが通過するという知らせが伝えられていたに違いなかった。道の両脇には声援を送るルワンダ市民の人ごみができていた。ＲＰＦは大喜びで迎えられた。ルワンダの普通の人びとが学校や職場から出て、みずから声援を私たち全員と私たちが代表しているものに送っているという事実にも、さらにおおいに勇気づけられた。ブタレでは、ＲＧＦと憲兵隊の警護のもと到着し、スタジアム内で葬式に参列した。何千人もの参列者が、ＲＰＦの代表に声援を送った。

葬式は四時間ほどかかり非常に感動的ではあったが、私はこれから先にあるセキュリティ上の悪夢で頭が一杯になっていた。群衆の中には、私の非武装の監視員八〇人ほど、二五人から三〇人のベルギー降下特殊部隊員、ＲＰＦの二〇人のメンバー――そしてそれよりずっと多くのＲＧＦ隊員と憲兵隊員がいた。スタジアムのすべての柱の後ろには兵士がおり、ＡＫ-47かロケット推進の擲弾発射機《グレネードランチャー》で完全武装し、また同じように武装した多くの兵士が駐車場の外にいた。一発の銃声ですべてがはじまり、――興奮した追悼者が一人でも空に向けて銃を放てば――大虐殺になってしまう。葬式がようやく無事に終わった時、私はその緊張からの解放感で泣きだしそうだった。

輸送隊が再集結したのはその日の昼下がりで、それはキガリに着く前に日が暮れるということを意味した。私はブタレを出てすぐに輸送隊を止めて、パストゥール・ビジムングとティト・ルタレマラ（彼はＲＰＦ代表議員に推されている）と一緒にＲＰＦの車に乗り込んだ。暗殺者となる可能性のある人物が双眼鏡を車に向けて、私が乗っているのを見つけてほしいと思った。キガリまで戻る長い時間、ずっとそうして車を走らせた。帰り道も、来る時と同じくらい感動に満ちていた。群衆たちはまるで私たちの帰りをずっとそこで待っていたようで、移動していなかった。そして、私たちがとおりすぎた時もまだ彼らは興奮で元気一杯だった。パストゥールとティトは、北へ向かって行くと、これら普通のルワンダ人が喜びを表わすことに、ほとんどめまいを起こさんばかりであった。

旅の後、私は地元民にも手を差し伸べ、彼らの支持を得るための作戦をさらに試みることにした。リュックはその月初めにキガリの市役所での会合で、小さな成功を納めようと努力を重ねており、さらにはキガリ武器管理地域の二〇キロ圏内の町や村で、同じような会合を開こうとしていた。彼は、地元職員や市民に会って、私たちが何者か、何をしようとしているのか、どうしたら私たちの助けになるかなどを説明した。大部分は彼を暖かく迎え入れてくれた。同時に私は、この国の南部地区と非武装地帯にいる軍事監視員には、その責任区域をパトロールするだけでなく、その土地の住民と会って話し、援助を申し出るように仕事を与えた。彼らは、手榴弾攻撃によって壊された学校の修復など、実際的問題を解決することができる。旧式のものと試験的な地雷除去装備が到着すれば、非武装地区をわずかではあるが広げることもできる。また、八月に技術的派遣団として訪れた、強制移住させられた人でひしめき合うキャンプの多くの人びとが、自分たちの小さな牧場や村々に帰ることができるだろう。小さな一歩ではあるが、少なくとも前向きな一歩である。

私はガーナの二二五人の部隊を、非武装地帯からキガリに移動させ、街での常駐的な護衛任務を引き継がせようと考えていた。そうすれば、ベルギー兵を機動力のある予備隊として自由に使うことができ、またバングラデシュ兵を緊急即応部隊として訓練することができるからである。私は部下の司令官たちと主要な幕僚に、この移動のための運営準備をはじめるよう命令した。最近の出来事からみて、この計画が適切なことだと思われたからである。二月二六日、RPFの上級政治指導者全員が前触れもなく国家発展会議から立ち去りムリンディに向かい、残ったのは下級将校と彼らに率いられた駐屯兵だけとなった。想像するに、彼らは党会議のために出かけたのだろうが、二度と帰ってこなかった。二月二七日、月末にもガーナ兵を移動させ、小さな戦略的本部と、部隊の再配置のための後方支援グループを設置することをニューヨークに知らせた。

その日、リュック・マーシャルと私はメディアの主導権をとりかえすために、大きな記者会見を開いた。私はとりわけ、RTLMとその容赦ない反アルーシャかつ反ツチのレトリックを糾弾した。RTLMの放送は憎悪を煽るプロパガンダ以外の何ものでもなく、そんなものは、まさしくデモクラシーと表現の自由の理想を重んじる倫理に反する挑戦であると述べた。記者団に私は、ルワンダ国民は、民族的緊張を高めて和平プロセスを壊すための、周到に練られたキャンペーンに操られているのだと言った。それから、この国の国民にUNAMIRの援助によって結束し、暴力と過激主義の勢力にそのような邪悪な考えを許容する場所は新しいルワンダにはな

8 暗殺と待ち伏せ

い、そういうメッセージを送るために平和行進をおこなおうという訴えにとりかかった。このアイデアは功を奏して、三月にキガリで大規模な行進をして成功を収めた。平和構築のイニシアティブは全体的にうまくゆき、表面的には状況は落ち着いているように見えたが、いまだ険悪な兆候や出来事がつづいていた。

二月の最終日、軍に入る以前は教師をしていたアフリカ出身の軍事監視員が、僻地の学校を訪れた。ある学校で彼は、教師たちが生徒管理をしていることに気づいた。生徒たちの民族出自を登録し、誰がツチか誰がフツかにしたがって座らせているのである。これは彼の目には奇妙なことに映った。ルワンダの子供たちはＩＤカードを携行しなくてもよいはずだからである。ほかの学校を訪問した際も、同じ手続きがとられていることに気づいた。これもルワンダにおける民族文化の一つの特徴なのだろう、そのように私たちは誤解していたのだ。

第9章　希望の復活なき復活祭

三月、雨季がやってきた——歓迎すべき穏やかな季節である。ガバタジの暗殺がきっかけとなった暴力がおさまったまま、その状態がつづくかのように思えた。八時以後の外出禁止は一〇時以後に変更され、街には生活が戻ってきた。しかしそれは明らかに、まだひそかな準備と隠された計画のための時間だったのだ。

ＲＧＦは、非武装地帯とキガリ武器管理地域の一〇キロ範囲内にある駐屯地の防御態勢を改善しようとしていた。二月末の日曜日、私は情報報告を確認するためにヘリコプターに乗った。ブタレ南部の難民キャンプを偵察しているティコカが担当する南部地区の監視員の一人が、若者や少年を乗せた二台の緑色のキガリの市バスを目撃していた。彼はできるかぎりそのバスを追跡して、ガビロのＲＧＦキャンプにまっすぐ向かっていると推測した。そこはカゲラ国立公園に近い非武装地帯の東側にあり、その地域で最も人里離れた政府部隊の前哨基地だった。

私はパイロットにガビロ・キャンプのゲートのすぐ外側に着陸するように命じた。出迎えた少佐は、司令官が不在時に、私が突然訪問したことにかなり神経質になっていた。彼は比較的ゆっくりとキャンプ見学に私をつれて歩いた。その日は穏やかな日で、まったく何も起こってはいなかった。診療所には、棚に数本のアルコールのボトルと数巻のガーゼぐらいしか置かれていなかった。使い古しの包帯が床の上に転がっていて、汚く、ハエが飛び交っていた。少佐が言うには、キャンプはまったく医療物資の補給を受けておらず、そのせいで部隊の二〇パーセントが毎月マラリアにかかっており、人員の交代をしなければならない。兵舎の傍を歩いていて、一〇〇人くらいの若者の集団が私服で道端に座っているのに気

9 希望の復活なき復活祭

づいた。少佐に彼らは何者なのかと尋ねると、肩をすくめて、今日は日曜日なので、部隊の多くの者が私服を着ることを選んだのだと説明した。

私たちは、草葺屋根の下にあるキャンプの厨房に向かった。設備は四つの野外炊事用のかまどであった。それぞれのかまどの上には、巨大で汚い、黒い料理用のなべが吊るされていた。この時分には、兵舎から厨房へぶらぶらとやってくる兵士たちもいた。だらしなく、着古した作業衣を着た彼らは、退屈そうで物憂気に見えた。彼らは、そこにあった気味の悪い鍋の一つを私が覗きこむのを見ていた。それは、とても見た目の悪い、ぽてっとした茶色の粥で満たされていた。私が顔をしかめると、彼らは皆笑った。

天蓋の後ろ側に、厨房の汚水や使用済みの水を流すための穴が掘られていたのだが、何かがそこで動いているのがちらっと見えた。靴で汚水の水たまりを掻き回すと、泥水が泡立った。驚いたことに、私は巨大なブタが下にいるのに気づいた。私が足でつつくと、それはブーブーと鳴いて、また昏睡状態に陥った。兵士の方に振り向き、そいつを日曜日の夕食にしようとしているのかと尋ねると、彼らはまた笑った。しかし、彼らが一番面白がったのは、豚に名前があるかどうか私が尋ねたことだった。「シャルル、アンリ、それともピエールかい」私が尋ねると、彼らは動物が人間と同じ名前をもっているという考え方に笑い転げていた。

キャンプのはずれで、私は二台の緑のキガリの市バスを見つけた。

RPF側の活動も次第に活発化していた。二月二八日に、空からRPF地域を偵察するため、私はベルギーのヘリコプターの一台に乗り込んだ。緑の丘の上を飛んでいた――時にはRPFの兵士と目が合って驚くほどの低空で――その時、大人数の兵士が集結して訓練しているのを見た。それと同時に、大統領の拠点であるルヘンゲリの近く、非武装地帯の北西の境界に防衛拠点が築かれつつある証拠も見た。ビュンバから一キロも離れていない非武装地帯の真ん中では、兵士たちが、新しく地上に盛られた豊富なシエナ土の土塁の周りに群がっているのを発見した。まるで、都市を両方の側面から攻撃している、巨大なアリ塚のようだった。カガメは攻撃を開始することのできる安全で確実な出発点に向かって、軍を再編成しているようだった。

私は、自分が見たものについて問いただすために、カガメの本部であるムリンディまで一人で出かけた。非武装地帯への度重なる侵入、明らかにルワンダとウガンダの間で武器弾薬を移動して部隊に支給していることなど、彼の部隊が犯している数々の停戦違反について話題にした。すると彼は冷静に、まだ停滞したままの政治状況のおかげで訓練の問題を抱えているのだと説明した。移行政府が樹立され、UNAMIRが彼の部隊の支援の役割を開始するまで、その問題を抱えたままになるだろう。彼が困難な状況にいるということは分かった、だが思うに、彼の側の政治担当官の非妥協的姿勢がこの行き詰まりの一因でもあるのだ、と私は答えた。カガメは部隊をもっと厳しく統制し、防衛態勢を解除し、侵入している非武装地帯から引き上げなければならない。彼は同意した。しかしカガメは、軍人として、政治プロセスが完全に瓦解した場合に備えて準備しておかなければならないのだと述べた。

私は非武装地帯全体に一〇〇〇人近くの兵士を散開させている。もしカガメが攻撃をはじめれば、彼らはそのまっただ中で釘づけになる。私はそれを指摘した。もしそのように状況が悪化してしまった場合には、二四時間前に警告を与えると彼は約束した。彼としても、国連の人員を一人も傷つけたくなかったのだ。しかし私は、カダフィ十字路での待ち伏せにおけるベルギー軍の不名誉な行為が、カガメの部隊と私の部隊の根本的な信頼関係を壊してしまっているのを知っていた。だから、彼の言葉を額面どおり信じていいものかどうか確信がもてなかった。

次の日、UNOMUR区域の新しい司令官アズルル・ハク大佐から報告を受けた。それは、兵器や弾薬の船荷がNRA〔ウガンダ軍〕からRPFに流されていることを確認したというものだった。それと同時にクレイスの情報チームから、ウガンダの陸軍将校たちがビュンバかルヘンゲリのどちらかに開始されるであろう攻撃の支援に関する会議を開いたという報告があった。クレイスはまた、キヴ湖のザイール側湖岸のゴマで、当局がRPFへ向かう船一隻分の兵器を差し押さえたという情報までも嗅ぎつけた。どうやら、ギセニ近くのザイール国境内に暮らすツチ族難民は、四トンの積み荷を警護している兵士たちに近づき、買収して武器を手放させようとしたらしい。地元のフツ族は、それ以上の金額を提示してその試みを挫いた。

三月一日、私は大統領府から電話を受けた。それによると、ハビャリマナがいくつかの差し迫った安全上の懸念を抱いており、それについて話し合いたいということだった。私と彼が実際にじっくりと話した回数は、片手の指で数えることができるほどで、ヘンリーとリュックを付き添いとして連れていくことにした。私たちが着くと、大統領は、ビジマナ、ンサビマナ、ンディンディリマナと一緒に宮殿の中庭に座っていた。彼は、私が部隊の一部を非武装地帯からキガリに移動させていると聞いた、と言った。私はちょっと驚いた。ヘンリーとリュックと私は、ここのところ、二二五人のガーナ兵

9　希望の復活なき復活祭

をビュンバからキガリへ再配置することについて議論していたが、まだまったく行動を起こしていなかった。司令本部がザルのように秘密が漏洩しやすいことを知ってはいたが、ここでもまたその証拠が現われたというわけだ。

　ハビャリマナが考えるところによれば、そのような移動で非武装地帯に散開させている私の部隊が手薄になりすぎるし、これまであった停戦違反の回数を考えれば賢明な措置ではない――彼によれば、すべての違反はますます攻撃的になりつつあるＲＰＦによってもたらされたものである。私は、キガリ武器管理地域内の暴発寸前の状況の方がずっと心配だと述べた。もしＲＰＦが実際に攻撃を開始しても、私の部隊は、それを止める指令《マンデート》を受けていないしその手段もなかった。

　しかしながら、キガリ市民に安全を提供することは、私が受けた指令の範囲内だった。ここでビジマナが話に割りこんできた。彼が言うには、ＲＰＦが国家発展会議の建物内を頑強に補強して、それを城塞に変えているという報告を受けた。これは事実であるばかりではなく、キガリ武器管理地域協定に同意したどの当事者も、ＲＰＦの分遣隊が一度キガリへ移れば自分たちの敷地を守るだろうと予想していたことを考えれば、まったく驚くことではない。その時、ンディンディリマナは再度、彼の配下の憲兵隊は過重な負担を負っているので、ＲＧＦ部隊で憲兵隊を強化することを許可すべきだと主張した。それはキガリ武器管理地域合意違反であったので、私は拒否した。

　一月に私たちは、キガリ空港で大砲や迫撃砲弾を押収していた。ビジマナは、積み荷はアルーシャ和平協定締結の前に発注したものであり、関連文書を見せて積み荷をＲＧＦに返還するよう私を説得できると考えていた。「とんでもない」と答えた。武装解除が差し迫っている時にそんなことをすれば、停戦状態をより不安定にするだけであり、まったく必要のないものだった。誰もが平和に向かって動いていこうとしているはずであって、戦争の準備をしているわけではない。

　その会合後の数日間は、ンサビマナは私の部隊について彼らしからぬ関心を募らせていた。彼とビジマナは、キガリ本部のリュックを訪ねることからはじめた。そんなことは、以前にはなかった。また、バングラデシュとベルギーの大隊に立ち寄るようになった。おそらく、彼らは自分たちのキャンプへの私の不意の訪問に対抗したのか、あるいはおそらくは私の部隊の能力を査定していたのだろう。私はまったく気にしなかった――というのも、私はオープンで透明なやり方で活動したいと思っていたからだ。しかし、何ヶ月も無関心だったのに、このように急に関心をもたれるのも落ち着かない。ことに非武装監視員が、ルヘンゲリ近くの大統領管理の敷地にあるとされていた重火器システムが、移動されようとしているという情報を仕入れてきたのだから。（しかしながら、私たちはこれを確証することができなかった。なぜなら、ブー＝ブーがその辺りを探索することを厳重に禁じたからだ。）

両勢力がそれぞれ軍備を増強している間に、私は自分たちの能力を再検討した。ガーナ大隊の到着で、チュニジア派遣団を二二五人のガーナ兵と一緒にキガリ常勤として移動させ、キガリ武器管理地域協定の増強要求に応えることができた。しかし、いまだに輸送と後方支援の問題に苦労しており、まだ部隊に完全な装備を与えることができていなかった。現場の隊員へメッセージを伝えるのは困難だった。文民スタッフの大多数は単に基本的な事務仕事をこなす能力しかもっておらず、本部を監督するために確保しておいた幕僚もバングラデシュ人で、英語もフランス語も流暢に話すことができなかった。

各司令部にメッセージを届けるのも同様に困難だった。手渡しするか——燃料や車両が手に入りにくい時は問題である——無線網で伝えるかだ。不幸なことに、私たちのモトローラ無線には（RPFやRGFが携行しているものとは異なり）、まったく暗号化能力がなかった。部隊の大半がこのことに気づいていたにもかかわらず機密情報が無線で流され、傍受されることもあった。時には、監視員が司令所《コマンドポスト》に自分の位置を報告するために、RPFやRGFの電話を借りなければならなかった。このような安全上の懸念に加えて、民間従業員が雇用前に適切に審査を受けていないことがあった。大統領が私の計画を詳しく知っていたことからも明らかなように、彼らのうちの何人かは内通者であった。

非武装地帯内にほぼ一〇〇〇人の部隊員がいるのに対して、まだ一〇台のトラックしかなかった。そのため、二二五人のガーナ兵を街に移送するのに、一〇日近くかかった。車両が不足しているということは、非武装地帯内の部隊員のほとんどが、じっと動かずに護衛所や監視所、検問所に張り付かざるをえないということを意味していた。そして、そのような足をもがれた状態をどうすることもできなかった。私のヘリコプターでさえまだ到着していなかったのだから。

さらに、バングラデシュ部隊の能力の欠如という以前からの問題もあった。三月八日、リュックは私を緊急即応部隊の演習に誘った。それは、武装して猛り狂った暴徒から要人を円滑に脱出させることができるよう一二月から訓練してきたものである——この種の状況は、キガリ地区の多くの部隊がすでに直面していたものであった。

バングラデシュ兵は、キガリ空港からほど近い軍事訓練場で演習の準備をはじめた。私とリュックが腰をかけて見ることができるように、小山の上に天蓋まで立ててあり、冷たい飲み物が出された。司令将校は三五人の兵士からなる（私が

9 希望の復活なき復活祭

本当に必要としていたのは一二〇人であると指摘せざるをえなかった）小隊が、いかに手早く五台の機能的な装甲兵員輸送車を使って群衆を取り囲むのかを説明した（二月に約束されていた八台の装甲兵員輸送車が到着したが、そのうち三台は使用不能であった）。装甲兵員輸送車が位置につくと、兵士たちが突然現われて哨兵線を作り、群衆に立ち向かって後退させる。そして要人を引き離し、車両の一台に乗せてその場を離脱するのである。このアイデアは、圧倒的な軍事力を見せつけることによって暴徒に衝撃を与えて驚かせ、一発も発砲することなく全任務を実行するというものであった。

リュックと私が見ていると、部隊はためらいがちに、志願兵からなる偽の暴徒に向かって車を走らせたが、あまりに遠くへ行きすぎて、車両を適切な位置に停めることができなかった。これはコメディのはじまりにすぎなかった。バングラデシュ兵はとても銃身の長い、時代遅れのＳＫＳライフルを装備しており、そのため装甲兵員輸送車から降りるのも簡単ではなかった。部隊が流れるように装甲兵員輸送車から出てくる代わりに、彼らは自分たちの装備でお互いに引っかかって、つまずいた。もう私は笑うべきなのか、泣くべきなのか分からなくなった。ただその瞬間に、この兵士たちが実際の危機において任務を遂行することは絶対に不可能だろうということだけは分かった。

二月に、視察のためにルワンダを訪れたバングラデシュ陸軍の参謀長が言っていたことを苦々しく思い出していた。「あなたのここでの任務は、私の部下が全員無事で帰国するようにすることだということを忘れないで下さい」彼は、ルワンダでの経験を彼の部下の将校や下士官を「成熟」させるのに役立たせるつもりだと述べた。彼はプライドが高かったために、自分の部隊を緊急即応部隊に召集してほしくないと口にすることができなかったのだ。私は心底ショックを受けた。兵士たちの安全を任務遂行より優先することは、私のプロとしての精神に反することであり、彼の意見を聞いて私は、バングラデシュはただ利己的な目的のためだけに分遣隊を配備させたのだと確信した。利己的な目的、つまり彼らは訓練し、財政的保障を受け、装備を国へ持ち帰るつもりだったのだ。私は、バングラデシュ軍の代わりにチュニジア軍に頼らざるをえなかった。

軍事状況が緊迫化する一方で、政治面にはいくらかの望みがあった。ガタバジの暗殺が国際社会に衝撃をもたらしたことで、国際社会は真剣に混乱を処理しようとした。行き詰まりに対するハビャリマナの解決法を支持する者は誰もいなかった。なぜなら、ニューヨークからの助言によって、キガリの外交官団が、大統領は刑務所やそれ以上にひどいところに入るのを避けるためだけに、ひたすらわずかな権力にしがみつこうとしている、ということを確信したからである。それどころか外交官たちは、ＲＰＦに働きかけ、ランドに圧力をかけてＰＬ党の亀裂を解決させようとした。三月の第二週までに、政治的解決に向けていくつかの動きがあったように思われる。それには、移行政府が樹立されるまで、ＰＬ党の分裂を調停することは先延ばしにすることが含まれていた。三月二五日という新しい日程が、樹立式典のために決まった。

この政治面での改善にともない、私は二週間の休暇をとることにした。一回、また一回と宣誓式が失敗に終わって先延ばしされてきたので、私は休暇をクリスマス以来ずっと延期していた。また、移行政府が実際に樹立されれば、ようやく四万人に近い部隊を武装解除する作業がはじまることが分かっていた。資金、計画その他のリソースがまだ届いていないものの、署名された契約では、武装解除された部隊に食料を供給することになっており、積み荷はすでにダル・エス・サラームに到着しはじめていた。私たちは、引き渡された武器を一時的に貯蔵する場所を確保する計画を立てた。恩給や再訓練などの具体的な統合プロセスはまだ未確定の段階だったが、いったん移行政府が誓約すれば、国際社会が投資をはじめるだろうと期待した。政治プロセスが前に進んでいる間は、どちらの軍も何らかの行動を起こすとは考えられなかったし、私が不在の間はヘンリーが円滑な作戦を運営してくれると信頼していた——とは言っても、留守中にやっておくべきこととして三九の行動の要点が書かれたリストを手渡されたヘンリーが、いささか驚いていたことを告白しておかねばならない。それには、私が出発した夜に到着することになっていたベルギーの国防大臣レオ・デルクロワに状況報告をすることも含まれていた。ヘンリーに、私が書いた要求についてデルクロワから確約をとって欲しかったのだ。その要求とは、交替することになっていたリュックを、もう六ヶ月キガリ地区司令官としてとどまらせるというものだった。ヘンリーと同じく、リュックも任務を理解し、任務を生きていた。今彼を失う余裕などなかったのだ。

三月一〇日にルワンダを出発する飛行機に乗った時、ルワンダとは別の空間、幸せな家族の空間、暖かく晴れたビーチへと運ばれるような感じがした。一二時間もすれば、妻と子供たちと抱き合っているだろうが、奇妙なことに不自然な感じがした。ルワンダを出発する前は、いつも家族のことばかりを考えていたが、彼らとすごしている間は、ルワンダのことしか考えられなかった。ルワンダを離れて最初の一週間は、ほとんど毎日ヘンリーに電話をしていたが、結局疲れてしまい、電話をするのをやめてしまった。ケベック・シティの家ですごした二週間のほとんどを、私は寝ていたと思う。ルワ

9 希望の復活なき復活祭

ンダに関して私が唯一やらねばならなかったことは、自分のアパートから五ブロック歩いて、ハビャリマナ大統領の娘に父親からの手紙を手渡すことだけだった。

私は、オタワとニューヨーク経由でルワンダに戻ることになっていた。オタワで、私はより多くのカナダからの支援金を強引に集め、切実に望んでいたバイリンガルの幕僚を一〇人つけてくれるように運動した。三月二八日、私は毎日定例の幹部会議で話をした。出席しているのは、国防次官ボブ・ファウラー、国防参謀総長ジョン・ド・シャステレン将軍、オタワにいる三つ星の将軍たち全員、軍情報部長、文民の国防次官補である。私は状況を説明するために一〇分間を与えられた。ルワンダの貧困と精神の象徴として、私はルワンダの子供たちがバナナの葉で作ったサッカーボールを買ってもってきた。話をはじめる時にそれをド・シャステレンに投げつけて、彼を驚かせた。私は困難な道を選びたいと説明した。つまり、カナダのカエデの葉や国連のロゴで飾られた本物のサッカーボールをルワンダにもち帰り、親善の証として部隊に配らせたいのだ。現在の状況は緊張してはいるが、安定している。しかし今すぐに何らかの政治的解決を見出せなければ、破滅的なことが起こるだろうと確信している、と私は述べた。和平協定は破綻し、内戦がふたたびはじまるだろう。

彼らは私に一〇分間をくれたが、私の報告は他の危機と比べて二次的な問題と見られていると感じた。国防省にとって困難な時期であった。新しく自由党政府が政権についたばかりで、積極的な予算削減を促しており、軍はその大きな打撃を受けていたのだ。我が国はまた、非常に深刻な状況にある前ユーゴスラビアにも主要部隊を送って参加していた。そして、気が滅入るような事件の詳細が表面化しはじめたところであった。それは、不運なソマリア派遣の平和維持活動に参加していたカナダ人が、ソマリアの十代の若者シダネ・アロンを殺害したというものであった。しかしながら、会議が終わる前に、一〇人の幕僚が欲しいという私の要求は最終的に受理され、六月には任地で会うことになると言われた。それ以上のものは得られそうにないことは明らかだったので、それで満足しなければならなかった。サッカーボールを送ろうと申し出る者は誰ひとりとしていなかった。(注1)

三月二九日の早くにニューヨークに到着した。PKO局で

（注1）派遣団に二機のハーキュリーズを支給するというカナダの決定によって、戦争の間、私たちはルワンダに残ることができた。私の小さな部隊にとって、それは医療避難と後方支援のバックアップに十分であった。カナダはまた優れた幕僚と軍事監視員というかたちで、一九九四年の四月と五月に、派遣団を支援してくれた唯一の国でもあった。

の朝の報告会に参加することができる時間だった。私は、いくら駄目でも希望はもちつづけようと思った。その日国連に行ったのは、UNAMIRがずっと抱えているジレンマと危機的な物資不足を解決するため、真剣な助力を求めるためである――私専用ヘリコプター、防衛のための備蓄品、弾薬、医療支給品、交換部品、機械、人道支援や法律専門家などは一体どうなっているのだ？ 食料や水、燃料でさえ供給不足であった。しかし、オタワでもそうだったように、前ユーゴスラビア、モザンビーク、ハイチ、カンボジア、ソマリアのようなもっとよく知られている危機に比べると、私の率いるルワンダ派遣団は影が薄かった。アナン、バリル、リザの心配そうな表情を順に見て、彼らができるかぎりの支援をしてくれるだけの品位ある人間だということは分かった。だが、もっとはっきりと分かったことは、私が最優先ではないということである。それにPKO局の誰も、キガリに行って、自分の目で、司令本部にスパイが潜入しているという信じられないような現実、安全の欠如、さまざまな言語が入り乱れることで機能不全に陥っているという事態を見た者はいないのだ。朝の会議の後、三首脳との個別の状況報告で、モーリスは私に、ヘリコプターに関する契約は最終的に調印されたし、最初の四機は来週には届くと期待していていいと言った。その他の面でも、彼らは同情的で心配してくれてはいるが、物資の補充に関しては確かな約束は何もしてくれなかった。それどころか、彼らの主張では、国連的な観点では、派遣は実際には非常に迅速に進行しており、現地活動部門《FOD》に立ち寄って、担当管理官に要求を早急に処理する努力をしてくれたことについて個人的に礼を述べてはどうかとさえ提案した。そんなことは、私が現地活動部門に伝えようと選んできたメッセージとはまったくかけ離れたものだった。

　私はどうしたら三人に自分が苦境に陥っていることがうまく伝わるのか、窮してしまった。過去三ヶ月間、私は直接PKO局にきわめて詳細な短報や、特別事態報告、定期的な政治的軍事的評価を送ってきた。メディアでのインタヴューもおこなった。数々の包括的な軍事的政治的状況分析も作成し、それには、国連事務総長特別代理に行動を起こすよう求めた選択肢や勧告も含まれている。ほとんど回答は受けとっていない。これらの報告をニューヨークにいる誰が本当に読んでいたのだろうか、それをどう処理したのだろうか？ モーリスは昼食をとりながら、一つか二つの報告しか目をとおしていないと言った。国連事務総長特別代理は私が作成した報告をすべて本当に伝えていたのだろうか？ 私はいくつかの資料を直接モーリスに送っていて、PKO局のエチケットともいえる暗黙のルールを破ったのだが、誰もその慣例を私に守るようには言わなかった。しかし、それらの資料は本当にモ

9 希望の復活なき復活祭

ーリスのデスクに届けられたのだろうか？　あるいはミゲルのデスクに。ヘディ・アナビのデスクには届けられたのだろうか？　そのうちいくつが私たちに与えられた指令《マンデート》を再検討する機関である安全保障理事会に渡ったのだろうか？　モーリスは私にその件については調べておくと保証した。

すべての大きな問題から、彼らは私を閉めだした。私たちは、ブルンジからの難民の状況をなんとかしようして手を広げすぎていた。ヘンリーと私は二人とも、ブルンジへの平和維持活動を実施するという考えを支持しており、そうなればヘンリーがおそらく司令官を勤めることになるだろう。アナンは私にブルンジ軍は国連部隊派遣の申し出を拒否したので、部隊を出すことはないだろうと言った。私は、すべての国境を越える人と軍需物資の流れを食い止めるのを手伝ってくれる軍事監視員が、最低四八人はどうしても欲しかった。この流れが、もはやそれほど内密でもなくなった軍事力強化のための物資を供給しているからだ。二月末に、キガリの下町――キガリ武器管理地域とされている地区の中心――で、ブルンジのナンバープレートを付けたトラックが、ベルギーのパトロール兵が設置した路上封鎖を乗り越えようとして加速したあげく横転し、積荷の銃や手榴弾をばらまいたのだ。モーリスは私を黙らせた。絶対にもうこれ以上の部隊はない。私が強く求めつづけてきた抑止作戦と、その仕事に当たらせるために私とリュックが練った国連兵士と憲兵隊チームを訓練する計画に言及すると、リザはもう一度私に、私に与えられた指令の限界を言って聞かせた。私たちは四月一日に最初の急襲を計画していた。彼は言った。急襲するには、その度ごとに、国連の事前承認を得なくてはならない、と。

私が覚えているかぎり、派遣団の将来に関する国連安全保障理事会の政治的思惑について教えてくれたのは、リザであった。合衆国の明確な立場は、もし近い将来に移行政府ができなかったら、派遣団全部を引き上げるべきだというものであった。しかしながらフランスとベルギーは両国とも、破局的状態になりかねないままで国連が手を引いてしまった後で、ルワンダにまた引きずりこまれたくないと断固として譲らなかった。結果として、合衆国は六〇日の延長には同意しそうであり、フランスとベルギーもこの妥協を受け入れた。

その夜、私はモーリスと彼の妻、ユゲットとともに夕食をとった。彼らの見栄えのよいアパートは国連からほど近い、洒落たビルの四五階にあった。私たちは旧交を暖めようとしたが、すぐにPKO局の話題に戻ってしまい、モーリスは他の派遣団での恐ろしい話をジョークにして私を楽しませてくれた。その夜遅く、私たちが近くの公園で犬の散歩をさせていると、彼は、私の派遣団をめぐって安全保障理事会で不快感が高まっていると詳しく教えてくれた。特にフランスと合衆国が動いている。六〇日延長の話にもかかわらず、理事会は政治的行き詰まりを危険信号と見なしており、もし状況がこれ以上長引くのであれば私たちを引き上げさせ、ルワンダを内戦と混沌の淵に沈ませることになるだろう。そして一切その状況の責任を負わないようにするのだ。そんなことをさせてはいけない――それは道徳に反する、私はモーリスにそう言った。彼は、誰かがすぐに敗北を認めるか、何かが変化する――しかもすぐに――かしかない、と言った。私は反論できなかった。

私は翌日ニューヨークを発った。私の休暇はいろいろな人びとの顔と感情に出会って目の回るような早さですぎていった。喜び、愛おしさ、不満、衝撃。しかし、そのどれも、ルワンダほどの深さと複雑さをもっていないように思われた。この旅には他にも当惑するような一片のニュースがあった、それを最初に教えてくれたのが誰だったのか想い出そうとしてもできないし、明らかにすることもできない。フランスがカナダ政府に、私をUNAMIRの部隊司令官から外すように書簡を送ったのだ。明らかに私の報告を読んだ誰かが、特に、大統領警護隊のフランス軍士官の存在、また警護隊とインテラハムウェの民兵とが密接に繋がっているという点について、私が当てつけのような言及をしたことがお気に召さなかったようだ。フランス国防省は何が起こっているかには気づいていたが、目をつむっていたのにちがいなかった。私のあからさまな指摘は、フランス人をあわてさせ、私の解雇を求めるという大胆できわめて異例な手段をとらせたわけである。オタワとPKO局がまだ私を支援しているのは明らかであったが、ルワンダでのフランス軍に警戒することを忘れないようにした。彼らの意図を疑ってかかり、RGFのエリート部隊にいるフランスの軍事顧問と、彼らがインテラハムウェの訓練に参加している可能性をさらに調査しなければならない。

しかし、夜空の暗さのおかげで星がまるで道路の点灯のように見える明るいマンハッタンから離れる時も、私は後悔していなかった。長距離飛行の間、機内を循環する空気を吸いながら、身体はルワンダを待ち望んでいた。豊かな赤い大地、木の燃える匂い、そして活気に満ちた人びとを。

私は三月三一日木曜日の朝にキガリに到着した。留守の間に、あらゆる政治的展望が変わってしまっていた。ヘンリーは私を空港に出迎え、口頭で最新の報告をする前に読んでおくよう詳細な報告書を手渡した。シャワーと着替えのためにバンガローまで車で戻ると、ブレントが報告した。政府の樹立には重大な困難があり、そのことが治安状況をさらに悪化させていた。大統領は移行政府内に過激派のCDR党を含め

9 希望の復活なき復活祭

ると主張していた。国連事務総長特別代理を筆頭に、外国の政治屋たちは皆、この「仲間はずれなし」という精神に基づく大統領の主導権に同意していた。そして今では過激派と大統領と渡り合うかわりに、政治屋はＲＰＦに妥協するよう圧力をかけていた。

私が三月一〇日にルワンダを発ってすぐに、ＲＰＦとハビャリマナ大統領の両方が解決策を仲介するよう、アルーシャ和平協定の進行役でもあったタンザニアのムウィニ大統領に助力を求めた。ムウィニは外務大臣をキガリへと送った。彼は、もし行き詰まりの主要な問題がＰＬ党内部の亀裂だけであれば、大臣と代議員の地位を二つの派閥で分ければ問題は解決するだろうと提案した。フォスタン・トゥワギラムングが大臣リストを最終的に承認し、アガート首相が代議員リストを最終的に承認すべきであるが、彼らは大統領を含めて、そのリストに利害をもつすべての人びとと相談すべきだ、そのように提案した。

三月一八日の午後にあった全国規模のラジオ演説で、フォスタンは新しく設立される移行政府の最終的な大臣候補のリストを読み上げ、政治的策略はもう終わったのだと国民に力強い保証をした。新しい政府を設立するのに何の問題もなく、三月二五日に樹立されるだろうと彼は約束した。翌晩、アガート首相は議会の代議員の名前を発表した。

合衆国のアフリカ問題担当国務次官補であるプルーデンス・ブシュネルが、まさにその日を選んで突然キガリを訪れ、カガメとハビャリマナの両方に面会した。彼らに何を話したのだろうか？　彼女はただ国際社会が彼ら全員に我慢ならなくなってきていると警告しただけなのだろうか？　彼女はブー＝ブーにも会い、もし移行政府樹立への進展がなかったり、あるいは暴力が起こったりした場合は、指令《マンデート》の更新を再検討するために予定されている安全保障理事会の会議は「困難」なものになるだろう、と告げた。

ハビャリマナはフォスタンとアガート首相が作成したリストに不快感を抱いており、放送前に自分に相談がなかったと、国営ラジオで首相をおおっぴらに非難した。三月二一日に、彼はフォスタンをオフィスに呼びつけ、ＰＬ党のメンバーから司法大臣の選択に関して不満を申し立てる手紙を受けとったと話した。フォスタンは、ＰＬ党と協議をつづける必要があると言い出した。ハビャリマナはＣＤＲ党とＰＤＩ党（小規模なイスラム政党である）から手紙を受けとったと言った。手紙は両方とも、今や喜んでアルーシャ協定と政治的倫理規定に調印するので、それぞれ議会に席を要求したいと述べたものだった。和解の精神にのっとって、移行政府はアルーシャ協定で認められたすべての公党のメンバーをなんとか含むようにすべきだと大統領は言った。フォスタンはＣＤＲ党を含めた政府などまったく受け入れられないということは分かっていた。CDR党は、急進的な親フツ、反ツチという政治目標を支持し、悪名高いRTLMと同様のインプザムガムビ民兵と密接な関係を持つファシスト組織だった。そしてもちろんRPFは、代議員の会場にCDR党が入ることを断固として拒否しており、すでに立ち往生している政治プロセスの前に乗り越えがたい障害を投げこんだとしてハビャリマナを非難した。

三月二五日の宣誓に向けて政治的な努力がかなりなされていた。セレモニーを妨害するようなデモはないだろうと、国防省とエノック・ルヒギラが口では保証した。しかし、悲惨なことに、それはまたしても失敗してしまった。今度はRPFが出席を拒んだせいだった。それにつづく三月二八日の試みが失敗したことが引き金になって、強盗と、穏健派住民に対する武装攻撃が頻繁になった。憲兵隊の移動はかなり制限され、この状況を統制することができなかった。夜になると、多くの人びとが教会に保護を求めた。

ローマ・カトリック教会の使節団と国連事務総長特別代理に率いられているキガリ外交官団は、アルーシャ協定で認められているすべての政党を移行政府に参加させるべきだという大統領の提案を基本的に是認した。彼らはザイール、ウガンダ、ブルンジ、タンザニアの代表――実質的に大湖地域の代表――によって調印された共同声明を発表した。素晴らしい政治的手腕で、ハビャリマナはRPFを、政治プロセスを停滞させている唯一の政党として孤立させた。ニューヨークの政治局《DPA》、国連、すべての政治外交団が彼の罠に落ちたわけである。私たち国際社会全体は、国連の事務総長特別代理が先頭に立って大統領の策略に引っかかったその日に、アルーシャ協定を消滅させてしまった。派遣団の将来に関する安全保障理事会の審議で、合衆国は理事会に、移行政府の宣誓式に非常に厳しい時間的制限を課すことに同意するよう圧力を加えていた。RPFには政治的な対抗措置を講じる時間はほとんどなかっただろう――しかし迅速な攻撃をおこなうには絶好の軍事的位置にあった。私がニューヨークにいる間に、これらの出来事に関して私に教えてくれる者は国連には誰もいなかった。ルワンダに対して本当に注意を払っている人などいないのではないか、そう思わざるをえなかった。

政治的混沌と同時に治安状況が悪化している、とブレントは言った。穏健派政治家の多くが殺すという脅迫を受けていた。ヘンリーは今では、五人の主要な政治家の家の裏庭に、国連部隊員をずっと野営させていた。五人とは、いくつかの対立する代議員の地位について裁定しなければならない憲法裁判所のカヴァルガンダ判事、二人の首相、ランド・ンダシングワとアナスタセ・ガサナである。三月一五日に、ガタバ

9 希望の復活なき復活祭

ジ殺害を想い出させるような出来事が起こった。エノック・ルヒギラの妹とその夫が待ち伏せされ、車の中で殺害された。シェ・ランドは三月一九日に手榴弾攻撃を受けたが、その日は土曜日で、ホテルのディスコは人で一杯だった。八人が怪我をした。

南部からも憂慮すべきニュースが届いた。非武装監視員チームとUNHCRの支援活動家の両方が、ルヘルとショロロにあるブルンジの難民キャンプで、RGFが若い男たちを兵士として軍に徴募していると報告してきた。新兵は近くの森に連れてゆかれ、そこで模造ライフルと木製手榴弾を使って訓練を受けている。非武装地帯の北方地域では、RGFが軍事監視員のパトロールの邪魔をしていた。

私はこれらすべての問題に取り組まなければならなかったが、まず、政治上の上司とやり合わなければならなかった。私が司令部に到着して最初に出くわしたニュースは、ブー＝ブーが、ギセニの近くの保養所でイースターの週末をすごさないかという大統領からの招待を受け入れたことだった。それればかりでなく、国連事務総長特別代理はUNAMIRの護衛を要求していた。カビア博士と私は、すぐに彼の信じられないくらい小奇麗なオフィスに赴き、彼に向かい合った。私たちはうまく駆け引きをしようと、その旅行の唯一の利点は見識と知識を得ることだけだろうと指摘した。もちろん彼は、それを狙っているのだと言った。彼はカメルーンの外務大臣であった頃から大統領とは知己の仲であり、ハビャリマナの意図を見抜く格好の立場にあった。私たちは、下手をすれば、彼が得る利益はなくなるだろうとすぐさま指摘した。RPFと穏健派に彼は大統領派の人間なのだとみなされるだけだ。ブー＝ブーは肩をすくめて、週末も、移行体制を樹立するための戦略を説得しつづけるために働くことになるだろうと繰り返した。彼を思いとどまらせるために私とカビア博士は何も言うことができなかった。そして、彼はなんと、私たちがそんな懸念を抱くのは、フランス語系アフリカ人の気質を完全に理解していないからだと仄めかした。

次の日は聖金曜日で、私は待ち焦がれていた木炭の燃える匂いと、美しい鳥たちの不協和音で目覚めた。しかし、私の頭に最初に浮かんだことは、派遣団の責任者がその日の昼には出発して、壊滅的な衝撃をもたらそうとしているという事実であった。そして本当に、ブー＝ブーはUNAMIRの護衛とケインをひきつれて出かけた。翌朝、私はRPFから国連事務総長特別代理の中立性を問いただす、公式の抗議を受けとった。

自分の目で事態がどうなっているのかを確かめるために、両方の軍事指導者とすぐにでも会う必要があった。四月二日、日曜日の朝に、書記としてブレントを連れて、私は国防大臣に会った。思うに、ビジマナは私がニューヨークへ旅行して以後のUNAMIRの決断を計りたがっていた。彼が、ルワンダ大使を経由して、安全保障理事会における派遣団の情勢を把握していたのは確実である。私は、彼の不作為の罪と作為の罪を次々とあげて、強く迫った。なぜビジマナはガタバジ暗殺の調査にまったく協力しないのか？　なぜキガリ武器管理地域内で自己防御のために武器の携帯を特別に許可されている個人のリストや、この数年で地方住民に配布された小火器のリストを渡さないのか？　彼はガツンダ―キガリ間の回廊地帯にある地雷を撤去してもいないし、武装解除の計画を作成しようとしている合同軍事委員会の会議開催さえ妨害している。私は尋ねた。なぜ彼の部隊はRPF地域内の難民キャンプで暮らしている人びとへの人道支援目的の通行を妨害するのか？　この最後の質問には、彼は反撃をしてきた。そう、NGOや人道支援活動家たちの努力を援助すると約束している。しかし、これらの援助の多くは時にRPF部隊支援に流用される。それにはがまんできない。国防大臣も私も、この会議には十分に満足することができなかった。

彼と別れて、昼食の後、カガメに会うために二機の派遣団のヘリコプターのうち一機でムリンディへと向かった。ヘリコプター二機がようやく到着したのだった。国防大臣に対して同様に面倒な問題の長いリストを彼にぶつけると、彼は冷ややかに少し目をそらしたように見えた。私が、自分のヘリコプターが到着したので、彼の作戦地域を含む、国全体の定期的な空中偵察を開始するだろうと話した時でさえも、彼はほとんど反応しなかった。RPFの移動と戦闘能力については戦略上部外者には秘密にしておくよう気を使う普段の彼を考えてみれば、これは奇妙であった。私は、両陣営が場所によってはたった一〇〇メーターしか離れていない非武装地帯の東側で、停戦協定違反の数が増えていると彼を非難した。彼はその地域の司令官を交替させており、それ以来四回の衝突が起き、六人以上のRGF兵士が殺され、多数が負傷した。国連軍事監視員調査チームが、最も新しい事件の場所へ一時間以内に向かったところ、カガメの部隊による銃撃がおこなわれたことが明らかになった。彼は調査を約束した。

最後に、私は彼も話したいことがあるかどうか訊ねた。彼はどのようにしてCDR党やPDI党の入閣の提案が出てきたのか知りたがった。私は彼の顔を見た。それは私が今まで見てきたどの時に比べても、陰鬱とした顔だった。恐ろしいことが起きようとしている、と彼は言った。いったんそれがはじまれば、誰も止めることはできないだろう。

キガリへの帰途、今日会った二人の男が、私にはがまんできないような事態に備えている、ということに気づいていた。

9 希望の復活なき復活祭

アルーシャ協定での試みはすべて挫折しつつあった。私はリュックに会う必要があった——もし最悪の事態が起こるのであれば、キガリ地区は私たちの安全の最重要地点となるだろう——しかし、部下の司令官たちを一堂に集めて、私たちの数少ない利点と、はっきりとした弱点を査定する必要もあった。

その日遅く、リュックは疲れた目をしてはいたが、いつものようにさっそうと自信に満ちた様子でオフィスに入ってきた。彼に会えて嬉しかった。武器貯蔵庫の疑いのあった場所への最初の抑止的急襲は、計画どおり四月一日に実施され、UNAMIR部隊が哨兵戦を張り、憲兵隊が実際の捜索をおこなった。憲兵たちは何の収穫ももたずに帰ってきた。明らかに計画が漏れており、武器は移動されていたのだ。しかしリュックは信頼を失ってはいなかった。彼は憲兵隊をずっと訓練してきており、彼らに強い信頼感をもっていた。そして次回には、急襲する予定場所をもっと直前に決められたら、何らかの成果を上げることができるだろうと考えていた。私たちは四月七日を次の襲撃の日に選んだ。

しかし、彼を眠れなくするような問題がいくつもあった。私たちは二人とも、戦力がきわめて広範囲に分散していることに気づいていた。今、もしどちらかの勢力が首都で大規模な軍事行動を開始したら、それぞれの部隊は自分たちを守ることも、国連の文民や在留外国人を守ることもできないだろう、そうリュックは言った。二二五人のガーナ兵はまだ配置についていた。新しいベルギー大隊は、彼らの担当領域にも第六章の交戦規則にもまだ対応ができていなかった。それからバングラデシュの分遣隊がいた。彼らを指揮する将校は、すべての命令が文書で渡されることを要求し、部隊を作戦にあたらせることに抵抗をつづけていた。喜ばしいことに、医療避難計画は順調に進展していたが、いまだに医療品をまったく受けとっていなかった。ニューヨークもブリュッセルも、どちらも弾薬の問題を解決してはくれなかったし、前ベルギー分遣隊が訓練で使い果たした分に代わる弾薬を誰も与えてくれなかった。部隊は一人につきおよそ二つの弾倉をもち、四〇から六〇発の弾丸があった——それは哀れな程に不十分な数だった。一分から三分までの戦闘なら耐えられるが、そのあとは石を投げる羽目になるだろう。

その夜私は疲れ果て、あらゆる面での警告で頭が一杯になって家路についた。しかし心の奥底のどこかで、ルワンダに帰ったことを喜んでいた。ルワンダの人びとは、何の実りもない、見すぼらしく貧しい土地で暮らしている、とるに足らない黒人の民衆などではない。彼ら一人ひとりは私と同じであり、私の家族と同じであって、苦闘してきた私たち人類の一員として、どんな人間でも有している権利をもち可能性をもっているのだ。私は自分の任務をやり遂げようと心に決めていた。

四月三日、復活祭の日曜日、私は非武装地帯における部隊の規模を再検討するためにビュンバへと飛んだ――そこにはガーナ兵とバングラデシュの工兵隊が居座っている。中央ルワンダの丸い山頂の上を、きわめて低空で飛ぶ、素晴らしい五五分のフライトだった。その朝、眼下では、国中の村民がめかしこんで、礼拝所までまるで行進しているかのように歩いていた。私のルワンダ経験はまさにこの場所でのものだ。私はもはや、その経験の上に塗り込められた生々しい恐怖の情景なしに、平穏で秩序ある、美しい情景を思い出すことができない。過激派、穏健派、ただの村人、そして熱狂的な信者たちすべてがその日、キリストの復活を祝う歌を唄いながら教会へ集まった。一週間後には、その敬虔なキリスト教徒たちが皆殺人者か犠牲者のいずれかになり、教会は計画的な虐殺の場となったのだ。

私たちは酷い土埃の中ビュンバに着陸した。その場所には見事な近代建築物がある。それは尼僧の管理しているゆったりと広がる建物で、翌年学校としてオープンする予定だった。この学校は、この小さなフランス語系アフリカ国家にカナダの援助資金が巨額に投資されたことの表われでもあった。相対的に言ってルワンダは、サハラ砂漠以南のアフリカ諸国の中で、カナダの援助を一番受けた国であった。尼僧たちはバングラデシュの工兵にさまざまな仕事を振り分けており、賃貸料が入れば教育活動に使うことができると私に説明した。ほとんどすべてのドアに、控え目にＣＩＤＡ〔カナダ国際開発庁〕のステッカーがカナダ国旗と一緒に貼ってあった。この危険な時にあって、なぜブレントと私はカナダ軍全軍にこの国に対する責任を負わせるのだろうかと、考えた。フランス語系カナダ人からなる大隊あるいは中隊であればまだ理解できる。この国で外務省とＣＩＤＡは長い歴史をもっていたが、それまでそれらの機関と私の間にはまったく接触がなかったのだ。私が平和な未来を確かなものにしようとしている時、これらの機関と文化的歴史的情報はまったく共有してなかったのである。(注2)

(注2) カナダはルワンダに対して一貫した統合的政策を有しておらず、個別の省庁主導の活動があるだけで、危機が起こっても一つにはならなかった。カナダの学者ハワード・アデルマンは、『ジェノサイドへの道――ウガンダからザイールへといたるルワンダの危機』で、カナダのルワンダ政策に関する優れた一章を著している。そこでは我が国とルワンダの関係をめぐって私が陥った混乱した経験が丹念に考察されている。

9 希望の復活なき復活祭

ガーナ中隊とバングラデシュ中隊司令官を伴った、非武装地帯地区司令官クレイトン・ヤーチェに迎えられた。一ヶ月以上前に最後に訪れて以来、バングラデシュ工兵は彼らが必要としていた作戦上の装備の約三分の一を受けとっていた。彼らが取り組む仕事は、橋梁を建設修繕し、部隊とパトロールが巡回したり、将来のルワンダのニーズに役立てたりすることであった。カバレとキガリの間に幹線道路を開通させる事業をまだ進めていたので、ガツナ橋は最優先であった。武装解除された兵士たちのキャンプの設営をしつつ、地雷を除去するのも彼らの仕事だった。ガーナ兵は頑張って地区内を巡回していたが、恒常的な物資不足に足を引っ張られていた。ヤーチェの頭にある最重要問題は、その地区からの医療避難計画がないことだった。重傷の負傷者に応急措置をする小さな医療チームはあったが、キガリまで道路を使って移送するとなると数時間を要する。救急車はなかったが、最近到着したヘリコプターが役に立つだろう――私はそれで負傷者を運搬するつもりだった。車両や装備、供給品不足におおいに悩まされていたにもかかわらず、部隊は機敏で士気は高かった。

私は教会で復活祭の礼拝に参加した。ダンス曲や軍隊のマーチを大音量で演奏するのしか聞いたことがなかったガーナ兵の軍楽隊が、神妙な教会音楽家に変身していたのが可笑しかった。しばらくの間、私は自宅に想いを馳せた。ケベックでは、復活祭の日曜日は重要な家族の日であり、それがもうほとんど終わりかけていた。子供と卵探しをすることも、家族とメイプルシロップが採れる森でランチを食べることもなく、ただ、計り知れない距離だけが存在した。

翌日の復活祭の月曜日に、私はいつもより少し遅く起き、しばらくの間ベランダに座っていた。その朝遅く、長い会議のためにヘンリーに会いにゆくことになっていた。けれども急ぐ必要はなかった――司令部には最低限のスタッフしかいなかった。というのも、部隊がいくらかの時間休める、これが最初の週だったからである。家にヴィレム・デ・カントがいないと、空っぽのようだった。丁度私が休暇で離れる前に、彼はオランダの士官学校に転属になっていたのだ。動物好きのヴィレムが集めてきたこの家の動物たちは、明らかに彼がいなくてさびしそうだった。ゴータンという名前のヤギが居た(ヴィレムが居なくなってから、私たちはヤギを太らせて七月一日のカナダの建国記念日のお祝で食べることにした――ヴィレム以外、ヤギが好きなものはいなかったのだ)。ラスティという名の雄鶏と二羽の雌――ヘレンとヘンリエッタ――が居て、新鮮な卵を供給してくれた。最も手がかかるペットは小さな黒い雑種犬で、私たちは愛情をこめてシットヘッド〔愚か者〕と呼んでいた。彼は仔犬にしては信じられないほど静かで、ずっとヤギや雄鶏の後を追いまわしては、角やくちばしでつつかれていた。毎朝私が任務のことでぼんやりしていると、トーストを盗んでいったりした。ヴィレムの代わりの副官としてロベルト・ファン・パッテン大尉がついた。大尉は熱心に職務を果たしたが、デ・カントほどの経験はなく、ルワンダではきわめて不利なことにフランス語が話せなかった。

　キガリの街をなんとなく見ながら、自分の中にしつこくつきまとう不安と理解できない感覚について思いをめぐらしていた。本国カナダでは、英語系カナダ人の多数派組織が決定し、少数派に影響を与えるのを何度も目の当たりにしてきた。どのように情報や命令を伝え、受けとるかをめぐる言語的文化的ニュアンスの違いが、受容と拒絶の差異を生みだす可能性があった。母国では、私はそうしたニュアンスに敏感であることに誇りをもっていた。しかし私の派遣団では、誰もそのような洞察をルワンダ人に対してしない。バイリンガルなので、私はプレイヤーの話す言葉を理解することはできたが、その真意は理解できなかった。政治的にも、軍事的にも、また外交的にも、緊張は明白に高まっており、それにもかかわらずほとんどの時間、私は暗闇の中の幻影を狙ってスイングしているような気持ちに陥っていた。

　これが、私が戻ってからヘンリーと膝を突き合わせて話す最初の機会だった。そして長い話し合いで、私たちはしなければならない仕事のリストを整理した。指揮や状況に対する彼の理解力は、私の見込んだとおりであった。私が居ない間、彼はよく問題を処理してくれていた。不在中に彼を困らせたのは、国連事務総長特別代理が彼と軍事的側面を政治的枠組から外し（それは驚くようなことではない）、憲兵隊長もＲＧＦの参謀長も国防大臣も彼と会わなかったことである。彼はこの接触不足がもたらす結果を心配していた。

　ヘンリーが去った後、私はセネガル分遣隊が開いた国民の休日の夜会に赴いた。セネガル分遣隊は三九人の士官によって構成され、全員が軍事監視員であり、ほとんどがバイリンガルだった。派遣団スポークスマンのモクター・ギュアイと一緒になって、彼らはメリディアン・ホテルで音楽と踊りつきのビュッフェを手配していた。すべての政党、政府、外交官団の代表者とＵＮＡＭＩＲのそれぞれの分遣隊の代表者が招待されており、たくさんの出席者が居た。貧しいルワンダ人への寄付を募っているセネガル人将校もおり、私の手には、文字どおり札束がどっさり置かれた。彼らの寛大さに感謝してからブレントにお金を渡し、適当な慈善活動を探すように指示した。（注3）

（注3）ブレントは、戦争がはじまる前に、この慈善活動を探す

9 希望の復活なき復活祭

私は、踊りの群れ、多くは集団で踊る男たちの間を抜けてビュッフェに行ったが、ふと、リュックがママドウ・ケインと数人のルワンダ人と座っているのに気づいた。驚いたのは、そのうちの一人が、妻を同伴したバゴソラ大佐だったからである。彼は私をテーブルに招いた。彼は飲んでいていつもよりもおしゃべりだったが、バンドがうるさかったので、大声で会話をしなければならなかった。アルーシャ協定に話が及んだ時、彼はツチ族が大湖地域にかけて支配権を確立しようとしている、というよく耳にする話を、繰り返し話した。彼のツチ族に対する非難をやめさせようとして、私は、大統領が誰かを「第一皇子」として選定しているのかどうか訊ねた。もし何かがハビャリマナに起こった時の、権力継承のラインが気になっても当然だった。その数日後に起こる出来事を考えれば、私の他意のない質問も、バゴソラにとって爆弾になったに違いなかった。彼はいないと答え、そのようなことを考えるのは大統領の性格に似合わないと言った。それから彼は、以前にも聞いた、ツチ支配の理論の話へ戻っていった。リュックは、バゴソラが酔いに任せて、ツチ族に対処するには彼らを完全に排除し、根絶やししかないと言ったのをいまだに覚えている。

アルーシャ和平協定の実施に参加しているUNAMIRの将来は、ニューヨークの安全保障理事会議事室脇の部屋に座る一五人の男たちによって決められていた。その中にはルワンダの過激派もいた。彼はアルーシャ和平協定に反対するルワンダ人グループの代表であり、今ではこの派遣の幕引きを望むアメリカ、ロシア、中国と同盟を結んでいた。四月六日の朝、私たちは安全保障理事会決定九〇九号を受けとった。それによると、私たちの指令《マンデート》は六週間延長されるという。その六週間がすぎるまでに移行政府が設立されていなかった場合は、派遣は「再検討される」——この言葉は国連用語では終了を意味した。どうしたら私たちは撤退することができるだろうか？　少しでも信頼性を残すことができるだろうか？　すべての国連文民を引き上げさせ、国外に避難させなければならないのだろうか？　私は何度も読みかえした。その決定は、私たちの作戦方法に関して新しい制限を加えていたわけではないが、戦争抑止作戦をおこなう余地も与えていなかった。そしてさらに経費を削減する方法を訊ねていた。

時間がなかった。それで彼は、私たちが状況の統制を取り戻すまで困難な状態がつづくだろうと考え、その金をフツとツチの使用人に与え援助しようとした。使用人のティソとセレスティンは両方とも道路封鎖で止められ、殺害された。ティソはツチ族だったからであるが、セレスティンは多額の現金をもっていたからである。

この最後の点は馬鹿げている。国連は旧ユーゴスラビアに対して、一日に何百万ドルも費やしていた。私は年間でおおよそ五〇〇〇万ドルしか与えられていなかったし、空港が一つと国境への三つの道路のほかは港も電車もないため、すべてを空輸しなければならなかったのだ。

報告は間違ったメッセージを伝えてきた。そしてそれがもたらした結果は本当に衝撃的なものであった。すべてのルワンダ人に――希望を持ちつづけている穏健派と、根絶を画策していた過激派に――、世界がルワンダのことなどちっとも気にかけていないということを保証したのである。

四月六日。この日は私の人生で最も長い一日になった。大統領は、彼に移行政府を設立するよう圧力をかけている地域の指導者たちと、ダル・エス・サラームで会議をしていた。私にはその見込みがないのは分かっていたが、これで彼が取引するのではないかという一縷の希望をもっていた――つまり、彼は自分の党とCDR党の強硬派と過激派を抑えることができるかもしれない。彼にはまだ多くの支持者がいたし、軍と憲兵隊への統制は、ンサビマナとンディンディリマナによってとれていた。私はこの外交的イニシアティブを最後のチャンスだとみなさなければならなかった。

第九〇九号決議をきっかけに、すぐにPKO局は撤退計画を出すよう求めてきた。UNAMIRは中心機関となって、外国人居住者を退去させるために到着するであろう各国部隊と調整しなければならない。だが、この撤退計画に着手することは、私の優先事項からは排除されていた。私は考えた。「一体誰がルワンダ人を避難させるのだろうか?」答えは、誰もそんなことをしてくれない、というものだった。

私はその夕方家に戻り、どうしたらアルーシャ協定を実行できるかについてまだ考え込んでいた。浅はかにも国連事務総長特別代理が大統領と一緒に出かける前を最後に、彼には会っていなかった。しかし、安全保障理事会から通達されたばかりの指示について彼と話し合う必要が絶対にあった。私たちは、翌朝に向けて、武器貯蔵庫の急襲を計画していた。幸運であれば、彼に成功のニュースをもって行くことができる。ダル・エス・サラームでは、空港で、ハビャリマナ大統領をキガリへと乗せる飛行機が離陸準備をしていた。その飛行機と私の希望は衝突し、ルワンダを地獄へと陥れることになるのである。

第10章　キガリ空港での爆発

四月六日二〇二〇時、空港の国連軍事監視員からの憂慮すべきニュースを当直士官が伝えてきた。「キガリ空港で爆発があった」最初国連軍事監視員は私たちの弾薬庫が爆発したのだと考えたが、すぐにそうでないことが分かった。飛行機が墜落したのだが、誰もそれがハビャリマナの搭乗機であるかどうかを確認できなかった。大統領警護隊とキャンプ・カノンべから来たRGF降下特殊大隊の隊員が空港で乱暴を働き、武器で人びとを脅したため、監視員は身を隠していた。私はリュック・マーシャルにパトロールを送って墜落現場を突き止め、調査を実施するため現場を確保するように無線で指示した。

電話が殺到しはじめた。アガート首相、ランド・ンダシングワ他の人びとが情報を求めて電話をかけてきた。アガート夫人は内閣を召集しようとしたが、多くの大臣は恐れをなして、家族を置いてくるのを嫌がっている。彼女が言うには、他の政党から出ている強硬派大臣は皆姿を消した。彼女に、墜落したのは大統領の飛行機かどうか、飛行機に乗っていたかどうかを調べ、知らせてくれるように頼んだ。事態に備えるようブー＝ブーに電話で警告した。電話を切るとすぐに、アガート夫人が電話をかけ直してきて、確かにハビャリマナの飛行機であり、搭乗していたと思われると言った。

彼女は、政治状況を落ち着かせるためにUNAMIRができるあらゆる助力を求めていた。墜落で大統領は行方不明になっているので、おそらくこの国の行政上の権威者として法的に第一位の立場にあるのは彼女である。しかし、穏健派の大臣の多くはすでに安全な隠れ場所を求めて家から逃れており、UNAMIR、憲兵隊そしてRGFの保護下にある他の大臣でさえ彼女と会って計画を練るのは安全ではないと感じていた。しかも、過激派の政治家たちはどこにいるのだろうか?

この時点で非常に多くの知らせが電話と無線で入っていたので、回線を空けておくために会話を中断しなければならなかった。行動するためには正確な報告を受けられることが必要だ。バングラデシュの当直士官がフランス語を解さないことを考えれば理想的とはいえない選択ではあったが、必死の声でかかってくる電話を、すべて部隊司令本部に任せた。

二二〇〇時に、RGFのUNAMIR連絡将校であるエフレム・ルワバリンダから電話があった。彼は、危機管理委員会がRGFの司令本部で集まることになっており、私にも参加するように言った。私はリュックを呼び、キガリ地区が警戒態勢になったのを確認したらすぐにそこで会おうと言った。またヘンリーを呼んで、国家発展会議に行ってRPFと一緒にいるように言った。何が起こっているのかを確認するまで、彼らに平静を保たせておく必要があった。出発する直前に、リザがニューヨークから電話をかけてきた。できるかぎりのことを彼に伝え、RGF司令本部に向かうところだと言った。

ブレント、ロベルト、私はすぐに夜の中に飛び出した。街は驚くほど静かで、ほとんどの家の明かりは消えていた。外出禁止令が出ていなければ、いつものキガリは人びとで溢れていた。しかし、警察のパトロールさえ見かけなかった。大統領警護隊の不穏分子が活動しているかもしれないと考えたが、もめ事は起こしたくなかった。彼らはUNAMIRが関わるどんな対立もことごとくプロパガンダとして利用したからだ。私たちは注意深く通りを進んだ。

司令本部の門は重武装した兵士が必要以上に配置されていた。敷地内では、隊列を組んだ部隊が巡回していた。ロベルトに無線を任せて車両に残し、ブレントと一緒に司令本部に入った。私たちはまっすぐ二階の会議室に向かった。天井の扇風機は止められ、部屋は薄暗かったが、いくつかの長い蛍光灯がちらついていた。天井が頭に重くのしかかってくるように思えた。

バゴソラ大佐が大きな馬蹄形の会議テーブルの真ん中に座っていた。彼が責任者であるということは、良い兆候ではなかった。彼はじれったそうに、座るように手を振った。彼の左側には、ンディンディリマナ少将が何人もの幕僚をしたがえて座り、椅子を後ろに引いて曖昧な表情をしていた。バゴソラの右側にはRGFの上級幕僚が座っていた。彼がルワンダ部隊のベルギーとフランスの軍事顧問と一緒に働いていたことを知っていたが、顧問たちはそこにはいなかった。そのことが心配だった。というのは、この国のすべての外国人のうちルワンダ陸軍に何が起こっているのかを一番良く知って

10 キガリ空港での爆発

いるのは、軍事顧問たちだったからである。(注1)ルワバリンダはずっと離れた右側にいた。他に約一二名がおり、そのほとんどは陸軍上級参謀であった。これはよく練られたクーデタなのか、それともこの将校たちは単に、政治指導者の問題が解決するまで秩序を維持しているだけなのか？　バゴソラの存在は、この事件がもしクーデタであるとしたら、軍と憲兵隊の穏健派メンバーによるものであったのではないか、という私のはかない希望を否定するものであった。

バゴソラは私たちに挨拶し、国防大臣がカメルーンのオリンピック委員会会議のため国外にいるので、会議室にいる将校グループが軍と憲兵隊の上級指揮権を代表することを説明した。大統領の飛行機の墜落によって不安定な状態になっているので、軍が国を掌握する必要がある。バゴソラは私をまっすぐ見て、アルーシャ・プロセスを危機に陥らせることは望んでいないと言った。彼が強調したのは、軍が状況を掌握しようとしているのはできるかぎり短い期間にすぎず、その後は政治家に任せるということである。ＲＰＦとの和平を維持したい、とも言った。彼はＲＧＦの分子、特に大統領警護隊の統制がきかなくなっていることを認めたが、彼らを兵舎に帰らせるためにあらゆる努力をしているところだと請け合った。私はまったく彼の言葉を信じていなかった。

バゴソラが会議の進行をンディンディリマナに任せると、五〇年代物の電話が背後の小さな机の上で大きな音で鳴ったので、皆が飛び上がった。幕僚の一人が電話をとった。彼は少しの間電話に耳を当て、キニヤルワンダ語で静かに答えた。受話器を置くと、ハビャリマナが飛行機の墜落で死んだだけでなく、ブルンジ大統領サイプリエン・ンタリャミラと陸軍参謀長デオグラティアス・ンサビマナも死んだと言った。彼は、飛行機が墜落したのがキャンプ・カノンベ近くのハビャリマナ自身の家の裏庭だったと言いながら、笑いそうになるのをこらえていた。バゴソラは彼をじろりと一瞥して、私に向き直って意見を求めた。

私は間髪いれずに哀悼の意を示した。ＵＮＡＭＩＲと世界に関するかぎり、ルワンダにはまだアガート首相に率いられている政府が存在している、すべてのことは今や彼女が掌握すべきである、と強調した。バゴソラは、アガート夫人は

（注1）彼らはそれまで一度もＵＮＡＭＩＲに協力したことはない——彼らは母国政府とルワンダと国連派遣団に同時に仕えることはできないと主張した——が、おそらく心変わりして、内部から見た意見を教えてくれた。私はかねがねベルギーの軍事顧問の立場を不思議に思っていた。ＲＧＦの中核士官に助言をするという本来の任務に忠実である必要があるということは理解できたが、どうしてＵＮＡＭＩＲを、それも同国人を拒否したのだろうか？

ルワンダ国民の信任を得ておらず、国を統治する能力もないと反論した。この危機管理委員会が、新しい政治家グループが政府を作るまで、事態を掌握しなければならない。彼は、翌朝キガリで会うためにRGFの上級軍事指導部を召還していた。

私はもう一度権限がアガート夫人にあることをもち出した。彼女が今この会議に参加していなければならないのだ。彼女は国営ラジオ放送局であるラジオ・ルワンダをとおして国民に演説し、人びとに平静を保つように訴えかけるべきである。UNAMIRと憲兵隊は協力して、夜を徹してキガリの秩序を維持するための共同パトロールを実施することができる。安全なキガリが、事態を掌握するための鍵になる。

バゴソラは立ち上がって、私に顔を近づけ、拳をテーブルに強く押し付けた。アガート首相には権限がない、と強硬に主張した。ブレントの隣の士官は酒の臭いを漂わせて、アガート夫人の名前が出るとフランス語の侮辱語を呟いた。この部屋にはアルーシャ和平合意に責任を負うことを誓うバゴソラがいるが、首相権限を尊重する士官はひとりもいなかった。

私はンディンディリマナの方を向いた。彼は、憲兵隊の護衛をラジオ・ルワンダ、電話交換局、公共施設と燃料施設に配置したいと言った。これらは守ることの必要な重要な場所だが、キガリ地区の配備はすべてキガリ武器管理地域合意のルールに基づいておこなわれなければならないと私は主張した。ンディンディリマナは同意した。私にはいつも彼が誰に忠誠を尽くしているのかが謎だった。それまで、彼はバゴソラの友人などではないと思っていたのだ。

私は、適切な事故調査がおこなわれるようにするために、UNAMIRが墜落現場を確保する許可を要求した。バゴソラがすぐさま同意したので、私は彼が何も隠していないか、もうすでに隠してしまったかのどちらかだと考えた。私たちが議論する必要がある問題の多くは政治的性格のものだったので、私はブー＝ブーを入れるように提案した。彼に電話をさせてくれるように頼むと、隣の部屋のオフィスの電話を貸してくれた。

もう真夜中すぎで、私の電話でブー＝ブーは目を覚ました。私は簡単にこれまでに起きたことを彼に伝えた。バゴソラがドアから頭を出して、私をさえぎって、ブー＝ブーにすぐに会えるかどうか聞いた。国連事務総長特別代理と二言三言話した後で、彼をすぐに迎えに行くとバゴソラに言ってから、電話を切った。バゴソラはもう一つ要請してきた。つまり、私がRPFのところに行って、これまでは何も起こっていない、あるいはこれから何か起きるとしても、秩序を維持する試みとして解釈されるべきものだけだ、と伝えてくれないだろうか、と。

10 キガリ空港での爆発

私は国家発展会議のヘンリーに電話をし、キガリ武器管理地域を完全に遵守し、平静を保つようにRPFに伝えるように命令した。ヘンリーと話している間に、ベルギーとフランスの軍事顧問がオフィスの入り口に到着し、墜落を即刻調査するよう主張した。フランスは中央アフリカ共和国のバングイに飛行機事故調査チームをもっており、それは一二時間で来ることができた。私はフランスのチームを使うことなどとんでもないと言った。フランスは親RGFと見られており、彼らが調査をすると公平性に欠けると思われるだろう。私は、ヨーロッパのNATO軍かソマリアのアメリカから二四時間以内にチームを編成できると思うと言った。彼らはむっとして帰って行った。

ロベルトと私がバゴソラとルワバリンダを連れてブー＝ブーに会いに向かおうとしているところにリュックが到着した——ブレントには残って電話を受け、部隊司令本部との連絡を保つように命じた。リュックは、大統領警護隊が都心部にバリケードを設け人員を配置していると言ったが、通りは静かだった。彼の部下はすべてのキガリ地区要員に事態を説明しようとしていた。彼はベルギー部隊の一個小隊を墜落現場の確保に向かわせたが、空港近くの大統領警護隊が地域に近づくのを拒み、今や立ち往生していた。私はリュックにンディンディリマナと連携して共同パトロールと重要ポイントの共同安全確保の詳細を考えるように指示した。一方で、危機管理委員会に大統領警護隊を兵舎に戻らせるよう強く言った——対立的な状況を避けるために私たちの部隊の移動は最小限に控えたかったし、街に平静を取り戻し維持するための交渉をしたかったのだ。

ブー＝ブーと会うために出発した。ロベルトが運転し、バゴソラとルワバリンダは後ろの席で黙りこくっていた。私たちは国連事務総長特別代理の本部に最短ルートの人気のない通りをとおり、大統領警護隊が兵舎の近くの主要な出入り道路に設けた二つの検問所にぶつかるまでは順調に進んだ——その検問所はキガリ武器管理地域合意に真っ向から違反している。二台の車が止められ、何人かの民間人が尋問を受けていた。街灯の明かりで、一人の男が手を頭に組んで中央分離帯の草の上に横たわっているのが見えた。

私は後部座席の客に、この兵士たちが何をしようとしているのか訊ね、私たちをとおすように頼んだ。バゴソラは窓を下げ、二番目の障害物にいる大統領警護隊の下士官にキニヤルワンダ語で荒々しく吠えた。伍長は車の中で彼に命令を叫んでいる人物を知って明らかに驚き、気をつけの姿勢をとった。彼はそれを否定したが、バゴソラは明らかに大統領警護隊にかなりの支配力をもっており、私たちはとおってよいという合図を受けた。

RGFの司令本部では、ブレントとリュックが別の難問に取り組んでいた。ブレントは、敷地内で部隊が命令を受けているのに気づき、武装車両が出発するのを見た――これもあからさまなキガリ武器管理地域合意違反である。兵士はそれぞれRF4アサルト・ライフルを携えていたが、ブレントはルワンダ政府軍兵士がそれを手にしているのをこれまでに見たことがなかった。ライフルは新品で、多くはまだ銃身に梱包時のグリースが残っていた。リュックは中位の士官に近づき、キガリ武器管理地域違反だと抗議したが無視された。

ブー＝ブーの住居では、敷地の中と周囲のすべての照明が点灯されていたが、外には誰もいなかった。門を叩くとUNAMIRの護衛が開けてくれて、壁をめぐらせた庭に入った。そこでブー＝ブーのボディーガードに出迎えられ、家の中に案内された。国連事務総長特別代理は寝室におり、彼が降りてきて挨拶をするまで数分待たなければならなかった。彼は一階の大きな部屋に私たちを招き入れ、長方形に並んだソファの頂点に座った。バゴソラはブー＝ブーから一番離れたソファに座ったので、大きな室内装飾品の前では小さく見えた。彼は国の状況を説明しながらブー＝ブーを説得し、大統領に近い少数の部隊は庇護者を失って混乱しているのは無理もないが、彼らの暴発に対処するためにUNAMIRの一層の支援を要請した。しかし、彼の目はその心強い言葉とはかけ離れていた。ブー＝ブーは彼の話を聞き、次に、アガート首相が政府の正当な長であること、すべては彼女に相談しなければならない、と繰り返した。軍に命令を出すべきなのは彼女の他にはなく危機管理委員会ではない。バゴソラは抗議し、しばらくは彼とブー＝ブーは穏やかに問題を論じ合っていた。

それからブー＝ブーは突然二階に上がって行った。私たちにそうしろとは言わなかったが、待っていなければならないことは分かった。一五分後、彼は戻ってきて、何人かの外交官と相談した結果、〇九〇〇時にアメリカの大使公邸で会議をすることになったと告げた。バゴソラはそれに加わるよう招かれ、即座に承諾した。ブー＝ブーはじっと睨みつけながら、この招待は危機管理委員会の正統性を承認したわけではないと言った。会見は終わった。

ブー＝ブーが車まで送ってくる時に、私は他の連中を先に行かせて二人きりにしてくれるよう頼んだ。彼は、共同パトロールと憲兵隊による重要ポイントと要人の警護という私の計画に賛成してくれた。彼もまた、家にこもっているアガート首相から電話を受けていた。MRND党の大臣たちの行方については一言もなかった。首相はまだ翌朝ラジオで国民に演説することを計画していた。このラジオ中心の文化に暮らす多くのルワンダ人は、明日も周波数を合わせることだろ

10　キガリ空港での爆発

う。この状況を安定させるための私たちの最大の希望は首相の言葉であった。私はブー＝ブーに、アガート夫人を無事にラジオ・ルワンダに送りとどけるために護衛をつけるつもりだと言った。ブー＝ブーは、朝、自分をアメリカ大使公邸に連れていってくれる護衛もつけてほしいと頼んできた。

バゴソラは子供のようにじっとしていられなくなっており、大きくため息をついて車両の窓を開けたり閉めたりしていた。国連事務総長特別代理のもとを出発し、RGF司令本部へと向かって帰った。新しい検問所も道路閉鎖もなかった。あまりにも完璧に静かなので、軍事演習の突撃前の数分を想い出したくらいだ。その時は全神経が張りつめ、何かしようとしても何もできない。意を決して、最後の瞬間に地図を見て、筋肉がこわばり、暗闇の中で眼をこらす。口は乾き、指は武器をしっかりと握っているので、手がとても冷たくなり、息もできず、どんな音も核爆発のように聞こえる。国全体が爆発するかもしれないと私は思った。

〇二〇〇時に司令本部の敷地に帰った。動き回っている部隊は前よりも少なかったが、防衛陣地にはすべて兵が配置され、完全警戒態勢だった。リュックはンディンディリマナと共同パトロールの全体計画を練っていた。問題は、夜間の街で多くのベルギー兵部隊に巡回させる必要があるということだった。それは挑発になるように思えた。最後に必要となる手段なので、ベルギー部隊は外すように頼んだ。また、アガート夫人の住居に護衛を送るように言った。

ブレントと私は部隊司令本部に戻ってニューヨークに報告し、指令を受ける必要があった。街を横切るのはちょっとした旅行だったが、〇三〇〇時頃には帰り着いた。私はブレントにPKO局への書面報告の草案を頼み、それから主席および次席作戦参謀、モエン大佐とバリス中佐に会った。彼らは、数人の他の士官とともにメリディアン・ホテルの宿舎を発ち、裏通りをとおってここまできたのだ。モエンは私に一二人足らずの士官しか勤務についておらず、そのうち三人は母国語しか話せないバングラデシュの当直士官だという気のめいるようなニュースを知らせた。彼は無線ネットを使って、ウガンダのUNOMURも含めた六つの作戦区域すべてからなんとか状況報告を得ようとしていた。

ヘンリーは国家発展会議から帰るのに苦労したが、幸運にもRPFと大統領警護隊の短い銃撃戦をなんとか切り抜けてきた。彼はRPFが挑発に応じているのだと強調した。週一便のベルギーのハーキュリーズ輸送機は部隊の荷物を積んで戻るところだった――多くの重要な幕僚と私の運転手も含めて――が、ナイロビに行き先を変えた。ハーキュリーズは大統領の飛行機の前に着陸する予定だったが、国家元首を優先させるために着陸を延期していたのだ。航空管制官は、墜落事故直後に、大統領警護隊の命令で空港を閉鎖した。しばらくの間、私たちは世界から切り離された。飛行場のベルギー部隊は大統領警護隊に立ち往生させられている。そして緊張を鎮めるための交渉はまだ進められていた。

穏健派の指導者たち、普通のルワンダ人、神経質な国連文民スタッフは引きつづき情報を求め、安全確保を要求した。巡回のための部隊があるだけで、護衛ポストに張り付いている兵士の誰一人として、パトロールに出すことも緊急時に使うこともできないのだ。電話をかけてきた連中には家にいるか、状況が安定するまで隠れているように言った。

結局私はニューヨークに衛星電話をかけた。それは機密保持上安全ではなかったが、それしか手だてがなかったのだ。モーリスは休暇中だった。(その後、キガリで大統領の飛行機が墜落した頃、モーリスと奥さんがケベック・シティの我が家の居間にいたということが分かった。ベスに私が元気だと安心させるために訪れてくれたのだ。)私はイクバル・リザに状況説明をした。それを終えると、彼は言った。「UNAMIRは、発砲されないかぎり発砲してはいけない、繰り返す、発砲してはいけない」私は、私たちの交戦規則では、介入して、人道に対する犯罪を食い止めるという責任を果たすために武力を拡大して用いること、それには死者が出るような武力の使用も含めて認められているということを指摘した。彼は繰り返した。UNAMIRは発砲されないかぎり発砲しない——私たちは交渉すべきであるし、どうあっても、紛争を回避すべきである、と。彼は、私たちが危機に陥っていることは完全に理解しているが、不当に利用される可能性がある事件を引き起こしてはならない、と言った。私は書面の状況報告を送ると言って、電話を切った。

ブレントがロベルトの連絡先住所録をベルギーの軍事顧問のデスクに忘れてきたので、彼とロベルトはそれを取りにRGF司令本部まで車で戻ることにした。彼らは軍の道路封鎖に出会った。そこには、装甲車をバックアップにし、荒れ狂い酔っぱらった兵士のグループが配置されている。ブレントは車両から出て、通してくれるよう交渉しようとしたが、兵士たちは武器を突きつけた。それには装甲車の搭載銃も含まれていたので、彼とロベルトは引き下がり、部隊司令本部まで帰ってきた。ブレントから何があったかを聞いて、私はバゴソラに電話をかけようとした。しかし、彼は国防省のオフィスにはいなかった。軍司令部にもいなかった。家にもいなかった。連絡がとれるようにあれだけ約束しておきながら。いわゆる危機管理委員会のメンバーの誰の居場所も分からなかった。

モエン大佐は、無線ネットを使いこなそうと試みていた。

10 キガリ空港での爆発

それは安定しているどころか一度としてまともに動いたことがない。私たちの無数の前哨ポストは携帯のモトローラでなんとかこなしていたが、中継局が少なすぎて信号のレベルを上げることができなかった。他の分遣隊が自分たちの無線を持ち込んだが、国連の標準契約は安全でないモトローラなのだ。部隊司令本部からキガリ地区へ、私たちはモトローラで作戦を伝えた。キガリ地区はベルギーの大隊とベルギーのVHF無線で交信したが、それはモトローラとは互換性がない。ベルギー、バングラデシュ、ガーナの部隊の指令ポストはさまざまな下位部隊、パトロール、要人警護ポストのような前哨基地と、異なったVHF周波数の組み合わせで、互換性のない無線を介して話をした。派遣団あるいは私に関わるどのメッセージも、四つの違った不安な無線ネットをつうじて、非常に多種の言語、アクセント、技術的能力の異なる交換手の間で送られた。その時モエンにできたことは、連絡をとることのできる数少ない地域司令官と連絡を絶やさないことだけであった。

アガート首相が、ラジオ演説に関して電話をかけてきた。私たちは電話でラジオ局長に連絡して、一時間以内に首相を局に連れてゆくと言った。彼は折り返し電話すると言った。数分後、電話をかけてきて言うには、もしUNAMIRが彼と彼の家族の安全を保証することができるのであれば、首相に放送時間を与えることだけはできる、と言った。私は何ができるかを調べて、折り返し電話すると言った。一〇分後に電話したが、今度は自分にできることは何もないと彼は言った。大統領警護隊が到着して、ラジオ局の玄関を封鎖しており、誰も出入りできない。私は、アガート夫人の家から電話中継をすることができるかどうか尋ねた。不安げにため息をついて何もできることはないと言い、電話を切った。

私は、アガート夫人に電話をかけて、演説はキャンセルになったと伝え、増員したベルギー部隊が守る、壁をめぐらせた敷地内にいるよう説得した。彼女は同意した。私は彼女を守る任務を与えられた人間を数え上げた。以前からいる五人のガーナ人警護、個人的に彼女に忠誠心を抱いている多くの憲兵隊員、そして誰か知らないがリュックが彼女の警護を強化するために送った者。いまのところ彼女の側には二〇人もの十分に武装した男たちがつくことができる。これ以上ないほど彼女は安全だ。

その夜は眠れなかった。山並みに陽が昇ると、助けと保護を訴える電話が劇的に増えた。一二時間もの間休みなく、時には一時間に一〇〇件もかかってくるこのような電話にブレントが対処した。国連開発計画（UNDP）の安全担当官であるあごひげが、無線で「重要人物」が彼らのところに避難を求めていると伝えてきたが、それが誰であるかは無線では言わなかった。ブレントはメッセージをキガリ地区に送り、そこから二台のバングラデシュ軍の装甲兵員輸送車が国連開発計画に差し向けられた。

さらに不穏な電話報告が入りはじめていた。それは、大統領警護隊、軍、憲兵隊とインテラハムウェの一部が名前の書かれたリストをもって家々を回っているというのである。銃声と叫び声が聞こえた。誰かが、時には知り合いの誰かが助けを求めている声を聞いても、ただ助けが向かっていると言う以外に何もできないこと――そして叫び声と、銃声と電話が切れて沈黙を耳にすること、これは想像を絶するほど恐ろしいことである。ショックを受けて電話を切ると、また電話が鳴って、この場面がそっくり繰り返されるのである。助けが到着するかどうかは、キガリ地区司令部がそのメッセージを受けてパトロール隊を派遣したかどうか、パトロール隊が道路封鎖に引っかかるかどうかにかかっている。

情報は断片的、不完全でつなぎ合わせるのが難しかった。この難しさは無線訓練が不十分であったことで余計に増した。国連の文民から軍事スタッフにいたるまで誰もが英語を話した――それは第二、第三、第四言語であった――そして、誰もが一遍に話そうとしたのだ。(注2) 二五三八人の軍事要員が四月七日に配置されていたが、そのうち、第一言語として英語を話すのはブレントだけだった。パニックが起こり、上級士官が直接介入することでしか無線ネット上に一定の規律を維持することはできなかった。話している者は癇癪を起こし、さらに大きな声で叫ぶので、聞きとれなくなるのである。次第に入ってくる情報が少なくなった。最も決定的に重要なメッセージでさえ、バングラデシュ兵がそれをブロークン・イングリッシュでウルグアイ兵に伝え、今度はウルグアイ兵がガーナ兵に伝え、ガーナ兵がフラマン語しか話せないベルギー兵に伝えるということを何度も繰り返さざるをえなかった。

その朝早く、エレネ・ピンスキーから助けを求める電話を受けた。彼女には、家族を部隊司令本部につれて来られるよう護送手段を手配できるまで、護衛と一緒に家に留まるよう

(注2) 私たちがフランス語使用国にいたとしても、国連の平和維持活動においては通常そうであるように、派遣団の言語は英語であった。いくつかの例外はあった(西サハラでは派遣団はフランス語を使い、中央アメリカではスペイン語を使った)し、私は技術報告においてはUNAMIRでフランス語を使うことを強く推奨した。しかしPKO局からは却下された。理由は、派遣団に勤務する十分な数の文民要員を見つけられないからというものである。私はフランス語に固執しなかったことを今では後悔している。

10 キガリ空港での爆発

に言った。すでに五人のUNAMIR兵とンダシングワに忠実な少なくとも二人の憲兵隊員が彼女の家族についている。自分たちだけで移動しようとするよりも、家にいるほうが安全だと私は信じていた。彼女は夫と二人の子供のことで非常に怯えていた。穏健派の友人政治家が何人か家で襲われていると聞いたのだ。できるだけはやく行くと彼女に約束して、ブレントはキガリ地区司令部にメッセージを送った。こんなふうに彼女に言っている最中にも、彼女は私をさえぎって、家の外に人がいるのが聞こえると言った。彼女の声は、まるであきらめて運命に身を任せるしかないかのように、うまく表現できないくらい落ち着いており、電話を切った。翌日、彼女の夫がリュック・マーシャルに電話をしてきて、話している間に大統領警護隊が到着し、護衛を全滅させ、家族全員を殺したことを知った。他の多くの人びとと同じように、UNAMIRに守ってもらえる、エレネはそう信じていた。リュックは、彼らが殺されるのを電話ごしに聞いたのだ。

その日どれほどのルワンダ人が助けはすぐにやって来ると聞かされて殺戮されたのか、そのことを考えると耐えられない。ほんの数時間の間に、大統領警護隊は、明らかによく練られ、着実に実行しうる計画を実施した――四月七日の正午には、ルワンダの穏健派の政治指導者は死ぬか隠れるかしていた。将来に穏健な政府が樹立される可能性は完全に断たれたのだ。

RGFと憲兵隊の上級指導部がその朝会合をしていたが、どこでおこなわれているのか私は知らなかった。彼らを捜し出す必要があったので、上級当直士官ピーター・マッゲン少佐にロベルトと一緒についてきて記録をとるように頼んだ。彼はその時に部隊司令本部で流暢にフランス語をあやつる、ロベルトを除けば唯ひとりの士官だったからである。ほっそりした、控え目な対空砲将校であるマッゲンは、欧州NATO中央戦線の規範をすっかり身につけていた。何が起こっているかを聞くと、彼はキガリの危険な通りを抜けて司令本部に駆けつけたのだ。私の考えでは、ならず者化しているのが大統領に近い部隊だけであるのならば、なぜUNAMIRが憲兵隊と共に介入してこの事態をつぼみのうちにかりとってしまってはいけないのか？　もしこれがアルーシャ協定の失敗を狙ったバゴソラ一派によるクーデタであるなら、私にはそれ以上のことをする指令を受けてはいなかった。きっと内戦が起こることになるだろう。

ブー＝ブーが電話をかけてきて、彼をアメリカの大使公邸で開かれる会議に連れてゆく装甲兵員輸送車がまだ着かないと文句を言った。行方不明になった装甲兵員輸送車を私も探しており、当てにならない無線ネットで要請を出しているとところだと答えた。一〇分後にブー＝ブーがかけ直してきた。装甲兵員輸送車はまだ到着していない。会議は欠席するつもりだと言って怒った。

出かける前に、ニューヨークのリザに電話をした。穏健派が標的にされていること、UNAMIRの保護下におかれている人びとが襲われていることが今では分かっている――私たちの護衛の身に何が起こるかは神のみぞ知るだ。道路封鎖を突破するのは困難だった。そのうちに武力を行使するしか方法はなくなるだろう。リザは私に、UNAMIRは発砲されないかぎり発砲してはならないと指示した。（その日、ニューヨークに送られた状況報告から引用すると、「部隊司令官は交戦規則についてリザ氏と議論したが、交戦規則によればUNAMIRは発砲されるまで発砲してはならないということを確認した」）

〇九〇〇時頃、国連事務総長特別代理が電話をしてきて、アメリカ大使が大使公邸での安全な護衛を提供することができないので、外交官会議はキャンセルされたと言った。バゴソラに揺さぶりをかける最後の機会が失われた。できるだけ早く、RGFの軍事会議にいかなければならなかった。

一〇〇〇時、部隊司令本部までなんとかやってきた数人の士官と会った。墜落現場での立ち往生はまだつづいていた。空港の主ターミナルにいるベルギー部隊の小隊は囚われの身だったが、まだ武器は奪われていなかった。町を動き回ることは困難だった。私たちには道路封鎖を強行突破する権限もなかったし、火力もなかった。私たちのパトロールは、別ルートを探すことしかできず、それがまた別の道路封鎖にぶつかるのはどうしようもなかった。キガリ外の状況は比較的静かではあった。

私はヘンリーにとにかくできるかぎりの残りのスタッフをかき集めて、作戦室の壊滅的状況をなんとかするように頼んだ。私はいかなる偶発事も避ける必要があることを強調して、交戦規則に関してリザが定めた新しい制限を伝えた。過激派はそうした偶発事を利用して、軍、憲兵隊、民兵、そして可能であれば住民を私たちに立ち向かわせることができる。私は、規則の変更が命令系統をつうじてすべての地区に伝わるよう指示した。バリスを国家発展会議に送り、RPFと一緒にいるよう頼んだ。RPFは今のところキガリ武器管理地域合意を守っている。彼はRPFに、私が危機管理委員会と連絡をとっていること、委員会が状況を掌握するまではバゴソラのところにいるつもりだということをはっきり伝えることになっていた。いまのところ本当に起きてほしくないことは、RPFが国家発展会議から外に出てしまうことだ。停戦と和平プロセスのすべてが危機にさらされている。ブレントがニューヨークへの文書報告をほぼ書き終えていたが、私が帰ってきた

10 キガリ空港での爆発

てくるまでは送付を延ばすことになっている。彼はまた電話に出て、ＰＫＯ局との連絡を維持し、必要であれば私かヘンリーにメッセージを伝達することになった。

ロベルト、マッゲン少佐と私は会議の場所を探そうと出発した。私たちは車の無線に加えて携帯のモトローラ無線をもった。ロベルトが唯一の武器、ピストルを帯びる。町中で散発的に銃撃の音が聞こえるが、メインストリートは所々に大統領警護隊の車両が止まっているのをのぞけばほぼ空っぽだった。マッゲンがハンドルを握り、ロベルトが後部座席に、私は前に座って無線機に耳を寄せた。私たちは、ふたたび国家発展会議周辺でＲＰＦと大統領警護隊との間ではじまっていた銃撃戦を避けるために、街の南西に出る長い迂回路をとった。私はバリスがなんとかやってくれることを願った。街の中心部に近づくと、通りや家の入り口に人がおり、道路封鎖の周りには人だかりができていた。インテラハムウェの民兵は目を引く、だぶだぶの道化役者のような服を着ており、一般市民はマチェーテで武装して道路封鎖についていた。中には銃をもっている者もいる。軍服の上着だけをきた若者が、私たちを罵ってから、しぶしぶとおした。

キガリの中心にあるミルコリン・ホテルの近くで、二台のバングラデシュ軍の装甲兵員輸送車が、大統領警護隊が配置されている道路封鎖で止められているのを見た。フランス製の装甲偵察車両が、七六ミリ砲を装甲兵員輸送車に向けていた。車を降りると、バングラデシュ人の中尉が砲塔から頭を出した。自分と部下は非常に不安だと訴えた。彼らは国連開発計画の敷地に残ったルワンダ人を救出しようとして、そこにたどり着けないのである。装甲兵員輸送車をとおれるようにするまで、じっとしていろと言った。私は封鎖をしている伍長に歩み寄って、私の車と装甲兵員輸送車をとおすように言った。彼は拒否した。彼が受けている命令は、誰も、特にＵＮＡＭＩＲは市の中心部に入らせてはならない。また、封鎖を越えようとしたら撃てというものである。私はその道路封鎖を乗り越えたかったが、リザの指示を思い出した。状況を把握しようと周りを見回して、砲塔の砲とそれと同軸の中型機関銃が私に狙いを定めているのに気づいた。私は車両に後ずさりし、バングラデシュ人中尉に、私が前進を命じるまで、装甲兵員輸送車をその場所に停めておくように言った。それでも、彼の表情にはっきり浮かんでいる恐怖を少しも和らげることはできなかった。故障していない五台の装甲兵員輸送車が私たちの最後の手段であり、もしそれで道路封鎖を突破できなければ、私たちにできることは何もないことになる。バゴソラかンディンディリマナに道路封鎖を解除させなければならない。

私は歩いて進むことにした。ロベルトに車を後退させて、西への道を探すよう言った。彼なら道路封鎖を通過できるよう交渉することができるかもしれないし、私たちとどこかで合流することができるかもしれない。マッゲンに一緒に来るように言い、道路封鎖に向かって歩いた。伍長は私たちが側をとおりすぎるのを見て、私に向かって叫び、キニヤルワンダ語で命令した。そして銃の撃鉄を上げる音がした。私はマッゲンに歩きつづけるように言った。また何か叫んで命令したが、撃ってはこなかった。

荒れ果てた政府とビジネス地区を約五〇〇メーター歩かなければならなかった。街の北西からはぱらぱらと小火器の銃声が聞こえたが、ここには人影はなく、人びとは皆、逃げるか隠れるかしているようだった。大統領警護隊は比較的小さな街の中心部を封じ込める見事な仕事をやってのけているわけである。しかし誰がこの命令を出したのだろう。なぜ街の他の地域はまるで無政府状態になりつつあるのに、憲兵隊は明らかに傍観しているのだろう。

私たちは国連開発計画の敷地のゲートで立ち止まった。そこには人気はなかった。重要な人物は誰もここにはいなかった——午前中に誰かがここにいたという痕跡はなかった。私たちは革命通りに引き返し、歩きつづけた。とても早い足取りだった。聞こえる音は鳥の鳴き声、歩道に響く私たちの足音、心臓がドキドキする音だけだ。私が深く考え込んでいると、マッゲンも黙っている。リザからの直接命令を無視して武力を使うべきか？　手もちのリソースを考えると、私たちの部隊を介入部隊に魔法のように変えることなどできないが、どこまでならやれるだろうか？——ＲＰＦはまだキガリ武器管理地域ルールにしたがっているし、相手にするのはならず者化したＲＧＦ部隊だけだ。安全な状況をふたたび確立する鍵はバゴソラが握っている。彼が責任者なのだ。彼とンディンディリマナは私に、これはクーデタではないと証明しなければならなかった。

国防省は国連開発計画オフィスの敷地から一〇〇メーターほどしか離れておらず、四〇人ほどの兵員からなる小隊で警護されていた。ほとんどは連隊記章をつけていない部隊員と数人の憲兵隊だった。私は責任者の中尉——私を中に入れる気はないとはっきりと態度で示していた——にどこにバゴソラ大佐はいるのかと尋ねた。ここにはいないと答えた。私は回れ右をし、マッゲンと歩きつづけ、通りからさらに四〇〇メーター下ったところにある、キャンプ・キガリの軍総司令部のメインゲートに向かって西に進んだ。国防省の脇を歩いていると、一人の少佐が壁越しに大声で呼んだ。彼は歩いて行くのは賢明ではないと思うと叫んだが、私は構わないでくれと言った。彼は走ってきて私たちに加わり、その後ろに小さな軍用車がついてきた。彼がどうしてもと言うので、私た

10　キガリ空港での爆発

ちは乗り込んだ。バゴソラとンディンディリマナを探さなければならないのだ、と話した。

軍総司令部は、キャンプ・キガリのメインゲートのすぐ内側にあった。到着すると、そこはまだ完全に戦闘準備状態だった。すべての遮蔽壕に兵員が配置され、中型機関銃が入り口を守っていた。何列もの柵が打ち付けられて設置されており、車両が入るのを防いでいた。ゲートの内側には二〇メーターほどの大きな遮蔽壕があり、長い、まっすぐな大通りに直接砲撃できるようになっていた。入り口に装甲車が半分見えないように隠して停められており、銃砲は通りに向けられていた。多くの部隊と何人かの大統領警護隊が入り口に配置されていた。車から飛び出した少佐は警護兵に近づいた。数分後帰ってきて、会議は陸軍士官学校で開かれていると告げた。

私たちは戻って病院通りにそって南に向かい、キャンプ・キガリの第二ゲートをすぎてから、軍学校の入り口に向かった。ゲートの中では、敷地の反対側の地面に二人のベルギー兵が横たわっているのが見えた。酷い衝撃を受けた。何人が捕われているのか？　部下の兵士が何人か地面に倒れているのが見えたと少佐に言って、車を停めるように命令した。しかし彼はスピードを上げて角を曲がり、学校の駐車場にまっすぐ入った。それは一瞬の出来事だったが、生涯忘れることのない一瞬であるように思えた。その間に車は、第二ゲートからさらに遠くに私を運んだ。少佐は、私をキャンプ・キガリに入れることはできないと語気を強くして言った。キャンプにいる部隊は統制がとれていないのだ。

私は車を降り、マッゲンが後につづいた。かなりの数の、中には弾薬帯を胸につけた武装兵士と憲兵隊員が、多くの大木の影で昼間の太陽を避けていた。私を見ると、全員がお喋りを急にやめた。突然ＵＮＡＭＩＲの軍事監視員であるトーゴのアペド・コジョ大尉が、兵士に掴まれていたのを振りはらって私に近づいて来た。彼は恐がっていたが、私に、指さしながら五人のガーナ人兵士が近くで捕まっていると耳打ちして教えてくれた。彼らはキャンプ・キガリから連れてこられたのだが、キャンプにはベルギー兵の一団がまだ拘束されている。彼が言うには、これらのベルギー兵は襲われたのだ——彼が使った動詞は"*tabasser*"で、「殴られる」とか「手荒くやられる」という意味である。私はガーナ兵をじっと見渡した。武装していなければならないはずだが、武器をもっていなかった。彼らは不安そうに手を振っていた。ＲＧＦ兵士からつぶやくような声が上がったが、誰も位置を変えなかった。

私はコジョ大尉にじっとして私が帰るのを待つように言った。この命令に彼は目を大きく見開き、したがった。ガーナ兵士と軍事監視員はしばらくの間は安全だろうと判断し、会議を開催しているとおぼしき階段教室へと短い小径をとおって向かった。

真っ暗な控え室に入った。反対側の厚いカーテンを開けると、制服を着た人びとで満員の煌々とした明るい部屋に飛び込んだ。バゴソラの顔にショックと驚きが浮かんだのが見えた。彼はスピーチの最中で、片方の腕を強調のために振り上げたところに私が現われたようであった。私は彼が立っている小さな教壇に向かって何歩か進んだ。ンディンディリマナはその左のテーブルに座っていた。ホールは静まり返り、誰も動かなかった。それからバゴソラは腕をおろし、私の方に向かって手を差し伸べ、ようこそと言った。そして、軍と憲兵隊の上級指導者が一堂に会しているところに私が到着するとは何という幸運なのだ、と言った。

演壇の上に三つ目の椅子が私のために置かれた。部屋を見回し、この国の将来について過去に何度も議論したことがある、穏健派の上級士官がいるのに気づいた。しかし隅から隅まで、共感的な聴衆とはいえなかった。フランス語でスピーチをつづけながら、バゴソラは危機管理委員会の創設を擁護し、当日の午後二時までに国を沈静化させる声明をまとめて、民衆に治安状況がうまく管理されていると知らせなければならないと言った。バゴソラの計画は支持された。そして陸軍上級大佐であるレオニダス・ルサティラ大佐(何度もあったことがある穏健派である)が声明を起草する小委員会の議長になった。バゴソラは、何が起こっているかをRPFが理解することが不可欠だと強調した。私にこの情報を彼らに伝えてほしいと言った。

この時点でも私は、アルーシャ協定が完全に反故にされたとは思っていなかった。しかしながら、キャンプ・キガリでベルギー兵士が虐待されているうえに、他の部隊もまだ所在が明らかになっていない以上、衝突に備えてすぐに動かなければならなかった。どうやって非武装の文民と軍の兵員を守ることができるか? そして国中の離れた場所には他の国連スタッフがおり、もし武力衝突になれば標的になるだろう。それに加えて、約五〇〇〇人の外交官と在留外国人の集団がルワンダ中に散らばっており、彼らも攻撃を受けることになるだろう。

バゴソラは私に向かって、司令官たちに挨拶するかどうか聞いた——立ち上がると、それまでに意識したことのない胃のあたりの筋肉がこわばって前かがみになりそうだった。「大統領と参謀長が昨夜墜落事故でお亡くなりになったことを大変遺憾に思う」私は話しはじめた。「大統領の近くにいた部隊が悲しみと怒りで非常に興奮しており、この一二時間にわたって重大な犯罪を犯した。それをあなた方、上級司令

10 キガリ空港での爆発

官と部隊司令官が止めなければならない、と私は考えている。私たちＵＮＡＭＩＲはじっとしている。私は、あなた方がアルーシャ協定の崩壊を回避することを支持しつづけるつもりだ。そしてＲＰＦとふたたび内戦になるのを防止することを支援する。キガリ武器管理地域における部隊司令官の義務は、部隊の統制を取り戻し、すぐに駐屯地に帰ってキガリ武器管理地域の規則を順守することである。あなた方、国中の各地区と部隊の司令官は、政治的かつ治安状態の問題が解決するまで、各部隊と責任地域の住民の平静状態を維持しなければならない」

短いスピーチが終わるとぱらぱらと拍手が起こった。彼らはＵＮＡＭＩＲが撤退しないということを、私の口から聞いた。アルーシャ協定の実施はまだ私の任務なのだ。国際社会が助けてくれると信じている人びとを見捨てることはできない。私は人生で最も重要なスピーチをする最後の瞬間に、ここに留まる決定をしたのだ。結果的に私はＵＮＡＭＩＲが脅威にさらされ、リスクを負うことを受け入れたわけである。

一九九四年四月にこの決定をして以来、多くの場所で私は厳しく非難されてきた。その日、その日以前、その日以後に下したすべての決定——全派遣期間の私の行動——の責任を私は引き受ける。私がここで物語ろうとしているのは、この日が一つや二つの個別の出来事が起きたり、いくつかの決定をした一日ではないということを理解してもらうためである。一年にも感じるような一日であり、無数の出来事と決定を瞬時におこなわなければならなかったのだ。

私はそのスピーチでベルギー兵士の問題を取り上げなかったが、それはバゴソラと二人だけで話し合いたかったからである。それが派遣団全体に与える衝撃を評価する必要があったし、軍上級指導者に話をしたかった。彼らが事態を救うことができると期待していたからである。ある面で、私の指揮下にある一〇人の兵士が死んだのは、この決定のせいである。私は交渉を進めたかった。武力を行使すれば、確実にこれ以上の犠牲者を出すことになると認識していたからである。私には、駐屯地の塹壕に居座る一〇〇〇人以上の部隊に戦いを挑むだけの攻撃力はなかった。ＲＧＦの敷地に対して武力を行使すれば、私たちは正当な標的となり、第三の交戦勢力になったことだろう。その朝の私の目的は、私の力でできることだけをおこなって対決を回避し、キガリのならず者化した部隊に統制を取り戻し、対話をつづけて、和平協定の展望を保つことであった。

司令官というものは、自分の部隊を使う時にどちらをとっても不利になるような選択をしなければならないその瞬間のために備えて、それまでのキャリアを積んでいる。どちらの決定をしても、部下の何人かが死ぬ確率がきわめて高い。私の決定は両親から息子を奪い、妻たちから夫を奪い、子供から父親を奪う。私は、自分の決定の代償を知っている。私はキャンプ・キガリのベルギー兵の命をリスクにさらした。彼らの名前は本書の献辞の頁に記している。彼らはルワンダの英雄だったし、今でもそうである。

ジャン・ピエールが数ヶ月前に教えてくれた企みが実現したのは明らかであった。恐怖を植えつけるために、ベルギー兵士は意図的に過激派の標的にされていたのだ。目的はまずベルギー人を撤退させ、次に国連を撤退させることである。過激派はボスニアとソマリアの恐ろしい茶番劇からヒントを得ていた。彼らは、西欧諸国には平和維持活動で犠牲者を出すほどの勇気も意志もないと知っていた。犠牲者が出ると、ソマリアにおける合衆国やルワンダにおけるベルギーのように、置き去りにされた住民にどのような結末が待っていようとおかまいなしに、逃げ出すだろうと。

バゴソラがステージ中央にふたたび現われるまで、私はしばらく立ったままだった。私は、彼がこの恐ろしい危機にUNAMIRが留まって手助けしてくれることに安堵を表明するのを聞いた。会議が終わると彼は席を立って、私に挨拶するために舞台前に集まってくる士官の群れにまぎれて姿を消した。上級士官のグループは私の立場を支持した。彼らの中にはRGFの連絡将校エフレム・ルワバリンダ、軍事大学学長ルサティラ大佐もいた。バゴソラを摑まえることができなかったので、ンディンディリマナの前に立ちはだかった。キャンプ・キガリの私の部下に何が起こったのか？　彼は確かなことは分からないと言った。しかし、RTLMが大統領の乗った飛行機はベルギーに撃ち落とされたと放送しており、兵士と帰還兵がキャンプで暴動を起こしたのだ。ンディンディリマナと他の者たちは、自分たちにベルギー兵を解放させてくれと主張した。その時私は、このベルギー兵がアガートの首相の護衛と警備にあたっていた兵士だということに気づいていなかった。士官たちは、他の士官が私の部下のために仲裁に入るので、私には国民向けの声明を起草する小委員会へ出席するよう求めた。そして私は階段教室の片側にある教室に進んだ。私はルサティラが穏健派を糾合しようとして動いているのかと思った。会議がはじまると、ンディンディリマナはむっつりと黙り込み、議論に参加しなかった。不機嫌でも躊躇ってもいないのは面識がある二人のRGFの中佐で、ルサティラに急ぐよう熱心に説得をつづけた――明らかにそこには強硬派がいて事の次第を見守っていた。この部屋の穏健派が実際にバゴソラの策略に反対しようとする意志があったら、彼らは難しい立場になっただろう。

正午すぎだった。救出任務という考えは捨てたものの、頭ではまだシナリオを描いていた。RGF部隊、とりわけ大統

10 キガリ空港での爆発

領警護隊は防御態勢をしいて、首都の中心部全体にバリケードを設置し、空港までの移動を制限していた。大統領警護隊は偵察大隊と降下特殊大隊の兵士によって増強されていた。彼らは十分に武装しており、経験と訓練を積んでいた。キャンプ・キガリは壁に囲まれて大きく広がる地域であり、偵察大隊、砲兵部隊、整備輸送部隊、上級軍事アカデミー、陸軍病院と回復傷病センター、そしてRGFの総司令部が置かれている。民族憎悪を煽るラジオのおかげで、ゲート内にいるすべての者が、私の部下のベルギー兵士が大統領を殺したと信じていた。

堅固に防備を固めたキャンプの急襲に成功するチャンスをものにするには、軽装甲車と迫撃砲に支援された、何百人もの部下を必要とする。私の緊急即応部隊ではどうしようもなく不十分であった。ガーナ分遣隊の大半ははるか北の非武装地帯におり、弾薬どころか、車両も重火器ももっていなかった。彼らはまた攻撃に弱かった。街に移動させたガーナ兵はキガリ中の防護任務のために散開していた。彼らと国家発展会議でRPFを護衛しているチュニジア兵は軽武装であり、輸送手段をもたず、すでに必要な任務についていた。ベルギー兵も町中に広がっていた。キャンプを、あるいはその一部を占拠しようとするどんな試みも責任を負えない任務になるだろう。介入部隊をかき集めることができたとしても、そして幾重もの道路封鎖を戦って突破し、キャンプに入り、部下を連れて脱出することができたとしても、街を抜けて撤退し、もっと多くの道路封鎖を抜け、空港を確保しなければならない。というのも、私たちには、必然的にRGFがおこなってくる反撃と一〇五ミリと一二二ミリ砲の砲撃に現実的に耐えられるような場所がなかった。私はモガディシオについて考えていた。そこで数ヶ月前にアメリカ兵――世界で最も軍事能力のある部隊――がソマリアの軍事指導者の側近を拉致する試みに失敗し、一八人の死者と七〇人以上の負傷者を出していた。アメリカ兵を救出しようとしたマレーシアとパキスタンの平和維持部隊兵士も九〇人が負傷した。これらの部隊が大規模で、十分な訓練を受け、十分な装備を保有していたのにもかかわらずである。

私は、中に入ってベルギー兵を救出するために、RGFの指導者たちに圧力を加えつづけなければならなかった。声明に関する作業には何の進展もなかった。バリケードにロベルトを残して車両を離れてから、少なくとも一時間半は経過している。そこを出なければならなかった。私は士官グループに、声明に私たちがアルーシャ協定の約束を守ることを確実に入れるように言い、挨拶して席を立った。

駐車場までの小径を全速力で走った。コジョ大尉とガーナ人兵士がまだ監視されており、私を見てほっとした様子だった。私は彼らに、すぐに私たちの前線にまで帰らなければならないと話した。一人の士官に話して、私の部下を部隊司令本部まで連れ帰る輸送を頼んだ。彼は躊躇なく同意し、小規模の護衛までつけてくれた。少佐はまだ車で待っていた。彼は私とマッゲンを国防省まで送り届けてくれた。彼が選んだルートはキャンプ・キガリの側をとおらないものだった。無線をもっていなかったので、電話を手にいれなければならなかった。国防省に到着するとマッゲンにロベルトと私たちの車両を探し出して、戻ってくるように言った。

国防省にはほとんど人はいなかった。数人の警備兵が奇妙な表情を浮かべて私を眺め、とおしてくれた。一つの建物の中で、私は中尉に電話と私が使えるオフィスがあるかと尋ねた。ちょっと躊躇してから、バゴソラのオフィスがある建物に私を連れてゆき、オフィスの隣の部屋を指さした。どこに指導者たちはいるのだ？　どこに幹部はいるのだ？　陸軍司令部とともに国防省は、行動の中心であるべきだった。しかしそこには最新の情報をもってくる情報士官もいなければ、参謀将校も文民官僚もデスクにおらず、電話も鳴っていない。新しい警備兵と守衛を除いて、ほとんど眠っているかのようだった。他の司令所があるのか、そうであれば誰が責任者なのか？　国防大臣はカメルーンにいて、都合が良いことに、この件には無縁であった。私は当直士官を呼びつけ、皆はどこに行ったのだと尋ねた。答えは予想もしないものだった。皆、昼食をとりに行ったのだ。

私は部隊司令本部に電話し、ヘンリーに連絡した。彼は恐ろしいニュースを伝えた。ＵＮＡＭＩＲに守られた要人たち――ランド・ンダシングワ、ジョセフ・カヴァルガンダ、そして多くの他の穏健派――が大統領警護隊と民兵によって誘拐され、家族と一緒に殺された。私たちの軍事要員のうち少なくとも三五人がキガリ内外で行方不明ないし捕虜となっており、その多くは誘拐された要人の警護任務についていた。部隊司令本部にはリュックが助けた政治家が一人匿われていたが、その名前をヘンリーは電話では明かさなかった。あごひげが国連開発計画の住居敷地に匿っていた重要人物は、アガート夫人とその夫、子供たちであった。

ヘンリーはキャンプ・キガリでベルギー兵がトラブルにあっているということを聞いていた――彼が考えるに一一人、多くともおそらく一三人である。私は彼にキャンプ・キガリで二人のベルギー人兵士が倒れているのを見たと話した。リュックからはそれ以上のニュースはなかった。というのは、キガリ地区本部は救援要請で忙殺されていたからである。ティコと彼の部下の軍事監視員がキニヒラを放棄してアマホロ行きの輸送車に乗った。彼らの周囲にゆっくりとバリケードの罠が近づいてきたからである。撤退する前に、彼らは大統

10 キガリ空港での爆発

領警護隊とインテラハムウェのメンバーがリストをもって家々を回り、押し入り、家族を処刑しているのを目撃した。ティコの非武装の監視員には、このぞっとするほど効率的な連続殺人を停める手だてはなかった。ティコは部下をいかなる危険にもさらそうとはしなかったし、私もそうしろとは命令しなかっただろう。

電話も無線ももっていないため、数十人の民間スタッフの行方が分からなかったが、彼らの家に行くこともできなかった。空港での立ち往生と墜落現場の状況は相変わらずであった。ヘンリーは、危険な状態にあるルワンダ人と在留外国人を救出しようとして、彼らをアマホロ・スタジアムのようなUNAMIRの管轄地、メリディアン・ホテル、キング・フェイサル病院、ミルコリン・ホテル、ドム・ボスコ校のベルギー軍キャンプ、また街の周辺のたくさんの小さなベルギーとUNAMIRの管轄地に連れてきた。これらの場所は危機に瀕している個人のための国連保護地域となった。そして私たちの保護を求める大量の人びとは急激に増加していった。ヘンリーにブー＝ブーと政治代表部について尋ねると、今朝から国連事務総長特別代理から何の音沙汰もない、と言った。

ヘンリーはバングラデシュ部隊にまったく不満だった。彼らの装甲兵員輸送車は不思議なことに壊れている（後になって分かったことだが、乗員は排気口にぼろ切れを入れて運転をサボタージュしていた）か、目的地に着かない（本部から短い距離を移動すると、乗員の誰かが無線を切り、後ほど道路封鎖に阻まれたのだと称して帰ってくるという策を弄したことが確認された）か、そのいずれかであった。送られた場所に実際に到着した連中にしても、任務を遂行しようとする熱意に欠けていることを示した。

過激派に先導された怒れる住民の群衆は、何千というツチ族と穏健派フツ族が逃げ込もうとしていたアマホロ・スタジアムの建物の入り口を封鎖していた。ヘンリーはバングラデシュ兵にその地域の障害物を除去するように迫りつづけたが、指揮官は命令に応えずに、ダッカからの指令を求めていた。スタジアムに戻ってきた数台の装甲兵員輸送車は、危機に瀕しているUNAMIRの人員とルワンダ人からの救援要請に応えるようキガリ地区が頼んでも、無為に停止したままだった。私はヘンリーに、彼はルワンダ人とUNAMIR人員に死者を出させようとしているのであり、責任を問われることになるだろう、とバングラデシュ司令官に伝えるように命令した。その夜、彼はダッカの参謀長からリスクを冒すことはやめ、しっかり閉じこもり、ゲートを閉めてルワンダ人を装甲兵員輸送車で運ぶことを止めるよう直接命令を受けた。彼は、受けた命令どおりに行動し、UNAMIRの命令系統と自分の決定の間に引き起こされた悲劇を見ないことにした。

私はヘンリーに、私たちの要員の居場所確認に努め、場所の安全を確保し、キガリにいるできるだけ多くの人びとに救援パトロールを出しつづけるように言った。リュックは、個々の任務が危険を冒す価値があるかどうかを一人で判定していた。彼はキガリ地区部隊を保有し、キガリ武器管理地域で最良の情報網をもっていたからである。私はバゴソラとンディンディリマナの近くにいようとした。ヘンリーにはRPFの近くにいてもらう。そしてお互いに完全に情報を交換し合うようにした。

電話を切った直後にロベルトとマッゲンが車両に乗って到着した。すでに亡くなったルワンダ人のことを悲しんでいる時間はなかった。ロベルトは部隊の無線ネットを傍受して、二つの新しい情報を得た。UNAMIRはフォスタン首相を救出することができ、いま部隊司令本部にいる。ヘンリーが電話で名前を言わなかったのは彼のことだ。第二に、ポール・カガメからの不吉なニュース。「私たちの支持者の家がRGF兵士に包囲されているのを知った。その意図は明白だ。我が軍は反攻して自らを守る。私は非常に深刻に考えており、事前に貴官に知らせたい（原文ママ）」すぐに部隊司令本部に電話をして、何回か後にようやくまたヘンリーに繋がった。

私は彼に、国家発展会議のバリスに連絡して、RPFは私がバゴソラと状況を抑制する完全な機会を与えられるまで、国家発展会議と北部に留まってじっとしていなければならない、とはっきりと伝えるように言った。

電話を切った頃には一三〇〇時を回っていた。バゴソラもンディンディリマナもまだ居場所が分からなかったので、ロベルトと国連開発計画の居住区域に行くことにした。そこにアガート夫人と家族が逃れているかもしれないからだ。まだ彼女たちを助けるチャンスはあった。私たちは相変わらずキャンプ・キガリから散発的な銃声を聞いていた。車両無線を聞くためにマッゲンを残し、ロベルトと私は革命通りに向かった。左側の四つ目か五つ目の敷地の前で止まり、青い鉄製のドアを叩いた。私たちは名乗って中に入った。

驚いたことに、セネガル人軍事監視員ディアグネ・ムベイ大尉がUNAMIRの車両と一緒にそこに立っている。ゲートを後ろ手に閉めると、一五人から二〇人の民間人が現われて、一斉に話しはじめた。ムベイ大尉は彼らを静かにさせて、私に朝の恐ろしい出来事を説明した。彼は、アガート夫人が隠れる場所を探しているという話を民間人から漏れ聞いたので、ミルコリン・ホテルからここにやってきた。国連開発計画に着いた時には、首相と夫は大統領警護隊と軍に捕らえられていた。彼らは、まだ隠れている子供たちを助けるために

10 キガリ空港での爆発

投降したのだ。アガート夫人と夫はそこで殺害された。壁には血がついており、手榴弾の爆発の跡が家の玄関と居間にあった。何らかの理由で、殺人者たちは敷地を捜索しなかったため、四人の子供たちは無事だった。私は彼らが隅の、布と家具の後ろに隠れている暗い部屋に連れて行かれた。

両親が殺された後は、敷地は比較的静かだった。ムベイは、他の国連要員を救出に出かけたあごひげから後を任された。しかし、このセネガル人大尉は、大統領警護隊が戻って、子供たちを見つけるのではないかと心配していた。私はUNAMIRの人員が午後には装甲兵員輸送車で戻り、国連職員とアガート首相の子供たちを安全な場所に連れてゆくと約束した。彼らをUNAMIRの無蓋車両で移動させることは、大統領警護隊が道路封鎖に配置されていることを考えるとあまりにも危険だろう。彼は子供たちが安全になるまで残りたいと言った。(その日、装甲兵員輸送車はその地区には行かなかったが、ムベイとあごひげは自分たちの車両で、彼らをそっと連れ出して、子供たちを救った。)

アガート夫人の死には胸が痛んだ。彼女は国家と国民を愛し、将来はデモクラシーを樹立することを望んだ。だからこそ彼女は殺されたのだ。私には立ち止まって彼女の死を悼むことさえできなかった――キャンプ・キガリその他の場所にいる私の部隊も含めて、他にもあまりにも多くの人びとが危機にさらされていた。ロベルトと私は、指導者たちが昼食から戻っていることを願いながら、国防省に歩いて帰った。

まだ誰も姿を見せていなかった。マッゲンがふたたびカガメからのメッセージを渡した。それは、UNAMIRは即座にすべての行方不明者、逮捕された政治家を守るために動くべきである、早ければ早いほど良い、というものであった。私は部隊司令本部にもう一度電話をした。私たちの部隊は危険な状態にあり、交戦規則の変更によって制限されていたが、介入禁止命令を破って、人間性に対する犯罪がおこなわれている場合には武力を行使することができた。私はその選択肢を選ばなかった。なぜなら、戦闘作戦を維持することができなかったし、UNAMIRが第三の紛争当事者になった場合に民間人と私の部隊の安全を保証することができなかったからである。私はキャンプ・キガリのベルギー兵の救出に着手してほしいとリュックから要請を受けなかった。彼もまた、私と同じくらい、私たちがおかれた状況の現実を理解していたからだ。たとえそのような要請を受けていたとしても、それには高いリスクが伴う以上、即座に拒否しただろう。結局、不介入戦略は確かに私の部隊が標的になるのを防いでいたが、それはまたリスクにさらされている個人を守るために武力を効果的に行使しないということを意味していた。

一四〇〇時頃、バゴソラはすぐ後ろにンディンディリマナを引き連れて帰って来た。私は彼らをホールで掴まえた。そう、バゴソラは昼食休みをとっていたということははっきりした——しかし彼は、昼食をとったのは私の部隊を救うためにキャンプ・キガリに入ろうとしたがうまくいかなかった後のことだと言った。ンディンディリマナが調子を合わせて割り込んだ。キャンプを沈静化させようとしたどの上級士官も、反逆者に脅されたり襲われたりしたのだ、と。バゴソラは、キャンプの混乱を鎮める部隊を編成しているところだと言った。不満と怒りで、私は、自分でキャンプに入る、と彼に言った。彼は自分のオフィスのドアでぴたりと立ち止まって、向き直り、私の眼をじっと見つめて、あのキャンプに近づいてはならないと言った。この状況を自分の手に委ねるべきだ、と。彼には私に命令する権限がないと私は言い、私の兵士たちを無事に返すことに個人的な責任が彼にはある、そう考えているとはっきり言った。

私は戻ってブレントに電話し、起こっていることに注意を怠らないように言った。彼はヘンリーを電話に出した。カガメから三つ目のメッセージが届いており、あからさまな最後通牒だった。市内での殺人を即座に止めなければならない。さもなければ自分の部隊に介入するよう命令するだろう。メッセージは六つの簡潔な文章からなっていた。

A．RPFはキガリを占拠する用意がある。

B．部隊司令官はベルギーの幕僚に頼るべきではない。

C．UNAMIRはキガリを増強するために非武装地帯から部隊を引き上げるべきである。

D．RPFはUNAMIRを支援する用意がある。そして、

E．もしも国家発展会議が襲撃を受けた場合には、RPFはキガリに移動する。そして

F．もし状況が四月七日の日没までに安定しない場合には、RPFは必ず攻撃する。

最後のFのポイントは、カガメがかつてそうすると約束したように、私たちに立ち退くようにという警告である。ヘンリーによれば、カガメと上級参謀が、攻撃を開始できる場所にいられるようにムリンディを出て、非武装地帯のもっと近くに戦略司令所を設置した。これははったりではなかったのだ。

ルワンダの日没はおよそ六時頃であり、それは状況を鎮圧するのに四時間足らずしか残されていないこと、そうしなければこの国は内戦に後戻りしてしまうことを意味した。私はヘンリーに、私が国家発展会議に電話してRPFとバゴソラが話し合って、ならず者化した部隊と市民の殺人を終わりにする交渉をするよう調整すると話した。それが、PRFが南

10 キガリ空港での爆発

に進軍してくるのを防ぐために考えられる唯一の方法だった。受話器をおくとすぐに、ロベルトが別のカガメからのメッセージをもって入ってきた。彼は早急に二個大隊を提供してRGFを増強し、ならず者部隊、特に大統領警護隊を鎮圧するのを援助すると申し出ている。彼は答えをすぐに必要としている。

カガメからの援助の申し出を伝えたことで、ついにンディンディリマナを怒らせ、バゴソラの決定的に誤った反応を引き出してしまった。彼は机の前に立ち、その後ろの壁には故大統領の写真がかけてあって、ハビャリマナが彼の一挙手一投足を見つめているかのようだった。顔は物分かりのよさそうな見せかけを守ろうとして歪んでいた。彼は私に、RPFに感謝の意を伝えてほしいが、申し出は受けられないと言った。これは自分が解決すべき問題なのだ、と。私は、わずかな望みをかけて、日和見主義者ンディンディリマナを見た。彼なら、RPF部隊をRGFの補助的要素として使って、RGFの内部の強硬派に対する反クーデタを指揮しようと考えるかもしれない。しかし、そんな様子はまったくなかった。彼はバゴソラに同意した。穏健派はキガリには部隊を置いていないということが明らかになりつつあり、それは彼らにとって好都合だった。ルワンダ南部にはいくらかの穏健派部隊がいるだろうが、それらがRPFと連携してエリートの過激派RGF部隊を圧倒するなどということは疑問だった。（後に、南部の部隊自体に徹底的に過激派が浸透していたことが分かった。）私はこの拒絶を部隊司令本部に伝え、RPFに国家発展会議と非武装地帯の向こう側に留まるように求めた。

もしバゴソラが本当にアルーシャ協定を守るつもりだったら、きっと彼はRPFと直接話して、ふたたび交戦状態にならないように必要な保証をしただろう。アルーシャと平和に反対なのだとしたら、RPFと話すことになんの利益もなかっただろう。あるいは彼はいつもの方法をとりつづけたことだろう。つまり、真の意図をごまかす方法として協力的な素振りをしただろう。だから私は、ならず者部隊を兵舎に戻らせ、道路封鎖を解くことについてバゴソラともう一度渡り合った。彼は書類をぱらぱらめくり、巨大なデスクでサインした。まるで退屈した官僚そっくりだった。窓から入った陽光が新しく塗られた壁にそそぎ、電話は鳴らず、ほとんど訪れる者もいない。彼は私を手招きして、ンディンディリマナがリラックスして座っているソファに座らせようとしたが、私は座りたくなかった。まるでこれがオフィスのゆったりとした一日の普通の訪問であるかのように、お茶かコーヒーはどうかと聞いた。

アガート首相の死亡が確認された、大統領警護隊に殺されたのだ、と私は言った。バゴソラは残念だと応えた。これはいまだに愛する指導者の死に反発しているならず者部隊を鎮圧しようとしている彼が直面している困難の一例にすぎないのだ、と。なぜ空港と墜落現場の手詰まりを解決していないのか、ベルギー兵士の解放を確約することができないのかと私は質問した。私は、彼がＵＮＡＭＩＲの移動の自由を保障しなければならない、と言った。彼は時間をくれと訴えた。彼もンディンディリマナも後方支援と輸送の問題を抱えているのだ、と。彼は電話をかけ、空港問題を解決するよう命令した。墜落現場については、彼が言うには大統領警護隊が自分たちで処理している。警護隊は町中のすべてのもめ事と殺人の背後にいるようだ、と私は言った。バゴソラは、いま警護隊の指揮官と彼らを駐屯地に帰らせるように交渉中だと主張した。どんなパニックも、緊迫感もこの男を動揺させることはできない。バゴソラはアフリカで一番無感情な人間であるか、破壊的計画を遂行するマキアヴェリの亡霊のどちらかだった。

私は彼に言った。全面的な内戦を防ぐためには、ＲＰＦと直接話すべきであり、事態を沈静化させるために彼がとっている手段のあらましを説明するべきだ。バゴソラは深く腰をかけて、私の提案には関心を示さずに、書類に眼を戻した。しかし、ンディンディリマナはこれが良い考えかもしれないと思い、会見を設定してくれるかと訊ねた。私は、私の力がおよぶことは何でもしようと言った。

私は席を立って電話をかけたが、部隊司令本部と国家発展会議は電話が混みあっていた。何とかしようとしている間に、大きな、醜いＲＧＦの大佐がバゴソラのオフィスに入り、後ろ手にドアを閉めるのが見えた。それまで見かけたことのない男で、何年も後にルワンダ国際刑事裁判所（ＩＣＴＲ）で写真を見せられるまで、その顔を見ることはなかった。彼はジェノサイドを実行した軍指導者の一人で、これから起こりつつあった虐殺において最も冷酷な人物の一人であった。

ようやく国家発展会議のバリスに繋がると、彼は、ＲＰＦが大統領警護隊の陣地から直接銃撃を受けており、フェンスを壊して軍事行動の準備をしていると言った。チュニジア兵が二つの部隊にはさまれて非常に危なっかしい状況にあり、その日はほとんどゲートを閉じておくことと、塹壕をより深く掘ることに時間を費やしていた。バリスには、防御線の周りの人員を減らして、国家発展会議内部と外の塹壕の防護エリアに部隊の大半を統合するよう、チュニジア兵の指揮官に伝えるように言った。もしＲＰＦが打って出ることを決めたなら、すべてのチュニジア兵は、ＲＰＦと鉢合わせすることのないよう、自分たちの安全地帯に退却しなければならない。

それから、誰でもいいからＲＰＦの政治指導者を電話口に連れてくるようバリスに頼んだ。パストゥール・ビジムングとパトリック・マジムハカのような大物は代替要員の政治家をキガリに残して、数週間前にムリンディに立ち去っていた。彼らの間には明確なヒエラルキーはないようで、誰も自分が責任者だとは言わない。私が一番よく交渉した相手は、セス・センダションガで、三人の中では一番率直に話した。ルワンダを逃れたフツ族で、ウガンダでRPFに参加した。流暢なフランス語と片言の英語を話す。非常に自信家で、野心的、攻撃的だった。電話に出たのはセスで、直接バゴソラと話してはどうかという私の提案にはきわめて冷淡だった。彼はまず相談してかけ直すと言った。カガメの設定した期限は迫っていた。

部隊司令本部に電話をして、カガメの六項目の要求に対する私の答えをブレントに指示し、要求Fに対する答えを詳しく説明した。「UNAMIRは防衛的な平和維持活動しか指令《マンデート》を受けていないので、攻撃的な作戦を遂行するつもりはない。UNAMIRは憲兵隊とルワンダに忠誠を尽くす軍の分子と一緒に、状況を安定させようと試みている。UNAMIRは攻撃態勢をとっていないし、もしRPFが国家発展会議で行動を起こすか、あるいは今夜非武装地帯でRPFが攻撃をしかけた場合には、深刻な停戦違反であると考える。UNAMIRの平和維持活動の指令が完全に侵害されることになるだろう。こうした行動は、国家に忠誠を尽くす部隊とUNAMIRがキガリの攻撃に対して秩序と統制を確立しようとしているかぎり、再考されることを要請する」

このメッセージをできるだけ早くカガメに送り、コピーをPKO局に送るよう頼んだ。いますぐにでもアマホロに帰れるようには思えなかったので、文書報告をニューヨークに送るようにも頼んだ。政治部門では何ら動きもなく、ブー＝ブーからもまったく連絡はなかったが、国連事務総長特別代理住居近くで銃撃が増えており、ヘンリーはブー＝ブーとそのスタッフをメリディアン・ホテルに護送する計画を立てた。メリディアン・ホテルは国連職員の保護地域になっていた。

私がバゴソラのオフィスに帰ると、キニヤルワンダ語で最後の数語の指示を受けて、巨漢のRGF大佐が出ていった。私はふたたびバゴソラとンディンディリマナに対して、市内に野放しになっている暴力について、私の兵士の解放について、この破局に対する無関心に見える彼らの態度について熱弁を振るった。私はいつになったら危機管理委員会は政治家に統制を委ねるのか、と尋ねた。そして移行政府に指名されていた大臣の多くが行方不明となった今、誰がその政治家なのか？　強硬派の大臣は昨日の夜中に姿を消していた。アガート夫人は死んだ。誰がその席に座るのか？　バゴソラは、政治家たちは状況を引き継ぐために明日か明後日には集まるだろうと答えた。私はブー＝ブーが助言するために招かれるべきだと要求した。バゴソラは答えるのを拒み、書類に戻った。ンディンディリマナは私の傍らで眠りかけていた。

出し抜けに、バゴソラは自分から、私が考えるべきことがある、と言い出した。ベルギー兵をＵＮＡＭＩＲからはずし、ルワンダから出国させることが最善だろう。なぜなら、大統領の飛行機を撃ち落としたのは彼らだという噂があるからだ。もし危機管理委員会が状況を鎮静化させるのに困難な状況がつづけば、キャンプ・キガリで起こっていることが、残りのベルギー人兵士の身にも起こるかもしれない、と。

彼はＵＮＡＭＩＲ最強の戦闘部隊が戦場を見捨てて逃げることを期待しているのか？　この時初めて、ハビャリマナ政府の上級指導者がベルギー兵には国内に居てほしくないと発言するのを聞いた。ベルギー兵が撤退すれば、ニューヨークはきっとＵＮＡＭＩＲに出国命令を出すだろう。

しばらくして、私が使っていた小さなオフィスの電話が鳴った。それはセスで、バゴソラとの話し合いを承知したというものであった。私は彼にバゴソラの電話番号にかけ直すように言い、バゴソラのオフィスに向かった。彼の部屋に入ると電話が鳴っていた。バゴソラは取り上げた。彼が自分の国を内戦から救おうという気があるとしても、彼の声にはその様子は見えなかった。二言三言話してから、彼は受話器をンディンディリマナに渡した。今度の会話はすこし長く、友好的だった。ンディンディリマナが電話を切って、なすべきことは何もないと言った――ＲＰＦは大統領警護隊を逮捕して牢にいれ、殺人をすぐに止めるよう主張した。ンディンディリマナは、自分たちは状況を鎮静化させるのに最善を尽くしていると言ったが、セスの否定的な答えからは、ＲＰＦはすぐにでも攻撃してきそうだと結論づけた。彼は、ＲＧＦの暫定参謀長であるマルセル・ガツィンジ大佐がもうしばらくで到着し、一八〇〇時頃に開かれる陸軍司令部での危機管理委員会の会議に出席すると言い、私にも参加を求めた。私は参加すると言ったが、なぜバゴソラがガツィンジを指名したのだろうと思った。彼はブタレ出身の南部フツ族で、穏健派で正直な男として知られていたからだ。

日が暮れて、内戦を回避する唯一の機会が失われるまであと二時間ほどしかなかった。戦いがはじまってしまえば、一〇月のクーデタの後のブルンジで起こったように、多数の罪もない人びとが虐殺されることが予想された。私はこれから開催される危機管理委員会会議のために留まることにした。おそらくガツィンジが登場すれば、ンディンディリマナはバゴソラの支配に立ち向かう気になるだろう。一時間半後、バリスが電話をかけてきて、ＲＰＦが国家発展会議を中隊勢力で抜け出し、大統領警護隊のキャンプに向かっていると言った。

10 キガリ空港での爆発

この状況をできるだけ早く軍閥の手から取り戻す方法について、何らかの政治的助言が必要だった。マッゲンとロベルトをカビア博士のところにやってここに連れてくることにした。夕暮れの涼しいそよ風が吹く敷地に出て待った。高い木の長い影ができていて、遠くの銃声の響きがほとんど気にならない、心を和やかにしてくれる静穏が訪れた。突然絶望感に襲われた。戦争と虐殺への道が開かれようとしていた。私の部隊を安全確保のために統合し、あちらこちらからやってくる民間人のための安全な避難所を開いておくためにできるだけのことをし、バゴソラの背後にいる政治家の正体を暴こうと試みるにはほとんど時間がなかった。四五〇人のベルギー兵がRGFの圧力の下に退却しなければならないとしたら、あるいはベルギー政府によって退却させられたら、どうすればよいのか？　非常に軽武装の、ほとんど役に立たない一一〇〇人のバングラデシュ分遣隊、優秀だが、作戦装備も車両ももたないで非武装地帯に展開している八〇〇人からなるガーナ大隊、国中に散開している三〇〇人そこらの非武装の軍事監視員、そして寄せ集めの部隊司令本部とともに残ることになるだろう。部隊司令本部は、ベルギー人の幕僚が抜け、私の命令ではなく派遣部隊司令官の命令にしたがうバングラデシュ兵が配置されることになるだろう。司令本部の支援グループも後方支援グループも民間人から構成されていたので、彼らはきっと安全を理由にして脱出するだろう。そして私の保護下にある数千人の民間人はどうなるだろうか？食料、水、医療品はほとんど部隊には十分ではなく、これらの人びとの分どころではない。私の性格の客観的なプロとしての面は、失われた兵員は捨てて、部隊全体の安全を優先しろと語りかけていた。私の根性、私の感情——正しいことをおこなえという感覚——は、来るべき猛攻撃を食い止めるためにできることはあらゆることをせよと言っていた。

カビア博士とロベルトとマッゲンが一七三〇時に敷地に車で入ってきた時も、私はまだ考えが決まらないで葛藤していた。彼らは道路封鎖を抜けようとする最初の試みで威嚇されて引き返し、憲兵隊の護衛を徴用して二回目を試みた。何百という障害物が町中に設置され、民兵、軍、憲兵隊そして民間人が見張りをしていた。彼らは皆怒りをあらわにしており、棍棒、斧、マチェーテ、ベルギー製のFNライフル、それ以外にもAK-47で武装していた。RPFが大統領警護隊を攻撃しているらしく車両無線から激しい音が伝わってきた——RPFは大統領警護隊キャンプのすぐそばで、激しい銃撃戦をおこなっていた。

ほぼ一八〇〇時になったので、危機管理委員会の会議に向かった。その日初めて、キャンプ・キガリ内に入ることを許され、鉄条網の間を抜け、装甲車と機関銃をもった警護兵の大集団の脇をとおりすぎた。叛逆者たちはどこにいるのか？　私はマッゲンとロベルトを車両に残し、カビア博士と一緒に昨晩と同じ会議室に向かった。階段の一番上に着くと、少将に昇進したばかりのガツィンジが、すぐ後にンディンディリマナをしたがえて私たちを出迎えた。ガツィンジに会えたのは良かった。私たちは挨拶を交わした。バゴソラはどこにもいなかった。

会議がはじまると、ガツィンジとンディンディリマナは単なるバゴソラの操り人形ではないかと考えた。二人のうち、ガツィンジのほうが強硬派からの危険にさらされていると私は確信した。彼は穏健派陸軍将校のグループのメンバーで、私に一二月三日付けの公開書簡で第三の勢力について警告してくれたからだ。彼は実際に軍を統率しうるのだろうか？なぜバゴソラは黙認するのだろうか？

状況説明は暗澹たるものだった。大統領警護隊は逃げられなかった政府の穏健派を全員捕らえ、ガツィンジの知るかぎり処刑していた。生き残った二人は、フォスタン・トゥワギラムングとアナスタセ・ガサナ外務大臣だった。フォスタンは部隊司令本部におり、ガサナはダル・エス・サラームにいた。ハビャリマナがブルンジ大統領の席を確保するために彼を飛行機から無礼にも放り出したからである。ガツィンジはまたRGFの司令系統が特にキガリで破断していることを確認した。彼はアルーシャ協定を守る、また大統領警護隊を鎮圧し、RGF部隊を兵舎に戻すためにできるだけのことはすると約束した。自分は平和を望んでいるが、部隊に統制を取り戻すためには時間が必要だ、そのようにRPFに連絡するよう私に強く促した。

私は信用した。ここに希望がある。ガツィンジは多分その連中を集めて大統領警護隊、インテラハムウェ、第三の勢力を鎮圧することができるだろう。カガメと話をして待たせなければならない。

ンディンディリマナが後をつづけた。彼の第一の役割は、次のように言うことであった。RTLMが憎悪を煽っていること、軍とキガリ市民の雰囲気からして、できるだけ早くベルギー派遣隊を撤収させることが賢明だろう、と。私は言った。勧告はよく考えてみるが、まず部下のベルギー兵士を取り返さなければならない、と。もうキャンプも静かだ。なぜ私の兵士を解放しないのか？　ンディンディリマナは私への答えを得るために士官の一人を送った。

会議は延々とつづいたが、士官は帰ってこなかった。危機管理委員会はまだ、国民を落ち着かせるはずのプレス声明を出していなかった。ルワンダ人はRTLMがノンストップで吐き散らす憎悪と嘘を聞いている。委員会の誠実さを示す唯

10 キガリ空港での爆発

一の具体的なサインは、駐屯地にいる大統領警護隊の拘禁、すべての部隊のキガリ武器管理地域規則への復帰、そして殺戮の中止であろう。しかしこのグループの中の誰も、善意ではあったかもしれないが、どうしたらこれらの目的を達成し、不気味に迫る戦争を防ぐことができるのか、まさしくそれが分かっていなかった。

唐突に全員が立ち上がり、腕を伸ばして書類を集めた。まるでこれが普通の一日の普通の会議であるかのような振る舞いであった。ついに私は堪忍袋の尾が切れた。私はテーブルを叩いた。「もう十分だ」私は叫んだ。これ以上時間、言い訳、議論はいらない。ベルギー兵士を返すか、私がこの司令部を去るかのどちらかだ。後者なら、絶対にUNAMIRからも私からも何も得られない。

ンディンディリマナはまた電話連絡して、さらに多くの幕僚を派遣した。私が怒って身じろぎもせず座っている間、二〇分間の沈黙がつづいた後に、電話が鳴った。ンディンディリマナが電話をとり、ぶつぶつと会話してから、向き直って、兵士たちはキガリ病院の近くで見つかったと言った。私たちは皆ですぐに病院に行って、一緒にベルギー兵を確実に解放する、と宣言した。

病院はたった二〇〇メーターしか離れていなかった。多くの兵士が、怪我人も含めて、入り口のまわりをうろうろしていた。ンディンディリマナはその場所まで先導し、人ごみを抜けて私たちを中に入れた。私たちは、新鮮な空気を入れるためにドアが開けられた手術室に飛び込んだ。一番近くにいた医師が出て行けと怒った。

後ろのドアのところで、一人の士官がンディンディリマナにベルギー兵の死体は死体安置所の前の広い中庭の向こう側にあると言った。「死体」という言葉が胸にぶつかり、一瞬衝撃を受けた。周囲で息をのむ音と信じられないというざわめきを聞いた。彼らはみんな死んでいた。私たちは、二五ワットの電灯がドアの上についている小さな小屋に向かって暗い道を進んでいった。庭にはさらに多くの怪我人が、何十もの死体と一緒にいた。私はこんな光景を、この夜ずっと座っていた会議室のすぐ近くで見ることになるとは信じられなかった。

初めに見えたのは、死体安置所のドアの右手に袋に詰められたジャガイモのようなものだった。見てゆくにつれてゆっくりと、ぼろぼろに裂けたベルギーの降下猟部隊員の制服を着た、ずたずたにされ、血だらけになった白い肉体の山に変わっていた。男たちは互いに積み重ねられており、その山に何人いるのか分からなかった。明かりは薄暗く、顔を見分けたり特徴を見つけたりすることは困難だった。二回数えた。一一人の兵士。結局、後になって十人であることが明らかになった。

私は自分のこの手で正義をおこないたいと思った。目には目を——私が報復という毒薬のような誘惑にかられたのは初めてのことだった。私はロベルトに死体の写真をとるように命じた。そして彼は呆然として黙々とその仕事をおこなった。誰がこんなことをやったのか指揮官たちに質した。キャンプ・キガリの反逆兵士と手や足を切断された帰還兵だと彼らは言った。それでこれからどうしようと考えているのかと訊ねた。ガツィンジは、事件を調査し、責任者をすべて裁判にかけると約束した。彼に言った。この殺人を即刻ニューヨークに報告するし、ルワンダの指導的地位にある者には国際社会から懲罰が下されることになるだろう。彼とンディンディリマナはかなり取り乱していた。彼らはやたらに謝罪し、哀悼と悔やみを示した——そしてこの死によってUNAMIRがこの国を支援することをやめないでくれ、と懇願した。

私は彼らに死体をきれいにして、きちんと並べるように言い、警護兵を立てることを要求した。UNAMIR部隊が夜明けとともに引きとるだろう。私は、兵士が死んだことに個人的な責任が彼らの一人ひとりにあると考えている、と言った。

最後に立ち去ろうとした時、カビア博士とすんでのところでぶつかりそうになった。彼は祈っていたようである。私は病院への道を引き返し、そこでは負傷者のうめき声や医者や看護婦の怒鳴り声が、来た時よりも大きくなっているように思えた。マッゲンが病院の前に車を停めていた。そこには負傷した兵士の小さな集団と車両の近くで待つ多くの民間人がいた。私はマッゲンの顔を見たが、彼が死体安置所で一緒だったかどうかを思い出せなかった。なんと恐ろしい、そして勇気のいる一日を彼はすごしたのだろうか?

ンディンディリマナは私たちが無事にアマホロに帰れるように、六人の護衛と車両を提供することを申し出て、間違いなくそれが私に分かるように、護衛たちにフランス語で命令した。彼は命をかけて私を守るように言った。私たちは漆黒の夜に向かって走り出した。多くの街灯は消えていた。しかし、後席に、骨のように白く、身じろぎもしないロベルトの顔が見えた。同国人の死で動揺していたマッゲンは、懸命に運転に集中していた。遠くに何ヶ所か火が燃やされているのが見えたし、小型武器と耳慣れない手榴弾の爆発音も聞こえた。群衆は家に引き上げていたが、多くの障害物には好戦的な民兵が配置されていた。

RPFと大統領警護隊はメリディアン・ホテルのロータリーで散発的な銃撃戦をおこなっていた。大きな交差点を曲がろうとして私たちはスピードを落とし、待ち伏せされているところにまっすぐ向かっていってしまった。猛烈な機関銃に

10 キガリ空港での爆発

よる銃撃と赤い曳光弾が頭の上を走った。キャンプ・カノンベの降下特殊部隊が移動して、この交差点を支配していた。弾丸の鋭い音が頭をかすめるように突き抜けていった。私の白い車両には「国連」と大きな黒い文字で書かれ、私の小さな国連司令官旗とともに、大きな青い国連旗がたなびいていて、それとはっきりと分かる。明らかに、私たちを狙っているのだ。弾丸が車に当った。私たちの後方にいた憲兵隊の車両が、力なく撃ち返した。私は叫んでマッゲンにアクセルを目一杯踏ませ、待ち伏せ地点を走り抜けようとした。ディーゼル・エンジンは素早くアクセルに反応しない。まるで永遠に射的の的にされているような気がした。車には弾丸の穴があいたが、誰にも当たらなかった。狙って撃たれたのはこれが最初の経験だ。これが二四時間で最も恐ろしかったことだ。司令本部に向かって急ぐ間、車両の誰一人として口をきかなかった。

アマホロの入り口から群衆は排除されており、ゲートは閉じられてガーナ軍部隊によって厳重に警備されていた。私たちが安全になるとすぐに、憲兵隊の護衛はキャンプ・キガリに帰ってンディンディリマナを迎えにいくというリスクをおかしたくないと言い、その夜は私たちのところにとどまることにした。

建物に入ってゆくと、作戦センターからの音がとても大きく聞こえた。私はマッゲンにそのまま持ち場に帰って、当直士官の指揮をとるように言った。カビア博士とロベルトが私の後について階段をのぼり司令室に入った。そこには、ブレントとヘンリーが懸命に働いており、まだ受話器を握っていた。二人とも疲れた赤い眼をしており、えんえんと喋って疲労困憊していた。私は、指揮官グループを集合させるように命令し、オフィスの隣の会議室で状況報告をした。しばらくの間私はヘンリーと二人だけで話し、その間にブレントは部隊司令本部の数少ない士官を集めた。私は、ベルギー兵の死を確認したという情報をまだ無線で伝えていなかった。これは顔を見て伝える必要があるニュースだった。ヘンリーは自分が最も恐れたことが本当になって顔をしかめた。私は、ここで放棄するつもりはないと言った。これまでのところ内戦を防ぐことができなかったかもしれないが、どこかに逃げ隠れして、この国をこのままにしておくつもりはなかった。アルーシャ協定から救い出せるものは何であれ救い出そう。私は、バゴソラとRGFの上級指導部はできるだけ早くベルギー兵を追い出したがっているという点を強調した。もしベルギー兵が撤退して補強されなければ、この任務の重圧は、きっとヘンリーの双肩にかかることになる。ヘンリーは私の前に立って、熱心に耳を傾けていた。彼は私の部隊副司令官兼参謀長であるが、同時にUNAMIRの八〇〇人のガーナ兵士からなる分遣隊司令官でもある。分遣隊の大多数は非武装地帯に散開しているため、この時点で攻撃を受けると非常に脆弱だった。まったく躊躇なく、そしてひどくこわばった表情で、ガーナ兵も留まるとヘンリーは言った。しくじったのは私たちではない、とも彼は言った。彼は、どちらの側も、誰が成功するにしても必要な、平和を望む本当の善意と願望をもっていないのではないか、といつも考えていたのだ。

次に私は、キガリ地区司令部のリュックに電話をして、彼の部下の死体を死体安置所で見たこと、彼らが手足を切断されていたこと、一一体を数えたということを話した。彼は短く、ぶっきらぼうに「ウィ」と答えた。彼の苦痛は、その不規則な息づかいからしか窺えなかった。しかし、いや、一〇人のはずです、と言った。アガート首相を守るために一〇人の兵士、ティエリー・ロタン中尉が指揮する迫撃砲チームが送られたが、これらの兵士だけがまだ所在確認できていなかった。その日の早くに、全員ではないにしても何人かはおそらく死んでいると聞かされていた。しかし、今私が伝えたニュースは信じられなかった。私は哀悼の意を表し、亡骸には現在は警備がつけられており、明日の朝憲兵隊の護衛と一緒に引きとりにいくと話した。

リュックは落ち着きを取り戻し、私に状況報告をした。フォスタンを救出したことについてはおめでとうを言い、それから、翌日のための指示を伝えた。私たちは皆でガツィンジとンディンディリマナが大統領警護隊を鎮圧し、市を安定化させるのを手助けしなければならない。私はカガメに南部から動かないよう、また部隊を国家発展会議に引き上げるよう圧力をかけつづける。リュックは、ンディンディリマナと密接に連携して、支援の要望が高まれば、彼の部隊と憲兵隊が助け合うことができるようにする、と言った。私は、バゴソラとンディンディリマナが彼の分遣隊を引き上げさせせようと企んでいる、と警告した。リュックは、ベルギー大使は、ベルギー国民と外交官団の必要に応えるために時間を割かれているのだと言った。彼はできるだけ自分の部隊を統合し、防御態勢を整え、危機に陥っている人びとを支援しつづけることになっていた。しかし一つのことは確かだった。私たちは撤退しない。電話を切る時、私はもう一度彼と、彼の部隊、彼の政府、そして無くなった兵士の家族に哀悼の意を伝えた。

それから私は、指揮官グループと話をするために部屋に行った。朝出た時と同じ士官たちがまだその場を切り回していた。というのは、他の士官たちは、RPFと大統領警護隊の間の銃撃戦につかまって、メリディアン・ホテルに足止めされていたからだ。私はすべての幕僚に夜明けまで任務に就くように指示した。ヘンリーがこの奮闘をうまく取り仕切ってくれるだろう。その後で、私は士官たちに、ベルギー兵が死んだことを話した。このニュースは疲れた部下たちを打ちのめし、ごく僅かしか残っていないエネルギーを奪った。モエンが、他の行方不明だった部下はすでに所在確認ができていると繰り返した。ベルギー兵は空港で解放されたが、墜落現場にいまだに近づくことができないでいる。RPFは墜落に関して第三者が調査することに何の異論も唱えなかったが、RGF側からは返答がなかった。私は翌日のための指示に話題を移した。私はキガリ地区に、空港を最優先にして部隊を統合してほしかった、そして後方支援中隊のように、本隊レベルでも部隊を統合すべきだった。私たちは避難を求めるルワンダ人を助け、危機的状況にある国連スタッフ他の人びとを支援しつづけなければならない。私は全員に少し休息をとるように指示して、会議を終えた。

　司令本部の周りを散歩した。数百人のルワンダ市民――男性、女性、子供――がカフェテリアや廊下で眠っていた。その日の朝早く、ブレントが人びとのためにゲートを開くように命じたのだ。しかし彼ら全員が中に入る前に検査を受けるよう要求した。彼は、ヘンリーがこの保安違反に激怒し、彼に懲戒を加えたがっている、と言った（そのことで何も起こらなかった）。これらの人びとはキガリ市中からUNAMIRの敷地に逃げてきた何千というルワンダ人の一部であった。ほとんどがツチ族で、中には穏健派フツ族もいたが、皆が身の危険を感じていた。

　フォスタン首相のように、救出の試みのいくつかは成功したが、ほとんどは失敗した――パトロール隊は、酔っぱらった民兵と敵意をむき出しにした若者によって何度も阻まれた。このようなことが起こっている最中に、オタワの国防省司令本部が電話をしてきて二日分の報告を求めた。彼らは私たちの任務について特別な関心を示したことはこれまで一度もなく、過去六ヶ月の間に、私たちが送った週報告に一通たりとも返事をよこしたことはなかった。今頃になって関心を示したところで、少しばかり遅いと思った。

　部隊司令本部には食料の蓄えはなかったが、ブレントがどこかから栄養補給としてチョコレートを見つけてきた。彼はまた私がニューヨークに電話をしている間に、裏の倉庫から古いマットレスを見つけ、カーテンを破って毛布にし、オフィスの床にベッドを作ってくれた。キガリでは真夜中すぎだが、国連では一六〇〇時頃だった。

　電話に出たのはコフィ・アナン、イクバル・リザ、ヘディ・アナビだった。私はその日の失敗を振り返った。部下の兵士、穏健派政治指導者の死、組織的な殺人、失敗に終わった政治会議、カガメの申し出と威嚇、バゴソラの行動、武力衝突の再開――しかし彼らは、解き放たれた邪悪な霊をどのようにして瓶に戻せば良いのか、何の助言もくれなかった。私は彼らに、両方の民族集団のルワンダ人を何千人も私たちの敷地に抱えていること、フォスタン首相は部隊司令本部にいること、そして彼であれ他の誰であれ戦わずして差し出すことはない、と伝えた。彼らは皆、そうした活動は私に与えられた指令《マンデート》に含まれるということを保証した。

私は、穏健派が一夜で連合を組んで、少なくとも軍事面では私たちに事態を鎮静化させる機会を与える可能性をあげた。このためには、私は連合に支持を表明して、国際社会が安全を提供するという何らかの感触を与えることが必要になるだろう。彼らはノーと言った。先に穏健派からそのように申し出させるべきだ、というのだ。紛争当事者の一方の側の内部の派閥勢力に、保護部隊としてUNAMIRを差し出すべきではない、というわけである。私はこの指示に困惑した。私が自分の手の内を見せないのに、穏健派が自分たちの手の内を見せるわけはないだろう。ルワンダをアルーシャ協定の方へ戻すチャンスがあるとすれば、この機会を逃してはならない。さもなければ、私たちはふたたび過激派に主導権を奪われることになり、人類の大惨事のまさしく生き証人となるだろう。それに対する答えは大声で明確であった。私はどちらの側についてもならないし、事態を解決するのはルワンダ人自身に委ねられるべきだ、というものである。私は言った。RPFが非武装地帯を越えないかぎり、私はまだ指令《マンデート》を受けていると感じている。誰もそれには反論しなかったが、私は厳しい条件変数の下にいることを改めて気づかされた。

彼らは私に四つの指示を出した。UNAMIR部隊をリスクにさらさないこと、すべての国連文民とその家族の安全を守ること、在留外国人と外交官団との緊密な連絡を絶やさないこと、そして撤退計画を更新してその実施に備えること、以上である。私は怒り、虚無感、道徳的倫理的葛藤を感じつつ、電話を切った。

〇一〇〇時だったが、寝る前にフォスタンに会いにいった。彼は救出された後は日がなラジオを聞いてすごしている。一日中ずっとRTLMは、彼の穏健派の同志やその家族の殺害を報じていた。ラジオ局は聴衆にツチ族を殺すよう呼びかけ、穏健派フツ族の死を求め、彼らを裏切り者と呼んだ。この声明は、人気歌手の録音された音楽と一緒に流された。その音楽は「フツが嫌いだ、フツは嫌いだ、ツチを蛇だと思っていないフツは嫌いだ」といった歌詞の、暴力を煽り立てるものだ。フォスタンの立場からすれば、私たちはこの世の終末に立ち会っている。彼にどう声をかけられただろう。彼は部隊司令本部で無事にいて、逃げた家族を探そうとしていた。私は悲しみにくれている彼と別れた。

横になると、窓が開いていて、市の東側から銃撃と手榴弾の音が聞こえてきた。頭は音とイメージで一杯だった。ベルギー兵の切り刻まれた死体。エレネ、ランド、可愛い子供たちが泣き叫んで助けを求め、あきらめて運命に身を委ねたこと。キガリ病院の敷地での血の固まりと叫び声。バゴソラの作り笑い。道路を封鎖していた大統領警護隊とインテラハムウェ民兵の血に飢えた顔。謎のようなンディンディリマナ。ラジオ局に行って国民に語りかけることができないと知った時のアガート首相の声。次の足音は殺人者の足音だと思って、寝室の暗い隅で怯えていた彼女の子供たち。死体安置所でのロベルトの聡明な顔に浮かんだ衝撃。

　私の派遣団は失敗に終わった。ＵＮＡＭＩＲの司令官ポストを求めて頑固なロビー活動をしたにもかかわらず、私はしくじったのだ。眠れそうになかった。

　私の部隊の隊員が死んだのは、自国の国民と市民を守るためにではなく、人間の品位と人権を守るためにである。これが平和の代償だろうか？　それはブルーベレーの家族、友人、政府が支払うことを覚悟していた代償だっただろうか？　一〇人のベルギー兵士の損失は決定的な要因になるだろう。国際社会は私をもっと支援してこの気違いじみた状況を停めることを可能にするか、そうでなければソマリアのように、彼らの死を災難にあって職務を放棄する言い訳として使うかのいずれかである。

　前日よりも今日のほうがずっと状況が悪くなりそうだった。もし殺戮がつづき、ＲＰＦが非武装地帯でＲＧＦと戦闘を交えると決定したら、私たちは出動を命じられるか、増強されるかである。しかし、増強されないまま今の状態に留まることを求められるかもしれない。リュック、ヘンリー、ティコ、モエン、ヤーチェ、そして私の間では、部隊の体制を立て直して、穏健派のＲＧＦが主導権をとることを支持し、殺戮をただちに停めるために国連からの支援を求め、停戦を指導してＲＰＦを北へと押し戻そうということになった。私は起きてこの課題について何枚かメモを書きつけ、ふたたび横になってようやく眠りについた。

　これでようやく、一〇〇日にわたる内戦と、私たち全員を、想像を絶する大殺戮に巻き込むことになるジェノサイドの第一日目が終わったのである。

第11章　去るか残るか

四月八日の夜明け、私は激しい銃撃音で眼を覚ました。ブレントがお茶を探してきてくれたので、それを飲み、グラス一杯の水で顔を洗い、髭をそった。これが、その後一〇〇日間の私の朝の習慣になる。市の水道供給はすでに止まっており、できるかぎり飲料用にボトルの水を節約しなければならなかった。誰もが数ヶ月間シャワーや風呂を見ることはなかったし、一日に支給されるグラス一杯の水で体の清潔を保った。制服を洗うために雨水を溜めはじめた――手で、しばしば洗剤を使わずに洗う――おかげで、全員すぐに非常に不快な異臭を放つようになった。

夜明けと共に、群衆が通りに戻り、市中全体で銃撃が報告された。RPFの大統領警護隊敷地に対する攻撃は押し返されており、RPFは国家発展会議の建物の周囲の陣地を堅固なものとしていた。RGFや憲兵隊員が前日の大統領警護隊やインテラハムウェの騒乱に参加しており、第三の勢力の力がこれまで分かっていた過激派集団をこえて広がっているようであった。

どの国連の敷地にも、恐怖にかられたルワンダ人が何千人も匿われていた。私は、これらの人びとを守るために私にどのような権限があるのかをニューヨークにはっきりさせる必要があった。これらの人びとは、道徳的な苦境と悪夢のような物資補給にさらされているのだ。どうしたら、彼らの安全を守ることができるのか？　そうこうしているうちにも、避難場所を探し求める者たちに対し、ゲートは開けたままにしていた。最初の朝、わずかにせよ戦争になる可能性があったので、私は敷地に入ってくる者全員を身体検査し、武器を取り上げることを命じた。私はまた、すでに部隊司令本部にいる二、三〇〇のルワンダ人に護衛をつけて、できるかぎり早

11 去るか残るか

くアマホロ・スタジアムに送り届けるよう命じた。水と食料の不足によってこれから数日間、もしくは数週間、死者が出るだろう。私たちは過激派やＲＰＦの手にかかれば確実に殺されるであろう市民を守ったが、しかし、そのうちの何人かが水不足や病気、そして最後には飢餓で手の打ちようもなく死んでゆくのを目にした。彼らと一緒に暮らした部隊員の多くも、病気にかかることになった。部隊員たちは、飢えている人びと、特に子供たちの前で、ほんのわずかの糧食さえ口にすることははばかられたので、自分の健康を犠牲にしてもっているものを彼らに与えたのである。人道援助活動はまだ遠い先のことだった。

私はまた、輸送車両を使って、メリディアン・ホテルから部隊司令本部へとすべての幕僚を移動させるように命じた。護衛なしに私が車で市中を移動できるのだから、彼らも警備をかいくぐってここまで辿りつくことができるだろう。これは最優先事項だった。私たちは可能なかぎり完全で機能的な人員配置をする必要があった。どの地区も要員の所在確認をし、行方不明となっている軍事また文民要員すべてを救出するためにパトロール隊を出さなければならない。私は、夕暮れ時までにＵＮＡＭＩＲの関係者全員が、警備体制にある国連の敷地にいるというようにしたかった。私たちはまだリザがその概要を述べた交戦規則の制約に縛られていた。それによって、救出の努力は武力ではなく運と説得をあてにするものとなっていた。事態を一層複雑なものにしたのは、部下の士官たちがこの仕事に取りかかると、部隊本部の電話が不通となったことである。

その前日、ベルギー人兵士の殺害に加えて、ウルグアイ兵二名、バングラデシュ兵一人、ガーナ兵一人が負傷した。そして、さらに犠牲者が出ることは分かっていた。再三の支給要請にもかかわらず、野戦病院の棚でさえ空っぽであった。唯一ベルギーの派遣隊だけがいくらかの医療物資をもっていた。四月六日の着陸を拒否されたベルギーのハーキュリーズ機はナイロビの地に居座っている。キガリの空港はＲＧＦの管轄下にあり、輸送は閉鎖されたままであった。二台の契約ヘリコプターは昨日消えた――国の暴発とともに、パイロットはウガンダに逃亡したのだ。彼らは二人とも民間契約の雇用者だったので、誰も彼らを責められない。しかしその結果、私たちは犠牲者を搬出することもできないままにキガリに閉じ込められることになった。一番可能性が高いのは、酷い怪我をして死ぬことだろう。それからの数週間にわたって私がとったあらゆる決定において、私は、医療上のセーフティネットもなく、弾丸も不足しているという事実と、作戦を実施するリスクを秤にかけなければならなかったのだ。

ロベルトと私は国連事務総長特別代理《SRSG》の本部へと向かった。国家発展会議は四方から銃撃を受け、ＲＰＦは同じくらい激しく反撃していた。私たちはふたたび四輪駆動車で戦場を走り抜けた。戦闘下を車で走るのは、とりわけ装甲されていない車両では、控え目に言っても酷いものだが、それは日常茶飯事になる。

私たちがブー＝ブーの家につくと、彼とスタッフはショック状態にあった。私は、彼ら全員が部隊司令本部へと移動することを薦めた。そのほうが、ブー＝ブーは状況を掌握することができるし、ニューヨークと衛星を使った連絡がとれるからである。明らかに、彼はすでに電話で国連に連絡をとっていたが、彼が何と言ったか、悪者が盗聴していたかどうかは誰にも分からない。彼は明らかに精神的にまいっており、何をすべきかについて確たる考えはなかったが、これまでいた場所にとどまると主張した。私にはなぜ彼が、何が起こったかがすぐに分かる場所に、しかも移動途中の安全を保障できると私が考えているにもかかわらず、移動するのを嫌がるのか分からなかった。その日の遅く、彼の家はＲＰＦと大統領警護隊の十字砲火に合い、ベルギー兵は彼とスタッフをメリディアン・ホテルに移した。そこは司令ポストとしては使いにくい場所であり、政治顧問であるママドゥ・ケインに頼っていたブー＝ブーは、部隊司令本部とホテルの部屋、私たちが設定した政治的ミーティングの間を行ったり来たりすることになった。

私は国家発展会議に向かった。私はカガメに戦闘の続行を停止させたかった。私たちはＲＧＦとＲＰＦの中間地帯を車で走った。バリスは国家発展会議ビルの入り口で会うと、私にＲＰＦは聞く耳をもたないと囁いた。ＲＰＦはいかなる停戦交渉についてもその前提条件について態度を変える気はなく、軍事行動の準備をしている。ＲＰＦの家族を含む多くのツチ族は、捕らえられなぶり殺しにされている——武器をとる説得力ある論拠である。しかし、ＲＰＦが攻撃に出れば、必然的に内戦へと発展するだろう。

私は、国家発展会議の建物を会議場とホテルビルとに隔てている大きな廊下で、ＲＰＦの政治指導者として最後に残った人物たちに会った。歓迎会の受付に立つお偉いさんのような、セス・センダションガ、ティト・ルタレマラ、ジャック博士やチャールズ司令官に形式的な挨拶をした。私は小さな薄暗い会議室まで彼らについていった。私の主張の要点は、もしＲＰＦが軍事的敵対行為を再開したら、穏健派が軍と憲兵隊の隊員を自分たちの大義のもとに結集することができなくなるだろう、というものだった。私は、彼らに平和を維持すること、危機管理委員会のＲＧＦ穏健派たちの会議を設定させてくれるよう説得した。「どこに穏健派がいるのか」セ

11 去るか残るか

スは知りたいと言った。首相と他の指導者はみな殺され、明らかに過激派が長い間待ち望んでいた計画を推し進めている。穏健派がまだ生きており、権力の地位にあるならば、手の内を見せるべきだ、しかもすぐに、とセスは主張した。チャールズ司令官はすぐにカガメの命令を実行するので、UNAMIRは邪魔をしないほうがよいと言った。セスはわずかな可能性を残していた。もし私が会談を準備することができれば、RPFは危機管理委員会に会うことに同意するが、この委員会は政府ではなく、あくまでも軍の産物でしかない、というのである。私は、アルーシャ協定に存在していた停戦状態の続行を交渉するための会議をする約束を守るように彼らに要求した。この集団がいつもそうであるように、決定はすべてRPFの高官会議に諮らなければならないと言った。少なくとも、自分たちの前提条件を明確にすることはできるだろう、と私は言った。セスはそれを、抑揚をつけて述べた。(一)罪のない市民の殺戮はやめなければならない、(二)RGFによる国家発展会議への無差別射撃を停止しなければならない、(三)大統領警護隊は武装解除し、キャンプ地へ戻り、逮捕されなければならない、(四)危機管理委員会は過激派たちの行動、特に大統領警護隊の行動を公的に非難しなければならない、(五)電話回線を完全に復旧しなければならない、(六)危機管理委員会は誰がそのリーダーであるかを決めなければならない、(七)危機管理委員会は事態の真相についてRPFと共同声明を作り、それを国民に向けて放送しなければならない、(八)危機管理委員会は死んだり姿を消したりしたすべての公人について、その理由を完全に説明しなければならない。これらが満たされた時、その場合にだけ、RPFは停戦交渉を受け入れる用意がある。重機関銃で撃たれて天窓からガラスが落ちてきたので、会議は突然中断した。

私は、車両にロベルトを残して入り口で待たせていた。彼は銃撃戦にもかかわらず、まだ車両に座っていた。ウォルター・バリスと短い別れの言葉を交わした――彼は信頼できる、しっかりした上級士官で、国連軍事監視員にじっとしていてもらう必要がある、幸運を祈る、と私は言った。バゴソラと危機管理委員会と連絡がとれるかどうかを確認するために、国防省への直線コースを、銃弾の飛び交う中進んだ。さまざまな障害物をなんとか越えるのに三〇分以上かかった。その多くには、今では見物人が集まっていた。一つひとつの障害がまるで残酷な作品になったようであった。今や力は自警団の手に握られていた。市の中心部にある国防省に近づくと、大統領警護隊や偵察大隊がまた障害物を設置していた――私たちは、ミルコリン・ホテルの検問所をすぎても市民を一人も見かけなかった。兵士たちはそれぞれ私たちを止め、じろりと見た後でとおした。私を自由に移動させるように指示が出ているのだという印象を受けたが、そのような自由がUNAMIRの全要員にも広がっていればよいのだがと思った。しかし、私は思い違いをしていた。

色々な政党の政治家と大臣の会議テーブルの主席で話し込んでいるバゴソラを、今回も驚かせることになった。私が見た男たちは、皆よく知られた強硬論者であった。バゴソラは立ち上がって挨拶をし、現在の軍事統制から政治統制への移行を進めるために、政治諸党派との会議の議長をしているのだと言った。彼は明らかに緊張していた。というのも、そわそわしながら、私を終始ドアの方へと連れてゆこうとしていたからだ。私に会議にいてほしくないということの、それ以上に素直な表現はなかった。私を追い払ってドアを閉める前に、政府は翌日、つまり四月九日におそらくホテル・ディプロマにおいて宣誓式をおこなうことになるだろうと彼は言った。生き残った政治家たちのほとんどが、安全上の理由から家族と共にそこに移動していたのだった。

腹を立てた私は、バゴソラがどういう指示を出したのか確認するため、ルサティラとンディンディリマナを探しに、RGF本部へと一直線に向かった。兵士が鉄製の防壁とゲートを私たちをとおすために開けてくれた。すべての支配地域には大統領警護隊がおり、RGFの兵士はそれにしたがっているように見えた。私はルサティラ将軍にオフィスのある建物の入り口近くで会った。彼は、取り巻きの士官たちと同様、私に会ってほっとしているようだったが、不安そうで疲れているように見えた。彼は、ベルギー人の死について謝罪し、また軍全体を掌握していないことを詫びた。彼と連絡をとることをまったく拒む部隊もあった。また、話は聞いた上で黙殺する部隊もあった。いかなる小競り合いにも関与していないいくつかの部隊が南部にあったが、それらの部隊には、北部から来た強硬派士官が広く入り込んでおり、また遠方にいるためキガリの状況に影響を与えることができなかった。穏健派を結集して一つの団結力のある力にすることはできなかったと彼は落胆していた。ンディンディリマナが憲兵隊員を支配下におくために緊急即応中隊を再編成しようとしている、と彼は言った。彼とンディンディリマナは二人とも、広範囲にわたる命令と統制問題に悩んでいた。彼らの無線機器は頼りにならず、電話回線もダウンしていたのだ。

バゴソラが話す機会を与えなかったので、私はルサティラにRPFの前提条件を伝えた。RPFは軍の危機管理委員会としか交渉をせず、どの政治家とも交渉しない。彼は、RPFと会うことについて同意したが、彼が軍を統制していないことから、RPFは彼を信頼できる人物ではないと判断するだろうということは分かっていた。直接の連絡を増やすために、本部間に連絡将校を置きたいと私が言い、そのために国連軍事監視員チームを派遣する約束をした。彼にも同じようにしてほしいと思った。それから、誘拐された政治家がどこにいるのか尋ねた。彼は知らなかったが、バゴソラは知っていたと思う。ルサティラは車まで送ってきて、車が出るまで私を見ていたが、その表情には、不可能な仕事に必死に努力している指揮官の顔が見てとれた。

11 去るか残るか

アマホロに戻る途中、多くの外国人居住者、ルワンダ人、UNAMIR要員が避難場所としていたミルコリン・ホテルに立ち寄ることにした。ロビーや中庭、部屋は恐怖に怯える市民で一杯であり、私に群がって情報と保護を求めた。私は、彼ら全員に平静を保ち、元気を出すように言ったが、彼らに与えられるものは言葉しかなかった。

私が慎重にムベイ大尉を探していると、彼はどこからともなく現われ、私を脇に引っ張った。昨日、装甲兵員輸送車が現われる前に、彼はアガート首相の子供たちを集め、自分の車の後部にある山積みされた服の下に潜り込ませ、そのままホテルへと車を走らせてきたのだ。途中に問題はなく、しばらくして子供たちは二階の部屋に安全に隠れた。私は、子供たちを外に出してやるためにできるだけのことをすると彼に伝えた。間違いなくホテルの中には情報提供者がいるだろう——彼は子供たちを部屋に隠したままにしなければならなかった。

外では、インテラハムウェのグループがホテルの前に障害物を作っていた。私は立ち止まり、何をしているのか教えろと言った。彼らが言うには、ホテルの中には裏切り者がいるので、誰も逃げられないようにしているのだが、ミルコリンに行きたい者は彼らが作った障害を抜けることができる。震えが背中を走った。彼らは人びとを殺すのに都合のいい場所であるホテルに追い込んでいる。私は、現在ホテルが国連の保護下にあり、彼らには入ることができないと伝えた。彼らは嘲笑った。私は、コンゴ人少佐ヴィクトール・モワグニー指揮の下、ホテルに避難している軍事監視員のグループに手を振って呼んだ。私は少佐に、非武装であれば誰でもホテルに入れてやり、武装している者は入ることを許すなと命令した。彼は、信じられない様子で私を見た——どうやって武装した人間を中に入れないようにすればいいのだろう? 私の命令は彼とそのチームを極度の危険にさらすことになる。武装部隊と可能ならば装甲兵員輸送車を、キガリの過激派支配地域の真ん中にあるホテルに送りつけるまで、彼の武器ははったりをかまして威嚇する能力だけである。

部隊司令本部に戻る途中、あちこちから散発的な銃撃音を聞いた。シェ・ランドは炎に包まれていた。今は午後早くで、群衆は数千人にまで増え、ふたたびスタジアムへの入り口を閉鎖していた。そこをとおりすぎながら、私に考えることができたのは、一〇月のクーデタの後にブルンジでおこなわれたように、広範囲の虐殺が勃発する可能性だけである。私たちは殺害が広がるのを防ぐ方法を絶対に見つけなければならなかった。

スタジアムで最新情報を受けとった。カガメは攻撃に乗り出し、彼自身が設定した警告どおりほぼ二四時間で非武装地域を突っ切った。攻撃の前に、非武装地域にいた私たちの部隊はすべて前線から、あるいは孤立した地点から撤退することができ、今は自分たちのキャンプで陣地を固めている。戦闘は北西にあるルヘンゲリ近辺で勃発した。軍事監視員は三方面からの攻撃を報告してきた。明らかにカガメは、どこから主力部隊がやってくるのか、できるだけ長く敵に的を絞らせないようにしたいのだ。彼は、キガリを直接攻撃する部隊を集結させる一方で、反対側の側面——ルヘンゲリとガビロ——の敵部隊に対して大規模な部隊を集中させている。もしも彼が断固とした攻撃を開始すれば、キガリの駐屯地を制圧することができるし、市内にいる部隊と連携して首都を占拠し、記録的な早さで全土を掌握することができるだろう。この間に、フランスの介入部隊がカガメを止めることはできないし、UNAMIRには彼に立ちはだかれという指令は与えられていない。

士官たちの多くはデスクにいて、ティコは作戦室に隣接した部屋で新しく軍事監視員グループ司令部を組織していたが、多くの幕僚がいまだに行方不明であった。どうやら、部隊司令本部に彼らを運ぶ命令は、キガリ地区とバングラデシュ司令部の間のどこかで行方不明になっていた。あまりにも多くの命令が、バングラデシュ大隊で消えたように思われる。私はヘンリーに、もう一つの輸送部隊が次の日に行動を起こすこと、幕僚全員が部隊司令本部に移ることをみずから確認するように指示した。彼らが、メリディアン・ホテルの部屋で座っていても誰の役にも立たない。食料と水が残り少なかったので、ヘンリーは、バングラデシュ補給部隊から水、燃料、食料の蓄えを運ぶ輸送隊を組織した。バングラデシュの補給部隊は武装護衛なしでの移動を拒絶していたので、それらを供給することができなかったからである。キガリでは水と電話回線に加えて、電力ももはや停まっていた。発電機を動かす燃料がなかったら、衛星通信システムと任務用の無線ネットの両方が使えなくなり、外界から完全に孤立してしまうことになっただろう。

今では、敷地内におよそ一万五〇〇〇人のルワンダ市民が避難しており、キング・フェイサル病院とアマホロ・スタジアムが中でも最も多数の人間を抱えている。バングラデシュ

11 去るか残るか

兵は自国の自然災害の経験から、水不足やコレラ、赤痢の危険性が切迫していることを知っていた。トイレを作らせ、厳格な使用法を強制するよう命令をした。しかしそれにしたところで、トイレの穴に入れる石灰がなかった。何をしようとも、現在の状況がつづけば、数日間のうちに人びとは死んでいくだろう。

私は、モエンや当直士官からこの国の全体的状況について概要を得るために作戦室に行った。最新情報を仕入れていると、ブレントは、国連開発計画の保安担当官がすべての国連開発計画スタッフの所在確認をし、負傷者なしに安全を確保したと報告した。代理の首席管理官はほとんどの部下と欠くことのできない文民支援スタッフを司令本部に配置していた。いかなる外国人居住者の死傷者についても報告はない——それは、国連と外交官スタッフは過激派の標的にされていないということであった。しかしながら、現地人スタッフについては事態は異なる。ブレントの報告によれば、スタッフの家に送られたパトロール隊は、家族が殺されたり、姿を消したりしているのを発見した。私たちと契約したルワンダ人労働者のほとんどはツチ族であり、私たちが現地人と話をする仲介をしており、部隊司令本部を機能させるのに欠かせない存在であった。それから数時間の間に、何人かの使用人を救うことができたが、大多数は優先的な標的となって悲劇の起こった最初の数日間のうちに殺されていた。

この気が滅入るような情報をもって、私はニューヨークに電話し、アナン、リザ、モーリス・バリルと話した。どの点から見ても、私への指令《マンデート》は尽きていた。私には、手にしているもので何をすればいいのかという指示が必要だった。私は、外の世界と唯一繋がっている空港を押さえていなかった。私の部隊がまだ自陣を守っている間に、ＲＧＦが防衛境界線を支配してしまい、管制塔と滑走路は閉鎖されたままである、ＲＰＦは空港を閉鎖して、着陸しようとする航空機は砲撃すると知らせてきた。それはフランスがＲＧＦ支援のために介入しようとするのを阻止するためである。

私は、三首脳に、何千人もの人びとがキガリで保護を求めて私たちのもとに押し寄せてきているという人道上の大惨事について話した。私は二個大隊を要請し、緊急に援助物資が必要だと訴えた。私はＵＮＡＭＩＲの支配地域を現在の孤立した駐屯地から拡大しようとしていた。これはどのような撤退にとっても、また派遣団の拡大にとっても重要な鍵であった。この時点で、私はすでに二つの文書報告書[注1]だけでなく、

（注1）「暗号外電一九九四年四月八日ＵＮＡＭＩＲの人道援助活動についての補足レポート」および「暗号外電一九九四年四月八日ルワンダの現在の状況と派遣団の軍事的側面に関する更新」。

ＰＫＯ局への詳細な口頭の報告をおこなっていた。私は、上司たちが私の部隊の状態と任務地域の状況について十分に知っており、この危機について私がこれ以上明確に説明できないほど十分に理解していると信じていた。彼らは私に物資の要求に優先順位をつけるよう指示し、それらの要求を満たすと約束した。コフィ・アナンは激励してくれ、私を支援すると約束した。そして、諸党派と接触をつづけ、停戦交渉を試みるよう強く迫ったのである。

夜のミーティングまでに、状況は一層悪化した。カガメは戦術本部のあるムリンディを発ち、私の部下の軍事監視地区司令官は彼に同道していた。ＲＰＦ兵士はキャンプから移動して戦場に乗り込み、士気や規律は高かった。十分に練られた計画にしたがって訓練をおこなったうえで出発したかのようだった。ＲＰＦ領域内において暴力が発生したという報告は一切なかった。

非武装地域では、ガーナ大隊、バングラデシュ工兵中隊、そして軍事監視員がキャンプでの防衛態勢へと移行していた。北部地区においては、とりわけルヘンゲリとギセニにおいて殺害の報告があった。私はティコにできるかぎり長くその場所に彼のチームをとどまらせるよう指示した。もし彼ら自身の生命が戦闘によって脅かされるようであれば、非武装地域の守備隊か、キガリか、一番近い国境へと向かうことになっていた。軍や憲兵隊に勢力がない南部は、まったく静かだった。緊張が高まっていたが状況は落ち着いていて、軍事監視員は政治、軍事、警察の指導部と密接な接触を保っていた。それらの指導部はいずれも、法と秩序、そしてアルーシャ協定を守ることを主張していた。

キガリにおけるベルギー大隊とバングラデシュ大隊を構成する各部隊——兵站中隊、移動管理小隊、憲兵隊、そして病院——はすべて所在確認がなされ、防護された場所にいた。ベルギーとフランスの大使は、外国人居住者の安全確保を手伝うようリュックに圧力をかけていた。私は、リュックにＵＮＡＭＩＲの仕事が第一であり、外国人居住者を含めた完全な撤退計画を実行するのは、その命令があった場合にだけであるということを伝えた。その時までは、私たちはルワンダの国民全員に責任を負っている。民兵はすでに市全域を封鎖し、リュックのベルギー部隊は物理的な暴力を受けたり、時には発砲されたりしていた。バングラデシュ大隊との状況はますます悪くなっていた。リュックはこの部隊がほとんど役に立たないと感じていた。バングラデシュ兵は任務を遂行せよという命令を無視するか、やっていなかった場合にでもやったと言った。指揮官は言い訳ばかりだったし、分遣隊の大部分は恐怖で自分たちの敷地内に身を隠していた。

11 去るか残るか

夕方のミーティングの後、オフィスでフォスタンと一緒にお茶を飲んだ。彼の家族はまだ見つからず、一日のほとんどをＲＴＬＭが放送するプロパガンダに耳を傾けてすごしていた——その放送は、コメンテーターが暴力を呼びかけ、挑発的な歌を流し、殺されるべき人間の名前と居場所さえ公表した。ルワンダでラジオは神の声に近いものであり、もしラジオが暴力を呼びかければ、多くのルワンダ人は呼応し、行動を起こすことが是認されたのだと信じる。フォスタンが聞いていた人殺しの歌は録音されたものにちがいなかったが、これから何が起きるか、誰がそのキーパーソンとなるのかをＲＴＬＭが事前に知っていたということを意味していた。予備役兵に召集をかけるＲＧＦからの呼びかけもラジオから流れていた。たとえそうだとしても、フォスタンはＲＰＦがこの戦争に勝つだろうと考えていた。ＲＰＦの兵士たちは自分たちが信じる大義のために戦っているのに対して、ＲＧＦの兵士たちは殺害のための殺害を繰り広げ、なぜそうするのかその理由を知らないし、気にかけてもいない。この手の紛争では、信じる原理のために戦う者たちがかならず勝つことになっているのである。

フォスタンと別れてからモエン大佐を呼び出し、ここ二四時間のバングラデシュ分遣隊の行動について説明を求めた。彼が言うには、バングラデシュの司令官は、外国人市民を救うために部下の命を危険にさらすことには何の問題もないが、ルワンダ市民たちを救うために部下を配置したくない。その司令官は、この問題をダッカに報告して指示を仰いだが、彼の上官はルワンダ人たちを守ることで部隊を危険にさらさないよう、もしくは誰であろうとルワンダ人を彼らの車両で運んではならないと命令した。不快そうな顔をしてモエンは、分遣隊司令官が無駄に部下の生命をかけることになると感じるような命令を私が出すのであれば、命令を書面にする必要があるだろうと言った。

この態度は頭にきた。私はモエンに、バングラデシュ兵の勇気のなさや職業軍人らしからぬ振る舞いにはうんざりしたと言った。私は命令にしたがってくれることを期待したのだ。必ずしもバングラデシュの部隊の生命を危機にさらそうというのでなく、彼らに他のＵＮＡＭＩＲの兵士と同じリスクを引き受けることを期待しているのだ、と断言した。彼らはただ乗りするためにここにいるわけではない。部隊司令官を夜明けに皆かり出し、スタジアムや部隊司令本部周辺地域から群衆を追い払い、交差点をとおれるようにしろ、とモエンに指示した。私はこの前向きの姿勢を維持したかった。群衆が道路を閉鎖したら、いつでも即座に撤去しなければならない。この作戦は、部隊がかき集められるすべての人員、通りに出せるすべての装甲兵員輸送車を使って圧倒的な力で実施されなければならない。それは、部隊司令官がみずから指揮すべきである。モエンは同意し、部隊司令官に話すと確約した。私は彼に対して申し訳ないとも感じていた。彼は、経験を積んだ士官であり、レブンワースの合衆国陸軍指揮幕僚大学を卒業している。彼が同国人の行動に恥じ入っていることは分かっていた。国連司令官として私は、ニューヨークの許可がある場合を別にして、どこの国の中佐以上の地位の士官、とりわけ指揮官を首にすることはできなかった。しかし、同じ階級の同国人からの圧力であれば、分遣隊司令官に行動するよう迫ることができるだろう。

モエンが去った後ブレントは、ベスに電話をして元気でいることを知らせるように私にすすめてくれた。私は喜んでそうした。その日の早くに、連隊付きの神父が彼女に連絡をとって、何か手助けできることはないか聞いてくれていた。彼女はとっさに最悪な事態を覚悟した。彼女と子供は私のために祈り、落ち着いていると言った。私が戦場にいた毎日、彼女やUNAMIR兵士の他の多くの妻たちや子供たちは非常に不安な日々を送っており、愛する人が死んだか負傷したと伝える電話や訪問があるのではないかと思いながら待っていた。戦闘地域からの二四時間生の報道があるこの時代にあっては、家族は私たちと共に任務に生きなければならない——それは、彼らに、そして私たちにつきまとう新しい現象であった。

深夜にニューヨークに送る、さらに多くの書面報告を片付けた。そして、まだ落ち着かなかったがオフィスを出て、暗い回廊を歩いた。その日からガーナ兵が部隊司令本部の保安を引き継いだので、彼らの配置状況を見てみようと思ったのだ。円形の建築物への道の屋根の上を進むと、駐車場を見渡す位置の機関銃に配置されている二人のガーナ兵と出会った。彼らには短射程の対戦車ロケットM72も渡されていたが、使い方が分かっていなかった。私は暗闇の中で短時間の兵器講座を開き、そして監視ポストが設置されたホテルの屋根に行った。私は一人で監視していたガーナ兵をひどく驚かせてしまい、最悪なことに彼はパンツを濡らしてしまった。私は、困惑している彼をなだめ、大丈夫だと自信を回復させるために彼の横に座り、パンツを代えてくるよう送り出した。その間、私が代わりにポストに立った。街はおおよそ静かであった。暗闇の中に座って、私は敷地を取り巻くフェンスを丹念に観察し、何百もの過激派がフォスタンを掴まえるために本部に押し寄せる場面を思い描いた。そのイメージは、私に映画『カーツーム』を思い出させた。映画では、イスラム教の苦行僧デルビッシュの群れが階段を駆け上がり、ゴードン将軍とその部下を殺しにやってくるのである。私の部下たちは、フォスタンを守るために、国連の旗を掲げて戦うだろうか。

11 去るか残るか

私はその日初めて、心から絶望感に襲われ、断固として脇にどけておいた感情にとらわれた。その時、若いガーナ兵が戻って来て、私はほっとした。

真夜中すぎに、ＲＰＦの士官と兵士の小隊がメインゲートにやって来た。そして、ブレントがガーナ兵の門衛に呼び出されて士官と話した。その士官は生意気にも戦利品のように国連のヘルメットをかぶり、フォスタンに会わせるように要求した。ブレントは彼に、ヘルメットをとり、武器と部隊はゲートの外側においてくるように言った。士官はフォスタンを安全な場所に護衛するために来たのだと言うので、その申し出を首相に指名されているフォスタンに取り次いだ。フォスタンはここを離れることを拒否し、自分が穏健派とルワンダ国民の信頼を維持するためには、ＲＰＦとの距離をとらなければならないと言った。彼は私たちの保護下にとどまる方を望んだのだ。

私が断続的な眠りに落ちていたのは、二時頃だった。三時一五分前頃に、モーリスからの電話で目を覚ました。その電話は、四五分以内にフランス、つづいてベルギーが、外国人居住者の避難を実施するためにキガリの空港に軍部隊を着陸させるだろう、と伝えた。私は激怒した。急な連絡だからという理由だけでなかった。私はモーリスにもはや空港を支配していないことを指摘した。もしＲＧＦが（あるいは、脅しをかけたとおりＲＰＦが）航空機を撃墜したらどうするのだ。飛行機はすでに飛び立っていて、しかもルワンダの領空に入ってからようやく連絡があるというのはどういうわけだ。モーリスは、彼自身も今聞いたばかりであり、避難を手伝うように私に指示した。

電話が終わると、安全の確保されていない無線を使わなければならなかったが、リュックに、空港会社に今にもフランス軍が到来しようとしていると警告させた。リュック自身、ベルギー軍の参謀長シャリエ将軍から電話を受けたばかりであった。私は国家発展会議のバリスに無線連絡をし、フランス部隊は外国人居住者を脱出させるためだけに展開するとＲＰＦに確約し、何も行動を起こさないでくれと要請するように言った。

標的となるような人影を作らないように電気を消し、オフィスの開け放たれた小さな窓のそばにたたずみ、リュックからの電話を待った。それは酷い惨状になってしまったと伝えるか、航空機が安全に着陸することができたということを伝えるかのどちらかだ。心地良いそよ風が虫除けの網をとおして吹いていた。しばらくの間、まるで何百もの遠い声が風に運ばれてくるかのように、人間のうめき声を聞いているような気がした。私は自分が、不安の中で耳をすましてどのくらいそこにたたずんでいたのか覚えていない。しかし、ついに航空機が空港に着陸する時に発する特有の轟音を聞いた。ほっとしたことに、応戦する銃声や爆発音は聞こえなかった。

私は粗末なベッドを使わず、しばらく肘掛け椅子で休んで、さまざまな党派がこの行動をどのように捉えるか整理しようとした。RGFは新しいベルギー部隊に疑心暗鬼になり、怒り、心配するだろう。RPFはフランス軍に疑心暗鬼になり、怒り、心配するだろう。UNAMIRはその中間に位置づけられるだろう。しかし、おそらくそれはまた、両方の側に私の影響力を行使する良い機会にもなるだろう。フランス部隊とベルギー部隊へのパイプ役としてRGFもRPFも私をとおさなければならないからである。私は、このすでに混乱した状況下でフランスとRPFの戦闘、もしくはベルギーとRGFの戦闘がないよう祈った。RPFは対空砲、迫撃砲、もしかしたら空港からたった四キロ――十分射程距離である――の国家発展会議に対空ミサイルをもっているかもしれない。緊張が高まりすぎていて、いつの間にか椅子で眠ってしまっていた。

バングラデシュ分遣隊は、私が彼らに課した課題に正面から取り組むことは決してなかった。その夜、RPFは私たちの地域に移動してきた。四月九日の夜明けには野次馬も群衆も民兵もいなくなり、また規律正しい、協調して活動するRPF兵士だけがいて、私たちがいる地域を確保した。それは、私たちを保護するためにか(後に彼らは、部隊司令本部を攻撃してフォスタンを捕らえて殺せと命令する、キャンプ・カノンベの降下特殊部隊への無線連絡を傍受したのだと主張した)、もしくは、もっとありうることだが、スタジアムで怯えている何千もの人びとを守るためにであった。

作戦室の当直士官が、三機のフランス航空機が到着し、すでにフランスの三〇〇人の降下隊員が降り立ち、さらに多くの航空機が着陸しようとしていることを確認した。フランス軍はもう一度戦いに参加するつもりなのか、それとも本当に外国人居住者を避難させるためだけに来たのだろうか?

数分後にリュックが到着し、ベルギーの外務大臣ウィリー・クラースがニューヨークでUNAMIRの迅速な増強や大量の物資補給を働きかけていることを大喜びで話した。もし私たちに新しい指令や必要な戦力が与えられたら、二つの陣営を交渉テーブルに戻すことができるかもしれない。朝のミーティングで、私はキガリ地区に、できるかぎり多くの救援活動をつづけるように伝え、また避難先を探している人びとのためにつねにゲートを開けておくように命令した。非武装地域にいる部隊への補給ルートが現在断たれているとの報告を受けた。つまり、何をすべきなのか、何ができるのか、キガ

11 去るか残るか

リに彼らを移すべきなのかを考えなければならなかった。リソースを考えれば、一回でこれらの部隊の移動を終わらせる方法はなかった。何日にもわたって、彼らを往復させなければならず、それには、私たちが所有するほぼすべての車両と燃料が必要だった。

私がその朝最初に立ち寄ったのは国家発展会議である。私は、冷たい歓迎を受けるだろうと覚悟していた。フランス軍が空港に着陸した上に、ラジオは、RGFの予備役は軍務に就くべきであると報じており、また、新しい政府が設置され総理大臣の名前が公表されるだろうと話した。RPFにとって、これらの行為はあからさまな宣戦布告であった。セスは、頭ごなしに、なんであれこの非合法で明らかに過激派である政府は認められないと断言した。この危機は大統領の突然の死に対する過剰反応などではなくクーデタである、と言うのだ。RPFはRGFの軍事代表と、殺戮を止めることと大統領警護隊を逮捕することに関連する問題について公開で討論する用意はあるが、それは危機管理委員会が前提条件を飲んだ上でのことだ。私が、外国部隊とUNAMIRが在留外国人の脱出も含めた人道援助活動を実施できるよう地域的な一時停戦の可能性を提起すると、セスは渋々そのアイデアを認めた。しかしながら彼は、人道的努力はRGFへの軍事援助になるべきではないとはっきり述べた。もしもフランス軍、ベルギー軍、あるいはUNAMIRがそのようなことに関与したら、RPFはそれを止めるために武力を行使する。私は一六〇〇時までに、キガリで四八時間の一時休戦を実施したいと言った。別れ際は、不機嫌で、疑心暗鬼で、社交的な挨拶もなかった。

私はバゴソラを探しだして、この新しい「暫定政府」についてもっと情報を得るために、国防省に向かった。市中は混乱に陥っていた。多数の人びとがキガリ郊外に向かって、荷物をもって移動していた。通りには死体がころがっており、陽の光で黒く焦がしたように見える大量の血の海に包まれていた。インテラハムウェとRGF兵士の集団は、ただ石や空のプラスチックの箱で作られた路上封鎖の間をぶらついていた。バリケードの番人は、RPFの「潜入者」であると思われる人間を適切に探し出す保安担当官であるというよりも、血に飢えた獰猛な動物のようだった。それぞれの道路封鎖には、ポータブルラジオが大音量の音楽とRTLMの勧告をすべての世代の、恐怖で思考停止に陥ったルワンダ人の頭の上に流していた。人びとは、IDチェックを受けるために列をなしている。明らかにさらに多くの人びとが、まるで血の熱狂が急激に増殖するように、暴力的行動に引き寄せられていた。

国防省には数人の警備兵しかいなかった。彼らは私に、みなディプロマ・ホテルにいるといった。ホテルでは、私は車にスーツケースと持ち物を詰め込んだ多くの大臣とその家族に会った。誰も足を止めて私と話そうとはしなかった。彼らは町を出ることに懸命だったのである。彼らが首都より約六〇キロ西にあるギタラマの避難所に向かおうとしていることを後に知った。その光景は、国を断固として掌握しようとする政府の設立が予定されているというよりも、むしろサイゴンの陥落〔ヴェトナム戦争末期に南ヴェトナムの首都サイゴンが北ヴェトナムによって占拠された〕を思い出させた。バゴソラはどこにも見当たらなかった。

ガツィンジ、ンディンディリマナその他の危機管理委員会の連中はまだ陸軍本部にいた。彼らは、RGF予備役の召集はひどい誤りであり、すべての部隊にそれを停止するよう指示するメッセージや電報を送った、と話した。私はどこに向かえばいいのか分からなかったが、彼らもそのようだった。彼らはRPFが提示した前提条件は保証できなかった。今のところ政権につくことになっている暫定政府（バゴソラはそうしようとしていると私は考えていたが）の設立とともに、危機管理委員会は解散することになるだろう。一体どんな政府なのか？　大臣は逃亡し、インフラも残っていない。それでも私が彼らに一時停戦を申し入れたのは、フランス軍とベルギー軍が外国人居留者を避難させることができるようにするためだったが、RGFのエリート部隊を危機管理委員会の誰も統制できなくなっていたので、それは無駄なことであった。統制していたのはバゴソラであり、彼の協力がなければ、脱出作戦は危険にさらされるだろう。特にリュックが予想していたベルギー部隊が、その日の遅くに到着することになっているその時に。

部隊司令本部に帰る途中、私はさらに多くの死体が道端にぼろくずのように積まれ、その脇を、家を追われた人びとが、同じ運命から逃れようと、とおりすぎていくのを見た。

ブレントと軍事監視員のチームは、一台の装甲兵員輸送車で救出任務を実施してその一日を費やしていた。一回目の試みで、彼は多くの国連文民スタッフとその家族を、またカナダの代理大使リンダ・キャロルを迎えにいった。彼女は、キガリ在住のカナダ人居留者の住所リストを渡すことができた。[注2]

（注2）リンダ・キャロルは危機においてあるべき外交官のお手本であった。大統領の飛行機が墜落してから、彼女は担当地域の管理者に警告を出し、無線で皆を落ち着かせ、キガリにいることを把握していたほとんどのカナダ人の所在を確認し、彼らを拠点に集めた。ナイロビ他のカナダ大使館の援助で、ブレントと彼のチームが二週間以上にわたってカナダ人

11 去るか残るか

その日ブレントと一緒だったのは、ポーランドの士官マレク・パジクとステファン・ステクであり、二人ともギコンド・パリッシュ教会に短期間、宿舎を割当てられていた。教会はポーランド出身の司祭が運営していたので、ポーランド派遣団の宿舎として知られていた。パジクとステファンはその布教施設での厳格な暮らしが長かったわけではないが、仲間の軍事監視員の二人がまだそこに残っていた。その朝、布教施設にいる部下から、助けを求めるかぼそい無線連絡が入った。無線機のバッテリーがなくなりかけており、ブレントが聞き取れたことは、教会で殺戮があったということだった。

　何が起こっているのか分からないまま、ブレント、パジク、ステクは武装してバングラデシュ士官と二人の部下と一緒に装甲兵員輸送車のハッチを閉め、ギコンドに出発した。途中で、ＲＧＦとＲＰＦの銃撃戦を抜け、憲兵隊の道路封鎖を抜け、さらに増えつづけている無秩序な民兵の道路封鎖を抜けた。彼らは道路封鎖の近くで、男たち、女たち、子供たちの死体を見た。非常に多くの民間人が移動しており、まるで住民全部がキガリを放棄しているようだった。

　教会で、車両を止めて降りた。パジクとバングラデシュ兵士が司祭館にポーランド人軍事監視員を探しにゆき、その間にブレントとステクは大規模な虐殺の最初の証拠にぶつかった。布教団施設からの道路を横切ると、慌てて放棄された学校の近くの道路のいたるところに、女たちと子供たちの死体が散乱していた。ブレントとステファンがそこに立って死体の数を数えようとしていると、武装した男たちを満載したトラックが轟音を立てて走り去った。ブレントとステファンは教会に向かうことにした。ステファンが中に入り、ブレントはドア近くに装甲兵員輸送車が見えるように立って援護した。彼らは信じられないほど恐ろしい光景、ジェノサイドの証拠を目にした――ＵＮＡＭＩＲが目撃したジェノサイドの最初の光景であった。しかし、私たちはそれをジェノサイドと呼んでいいのかどうかもまだ分からなかった。教会の通路と座席には、何百という男、女、子供たちの死体があった。少なくとも一五人はまだ息をしていたが、酷い状態だった。

だけではなくルワンダ人や外国人を救出し脱出させるための何十もの任務を実行した。それには一つの大きい、複雑な要素があった。リンダの記録では、彼女はキガリに約六五人しかカナダ市民はいないと思っていた。しかし私たちは一九五人以上を脱出させた。多くの旅行者や在留外国人は自分たちの安全について深刻に考えておらず、地域の大使館や領事館に登録する義務を感じていなかったのだ――紛争が勃発した際に彼らを救う努力をしなければならない男女には、そのことは大きな努力と嘆きの種になった。

司祭たちが生存者に応急処置をしていた。赤ん坊は死んだ母親の胸に吸い付こうとして泣いていた。ブレントが決して忘れることのない光景だ。パジクは二人のポーランド人軍事監視員を発見した。彼らは嘆きとショックで、何が起こったのかを話すことがほとんどできないほどだった。彼らが言うには、RGFがその地域に非常線を張り、それから、憲兵隊が一軒一軒IDカードをチェックして回った。ツチ族の男、女、子供たちがすべて駆り集められ、教会に移された。彼らの悲鳴で司祭たちと軍事監視員が気づき、走ってやって来た。司祭と士官は教会の入り口で拘束され、ライフルの銃身を喉元に突きつけられて壁に叩き付けられた。彼らは、憲兵隊員が大人のIDカードを集めて焼き捨てる間、銃口を見つめているしかなかった。それから憲兵隊員はマチェーテをもった多数の市民からなる民兵を招き入れ、犠牲者たちを殺人者に手渡したのだ。

整然と、そして虚勢の笑い声をあげながら、民兵はベンチからベンチへと移動し、マチェーテで切り刻んだ。即死した者もいたが、酷い傷を負いながら、自分と子供の命乞いをした者もいた。誰も見逃してはもらえなかった。妊娠した女性は腹を切り裂かれ、胎児をえぐり出された。女性は恐ろしいほど切り刻まれた。男たちは頭を割られ、即死するか長くもがき苦しんだ。子供たちは命乞いをしたが、両親たちと同じ扱いを受けた。好んで性器を切りつけ、犠牲者は放置されて出血多量で死んだ。慈悲も、躊躇も、哀れみもなかった。喉元に銃を突きつけられた司祭と軍事監視員は、眼から涙がこぼれ、死んでゆく者たちの叫びが耳に焼きつき、憲兵隊員に犠牲者を救うよう懇願した。憲兵隊員の答えは、ライフルの銃身で司祭と軍事監視員の頭を持ち上げ、もっとよくその恐ろしい光景が見られるようにすることだった。

マチェーテで人を殺すのは容易いことではない。その夜のうちに、殺人者たちはぞっとするような仕事に疲れ果てて教会を出発した。おそらく次の殺戮場所に移動する前に少し眠りにいったのである。わずかな生存者のために司祭と軍事監視員はできるかぎりのことをした。亡骸の下に隠れていた人びとがうめき声を上げたり、はい出してきたりしたのだ。

二人の軍事監視員は、その夜の出来事を思い出してひどく感情的になっていた。一人は完全に口を閉ざし、もう一人はイラクとカンボジアのような場所でも勤務したが、これで最後だ、国に帰ると打ち明けた。彼らはそこを出て、司令本部の安全な場所に戻り、平衡感覚を取り戻す必要があった。彼らは司祭たちも一緒に来るように説得した。しかし神父は、負傷者と残らなければならないと言って、拒んだ。負傷者があまりに多く、装甲兵員輸送車で運ぶことができなかったのだ。ブレントたちは、司祭に無線と充電したバ

11 去るか残るか

ッテリー、あるだけの水と小さな応急処置キットを渡し、この事件を報告して救出隊を差し向けると約束した。彼らは司祭に、すでに午後三時をすぎているので、日が暮れるまでに、救急車つきの大規模な武装した護衛や大掛かりな輸送をおこなって、幾重にもある道路封鎖と交渉することはできそうにない、と警告した。しかし司祭は、きっと民兵と憲兵隊はもうここはやり終えたので、一晩隠れていられるという自信があった。

任務を放棄してしまったような気分で、ＵＮＡＭＩＲのグループは部隊司令本部に帰り、ポーランドの軍事監視員はベッドに寝かされた。キガリ地区には救助隊を派遣するよう指令が出されたが、ブレントは翌日まではそれにしたがうことはできないのではないかと思った——いくつもの任務がすでに進行中だったからである。翌日早く、司祭が無線で呼びかけ、夜の間に民兵が帰って来たと報告した。装甲兵員輸送車が教会で見つけられ、殺人者たちは虐殺の証拠を隠滅するために帰ってきたのだ。彼らは負傷者を殺し、死体を移動させて焼いた。

司祭たちと犠牲者を残すという決定は恐ろしい結果をもたらしたが、戦争で兵士がする決定はそのようなものである。ある時は決定したことで人びとの命が助かり、ある時は死ぬ。あの罪のない男たち、女たち、子供たちはツチ族だというだけのことであった。それが彼らの罪なのだ。

虐殺は自然発生的な行為ではない。それは軍、憲兵隊、インテラハムウェ、公務員を巻き込んで周到に実行されたものだった。ＩＤカードシステムはベルギーの植民地時代に導入された時代錯誤の代物だったが、その結果、多くの罪のない人びとが死んだ。彼らのカードや役場の記録を破棄することによって、これらの人間は人類から抹消された。彼らはまったく存在しなかったことになったのだ。ジェノサイドが終わるまでに、他に何十万人もの人びとが抹消されることになる。これらの犯罪を計画し実行した連中は、これは犯罪であって、戦争だからといって正当化されるものでないことを知っていた。だから彼らの責任を問うことができる。インテラハムウェは証拠を消すために帰ってきた。民兵にツチ族の名前を教え、記録を破棄した顔のない役人たちもまた重要な役割を果たした。私たちは勝者と征服された者がいる戦争をしているのではない。私たちは屠殺場の真只中にいたのだが、それをその本来の名で呼ぶことができるようになるまで、まだ数週間かかった。

私はその日一四〇〇時頃、空港の北東でおこなわれているＲＰＦとＲＧＦ降下特殊大隊の銃撃戦を避けながら、部隊司令本部から一キロも離れていない空港に着いた。フランス軍司令官に会う途中、私は本当に不思議に思わざるをえなかった。外国籍の人間を脱出させるこのように迅速な努力が、国連がここに残留するという立場にとってどういう意味をもつのかについてである。紛争に対して将来おこなわれる軍事介入に、外国人住民が巻き込まれないようにしているのか、それともルワンダを見捨てようと意図しているのか？

ポンセ大佐との会話はそっけないものだった。このフランス人司令官は私たちと協力することには一切関心を見せなかった。この不幸なやりとりは、どのようにフランス避難機動部隊「アマリリス作戦」がＵＮＡＭＩＲと行動することになるのかを示すものであった。ポンセは、彼の任務は四八時間から七二時間以内に在留外国人を避難させることにある、と言った。私たちは空港にいる軍事監視員から、フランス軍はすでに多くのルワンダ人を避難させており、その中には一二人の大統領家族も含まれているという話を聞いていた。しかし、ポンセは、自分は在留外国人と「白人」を避難させるためだけにいるのだと主張した。私は、二時間以内に停戦が実施されるが、ＲＧＦがそれを遵守する保証はまったくないと言った。それでも、ポンセは失礼すると言うと、私の答えも待たずに、すぐに踵を返して立ち去った。私はその時、この無礼なフランス人との交渉はすべてリュックに任せることにした。

その日の午後遅く、私はブー＝ブーに会いにメリディアン・ホテルへ行った。ベルギー大隊の司令所がホテルの入り口に設置されているので、私は立ち寄って、部下が殺されてから会っていなかったドゥウェズ中佐と話をした。私は彼に哀悼の意を表し、部隊の抑制と規律の維持に努めていることを褒めた。

ロビーで、情報を求める数百人の国連職員やルワンダ人が私に群がった。私は彼らに話し、安全を確保するためにベルギー大隊の司令所をホテル内に移動したと伝えた。ホテルには食料と水があるが、それは分け合わなければならない。避難がはじまっており、比較的安全だと判断された場合の避難準備のために、軍事監視員が人びとのリスト作りをこれからも助ける。私は彼らに落ち着いて、窓やバルコニーから離れたところで休息をとるように言った。

国連事務総長特別代理《SRSG》のスイート・ルームは最上階にあり、エレベーターが動いていないため、そこに着いた時には私は息を切らしていた。彼の部屋の両隣は彼と彼のスタッフのために空き部屋にしてあった。彼は、警備上の理由から、すべての市民をこの階から立ち退かせるよう支配人に求めた。ブー＝ブーは、ママドウ・ケインを含む政治高官に囲まれ、大きな椅子に座っていた。私への挨拶はとりわけて温かいものではなかった。一発の銃弾が窓の一つを貫通してきたために、

11 去るか残るか

彼らは怯えていた。私は、最上階にいるのは賢明ではないと言った——もし彼らがここにいるというのなら、窓の近くは特に注意する必要がある。私たちは暫定政府の設立について議論した。ブー＝ブーは国連も国際社会もこの非合法的に設立される過激派の体制を認めるべきではないと主張した。しかし、その意図を見極めるために、それとの連絡を絶やさないことが賢明であろうという私の提案には同意した。私は、RPFは危機管理委員会の軍事指導者たちとしか交渉しないと伝え、ンディティリマナとガツィンジの二人に、新しい政府からそうする指令を受けるように促した、と言った。国防大臣のオーギュスタン・ビジマナが明日カメルーンから戻ることになっていた。そうなれば、おそらく彼がふたたび政治指導者になることだろう。

本部に戻っても、良いニュースはなかった。多くの監視チームとは無線が繋がらず、どのみち人質になるか犠牲者になるか、逃げると決めたか、そのいずれかしかなかった。私たちが彼らに対してできることといえば、ニューヨークに頼んで近隣諸国に避難所を提供してくれるよう連絡してもらうことだけだった。また、UNAMIRの軍事監視員とRGF部隊に護衛された大規模な合衆国の輸送部隊がその日アメリカ大使公邸を出発して、ブルンジに向かって南下していることを知らされた。その前の晩、ブレントはブルンジのブジュンブラにいるアメリカ部隊の海兵隊士官と名乗る男から電話を受けた。彼はブレントに、私のオフィスの正確な番号を知っているかどうか確認しているだけだと言った。彼から二度と連絡を受けることはなかったが、後に多くの情報源から、約二五〇人の合衆国海兵隊がキガリに向かって飛んでいたということを知った。それからブルンジに行き先を変更したのだが、UNAMIRを増援して合衆国国民を守るために派遣されているのだと彼らは信じ込んでいたというのである。

その夕方、私はニューヨークに電話して状況を説明した。彼らは私の報告書を手にしていた。政治的暗殺や無差別殺人と共に、今や、ポーランド布教施設団での虐殺のような組織的民族殺戮の事例があることを知っており、およそ二万人のルワンダ人が私たちの保護下にあると想定された。しかしキガリが精鋭の外国部隊で溢れているにもかかわらず、ベルギーといくつかの非同盟の第三世界の国を除いて、私たちを増援することに関心を寄せる国はなかった。今のところ五〇〇人のフランス軍降下特殊部隊員が空港の外で活動しており、一〇〇〇人のベルギー降下隊員がナイロビに待機していた。さらに、ブジュンブラの二五〇人の合衆国海兵隊を加えることができる。訓練が行き届き十分な装備をもつその規模の戦力であれば、おそらく虐殺を止めることができるだろう。しかしそのような選択肢は、一考だにされなかった。

夜になって部隊司令本部に行くと、明らかに皆疲れ切っていたが、不思議なことに士気は高かった。自分の部下の士気、精神、肉体がどのような状態にあるのか、それ以上どこまで彼らに要求することができるかを知らねばならない。その夜、私たちはまだ耐えられると確信した。オフィスを出る時、ブレントがバングラデシュ兵から貰ったカレーライスと、翌日にはベルギーの糧食が着くという約束をして私を驚かせてくれた。ロベルトもまた、キガリの私たちの住まいに駆けつけて、着替えの制服や洗面用具など、手当たり次第にかき集めてきてくれた。最後のもてなしは、湯で満たされた洗面台という、それだけでも信じられないくらい贅沢なものだった。

四月一〇日の日曜日、私は市内の銃声と辺りに漂う死臭が減ったことに気づいた。私たちと匿っているルワンダ人が病気にかかるリスクを最小限に抑えるために、私はガーナ兵に命じて、死体のあった地域を清掃させ、死体を移動させた。部隊司令本部から数百メーターしか離れていない場所で、八〇の死体が見つかった。彼らは死体を積み重ね、重油をかけて燃やした。ひどい臭いが熱の中にいつまでも残った。フランス軍の着陸を待っている時に窓から聞こえたあのうめき声は、この死体たちのものだったのではないかと思った。もしそうなら、聞こえたのは風の音ではなく、本当にうめき声だったのだ。

私は空港を掌握しなければならなかった。空港を掌握することが、この派遣団を維持し、結果的に増強する唯一の方法だったからである。その時にはフランス軍やベルギー軍がいるにはいたが、すぐに撤退してしまうだろう。RPFとRGFに与えられる一つの動機づけは人道援助の希望であり、UNAMIRが入国経路を確保できた場合にだけ差し出すことができるのだ。それを実現させるには、キガリ国際空港安全協定からはじめる必要がある。しかし、まず初めに、諸党派に具体的な合意をさせなければならない。

私は、政治的・軍事的指導者と毎日会うことを手はじめに、RGFとRPFの間を行ったり来たりして交渉の道を探ろうとした。キガリの中心部への道は、何千人もの人びとが移動している地獄へつづく道で、検問所がさらに増え、検問所の死体もさらに増えていた。衝撃だったのは、辛抱強く列に並んで、犠牲者に選ばれるのを待っている人びとの忍従ぶりである。

RGF本部で、ビジマナがカメルーンから戻っていることを教えられた。そこで私は、国防省へ彼と話すために向かった――向こうは私に会うことを快く思っていなかった。私は、自分はより広範な休戦交渉によって休戦を促すために来たのだと言った。思っていたとおり彼は、軍事を担当しているの

11 去るか残るか

は暫定政府で、危機管理委員会は解散されたと言った。彼は翌日の正午までには政府と地方当局が事態を掌握するだろうと考えていた。彼は、数時間の内に新しく発表される首相ジャン・カンバンダに会うことになっていると言った。彼に、道路封鎖を解くように頼み、安全に人道援助物資が運び込まれ、外国人居住者がより安全に出発することができるように、空港を開けておいてほしいと言った。ビジマナは外国人居住者が突然出発することがきっかけになって何事かが起こるのを嫌がったが、自分も休戦してキガリ武器管理地域規則に戻ることを望んでいるのだと言った。

彼と別れて、さらに危険になった道路封鎖を切り抜けながら国家発展会議へ向かった。到着した時も銃撃戦はつづいていたので、車を降りて丘を登り建物まで歩かなければなかった。私は三人の政治担当者が待っている薄暗い部屋へ案内された。私はビジマナの保証を伝え、フランス部隊に対して彼らが自制してくれて嬉しいと言ったが、そのとたんに彼らは怒りをぶちまけた。セスは怒って言った。フランス軍はUNAMIRの車両を使って過激派と知られる経歴をもつルワンダ人を空港に移動させ、そこから国外へ飛び立たせた。彼はまたフランス軍が何度も車両から発砲していると主張した。フランス軍がこのようにUNAMIRを利用することは絶対に認められないし、それは私の部隊を危険にさらし、私たちの青いヘルメットの意味について皆を混乱させてしまう。私は、この件についてはリュックがフランスの司令官に抗議すると言った。私は休戦と空港の交渉に話を進め、彼らはこの要請をカガメ少将にすぐに伝えると言った。私は復活祭の週末以来カガメに会っていなかったので、彼に会うためならルワンダのどこにでも行くと申し出た。RPFは休戦条件を明確に書面にして両者が調印することを求め、当然のことながら、拡大をつづける虐殺に憤慨していた。

私は安全なルートをとおって建物を離れ、RPFの兵士と何人かの民間人が治療を受けていた応急の外科室の脇をすぎた。その部屋は、濃い緑の壁と黒い家具とほのかな明かり、叫び声と血で、まるでダンテの『地獄図』のような光景だった。

まっすぐ近くのアメリカ大使公邸に向かい、ちょうどローソン大使と彼の部下が最後の荷物を車に積んでいるところに到着した。大使は私に別れを告げられたことを喜び、避難するにあたって部下の軍事監視員が援助したことに礼を言った。ローソンはここ数ヶ月の間、政治的行き詰まりを打開するために懸命に働き、この国の少数の大使集団の中でも最も影響力あるメンバーの一人であった。告白せねばならないが、彼の出発で私の心にあった一筋の希望の光が消えてしまった。

私は在留外国人避難計画の調整役に指名されていたベルギ

ー大使の安否を確認することにした。彼の住居がある丘を登っている間、フランス軍兵士たちが在留外国人を車両に乗せる集合地点のそばをとおりすぎた。何百人ものルワンダ人が、すべて白人である実業家、ＮＧＯスタッフ、その家族が恐怖の脱出をするのを見るために集まってきていた。私は群衆の中を先へ進み、フランス兵がひどく乱暴に、避難場所を探している黒人のルワンダ人を道の脇に押し出しているのを見た。恥ずかしさがこみ上げてきた。ルワンダで金儲けをし、多くのルワンダ人を召使いや労働者として雇ってきた白人が、今では彼らを見捨てようとしている。そこを支配していたのは自己利益と自己保存であった。ブルーのベレー帽をかぶった多数のベルギー兵は、大使公邸のまわりや建物の中におり、軍事要員が無線を使ったり避難計画を立てたりしていた。私はスィネン大使に、私たちは翌日の正午までに休戦したいと望んでおり、そうなれば輸送隊はほとんど攻撃されないようになるだろうと話した。

キガリ地区本部へ向かうと、リュックは、ブリュッセルにいるベルギーの参謀長と衛星中継で話をしている最中だった。彼を待っている間、私は本部をぶらついた。そこでは無線がガーガー鳴り、狼狽した幕僚たちが疲れて神経質になっているものの、まだまだ有能に動きつづけている。リュックは通話を終えたあと、彼の地区の状態とフランス軍との仕事について報告した。基本的に、新しいベルギー部隊は空港を確保しようとしており、その理由は明らかだが、可能なかぎりキガリの通りを離れようとしている。ＵＮＡＭＩＲは空港を往復する輸送隊を組織し、フランス部隊は集合地点を警備して護衛をつける。避難は翌日の一〇時には本格的にはじまるだろう。

私はリュックに、空港にいる彼の中隊が、文字どおり私の指揮下から離れてベルギー担当の在留外国人避難作戦であるシルバーバック作戦に投入されている問題を取り上げた。彼は、それはベルギーからの直接の命令であり、それについてはどうしようもないのだと言った。ＰＫＯ局も、それについてはたいしたことはできなかった。たくさんのベルギー人幕僚が、情報士官であったフランク・クレイスも含めて、空港に行ったきり帰ってはこなかった。リュックはこれらの部下たちは二度とＵＮＡＭＩＲには戻ってこず、ベルギーの避難部隊の任務に就くことになったと聞いていた。ベルギーの立場から言えば、戦略的には理にかなっていたが、派遣団が危機的状況にある時これらの重要な士官を私から奪うことは、無責任で危険なことに思えた。リュックは私に、残りのベルギー兵はまだ私の指揮下にあると保証したが、その後ベルギー部隊に関して状況が収束するまでの数日間、私の苛立ちの矢面に立たされた。

11 去るか残るか

私が部隊司令本部に戻った頃には日が暮れかけていた。新しい主席情報士官のアマドウ・デメ大尉は、すでにキガリ外での出来事について詳細な報告をする用意ができていた。ビュンバ周辺のRPFの包囲網は、RGFの五から七大隊に肉薄していた。ビュンバはビジマナの出身地であり、彼はその地域に広大な利権と所有地をもっていた。街それ自体は守ることはできないので、明らかにビジマナは自分の財産を守るために部下を犠牲にしていた。愚かな動きであり、カガメはそれをうまく利用するだろう。デメはまた、RPFがルヘンゲリから撤退してビュンバを制圧し、キガリにつづく地帯を制圧することに集中しているように思えると報告した。ムリンディを四月八日に徒歩で出発した隊列が到着し、今朝、国家発展会議のRPF駐屯地で歌を唄っていた。敵の支配地域を六〇キロ以上、重い荷物と武器を背負って二日間歩いてキガリまでたどり着き、さらに歌まで唄っている。彼らは子供だ――若く、たくましく、任務に専心している。彼らがこの戦いに勝利するであろうということに、私は胸中では何ら疑問を抱かなかった。しかし、彼らに国民を救うことはできるだろうか?

他の攻撃は東部で、カゲラ地方をとおってキブンゴに向かって勢力を増していた――RGF部隊は命からがら敗走していた。ガビロは陥落し、UNOMURの報告によれば、東部のウガンダとルワンダの国境全体を今やRPFが制圧していた。私は、フランス軍が去るまでキガリでの戦闘をカガメは避けるだろうと思った。なぜなら、フランス軍に介入する口実を与えたくないからだ。彼はビュンバでRGFを制圧し、タンザニアとの国境地帯を獲得する一方で、東からキガリに迫るだろう。彼はおそらく現代戦史において最も偉大な機動作戦を実際に指揮した一人となるだろう。しかし彼の才気はその代償も必要とした。彼が時間をかける戦術をとったために、市民の死者は増える一方だった。

ジャン・カンバンダと新しい外務大臣ジェローム・ビキャムンパカが、私とディプロマ・ホテルで会いたがっていた。私たちはほとんど真っ暗な中をホテルまで車ででかけた。通りには人の動きはあまりなく、多くの道路封鎖は無人だった、市周辺で一〇程の火事があり、煙の鼻を刺すような臭いが空気中に充満していた。ホテルに着いたのは七時すぎだった。私は別の薄暗い会議室にとおされ、そこにカンバンダとビキャムンパカが待っていた。たった三人だけで、礼儀正しく握手をしたにはしたが、彼らは敵意を隠そうとはしなかった。私は、私が来たからといって、彼らの政府を承認したと誤解しないように警告した。ただ話を聞きにきただけだ。彼らは古い政治問題をことごとく挙げた。まるでアルーシャ協定からの逸脱などなかったかのように。まるで通りでの虐殺など起こらなかったかのように。彼らの歪んだ世界では、大統領警護隊を攻撃することによってRPFがこの戦争をはじめたのであり、UNAMIRもRPFをその敷地から出させたことで非難されるべきである。彼らは知りたがった。それでどこにフォスタンはいるのか？　知らない、と答えた。突然会談は終わった。私が加えた最後の一撃は、UNAMIRは引き上げないと釘を刺して、誤解しないように言ったことである。驚いた眼をしている彼らを残して、私は帰った。

その夜、状況を知ろうと、国連事務総長顧問が電話をかけてきた。私は言った。もしも四〇〇〇人の有能な部隊があれば、殺戮を止めることができるでしょう。私は、二二三〇時頃にPKO局に電話をかけた。モーリスはどこに私のオプション分析があるのだろうと言った――オプション分析とはどういうことなのか？　引き上げさせるのか、増強してくれるのか、それともこのままで残すのか？　彼は言った。六台の装甲兵員輸送車が、保護と機動力を増強するために、ソマリアの国連部隊から向かっている途中だ。また、現地活動部門《FOD》は物資問題について懸命に働いているところだ。私は、フランス軍とベルギー軍の活動に関してありったけの怒りを彼にぶちまけた。それには、フランス軍が空港から盗み出した私の車両から発砲した、という事実も含まれていた。今回も、電話は激励の言葉で終わったが、それにはもう効果はなさそうだった。モーリスはベスに電話すると約束してくれた。電話を切ると、疲れがどっと襲った。床のカーテンとマットレスの間に潜り込み、深い眠りに落ちていた。

四月一一日、大量虐殺がはじまって五日目、安全保障理事会と国連事務総長オフィスは、どうすれば良いのか分からず明らかに途方にくれていた。私はもっと情報を提供せよという要求を受けつづけていたが、その後でも彼らは何ら具体的な行動をとらなかった。もう恐ろしい詳細について述べているのに、それ以上に何を教えることができただろうか？　熱い陽光の中の死臭、そして死者を貪ろうと群れをなす蝿、うじ、ネズミ、犬。時には、死臭が皮膚の毛穴まで入ってくるようにも思えた。キリスト教徒としての信仰が、大人になってからの生活をつうじて私を導いてくれる道徳的枠組であった。しかし、このまったくの恐怖の中のどこに神がいるというのか？　この世界の一体どこに神はいるのか？

その日、ベルギー軍が撤退した直接の結果として二〇〇〇人のルワンダ人が命を落とした。彼らは、四月七日以後ドム・ボスコ校に設置されたベルギー軍キャンプに避難しており、それに少数の外国人居留者も加わっていた。その朝、フラン

11 去るか残るか

ス軍部隊が外国人たちを脱出させるために学校に到着し、彼らが出発した後、中隊司令官レメール大尉は、指揮官であるドゥウェズ中佐に電話をして、自分の中隊が空港で合流する許可を求めた。彼は、中隊が学校で二〇〇〇人のルワンダ人を保護していることは伝えなかった。ドゥウェズが移動を認可して部隊が引き上げると、インテラハムウェが学校に入り、ほとんどすべてのルワンダ人を殺したのである。

悪化する一方のシナリオとこのようなエピソードからなる口頭での、また書面での報告書があったにもかかわらず、戦力の増強はニューヨークでは議論されていなかった。モーリスは何度も、誰もルワンダには関心を抱いていないし、いまやリスクが高まっているために、さらに関心をもたなくなってさえいるのだ、とはっきり言った。ニューヨークがほのめかしているように、増強というオプションが議題に上っていないなら、見捨てるというオプションも議題に上げないでほしかった。ニューヨークにはリーダーシップが欠如していた。私たちは洪水のように書類を送り、何の返信も受けとらなかった。補給も、増強も、決定もなかったのだ。

UNAMIRが避難に関わるために、その夜、私は新しい交戦規則にサインした。それは私の部隊が交戦当事者を武装解除すること、警告射撃をした後で武力を使った介入をすることを認めるものであった。新しい規則では、地域指揮官が、必要とする武力のレベルを決定することができた。問題は、避難任務が継続している間に交戦規則を変更する権限が私にあるかどうかであった。私は現場にいる。私は指揮をとっている。これまで私が任務を与えてきたのだから、私が決定するのだ。

第一に優先事項としたのは休戦合意であった。しかしビジマナは暫定政権にたいした影響力をもっていなかった。バゴソラには技量と権力欲はあったが、見つからない。その日、〇七〇〇時に部隊司令本部を離れて、休戦交渉を試みた。八つの別々の会合が開かれ、バリケードでますます怒りをあらわにする、酔っぱらった民兵の間を行ったり来たりしたが、ようやく〇二三〇時にRPFに調印させ、翌朝〇六〇〇時にRGFも調印した。休戦は、安全に二二ヶ国六五〇人の在留外国人を一〇機のフランス便で避難させることができる、ということを意味した。二一一人の国連要員は三機のカナダ軍ハーキュリーズ便に乗るために残った。フランス海兵隊中隊が到着し、さらに多くの降下隊員がバングイで出動態勢にあった。八つの便がベルギーの降下旅団の半数を、モーターバイクと三台の装甲車両とともに運んできた。

四月一二日、それは世界がルワンダに対する無関心から、ルワンダ人を見捨てて運命の手に委ねた日だと思う。この外国人の迅速な避難は、ジェノシデール〔ジェノサイド実行者〕

が大災厄に向かって動き出すきっかけとなった。その夜私は、罪の意識でまったく眠れなかった。

カガメの部隊は前進をやめて、ビュンバへの攻撃にとりかかっていた。カガメ少将は私に、二四時間以内に私の部隊を非武装地帯にあるビュンバの孤立地点から退去させるように警告した。PKO局に非武装地帯での孤立状況と、今後起こりうる撤退の非常事態対応を伝えると、ニューヨークは、国連事務総長のみが撤退の命令を下すことができると書かれた小さな覚書を送ってきた――つまり私たちは次の命令があるまで留まらなければならないというわけだ。一方では、私は不必要なリスクをおかさないように言われ、他方では時宜に応じて戦術的決定を下してはならないと命令されていた。その時点で、部隊を動かすかどうかの判断は私自身が下す、そう決意した。

カガメの参謀長は、私が非武装地帯に留まる態度をとったことに対して、公式文書を送ってきた。「私たちはUNAMIRを保護するために可能なことはすべておこなってきた。これまで、私たちは敵から砲撃を受けているのにもかかわらず、ビュンバへ砲撃をしなかった。私たちは約束を守ってきた」確かに、そのとおりだった。

その日、私たちの周囲での戦闘が激しくなった。大砲と迫撃砲による撃ち合いが何度もあり、戦闘は激しくなり市の北側と東側にも広がった。いくつかの爆弾が司令本部近くやリュックのいるキガリ地区司令部で爆発し、アマホロ・スタジアムやキング・フェイサル病院に身を隠していた数千もの市民が傷ついた。国内に残る軍事監視員から、新たな恐るべき情報が届いた。キヴ湖に接する観光地であるギセニで、一人のオーストリア人軍事監視員が、殺戮者はお祭り騒ぎをしていると伝えてきた。彼らは、通りで男も女子供も関係なく切り刻み、おぞましい修羅場も意に介していないようだ、と。キブンゴでは、政府軍兵士がツチ族とフツ族穏健派に対して焦土作戦を実行していた。キガリの一部では、ブルドーザーが運び込まれ、山のように積まれた死体を減らすために道路封鎖地点に深い穴を掘っていた。ピンク色の制服を着た囚人たちが死骸を拾い上げ、ダンプカーに放り込んで運び出していた。ちょっとこの情景を考えてみてほしい。ダンプカーに乗せなければならないほど多くの死体があったということだ。街のすべての地区から人がいなくなり、野犬だけが残った。

カガメはおよそ三つの大隊をキガリ北部に送り込もうとしていた。非武装地帯東部に向かって大きな動きが起こっており、カゲラ国立公園と、タンザニアとの国境に沿って南北にとおる主要街道を目指していた。ブタレにはいくらかの大統

11 去るか残るか

領警護隊がいたために緊迫していた。チャンググ、キブエとギコンゴロは、CDR党支持者と思われる者とRGF兵士による民族殺戮の舞台となっていた。軍事監視員チームは、ブルンジから来た国際赤十字の人道援助物資の輸送車両と連絡をつけていた。フランス軍は避難作戦をほぼ完了させ、撤退をはじめつつあったので、リュックの部隊が空港でのフランス軍の役割を受け継いだ。フランス大使は大使館を閉鎖し、飛び立った。

その夜、ブレントから「ルワンダ陸軍司令部声明」という一枚の書類を渡された。それはガツィンジとカガメの直接対話をUNAMIRの監督下に開くことを求めたものであり、ルサティラ、ガツィンジ、連絡将校エフレム・ルワバリンダを含めて、RGFの五人の大佐と三人の中佐の署名があった。彼らはあまりにも多くの殺戮があったこと、翌四月一三日一二〇〇時に、無条件降伏に応じることを述べていた。また彼らは移行政府の設立を望んでいた。なぜ声明文にンディンディリマナの署名がなかったのか不思議だったが、翌日彼から事情を聞いて分かったのは、ブタレで国外に逃げている数人のツチ族を助けていて離れられず、署名の時間までに帰ってくることができなかったのだった。しかし、当然のことだが、穏健派政治家たちが殺され、信頼のおける政治組織が何ひとつない今となっては、その申し出はほとんどむなしいものでしかなかった。士官たちは、全員が降伏することをどうやって保証できるのだろうか？　士官たちはあまりにうぶに思えたが、声明文を書いた勇気、そして戦争と殺戮を止めたいという気持ちを私は賞賛した。もしカガメが彼らを承認し、RGF内部に穏健な抵抗運動を作り出すのに必要な支援を与えていたならば、彼らは最終的には過激派を弱体化させることができたかもしれない。

その声明文は最後の希望のささやきでしかないことが明らかになった。それが送られた直後、ガツィンジは降格させられ、国防大臣は、ルヘンゲリ駐屯地から来たオーギュスタン・ビジムング中将を大将に昇格させると発表し、終身、軍の参謀長となることを確認した。ビジムングは残忍な、大酒飲みの暴君で、恐怖で人を支配した。紛争初期にはRPFとの戦いで成功し、彼らを心の底から憎んでいた。彼の登用は間違いなく、暫定政府が殺戮を終わらせたいとしてとった行動がただの雑音でしかなかったということの証拠だった。彼が戦場の無気力な政府軍に活を入れるつもりであることは明らかだった。これ以後、政府側と交渉しようとする時には、三人の有名な過激派指導者――ビジマナ、ビジムング、バゴソラ――と、何とか役職にしがみついているだけでまったく強硬派に似つかわしくないンディンディリマナと顔を合わせることになった。数日のうちに、声明文に署名したすべての士官は名目だけの役職に左遷され、その後に名高い過激派が就いた。穏健派が政府側を掌握する最後の機会は失われたのである。

その夜遅く、ヨーロッパからの電話を受けた。電話の主はブトロス・ブトロス＝ガリの特別顧問であるガレカーンだった。彼によると、ベルギー政府はたった今、平和維特部隊をルワンダから撤退させることを決定したとのことだった。UNAMIRとこの国の現状に対する彼のそっけない質問と、それに対する私の同じようにそっけない答えの合間に、彼は背後に控えている誰かと相談していた――それは事務総長その人だと私は確信した。私はブトロス＝ガリに会ったこともないし、話したこともない。その夜、彼は私と話そうとしなかったけれども、特別顧問は明らかに私の考えを、UNAMIRを完全に撤退させる方向に向けようとしていた。彼は、今後とりうる選択肢について考えるよう求め、電話を切った。

数時間後、リュックが取り乱した様子で電話をかけてきた。彼は、ルワンダからのベルギー分遣隊の撤退に反対して、シャリエ将軍との議論を終えたばかりであった。リュックは撤退が致命的な誤りになるだろうと参謀長を説得したと思っていたが、シャリエはベルギー政府との間にいる情報のパイプ役でしかないことが分かった。私は彼に、明朝各国の分遣隊指揮官が集まり、それぞれの政府の立場について議論する必要があると伝えた。つい先頃までは、ウィリー・クラースが派遣団を増強すべきだと主張したと聞いたが、ベルギー軍は明らかに立場を変えていた。彼らは間違いなくその意思をブトロス＝ガリに伝えており、ガリはその後でガレカーンに私の考えを打診するように指示したのだ。

夜も更けて、私は屋根に登り発煙弾と市の上空で起こっている小さな爆発を見ていた。しばらく冷たい夜風にあたろうと思ったのだ。バゴソラと過激派は私が撤退することを期待していた。彼らの仲間はまだ安全保障理事会のメンバーで、派遣団の状況に関する議論すべての情報を得ている。いつまでも撤退しないと、おそらく私があるように見せかけているフェンスがはったりでしかないことが分かるだろうし、彼らはここにやって来てフォスタンを捕らえ、私たちを追い返すためにもっと犠牲者を出そうという気になるかもしれない。私たちの防御は紙のように薄っぺらだが、闘うことなくフォスタンを差し出すことなどしない。

その夜、モーリスは私が推測したシナリオが事実であることを確認した。国連事務総長は、ベルギー外務大臣との協議の末、翌日書簡で安全保障理事会議長に対して、ベルギー軍は一方的にルワンダから撤退する意向だと伝えようとしてい

11 去るか残るか

た。ブトロス＝ガリはこの撤退は派遣団全体を危険にさらすことになると考えた。私はベルギー側での方針転換、特にウィリー・クラースについて尋ねたが、モーリスに理由は分からなかった。私は自分の立場をはっきりさせた。ここを去らない。大惨事の中にいるルワンダ人を見捨てることはできないし、保護している数千もの人びとを見捨てることもできない。ブー＝ブーは同じ日の夜、リザと、ひょっとするとアナンと個別に話していた。何が話されていたのか気になったが、数日の間にブー＝ブーもまた完全撤退を支持する立場をとるようになっていた。

翌朝私は、ベルギー軍が態度を一変させて、撤退することを部下に伝えた。ベルギー軍が撤退した場合の、非常事態における選択肢をまとめなければならなかった。分遣隊指揮官たちはそれぞれ母国と直接連絡を取り、どの国が留まるつもりか、去るつもりか、どの国がどっちつかずなのか、それを計らなければならなかった。合衆国、フランス、ベルギーが避難を実施したことで、そうしようと思えばこの派遣団を増強することができるということを立証した。派遣団を増強することができなかったのは、ましてや殺戮を止めるために派遣団を彼らの指揮下におくことができなかったのは、決してその手立てがなかったからというわけではないのだ。

その日の遅く、私はＲＧＦ穏健派の出した無条件降伏の提案に関してＲＰＦと初めての交渉をした。予想していたとおり、セスと他の政治士官は即座に提案を拒否した。セスはその話し合いの最中とりわけ傲慢で、その態度はＲＰＦが移行政府交渉の際にとった柔軟性のない態度を思い出させた。ふたたび彼らは過激派のペテンを非難した。ＲＧＦが停戦にこだわったのは、そうすれば軍を再展開して殺戮を止めることができるからだ。ＲＰＦは停戦に合意をする前に殺戮をまず止めるべきだとしつこく主張した。交渉は一日中堂々めぐりをしたが、どちらも自分の立場を頑なに崩さず、どちらも折れようとはしなかった。

部隊司令本部に戻って、ニューヨークにもう一通報告書を送った。それはベルギー軍が撤退した後の非常事態の選択肢だった。その時に彼らがどれほど冷淡だったか想像がつくだろうが、私が主張した重要な点は、出来事を見届け、停戦交渉を進めるために、いつまでも私たちはこの地に留まらなければならないということだった。四月一四日の〇六二二時に、私はＰＫＯ局から新しい暗号ファックスを受けとった。それは、二つの選択肢を検討するよう要請していた。一つ目は、ＲＧＦとＲＰＦの双方に、事務総長がアルーシャ協定を再開することに同意させるために三週間は部隊を残そうと考えており、その場合、ベルギー軍は欠いているもののその装備の大部分は残すことになる——ただし、これはその期間を通じて停戦がなされ、空港が中立地帯となる場合だけである、と伝えるというものである。もし四月三〇日までに同意がない場合には、UNAMIRは五月七日までに完全撤退することになる。

もう一つの可能性はなんだろうか？　両者に、もし何の進展も見込めないのであれば、UNAMIRがルワンダに留まることはできないし、ベルギー軍と協力して撤退することになるだろう、と伝えるというものである。ブー＝ブーと私は、二〇〇から二五〇人の小規模の保安部隊とともに残り、停戦交渉の仲介努力を継続することになるだろう。暗号ファックスにはベルギー軍はあと四日だけ残ると明確に書いてあった。この指示を検討して、ベルギー軍から受けとる必要のある装備の完璧な一覧表を作り、二つの選択肢の実現性を評価するには、八時間しか残されていなかった。

私は添付されていた前日の安全保障理事会の議事録を調べて、さらに当惑させるような指摘をリザがしていたのを見つけた。私たちが世話をしている民間人の保護をめぐる問題で、リザは「[安全保障]理事会は平和維持部隊にそのような仕事を任せるべきかどうか検討すべきである」と記している。人道的かつ道義的立場から、私は当然のこととして市民を守る方を選んだ。そしてここで私の上司は、その考え方全体に疑問を投げかけていた。彼らを守りきる手段は、私たちがそこにいるということ以外には何もないとしても、これまでは現地での保安はかなりうまく機能してきた。ただ、ある出来事がアマホロ・スタジアムで起こった。RPF兵士がバングラデシュ兵から何の抵抗も受けることなくスタジアムに押し入り、一〇人近くの市民を連れ去ったのだ。その市民たちは、スタジアムにいる別のルワンダ人から、残虐行為に加わったとして名指されていた。彼らはスタジアムの外で、即決で処刑された。

ミーティング時に、ベルギー軍の撤退が目前に迫っていると知らせると、ベルギー人の幕僚たちは困惑し、裏切られたという思いと怒りを覚えた。彼らは一一月から私と一緒に働いてきたにもかかわらず、状況が絶望的になるや、ルワンダを見捨てて後は運命に任せるよう命令を受けたのである。軍人の倫理規範である命令系統への忠誠心の高さが、その朝つらいやり方で試されたわけだ。私はヘンリーにベルギー軍がいない状況での司令本部の人事の再編成案を作成するという仕事を与え、それから、ベルギー軍が去った後、UNAMIRにどんなことが起こるかについて書かれた暗号ファックスの考え方の概略を述べると、全員が絶望の淵に追い込まれた。たった一つの希望の光は二日以内にベルギーの幕僚の交代要員としてカナダの幕僚が来ることであり、そのうちの三人が数日中にソマリアからUNAMIRに配置転換されることだ

11 去るか残るか

った。他にも八人か九人のカナダ軍士官を数週間のうちに配属するという約束もあった。ルワンダを見捨てる者がいる一方で、カナダは派遣団を増強するというユニークな決断を下していた。

その日は、一〇人の降下特殊部隊員の殺害を調査するために、ベルギー人治安判事が到着した日でもあった。私は、彼が目撃者から証言を得るためにできるかぎり支援し、私や他のUNAMIRのメンバーも彼からの要請があれば都合をつけるように指示した。私はすでにロシアのドウンコフ中佐が率いる調査委員会を設立しており、委員会がもつすべての証拠をベルギーの軍事調査に利用できるよう命じてあった。(注3)

私はその日の午後国防大臣と会った。ビジマナはベルギー軍が撤退することに大喜びしていた。彼はそれによって、彼の同僚、ルワンダ軍、ルワンダ人全体の緊張が和らぐと主張した。その会見の後、部隊司令本部まで新しいルートで帰った。国家発展会議付近には重火器があり、街のさまざまな地区で散発的な銃撃があったからだ。帰ると、国連人道問題局のカッツ・クロダから、彼の部門の専門家を私の経験のない人道援助部門に提供してくれるという電話があった。彼は、彼の部局と安全保障理事会に伝えるために、全体的な人道状況についてのおおまかな状況評価(その後私は、援助組織からその言葉が発せられるのにうんざりするようになる)を訊ねた。彼は私たちに、国連倉庫にあるすべての物資と食料を使う権限を与えてくれた(その物資はもともとルワンダ国内で強制移住させられた人びととブルンジ人難民のためのものだった)。問題は彼の申し出をどのように生かすかであった。私たちは倉庫を管理しようと何度も試みたが、物資を自分たちのために横取りしようとするRGFとRPFの双方から発砲された。数回ではあるが、私たちも撃ち返した。トラック数台分の食料をもって逃げることもできた。そのためには勇気が必要だったし、それが一番重要だった。私は一台の装甲兵員輸送車が何百もの銃弾を受け、パンクしたタイヤで、なんとか物資を持ち帰ってきたことを覚えている。

フィリップ・ガイヤールと国際赤十字委員会の尽力、「国境なき医師団」やカナダ人医師でソマリア経験者ジェームズ・オルビンスキーの支援によって、病院はジェノサイドの間も機能していた。しかし、そのコストは甚大であった。紛争が

(注3)ドウンコフの調査は不完全なものであった。しかしながら六月一四日、私は調査委員会の解散にサインした。というのは、最終的にはベルギー兵の家族とベルギー政府の補償の基礎として使うのには十分な情報を提供したからだ。私は、委員会は事後調査をする必要があるという但し書きを加えた。

終結するまでに、赤十字のために働いていた五六人のルワンダ人が殺され、何人かの白人医師、看護師が負傷し、何百人ものルワンダ人犠牲者が救急車から引きずり降ろされ、その場でなぶり殺しにされた。町の中心部に向かう途中に、私は白い赤十字のバンが道に横転し、弾丸で蜂の巣にされているのを見た。煙がエンジン室から上がり、すべての窓は粉々に割られていた。客室ドアは開いており、赤十字のベストを着たルワンダ人がもたれて私たちを見つめ、その頭からゆっくりとだらだらと血が流れていた。後ろのドアは開いており、ストレッチャーに乗った死体がまだ中にあった。もう一体はバンパーの上に置かれていた。他に三人の犠牲者がいた。彼らは白い、血だらけのガーゼの包帯でぐるぐる巻きにされていた。一つの死体には頭がなかった。五人の血だらけの若者が歩道の縁に、救急車の横でタバコを吸いながら座っていた。彼らのマチェーテは赤く染まっていた。せいぜい一五歳ぐらいに思われた。

　四月一五日、朝四時半に起きた。ニューヨークからの暗号ファックスが届いたところだった。私たちのファックスは大西洋で行き違い、議論を混乱させていた。このファックスは撤退の方法について二つの提案がブトロス＝ガリによって承認され、安全保障理事会に提出されたということを伝えていた。ＰＫＯ局は巧妙なやり方として三つ目の選択肢を加えた。この計画では、さらに二〇〇〇人規模の部隊を投入し、それから、三週間後に停戦が実現していなければ、それを二五〇人規模に削減するというものであった。ブトロス＝ガリは、第一の選択肢を支持した。つまり、即時停戦を前提条件として二〇〇〇人の部隊が三週間留まるというものである。フランスは五、六日以内に状況の再評価がおこなわれることを前提に、この計画を支持した。イギリスも基本的にはフランスと同じ立場をとった。理事会の非同盟諸国を代表するナイジェリアは、いずれの選択肢も彼らの懸念を和らげるものではなく、また、ＵＮＡＭＩＲ撤退の可能性を示すことは間違ったメッセージを送ることになると主張した。ナイジェリアは提案にもっと時間を欲しがった。合衆国はＵＮＡＭＩＲをすぐにでも撤退させたかった。「停戦が近い将来に確立する可能性は低いので、ＵＮＡＭＩＲの『秩序ある撤退』を認める決議案を安全保障理事会は採択すべきである」と主張したのである。

　安保理議長であるニュージーランドのコリン・キーティングだけがこの大惨事を止めるために行動すべきだと考えていた。実際彼は、国連は「ＵＮＡＭＩＲの戦力を増強し……指令《マンデート》を変更して、アルーシャ和平合意の枠組み内で法と秩序を回復し、移行制度を確立することにＵＮＡＭＩＲが貢献できるようにすべきだ」と提案した。私が元気を出しすぎることを考えて、リザはファックスで、文案についても決議についても何も合意されていないと指摘していた。

その朝遅く、リザからもう一通のファックスを受けとった。私たちの保護下にある人びとに関連する国連の作戦服務規定を明確にして欲しいと、彼のオフィスに要請してあったのだ。彼の答えは、それは事の優先性、実行可能性、対応のレベルに対する私の判断次第だというものである。彼はこう書いている。「現下のような異常な環境では、人道的理由により、こうした命令は国連事務総長特別代理と部隊司令官の裁量によって覆されるかもしれない」これを読んで私は吐き気がした。四月七日の朝、リザは私に「発砲されないかぎり発砲してはならない」と命令したのである。そして今になって、人道的理由のために、これまでも攻撃的活動は部隊司令官の権限であったと言っているのである。

11 去るか残るか

殺戮がはじまって一〇日目、デメ大尉は交戦当事者に関して、戦争状況の要点をまとめた。情報報告の中で、「［ＲＰＦの］全体的な狙いは、深くまで侵入してＲＧＦの主要な補給ルートを支配し、主要標的を包囲し、準備を整えたうえで一斉に急襲することのようである。現時点では、彼らは空港にまったく関心がない。彼らはゆっくり、穏やかに、冷静に地域を獲得している。ビュンバのような多くの重要な標的が包囲されている。彼らは、自らの支配下に入った地域に、たくさんのツチ族を移住させている」と彼は書いていた。この問題を突きつけると、セスや他のＲＰＦの政治士官は、ツチ族の難民を家に帰してやっているだけだと言うばかりだ――確かに、これは完全なアルーシャ和平合意の目的の一つを行使するものであるから、間違った点はない。しかし、いったんツチ族がそこに落ち着くと、ＲＰＦは人道的援助活動をおこなうＮＧＯに前線の後方での安全を保障した。そしてＮＧＯ――私の考えでは、せっかちで訓練されていない――は恐らく強制移住をさせられたと思われる人びとに食料を与え、援助するために前線の向こう側に入っていった。もちろん、ＲＰＦはすべての援助物資配給地点を統制しており、ＮＧＯが助けると約束した人びとから、彼らの分け前を「取り戻した」のである。これはＮＧＯが援助と安心感を交戦当事者に与える、悪名高い例である。そして私の見るかぎり、これを止めさせるには、この問題を停戦交渉の議題の一つにするしか術はなかった。

デメのＲＧＦに関する評価は詳しいものであった。部隊は戦略上の情報や指示を前線でほとんど受けていなかった。兵士たちには脱走する者もいれば、食べるために略奪する者もいた。（ベルギー軍が去ったこともあって）平和を求めてＵ

NAMIRを信頼している部隊もあり、軍部隊とインテラハムウェの間には亀裂が生じはじめていた。予想されたとおり、RGFの最前線の部隊と新兵は訓練されておらず組織化されていないので、たいした戦闘意欲を見せないだろう。

私はRPFとRGFの間を行ったり来たりして、停戦条件に関する話し合いの手はずを整えようとした。最終的に、メリディアン・ホテルで会うことに皆が同意した。政府側の代表者はンディンディリマナだと思われたが、私が装甲兵員輸送車で何人かのバングラデシュ隊員と、彼を乗せてゆくつもりで到着すると、RGFは代わりにマルセル・ガツィンジを送り込むことに決めており、憲兵隊のトップは次回のもっと上級の会談のために温存しておくのだと言った。無条件停戦を求める責任を負わされ、ガツィンジは非常に神経質になっていたが、装甲兵員輸送車に私たちと一緒に乗り込んだ。道路封鎖にぶつかるたびに彼は息を止め、私はとおすように話し合いに加わるために、ハッチから頭を出した。RGFとインテラハムウェの支配地域から出るにはとても時間がかかったが、RPFが支配する地域ではずっと誘導された。私は、できるだけドアに近づくように、運転手にホテル前の階段の上まで装甲兵員輸送車を走らせ、最初に降りてガツィンジが車両から出るところを警戒した。

会議は窓のある二つの壁を側面にもつ、広々としたホテルのダイニング・ルームでおこなわれた。そこに入るとカーテンが大きく開かれていたので、私の最初の行動はカーテンを閉めるのを手伝わせることだった。カーテンとドアが閉められたことで、暑くて、不快な午後になった。ママドウ・ケインがいて儀礼的挨拶をしたが、RPFは遅れ、ブー＝ブーも同様に遅れた。RPF代表が国家発展会議のチャールズ司令官と、RPFとUNAMIRの連絡将校であるフランク・カメンジだけという実際非常に低レベルであると知って、ガツィンジは気落ちした表情をした。ブー＝ブーが個人的警護にあたる特別部隊員に挟まれ、カビア博士を伴って到着した時、彼も同様にRPFの顔ぶれに失望したことは明らかだった。

ブー＝ブーがまずガツィンジの方を向くと、ガツィンジは交戦状態と大量虐殺を即座に停止することを熱をこめて訴える最善の努力をした。民間人を殺している兵士は彼からも司令部からも命令を受けているわけではない。彼らはならず者化した兵なので、止めなくてはいけない。そして、UNAMIRの要員の恐るべき損失に遺憾の意を表明し、私たちがルワンダに留まっていることに謝意を表明することで、話を締めくくった。

それに答えて、チャールズ司令官は微動だにせず、RPFの停戦条件を簡明に繰り返しただけであった。それは、ニワトリが先か卵が先かという交渉の余地のないシナリオで、自

11 去るか残るか

分たちが殺戮をやめる前に、そちらが殺戮をやめなくてはならないというものである。引用すると、「これらのすべての条件には交渉の余地がなく、即座に実施されなければならない」彼はコピーまで手渡した。

ブー＝ブーは議長としての立場から要点をまとめた。彼は、どちらの立場も平和を求めていることを示したと発言した。確かにそうだ、しかし、ＲＰＦは妥協をしない連中だった。彼らはＲＧＦを追いつめ、もっぱら穏健派がみずからクーデタを起こすように要求するだけであった。そうなると私たちは、大量虐殺を加えて、三つの内戦の面倒を見ることになる。私はガツィンジを哀れに思うと同時に、チャールズ司令官の満足しきった顔に軽蔑に近いものを感じた。彼は自分の側の優位が見せかけにすぎないことを隠して、明らかにすべての殺戮を黙認しようとしていたからだ。その時、まるで計ったかのようなタイミングで、ホテルの裏で銃声が聞こえた。カーテンの後ろのガラスのドアがすさまじい音とともに割れて、私たちは皆心臓がどきどきした。ベルギーの将校がカーテンを抜けて入ってきて、今の発砲は一人の好戦的なＲＰＦの兵士によるものだと報告した。私たちは緊張感がさらに高まった状態で交渉を再開したが、議論はまったくどこにも着地点がなかった。会議が終わった後、不機嫌なガツィンジを軍司令部まで送った。彼は過激派との勝ち目のない戦いをしていた。みずから危険な目に遭ってこの会議に参加したのに固く拒絶されたために、いっそう落ち込んでいた。この最初の公式の停戦交渉で進展がなかった結果、安全保障理事会における完全撤退という選択肢の比重が高まっただけだった。

私がアマホロに帰った時、その日の安保理の協議が、選択肢一を支持する国々（中国、フランス、アルゼンチンに加えて非同盟諸国）と選択肢二を支持する国々（イギリス、ロシア、無理矢理引き入れられた合衆国）とで分裂して終わったことを知った。コリン・キーティングはその日に最終決定をする必要はないという言葉で、討議を締めくくった。金曜日であることを考えると、少なくとも月曜日まで、今後のことについての指示を待たなくてはならない。私たちは宙ぶらりんの状態だった。丘を越えて騎兵隊がやってくることはないだろう。週末に、何千人のルワンダ人が死ぬことになるだろうか？

来る日も来る日も、停戦交渉が繰り返され、空港をＵＮＡＭＩＲの支配下に置くことを目指した議論がおこなわれた。殺戮は加速していた。さらに多くのルワンダ人が保護を求めてやってきた。待ち伏せ、銃撃戦、砲撃がつづき、私たちの保護下にあるほとんどの場所で犠牲者を出した。行方不明だったり忘れられたりしていた在留外国人が、毎日電話をしてきて、耐えられないほど危険な状況から救出してほしいと頼んできた。毎日食べ物や飲み物を奪い合い、一〇〇〇マイル離れたケニアのナイロビにある補給基地からの、紙のような何でもない品を手に入れようとした。私の部下は神経質になって疲れ切っていたが、何より彼らを疲れさせたのは延々とつづく外交官たちの論争だった。

四月一六日、ミルコリン・ホテルの支配人から、現在ホテルに逃げ込んできた人びとがすでに四〇〇人以上で、その多くはツチ族だという内容の手紙を受けとった。チュニジア兵と何人かの軍事監視員が優れた仕事をして民兵を威嚇し、ホテルの安全を保っていたが、支配人は民兵がホテルを襲撃するのは時間の問題であると考え、人びとを移動させるよう依頼してきた。私はバングラデシュ部隊にホテルを増強するよう命令したが、指揮官から抗議の公式書簡を受けとった。それによれば、この任務は危険すぎるものであり、この命令に対する抗議をダッカに伝えたとのことであった。私は命令を撤回した。一体命令したところで何の役に立つというのだ。もし彼らが命令に従ったとしても、どんな戦闘も彼らの統率がとれていないことを示すことにしかならなかっただろう。さしあたってできることは何もなかった。四〇〇人を移動させるのは、民兵との不安定な緊張関係を維持しているよりも危険だった。

チュニジア人の勇気ある行動に関しては言葉では表現しつくせない。彼らは、困難で危険な課題に直面しても決して義務を逃がれることなく、つねに最高水準の勇気と規律を示した。例えば、キング・フェイサル病院である朝、医療物資を一つとしてもたないＲＰＦ兵士の小隊と遭遇した。彼らは、病院にあるものはすべて自分たちの戦利品だと主張し、歩兵二分隊で押し入ってきた。チュニジア分遣隊長であるベルガセム司令官は、少人数の予備部隊で彼らの行く手を阻んだ。彼は部下を病院の医療物資部門を守るために堅固な配置につけ、ＲＰＦに対して発砲する気があることをはっきりと示した――自分たちがもつわずかな医療物資は病院の敷地内にいる七〇〇〇人以上の負傷したルワンダ人のために使われるものだ、と。それからバングラデシュの野戦病院司令官が前に出てＲＰＦと取り引きをするのに成功し、ＲＰＦ部隊は一発も撃たずに退散した。

数時間後、私は病院に立ち寄って、兵士たちに祝意を表して、施設を巡回した。すべての部屋、廊下は病気の、怪我をした、死にかけたルワンダ人で埋め尽くされていた。たくさんの家族が、空腹と脱水症状で泣き叫ぶ子供とともに詰め込まれた。治療室では、できるかぎりの治療と包帯でなんとかしのいでいた。そこは洗われていない身体、凝結した血、死

11 去るか残るか

の臭いで充満していた。洗浄用の水が出ないので、コレラが流行する危険にさらされていた。建物の後ろの柵で囲われた広場は、あらゆる年代の何千人という人びとと、たくさんの小さなテント、衣服、臨時トイレ、生ごみが置かれていた。まるで強制収容所のようだった。年配の人びとはゆっくりと苦しみながら死に、生まれたばかりの赤ん坊に乳を飲ませることができない母親は嘆き悲しんだ。

水はなく、食べ物もほんのわずかしかなかった。料理を入れる器もなく、食べ物を温める薪もほとんどなかった。私が病人の間を歩いていると、彼らは膝をつき、私の服を引っ張り、赤ん坊を私の方に持ち上げて、物乞いをするのだった。私には彼らの苦痛を和らげることはできなかった。何人かの指導者に前日大きな迫撃弾が爆発した場所へと案内された。地面はわずかにへこんでいるだけだった。それはおそらく、着発信管が最初に何人かの人間に当たると同時に爆発し、地表に最大限の榴散弾をまき散らしたからだろう。肉、脳、血の跡が目の前の場所にあった。多数のずたずたになった死体はすでに移動され埋葬されていた。榴散弾によるぞっとするほどの深い傷を負いながらもまだ生きている人が一〇〇人以上いた。病院の中でもパニックが起こり、子供たちが踏み殺された。スペースを巡って争いが起こったが、結局はみんな他に行く場所がないので、元の場所に戻った——敷地の柵を越えて外に出れば、殺されてしまうだろう。死は彼らの周りの至るところに存在した。そして今や、死は空からも侵入しはじめた。私は、叫び、吐き出し、何かを叩き、身体を抜け出して、この恐ろしい光景を終わらせたかった。しかしその代わりに、努めて心を落ち着かせようとした。心を落ち着かせることが、私に注がれる絶望的な眼差しに対して、決定的に重要だと知っていたからである。私は医療チームの尽力に感謝し、あらゆる必需品を手に入り次第できるだけ早く届けると約束した。

ベルギーの降下特殊部隊司令官であるローマン大佐が去る前に、次の二週間彼の旅団が配備されることになっていたタンザニアの電話番号を教えてくれた。彼によれば、彼と兵士たちがタンザニアに留まるのは、撤退命令を受けた場合に、私たちが脱出する助けを必要とする場合に備えてだろうということだった。彼はそれから一〇日間のうちに、撤退することになりそうか、何か助力が必要かどうか、電話で二回訊ねてきた。そして二回とも私は「いや」と答えた。私はベルギー軍がUNAMIRに一人も犠牲者を出してほしくないのではないか、と思った。犠牲者が出れば、それはベルギーが任務を放棄したことと直接関係していることになりかねないからである。

最初の三人のカナダ人士官がその日ソマリアから到着し、ほとんど荷を解く間もなく仕事についた。私はミシェル・ビュシエール少佐に、部隊司令本部で人事部門を引き継ぐように頼んだ。私はすべての人員の所在が確認されていると報告を受けていたが、人事部門は、私に名簿を渡すことさえできなかった。二四時間以内にビュシエール少佐は名簿を整理し、そのまま私たちが任務を縮小する際に見事に任務を果たした。ジャン＝ギイ・プランテ少佐には、現場に出入りするすべてのジャーナリストを警護し、調整する広報士官の仕事を与えた。私は、一日に少なくとも一回の報告を国際ニュースネットワークに流せるようにしたいと彼に話した、これは世界中の人びとの良心に語りかけようとするものであったが、ＢＢＣリポーターのマーク・ドイルと共に、プランテ少佐はやり遂げた。海軍士官のロバート・リード少佐には、空港にゼロから、補給物資の荷下ろし、整理、保管、そして配給までできる補給基地を作る仕事を任せた。補給物資はナイロビとの間を往復している二機のカナダ軍のハーキュリーズで入ってきはじめていた。リードは実際のところ「補給基地とは何ですか」とブレントに尋ねなければならなかった。しかし、彼は一旦理解するとすぐに仕事にとりかかり、数日のうちにそれを作り上げた。最初の日、ブレントは救出任務に忙殺されており、プランテとリードに、バングラデシュの装甲兵員輸送車でミルコリン・ホテルに隠れているルワンダ系カナダ人を救出するために向かうという仕事を与えた。このルワンダ系カナダ人とその家族は四月七日にはルワンダで休暇をすごしていて、親類の家から逃げたのである。彼の妻と娘は群衆に捕らえられ殺されたが、二人の息子を助け出して隠していた。プランテとリードはホテルから彼をこっそりと連れ出して部隊司令本部に連れ帰り、そこで彼は息子たちが隠れている場所を明かした。プランテとリードはそれからふたたび出かけて、息子たちを救い出した。生き残った家族はナイロビへ避難し、その翌日カナダへの帰路についた。

その夜、ミルコリンのルワンダ人難民の運命を考えると眠れなかった。いつ襲撃されてもおかしくないということは分かっていた。私は、不安定な保護の下にあるすべての場所を守るために武力を行使したかったが、それだけの軍事能力がないということも分かっていた――民兵が私たちを見くびらないでくれることを願うばかりだった。私はモワグニー（現場を指揮するコンゴ人軍事監視員）に電話し、特に攻撃がはじまったら毎晩直接電話を入れ、報告するように頼んだ。それ以来毎夜のように、私は彼と無線で話し、実質的に話すことがなくても激励した。次の週には彼は、ホテルへの大きな武力攻撃を三人のチュニジア兵と共にかわして、素晴らしい

11 去るか残るか

指導者であることを証明することになる。

ＲＧＦと憲兵隊のならず者分子がインテラハムウェや他の民兵と結託しているということがはっきりするにしたがって、援助要請が増えていった。彼らが結託しているのは、ＲＴＬＭをつうじて流れる、暫定政権から一般市民に対する呼びかけに煽動されたからである。その呼びかけは、全国民に武器をとり、バリケードや道路封鎖を設置して、反乱軍から身を守れと言っていた。ＲＴＬＭは、反乱軍が潜入してフツ族を殺しにやってくると宣伝していたのだ。それはある種の住民大量動員であり、その結果、三つの交戦当事者が戦っている状態になった。そのうちの一つは、民族集団全体を絶滅することに熱狂しているのだ。

ブルーベレーの中立性も危機に瀕していた。私の部隊が殺人を実行している多数の民兵、あるいは交戦している一方か、その両方と銃火を交えることになるのは時間の問題だった。紛争は新しい段階に入っており、私たちはたいしたことはないと見くびられていた。

キガリのいたる所にある道路封鎖に、マチェーテと槍をもった若者が増えていた。ジェノサイドがはじまって一〇日(周囲で起こっていることを述べるためにまだジェノサイドという言葉を使いはじめていなかったが、その理由がいまだ私にはよく分からない。多分、ホロコーストのようなことがふたたび起こることなどありえないと思っていたのだろう)、キガリ刑務所の囚人の巡回を除いて、ほとんどの通りに人影は見られなかった。彼らは、市郊外の集団墓地に処分するために死体をダンプカーに載せていくのである。

それらのトラックの記憶を消し去ることはできない。血は黒く、半分固まり、車の後ろから濃い絵の具のように滲み出ていた。ある日私は、明るい色の服を着てサンダルを履いた若いフツ族の少女が、トラックのそばの血で足を滑らせてバランスを失うのを見た。彼女は激しく転び、すぐに立ち上がったけれども、まるで誰かが彼女の体とドレスに赤黒い油を塗りたくったかのようだった。彼女はそれを見てヒステリーを起こし、そして叫べば叫ぶほど、より多くの注目を集めた。間もなく私たちは何百人もの人びとによって囲まれた。多くが武器をもっていた。その群衆は一瞬のうちにどんな標的でも激しく打ちのめすことができた。私は車の窓を開けてキニヤルワンダ語で挨拶した。何人かは車を叩きはじめた。私は手のひらを開いて友情の伝統的な表現をつくり、完全に見えるようにした。群れていた人びとは私が誰かが分かって、私の名前を呼び、笑顔さえ浮かべた。そして暴徒から離れるまで、車を慎重に前に進めることができた。その場面はわずか一五分ほどのことであったが、永遠につづいたように感じた。

ＰＫＯ局の要請にしたがって、この四日の間、私たちは一日の最後に国連に無線日誌を送り届けていた。これは最後までつづけた習慣である。私は、毎日私たちがどういう状況に対処しているかを国連が知れば、まだ誰かが援助する気になるかもしれないと考えていた。実際、日誌は部隊を派遣している国々に、自国の分遣隊のリスクの状況に関する情報を流すために使われ、臆病風を追い払うのに効果的であった。私たちはその夜遅く、最新の軍事評価を書き終えてそれを回送した。それまでには盲目か、読み書きができないのでないかぎり、ルワンダで何が起こっているのかについて皆知っていた。この報告書で私は上司に、ＲＧＦと憲兵隊の権威ある地位にことごとく強硬論者がついた今、ＲＧＦ側のあらゆる停戦の望みが消滅したと証言した。安保理が検討しているこの数日の間に、過激派の動きはより大胆になった。私は次のように問いかけた。国際社会の介入はありえない、自分たちにはツチ族を絶滅させる自由裁量がある、そのように暫定政権が結論を出す可能性があるのではないか、と。

　また次のように報告した。カガメの作戦は以前にましてスピードを遅らせており、明らかにその目的を達成しつつある。三日前にＲＰＦは、数日どころか、数時間もかからずにキガリを制圧することができた。しかし、そうしなかった。それはカガメに狙いがあるか、あるいは、おそらくＲＴＬＭに刺激された大規模な住民動員によって、予想していたよりも強硬な抵抗にあったのでスピードを落としたのか、あるいはまた、おそらく物資補給が尽きていたためか、そのいずれかである。物資補給が問題であるならば、ＲＧＦはＲＰＦを食い止めるのに十分な防衛能力を備える可能性があり、この戦いは長い戦争になるだろう。現状では、殺戮は「ちょうどＲＰＦが前進する前方で」その規模と範囲を拡大させており、そしてＲＧＦと憲兵隊の眼前でおこなわれている。そのように私は書いた。

　ルワンダでは大がかりな努力が必要であり、それに応えるために作ったばかりの人道援助部門に、ＮＧＯ団体、人道援助機関、国連人道問題局を連携させようと進めていた。しかし私たちはリスクを避けなければならないという大きな苦境に直面していた。「人道的理由から、ＵＮＡＭＩＲは急速に平和執行のシナリオへと引きずり込まれている」と私は報告した。「この任務が虐殺を止め、脅かされている市民を救うための平和執行シナリオへと変更されることになるなら、指令《マンデート》が変更され、派遣団は人員、武器、装備について増強されなければならない」私は加えて述べた。「……（バングラデシュの）分遣隊の下級士官は、地元民を輸送中に道路封鎖で停止させられた場合には、地元民を救うために武器を使うのではなく、

11 去るか残るか

地元民を差し出して死なせるとはっきりと言った……。UNAMIRは、私たちと人道援助機関の生命線である空港を、一個大隊で守る準備をしなければならない」

結論として私は次のように書いた。「部隊は、援助／保護を求めるすべての道徳的正当性のある要求に対して、日和見的態度をとりつづけることはできないし、また適切な権限、人員、装備なしで、第七章のようなタイプの活動に着手することもできない。したがって次のことが期待される。約二四時間後には、部隊司令官は、空港、政治プロセス、人道援助活動支援任務の安全に必要な、責任を負えるレベルにまで部隊を削減すること……つまり一三〇〇の人員からなる部隊を勧告する、あるいは、部隊司令官は二五〇人の部隊を勧告する、そのいずれかである」

日曜日に私はリザの別のファックスを受けた。彼は妥協しないRPFについて、いくつかの驚くべき直接的指針を与えた。「遅くとも水曜日［四月二〇日］までには、停戦――限定的なものも含む――に関する何らかの迅速な同意がなければ、安全保障理事会はルワンダからのUNAMIRの撤退を決めると予想される、という印象をRPFに与えなければならない。そうなれば、RPFは議論をはじめることを可能にする停戦に応じなかったことで非難される可能性がある。一旦永続的な停戦が確立されたならば、アルーシャ［・プロセス］の再開のための枠組作りに「私たちは移ることができる」……停戦なしには、人道支援活動をはじめることはできないということを強調してもらいたい」

ファックスには他にも不穏なニュースがあった。「UNAMIRの人員の急激な削減を開始するという貴官の計画が承認された。停戦が成し遂げられないならば、これもまたUNAMIRの撤退という危険がさし迫っていることを示すことになるだろう」私が撤退の論拠を提出したら、彼らはそれに飛びついたのだが、それは私の意図したものではなかった。

ヘンリーと私はその夜遅くに、大虐殺とルワンダの人びとの苦境が、私たちが受けた指令にほとんどまったく影響を与えなかったように思えることについて話し合った。おそらく彼らは、停戦によって殺戮が自然に止むと信じているのだろう。それはRGF前線の向こう側で起こっていることを考えれば、どうしようもなく素朴な考えであった。その時は、PKO局、安全保障理事会、事務総長のオフィス、世界中の人びとの心と魂の奥底にまで、この惨状を理解させることができないのは、自分の能力のなさだと思えた。そのことに私は絶望と苛立ちを感じた。

眠る前に、他の同僚が避難した後も私たちと一緒にとどまると言って譲らなかった六人の文民通信スタッフとすごすために、階下へ降りた。彼らはアマホロ・ホテルのキッチンであった場所の背後でむさ苦しい生活をしていたが、士気は日に日に高まっているようであった。彼らは何本かのプリマス・ビールを手に入れており、私に一本を手渡した。そして一緒に座って、疲労とタバコの煙の中、安保理の優柔不断、それとナイロビの「地中海クラブ」にいる連中にどこまでがまんできるかをめぐって声高に意見を交わした。真面目な話として、責任者は、作戦司令室の近くにあるメインの衛星制御システムが、RGFとRPFのどちらかからの重砲火に対しても十分に守られていないという事実に注意を促してくれた。私は翌朝、砂嚢で通信システムを覆うことを忘れないようにして、それから眠りに行った。二日後、通信本部の近くの新しい砂嚢の防壁からほんの五メーターの場所で爆発があった。システムは損害を受けて一九時間動かず、連絡がとれない時間があったが、破壊されてはいなかった。彼らの先見の明のあるアドバイスに、感謝の気持ちとしてウィスキーを一本調達してきた。

四月一八日、機関銃砲火と手榴弾の爆発音で目が覚めた。部隊司令本部は砲撃されていた。今日はリュックがベルギー分遣隊と出発する予定の日であった。彼は現場の最重要人物の一人であり、確固とした精神とプロフェッショナリズム、岩のように固い道徳観念は私にかなりの信頼や安心感さえ与えた。彼は空港警備を非武装地帯のガーナ人指揮官であるヤーチェ大佐に引き継ぎ、ヤーチェと私は最後の細かい点について打ち合わせするために〇八〇〇時にリュックに会った。リュックは気分が悪そうであった。疲労、ストレス、肉体的・精神的苦痛、キガリ地区指揮という圧倒的な重荷は、最後には彼をすり減らせていた。彼はわずかに身をかがめ、息を切らして私の前に立った。私は彼の目に、不面目、悲哀、立場の不安定さを見た。しかし彼はすぐに背筋を伸ばして、まず目前の仕事にとりかかり、必要な情報を伝達した。

私は空港でリュックのためにささやかなお別れのセレモニーを開きたかったが、RPFがそれを拒否したので、私たちは部隊司令本部でそれをおこない、UNAMIRの重要人物用ギフトである伝統的なルワンダ戦士の木彫りの小さな像をリュックにプレゼントした。（私たちは戦争の前にこれらの印象的な小さな像を何個か買っておいた。後に私たちは虐殺されたツチ族の彫刻家たちの死体を店で見つけた。）任務のために、またルワンダの人びとのために彼が果たした貢献に感謝するには、私の言葉では不十分であったことは分かっている。

ベルギー政府はフォスタンに避難所を提供し、リュックは装甲兵員輸送車にこの首相に指名された人物をすでに隠しておいた。リュックが発つ前に私は彼を脇につれてゆき、ＫＩ

11 去るか残るか

BAT〔キガリ駐留ベルギー大隊〕の損失について私がどれほど遺憾に思っているかを個人的に表明し、またベルギーが装備、武器、補給物資、弾薬を残していってくれたことに感謝しようとした。どれほど彼を誇りに思っているか、また彼の出発をどれほど悲しんでいるかを話そうとしていた。その時無数の大砲と迫撃砲が部隊司令本部敷地とスタジアムの中に着弾した。周りでガラスが割れ、しばらくの間パニックが支配した。一二人以上の人びとが死に、ガーナのブルーベレーを含む一〇〇人以上が怪我をした。しかし私たちが実施していた訓練がこの状況でも役に立ち、事態は沈静化した。

それからリュックは短い別れを告げて行ってしまった。

直撃されるかそれとも砲撃が終わるかを待つ軍人と市民の群れの中に座っていた時に彼が出発したという事実に直面して、強い喪失感ともっと苦い感情に捉われた。ドゥウェズと彼の二〇〇人の降下兵もきっと明日には行ってしまうだろう。植民地時代の主人たちは、この戦いから尻尾を巻いて逃げ出したのである。

人びとはメインホールの四隅に集まっていた。衛星システムを守るための十分な砂嚢を補充することができたが、ドアや窓を補強することはできなかった。周りは目に涙を浮かべた幼い子供たちで溢れており、気丈でいようとしていた。みすぼらしい服を着た男女は体を我が子を守る人間の盾にしている。兵士は神経質にタバコを吸い、爆破が起こるごとに少したじろいでいる。もし一斉砲撃がこの建物の前もしくは後ろになされていたら、人間の腕や足、脳みそが飛び散って、恐ろしい惨劇になっていただろう。

砲撃は一時間つづいた。それが止むと、ブレントと私はすばやく損害を確認した。窓は壊れ、外のキッチンの壁の一部は吹き飛ばされ、敷地内の多くの車両が損害を受けたが、まだ大半は動いた。オフィスに帰る途中で、ブレントは壊れた屋根板を見て、不発に終わった一二〇ミリ迫撃砲弾がいくつかのパイプの間に引っかかっているのを発見した。彼はそれを安全に除去する仕事をギコンド教区虐殺の目撃者であるポーランド人工兵士官の一人に任せた。後になって、私たちは、彼がこの不発弾を拾い上げ、建物をとおり抜けて、敷地の外に出て、通りを渡ったところに置いてきただけであることを知った。その間にいつ爆発するかもしれなかった。彼はギコンドの大虐殺を目撃した後、精神的ダメージから自殺願望を抱いているのではないか、そうブレントは想像していた。この士官はしばらくして本国に送還されたが、彼がUNAMIRの最後の精神的犠牲者というわけではなかった。

RGF部隊はまだ空港とその近くのキャンプ・カノンベに兵員を配していたが、フランスとベルギーの退避作戦の間、重装備の外国部隊に阻まれて空港でいかなる軍事行動もおこなえなかった。今となっては私たちには指令も与えられていないし、外国部隊の圧力もないので、ベルギー軍が飛び去った後の空港にRGFが戻ってきた。もしRGFが翌日の四月一九日までに空港の中立合意に調印しなければ、保安が悪化してゆく状況で、彼らと一緒に居なければならないということだった。彼らが空港にいるということは、RPFに発砲させることにもなるし、私たちとすべての人道援助物資の補給あるいは退避のための航空機を、安心にはほど遠い状態にするということであった。

その日私は、部隊を支援し、ルワンダへの人道援助物資を持ち込むことができるようにするために、RGFとの会合をもうけ、中立的立場をとるUNAMIRに空港を完全に明け渡すよう働きかけた。RPFはRGFが空港の中立に応じる場合にだけ、その計画に賛同するということだった。その一方で、私は非武装地帯から帰ってくるガーナ兵の最後の二つの輸送隊の心配をしていた。彼らはまったく無防備で、待ち伏せ攻撃にはうってつけのルートを、いつ故障してもおかしくない車両をゆっくりと走らせてくるのである。一晩でも立ち往生すると到着が大幅に遅れて、ドゥウェズの最後のベルギー大隊が去る前に到着できなくなる。

その日遅くにおこなった停戦会談では、ガツィンジとンディンディリマナは新たな強硬な態度をとった。以前は、彼らは二人とも、空港を中立地域にすることに同意し、RPFがこの協定の適用を監視する合同委員会に参加することを受け入れてさえいた。今では、彼らはこの中立案を拒否し、協議にRPFが参加することを拒んでいる。彼らは空港は国の基幹施設であり、RGFの支配下にあるべきであると主張した。とりわけ、無条件の大統領警護隊の有罪宣告と収監を求めるRPFの条件について神経質になっていた。彼らの言い分では、大統領警護隊の中にはこの大虐殺に関与していない者もいる。ンディンディリマナは虐殺は劇的に終息に向かっているとさえ主張した——馬鹿げた発言だ。私は、彼らは今や過激派の言うとおりに動かされているのではないかと推測した。

停戦の可能性はなくなりかけていた。明らかに誰かが二人の将軍を取り込んだのだ。一枚岩であるRPFについていえば、停戦を望んでいないことは明らかであった。しかしなぜなのか？　彼らは虐殺がエスカレートしていることを知っていた。彼らはベルギー兵の離脱によって私たちが縮小されること、また民兵のおかげで、私たちの移動と介入がさらに制限され妨げられることも知っていた。穏健派が影響力を行使する可能性がなくなったことをもう知っていたのだ。なぜ停戦交渉をぶち壊したのか。それは殺戮がやまないこと、そし

11　去るか残るか

ていかなる人道援助活動も危険にさらされるということを意味している。私はカガメと対面しなければならなかった。

その午後も遅く、私はドゥウェズからメッセージを受けとった。彼は、残留ベルギー隊の離脱を早めるよう命令を受けていた。ガーナ兵が非武装地帯から到着するまでの時間を稼ぐために、三日間リュック・マーシャルは国外に脱出しろというベルギー軍の参謀長からの直接命令を無視しつづけていた。もうドゥウェズも撤退しなければならなくなっており、ガーナ兵はまだ空港でのベルギー兵全体の態勢を引き継いでいなかった。私は、空港の占有に穴ができるとＲＧＦがそこにつけ込み、全部を支配してしまうのではないかと憂慮した。最後の飛行機は翌朝の早い時間に出発するだろう。それ以後は、私たちだけが残されるのだ。

三首脳を代表してリザが署名した「ＵＮＡＭＩＲの地位」という標題の暗号ファックス一一七三号がその夜届いた。本質的に、そのメッセージは明快だった。もしＲＰＦとＲＧＦが翌朝ニューヨーク時間の九時までに停戦に合意しなかったら、ＵＮＡＭＩＲは撤退を開始することになる。他のいかなる選択肢も議論の余地はない。このファックスはまた、撤退の結果、私たちの管理地区に「避難している」人びとがどうなるかについて評価するよう求めていた。私は「避難している」という言葉が、「国連の保護の下にある」という言葉と正反対の意味で使われていることに気づいた。このファックスは「難民の引き渡しの適切な調整はＲＧＦとＲＰＦの双方となされるべきであると感じている」と言明していた。私はどのようにして国連の誰もが、この絶望的状況にあるルワンダ人が、交戦当事者のどちらかの手に落ちたとしても、それでも安全でいられると考えられるのか、想像もつかなかった。ブー＝ブーが衛星電話を使ってニューヨークに情報を送っているのかどうか怪しんだ。

私にはヘンリーやブレント、そして幕僚たちに避難の準備にとりかからせるほかなかった。そして、気持ちを切り替えて、完全撤退した場合の結果についてＰＫＯ局に出すリスク評価をした。しかし、ブー＝ブーと彼のスタッフがこの新しい方針転換に関係しているのかどうかを知っておく必要があったので、夜明け前にカビア博士とメリディアン・ホテルに向かった。空港付近はかなりの砲撃を受けており、ほとんどがキャンプ・カノンベに向けてのＲＰＦによるものだった。ホテルのロビーは静まりかえっていた。人びとはまだ寝ているか、弱って起き上がることができないでいた。私たちは混み合った通路や吹き抜け階段を最上階まで上り、清潔で、暗く人気のないブー＝ブーの空っぽのフロアに着いた。ブー＝ブーの部屋のドアには国連の護衛が一人だけいた。

ブー＝ブーは困惑している様子だった。私たちが例のファックスを彼に確認すると、すでにその内容を知っていたことは明らかだった。私は完全撤退など問題外であるとブー＝ブーに告げた――キガリに国連の旗がたなびいている必要がある、たとえ証人となるためだけであっても。ブー＝ブーは答えた。議論は止めて、命令どおりにケニアへの撤退の準備をすべきである。ＵＮＡＭＩＲはナイロビ郊外で活動することができる、と。その後は、同じ意見の繰り返しで、ご主人様の側に立ったママドゥ・ケインの介入によって味付けされているだけだった。そして私が恐怖をまき散らしていると非難した。憤慨したブー＝ブーはカビア博士の方を向き、この件に関する彼の立場を率直に述べるように言った。私はこの時、ＵＮＡＭＩＲの将来が、これからカビア博士の言うことに完全に委ねられていることを悟った。

　彼が言葉を発するまでの時間が永遠のように長く感じられたが、彼は本気で、国内に二五〇人の最小限の部隊を残すという私の意見を支持してくれた。私たちはルワンダ人を完全には見捨てることなどできなかった。カビア博士に一目置いていたブー＝ブーは、たじろぎもせず彼に同意した。しかしケインは私を殺しかねない形相で睨みつけた。カビア博士は自分の助言がどれほど決定的だったか分かっていた。そしてエンジンのうなり声をあげて部隊司令本部に戻ると、カビア博士はまったく後悔していないと言った。私たちは正しいこと、状況を考えれば可能なかぎり正しいことをしていたのだ。

　今朝、両者に停戦に合意するよう説得する最後の賭けに出るために出発する前に、ティコが私とヘンリーに会って、まるで自分の当然の権利だと言わんばかりに、ギセニの状況を報告すると言ってきた。ギセニはキヴ湖畔の観光名所であるが、四月六日の夜からずっとフツ族による殺戮場と化していた。以下は、セネガル人士官であり、私の新しい個人的スタッフに加わったディアグネ少佐によって書きとられた、その報告のノートである。(注4)

……七日昼やつらは家を一軒一軒まわり……数人をその

（注4）戦争がはじまると、ディアグネ少佐はほとんどすべての会議に私と一緒に参加し、詳細なノートをとり、それが読めるように議事録にした。ある夜机で書き直しながら、急に祈りをする必要を感じ、椅子をどかして祈りのためのカーペットに跪き、イスラムの信仰にしたがって、メッカに頭を向けた。まさにその瞬間、迫撃弾が爆発して窓から大きな破片が窓を突き破り、彼が移動したばかりの場所を飛んで壁に跳ね返り、まだ真っ赤に焼けたまま足下に落ちた。まさに間一髪であった。いつも威厳があり落ち着いたディアグネは窓への損害を報告し、うんざりするが必要不可欠な書き直しを完成させるべく机にまた向かった。

11 去るか残るか

場で殺したが、残りの者たちを空港近くの巨大な墓場へつれてゆき、国連軍事監視員の見ている前で、彼らの手足を切り落とし、最後には虐殺した。軍も憲兵も殺戮者たちを止めなかった……やつらはザイールのゴマで国境線を封鎖した。国連軍事監視員は脅され、外国人たちが身を守るために集まっているメリディアン・ホテルで再会した。全地域に及ぶ虐殺の話は、これらの目撃者によって伝えられた。ある司祭が二〇〇人の子供たちを守るために教会に集めたが、お祈りをした後、殺戮者たちがドアを開け、子供たちをすべて虐殺した……ほかの教会は数百人の人びとがいるところを焼き討ちにされた。一〇歳から一二歳の子供たちまでが、他の子供たちを殺している。赤ん坊を背負った母親たちを、同じく赤ん坊を背負った母親たちが殺している。彼女たちは赤ん坊を放り投げ、地面に落として潰した。ルサンブラでは、三人のベルギー人教師、二人は男、一人は女と、三人の地元牧師が殺された。八日の夜、在留外国人のゴマへの輸送が許可された。一〇日には、『愛は霧の中へ』という映画で有名になったカー夫人が初めて家を離れた。彼女は四五年以上もルワンダに住んでいた。八五歳になるこの年老いた女性は、自分は恐ろしいものを見たと語った。カー夫人と大半が学生である六八人のアメリカ人がルワンダを去った。国連軍事監視員はメリディアン・ホテルでほとんどがツチ族のルワンダ人に食料と援助を提供した。彼らは道路をパトロールすることはできたが、道路封鎖と亡くなった人びとによって道路はめちゃめちゃだった。一三日に避難命令を受け、ルワンダとザイールの国境地点で二晩をすごすことになった。最後にはムカンバへ行き、キガリへと移動した。通信状態は非常に悪い。

私は微動だにせずこの報告を聞いた。恐ろしい描写にショックどころではなかった。それどころか、その情報を聞いて、ある種の茫然自失状態に陥った。それに類したことをこの二週間で嫌というほど聞いてきたので、心に積もり重なっていたのである。もう反応できなかった。涙も出ないし、吐き気もせず、激しい嫌悪もない。ただ、さらに多くの木材が積み上げられ、私の心の中で切り刻まれるのを待っていた。ずっと後になってカナダに戻った時、妻と子供たちとともにバカンスへ出かけ、ビーチへの狭い道を車で下っていた。道路工夫が道の両側のたくさんの木を切り倒し、あとで取りにくるように枝を積み上げていた。切られた木々は茶色く変色し、白くて均整のとれたかなりの大きさの幹の断面を道に向けて積み重ねられていた。自分では車を停めることができず、妻にRPFの支配地域へと行かねばならなかった時のことを詳しく話した。そこでのルートは村の中をとおっていた。道の両側には陽にさらされて乾いたルワンダ人たちの遺体が、白い骨をむき出しにして、山のように高く積み上げられ、散乱していた。私の話を聞かざるをえなかった子供たちにとても申し訳ないことをした。ビーチに着き、子供たちが泳ぎ、ベスが本を読んでいる間、私は二時間以上も座って、脳裏に浮かぶ出来事をもう一度体験していた。ルワンダ以来、私たちは皆、なんと恐ろしい弱さを抱えて生きていかなければならないのだろうか?

ディプロマ・ホテルに一一三〇時頃に着いた。私は、停戦についてRGFに歩み寄らせるチャンスがあるなどと楽観してはいなかった。ビジムングはとうとうガツィンジに代わって陸軍の参謀長に任命され、もはや誰もビジムングを穏健派とは呼ばなくなった。バゴソラはつねにロビーがはっきりと見渡せるオフィスをホテルに構えており、そこには嘆願する者や商売人が彼に会うために列をなしていたが、彼の姿はどこにも見えなかった。

ビジムングは背が低くてでっぷりとした身体と攻撃的な表情をする男で、よく手入れされた制服に身を包んで、ロビーまで私を出迎えた。彼の眼は明るく輝いてさえいたが、自信も状況の統御力もなさそうだった。私たちは握手を交わし、細かな点を話しながら、ロビー左手の会議室へと向かった。私たちは別々のソファに座った。私の背後はホテルの庭が見える窓のある壁になっており、庭にはパトロールする大統領警護隊が見えた。彼が一人で私との面会に応じるというのは驚くべきことであったが、私に対して言った言葉に私はまったく驚かなかった。私を見下ろす高さになるようにソファの角に腰掛け、うんざりするほど多くの不満をぶちまけはじめた。彼は、世界中のメディアと新聞がRPFのプロパガンダに操作され、RGFと暫定政府を悪役に仕立て上げていることに非常に苛立っていた。なぜ誰もRPFが彼らの前線の向こうでは見すごすことのできない大虐殺をはじめているという事実を報道しないのか？　適当な例でいえば、ビュンバ地域においてすべてのRGF士官の家族が、国防大臣の家族も含めて、皆殺しにあったことである。言うべきことがあるので、ビジムングは一刻も早くメディアに取材されることを望んでいた。（実際、翌日、私はメディアを彼との会談に連れて行ったのだが、そこで彼が見せた姿は主戦論者かつ戦士の姿であって、この状況にあってどちらが良い方かに関して、誰かの認識を変えるような信頼できる情報源にはとても見えなかった。）

私が残虐行為の停止、休戦、空港の中立化といった問題を問いつめると、自分はまだ完全には承知していないが、政府から速やかに回答を得るだろうと彼は言った。私は言いようのない失望感とともに部隊司令本部へと戻った。ビジムングは、すでに予測していたシナリオを確証したにすぎない。すなわち、彼は戦うつもりであり、殺戮はつづくだろう。そして、安保理を支配する自己利益しか考えない大国と銃声に怯える事務局に挟まれて、国連は私たちをルワンダから撤退させるべくもてる力をすべて行使するであろう、ということである。

私が戻ると、無線ネットでティコから連絡が入り、ブタレの軍事監視員と彼らの保護下にある修道女たちの運命について報告を受けた。先頃ブタレにジャン・カンバンダと大統領警護隊が訪問したが、それは穏健派とツチ族を抹殺しようとする不穏な熱気を煽っていた。現地の（穏健派）知事は銃撃され、おそらくすでに死亡していた。カンバンダ首相が去った後も現地に残った大統領警護隊の指揮で、インテラハムウェは無差別殺人をおこなっていた。軍事監視員は現地の人びとから生命が重大な危険にさらされていると警告されており、最終的には撤収を求めていた。しかし、彼らは三〇人ものルワンダ人聖職者と地元民を保護しており、彼らを置いて立ち去ることはできなかったのである。

電話の最中、ブレントが差し迫った様子で、ハーキュリーズ機がブタレに向かっているとティコに伝えろと手で合図した。現地に到着するまでおそらく一時間程度なので、軍事監視員とその保護下の人びとは、それまでに町外れにある草の生えた短い滑走路へと移動しなければならない。ティコはそれが分かると、通信を終了した。

以下が、その後ブタレで目撃された光景である。人びとをいっぱいに積んだ三台の国連のＳＵＶは町を疾走し、いくつかの小規模な障害を突破して、滑走路の端へと辿り着いた。背後からは怒った群衆が迫ってきており、明らかにＳＵＶに乗った人間すべてを虐殺するつもりで空港に急いでいた。彼らに捕まるまいと恐怖におののきながら、武装していない小さな集団は必死に空を見上げ、ハーキュリーズを探し求めた。暴徒が飛行場に押し入った直後、ハーキュリーズの四基のターボプロップエンジンの音が聞こえ、飛行機が低空で緊急着陸態勢で入ってくるのが見えた。巨大な輸送機は着陸すると、軋る様な音を立てて滑りながらも、国連軍事監視員とその保護民たちから二〇〇メーターほど離れたところで停止した。埃と泥が充満する中でタラップが下ろされた。エンジン音はやかましく耳は張り裂けんばかりだったが、狂喜した一団――軍事監視員は修道女や子供たちの手を引いたり、抱いたりさえしていた――は、次々と機の後部へ駆け込んだ。

軍事監視員は、飛行場の反対の端で群衆がおびただしい数になっているのを見た。また、機関銃が銃弾をばらまく閃光も見ることができた。そのうちの何発かをハーキュリーズは被弾し、搭乗係が近くに飛ぶ銃弾の鋭い破片を避けながら手を激しく振って人びとに急いで乗り込むよう合図した。軍事監視員としては自分たちの車両も輸送機に乗せたかったが、そのためにタラップを降ろす余裕などなく、怒り狂ったドライバーは車両を使用不能にした。機はすでにターンし、短い草むらの滑走路を群衆と銃口にまっすぐ向かってまさに滑走しようというところで、最後までタラップを掴もうと苦戦していた避難民が機内に引っ張りあげられた。ハーキュリーズがあの状況の中、過剰なほどの荷を積んで、しかも距離も短く整備もされていない滑走路から飛び立てたのは奇跡である。六〇年代初頭のスタンレービルの再現だった〔第二次コンゴ動乱の際のアメリカとベルギーによる白人人質救出作戦「ドラゴン・ルージュ」のことを指す〕。このような英雄的行為の光景が、この国のいたるところで起こっていたのである。

その夕方、太陽が沈む直前、私は、ドゥウェズと最後のベルギー兵ブルーベレーを見送るべく、空港へと向かった。空港の地面はごみで散らかっており、車さえも、フランスとベルギーの撤退を「援護」するためにやってきたイタリア部隊によって破壊されていた。ターミナル内に目を向ければ、すべての店が破壊されていた。窓は叩き割られ、ごみが至るところに散乱していた。紛争開始以来、ターミナルを使用したのはヨーロッパ人兵士とここで乗り換えた、主としてヨーロッパの外国人居住者だけであった。私は、ルワンダのような貧しい国にとって国宝といえるものに対し、彼らがおこなった眼に余る略奪行為と蔑視に衝撃を覚えた。

ドゥウェズと私は、引き継ぎや軍の技術的な問題が解決されたかどうか確認するため、しばらく話した。彼は、非常に情緒的にまいっており、敵を目の前にして任務を放棄しなければならないことに押しつぶされそうな気持ちだと表現した。最後に彼が敬礼し、すでにエンジンを回していたベルギー機へと去っていく様子を、とても心穏やかに見送ることはできなかった。彼が機の腹部へ乗り込むとタラップが上げられ、すぐさま機は動き出した。滑走路をアヒルのようによたよたと進み、まるで絵に描いたように美しいルワンダの夕焼けを背景にして上昇していった。機が水平線の向こうへ消えてゆくにつれて、しばし忘れていた戦闘の音が大きくなっていった。

私は怒りで逆上しており、銃火はただその怒りをいっそう激しくした。第二次大戦時の戦闘服をまとった父と義父の姿が不意に暗い空に浮かんだように思えた。彼らは疲れているようで、泥だらけで目は落ち窪み、ベルギー解放のための戦闘の真只中にいた。カナダ人兵士が全力を尽くしてドイツと

11 去るか残るか

戦っていた時、ベルギー国王レオポルド三世とその無慈悲な従僕たちはルワンダと中央アフリカの大湖地域を支配して何百万もの黒人を隷属させ、、その自然資源を略奪した。そして私は今、ベルギー国王のかつての植民地の中心地の一つにいて、今世紀最悪の虐殺の一つがおこなわれている中、兵士としての職務遂行中に何人かの職業軍人を失ったという理由で、ベルギー軍が私たちを見捨ててゆくのを眺めている。

私は長いこと空を眺めて立っていた。私の良きお手本となった人びとがヨーロッパで戦ってから五〇年の後、私は寄せ集めの部隊とともにここに置き去りにされて、恐るべき人間性への冒瀆の証人になろうとしている。ベルギーはこの人間性への冒瀆を意図せぬうちに準備したのだ。銃撃と手榴弾の発する音を背にして、周囲が漆黒の闇で閉ざされるなか、私はその国に対する憎悪に身を委ねた。その国は戦いに留まることに怖じ気づいただけではなく、みずからの良心の痛みを和らげるために自国の兵士の評判や名声をいとも簡単に犠牲にしたのである。マーシャル、ドゥウェズ、バリス、バン・プット、ケステルート、デロケール、デュプレズ、ピュフェ、バン＝アスブローク、マンセル、ポデヴァイン、マッゲン、デュピュイ、クレイス、デウェグ、ヤンセン他の派遣団に加わった忠実なベルギー人士官と下士官たちは、最終的にはベルギー政府と国民の面子を保つことだろう。そしてすぐに、彼らに勲章や賞賛の言葉や尊敬を与えるべきであった、まさにその人びとの軽蔑の的になるだろう。彼らは、自分たちの力で、一つの国の権威と社会的良心を維持したのだ。その国は、血を流すと、死の危険にさらされて苦境に陥った八三〇万のルワンダ人を見捨てた。そして、そのうち八〇万もの女たち、子供たち、年寄り、そして男たちが、過激派の手にかかって死んでいったのである。

私はようやくRGFの降下特殊部隊の前線を抜けて部隊司令本部に帰った。弾丸が私の歩速を早めた。私は、逃亡した司令官として歴史に名を残すようなことはすまい、と心に決めた。最初の死傷者が出て、自分たちの命を守るために任務を放棄するように言われている時に、なぜ兵士を投入するのか？　ガーナ兵は手元に残された唯一本当の意味で組織された部隊だが、彼らが決して浮き足立たないようにしなければならなかった。私はヘンリー・アニドホに敬礼した。彼は多大な個人的リスクを犯して、この戦争とジェノサイドの残りの期間、自国の政府に歯向かってガーナ部隊を残留させてくれたのだ。実にすぐれたリーダーであり、任務に忠実に仕えていた。四月一八日の夜、撤退しないと私に決意させたのも、ヘンリーだった。

ブレントは私の帰りを、しびれを切らして待ちわびていた。

停戦の見込みがないのであれば撤退せよと命令している暗号ファクスに対抗するために、軍事状況評価（MIR－一九）に私の最新コメントを盛り込むためである。私はふたたび、現地の状況の悲惨さをできるかぎり明確に描き、国内に最低でも小規模な部隊を留めるべき理由を戦略的かつ道徳的観点から述べた。部隊の全面撤退は恐らく危険かつ障害だらけのものになるだろう。なぜなら「UNAMIRは、脱出を強行する安全な輸送手段どころか、重火器システム、弾薬ももち合わせていない。もしUNAMIRがその要員をルワンダから安全に撤退させるべきであるとするならば、国際社会が休戦を課すか、あるいは軍事支援を受けた脱出を保証するといった選択肢が検討されなければならないだろう」撤退することによって私たちが守る安全地帯にいる、行き場を失った難民が危険にさらされることは明白である。その場合に私たちがとりうる最善の策は、人びとの名前のリストをまとめ、RGFとRPFの双方が彼らをどのように扱うかを、フィリップ・ガイヤールと赤十字に監視してもらうことだろう。ルワンダの人びとが敵対する民族によって虐待されるか、場合によっては殺害されかねない以上、私たちは交戦当事者間の憎悪と報復に対してもっと対策を講ずるべきなのだ。

「私たちの撤退の安全性は、今しばらくの間私たちがルワンダに踏みとどまることに直接的に関わっている」私は主張した。「部隊司令官としてはこの点を断固として主張する立場にはない。この件についてはそちらの判断を待っている」それだけ加えると、ブレントが送信した。

数時間後、私のつけた付帯条件はまたしても引き延ばされた。四月二〇日早朝、眼を覚まして、PKO局からの二つの暗号ファックスを読んだ。一つは前の日に開かれた安保理協議を要約したもので、驚くべき事実が含まれていた。コリン・キーティングはUNAMIRの撤退をふたたび延期した。彼は安保理メンバーに、国連主導による紛争当事者間交渉が間もなくアルーシャでおこなわれる、さらに、この協議の結果が出るまでこの件の決定を延期すると言ったというのだ。国連主導のアルーシャ交渉とは一体何のことだ。

もう一通のファックスの要点は、別命があるまで部隊の撤退は中止するというものだ。安保理へ提示された別の草案では三つの選択肢を示しており、報告にはこう書いてあった。「一つの選択肢としては、UNAMIRを増強しその指令《マンデート》を拡大することで反対する勢力に停戦を強要しようと試み、さらに法と秩序を回復し虐殺行為を終結させるよう試みることが考えられる。このシナリオが考慮される場合には、次のこと、すなわち、そのためには数千規模の増援部隊（付記、UNAMIRの要求によればもしかすると一万）が必要になること、またUNAMIRには強制力が与えられなければなら

11 去るか残るか

ないことを念頭におかなければならない」もちろん、私はいまだかつて一万の兵力増強を要請したことなどない。行間を読めば、「強制力」が示唆されているのが目を引くが、安保理のどの国もＵＮＡＭＩＲにそれを与えたいとは思っていない。私は単に記録として残すためだけに、この選択肢を入れたにすぎないのではないだろうかと思った。

草案の中で私の目を引いたもう一つのポイントは次の一行である。「最終的に、アルーシャ協定に調印したのは二つの党派、つまりルワンダ政府（もしくはその後継）とＲＰＦであり、この国と国民が平和を見出すか、暴力の犠牲になるかについて責任を負わなければならないのは彼らである」ルワンダの「後継」政府はアルーシャ協定の署名者でも何でもなく、過激派クーデタによって作られたものであったが、他の要素も含めてルワンダ人の強硬派が代表としてニューヨークの安保理に座っていることを考えれば、この区別はますます非常に曖昧になっていた。しかし事務総長は、ＲＰＦがルワンダ政府を承認することは決してないということをよく理解していた。そして過激派が、穏健派には、また穏健派と過激派の混成政府にすら、権力を渡しそうにないとすれば、この行き詰まりに国連が提示できる政治的解決策とは何だろうか？　そんなものはないのだ。安保理が重い腰を上げ、虐殺を阻止し、安全な環境を確立するという指令とその手段を私に与える必要がある。私はこの草案の決着がつく前に、三首脳に電話をしなければならなかった。屠殺場と化したここキガリで、愚かな報告書の官僚的な中身を解体しているようなものだった。

翌日の午前中までに、私はアルーシャ和平交渉プランについて多くの情報を得た。交渉は四月二三日に予定されており、アフリカ統一機構の事務総長サリム・サリム博士が精力的に支持していた。またＲＰＦの副議長がダル・エス・サラームに行き、タンザニア大統領に連合を組むように頼んでいたことも判明した。この知らせを聞いて私は耳を疑った。ＲＰＦは停戦交渉で最も頑なであったのに、一体何を期待しているのだろうか？　ブー＝ブーが招待されたので、私はヘンリーを派遣し軍事的情報提供と私の代わりにその目で見て記録をとらせた。また私たちは、ＲＧＦ代表団のための交通手段を確保しなければならなかった。彼らは移動手段をもっていなかったのである。交渉の議題としては他の何よりも、二つの重要案件がある。一つは統合されたＵＮＡＭＩＲと地域の監視部隊を使って大虐殺を止めさせることであり、法の秩序を回復して大虐殺をおこなった人物を見つけて訴追することである。

その間に、私たちはどうやって空港の機能をそれらしく修復するかを考えなければならなかった。フランスもベルギーも空港を運営できる人材を残していかなかったので、資格のあるスタッフを見つけ出さなければならなかった。空港の中立性を尊重するというＲＰＦの同意書を手にして、私はビジムングとギタラマの暫定政府に返事を急ぐように求める書簡を送った。その頃、軍事監視員が空港の前マネージャーをミルコリン・ホテルで見つけ出しており、すぐ仕事ができるよう手配していた――彼が生命の危険に怯えていたので厳重な警護をつけた。彼はフツ族であったが、正しいことに、ＵＮＡＭＩＲが（可能であればだが）介入部隊の到着を準備するのを手伝ってくれたのである。

四月二一日の朝、部下である指揮官、上級幕僚らと、私たちの態勢維持に関する特別会議を開いた。会議の論点は、物資の調達から、残留する部隊の規模、そして保安任務を維持する部隊の能力にまで及んだ。彼らは皆、二五〇人以上の部隊を現地で維持するよう努力すべきだと感じていた。私は、かつて全将校兵卒を含めて約六〇〇人までに減員した時には、ＰＫＯ局がそのように決定する責任を私に負わせたのだ、と話した。その時点で、私たちには最低限の糧食として一二日分の食料と水しかなかった。北部からようやくガーナの輸送隊が着いたが、飢えと渇きは深刻で治療薬も尽きていたので、ガーナ兵の多くはマラリアに苦しんでいた。

戦線ではＲＰＦがいまだに前進しており、ＲＧＦの装備――退却した部隊が残していったロケット砲も含めて――のかなりの量を捕獲していた。すべての戦力を大規模な戦闘のためにキガリに集中し、この二日間の市内では近くはじまる大衝突に向けて、大規模な砲撃とロケット砲攻撃がおこなわれた。ビュンバを陥落させたＲＰＦは、キガリへ戻ろうとしているＲＧＦに度重なる待ち伏せ攻撃を実施した。ＲＧＦは甚大な損害を被っていた。市の近くのキガリ山とニアンザ山は激しい戦場と化した。

私たちは会議で、新たなアルーシャ協定の開始について改めて話をした。また、人道的援助活動をこの任務に加えること、国中で変わらぬ勢いで虐殺が広がりつづけていること、そして、首都制圧のための困難で決定的なものになる戦いに向けてＲＧＦとＲＰＦが準備していることについて話をした。その様子は普段どおりだった。

そのミーティングの後、わたしはＰＫＯ局への暗号ファックスを用意して、この地での私たちの部隊の今後に関する最終決定の必要性をもう一度強調した。私が部隊の増強という選択肢を提示しても、なんの慰めも与えられなかった。モーリスと他の二人はただこう応えただけである。お前はルワンダの混乱に誰かが首を突っ込むなどという期待をすべきではない、と。この部隊増強という選択肢は決して日の目を見ることはないだろうし、実際にそうだった。多くの国は、かつ

11 去るか残るか

ての宗主国であるベルギーの方を向き、その説得力あふれる外務大臣の言うことを指針とするようになった。ベルギー外務大臣ウィリー・クラースは、私たちが皆殺しにされる前に、全部隊を脱出させる必要があると主張した。四月二二日の早朝、ブレントはリザからのファックスを私に手渡した。そこには国連安全保障理事会決議九一二号が添付されていた。安保理は最終的にＵＮＡＭＩＲの規模を最小限に縮小することを決議した。その決議の文章は国連特有のものである。「……を考慮した……遺憾の意を表明する……衝撃を受けた……愕然とした……非常に危惧している……強調する……深い懸念を表明する……非難する……強く非難する……要求する……決定する……繰り返す……再度断言する……命じる……求める……積極的に問題を把握しつづけることを決定する」

今これらの言葉を書き連ねながら、私はサミュエル・バーバーの「弦楽のためのアダージョ」〔アメリカの作曲家バーバーの代表作〕を聴いている。この音楽は、おそらく唯一公平だとされている世界的組織である国連の構成国のおかげで、およそ八〇万人のルワンダ人が蒙った苦痛、手足切断、強姦、殺人を、最も純粋に表現した音楽ではないかと私には思える。結局、アメリカ、フランス、イギリスに率いられたこの世界がルワンダでのジェノサイドに手を貸し、そそのかしたのだ。いくら現金と援助を積んでも、決してこれらの国の手に染みついたルワンダの血は落とせない。

安保理決議九一二号がまさに署名されている時、私はおよそ一〇〇〇人の隊員のナイロビへの撤退を加速し、そこに三日間だけ留まるように命令した。そうすれば、停戦がアルーシャで合意された場合に、すぐに戻ってこさせることができるからである。午後三時頃までに、ケニア政府が飛行場のキャンプから部隊が出るのを許可しないので、国連スタッフが彼らを本国に帰そうとしていると知らされた。それは恐ろしい事態だった。一度、彼らが本国に帰されたら、たとえＵＮＡＭＩＲに参加を予定されたとしても、彼らは駐屯地で姿を消すだろうし、そうなると私たちはまたゼロからのスタートを切ることになる。

困ったことには、司令部の人員がいなくなった。隊員の多くは、適量の食料や薬の欠乏により、疲れきって病気にかかっていた。そうでないものは、内臓や切断された四肢、人肉を食らう犬、害虫の巣窟の中で恐ろしい精神的衝撃を経験して、生きる屍になっていた。私は彼らに、君たちは英雄的な行為を果たしたにもかかわらず、世界はその努力を支持しないだけでなく、私たちのほとんどを安全な世界に引き上げさせるという決定をした、と説明しなければならなかった。私は指揮官たちに次のように兵士に力説せよと言った。この撤退に恥ずべきところはないということと、そしてありうる帰還の準備をしておくべきである、と。

非常に不愉快だったのは、午後の遅い時間に受けたリザからの電話だった。リザは、撤退はどうなっているのかと尋ねた。彼は、『ワシントン・ポスト』紙がちょうど一面に、UNAMIRの兵士がまるで怯えた牛の群れのように避難用の飛行機に急ぐ写真を大きく掲載していると言った。その写真で、ある兵士は飛行機に本当にキスをし、他のある者は飛行機に競うように走っていったために、滑走路に持ち物を落としていた、と彼は言った。

私はブレントに、この件を調べるように頼んだ。一五分もたたないうちに、彼は、その日の第一回の空輸の際に、バングラデシュの士官と下士官——部下の隊員たちは次の飛行機まで待たされていた——が、飛行機に向かって非常に恥さらしな突進をしたということを確認した。他のすべての便は問題なく出発し、六〇〇人を越える隊員が空輸された。私に何が言えようか？　もうやってしまったのだ。その、撤退決議が調印された後のルワンダでの国連の壊滅的敗走が写っている写真は、すでに世界中に出回っていた。私たちは沈没する船を見捨てた臆病なネズミのように描かれた。最初から私たちを冗談だと見なしていた人びとの目から見れば、バングラデシュ分遣隊は出発にあたって派遣団の評価をさらに下げていったわけだ。

私は、RGFとRPFの指導者に、部隊削減について知らせなければならなかったし、私の新たな任務について説明をしなければならなかった。私は、交戦当事者のそれぞれの前線の背後で、大雑把に見積もって三万人を守っていたが、これ以上はったりをきかせることはできそうもなかった。私が提案しようと思っていた解決策は、これらの人びとをそれぞれの側にある安全な場所へ移送することであった。そうすれば、私たちは場所を避難民のために開けたり守ったりする必要性がなくなる。

最初に、私は国家発展会議でセスに会った。彼は移送の開始だけでなく、隠れているルワンダ人の救出を私たちに求めていた。私は、戦争に介入はできないけれども、救出は試みようと応えた。次に私はビジムングとディプロマ・ホテルで会った。そこでバゴソラは、神経質そうで身なりの良い書類カバンをもった男たちと会見をしていた。ビジムングは、UNAMIRの撤収を援護するための飛行場での休戦については何の問題もないと言った。しかし、彼は難民の移送と空港の中立状態の継続に関しては、暫定政府の支持を取り付けなければならなかった。しかし、支持はすぐに取り付けられるだろうとほのめかした。彼は、翌日ギタラマで首相にこれら

11 去るか残るか

の問題を直接話すよう勧めた。カンバンダ首相はアルーシャには行かず、ガツィンジ大佐を送っていた。大佐は実権がない人物なので、暫定政府を縛るような合意をすることはできないだろうし、もしそんなことをしたら、彼と家族の命は風前の灯になってしまう。過激派たちは、公には停戦を望んでいると主張していたが、明らかにこの新しい停戦の試みを骨抜きにしていた。そして、ＲＰＦは少しも動きを見せる様子はなかった。この状況を解決するための局地的また国際的交渉努力を、ふたたび交戦当事者がうやむやにしようとしていた。ビジムングは、国家発展会議のＲＰＦについてひどく感情をむき出しにして会談を終了させた。そして彼は私に、国家発展会議からすべての軍事監視員と連絡将校を立ち退かせるよう求めた。私は、いつ砲撃あるいは地上攻撃を実行するつもりなのかについてはっきりと示されないかぎり、そうするつもりはないと応えた。ＲＰＦの指揮官と連絡をとりつづけるうえで、要員をおいておくことが決定的に重要だったからだ。

私はビジムングと別れ、ムリンディに向かった。ここでようやくポール・カガメが私と会うことに同意したからだ。

ムリンディに向かう主要道路は、まだ戦闘地域だった。とても小さな村々をとおり抜け、いくつもの丘を越える裏道で、私は田舎の悲惨な有様の証拠にいやというほど出会った。ほとんどの地域は最近までＲＧＦが制圧していた場所で、路上や用水路の中の兵士の遺体も含めて、戦闘の名残りが道に散乱していた。二、三の村は焼かれ、無数の遺体が、まるでボロ切れの絨毯のように地面を覆い尽くしていた。私たちは、遺体を踏まないように、交代で車の前を歩いた。今になっても、道に布製品が落ちているのに出くわしたら、それをよけて、死体でないかどうか確認したいという衝動を抑えなければならない。

年齢を問わず何千という人びとが、運べるだけのものを運び、泥まみれの小道に並び、小川のそばに集まって、バナナの木の間に小さな掘建て小屋を建てるか、もしくはただ絶望して座り込んでいた。どこを見ても子供たちが泣いていて、母親や姉たちがなだめようとしていた。道沿いの小屋の中の腐敗した死体からひどい臭いが鼻と口に入ってくるだけでなく、ねばねばした脂っぽさを感じさせた。これは臭いを越えたもの、まさに押しのけながら進まなければならない空気だった。その腐乱した死体を、手を触れないように車の通り道からどかそうと試みたが無理だった。本格的な防護服もなく、ＨＩＶ感染者が多かった住民の中を、死体を一つひとつどかしてゆくと、そのうちに乾いた血と人間の肉片とが手にどんどんついた。私の手についた血の跡は、何ヶ月も残っていたような気がする。

私たちはようやく、ムリンディの南二〇キロの主要道路まで来た。遺体で一杯の流れを浅瀬づたいに渡り、沼にかかる橋を越えた。橋は、支柱に積み重なった死体の浮力で持ち上げられていた。途中、死人の村をとおりながら少しずつ進んだ。私たちは、食物と保護を求めて必死に叫んでいる群衆の中を、車両を押して歩いた。死者や死にかけた者たちを手でかき分け、路を作った。そして胃が空っぽであるにもかかわらず吐いていた。勇敢な部下たちも、在留外国人と聖職者たちを救出するために、そのような状況の中を何週間も苦労して進んでいた。彼らの中に世の中との接触を断ったり、心の地獄に陥ったりする者がいても何の不思議もなかった。私たちは彼らを助けるための薬物などまったくもっていなかった。

私たちがムリンディの住宅地にあるカガメのオフィスと住居に到着する頃には、日が暮れてきていた。そこは堅固に防衛されていた――かなりの重火器で攻撃を支援しないかぎり、ほとんど難攻不落だった。庭のすばらしい熱帯の花に囲まれたカガメは、健康そうで申し分なさそうに見えた。雑談をする時間はなかったので、簡潔に部隊の削減や、停戦、中立の飛行場、市民の移動の問題について話した。彼が何度も繰り返し言ったことは、内攻干渉と解釈しうるＵＮＡＭＩＲが実施するいかなる行動も、許容できないということである。私は、戦争への介入は私に与えられた指令ではないし、そのような攻撃的作戦を実行するいかなる能力も奪われているのだと言った。代わりに私は、彼の部隊あるいはＲＧＦからの攻撃を受けて、私の保護下にあるルワンダ人が危険にさらされることは許容できないと言った。彼は、できるだけ早く、移送の開始に必要な準備をすると約束した。戦いの前に市民が首都から逃げられるように、わざとキガリ攻撃を遅らせたのだと、彼は言った。彼はすでに目星をつけた難民の受け入れ場所を何ヶ所か用意しており、それらの場所で援助が受けられるよう手伝ってほしいと言った。その要請を検討しても良いが、援助が結局彼の部隊の車両と食料になってしまうのでなければの話だ、と答えた。彼はそうならないように、私たちにスタッフとして働いてほしいと言ったが、私は安心できなかった。

それから戦闘地域の情況に関する議論に入り、二人の間に私の指揮官用作戦地図を広げた。カガメが、フツ族の中心地であるルヘンゲリを守っているＲＧＦの数個大隊を、最小限の努力で釘付けにしていることには疑いはなかった。これによって、ビュンバと東の主要道路を制圧した後、タンザニア国境まで南下し、川を封鎖することが可能になる。これと併行して、攻撃部隊をキガリより下流の西に移動させていた。

11 去るか残るか

そこは首都へ繋がる舗装道路の要衝である。キガリは、明らかに包囲されて最終段階を迎えつつあった。もう一つ南北の川に沿って部隊を合流させる可能性をほのめかすと、彼は急に地図上での演習を止め、翌朝にはじまることになっていたアルーシャ会議について議論を進めた。その問題の解決は政治担当にまかされて、彼は行かないことになっていた。彼は成果があるとはまったく楽観してはいなかった。しかし私が支援する指令を与えられていたアルーシャ和平協定というものは、要するにただ「市民の生命ではなく、軍隊の生命を守る」ためだけのものだと基本的に彼は考えていた。会談が終わると、彼は、暗くなったら危険でキガリには戻れないから、泊まるよう私に勧めた。わたしたちは強く握手をし、お互いがうまくいくよう祈った。私は護衛とそこを去った。

明日のアルーシャでは、外交官たちが気どった態度をとるだろうが、賽はすでに投げられているのだ。キガリの大戦闘に向かって、私たちは整然と一方の側を進み、もう一方の側は行き当たりばったりに進んでいた、面談の間に、私はカガメに、なぜまっすぐキガリの急所を突かないのかと尋ねた。彼は私がその質問で言わんとしたことを無視した。彼は、毎日、周辺で日々戦闘がつづいているということが、ＲＧＦの前線の向こう側でツチ族が確実に殺されていることを意味する、それを十分すぎるほど知っていたのだ。

私は、私の護衛やＲＰＦの高官がキャンプにある小さな酒保で飲んでいるのを見かけた。パストゥール・ビジムング（ＲＰＦの勝利後、ルワンダ大統領に就任した）も数人の政治担当官とそこにいた。部下とＲＰＦ兵士が、まるでいつもそうしているように一緒に楽しんでいる時、私はパストゥールと共に酒場の隅に腰掛けた。パストゥールと私は一時間ばかり彼の昔の話、現在の災厄、国連事務総長特別代理、国際社会、そしてＲＰＦが勝ったあかつきのこの国の将来について話した。それから丘の上に上がり、私たちがかつて正式の会議をした建物に入った。暖炉にはわずかに火が残っていた。太陽が沈む頃には、すっかり肌寒くなった。ぐらぐらする小さなテーブルを、同じくらい不安定な木製の椅子四つが囲んでおり、私たちは食事をするためにそこに腰掛けた。二つのボウルが、ふちの欠けた皿の間に並べられた。一つのボウルは豆、もう一つはデンプンと薄味の小さなバナナだった。

この暖かい食事と暖炉はこたえた。そして、パストゥールが私を小さなゲストルームに案内した時にはもう、疲労困憊してほとんどふらふらだった。小さなナイトテーブルの上に、燃えて半分になったろうそくが立っていた。白くきれいなシーツに包まれた軍用の簡易ベッドと、大きく膨らんだ枕が蚊帳の下にあった。私は服を脱ぎ、あまり湯のない例の野戦風呂を使い、ベッドに潜り込んだ。ベッドに入ると、キガリにいる隊員やブレントに対してかすかな罪悪感が生まれたが、きれいなシーツの香りや、毛布の温もり、腹の中のまともな食事に満たされて、私は眠りに落ちていった。その夜は、つかの間の地上の楽園に思えた。その夜どんな夢を見たのか、覚えていない。

第12章　決議なし

夜明けとともに眼を覚まし、キガリに戻った。復路は往路ほど長くはないが、同じくらい悲惨だった。湿ったバナナの葉とわずかに蓄えられた木炭が朝に燃やされ、そこら中に漂う死体の腐臭に、強烈な刺激が加わっている。〇七〇〇時までに、朝のミーティングのために司令本部に戻った。モエン大佐が、削減された部隊での部隊任務計画を示した。そして、私たち全員にすぐに明らかになったことは、当初の目標であった、約二五〇〇人の人員では、輸送、監視、救援物資の配布、また前線間での人の移送といった人道支援活動の援助をおこなうにはまったく不十分であるということであった。そのため、有能な運転手が撤退しないようできるだけ引き止めてくれとガーナ大隊に要請した。命令が出され、もともとこの地を離れる予定であった二〇〇人以上のガーナ人の兵士が私たちの元に留まった。その日の終わりの時点で、一二人の国連文民職員も含む将兵を合わせて、私の部隊は四五四人になった。

人道支援担当の国連事務次長であったピーター・ハンセンが、その日分析官グループを連れて到着する予定だった――彼はこの戦争がはじまって以来この地を訪れた最初の国連上級幹部である。彼が難民保護地区を巡り、ヤーチェ指揮の人道部門から状況報告を受けた後、私が彼に告げた要点は、UNAMIRが、ルワンダに来るNGOや機関に対する情報提供をしなければならないこと、そして、それらの動きをコントロールしなければならないことである。個々の援助組織が全体状況を知らないままにやりたいままにやりたがったり、休戦交渉や派遣団の安全を危機にさらしたりすることに、私は我慢ならなかった。ハンセンがとりうる最善の策は、人道支援部門と共に任務を遂行するしっかりした緊急事態チームを送り込むことであった。ハンセンは勇敢で決断力に富み、状況を把握するのも早かった。そこで彼は、連れてきたチームを残して部隊司令本部に合流するように命令し、私の計画と指示を援助機関へ伝えると約束したが、すべての機関が指示を守るかどうかは保証しなかった。私は彼に、救援組織への簡単なメッセージを頼んだ。もしも君たち組織のいずれかがたとえ不注意からであっても救援物資を戦闘部隊の手に渡すようなことになって、交戦当事者を援助したり支援したりした場合には、その組織をルワンダから追い出して、後で締め上げる、と。

私はギタラマに出発した。暫定政府のメンバーとRGFに、新しく与えられた指令《マンデート》と部隊削減を伝えるためである。その途中はまたも地獄に落ちてゆくようであった。しばらくの間はその光景に耐えられるものの、のろのろ動く、苦痛にあえぐ人の群れに飲み込まれると、残虐行為への忍耐が限界に達し、怒りと涙が交互にこみ上げてきて、しばらくの間何の感覚もなく見つめるようになる。私には眼をそらすことができなかった。人びとの目がすべて私たちを見つめている。疲れ切り、血ばしり、悲しみ、恐怖、狂気、当惑を宿した眼が。

私は会合に遅れてしまった。そして、暫定政府が潜んでいた敷地に車を乗り込ませると、その場所とここに来る途中に見た光景とのあまりの違いに本当にショックを受けた。その敷地は平穏で現代的な校庭であった。立派な身なりの多くの紳士や数人の中年女性が、花が咲き乱れる大きな庭にあるアボカドの木の下辺りをあてもなく歩いていた。総理大臣ととりわけ攻撃的な情報大臣が小さなオフィスで仕事をしているようであったが、その他の人は特に何もせず、政府と呼べる組織も見当たらないようであった――暫定政府はもう一週間以上もここに居て、まだ当分開かれそうにもない会合の席順を決めているかのようである。

ジャン・カンバンダは落ち着かず、誰一人として私たちを見ても特に嬉しそうではなかったので、私は単刀直入に要点に入った。首相は何を言っても部隊の削減や新しい指令についてまったく反応を示さなかった。彼は前線間での人びとの移送の安全確保を支援し、そのような移送のために民兵の休戦を国防大臣とともに確認をとろうと言った。そして、バリケードでの無慈悲な殺戮について言及すると、カンバンダは「自衛要員」には、反乱軍の侵入者を駆除するという、重要な安全上の任務があるのだ、と主張した。私たちはさらにいくつかの事項をリストアップした。すると彼は、アマホロの複合施設ではUNAMIRがRPFと「同棲」しているという事実を指摘してきた。私たちがいなくなった時にRPFが空港を引き継ぐとしたら、中立的空港に同意することな

12 決議なし

どできるだろうか、と。私はＲＰＦとは同棲しているわけではないと言い返した。私たちの司令本部を越えてＲＰＦが進軍したために、今ではその前線の後方にいるというだけであると述べた。さらに、自分の行動がＲＰＦとは無関係であることを保証するために、部隊司令本部を空港に移すつもりであることを付け加えた。それを聞くと、情報大臣が大きな笑い声を上げた。

そして、驚いたことに、情報大臣は殺害された大統領の国葬をおこないたいと要求した。大統領の住居や墜落現場に足を踏み入れることができない以上、何もできないと返事をした――国際視察官が現場に入って、独自の調査を実施する必要がある。彼とカンバンダはそれに同意して、その視察官はいつ来るのかと尋ねた。彼らは私が呼び寄せるのを待っているのだ、と答えた。最後に、ＲＴＬＭから発せられるＵＮＡＭＩＲやツチ族に対する誹謗中傷やでまかせを厳しく非難した。私は放送に出演して、現状について私から見た意見を述べたいと言った。驚いたことに、大臣はそれを了承し、翌日それをセットしようと言った。

機械的に握手を交わし、その小さなオフィスを後にして、車まで大臣たちや他の人と一緒に歩いた。歩きながら、彼らのひとりよがりな安心感、皆とてもさわやかで気楽に見えるのはどういうことかを考えていた。彼らはもはや決定過程から外されているのか、そうでなければ母国を大惨事が襲っている中でも隠された動機をもっているのか？　そして、バゴソラはどこにいるのだろうか？

本部に一八〇〇時までに帰り、その後すぐにミーティングをした。アルーシャ会議のニュースによれば、ＲＧＦ代表団は出席しなかった。ＲＰＦは事務総長テオゲネ・ルダシングワを小さな代表団のトップとして送りこみ、そして彼が提示した停戦案には、まだ厳しい条件が含まれていた。国連本部へ宛てたブー＝ブーの報告の表現では、次のようになる。「政府代表団の到着を無駄に待ち、ＲＰＦ代表団の出発を待って、私はアルーシャを発ってナイロビに行こうと計画している……しかしながら、私は、ＯＡＵ事務総長とタンザニア代表（大統領）が出席している機会を利用して、和平プロセスを支援し、現在の戦闘を終結させるための基礎になると信じている停戦提案を用意しようとする、私たちの努力について、意見交換しようと思う」ブー＝ブーはナイロビに本当に発っただけでなく、その時からほとんどそこに居座った。彼の政治担当官も同じで、キガリに短い訪問をしただけである。だから、この政治機構は空回りをしていたのだが、それでも誰もが母国に帰る時には、自分たちはベストを尽くそうとしたと言うことはできた。

私たちがミーティングを終える頃、最後の六つの部隊を載せた便がキガリの空港を飛び立った。それから司令本部は二週間の間に、二回目の再編成をおこなった。私は部隊司令本部、減員された軍事監視員グループ、小隊よりもやや多いチュニジア兵と小規模のガーナ人大隊を保持した。軍事監視員はアマホロ・ホテルの慣れ親しんだ本部に、チュニジア人兵に守られて私たちと一緒にいた。次なる司令本部として空港にガーナ大隊を配置し、医療部門や活動支援要員(補給基地を運営することになる)、空港を守るためのライフル中隊も配置した。他のライフル中隊は、難民を保護するためにアマホロ・スタジアムに配置した。

また、キガリ中の、人びとを保護している他の地域に小派遣隊を配置し、それらの間を移動軍事監視員チームが行き来するようにした。私はチュニジア兵に装甲兵員輸送車を与えた。彼らには道具も予備の部品も修理できる人間もいなかったが、動く車両を数時間のうちに三台から五台になんとか増やした。それと、「デッドヘッド」(古い軍隊用語で役に立たない車両)がモザンビークから何台か来ていたが修復不可能だったので、キャンプまで引きずってきて掩蔽物にした。

チュニジア人兵士たちの必死の努力もむなしく、車両は少しずつ壊れていった——そして最終的には全部が壊れてしまった。実は、かなりの論争の末、アメリカはソマリアでの任務で使った六台の丸裸の(銃も、無線も、工具もない)冷戦初期の装甲兵員輸送車を、四月中旬に「貸し出」すことを承認していた。ある晩ブレントは、ペンタゴンの下士官から、なぜ装甲兵員輸送車が必要なのかを問い合わせる電話を受けた。持ち前の雄弁で、徹底的に削減された部隊構成、私たちの置かれている絶望的な兵站状況、そして現地の不穏な状況を説明し、最後にブレントはこう説明した。「装甲兵員輸送車があれば、『軽武装部隊』という言葉にまったく新しい意味を付け加えることになるよね」と。ワシントンの気持ちの良い男はこう返答した。「おい、あんた。装甲兵員輸送車を貸してやるよ。幸運と神の御加護を祈る」他のアメリカ政府と軍部隊を一緒にしたよりも多くのものを、より迅速に、この一人の軍曹から私たちは得たのだ。

どうしたら世界の良心に訴えかけることができただろうか? 部隊の人数は減ったが、私たちはここに残り、ルワンダで何が起こっているのかを語りつづける決意をしていた。正しい選択をして、できるだけ早くそれを実行しなければならない。報告書は、ニューヨークの無為の深淵に消え失せているように思えたので、私はメディアを利用した宣伝活動に力を入れた。政治家や将軍たちは自由なメディアを信頼せずに避けているが、彼らに言いたいのは、間違いなくメディア

12 決議なし

は、現地の大隊に匹敵するほどの同盟者であり武器となりうるということである。ベルギーの国外離脱と共に、BBCのマーク・ドイルも出発しかけていた。彼をオフィスに呼んで、拒みようがない申し出をした。それは、私たちの保護下で共に生活し、食事を与えられ、私たちの協力を得る代わりに、毎日彼に話をして、それを世界に流す手段(私の衛星電話)を保証しようというものである。彼の記事がUNAMIRにとって肯定的なものか否定的なものかは、それが正確で真実であるかぎり問題にしなかった。重要な点はただ彼がルワンダで何が起きているのかを世界に伝える代弁者となってくれるかどうかだけである。

マークはそれに同意し、数日中に彼は世界に向かって確実にその声を伝えた。他の報道機関がそのことに気づき、ジャーナリストが虐殺の情報を得ようとルワンダになだれ込んできた。ジャン＝ギイ・プランテはその対応に当たり、彼にできるあらゆるやり方で、ジャーナリストたちを助けた。彼は周りに人がいるのが好きで、既に国内の記者を組織し、ナイロビとキガリ間でメディアの交代システムを作っていた。それには、ハーキュリーズの飛行便の責任者であったカナダの航空幕僚の支援があった。さらにプランテは、記者がルワンダに滞在できる期間を決めた。これは、ルワンダで起こっていることをレポートするメディア会社とジャーナリストの多様性を最大化するためである。私はつまらない犠牲者を出したくなかった。プランテは彼らに国連のバン、メリディアン・ホテルの部屋、食券、部隊司令本部のコンセントを与えた。彼はジャーナリストたちに安全と、少なくとも毎日一つの話題、そしてその記事をナイロビに送ることを保証した。この保証は、場合によっては、国連軍事監視員がウガンダの国境にまで車を走らせ、資料をUNOMURに手渡し、今度はそれをヘリコプターでエンテベやさらにその先にまで運ぶことによって守られた。

私もまた、毎晩ジャーナリストがインタヴューを求めても会うことができるようにするようブレントに指示しておいた。母国カナダの公共放送網であるCBCにもブレントは働きかけ、非常に喜ばしい結果が得られた。国際的に評価の高いラジオ・インタヴュー番組で、数十万のカナダ人が家で聴いている番組『実の話』のプロデューサーが、ようやく私たちの電話番号を突き止めて、番組司会者マイケル・エンライトとの生インタヴューを組むともちかけてきたのだ。ブレントはプロデューサーに、NHL(ナショナルホッケーリーグ)のスコアを教えなければ、私を電話には出さないと言った。国から一切ニュースがなかったが、プレイオフがおこなわれていることは知っていた。ブレントは当時、熱狂的なトロント・メイプルリーフのファンで、私は断固としてモントリオール・カナディアンのファンであったので、このニュースに感謝した。そしてそれにつづく数週間、私たちはホッケーのスコアを知り、エンライトは生のインタヴューをおこなった。この会話で、エンライトは母国での私の代弁者になった。

　メディアは世界の良心に衝撃を与え、国際社会を行動に駆り立てるために私が使った武器であった。それでも、毎日ジャーナリストたちの記事を確実に世界へ流すために、国連軍事監視員たちの生命を危険にさらしていたのだ。

　私が確認できたかぎりでは、ＮＧＯのオックスファムが四月二四日にルワンダで起きていることを表現するのにジェノサイドという言葉を使った最初の組織である。それを民族浄化《エスニック・クレンジング》といったのではやや的を外しているように思われる。ロンドンにあるオックスファムの職員と電話で何回もやりとりをした後、私たちがルワンダで見ているものはジェノサイドと言えるのかとニューヨークの国連本部に問いただした。私の知るかぎりでは、何の答えも返ってこなかったが、四月二四日以降しばらくして、その言葉をいつも会話の中で使うようになった。だが実は、その言葉がニューヨークや世界の首都で、激しい論争を巻き起こしていることなどほとんど知る由もなかった。私には、その言葉が結局正確な表現であるように思えた。

　四月二五日、ティコは満面の笑みを浮かべて状況報告した。それによれば、タンザニア、ウガンダ、ザイール、ブルンジに退避を余儀なくされていた勇敢な国連軍事監視員の全員と連絡をとり、ふたたび指揮下に入ることになったという。彼はルワンダに残ってほしい将校をすでに選んでおり、残りはさらなる命令が出るまでナイロビに集めておくことにしていた。それだけが、その日ニューヨークへの評価ファックスで送ることのできた朗報であった。

　残りの報告は以下のとおりである。ビジムングは暫定政府の指示によるもの以外には、いかなる行動もとらないことを明言した。そのうえ、暫定政府は連絡将校を受け入れなかった（最終的にはとにかく送り込んだ）ため、情報を得るのに苦労した。ビジムングはまた、路上封鎖をしている民兵に、ＲＰＦ支持者を移送するために道を開けるよう依頼するのを嫌がった。彼とキガリ知事は、民兵組織について話す際には本当に不安そうで、まるで彼らが、ＲＧＦや暫定政府よりもずっと強い力をもつ何者かに遠慮しているかのようである。

　私はガツィンジから報告を受けた。それによれば、ンディンディリマナは南部にいて実際には民衆の逃亡を助けている、また、事態の成り行きにうんざりしている多くのＲＧＦ士官がおり、彼らはビジムングは軍の指揮権を掌握していないと感じている。私はニューヨークに、必要であれば、紛争が終わった時にこれら穏健派が有用であると分かれば、保護

12 決議なし

を与えるべきだと勧告した。また、人道支援の面では見通しが立たないままであり、ブタレでの大規模な虐殺の後、見通しはさらに悪化している。国境なき医師団と国際赤十字委員会はひどい脅迫を受けたり、地元の赤十字スタッフが殺されたりした。国境なき医師団は再編成のためにルワンダを出ることを決めた。私は次のように書いた。「ブタレ大虐殺、国境なき医師団の撤退、民兵による赤十字の難民支援物資の略奪、治安状況の悪化と両軍からの生命の保証がないことを理由に、国際赤十字委員会は本日をもってルワンダでの作戦を中止し、今のところ病院でじっと待機しているほかない」

　空港がＲＧＦとＲＰＦ両軍の攻撃を受けているので、飛行機は着陸を中止し、カナダは五日以内にハーキュリーズを本国へ帰還させることになった。アマホロ複合施設が迫撃砲で両軍から攻撃された事実も付け加えれば、これは私の指令《マンデート》にとって幸先の良いスタートではなかったし、部隊の作戦続行への励みとなるものでもなかった。

　最後に言えば、私たちは、キプロスの緩衝地帯「キプロス南部のギリシア系住民地域と北部のトルコ系住民地域の間に国連が引いた停戦ラインで、国連平和維持部隊がパトロールしている」に酷似したシナリオに向かって進む可能性がおおいにあるように思われた。首都が二分されることさえありうる。ＲＰＦはキガリ東方からの前進を意図的に遅らせ、ビジムングが戦場で直接指揮をとるキガリでは、ＲＧＦは善戦していた。問題の要点は、依然としてＲＧＦの前線の背後にいる民兵と自警部隊の存在と、誰がそれらの糸を引いているのかを明らかにすることであった。しかし、ＲＰＦの停戦提案と穏健派からの何らかの助力、もしくは暫定政府に何らかの方法で死の恐怖を味わわせるか、そのいずれかの方法で、明確になった戦線にそって戦闘を一時的に停止するという提案ができるだろう。この提案に同意が得られれば、状況はより安定したものになるだろう、と私は書いた。そして、その提案をブレントが清書のためにコンピュータに打ち込んでいる音を聴きながら、私は眠りに落ちた。

　その翌日は、停戦の可能性をひめた会議をいつもより多くこなし、相手の側が停戦に抵抗しているという訴えを双方からいつもより多く聞いて、一日が終わった。その夜の二二〇〇時頃、夜風に少し当たろうと、私はブレントとオフィスのバルコニーの上に立っていた。すると本部の前の通りで小さなカウベルの音を聞いた。音がする方向へ目を凝らした時、現実とは思えない光景を目の当たりにした。その日の早くに、ＲＰＦは人道支援部門に、住民をアマホロとメリディアン・ホテルからＲＰＦの前線の後方にある安全な場所に移動させると警告していた。ブレントと私が目撃したのは、一万二〇〇〇人もの老若男女が、RGFの攻撃の的にならないように、暗闇の中を移動する姿であった。彼らがとおりすぎる時にも、足を引きずる音もほとんど聞こえないくらいだった。RPFの護衛兵が道順を手振りで示し、無言で人びとはしたがっている。それはまるで、幽霊のパレードのようで、頭を下げ、わずかな荷物を背負い、夜陰を、目的地も知らないまま進んでゆく。少なくともそこは安全なのだろう。私は、救いようのない絶望感にとらわれながらも、この人びとを深い尊敬の念を抱いて見つめていた。一番ましな者でも二週間、食糧も水もなかったのだが、規律と秩序を維持しながら移動することができた。彼らがとおりすぎる時、赤ん坊の泣き声さえしなかった。

削減された部隊で、人員と仕事とのバランスをとるため、私たちはばたばたと動き回った。ヘンリーは、秩序維持、人員と軍律全般についての責任者となった。私は、人道支援活動の増強と交渉、大虐殺と停戦問題に取り組むようになった両軍との会議に大方の時間を費やした。どんな仕事も、私たちは多くの場合一人だけでこなした。疲労、食糧不足、心的外傷経験、長時間労働と不休であるために、私たちは仲間の体調を厳重に見守る必要があった。私は、彼らのうち何人かをナイロビでの三日間の休暇に飛行機で送りはじめた（ハーキュリーズはまだ撤退すべきでないというカナダ防衛参謀副総長であるマレー提督への要請が、命令系統を遡って首相にまで届いた。首相がこの要請をのんだので、私たちはまだハーキュリーズで輸送をしていた）。おいしい食物、清潔なシーツ、いくらかのビール、ストレスのない普通の生活は、彼らの気分をそこそこには転換してくれるだろう。中には、ルワンダの外で数日の休暇をとることに罪悪感を感じるものもいた。そして、より早くルワンダに帰りたがった。だが、それは厳禁《ノーノー》である。私のオフィスには定期的に首席管理官《CAO》から、十分な支援がないからと言って首席管理官のスタッフを苛めるのを止めてほしいという電話があった。しかし、最後のカナダ人将校が一週間もすれば到着し、四六三名の屈強な男たちと約一〇人の民間人からなる部隊になる。それには、ナイロビに逃がれて私たちと合流するのを待っていた、派遣団秘書スザンヌ・ペシェイラも含まれている。彼女は勇敢にも戻ってきて私たちと合流し、砲火を浴びている時でさえ四六時中働きつづけた。

虐殺がはじまって二三日すぎた四月末までには、状況は都市だけでなく農村地帯でも悪化の一途をたどった。どちらの側も一方的停戦には真剣に取り組もうとせず、空港はいまや主戦場と化していた。そこに展開していたガーナ大隊は攻撃に対して防御が手薄になり、少数だが犠牲者を出すようにな

12 決議なし

った。一人しかいない大隊付き軍医は忙殺された。暫定政府とRGFは次のようにしきりに訴えた。私の行った跡に戦争が起こっているように見えるので、私はRPFの偵察隊に違いないと。私はビジムングに直接、彼の部隊がほとんど、あるいはまったくRPFを停める戦闘をすることなく、ずるずる退却していると説明した。私は両軍の間を行ったり来たりしていたので、一方の側のスパイだと思われているか、他方の側の先発隊だと思われているか、その両方の可能性があった。

RPFが前進すると、しばしば遺体がごろごろしている大量殺害現場を占領した。ウガンダとヴィクトリア湖に流入する東部の川は、死体で埋まっていた。それまでに、推定四万の死体が湖から回収された。ワニはご馳走を食べていた。そして、ほんの数日で、五〇万人の難民がルソモの一本橋を越えてタンザニアへ溢れ出し、過去にUNHCRが見た中でも最大規模の人口移動を引き起こした。それはまた世界最大級の難民キャンプも作り出した。そうしたキャンプでは、後にゴマやブカヴでも後に同じようなことが起こることになる一つのパターンが当たり前になった。難民は村、部落、県によって組織されており、ルワンダで殺戮を進めたまさにそのジェノシデール〔ジェノサイドの実行者〕の支配下に置かれた。キブンゴ知事レミー・ガテテは、キャンプ全体の支配を確立した。そして、ジャーナリストや人権保護活動家にそのジェノシデールがルワンダでやったことを誰かが証言しようとすれば、脅したり、必要となれば、殺したりした。また、家に帰ろうとする者は誰でも処刑した。そのうえ、キャンプで殺し屋たちを支援するために、人道支援物資の流用をはじめた。タンザニア政府はこの恐怖のネットワークを解体するために武力行使をすることを嫌がり、他に手だてがないので、援助機関はしぶしぶこの悪用を黙認した。

しかしながら、ハンセンが残していった国連ルワンダ非常事態事務所（UNREO）職員は、ランス・クラークの指導の下で素晴らしい仕事をおこなっていた。彼とヤーチェは、問題なく協力して、RPFとともに援助活動を進行させることに成功した。クラーク自身は、保険契約が切れるかどうかの瀬戸際に立たされていた――ジェノサイドの現場で働く人間と契約したい保険業者などいない――しかし、とにかく現場に残り、ナイロビにあるより大きなUNREOのオフィスと連絡をつける非常に重要な人物として働いた。私たちはRGFにも同じことをさせようと強く圧力をかけたが、RGFはもはや分裂しており、どんな情報が責任者に届いているのか、そもそも誰が責任者なのか特定することが困難だった。ビジムングは依然として民兵とその指導者たちのなすがままにさせているようにも見えたが、まだ軍と憲兵隊はかろうじて掌握していた。

四月下旬、私はガツィンジからのメッセージを受けとった。彼は、強力なRPFの進撃の結果、キガリ駐屯地軍の士気が低下して残忍になっており、一部の若い将校が私たちの保護区域内で殺戮騒ぎを起こす計画を立てていると伝えてきた。私はより多くの軍事監視員と部隊を配備して存在感を増そうとしたが、それ以外にできることはほとんどなかった。

ディプロマ・ホテルのオフィスにいる間、私が顔を出してもバゴソラは私を避けて来た。その代わりに、四月二八日の正午頃、私はなんとかビジムングに会った。彼は、アフリカ担当の合衆国国務次官補であり、おまけに女性であるプルーデンス・ブシュネルが、大虐殺を止めて停戦文書に署名するよう直接彼に電話で命令してきたことに腹を立てていた。彼は彼女に、それが何であれ署名するような権限は与えられていないと伝え、自分の意思を電話で強要しようとするとは恥知らずな行為だと考えて激怒していた。彼は、かなり長い時間、ブー＝ブーと外交官たちを非難した。つまり、ナイロビにいて停戦と政治的努力をするとはどういうことだ、というわけである。彼は、すべての問題――空港中立化、難民と住民の移動――は、停戦議論の枠内で解決されなければならないと喋りつづけた。私はそれに同意した上で、彼と彼の政府が交渉を先へ進めるためにどんな提案をしているのか、と尋ねた。彼は韻をふむような調子で答えた。（1）四月六日以前の部隊の位置に戻す、（2）大虐殺を止める、（3）強制移住者と難民の帰国を手配する、（4）移行政府の設立を早める、（5）UNAMIR支援下での停戦を尊重する、と並べ立てた。

私は、この戦争でRPFは何をしようとしていると思うかと聞いた。彼は、RPFが全国征服を望んでいると答えた。彼と暫定政府がそれを阻止しているので、おびただしい死者が出ているというのである。そして、彼の側はこれまでRPFとの権力の共有を決して拒否してこなかったと、彼は主張した。現在、暫定政権との交渉を拒否しているのはRPFなのだ、と。

その夜受けとったのは、安全保障理事会での合衆国大統領の声明の草案コピーで、ルワンダにおけるおぞましい虐殺と大規模な強制移住を終結させることを求めていた。国連の非同盟諸国は、OAUと赤十字に支持されて、これまで戦闘にあまりにも強調点が置かれすぎていたのであり、殺戮については十分に強調されていなかった、と今になって主張していた。それに対し、合衆国代表はRGFが新しい武器を買っており、武器禁輸措置は効果を上げていないと指摘した。非同盟諸国は、大統領声明にもう少し強い行動に向けた文言が入ることを希望し、すぐに私のコメントを欲しがった。

12 決議なし

アメリカ合衆国がルワンダの現地で何が起こっているのかを正確に知っていたという事実を、よくよく考えてみた。ごく稀にだが、アメリカ人はいくらかの情報を提供してくれた。数日前に、オタワの平和維持活動の責任者であったカム・ロス大佐（国連のルワンダへの最初の技術派遣団を率いていた）からブレントは電話を受けた。彼は、友好関係にある大国（後に、それが合衆国であることを、ナイロビのアメリカ大使をとおして確認した）が、私が数日以内に暗殺されるという情報を受け、私が部隊居住区域を出る時は十分な護衛をつけるように勧めてきたとブレントに話した。ブレントはヘンリーにこのことを話し、ヘンリーは護衛のために二人のガーナ人軍曹と分隊を選んだ。軍曹の一人は特別な運転訓練を受けていて、しばらくガーナ大統領の車を運転しており、もう一人は優れた狙撃手だった。その任務を与えられた部隊は、私がこれまでに見た中でも、最も大きく、最も悪そうで剣呑な見かけの紳士たちであった。特に目をサングラスで隠すとそうで、ほぼいつもサングラスをかけていた。このチームはつねに私に張り付き、私が任務を辞するまでつねに護衛してくれた。情報提供に感謝すべきであったが、それより思ったことは、このようなデリケートな情報が監視によって収集可能なら、なぜ合衆国はルワンダで起こっているジェノサイドの証拠を記録していなかったのか、ということである。

主にブレントに率いられたスタッフがニューヨークへの返答を準備したので、ヘンリーと私は数日前に送られてきたブルンジへの技術派遣に必要なものを最終決定した。ブルンジの状況は悪化の一途をたどっていた――この国はより陰湿なジェノサイドに直面しつつあった。ツチ族が支配する軍は、フツ族反乱軍に対して軍事作戦を開始し、多くの村に火をつけた。ニューヨークでは、私たちが直接見てくるべきだと考えていた。私はそれに反対せず、ヘンリー、ティコ、と本部の四人のメンバーと軍事監視員グループを、二四時間の期限つきで送り込んだ。ヘンリーはブルンジについていろいろと考えがあり、偵察に関しては十分な仕事をするだろう。しかし私は三首脳に言った。私の派遣団に与えられた人材の中で、この新しく加わることになりそうな冒険に転用できる要員はいない、と。

この時期をつうじて救出任務はつづき、あちらこちらで、家族、修道女、迷子になった在留外国人、行方不明者の救出に成功した。たいていの場合、救出作戦の責任者はブレントだった。そして毎朝、外資系会社、大使館、国連とナイロビの他の機関、そして噂から要請を受け、どの人びとを救助する任務ができ、どの人にはこの仕事のためにとってある、かぎりある資源を割くことができないのかを選択した。とりわけ嫌気がさしたのは、世界の指導者たち、外国の政府官僚が直接私と連絡をとり、知り合いの特定のルワンダ人を救うように命令したり脅したり、時には凄んだりしたことである。なぜ、危険にさらされた他の個人よりもＶＩＰの知人は重要であるべきなのか？　私は選択をブレントに任せた。彼は特に修道女を救出するのに熟達し、後には世界中の修道会から永遠に感謝された。それはきわめて重圧のかかる、感情的にきつい任務であった。資源の不足から、あるいはその地域のリスクが特に高いことから一日か二日任務が遅れ、結果的に、任務に着手すると当該の人物がつい最近殺されたということほどブレントにとって辛いことはなかった。人間である私たちに神の役割を演じることはできない。しかし私たちは時として、誰が死に、誰が生きるのかを選択しなければならない、そういう状況に直面したのである。

四月三〇日早朝、ブー＝ブーは政治チームを引き連れてナイロビから訪れた。カビア博士と私は司令部の彼のオフィスで会い、ブー＝ブーは先週の地域の政治的出来事について報告した。次に彼は、暫定政府を代表してビジムングが署名した、アルーシャ停戦案に対する正式回答を示した。これまでとまったく同じ理論的堂々巡りであった。それによれば、ビジムングはＲＰＦが同意する見込みはないということを知っていながら、停戦は暫定政府によって署名されなければならないと主張していた。私たちは一歩も前進していなかった。これまでの戦場における勝者であるＲＰＦが、ＲＧＦのこのような主張に同意することなどありえないだろう。

その朝私はブレントを失った。前日午後に、私は彼がマットレスに横たわっているのを見た。彼が日中休息をとることはなかった。頭痛がするのだと考え、夕食頃にはもはやタイプを打つのに指を動かすこともできず、熱が出て大量の汗をかいていた。私の新たな副官ババカ・フェイ・ンディアェ大尉はブレントの病気はマラリアだと言って、ガーナ大隊の医師に見せるために空港へ運んだ。ブレントと私は二人とも、四月六日に住居を離れた際にマラリアの治療薬をなくしていた。医師は彼をマラリアと診断し、大量の薬を与え、休むよう言った。ブレントは司令部に戻り、ディアグネ少佐に看護されながら眠りについた。

ブレントは薬を服用するため、夜は定期的に起こされたが、夜明け頃になると死にかけているように見えた。そこで私はナイロビへ検査に行くよう命じ、二、三日で戻ってくれることを期待した。ナイロビでは、病気の原因がそもそもマラリアではなく、抗マラリア薬によるアレルギー副作用によるものであることが判明した。二、三日間、観察下での安静を命じられ、適切な食事をとってシャワーを浴びられるようにホテルに泊まることに決まった。

二日後、妻が訪れ、痛みで麻痺し、意識朦朧としている彼に会った。彼女はオタワにあるカナダ空軍の作戦センターと連絡をとり、センターはナイロビの空軍派遣部隊に連絡して、彼を迎えにゆき病院へ運んだ。翌日彼はカナダへ送還された。彼は死にかけており、健康を回復するまでにほぼ一年かかった。まずナイロビから、つぎにオタワから、自分は交代することになると電話をかけてきた。私は右腕を失ったように感じた。私たちはずっと行動を共にしてきたにもかかわらず、きちんとさよならも言わずに別れることになった。ブレントの交代要員はフィル・ランカスター少佐で、彼と私がまだ下級将校だった頃に一緒になって以来、よく知っている士官である。流暢なバイリンガルで、幕僚訓練を受け、経験豊かで、非常に技量のある人物だった。彼がキガリに到着するまで、私はなんとかやっていかなければならないだろう。

12 決議なし

ブレントが帰国した日の午後、停戦と空港について話し合うために、カガメと会う機会を得た。彼は、空港を攻撃しないと約束していたが、滑走路にはまだ砲弾が降ってきただけではなく、ガーナ歩兵大隊が宿舎としている空港ビルは、大砲や迫撃砲の意図的な攻撃を受けており、その砲撃がＲＰＦの陣営からのものであることが確認されていた。

町の北にある茂みや沼地をとおる新たなルートでムリンディへ向かう途中、重要地点の十字路で、私たちの車列の車二台が迫撃砲の攻撃を浴びせられた。最初の一斉射撃が車の近くに浴びせられて泥を跳ね上げただけでなく、急いで待ち伏せを突破する時に、さらに数発が当たりそうになった。この場合、十字路の支配をめぐる戦闘は終了していなかったので、ＲＰＦとＲＧＦ双方ともこの襲撃の犯人である可能性があった。

カガメは自分の宿舎の近くで私を待っていた。挨拶を短く済ませ、すぐさま本題に入った。私は空港の状況をなんとかしてほしいと言った。彼はＵＮＡＭＩＲには気をつけるように部隊に指示するが、しかし、ＲＧＦは滑走路のちょうど端にあるキャンプ・カノンベに一群の塹壕を掘っているので、必然的に飛行場は大きな戦闘の中心地になるだろうと述べた。そこで私は、空港が援助や人道支援拡大の重要な起点であることを指摘した。もし空港が完全に破壊されれば、滑走路を修復するような工兵技術はない。

ブー＝ブーがビジムングから受けとった手紙の趣旨は、バゴソラのいう停戦条件のリストと一致するのだが、それを私はカガメに話した。交戦当事者が四月六日以前の位置にまで引き下がる、というのはフランスの発案であるとカガメが話したので、私は驚いた。先週カンパラのフランス大使の主催で、ウガンダにいる外交官団が会合を開いた。ムセヴェニ・ウガンダ大統領も出席した。カガメは代表を送り、そのような戦線の後退は認められないということをきわめて明確に主張した。私がその日ふたたびその問題を取り上げたこと、そして私がカンパラの会合について知らされていないことに、彼は驚いていた。彼の考えでは、ルワンダにおける国連代表は私であり、この問題を解決しなければならないのは私なのだ。

突然、彼が別の問題を議論したがっているように思えた。彼は、介入部隊のように見えるUNAMIRの増強については好意的ではなかった。停戦が早くも行き詰まっていることや、戦場で戦果が上がっていることを考えれば、なぜ心良く思わないかは明らかだった。

私は率直に、UNAMIRから介入部隊を投入するという議論はされていないし、もし部隊が検討されているとしても、それは大虐殺を阻止するのを支援すべきものであって、その上で、停戦に適用する可能性を検討すべきだと話した。

しかし、カガメは反論した。「国連は人道主義の観点から介入部隊の派遣を探っているが、その理由は何だ」と彼は訊ねた。「死ぬ運命の人間はもう死んでしまった。もし介入部隊がルワンダに派遣されたら、私たちは戦う。ルワンダの問題は私たちが解決する。介入部隊は権力を握っている犯罪者を守るためのものだ。国際社会は貧しく罪のない人間の虐殺を非難することすらできない。国際社会は、ルワンダの問題を民族問題として思い描いているが、それは間違いだ。なぜなら、虐殺はツチ族と反対勢力に対するものだからだ。私を含めて、私が指揮するすべての兵士がそれぞれ家族を失っている。私の考えは国を分裂させることではなく、そこら中にいる犯罪者を捕らえることだ」

彼はフランスと世界の無関心を非難し、さらに国連がしかるべき時に適切な権限《マンデート》を私に与えなかったことも非難した。そして、最後の一撃として、ブー＝ブーを一蹴した。「国連事務総長特別代理はもはやルワンダでは歓迎されない。私たちは彼を認めないし、彼が留まるのなら国連との協力をやめる」と言った。私と私の一行に夜の寝床を提供すると丁寧に申し出てから、去って行った。

すでに一七〇〇時をすぎていた。直接私に対する死の脅しが語られているのに加えて、日が暮れてから、青い国連旗をつけた、見誤りようのない白のSUVで市街へ戻るのは危険であることは分かっていた。しかし今夜中にカガメの宣告をブー＝ブーに伝え、国連の三首脳に連絡をとらなければならないと思った。さらに、UNAMIRの将来に関する私たちの返答の最初の文案を再考しなければならなかった。

12 決議なし

丘を越え谷を降りる曲がりくねった道を戻る頃、闇が降りて来て、車のヘッドライトは酔いつぶれた民兵と、半分眠っているRGF兵士の配置された道路封鎖を照らしだした。あるカーブにさしかかると、漆黒の中から空一面に広がる、蛍の群れのようなものに突っ込んだ。山肌から一見したところ空高くにまで、見渡すかぎりに無数の小さな火やろうそくがまったく静穏な夜にきらめいていた。私たちは、強制移住者のキャンプに車を乗り入れたのだった。思い切って車の速度を落とし、主要道路をこの時刻になっても移動する人の群れをかき分けて進んだが、夜の暗闇の中で彼らの姿を見分けることは困難だった。私たちは敵対者と誤解されないように願いつつ、どきどきしながらゆっくり進んだ。何キロもの終わりなき道に感じられたが、その時突然、見慣れない星のカーペットに出くわしたように思うと、私たちはそこを抜け出して完全な暗闇に帰った。

部隊司令本部へ到着すると、私たちを見たヘンリーは胸をなでおろした。私はカビア博士と二人だけで話し、ブー＝ブーに関するカガメの話を打ち明けた。そして、国連の三首脳と連絡をとり、会談について報告した。ブレントが去って以来、事務総長への報告の文案が用意されて私の再検討を待っていることはなかった。オフィス兼寝室の窓のそばにある大きな椅子で、私はしばらく眠った。一時間後、新たな副官ンディアエ大尉がブー＝ブーのいるメリディアン・ホテルへ書類を運ぶ際、ホテルの五〇〇メーター手前で待ち伏せされたというニュースで起こされた。弾丸の一発が彼の左側頭部をかすめ、彼はひどい痛みに襲われた。RPFの兵士がその一帯を支配していて、その犯人であることに疑いはなかった。カガメの部隊はますます攻撃的になっていて、彼は部隊の立て直しをする時期に来ていた。それまで部隊は十分に統制が保たれていたし、レイプ事件にも即座に対処した――犯人の兵士は射殺された。略奪もこの目で見たこともなかった。ビュンバの町が陥落した直後に、上級士官の家族が皆殺しにされたとビジムングは話していた。さらにラマガナでは、あるRPF下士官が、マチェーテで虐殺された叔父、叔母、従兄弟を発見した。彼は暴れ回ってフツ族を殺し、ようやく押さえつけられた。

翌朝私はディプロマ・ホテルでビジムングに会った。壮大な庭を臨むいつもの場所だったが、今では砲撃と迫撃砲弾で一面に穴が開いていた。窓はひび割れ、爆発によって泥が飛び散っていた。カガメとの会談について話すとすぐに、MDR党の副党首フロデュアルド・カラミラがこっそり部屋に入ってきて、話に加わった。私は、インテラハムウェの指導部との面会を手配してほしい、と提案した。人道援助活動や市民の移送をおこなうなら、民兵がそれに前向きであるという印象を直接私自身がもっておきたかったのだ。なぜなら、民兵指導者たちの確かな約束を取りつけることなしに、あの障害物を越えて、行ったり来たりすることは不可能だからである。事がうまく運ばない場合には、彼らの責任を問うために、私自身が直接同意している必要があった。また私は、ビジムングがそれを拒否したので、二つの前線の間の難民の移送について直接彼らと話したかった。ビジムングとカラミラはその日のうちに会談を手配すると言った。

私は空港ターミナルにいるジョー・アディンクラ中佐と彼の大隊に会うため空港へ向かった。ガーナ大隊は、ターミナル内部を砂嚢で覆い固めて強化し、外壁をコンクリートで覆うという素晴らしい仕事をした。そのおかげでようやく、日に二便のハーキュリーズが到着するようになっていた。彼らはこれまでに二回にわたって砲撃を受けたが、がっちりした建物の彼らがいる場所はほとんど被害を受けなかった。さらに、地上攻撃にそなえてしっかりとした防御態勢を整えており、滑走路を臨む素晴らしい監視所や射撃陣地を作り、飛行場の反対側にいる支援部隊への地上通信線(野戦電話に繋がっている)を敷設していた。

それからジョー中佐と一緒に、その他の陣地を巡回した。彼は若くて優秀な大隊司令官で、鉄の棒のように、がっしりしてまっすぐな体つきをしていた。彼の部隊はとても忠実で、命令に精力的に応えた。支援部隊の隊員の多くは軍楽隊のメンバーであり、自分たちで、間違いなく大砲の攻撃にも耐えうるような、見紛うことなき要塞を築いていた。問題は、現場付近の監視と射撃能力の貧弱さにあった。彼らは塹壕を掘ることを嫌ったので、外にほとんど人を配置していなかった。私はジョーに加えて数人の士官や下士官を連れ、元のベルギー軍の塹壕へ向かった。うまく配置されてはいたが、もっと散開してその間を、遮蔽されていない、あるいは遮蔽された連絡壕で結ぶ必要があった。その時気づかなかったのだが、報道関係者も私たちに同行していた。翌日のニュースでは、はるか先の戦場を指差し、双眼鏡を手に元のベルギーの塹壕の上に立つジョーと私の姿が放送された。そこで私はくだけた調子でこう言っている。「ここに塹壕を掘らないで、あっちに重機関銃を隠しておいたら、奴らは屁をする間もなくすぐ頭の上にまで攻め込んでくるぞ」その言葉につづいて、大声の命令で兵士があたり一面を走り回り、シャベルやつちはしをもって地面の穴に飛び込み、土が宙を舞うあわただしい場面が流れた。私はこうした古典的な軍人の仕事をすることで気分が良くなった。

五月一日の午後遅く、インテラハムウェの指導者と初めて

12 決議なし

面会した。ビジムングが出席しただけでなく、バゴソラも出席しており、ありがたくも自分からやってきた。ディプロマ・ホテルへ向かう途中、いたるところにある道路封鎖、酔ってどうしようもなく興奮した民兵、今日の人殺しで誰もが興奮してしまい、跳びまわっている数百人の子供たちを押し分けて進んだ。この子供たちは、民兵の男たちがゲートを開けるのを待って私たちが停車した際に、車に石を投げ、大声で怒鳴るようけしかけられていた。ジェノシデール〔ジェノサイドの実行者〕たちとの会談にあたり、私は倫理的にも道徳的にも自分の感覚を麻痺させようとしていた。もし彼らが難民の移送に協力することを拒否すれば、誰一人として脱出させられないからである。ホテルに到着すると、彼らを銃撃してしまう極度の誘惑にかられることを想定して、ピストルから弾丸を抜き、中へ入った。

バゴソラは三人の若者を私に紹介したが、とりたてて見分けのつく特徴はなかった。私は自分がまくしたてるのではないかと思っていたが、会談の相手はありきたりの人物だった。これまで、この男たちは公式の話し合いというものなどに参加したことはなかったのだろう。これまで彼らは、ギャングのリーダー、チンピラ、犯罪者だと思われていたからだ。しかし今日は、治安に関する公式の話し合いに招かれている。彼らは成年に達しており、挨拶をする時ちょっと生意気な態度をとった。相手にきっと見透かされているにちがいないと思うほど、心臓がドキドキしていたが、私は彼らに微笑んだのを覚えている。真ん中の男の白い開襟シャツに乾いた血が飛び散っているのに気づいて、私は落ち着きを失いそうになった。握手をした際、彼の右手には小さな斑点があった。私は考える暇もなく、話題に入った。彼らは、全国インテラハムウェ総裁ロバート・カジュガ、インテラハムウェ全国委員会代表ベルナール・マミラガバ、そして特別評議員のエフェレム・ヌケザベラである。招待者側が並んだ席の末端にいたビジムングは礼儀正しかった。私たちはすぐに一同着席した。そして、バゴソラが司会し、三人の中で最も年長で母親がツチ族のカジュガが、UNAMIRとそのアルーシャ和平プロセスのための努力に対して、尊敬、賞賛、支持するという言葉を述べはじめた——この時、バゴソラは失礼と言って、返答する間もほとんどないくらい素早く、ドアを開けて出ていった。

カジュガは話をつづけ、UNAMIRへの支援を申し出た。彼は、私たちのさまざまな保護地帯をパトロールする時には、配下の若者を何人かつけるという提案をした。そして、赤十字が人道援助活動をしている間はすべての障害を通過できるようにするという命令を伝えたと言った。赤十字は人道援助活動の他にどんな活動をしているというのだろうか、と私は自分に問いかけてみた。「私たちはあなた方の思うように動きます」彼はそう言い放つと、右手に座った仲間が割り込んできて、移送の詳細について話し合う準備ができたと言った。彼はまた、自分たちは配下の者たちの虐殺を止めるよう「分からせた」と言った。私は耳を疑った。彼は実際に殺戮をしているという事実をうっかり口にしてしまったのである。カジュガが少しいらつきながら、引き継いだ。インテラハムウェは絶対にUNAMIRの何の障害にもならない、そう繰り返した。

私は彼らが支持、協力への意志を示してくれたことに感謝の意を示した。私は君たちの積極的態度に驚いたと言い、将来治安の問題については君たちに相談すると言った。彼らのシャツは誇りに溢れて張り裂けんばかりである。彼らが自分たちの意図について真実を語ったのかどうかは確信をもてなかったが、うまく対応してご機嫌をとったのは明らかであった。この約二五分間で、もう十分だった。事態の転換に喜んだビジムングが私に感謝し、私もお世辞を言い、彼ら全員と握手を交わした。

なんと吐き気がするような出来事だろうか？　私はホテルを出て、RGFの見張りに一瞥も与えずにとおりすぎ、たった今起きたことで自己嫌悪に陥っていた。それから、MDR党の副党首であるフロデュアルド・カラミラに会うためミルコリン・ホテルに足を運んだ。彼は過激論者に忠誠を誓って、党の仲間たちを襲った運命を免れていた。彼はビジムングと同じ話を私にした。それは軍人としてではなく、もっぱら暫定政府の政治的人間としての立場からである。少なくとも、彼らと調子を合わせているのだということの確証は得た。軍、民兵、暫定政府の間には関係が実際にあったのである。

部隊司令本部への帰途、私は悪魔と握手してしまったように感じた。私たちは実際に社交的挨拶を交わした。そして悪魔に、その見るも無慈悲な所業を誇る機会を与えてしまった。彼らと交渉してしまったことで、私自身が悪魔のようなおこないをしたという罪悪感にかられた。私の身体は、自分が正しいことをしてきたのかどうかという葛藤で、ばらばらに引き裂かれそうであった。その答えが分かるのは、一回目の住民移送がはじまった時だろう。

聖ファミーユ教会はキガリの地平線のランドマークである。それを取り巻く敷地は広大で、開かれており、市の中心の丘の一つの中腹斜面にあった。大砲と迫撃砲の観測をするには、理想的標的であった――それを狙って撃てば外すことはないし、外そうと思えば外せる。インテラハムウェの指導者たちとの吐き気のするような面会から帰って来た後、不幸なことにすでにブレントはおらず、彼に仕事の優先順位をつ

12 決議なし

けてもらうこともできないので、洪水のようになっているデスクワークを処理しようとしていた。仕事をする時には無線をつけっぱなしにして、部隊の無線ネットから耳を離さないようにする。そして一六四五時頃に、聖ファミーユ教会からの医療支援の要請を聞いた。敷地内の防護された場所に迫撃砲弾が落ちたのだ。

私がそこに到着するのにほぼ三〇分かかった。その光景はめちゃくちゃだった。数千人ものパニックに陥った人びとが学校と教会に避難しようとして、壁にしゃがみ込んでいるか、民兵の手にかかる可能性があるにもかかわらず、その地域から逃げようとしていた。死体や瀕死の人に囲まれて、任務遂行中のブルーベレーの姿を見ることができた。民間人の多くは明らかに赤十字の人びとだったが、大量の犠牲者の手当をしている。車から降りると、答え、安心、助けを求めるヒステリックな男女たちに阻まれて立ち往生した。最後には、国連軍事監視員たちと合流するため人をかき分けて進まざるをえなかった。群衆をかき分けて、爆弾が命中した現場に近づいた。切断された手足や頭、体を真っ二つに裂かれた子供たち、命が果てようとするまさにその瞬間に私に当惑した眼差しを向ける負傷者たち。血と肉が燃える臭いが混ざった爆発物の臭い。そしてこの大虐殺の最中にも、老人の顔には、迫りくる逃れられない死を甘んじて受けいれる一瞬の威厳が浮かんでいた。軍事監視員と赤十字のスタッフは大慌てで働いていた。血だらけになった軍事監視員の責任者は、チームの一人が、どこから砲弾が撃たれたのかを測定するための着弾点分析の計算をしており、まもなく終わると報告した。彼は、死体と爆発でできた穴の血の海の中で測量していた。

そうこうしている間に、役職にもついていない何人かの民間の指導者が群衆の一部をうまく落ち着かせた。そして、私もできるかぎり多くの人びとと話すように努めた。彼らは、自分たちを守ってくれる兵士がなぜこれだけしかいないのか理解できなかった。日中彼らの所にやってくる移動パトロールには感謝していたし、夜には何人かの非武装の部下が彼らの側ですごすことにも感謝していた。しかしそれで十分とはいえなかった。怯えた数百人もの人びとに詰め寄られ、そのうちの何人かに向かって、なぜ自分の部隊が彼らを守るために戦うことができないのか、その理由をすべて説明しようとしていたことを今でも覚えている。しかし、私の答えの複雑さに当惑し、彼らはそれをなんとかしてくれとせがんだ。一体何がそんなに複雑なのだ。彼らは戦火の中におり、私は彼らの唯一の希望なのに。

次の朝のミーティングの時間に、ようやく大統領機墜落現場の視察チームを送ること、そして国際的調査を受け入れる合意ができたことが確認された。それは一つのプロセスのはじまりであった。しかし、結局、誰が何の目的で飛行機を撃ち落としたかという謎に対する決定的な答えを、私が知ることはついになかったのである。

聖ファミーユ教会砲撃事件の報告が入った。一二〇人を越える犠牲者を出し、一三人が死亡、六一人が赤十字野戦病院、一五人がキング・フェイサル病院に避難した。次のように考えざるをえなかった。「残念なことに、この虐殺はユーゴスラビアの市場で起きたものではない――ルワンダの外で誰が気にかけてくれるだろう」この事件が起こった時、ルワンダのジェノサイドではなく、南アフリカの選挙やアメリカのフィギュアスケート選手トニヤ・ハーディングの犯罪トラブルが第一面を飾るような、苦しい時期だった。着弾点の分析は、迫撃砲は八一ミリの砲弾で、RPFの側から発射されたものであることを示していた。私は翌日カガメに会って何らかの行動をとってもらうためこの事件を公式に伝え、ニューヨークへの毎日の状況報告には、RPFが残虐行為に踏み込もうとしていると書くことにした。

ようやく、私の要望であったRTLMによるインタヴューが実現した。私は正午近くにディプロマ・ホテルに車で着いた。数日前に、RPFが放送局を砲撃で閉鎖しようとしたにもかかわらず、いままで以上に敵意に満ちた放送を再開しており、中継放送の能力はあるようだった。

三人のRTLMのスタッフがホテルの低層階の一室でセットを準備していた――白人であるジョルジ・ルギウ（自称イタリア人であるが実はベルギー人）、非常に攻撃的な女性アナウンサー、そして技術者である。インタヴューは、私の希望とは違って録音された。つまり彼らの好きなようにインタヴューを編集して使うことができるということである。私はこの出会いから何かしら手に入れようと心に決めており、彼らに向かって質問した。RPFは本当は何を目論んでいると思うのか、と。悪意をこめて、その女性は答えた。「この国を二分すること。そうはならない。すべてのツチ族は村では安全ではないだろう。RPFがアルーシャ和平合意を葬ってしまったからだ」その非論理的な答えは前にも聞いたことがあるが、その背後にあるものは？　ハビャリマナの暗殺の影響について問うと驚くべき答えを得た。この過激論者たちによれば、ハビャリマナはツチ族を守ってきた。彼は親RPF派だったのであり、彼らはハビャリマナに権力の座にいて欲しくなかった。過激論者からハビャリマナを葬り去ることを望んでいたという告白を得たのとほぼ同じであった。

私は少し話を進め、虐殺について彼らに訊いてみた。すると即座に帰ってきた答えは、RPFは飛行機を落とし、戦争

12 決議なし

をはじめたことに責任があるということであった。そして、大統領警護隊はただ「陰謀に手を染めている特定要素を一掃している」にすぎない。彼らの頭の中では明らかに、これは親ツチ派RPFによる陰謀である。会合は、ベルギー人に対するさらなる非難を彼らがおこなって終わったが、少なくとも私はいくつかの情報を手に入れた。

その午後、暫定政府から手紙が来て、ビジムングの署名で、ミルコリン・ホテルとアマホロ・スタジアムからの住民移送に合意するとあった。ヘンリー、ヤーチェ、そして人道支援部門のメンバーあるドン・マクニール少佐とアンドレ・デマース大尉（二人ともカナダから来た新しい士官である）に率いられたUNAMIRのスタッフは、次の日に予定していた住民移送についての細部を円滑に進めるため民兵、RGF士官との合同会議を開いていた。その詳細は、私たちがミルコリン・ホテルからキガリ郊外のRPFの前線の背後まで、親RPF派の人びとを移送するというものであった。それはフツ族の戦士が実際に道を空け、統制がとれているかどうかを見極める最初の試みであった。五月三日には、キガリ全域で、中口径のロケット弾を含む大砲や迫撃砲による相当な撃ち合いがあった。さらに多くの砲弾が聖ファミーユ教会に着弾したが、今回は、あまり犠牲者はでなかった。午後遅くに、飛行場の格納庫区域を四発から五発の砲弾が襲った。この攻撃で三人のガーナ人兵士が負傷して避難する必要があったが、悪天候のためハーキュリーズはキガリに着陸することができず、負傷者は夜明けの便まで待たねばならなかった。

しかし、それ以上に悪いことがあった。住民移送の試みがミルコリン・ホテルの外でトラブルに巻き込まれ、トラックに乗っていた七〇名のツチ族指導者の命が危ぶまれる事態となったのである。彼らを守るために、ドン・マクニール少佐は襲いかかってきそうな民兵とトラックの間に割って入り、もう少しで殺されるところであった。輸送を担当していたガーナ人兵士の多くも同時に殺されかけた。部隊無線ネットを通じて、私はマクニールに正当防衛で武力を行使できると注意を与えた。だが、彼は危害を加えるような方法を使わずに、交渉をすると言った。（この行動によって、マクニールはカナダ政府から殊勲勲章を授与された。）彼らはミルコリンに引き返さねばならなかったが、それはさらに危険な結果をもたらすことになった。なぜなら、トラックに乗っていた何人かの重要人物の身元がRGFと民兵に知られたからである。私はその夜襲撃があるのではないかと心配した。実際、ホテルは日没に銃撃されたが、窓が壊れたりプールの周辺が粉々になったりしたことを除いては、被害はさほど深刻ではなかった。私は、ミルコリン・ホテルに六人の国連軍事監視員とチュニジア兵を連れて駐留していたモワグニー少佐と、一晩中連絡をとり合った。
部隊司令本部もまた攻撃を受けていた。敷地内に落ちた砲弾は数台の車を破壊し、作戦室の窓を何枚も吹き飛ばした。次回の攻撃に備え、防弾チョッキとヘルメットが必須だという声が飛んだ。私が驚愕したのは、ほんのわずかな戦略的優位性を確保するために両軍が使用した砲弾や迫撃砲弾の量の多さであった。多くの砲撃は歩兵行動とは連動していないようであった。それどころか、交戦当事者は市内でも市外でもより良い位置を占めようとしており、RGFはキャンプ・カノンベのキャンプと飛行場の東側周辺で態勢を増強していた。一方、RPFは北側に迂回していた。戦闘は司令本部と空港の間の地域で激しくなり、私たちは周囲の爆発で被害を受けていた。司令本部の最上階の廊下の突き当たりには小隊の寝室があり、それはちょうど屋根の上のマシンガンの真下にあったのだが、対戦車ロケットが打ち込まれた。そこを寝床としていた五人のガーナ人兵士は、爆発のほんの数分前にそこを離れていた。四フィートから五フィートぐらいの大きさの穴が何部屋かを貫通しており、もし誰かいたなら生き残ってはいなかっただろう。
ニューヨークで進行している状況に関して何も知らないことに気づいた。朝のミーティングの前に、夜間に届いたファックスに目をとおした。そして、国連のルワンダ常任代表からの五月二日付けの手紙のコピーを読んだ時には、すさまじい憤りを抑えなければならなかった。それには、政府は殺戮を止め、人道的理由から戦闘を終わらせる速やかな行動を望んでいる。そして政府は「その作戦の成功に完全な協力を提供するが、その作戦は、ルワンダ国家の主権と法の原理を尊重して、遅延なく計画されるべきである」(傍点は筆者の強調)
他の暗号ファックスは前回の午後の安全保障理事会での審議の要旨であった。机上でおこなわれる理事国メンバーのお遊びには当惑した。フランスは近隣諸国、OAU、あるいは国連のいずれかの介入に賛成した。イギリスは、安全保障理事会は「強硬措置」や「介入」といった言葉の使用を避けるべきだと言った。中国は、イギリスの立場を支持した。ロシアは前進させる唯一の方法は、OAUの関与を強めることだと言った。ニュージーランドは「強硬措置」という言葉は保持すべきだと主張した。合衆国は、常任理事国からの選ばれたグループがルワンダへ行き、必要な情報を直接入手することを提案した。ナイジェリアは、そのような行動はいかなる決定も、少なくとも一週間は遅らせてしまうという理由で反対した。すべてのメンバーは国境を越えた人道援助活動と武器禁輸を支持した。誰かが、ブトロス＝ガリが安全保障理事会

12 決議なし

議長にあてた五月三日付けの書簡で、安全保障理事会が部隊撤退に関して誤った決断をしたとほのめかしているのは「不適切である」と言った（その手紙は四月二〇日の議長報告に応じて要求されたもので、UNAMIRからの多くの情報によって準備されたものであった）。しかしながら、本当に腹立たしいことは、彼らが非難することに時間を浪費していることであった。一体何を考えているのだろうか？　なぜ彼らは、OAUの部隊にはほとんど装備もなく、何の戦略的な助力もないのに、OAUに責任を押し付けようなどと考えつくのだろうか？

負傷したガーナ兵を迎えるためにハーキュリーズが夜明けに到着し、私は彼らを見送るためにターミナルに行った。ハーキュリーズが滑走路へと戻ってゆく時、複数のロケット弾が、支援中隊が宿舎にしていた大きな格納庫に命中した。そして、別のガーナ兵がひどい傷を負っているのでハーキュリーズを待機させておくようにと、慌てふためいた無線の呼びかけがあった。私は飛行機に数分待ってもらうよう副官に命令した。

それまでも何回も危機一髪の経験をしてきたので、パイロットたちは地上にいるのが非常に不安だった。ターミナルの前で待つ間も、彼らはエンジンを回して、タラップを開けたままにしておいた。国連の車両が弾むようにさえぎるもののない戦場を突っ切って走ってきた。医者が兵士を診て、彼を飛行中安定させることができるようにするため、兵士が車に運び込まれた。飛行機はもう二〇分以上地上に待機しており、その間にさらに多くの弾が飛行場を横切って着弾した。私は医者に、患者を飛行機に移すように急かした――カナダの航空避難看護師たちが搭乗しており、彼の世話をすることができるが、どうしても燃え盛る火の玉が飛び交う中で、乗組員と一緒に他の傷ついた兵士たちを死なせることはできなかった。私はひどい怪我をしているガーナ兵を残して、飛行機に出発するよう手を振って合図しようとドアに向かった。すると、白衣を着た医療助手、医者、兵士の一群が、傷ついた兵士を応急の担架に乗せて飛行機のほうへ走り出した。乗せるまでに二回も彼を落っことしそうになった。飛行機はタラップが完全に上がる前にすでに滑走路にいた。おかげですべての負傷した人間が生き延びたのである。

被害状況を見るために飛行場の反対側に行った。確実に格納庫がロケット射撃の標的とされており、ロケット弾が飛行場の端に広がっているキャンプ・カノンベから発射されたことは明らかだった。ビジムングは何をして見せようとしているのか？　あるいは、もっとありそうなこととしては、バゴソラとあのキャンプを基地にしている降下特殊部隊は何をしようとしているのか？　私たちを追い出したいのか、そしてもしそうなら、次に何が起こるのか？　バゴソラは、国連でのお遊びの状況、安全保障理事会がふたたび私の部隊増強を討議していることを、私よりもよく知っているのだろう。彼は国連が増強の決定を下さないうちに、私たちを脅して追い払おうとしていたのだろうか？

その日の残りの時間は、定例パトロールを安全地帯でおこない、赤十字が援助物資を配布するのを支援したり、前日の住民移送の完全な失敗の痛手をいやしたり、すべての協定違反者への抗議文書を書いたり、私たちの将来についてPKO局の情報を得たりすることに費やした。とても嬉しいことに、その日のハーキュリーズ第二便がなんとか安全に着陸し、離陸した後で、とても大きな箱がケベック・シティから私のオフィスに配達されてきた。ベスと、新しいカナダ人士官リュック・ラシーヌの妻が、数百ドルの価値があるピーナッツバター、チーズスプレッド、ジャム、クラッカー、チョコレートバー、ナツメ（私のお気に入り）とその他の菓子を買ってくれたのである。そして、ベスはオンタリオのトレントンにある基地を飛び立つ補給任務のハーキュリーズを見つけ出し、考えられる言い訳のかぎりを尽くして、その機にこの箱を乗せた。それは家からキガリまで無傷で届いた。私は数時間かけて菓子を皆に分けた。軍人の妻たる女房は、私たちがそれを分け合うことを知っていたので、私宛の小箱を中に隠していた――それはピーナッツバターの私個人用小箱であった（カナダ軍はピーナッツバターで部隊を動かしていた）。私たちはスプーン一杯ごとにゆっくり賞味した。

五月五日は、それまで市のいたる所で、砲火、ロケット弾、迫撃砲火が激しく飛び交う最も激烈な日だった。昼頃には、弾丸が両軍のいるあらゆる方向から飛んで来た――国家発展会議、空港ターミナル（そのため一便が荷を降ろさずにナイロビに帰った）、ミルコリン・ホテル、聖ファミーユ教会――そして、私たちがいる場所は、防衛装備の不足のためにどこも十分に守られていなかった。部隊の神経はかなりすり減らされ、自分たちが守っている人びとを空からの脅威から助けることはできない、という無力感で疲れきっていた。私は巧みなごまかしをおこなっている指導者たちに会って、思い切り抗議をしようと出かけた。私たちが両軍の標的になっているにもかかわらず、両方とも、私たちにここに居てほしいと言った。私は現場も、私たちが保護している人びとも見捨てたくなかったが、非武装の軍事監視員には砲弾を威嚇することなどできないのだ。

その日の遅くに、人権高等弁務官ホセ・アヤラ＝ラッソと調査チームが五月九日にキガリに来ることを知った。すばらしいニュースだった。私は指揮官と幕僚に、人道に反するい

12 決議なし

かなる犯罪でも目撃した要員はすべて、彼に会えるようにしろと指示した。そして彼をカガメに会わせ、政府側では少なくともビジムングに会わせなければならない。アヤラ＝ラッソは、驚くべきニュースを聞くことになるだろう。

私はまた、ベルギーの外務大臣からの手紙のコピーを渡された――リザが送ってくれたのだが、おそらくはブラック・ユーモアのつもりだったのだろう。手紙でウィリー・クラースは国連事務総長に、国連はルワンダの病院とNGOスタッフを保護しなければならない、それと同時に、大虐殺の責任者は処罰なしにはすまないようにしなければならない、と指摘していた。クラースにも彼の政府にも、人間の品位というものはないのか？　彼らはきっと口をつぐんではいられなかったのだ。

午後遅くにようやく、私たちの作った「UNAMIRの将来の権限と部隊編成に関する提案」に署名した。それは、安保理が軍事、人道援助、政治の面で増強することを決めた際に、必要となるものの詳細なオプションを分析したものである。私はここであらゆることを並べ立てた。後にこのプランを検討した専門家が、これが実施されていれば、虐殺を止め、中央アフリカに安定を回復させることもできたと同意したものだ。私に言えることは、このプランを進めることは、要するに私たちが、世界は正しいことをするだろうという希望を抱いてもう一度生きることが可能になるということである。しかし私がそこに並べたものはどれも実行されることはなかった。その時は、「もうこれ以上先送りはできないだろう。私の部隊は毎日のように砲撃にさらされており、政治担当は作戦の詳細な構想とプランをもっており、あと必要なものは安保理の承認だけだ」と考えていた。

しかし、木曜日にそれを提出したが、翌日は金曜日で、週末になった。安保理がそれを手にするのは最短でも月曜日であり、その間に数万人のルワンダ人が死ぬだろうし、数十万人が山中の宿泊できるキャンプサイトへと移動しているだろう。雨の中を、泥と恐怖にまみれて。もう一週間もモタモタしていることはできなかった。モーリスに憂鬱な気分を少し打ち明けると、彼は仕事に精を出して最善の希望を失うなと言った。国連では彼に力はなかった。彼は、役に立たない政治的名誉職、無関心、停滞の重みで泥沼にはまって沈みかけている組織の、事務総長軍事顧問にすぎない。前ユーゴスラビアの派遣団の編成とソマリアでの大失敗、そして国連第五（財政予算）委員会からのほとんど無に等しい資金と援助の間で、UNAMIRはまたもやただただ状況悪化の一途をたどる壊滅的失敗に終わりつつあった。

モーリスがこの新しい紛争の時代が引き起こした苦難と破壊に直面していることを私は知っていた。そしてある時など、戦争地域でマラリアに感染して死にかけたこともあることも知っていた。なのに、どうして彼は嫌気がささないのか？ ここ数ヶ月、私たちの間には深刻な意見の相違があったが、それでも私は彼を高く評価していた。しかし、どうやって私は世界を動かして行動させる方法を見つければよいのか？ かつてはとても魅力的だと思えた風に乗って、死臭がたえず鼻を刺す暮らしをしながら、考え込まざるをえなかった。何が導火線に点火して、ここまでの堕落と邪悪の一切を引き起こしたのか？ そしてなぜ私たちは、罪もない人びとに対してなされる残虐行為を前にしてこれほどまでに腰抜けで、びくびくし、自己中心的なのか？ 翌朝私は机に突っ伏したまま目が覚め、敷地内にある木々にとまる鳥のさえずりによって、昏睡から引き戻された。脳裏をよぎった考えは、今日はもっと多くのルワンダ人が死ぬだろうということだった。

ブー＝ブーはアルーシャでの停戦会議の情勢についてアナンに報告書を送り、(私ではなく)カビア博士にコピーを渡した。なんという馬鹿げたことだろうか？ 二通の停戦合意書が存在するということが判明したのである。タンザニアとOAUが両方の合意書にサインしていたが、暫定政府とRPFはそれぞれ異なる文書に署名していたのだ。ブー＝ブーと外交官たちは暫定政府の署名がある方に署名するようRPFに求めたが、案の定RPFは怒って拒否した。なぜこのご立派な権威ある人びとはこぞって、RPFに暫定政府と交渉するよう説得することなど決してできないということが理解できないのか？ RPFは直接軍との合意には署名するかもしれないが、ビジムングは大のツチ嫌いであり、殺人者でさえあるので、暫定政府に見切りをつけて、カガメと直接交渉することもできないのである。

報告書の第二部で、ブー＝ブーは、RPFが彼を暫定政府の協力者であると非難したことにひどく不満を漏らしていた。カガメに対してブー＝ブーを擁護しなかったとして私を批判し、RPFは彼を罠にはめようとしていると主張していた。私は、カガメに会った時ブー＝ブーの名を出したら、ひどく罵倒していたというニュースをアナンに送り返した。これが誰にも変えようのない、ブー＝ブーについての見解だったのだ。

五月七日は土曜日だった。RPFはキガリを迂回して南に向かい、集結していた。RGFはまだ狂ったように新兵を徴募しており、ルヘンゲリとキガリの北側で繰り返される攻撃を撃退していた。飛行場とターミナルの周辺での戦闘は非常に激しく、私の位置を「無効化」しようとして両者がする空約束にはもううんざりしていた。カバレのUNOMURが保有するヘリコプターはすべて壊れ、修理のために間違った部

12 決議なし

品が送られてきた。国民抵抗軍《NRA》〔ウガンダ軍〕がいまだに護衛を手配できないふりをしていたために、私の部隊は五つの主要交差点の監視活動にかかりきりだった。RPFとNRAはあからさまに結託して、この戦争を遂行していたのである。

　私はガーナ兵を激励するために車で飛行場まで出かけることにした。銃撃が激しく、多くの必要とされる水、薬、食料の入った朝の貨物は、まだ滑走路の真ん中の荷運び台の上にあった。部隊司令本部への帰路に、数人のさまざまな風体の民兵が設置した新たな道路封鎖に出くわした。もううんざりしていた。署名された合意書には、飛行場までの道はとおれるようにしておくことになっていた。そして、様子をよく見ようとスピードを落とした――わずかのプラスチック製の籠を路上に置いてうろついている一〇人ばかりの若者がいた――それから、私はアクセルを踏んでそれを突き破った。籠は宙に跳ね、完全にびっくりして民兵は飛び退いた。司令本部に戻ると、ティコが手持ちぶさたにしていたので、彼に護衛を頼んで、問題を解決しに行った。憤慨した民兵たちも、筋骨隆々とした男たちの一団を引き連れてティコが近づくと、おとなしくなった。ティコはプラスチック製の籠に座り、AK47を抱えた、皆一六歳にも満たない子供たちを集めた。彼の説得がきわめて巧みだったおかげで、その若者たちは引き上げることを決め、握手を交わした後、この区域内には戻ってこないと約束した。彼らは二度と戻ってこなかった。この話に気分は良くなったものの、五〇〇〇人の部隊とこれだけ能力のある士官がいれば、一体どれだけのことができただろうか、そう思わずにはいられなかった。

　もう一度私はディプロマ・ホテルに戻った。今回は、その月ほぼキガリにいなかったことが目立った国防大臣オーギュスタン・ビジマナに会うためであった。彼は組閣に専念していると言っていたが、私は彼が、ビュンバで家族と財産を失うという個人的問題に対処していたことを知っていた。

　今になってみれば儀礼的とも思える不満を言ったり約束したりということを一通りした後で、新しいUNAMIRの計画を話した。私は、大幅な増強を求めているものの、介入部隊にはなる気はないと言った。彼はすぐに応えて、一つのルワンダがあるだけで、国がツチとフツの領土に二分されているわけではない、と言った。だが、どうして彼らは二つのルワンダという考えをもったのだろうか？　私が言ったわけではなく、もちろんカガメが言ったわけでもない。この国の未来はキプロス型になるだろうという私の考えを知っているのは、PKO局の人間しかいない。彼らは、過激派のルワンダ代表が居座る国連安保理と、その可能性について意見を共有しているのだろうか？　好きなように言わせておけ。

加えて私は、増強された場合には飛行場の中立を守るため、大隊を展開することになるだろうと約束した。彼は、その情報は彼が組閣をするのに役立つと言った。そして、数発の迫撃砲弾がこの地域に降ってきたので、彼は会見を終えて、身を隠しに向かった。私はこの時もまた、自分の上司が何を計画しているかについて、自分よりも過激派のほうがよっぽど良く知っているという気がした。

その後まもなくして、私はカガメとの会議に向かった。途中、衣服と捨てられた生活雑貨の山をよけながら、護衛と共に田舎を車でゆっくり進んだ。私たちは新しくＲＰＦの支配地域となった地にいた。そしてその光景は他の場所と同じくらい恐ろしいものだった。多くの待ち伏せ場所と殺人の現場は時間がたっていて、これはＲＰＦの仕業とは思えないが、いくつかの小屋があちこちで煙を上げていた。小川を横切って浅瀬に到着した。かつてここには小さな橋があったのだが、それは破壊されていた。しばらくの間、浅瀬を守っていたＲＰＦの兵士たちが、なぜ糸のついていない長い竿で釣りをしているのだろうと思っていると、膨らんだ青黒い死体が川の土手に山のように積み重ねられているのに気づいた。小川がとても浅かったので、兵士たちは死体が流れをせき止めてしまわないようにする仕事をさせられていたのである。その臭気は息が詰まるもので、まだ消化されていなかった昼食を吐いてしまった。疲れているか、うんざりした兵士たちが、ヴィクトリア湖へと注ぎこむ一番近い川へ、悪臭を放つ死体を流すために、死体を竿で押して浅瀬をとおそうとしていたのである。内心では司令部の防護壁の中に帰りたかったが、車を水の中に突っ込ませ、目的地まで道を進みつづけた。カガメは戦術司令部をビュンバに置いており、そこまではムリンディの彼の住居よりもずっと行きやすいのだ。

私は、いまだにミルコリン・ホテルで孤立しているツチ族と穏健派フツ族についての懸念をカガメ将軍に表明した。というのも、ＲＰＦが市内のＲＧＦ陣地への攻撃を止めなければ、彼らを殺すとビジムングが脅迫してきたからである。カガメは非常に実際的で、冷静沈着な戦士を絵に描いたような人物である。彼はこういった。「やつらはまた古臭いゆすり戦法を使ってきているが、それはもはや通用しない。この戦争では多くの犠牲者が出るだろう。この戦争の大義のために難民が殺されることになれば、彼らはその犠牲になったのだと考えられるだろう」私は思わず、彼の部隊も、私たちの保護地域にいるフツ族に何らかの報復をおこなうつもりなのか、と聞いた。彼は、戦いが悪化する一方なので、そこにいる民間人をキガリの外に出すように言った。空港の問題に関しては、中立化合意を解決するために精一杯の時間を私に与えた。しかし作戦計画の延期や変更はもはやできない、と彼

12 決議なし

は言った。彼は、UNAMIRの陣地それ自体を標的にしてはいないが、戦火の中で、私の部隊が被弾する可能性がある、と言った。実際、すでに被弾しているのだ。私は、人道支援目的とカナダ軍の傷病者空輸の場所を守るために、空港に留まる以外には選択の余地がないと伝えた。無表情に座ったままでそれには答えず、非常に落ち着いた様子で、呼吸するたびに彼の薄い胸がわずかに動いていただけだった。

それから私は、新しいUNAMIRのコンセプトを彼に説明した。多分、彼が国連に送った代表から詳細な説明はすでに受けていたのだろうが、私の説明に注意深く耳を傾けていた。彼の答えに私は茫然とした。「異議はない」彼は言った。「UNAMIRが強くなって戦う準備をすることを提案する」彼は急に立ち上がり、握手をして出て行った。

日はすぐに暮れそうだったので、真っ暗になる前に司令本部にたどり着こうと帰路を急いだ。結局着いたのは日没後だったが、途中で事件が起こったり危機一髪の状態に陥ったりすることはなかった。私はようやくその夜、本部の建物の中にある作戦室のテーブルに座り、どこからか手に入れたお茶を一杯飲んだ。自分の仕事は、UNAMIRが一歩前進できるよう事務総長のために準備する「覚え書」の草稿に目をとおすことであった。本来、覚え書とは、国連がある問題を、公式の決議にする必要がある公式の事務として扱うことなく、検討する手段のことである。もはや私は抜き差しならないところまできており、指令《マンデート》に関する討論でできるだけ支持を集めるために、覚え書を提出するところまでPKO局は追いつめられていた。一体全体どうして自分たちがそんな立場になったと思っていたのだろうか？　彼らは、私の状況報告、評価、そして全部見られないほどの分析を受けとってきたのだ。だがさらに、彼らは私に明日までに覚え書のための情報を求めてきた。

私のことを、世間知らずの楽観主義者と呼んでくれても結構である。しかし、この草案のでき栄えは良いように思えた。事実、私がずっと勧告してきたものに非常に近いように思えた（まさしくそうだったので、幕僚の一人が皮肉っぽくこの草案について「これは上出来だ、一杯やりましょう」と言ったほどである）。彼らが返答の中で、「作戦が実行可能な最低人数」五五〇〇人の部隊という私の選択を提案しながら、他方では、その機能については八〇〇〇人規模の部隊で遂行されるべき任務を述べているという事実を、私は好意的に受けとめた。私の作戦構想、私の計画、私の考えた役割配置を一括して基本的に受けいれてくれたことに感謝の意を表し、両方の交戦当事者がUNAMIRの増強という考えを承諾したことを報告した。また、覚え書きによって緊迫感が高まることになる——いまだに危険にさらされた多くの人びとがおり、できるだけ多くの人びとを助けなければならない――そのように主張した。そのうえ覚え書きは、部隊を集めるために通常の手続きを踏むべきではなく、加盟国が作戦に従事する旅団編成で部隊を提供すべきであると勧告までしていた。発展途上国の中には部隊を送る用意のある国もあったが、それらの国から訓練されておらず、装備も不十分な部隊を受け入れる余裕はなかった。この覚え書は、たとえ停戦合意の署名や空港の中立化の合意がなくても、派遣団を増強することを承認していた。うれしい知らせだ。

新しいUNAMIRの最初の仕事は人道上の危機に取り組むことである、そう私は主張した。覚え書は、人びとに安全な境遇を提供し、人道支援物資の安全な運搬をおこなうことについて言及していた。その基礎となるのは、すでに私たちが保護地域にしている場所だけでなくこれから作りあげる安全地帯と地域を脅かす人間や集団に対して自己防衛することである。これは、強力で、高い機動力をもつ部隊による積極的防衛を認めているように読める。私は、これらの部隊が対応することになるリスクの水準を明確にするよう求めていた。私が求めたのは第七章による指令《マンデート》ではなく、私が受けている第六章と第七章の中間である。それは自己防衛のみならず人道に反する犯罪を防ぐための攻撃的行動を認める指令である。キガリ市内の安全地帯、人びとが避難している国内の教会、スタジアム、学校の「安全を確保する」という言葉が欲しかったのだ。また、国内で家を失った二〇〇万人の人びとに「かなり高水準の安全」を提供することができるだろう。私は読み進むにつれて元気が出てきた。確かにそれは覚え書にすぎないが、とうとうPKO局が正しい指令と手段を私たちに与えようとしているように思えた。次の朝、私はコメントを貰うためにコピーをカビア博士をとおしてブー＝ブーに送り、暗号ファックスにサインした。

もしもその後数日間のうちに、RPFが飛行場を攻撃すればどうなるかについて、詳細な戦術分析を書いた後でも、私の気持ちは高揚したままだった。しかし、朝目が覚めたら、ミルコリン・ホテルにいる人びとが一人残らず夜のうちに虐殺されたという知らせを受けるのではないかという恐怖は、ぬぐいきれなかった。私はモワグニーに電話をかけた。彼はRGFの兵士、憲兵、インテラハムウェを追い払い、頼りになる士官であることを何度も証明している。ホテルでは一度、民兵が建物を突破して、ツチ族を探してドアを蹴破ったことがあった。しかし、モワグニーと丸腰の士官たちは、決然としたチュニジア兵の支援を受けて、危害を加えられる前に民兵に立ち去るよう説得することができた――ホテルの支配人がワインセラーから多くのボトルを巧妙に気前よく民兵に与えたことも効を奏した。

ＵＮＡＭＩＲ２の草案はニューヨークと私たちの間を飛び交った。五月九日、私はハーキュリーズの飛行を中止せざるをえなかった。いずれかの便でアヤラ＝ラッソと調査チームが入国することになっていたのだが、空港の中と周辺での重砲火と機関銃の銃撃があまりにも激しくなったためである。その日ＲＰＦは、保護区域を含む、市内の多くの場所を砲撃した。アマホロ・スタジアムでは、ガーナ人の二等兵が自分の部屋に入ろうとしたその瞬間、迫撃砲弾がスタジアム内で炸裂した。破片が窓から飛んできて、国連の防弾チョッキで守られていない脇の下を直撃し、心臓にまで達していた。即死であった。多くの民間人も怪我をした。ヘンリーはアクラにいる上官にすぐさま電話をかけ、派遣団がここに留まることできるかぎり増員する必要があると訴えた。

その日の午後遅くに、キガリ病院で社会福祉大臣に会うために呼びだされた。正門で車から降りると、彼はヒステリーの頂点にあった。眼前には、混沌と恐怖の情景が広がっており、私は狼狽した。

三、四回にわたってＲＰＦが病院の敷地内を砲撃したのだ。現場では煙がまだ漂っており、太陽のまぶしい光を遮り、いたるところが残虐行為の悪夢の光景に変わっていた。三〇人ほどの負傷者の避難所として建てられていた、大型テントの真ん中に一発が着弾していた。職員は黒焦げになった死体のかけらを片付け、その周りにあったテントを後方にどかせようとしていた。近くの壁で囲まれた敷地の中に、薬局と診療所があった。玄関の窓口は針金が張り巡らされており、処方箋によって調剤してもらおうと人びとがその前の壁伝いに列を作るのであろう。黄色いペンキで塗られた平屋の建物は、窓ガラスがすべて吹き飛んではいたがなんとか建っていた。近くでよく見て驚いた。壁に血と土でできた人、女性の、子供のシルエットが残っていたのである。それはヒロシマの原爆の光景を見るようだった。四〇人以上の人が壁に向かって立っていたので、砲弾の爆風で硬い建物に打ち付けられたのだ。空中でばらばらになった人もいる、と医療関係者は言った。生存者はいなかった。

私はその大殺戮を許せなかった。砲兵将校として、爆発がどんな種類の標的にどれほどの破壊力をもつかを知っていたが、人間に対してこれほどの衝撃を与えるとは想像できなかった。私にとって抽象的な「訓練」の時代は終わったのだ。年齢に関係なく数百人の人びとが泣き叫んでおり、スタッフが負傷者全員の手当をしようと走り回っていた。涙を浮かべ狂ったような身振りで、社会福祉大臣は、ＵＮＡＭＩＲと私がこの蛮行の共犯者であり、私がこの光景を決して心から消し去ることはできないだろうと叫んだ。その時、副官がモトローラをもって飛んできた。声の主はヘンリーだった。部隊司令本部が重砲の攻撃を受けているという。

私たちは障害物にイライラしながら街を駆け抜けた。あまりに激しい怒りがこみ上げてきて、一目見れば民兵も、私を止めようとしても割に合わないと思ったにちがいない。司令本部に近づくと、爆発の煙がまだもうもうとしており、門をくぐる時に三〇〇メーターほど離れたところに砲弾が落ち、地面から爆発の柱が飛び上がって四方に飛び散った。数台の車が破壊されていた。建物の窓ガラスの大部分が割れていた。本部に足を踏み入れると、道路付近の敷地の端に二発の砲弾が着弾した。スタッフと民間人の全員が中央のロビーに固まっていた。ヘンリーから状況説明を受けていると、敷地内のまさに扉の外で砲弾が一発炸裂した。後になって、メディアで放送された攻撃場面を見て非常に驚いたことは、砲弾が炸裂した時、私の周りの人間はたじろいでいたが、私はあまりに集中していたのでじっとしたままでイライラしながら彼らが立ち上がるのを待ち、状況報告に戻っていたことである。約一時間後に私は警報の解除を出した。後始末が大変だったが、幸いにも一人の負傷者も今回は出さなかった。

スタッフにいくらか激励の言葉を与え、持ち場に戻らせた。そして、UNAMIRとRPFの連絡将校フランク・カメンジに外についてくるように言った。人に聞かれないようにして、私は彼を叱りつけた。激しく罵りながら、即時撤退と世界的スキャンダルの両方で脅しつつ、私は翌日カガメに会わなければならないと主張した。このようなスキャンダラスで不名誉な行動が直ちに止められないのであれば、この掃き溜めのようなルワンダにこれ以上の部隊を送り込もうと思わない。そして、フランクに会談を設定できるまで、本部に戻ってくるなと言った。

翌日ビュンバにおいて、UNAMIRに対する攻撃、キガリの病院での虐殺に対する私の激怒に対してカガメは、ギコンゴロでのツチ族学生の大量虐殺を含むおぞましい話を持ち出して対応した。彼はより厳格な規律を部隊に適用することに同意し、私の司令本部との連絡チームに直接指令を出し、私たちに対する誤った攻撃を止めさせるために必要な連絡をとると言った。私は約一時間でそこを離れた。彼の言葉を信じたいと思ったが、まだ心配だった。

ヘンリーは公式文書を私に提出して、カガメが空港奪取の戦術計画を実行に移すと警告してきていたことを指摘した。ヘンリーには、そのような脅威に対して空港の私たちの陣地を放棄しないでいることには、任務上大きな利益はないように思えたようである。その日の遅くにヘンリーと面会した際、私は、空港から撤退したら、RPFは私たちが二度とそこに

12 決議なし

戻れないようにするだろうと主張した。ヘンリーは私の意見に同意したが、空港から彼の部隊を撤収するようアクラから圧力をかけられているということを教えてくれた。彼はその翌日のほとんどの時間を彼が率いるガーナ兵と行動を共にした。

その日、カナダからの最後の増援部隊が、分遣隊司令官マイク・オーストダル中佐に率いられて到着した。会うのを念願していたフィル・ランカスターもやはりその日に到着した。その他にジョン・マコマー少佐、サルト・ルブラン大尉、ジャン＝イブ・サン＝デニス大尉、アンドリュー・デメル大尉、ネルソン・タージョン大尉らカナダ人士官が到着した。それから数時間後には、早速司令本部で仕事についてもらった。その後彼らは、UNAMIRでの外地勤務期間中、身を粉にして働いた。私はソマリアから転任してきた三人の将校のうち二人ビュシエールとリードを――プランテ少佐には残ってもらった――を任務から外し、十分に任務を遂行したことに感謝の気持ちをこめて、帰国させた。ドン・マクニール少佐とルーク・ラシーヌ少佐は四月の後半、ブレントが病気になる直前に、カナダからやってきていた。そして、二人ともその翌年ルワンダにおいて素晴らしい働きをすることになる。

その日、人権高等弁務官アヤラ＝ラッソがルワンダにやってきたので、状況を報告した。彼はできるかぎりさまざまな場所に巡視に出かけ、恐ろしい光景を目の当たりにした。今回が、彼が弁務官に任命されて以来、人権の惨状を視察する最初の訪問であったが、彼は怒りと嫌悪を隠せなかった。事実確認のための訪問を終えて、彼は、自分がルワンダで見たものはジェノサイド以外の何ものでもないと断言した。最終的に彼が作成した報告書は、これまで私たちが知るかぎりで最も正確にこの出来事を説明したものであった。彼はできるだけ早く人権監視員を送りたいと言ったが、その危険性もよく分かっていた。カガメは彼にそうするよう勧め、支援したいと言った。RGFはあまり乗り気ではなく、その件については追って返事をすると言った。

五月、私たちがぐずぐずしているうちに、大臣たちも含めた政府内の多くの過激派が、フツ族住民の武装化を促進し、ツチ族や反乱軍の侵入を防ぐための道路封鎖の活動をさらに増やすことを要求するようになった。UNOMURの報告によると、RGFはキヴ湖をわたってボートで、陸路ではザイールのゴマやブカヴから、物資の補給を受けている。また、ルワンダ中の街で新たな虐殺が起きているという報告も入ってきた。フィリップ・ガイヤールは、暫定政府が設置されているギタラマの隣にある、カブガイの大規模な宗教施設で数千もの人が殺害されたというニュースを電話で伝えてきた。

カビア博士がニュースをもって会いに来た。それはブー＝

ブーがまたナイロビへ行き、さらにパリへ行ってブトロス＝ガリに会うという話であった。それは一体何のためだと尋ねると、彼はそういった協議はいたってよくあることだと言った。私は覚え書の最新版にブー＝ブーのコメントが必要だと言った。特にアメリカがこれを反古にしようとして、熱心に動いていたからである。私は、ルワンダで強制移住させられた人びとが集まっている場所に、安全地帯を設置するよう要求した。合衆国はその代わりに、国の周辺にイラクのクルド地方のように安全地帯を設定するよう求めていた。その方が部隊にとって安全だろうとアメリカは言ってきた。しかし、その考え方がクルド地方で機能したのは、クルド人の大部分がもう既に一般安全地帯にいたからである。それに対してルワンダでは、生命を脅かされている人びとは、いずれの国境沿いの安全地帯にもたどり着くことはできない。なぜなら民兵や武装した市民が、わずかな距離にでもいちいち交通遮断線を設け、無謀にもそれを越えようとする者を皆虐殺していたからである。その上、イギリス代表の主張によると、いかなる決定がなされるにしても、もっと公式の報告書が必要であり、その報告書には予算の見積もりまで盛り込まれる必要がある。PKO局はその報告書を書かなければならず、それから安全保障理事会がそれを検討することになる。［ニュージーランドの］キーティング大使は、私が主張する第六章と第七章の中間では不十分である——第七章に基づく任務が必要とされている——と主張していた。私はこの紛争に介入したり、または第三の交戦当事者となったりしたいとは思ってもいなかった——必要なのはただ人道援助活動という課題を安全におこなうに足る権限と火力であった。三首脳との話し合いで、新たな指令《マンデート》を得るための戦いを強めなければならないことは明らかであった。

それからさらに四日間、アメリカは次々と難題を吹っかけ、イギリスがそれを控えめに支持する役回りを演じた。フランスはＵＮＡＭＩＲ２を支持するとしたものの条件付きだった。非同盟諸国は決議の遅れに憤激していた。そしてＲＰＦは、私たちに反対する声明であるようにも受けとれる中立書を安保理に提出し、ＵＮＡＭＩＲ２は虐殺を止めるのにすでに手遅れであり、ＲＰＦの権力獲得闘争の不安要素になりかねないと主張した。実際はまだ遅すぎるということはなかった。虐殺はこれからも何週間にもわたってつづくだろう。もし私が疑い深かったら、障害となっているアメリカの立場と、大規模なＵＮＡＭＩＲ２を拒否しようとするＲＰＦとの間には何らかの関係があるのではないかと考えたことだろう。紛争がはじまる前には、アメリカ大使館の駐在武官が定期的にムリンディへ通っているのが見られていた。それに加えて、北アメリカに移住したツチ族移民がＲＰＦを支援していた。

12 決議なし

その間にも、中央アフリカの現実世界では死臭が広がりつづけている。私たちは状況の最新情報や、作戦構想の明確化、RPFとRGFの両者が審査して、受け入れ可能だとした部隊派遣国のリストを準備して送った。しかし、それでも十分ではなかった。私はメディアのインタヴューに答える回数を増やし、マーク・ドイルはBBCに大量の記事を送っていたが、どれも安全保障理事会を動かすには至らなかったようだ。私は、UNAMIRの保護の下でRGFの地域に人道支援活動を入れる試みをする決定をした。それは、私たちがRPFに肩入れしているという非難に反駁するためであったが、同時に私たちがいかに脆弱かを証明するためでもあった。国連ルワンダ緊急事務所（UNREO）はアルトゥーロ・ヘインという優秀な調整官の指揮下、その試みを組織して四人のジャーナリストを連れていった。その活動チームはルンダにある、住むところのない人びとのキャンプに向かった（国中にそういったキャンプが九一ヶ所あった）。彼らはキガリの郊外で待ち伏せに遭遇し、多くの路上封鎖で所持品検査を受け、ジャーナリストはフィルムを二度没収された。彼らが現場で荷物を下ろすと、地元住民がトラックを取り巻き、マチェーテや棍棒、手榴弾、石で武装した地元住民がトラックを取り巻き、チーム全体を脅した。暴徒はトラックから支援活動家を引きずりおろしたが、ようやく地元の副知事が到着してそれをやめさせた。国連軍事監視員はできるかぎりのことをしたが、群衆の規模と彼らの逆上ぶりに途方に暮れてしまった。キガリに帰る途中で、彼らはロケット砲による攻撃からかろうじて逃れた。私たちはこの急襲に関する詳細な報告を公表してもらうためにPKO局に送った。民間人の大部分はRGFの前線より後方にいた。もし、私たちが彼らのところにまでたどり着けないのであれば、数千人の人びとが道端や強制移住者キャンプでこれからも死んでゆくことになるだろう。この報告が、なぜ人道支援活動には武力が必要であるのかを明確に示すものになる、そう私は願っていた。

人びとの生死を決することになる多くの決定すべき事項が頭の中でぐるぐる回っていた。自分の態度をはっきりさせることができるようにする、ぶれない評価基準をもつ必要があった。ある朝、私は以前非武装地帯だったキニヒラに行こうとした。RPFの連絡将校に私の意向を伝えてから、護衛と共にガツナへの主要道路を北に八〇キロメーター進み、小さな村の端にある泥道に車を乗り入れた。そこでは、行き会った子供たちがまだ手を振ってくれる。道は豪雨によって崩れており、一つ穴を脱出するとまた次の穴にはまるといった具合に、私たちの乗るSUVは大変な苦労した。このような悪路を三〇キロ以上進んだ。かなり揺さぶられたがいつも礼儀正しい副官と、後部座席に座っていたガーナ人の狙撃手は不平を口にはしなかった。ようやく私たちは、まるで塗り絵で描かれたような幾つもの谷間の、三番目の尾根の上にある村役場に着いた。どうしても、私は尾根の背にある小さな学校に立つ必要があった。そこでは、虐殺がはじまるまでは、約一〇〇人近くの子供が勉強していたのだ。

子供たちの校庭で遊ぶ姿がないこと以外には、戦争の影響はないかのように見えた。数人の怯えきった大人たちが戸口から私たちの方をじっと見ているのに気づいた。アフリカ人護衛が周囲を注意深く警戒している中で歩き回りながら、明るい青とベージュの制服を着た子供たち、多忙にもかかわらず笑顔を絶やさない教師たち、母親たちが畑に出かけることができるように小さな兄弟姉妹を学校に連れてゆく年長の生徒たち、休み時間にバナナの葉で作ったサッカーボールの後を追いかける少年たちの姿が、心に浮かんだ。私は校庭の端に座って、眼下の光景を眺めていた。かつては丁寧に手入れされていた茶とコーヒーの畑は、今では荒れ果て、手を入れる必要があった。丘の側面の小さく区切られた数百もの菜園には、雑草が生い茂っている。太陽の下、草葺屋根の茶色い小屋のそばで緑の草の上にきちんと干されている清潔な衣服が、色とりどりに点在する光景は、かつては眼を見張らんばかりのものであった。しかしそんなものはここにはもうない。私は焼かれた小屋のほうを見た。まだ燻っているものもあった。腐肉を狙う鳥が頭上を飛び、ぼろ布をまとった黒い塊がゆっくり川を下っていき、川の曲がっているところにはその塊が積み重なっていた。ひどく場違いな感じがした。花が満開に咲き誇る楽園にやってきて、お気に入りの丘の斜面で、これらの丘や谷間を歩き、小川を渡り、バナナの木の陰に座り、そこにいる誰とも話さず、失敗と良心の呵責に引き裂かれている自分に気がついた。私はキニヒラにささやかな平和を求めてきたのだが、ここの平和もまた奪われてしまっているのだ。

副官から手渡されたモトローラの無線によって、乱暴に現実に引き戻された。PKO局は至急私たちの返答を求めており、送付する前にさらに他の文書にも検討を加える必要があった。私たちは無言のまま引き返した。

本部に戻ると、ヤーチェがヘンリーと私にニュースをもってきた。その日、RPFはUNHCRと一六人のNGOメンバーと共に人道支援活動の調整会議をムリンディで開いた。私はそのことを知らされていなかったし、RPFに随行していた軍事監視員も蚊帳の外に置かれていた。「なんて奴らだ」私は言った。RGFの地域に救援物資を送るという大きな問題を解決するには、RPFの地域での活動は絶対的に透明で

12 決議なし

なければならなかった。カガメの部隊に救援物資が流用されることは絶対に許されない。かくして、私とUNHCRとの延々とつづく戦いがはじまった。それはこれからはじまるゴマ・キャンプへの過剰支援の間ずっとつづいた。

ヤーチェの知らせを聞いた直後に、フィル・ランカスターがオフィスに顔を出し、予告なしの訪問者の来訪を告げた。私は会う気にならなかった。フィルが何か口に出そうとした瞬間、ベルナール・クシュネル——前フランス厚生大臣であり、国境なき医師団の創設者であり、現在はパリを拠点とする人道支援活動団体の総裁である——がドアから入ってきた。彼が自己紹介をはじめないうちに、私は廊下へ出てくれと頼んだ。ヘンリーとヤーチェが部屋を出た後、フィルはクシュネルの部下を連れて入ってきた。彼はものすごい早口のフランス語で、クシュネルが何者で、なぜここにいるのかを説明した。私は彼を迎えることができてうれしいと言った。

玄関で待っている間、彼は機嫌を悪くしていたが、オフィスに入ってくると笑顔を浮かべ、非常に礼儀正しい態度で、私がさっきのことを詫びようとするのをすぐに遮った。そして、急に押しかけても快く会ってもらえると思っていたことを謝罪した。それ以来、よく知られているように私たちは仲良くなった。彼は、みずから進んでここに来たと言った。それは、この数日間で状況をより良い方向にもっていき、できるかぎりの助力をするためであった。私はヘンリーを呼び戻し、数時間にわたって、クシュネルのスケジュールを綿密に練った。私は、RGFの指導者、また暫定政府の人間と会って、虐殺と人道支援活動の危険、約二〇〇万人近くの市民の強制移住に関して彼らを説得してくれと頼んだ。私は、RGFと暫定政府がこの状況を重視してきたというのは疑わしい、またザイールのキヴ地区へ戦術的撤退をするが、それは時期をみて反攻するのに備えるためであると認識していると、言った。RPFを子供を喰らう悪魔と描くことで、民衆を震え上がらせるのも止めさせる必要があった。クシュネルが言うには、前日かその前に、国境を突破して入国する際にすでにRPFには会った。だが、その時はRPFの態度を柔軟なものにすることはできなかった。

この訪問の目的を尋ねた。答えは単刀直入であった。彼はインテラハムウェの支配地域の孤児の集団を救いたいという。彼らを戦争から救い出して飛行機でどこかに送り、事態が平穏を取り戻したら帰国させてやりたいという。フランスの公衆は、ルワンダでのジェノサイドに大きなショックと恐怖を受け、何らかの行動をとることを求めていた。

だが、私は孤児であろうがなかろうがルワンダの子供を国外に連れ出すことにはまったく賛成できないと言った。なぜなら、子供を連れ出しても、フランス国民がジェノサイドに関して抱いている罪悪感を、いささかも減ずる手だてにはならないからである。彼はその問題についてもう少し考えてみてほしいと言い、私が考えている間に、自分は過激派に掛け合っていくつかの孤児院を訪問しようと思うと言った。結局彼は自分の主張を支持するジャーナリストの一団と共に出発した。

後日、ギタラマの暫定政府と会談に行くクシュネルにティコを同行させた。ティコはフランス語を話せないが、ものおじをしないので、私は訪問はきっとうまくいくと信じた。その後、クシュネルが戻ってから、彼とともに軍部高官と会議をすることになった。私がディプロマ・ホテルにおけるバゴソラと二人の幕僚との会議の準備をしていると、UNOMURから電話が入った。それによると、オランダの開発大臣がカツナの国境検問所からRGFの地域に入り、人道支援活動について話し合うためにムリンディへ行ったという。一体何をしているのだろうか？　私は、大臣がキガリまで会いに来てくれるよう頼んだ。

ディプロマ・ホテルでは、またいつものように問題が堂々めぐりをしていた。しかし最後にビジムングが、翌日にもう一度住民の移送をはじめたいと思うと言った。そして、バゴソラもインテラハムウェとの調整もついたと言ったので、それで準備は整った。クシュネルがホテルに到着し、皆一緒に席に着いた。クシュネルは手加減しなかった。彼は自分の責任でルワンダに来ているが、フランスと世界はここで起こっていることに嫌悪感を抱き怒り心頭に発していると言った。虐殺は食い止めねばならない。国連はまさにUNAMIRへ新たな指令《マンデート》を認めようとしており、明らかにこの大災厄を民族紛争ではなく、ジェノサイドだと考えつつある。クシュネルは彼の訪問に便宜を図ってくれた事務総長に、この旅について直接報告するつもりである(これでなぜ私もPKO局も、彼が来ることを知らなかったかが分かった)。バゴソラとビジムングはいつもの抗議を繰り返し、最後にンディンディリマナだけが、殺戮を止めなければならないが、まず停戦が必要不可欠の第一歩だと言った。

クシュネルはそれを遮った。停戦を待っているべきではない。善意を見せて、その状況の見方を変えろ、と。たとえば、民兵の支配地域から孤児たちを移動させフランスの安全な場所に送らせてくれ。私は彼のしつこさに感心した。UNAMIRは手助けできるけれども、確たる安全の保障が必要なのだと私ははっきり言った。その試みが失敗したら、子供たちは大変な目にあうことになるだろう。

会議は、バゴソラと二人の幕僚が孤児の避難に尽力すると約束して終わり、クシュネルは多くの居並ぶメディアの前に立った。この活動が、暫定政府の広報活動にとって大成功になるというクシュネルの意見が、私には気にいらなかった。私はもともとルワンダの子供たちを海外に移すことに乗り気ではなかった。それをすれば過激派に各国が好印象を持ってしまうことになる、それが気に入らなかったのだ。しかしながら一方で、このような活動を実施することで、ＲＧＦと暫定政府が空港の中立化を含んだ停戦に調印することを促されるのだとしたら、私は喜んで協力しよう。クシュネルは非常に経験豊富な国際主義者であり、このような状況にもたくさん直面してきた。前日彼に会った時には、ＲＧＦと暫定政府を支援するというこの巧妙な策略を切り札として見せていなかった。クシュネルの目的と行動を用心して見守っていたほうがいいと心に留めた。

ホテルでインテラハムウェの指導者との会議まで少し時間があったので、私は赤十字病院の問題を片付けることにした。助けを求める人びとに対して、民兵が入り口を閉ざしていたのである。ＳＵＶの力強いディーゼル音が激しくうなりを上げながら、その丘を登りきって、病院の門にかなりのスピードで到着した。護衛は後ろにぴたりとついてきており、車から飛び降りると、護衛三人が私に駆け寄ってきた。また、さらに二人の護衛はトヨタの小型トラックの機関銃の銃身でぴたりと民兵を狙った。その民兵は生意気な態度で、私の部下をじっと見つめていた。私はリーダーらしき人物に歩み寄って、もしも入り口で妨害しつづけたり、中に入ろうとしたりした場合は、大変なことになるぞと脅してやった。ガーナ兵の護衛はフランス語を一言も分からなかったが、この機会を利用して、集まっている野次馬と残忍な悪党を分けようと動いた。ほとんど瞬間的にその場の雰囲気が変わり、情景も変わってしまった。というのも、インテラハムウェは丁寧な態度で、ここではもう何もしないと言い、実際、その場から立ち去ったのである。入り口で赤十字職員にお礼の言葉をもらい、私はディプロマ・ホテルへ戻った。

今回私は、そのような会合でのエチケットとして自分のピストルを置こうとしていたのだが、はっきりそう気づかれるほど長い時間私はそれを躊躇し、ようやくソファに置いた。三人のインテラハムウェの指導者たちがその仕草をどう理解したかは知らないが、私は彼らをその場で撃ち殺してやりたいという強い衝動と戦っていた。これは決して一瞬の衝動などではなかった。私は自分に言いきかせるように武器を置き、手が届かないようにしておかねばならなかった。なぜ彼らを撃ってはならないのか？　そうした行為は正当化できないのか？　彼らは歓迎の言葉を口にし、私は彼らを撃ち殺す機会を逸した。今でもあの時の選択が正しかったのかどうかを、思い起こしては逡巡している。

黙示録に登場する三人の騎士のようなインテラハムウェの指導者たちはいずれも笑顔を浮かべ、明らかに、また私が会いに来たことに誇らしげである。カジュガ、マミラガバ、ンケザベラは自信に溢れ、きちんとした身なりをしていた――今回は血痕が残っていなかった――、私の挨拶の言葉の微妙な言葉使いにも注意深く耳を傾けていた。カジュガは話を聞くよりも私の目をじっと読んでいた。きっと、私の態度から弱みや疑わしい様子を見落とすまいとしているのだろう。私は彼らを含むすべてのルワンダの部隊と一緒に作戦を実施したいと述べた。そしてUNAMIR2は人道援助に目的を特化した派遣団であり、介入目的の部隊ではないと伝えた。カジュガはこの時も活動に協力すると約束した。そして、インテラハムウェは大虐殺の停止と平和の再建に尽力すると誓った。私は住民の移送は翌日からはじまること、世界がそれに注目していることを告げた。私たちはできるだけ礼儀正しく振舞い、別れた。

部隊司令本部に帰って、ヤーチェと彼のチームが、クシュネルが計画していた孤児救済計画を中断していたことを知った。その理由は、UNAMIRがRGFの占領地帯からツチ族を逃がすことによって、RPFの攻撃準備に手を貸しているとインテラハムウェが相変わらず難癖をつけているからであった。民兵はヤーチェに、私が移送の現場に居合わせることを求めてきた。そして、政府のイメージを良くすることにきわめて重要な、孤児の移送を中断した理由を説明しにきてほしい、とバゴソラがヤーチェに求めていた。ヤーチェがバゴソラに、民兵組織が非協力的であると伝えると、バゴソラはインテラハムウェが起こした数々の問題について謝罪し、これまで問題に気づいていなかったのだと言った。バゴソラはヤーチェに、政府は孤児の移送を約束すると保証し、二四時間以内に問題を片づけることができるかどうか訊ねた。これはまさしく、クシュネルとすべてのジャーナリストが町を離れる前に問題を解決するという意味である。ヤーチェは、気まぐれなこれらの民兵の指導者たちともう一度会って話をする必要があるだろうと述べた。私は、ことを慎重に運ばなければならないという点でヤーチェに同意した。ヤーチェが言うには、バゴソラは孤児の移送をすぐにでもはじめようと躍起になっているようだ。クシュネルを利用して、過激派が真剣に問題を解決しようとする姿を見せる機会を失えば、フランス関係当局やフランス国民、そして世界の人びとの目の前で、大きな機会を逸することになってしまうだろう。

その晩体の中をアドレナリンが駆け回っていたので、UNAMIR2の作戦構想をもう一度見直すことにした。いつも幕僚たちの努力に感謝していたが、その晩も彼らはさらにつ

12 決議なし

っこんだ内容の答弁書と評価をまとめるために私に付き合って作戦室に残ってくれた。暫定政府、RGF、憲兵、インテラハムウェまでもが、明らかにバゴソラのリーダーシップの下で突如として協力的になり、同じことを語っている。それは、何かが、あるいは誰かが、過激派の戦略を変えたことを意味しているはずだ。RPFはルワンダの半分を占領しようとしているわけではないということに気がつき、時間稼ぎをしている間に国連や国際社会に協力的な態度を示すことにしたのだろうか？　クシュネルの突然の登場が何らかの効果を与えたのだろうか。彼はフランス政府に近い人間である。おそらくフランス政府は私のあずかり知らない計画を進めていたのだろう。

日増しに混乱と変化が訪れる状況にあわせて、UNAMIR2の今後の展開を再考する必要があった。もしまだ現状に影響を与えることになる機会があるとすれば、新しい部隊をより迅速に集結することができる別の配備場所を考えなければならない。私は新たに六つの大隊を要求し、国連の上司には周辺飛行場と新しい安全な作戦補給センターを配備するよう求めた。ようやく一日が終わった。私は誰かが一ケースのビールを取り出して、皆で冷たいビールで喉をうるおしたことを覚えている。そのビールはどこから送られてきたのだろうか。それはとんでもなく不味いルワンダ・プリマスではなかった。ガーナ兵が持ち込んできたに違いない。彼らは母国のビールを愛しているし、時々、ハーキュリーズに乗せて緊急物資を手配してくれたからだ。

私は床に就いて明日が良い日になるようにと祈った。

翌五月一七日の朝。ディプロマ・ホテルで、ヘンリーが議長を務めて第一回の停戦に向けた停戦標準作戦手順に関する会合がおこなわれた。RGFの士官たちは強硬主義者として知られる作戦責任者に率いられていた。一方RPFは、提案された手順に目をとおす時間が十分にないとして出席しなかった、このような事態がつづくのであれば、次の会合は部隊司令本部でおこなわれるべきであるとヘンリーは結論付けた――比較的中立的な場所だからである。クシュネルはその日の朝発った。ルワンダに変化をもたらしたことに確信があったようであったが、孤児の避難計画がうまくゆかなかったことにはひどく怒っていた。私たちを援助するために来ようとした彼の努力と勇気に私は感謝した。

その日の遅く、私はアナン本人から一本の重要な暗号ファックスを受けとった。その内容は、私たちの行く末を決定する安全保障理事会の決議案のコピーであった。そしてそれは、アメリカが土壇場になって盛り込んだ変更を含むものであった。アナンの添付書簡にはアメリカの高圧的姿勢が書かれていた。最後の審議の朝、アメリカ人がＰＫＯ局を訪れ、「拡大されるＵＮＡＭＩＲの作戦の性格と理念、その展開スケジュール、部隊の入手可能性、そして関係当事者の同意の有無」[注1]について明確な説明を求め、「この議論に基づいて、合衆国は決議案に変更を加えることを提案したい」と述べた。モーリスはこれに激怒し、この良心のかけらもない立ち往生をもたらしたアメリカを猛烈に非難した。それにもかかわらず、アメリカはいくつかの決議案変更を強行した。アナンのファックスには以下のような件りがあった。「決議案の第七段落が示唆していることに注目せよ。確かに、作戦拡大の第二段階の準備が進行するだろうが、その実施は、事務総長が提出することになる報告に基づいて、安全保障理事会が状況を再検討する機会をもち、さらに必要な決定をした後のことになる。この条項は、作戦構想の変更の可能性を残している。ご存知のとおり、合衆国が作戦構想にいまだに疑念を抱いているからである」

決議案は、ナイロビから二〇〇人近い国連軍事監視員を移動させ、盤石な武力と機械化能力をもつガーナ大隊の構成を求めるものであった。これは、これら部隊を最終的に作戦に投入するまでに、装甲兵員輸送車で訓練することを意味する。それには一週間以上かかってしまうだろう。作戦第二段階に投入される大隊に関しては、第一段階の評価が安全保障理事会によってなされるまでは、それを迎えることはできないだろう。もし西洋諸国が作戦の第二段階開始早々から、部隊と装甲車の展開、これら二つの要素を訓練するために合流させることも含めて、機械化された重武装の部隊を投入することを拒否しつづけるなら、大隊を迎え入れるのに二ヶ月かそれ以上かかるであろう。この調子でゆくと、第三段階の実施には三、四ヶ月を要すると予想される。その場合には、新たな部隊の必要性はかなり低くなるだろう。その時にはすでにＲ

（注1）多くの合衆国の政治家は心からＵＮＡＭＩＲ2を支持していた。五月二日、ポール・サイモンとジム・ジェフォード上院議員はキガリにいる私に連絡をとって、ホワイトハウスに送る書簡の草案に必要な直接情報を得た。その書簡は、ルワンダとＵＮＡＭＩＲに関して行政部の政策転換を求めるものであった。それから数ヶ月、この紳士たちは合衆国政府における私の最も強力な同盟者であり、それは、行政部がメディアや上院議員のロビー活動に困惑してとうとう人道援助派遣に乗り出すまでつづいた。この派遣は確かに数千人の人びとの生命を救った——その中には多くのジェノサイドの加害者も含まれていたが——、しかし、犠牲者の支援はしなかったし、ジェノサイドを防いだり止めたりするのには間に合わなかった。少なくともホワイトハウスのレーダー網にルワンダを入れようとしてくれたことに対して、私にはサイモンとジェフォードに大きな恩義がある。

PFがこの戦争に勝利して、ルワンダ全土を制圧しているからである。

　私はその夜、敷地内を散歩し、こんな緩慢な対応の命令で一体何ができるだろうと考えていた。部隊は派遣されないだろう。それでも私はやりつづけるべきなのだろうか？　ゆっくりと歩きながら、私たちが直面している問題を頭の中で列挙してみた。RGFと暫定政府は両者とも勝手に話しており、停戦も大虐殺の停止も本気で考えているようには見えない。RPFは勝手にやろうとし、UNAMIRの地位を名目上のオブザーバーに制約したいと思っている。アメリカ主導の安全保障理事会は、またもや私たちを裏切った。フランス政府は傍観者の立場をとっており、安保理から声がかかるのを待っている。

　私は、夜明けを待って決断することにした。私は諦めたくなかった。しかし、一体どうやったらここに残ることを正当化できるだろうか？

第13章　虐殺の報告

五月一七日、安全保障理事会は私の案を水で薄めたものを決議九一八号として承認し、公式にUNAMIR2を作った。この決議は作戦構想と部隊構成、段階的に三一日間で展開することを承認したものだが、一方でジェノサイドとそれを止めるために部隊が果たすべき役割については曖昧であった。後にコリン・キーティングは、「アメリカが決議の肝心な部分を骨抜きにした」と公式に認めた。たとえそうだとしても、要求した部隊を与えられているかぎりにおいて――その決議はUNAMIRの指令《マンデート》の即時変更と、五五〇〇人の迅速な展開を承認していた――、その曖昧さは自分の計画を実施することを許可したものと私は理解した。当時の事を事細かに追体験する日々が一〇年近くつづいた今でも、もしあの時あの手段が与えられていたならば、狂気の沙汰を止めることができただろうと私は確信している。

しかし何日すぎても部隊が到着しなかったので、今度もまた安保理が理事会メンバーの意向を本当には体現していない決議を可決したことは明らかだった。この場合でいえば、多くの国が何事かがなされるべきだということには同意しているようだが、どの国も自分以外の国がそれをすべきだと考えるそれなりの理由があったらしい。だから、私たちはただ座って約束が果たされるのを待ちつづけ、どれほど多くの人が殺されたかという情報を追いつづけることくらいしか役割はなくなっていた。

合衆国国連常駐大使マデリン・オルブライトとイギリス国連大使デイヴィッド・ハネイ卿は、国連の議論でジェノサイドという言葉を使うことにかなりの間にわたって抵抗していたが、今となってはルワンダからの事実報告の洪水に彼らの異議もかき消されてしまったので、合衆国はアフリカの安全

13 虐殺の報告

保障の問題はアフリカの部隊によって解決されるべきだという主張に後退していた。ガーナ、エチオピア、マラウイ、セネガル、ジンバブエ、チュニジア、ナイジェリア、ザンビア、コンゴ、マリその他のアフリカの諸国は進んで貢献しようとした。しかし、これらの国々には自力で部隊を展開し維持する補給能力はなかった。結局、部隊を派遣する負担はガーナ、エチオピア、ザンビア、インド、カナダ、ナイジェリアが負うことになった。カナダと、それよりは劣るもののインドを別にすれば、これらの国々は補給能力が低く、先進諸国の支援なしで部隊を自力配備することができなかった。最終的に貢献を申し出た国々は、交戦当事者の眼から見て国連が信頼をかちとれるほどの、十分な増援能力をもっていなかった。

合衆国とイギリスはルワンダでの部隊展開に対して他にも妨害行為をおこなった。たとえば、私はRTLMがジェノサイドを助長する直接の手段となっているので、閉鎖されるべきだとずっとニューヨークに主張しつづけてきた。国連には放送を止めるための電波妨害、送信装置に対する直接空爆、また隠密作戦といった手段はなかったが、これら三つの手段をもつ合衆国に正式の要請を出した。この問題はペンタゴンで検討されたが、コストの問題——国中の電波妨害のための航空機を飛ばすには一時間で八五〇〇ドルかかる——と法律上のジレンマという理由から、当然のことのようにこの作戦の実行には反対の勧告がなされた。国に割り当てられている電波帯域幅はその国が所有するものであり、他国のラジオの放送局を電波妨害することは国家統治権に関する国際慣習に反するというのである。ペンタゴンの判断によれば、ジェノサイドによって一日に約八〇〇〇から一万人のルワンダ人が殺されているが、その生命には、高い燃料代を払ったり、ルワンダの電波を妨害したりするほどの価値はないということである。四月末に二〇万人と見積もられていた死者の数は、五月末には五〇万人になり、六月末には八〇万人に達した。

地上戦で効力を発揮するには、一〇〇台の装甲兵員輸送車が必要だと私は判断していた。PKO局は四四ヶ国に対し、部隊を拠出しているアフリカ諸国が装備できるように装甲兵員輸送車を供与するか、貸与してくれるよう交渉した。結局、冷戦時に未使用だった装甲兵員輸送車を大量に保有しているアメリカが五〇台を提供することになった。アメリカがとにかく提供すると、もうPKO局は他の提供国を探すのをやめた。そこから事態は行き詰りを見せていった。ペンタゴンのスタッフは中央アフリカに車両を運搬することをしぶり、代わりにドイツの補給部でそれらを錆び付かせることに満足しているようだった。彼らはPKO局にしつこく質問し、スタッフはその質問を私に送ってきた。合衆国はこの派遣団に装甲兵員輸送車を供与することはできない、貸与されるべきであり、その代金について交渉しなければならないと言ってきたのである。結局、アメリカは四〇〇万ドルを要求し、それを前払いするよう主張した。この問題は、輸送車をカンパラまで運搬して、それを操作できるように訓練が必要なガーナ兵に引き渡すことについても生じた。アメリカはその空輸費用としてさらに六〇〇万ドル必要だと主張した。他にも色々時間がかかることがあったが――財源が確保されたので装甲兵員輸送車はエンテベに空輸されることとなった。しかしウガンダとさんざん交渉したあげくに、輸送車はマシンガン、無線、工具、予備部品、訓練マニュアル、その他諸々を取り外した状態で到着することとなった。結果的にアメリカは、エンテベに何トンもの錆びついた金属の塊を送ったことになった。私たちはキガリに装甲兵員輸送車を移送するためのトラックをもっておらず、またそれを操作できるよう訓練された操縦者もいなかった。

アメリカ人に負けじとイギリスも、五〇台のベッドフォード・トラックを提供した――ふたたび多額の前金を払わなければならない。ベッドフォード・トラックは冷戦初期のトラックで、一九九四年においては博物館に飾られるのがふさわしい代物だった。私はこの「とても気前のいい」申し出を聞いて、「これは役に立つだろうね」と嫌みを言った。相手は初め無言だったが、次に「検査してからお答えします」と言った。後になってイギリスは黙って支払いの要求を取り下げ、何台かの車両を提供したが、それらは一台残らず、次々と壊れていった。こんな取引が数多くあったが、いずれも大国がらみだった。

国連と国際社会がUNAMIR2の今後についておろおろしている間に、キガリの現地で私たちは暫定政府が都市において反攻を開始する準備をしている兆候に気づいていた。インテラハムウェの指導者たちは情報将校のデメに対し、自分たちはビジムングといろいろなことを話し合ってきたと言った。彼らは、夜間は民兵が好きなように活動をつづけるのを認める代わりに、昼間はRGFと共に地域の治安作戦をするという取引をRGFの参謀長としていた。ビジムングからの合図を待って、日が暮れてから民兵たちは自由にジェノサイドをつづけていたのである。

大統領警護隊がまだ制圧していた都市の中心部を離れると、バリケードで憲兵がインテラハムウェと行動を共にしているのをよく見かけた。デメの推測によれば、彼らは都市で反撃をするために、すべての部隊――軍、憲兵隊、民兵――を結束させるという決定をしたのではないかということであった。政府部隊の大部分はまだキガリにいた。それらは七つ

13 虐殺の報告

の大隊——四〇〇〇人の隊員——と降下特殊部隊、砲兵隊、軍警察大隊、そして最も訓練の行き届いた部隊で、重火器システムを装備している偵察大隊もいた。

インテラハムウェの指導者はデメに、民兵は今では二つの派閥に分かれていると言った。共和国防衛連合系列のインプザムガムビ（キニヤルワンダ語で「唯一の目的の下にある者たち」）はツチ族に対して容赦なかった。私が会った指導者たちが代表を務めるインテラハムウェは自分たちを第三の合法的な軍隊であり、「もっと状況を理解している」組織だと表現した。また指導者たちは、もう一方の派閥が合意を尊重するという保証はできないので、住民移送が成功する可能性は低いということを認めた。たとえバゴソラが住民移送はうまくいくと言ったとしても、彼らにはそれを約束することはできなかった。彼らはUNAMIRに対し、政府も軍も本当の返事をしないのだから、彼らと交渉しないようにと忠告した。そしてデメに、「民衆と協力しろ、政治家と軍のトップは嘘しか言わないから相手にするな」と言った。私は、情報将校の報告にはかなりの信憑性があると思った。キガリを守る、最後の死力を尽くした奮戦がはじまろうとしている、そう確信した。インテラハムウェはその計画の一部であった。停戦交渉はあまり重要ではない関心事になった。というのも、たとえ交渉の席でもっともらしい言葉を並べたとしても、その嘘つき連中が戦いを止めそうにはなかったからである。殺戮をとめること、これがUNAMIR2の主要な任務でなければならなかった。

またデメはインテラハムウェの敵側の情報も入手してきた。RPFは前線の後方にいるツチ族を大量に入隊させていた。彼らは基礎訓練を終えると、すでに獲得した地域の後方防衛に配置されていた。国連軍事監視員はRPFの前線の背後で新しい部隊と出会うようになり、またその中の数名がスワヒリ語訛りで話していることに気づいた。それは彼らがウガンダに流出していた難民出身であることを意味していた。前政府の職員と被雇用者だったフツ族が家族ともども虐殺されているという報告は入りつづけていた。これらの虐殺は主にビュンバとンガラマ地域でおこなわれていた。またデメはビュンバにはかつてクシュネルが確認しに行ったフツ族の孤児が大勢いる、というニュースをもってきた。さらに興味深いことは、RPFが国連軍事監視団の行き先にかなりの制限をつけてきたことであった。デメの報告の最後の一行にはこう書いてあった。「私たちに課している制限は［RPFの］活動、特に虐殺を隠すためのものであることが確証されている」

五月をとおして、RPFはRGFをゆっくりと追い詰めるために、キガリを孤立地帯にする作戦を遂行しつづけた。彼らは北側と東側から前進し、南にある大きな鉤状になった地帯に進出した。そして、五月一六日には、キガリとＲＧＦの大きな駐屯地、そして暫定政府が置かれているギタラマとを繋ぐ道路を分断した――ＲＰＦは敵の頭と体を効果的に切り離すことに成功したわけだ。ますますＲＧＦの軍隊の士気と規律は揺らぎはじめ、ＲＧＦの側面や背後にＲＰＦの偵察兵が現われるとＲＧＦの部隊がこぞって退却した。退却は敗北ムードを引き起こし、必然的に規律の崩壊をもたらす。ＲＧＦ部隊がジェノサイドを支援したり、略奪行為、脱走や反乱をおこなったりしているという報告はどんどん増えていった。ＲＧＦが大量の新兵採用や強制徴用作戦をおこなって、新兵に三、四日の訓練を施し、経験を積んで練度の高いＲＰＦ軍との戦闘に向かわせるようになると、この傾向はさらに加速した。ＲＧＦは当然敗北し、士気と規律がさらに低下するという結果に終わるだけだったからである。ギタラマでは、ＲＧＦとの合意に基づいてやっと設立した軍事監視員の連絡チームが、酔っぱらって気落ちした兵士たちに脅されるという事態もしばしば起こった。

この頃、私は、ママドウ・ケインがＲＧＦの参謀長と直接会いにゆくために装甲兵員輸送車を勝手に使っていたことを知った。いつもは私と一緒に行っていたので、一人でビジムングと話し合って何をしようと考えているのか、分からなかった。この訪問について問い詰めると、彼は行ったことさえ否定した。

私たち皆にかかるプレッシャーは、途方もないものであった。空港周辺での戦闘では、ＲＧＦとＲＰＦが互いを砲撃し、また、目についたものすべてに発砲したため、ハーキュリーズ便は少なくなり、入ってくるはずの緊急物資も激減した。私たちの保有している食料と医薬品はほとんど底をついており、大きなストレスを抱えていた。その結果、部隊では気力と活動力が徐々に弱まった。日ごとに病気が広まり、特にマラリアで倒れる兵士が増えた。それがどんなに酷い日々だったかは言葉では言い表わせない。私たちは死体を食べている犬を見かけたらすぐさま撃ち殺していたが、犬たちは今や生きている人間を攻撃することも躊躇しなくなっていた。ある日、キガリで車を走らせていた時、車が動いているにもかかわらず、一匹の犬が車の側面の窓に突進してきた。もし私が窓を閉めていなければ、私の腕は食いちぎられていただろう。ある時には、短い休憩でコーヒーを飲んでいた数名の士官が、敷地をうろついている奇妙な姿の犬を見つけたのだが、やがてそれがテリアと同じサイズに成長したネズミであることに気がついた。ガーナ出身の士官の一人は、本国で自然災害が起こった後にこのようなネズミを見たことがあると言った。ネズミは、無尽蔵に供給される人肉を食べて太りに太り、信じられないサイズにまで成長したのだ。

私たちはすっかり水を使い切ってしまい、しかも、国内に水源を見つけることができなかった。私は、ナイロビの新しい首席管理官《ＣＡＯ》である、チャド出身のアレイ・ゴロに電話をし、なぜ水がないのかを聞いた。（注1）ゴロは国連の上級文民行政官だが、自分は国連規則の制約を受けているという返答だった。つまり、たとえ私たちが数日間水なしですごすことになっても、彼はまず提案を募って、それから最善だと思われる三つの方策について分析をするという手順を踏まなければならなかった。最も少なく見積もっても、一〇〇万リットルが必要だったが、それだけの水を確保するには数週間かかるだろうし、私たちは数日間ももたなかった。私は、二万リットルあればなんとか乗り越えられるだろうと伝えたが、彼は手続きを守ることにこだわった。私は待てなかったので、ＵＮＯＭＵＲから水を手に入れる手配をした。それでも、かくまっている人びとも含めて全員が、さらに二日間を水なしですごした。

ＲＴＬＭは、私個人に対する攻撃をエスカレートさせていた。自分が「第三の軍隊」の死の脅威の標的になっていることはすでに知っていた。しかし、私が考えるに、その敵意が公然と表明されるようになったのは、ＲＧＦの戦線の後方で動けなくなっていたツチ族の人びとを安全に移動させるための交渉を苦労してつづけていたことが原因である——この努力が、私がルワンダから孤児を輸出しようと企んでいるというウソにねじまげられてしまったのである。憎悪を煽る連中にとって、私がフツ族も反対方向に移送しようとしていることは問題ではないようだった。五月一八日、ＲＴＬＭは放送で、彼らの言う、孤児を輸出しようとするカナダ人の要求に反対であると喧伝した。彼らは、この行為は過激派政府を不利な状況に陥れようとするＲＰＦに教唆された試みであると説明した。また、ベルナール・クシュネルと私はミルコリン・ホテルとメリディアン・ホテルからツチ族の難民を逃がそうとしている陰謀団の一員であると主張していたが、メリディアンにいるほとんどがフツ族であるという事実には知らんふりをしていた。ラジオは相変わらず刈り取り〔虐殺〕を訴えた。「私たちは難民を解放するという原則に反対はしない。しかし、まず私たちは、ＲＰＦシンパを片付けなければならない。彼らが解放されることは許されないだろう」過激派は、カナ

（注1）クリスティーヌ・ド・リゾは代理の首席管理官であったが、五月初めに任務を離れていた。素晴らしい人間であり、現地活動部門からすさまじい制約が加えられていたにもかかわらず、ＵＮＡＭＩＲを支援するために人間としてできるすべてのことをおこなった。

ダが国連人権委員会にジェノサイドの調査をするよう要求していることについてもいきり立っていた。

　私たちを直接標的とした憎悪宣伝、水の欠乏と食料の不足、そこら中でおこなわれる残忍な虐殺、両軍が進めている軍備の増強、そして戦争の激化のための明白な準備が進められている状況で、五月二〇日、リザは、彼とモーリス・バリルがＵＮＡＭＩＲへの最初の訪問をするために、三日後にキガリに到着することを目指していることを知らせるメッセージを送ってきた。リザが言うには、彼らの名目上の目的は政治的なものではなく人道的なものであり、新しい指令《マンデート》を説明し停戦交渉を前進させるためのものだった。私の喫緊の仕事は、リザとバリルが私と一緒に居る時に撃たれないように、二、三日の間休戦協定をとりもつことであった。

　五月二一日には、脅迫はますます私個人を標的にしたものとなった。この日、ＲＴＬＭは初めて公然とリスナーに「ダレールを殺せ」と促したが、私のことを口ひげをはやした白人だと説明していた。もし見かけたら、足止めをして即座に殺されることになる、とラジオは言った。この時点で、私はマチェーテを手にするすべてのフツ族の標的になった。私は自分に対する危険がさらにエスカレートしたことを自覚していたが、同時にその脅迫によれば、軍事監視員の、特に口ひげをたくわえたすべての人びとが危険にさらされるということをも意味していた。私は即座に、彼らを一時的に作戦からはずしたが、それでも、彼らのうち何人かは道路封鎖にかかってあやうく殺されるところだった。もしふたたび外に送り出していたら、彼らが殺される危険はいつもよりもはるかに高くなっていただろう。

　ＲＰＦは、傍受したビジムングと作戦指揮官との間の会話を伝えてきたが、その中で、参謀長は士官たちに「ダレールを抹殺せよという命令が出た」と話していた。この傍受内容を確証する手段がなかったし、確実な証拠もなかったので、この情報に基づいて動くことはなかった。それに、私を殺せという命令が放送で流されたことで、すでにダメージを受けているのだ。

　この頃、ひどいストレスにさらされていたママドウ・ケインは、へとへとになっていた。ある日の午後、彼は完全に正気を失ってしまった。オフィスにいると、叫び声と、階上を走る足音が聞こえた。ケインは明らかに恐怖から、広間を気が狂ったように走り回った。そして、建物の一室に鍵をかけて閉じこもってしまった。政治部門の同僚がドアを壊し、巨体のビーデンガー・デサンデが、体を抑えつけるために彼の上に乗らなければならなかった。翌朝、神経衰弱の治療のために、彼をナイロビに搬送した。

13 虐殺の報告

憎悪を煽るラジオで死の脅迫がつづいた日、司令本部が継続的に砲撃にさらされた。数人の兵士が負傷し、車は破壊され、窓が割れてガラスの破片が一面に飛び散り、そして作戦室も損害を受けた。弾孔の分析によって、この攻撃はRGFのキャンプ・カノンベからのものであることが確認された。

これは、もう一つの終点のないマラソンのようなものだった。この攻撃の前に、私はディプロマ・ホテルでンディンディリマナと会った。彼はその月の初旬にあったギタラマでの政治会議にようやく姿を現わしていた。彼はキガリで二人だけで会う計画を私にもちかけてきていた。このようないきさつでンディンディリマナと私は対面したが、表向きは、前線間の住民移送における憲兵隊の作戦上の関与の問題を解決するためとなっていた。彼はとても不安そうだったが、自分の考えを話す決心をしていた。彼は、キガリの知事は信用できないと警告し、国防大臣ビジマナが戦場での失敗によって落胆しているということを打ち明けた。ビジマナはビュンバの財産を失い、親戚も死んでいた。ガツィンジとルサティラを含めたRGF穏健派は徐々に勢力を強めているが、そのメンバーの大半がキガリを離れて今は南方にいるということ以外には、詳しいことは言えないと彼は話した。(後日デメが知ったことによると、ガツィンジは上位の司令部にRGFはルワンダ南部に撤退するべきだと具申したが、部下の兵士たちに殺すと脅されてRGFを去っていた。)

ンディンディリマナとの会合は約一時間つづき、彼がほとんど喋った。彼は、ブタレとその周辺にいる、危険にさらされている大勢の人びとの保護をおこなうことになったと打ち明けた。多くの人びとが、家の天井や壁やトイレの中にまで隠れており、私たちには見つけることができないので、今や飢えや渇き、さらに苛酷な状態で死にかけている、彼はそう言った。この国を統治するためには、民族にも軍にも基盤をもたないような勢力あるいは運動を作ることが必要だ、と彼は強調した。彼は、ミルコリンにいる著名なツチ族の名前を教えてくれた。彼らを救わなければ、確実に死ぬことになる、と。私はこう答えた。確かに、ミルコリンにいる人びとは、獰猛な動物の格好の餌食になっているも同然であり、殺されて食べられてしまう危険に絶えずさらされている。しかし、派遣団が増強されるまでは、私はできることをするしかない。民兵が敷地の周りに張りめぐらした非常線、難民を引き渡すよう求める国連軍事監視員とブルーベレーに対する嫌がらせ、意図的な砲撃、窓を狙って撃ってくる狙撃兵、ホテルの壁をめがけてくるRPFによる一斉射撃、これらは皆の決意をにぶらせるには十分だった。赤十字はまだ非常線を突破して水と食料をもってきて、けが人を手当てし病人を助けてくれている。これだけでもすごいことなのだ、と私は言った。

　ンディンディリマナは、最後に一つアドバイスをしてくれた。もし私が武力で脅しをかければ、道路封鎖はなくなるだろう。つまり、地元住民の暴漢たちは、強化され大胆になったＵＮＡＭＩＲ２に攻撃されるリスクが高いと気づけば、バリケードを放棄するだろう、ということだ。彼は、ＵＮＡＭＩＲ２がもっと強力になれば強硬論者はどこかにいなくなるし、ふたたび姿を現わすことは簡単にはできないと考えていた。私は会談のほとんどの間ずっと座って、彼の言うことをかなり懐疑的に聴いていた。しかし、彼は、今では私がＵＮＡＭＩＲ２を主張する根拠を、本質的に認めてくれていた。彼が正直に語ってくれているとするなら、彼がそれまで一度として穏健派運動を率いようと申し出なかったことを悲しく思った。カガメからの支援があれば、あるいは私たちの支援だけでも、私たちは穏健派が別の新たな活動をはじめるのを援助し、自分たちは全フツ族の名の下に行動しているという過激派の思い込みを覆せていたかもしれない。穏健派の不器用さ、そして関わり合いになるのを避けようとした勇気のなさのおかげで、ＲＰＦが勝利した後に、彼らは大きな代償を支払うことになるだろう。私たちが別れを告げた時、ンディンディリマナは、懺悔をしにきたにもかかわらず、赦しを得られなかった男のように見えた。


　その日の午後遅く、私は同じホテルに戻り、ビジムングに会わなければならなかった。すでに殺しの脅しが明白になっていたので、私はいつも、のろくてあてにならない装甲兵員輸送車に乗って、市内を移動していた。チュニジア兵たちは、エンジンその他の可動部品を、ワイヤーや布切れまで使って動くようにするという驚嘆すべきことをやってのけた。彼らは、主力武器である重機関銃はきちんと可動すること、そしてその使い方を知っていると保証した。彼らは、バリケードを管理している人間に銃を向けることを決して躊躇わず、その胸の上部に銃の照準を当てて、どちらに動こうとその照準をはずさなかった。自衛軍と呼ばれるならず者たちは、威嚇するだけで十分だった。

　ディアグネと私がホテルに着いて装甲兵員輸送車を降りると、私たちの前には、六〇人以上もの民兵たちがおり、装甲板も貫通するロケットを含めて重火器で完全武装して、塹壕と掩蔽壕に待機していた。愛想よく「こんにちは」と挨拶しても彼らはしかめっ面のままだったが、私たちを中にとおしてくれた。ロビーに入ると、右のほうにバゴソラがおり、私の知らない将校と話していた。バゴソラは私を見つけると手厳しく攻撃をはじめ、私が孤児たちを脱出させるのに失敗したことを非難した。彼の体は敵意で痙攣していた。彼と暫定政府が世界から悪く見られるようにするために私が時間稼ぎ

13 虐殺の報告

をしたのだ、と私を責めた。どうして私が「わざと」この移送がおこなわれないようにしたのかと詰問した。

彼が一息つくためにやっと話を中断した時、民兵の過激派集団が孤児の移送に同意したという確信が完全にはもてない、と彼に伝えた。彼の顔は私の顔から一フィートほどしか離れていなかったが、怒鳴るように答えた。民兵たちの本当の権威ある指導者たちは移送の手はずを整えるための会合に出席していた、そして彼らはバゴソラの目の前で孤児の移送の実施を支持すると請け合った、それで話はついたのだ、そう彼は叫んだ。そして、バゴソラは足を踏み鳴らして去ってしまった。私は彼が怒っているのを過去にも見たことがあったが、今回は常軌を逸する一歩手前だった。本当は何が彼を追い詰めているのかと、考えずにいられなかった。

万事について何の変化もないにもかかわらず、五月二一日の夜は、かなりよく眠れた。多分、自分に対する死の脅威が今や公然となったことにいささかほっとしたのだろう。その日、私はビジムングと国防大臣に司令本部への大規模な砲撃について抗議した。その次の日も、リザとバリルを安全に滞在させるのに必要な三日間の休戦をめぐって彼らに会うことになっていた。ビジムングは、彼の部隊がＵＮＡＭＩＲを砲撃することで本当は何をしたいと思っているのかを、私に面と向かって説明することができるだろう。

フィル・ランカスターが私を〇六一五時頃に起こし、空港にいる国連軍事監視員から送られてきた報告を手渡した。それによると、夜のうちに、ＲＧＦは空港とキャンプ・カノンベの陣地を完全に放棄したということであった。ＲＰＦの包囲網がキャンプの周囲に敷かれている中、彼らは包囲をすり抜けて散り散りに逃げた。キガリで夜中もしくは早朝に大きな戦闘があったかどうか、フィルに尋ねた。というのも、ＲＰＦは敵に抜け道を残しておいて、その上で、その入り口で待ち伏せしたり、追撃したりするのを好んだからである。フィルは、そのような戦闘はなかったと言った。しかし、ある監視員が市の西側にいくつかの大砲を見つけたという報告が、ティコからあったことを教えてくれた。

私は飛行場に向かうことにした。私たちは空港の陣地を確実に維持しなければならなかった。なぜなら、私が作ったＵＮＡＭＩＲ２の急速な展開計画はキガリ空港が開港しており、私たちの指揮下にあることが条件だったからである。検問所を素早く抜けて、一五分で到着した。前日まで、検問所は民兵と政府軍部隊が占拠していたが、今はＲＰＦが兵士を配置している。私が飛行場に入った時、もやで霞んだ朝日がちょうど地平線から出たところで、滑走路の敷かれた台地の端には霧が徐々にたちこめていた。

ジョー・アディンクラ中佐は数名の兵士を連れてメイン・ターミナルの外におり、状況評価をしているところだった。私たちは、RGF部隊の退却が巧みであることと、現在の陣地を確保する必要があるという話をした。私は中佐に陣地を守る準備をするように伝えた。今までのところRPFがどこにも姿を見せないことに驚いたが、キャンプ・カノンベに部隊を集中させているのだろうと考えた。

補給中隊と歩兵中隊は飛行場を横切って、守備態勢をとって待機していた。私は直接古い管制塔に登って、飛行場を見渡した。そこからはキャンプ・カノンベは見えなかった——それは、滑走路の突き当たりにある台地の縁の下にある。軍の無線ネットの報告によれば、RGFの砲兵隊と偵察大隊が確かに市の西端に集結していることが確認されたが、空港の状態は怖いくらいに静かだった。管制塔の下に止めてあった車に戻り、朝のミーティングに関する指示を送っていた時、一人の監視員が私に向かって滑走路の端に人がいる——あれは幽霊でしょうか——と大声を出した。

近くの防塁のてっぺんに這い上がって東のほうを見ると、確かにそこには人がいた。彼らが台地の縁まで登ってくると、その背景に太陽があるおかげで、黒く細長いシルエットが地面と朝もやの中から浮かび上がってくるように見えた。まるで『ドン・キホーテ』の挿絵のようだった。アディンクラ中佐が、「あれは何でしょう」と聞いたので我に返った。私は車に飛び乗り、国連軍事監視員を乗せた二台の四駆が後につづいて、滑走路に転がっている、タイヤをパンクさせてしまう鋭利な塊を避けながら、ものすごいスピードで走った。近づくにつれて、おぼろげだった何百ものシルエットはだんだんはっきり見えるようになってきた。ゆっくりと向かってくるのは、たくさんのRGFの兵隊だった。ある者はライフルを頭の上に掲げ、ある者は妻や子供と手をつないでいた。皆うなだれ、フツ族の民間人もいた。彼らは、大部分の隊員がキャンプ・カノンベから脱出した時に置き去りにされたのだ。先頭の士官が私のところにたどり着くと、彼は流暢なフランス語で、この連中はキャンプ・カノンベにいたRGFの歩兵大隊の生き残りで、私とUNAMIRに降伏したいと考えている、と話した。この少佐はまた、部下と家族は戦争捕虜として処遇されることを希望すると付け加えた。しばらくして、さらにたくさんのガーナ兵が到着し、かなり短時間のうちに、武器を押収し、彼らをメイン・ターミナル近くの一地区に連れて行った。

問題があった。これらの隊員と民間人——八〇〇人近くの兵とその家族——は、たった今、中立的な立場の部隊に投降した。厳密に言えば、私はこの兵士たちをその敵から守ってやることはできない。たとえ、私が守らなければ、復讐心に

13 虐殺の報告

駆られたRPFの隊員によって虐殺されてしまう可能性がとても高い、そう私が信じていたとしてもである。私はアディンクラに、この集団の安全をしっかりと守り、彼の大隊の軍医に医療上の必要な措置をさせるように指示した。彼らのうちの何人かは、ひどい怪我を負っていたからだ。この時、アディンクラ中佐と彼の指揮下のガーナ兵は、人数を数え、名前を記録して次の命令を待つことになっていた。どのような状況にあっても、RPFに引き渡さないことになっていた。新しいUNAMIR2の交戦規則を、ためらうことなく適用することになっていたのだ。

RPFの偵察隊が空港に近づいてきた時、私は現場を離れた。私は彼らが捕虜に該当するかどうか迷っていたが、戦闘をおこなうことなく彼らをRPFに引き渡さないと決めた。ガイヤールに相談した後で、ヘンリーは私に、ジュネーブ協定の条文を思い出させた。それによれば、戦争捕虜は赤十字の庇護下に置かれるとされている。その後ガイヤールはチームを連れて現場にゆき、医療援助や食料を供給すると同時に公式の登録手つづきをおこなった。それは数週間かかったが、RPFの脅しと恫喝に耐えつづけた。しかし最終的には、兵士と家族は正式に赤十字の手に移され、さらに法の適正な手続きにしたがって赤十字からRPFに引き渡された。ガイヤールは、このことについては、RPFを信頼せざるをえないと言ったが、それに私も同意した。

五月二二日、ヤーチェとその人道援助チームはバゴソラやインテラハムウェとディプロマ・ホテルで重要な会議をおこない、住民の移送について話し合った。会議はフィルムに収められ、バゴソラが虐殺している民兵を操っていた（操ることができた連中すべてについても）決定的証拠になった。私は彼が奥の手を隠しもっていることにますます確信を強めたが、どのようにして住民移送を有利に使うのかは、まだ分からなかった。

同じ日、ビジムングは私たちに空港を中立地帯として与えるために退却したのだと、ありそうもない説明をした。もちろん彼は、実際にはそれまで撤退中だなどとは言ったことはなかった。RPFが侵攻して以来、RTLMは空港事件を新たなUNAMIRの不祥事として宣伝した――私たちは空港を敵に譲り渡した者になったわけだ。私はビジムングに司令本部への砲撃について問いただしたが、そんな攻撃命令はしていないと彼は言い張った。

私はもう一つの空輸拠点を見つけなければならなかった。RPFが私たちの作戦を尊重してくれると信用するわけにはいかなかったからである。今やカガメの部隊が空港を牛耳っている。そして私たちは、彼らがとても非協力的で、ひたすらこの局面を支配するということしか頭にないということが分かっていた。新しい空輸基地の選択肢としては、ブジュムブラ、エンテベ、ゴマがある。つまりそれは、ブルンジ、ウガンダ、ザイール政府と交渉に取りかからなければならないことを意味していた。これらは最善の候補地ではなかった。いずれの場所に空輸拠点を設立するにしても、やってくる兵士や補給物資を陸路で遠く離れた場所まで送らなければならないことを意味したからである。ある朝のミーティングで、私は部隊を減員する準備をするよう命令を下した。ヘンリー指揮下のガーナ兵は空港で銃撃を受けていた。司令本部は前日から砲撃されていた。空港の状況は非常に危険であったので、部下の司令官たちに陸路で兵士を派遣するように指示した。新たな権限が与えられたにもかかわらず、私たちは必ずしもルワンダに留まることができるわけではない。私たちはすでに、脱出するために戦わなければならないというリスクを冒しているのだ。

そして今、リザとモーリスが翌朝到着するのを待っている。ＲＰＦは、彼らが安全にカバレとキガリを直接結ぶ道を通過できると保証しなかった。代わりに私たちは、北部ルワンダを迂回するルートで彼らを移動させなければならず、長いドライブとなった。ＲＰＦがその気になれば、カバレとキガリ間の道を開通させることはできたのだ。ＲＧＦに包囲されているので、その道路を開通させることはできないのだという主張を私は信じていなかった。しかし、迂回ルートでこの国にきたリザとモーリスにとっては、殺戮者によって荒れ果てた地域をカタツムリのようなスピードで旅をしたことは、良かったはずである。

それでも、その夜はいつもとは違って、孤独を感じなかった。私はモーリスに会うことを楽しみにしていた。また、問題の核心に鋭く迫る能力をもつ外交官であるリザが、交渉に何らかの光をもたらしてくれると期待していた。私は万策尽きており、二人が与えることができる何かしらのマジックを必要としていたのである。

翌日、敷地に車で入ってきたモーリスとリザに会えて、私はとてもうれしかった。ジェノサイドがはじまってほぼ七週間経って初めて、自分の複雑に絡み合った感情を吐き出すことができるように感じたのだ。司令官として、部下に感情をぶちまけることはできないが、モーリスが到着したことで、私は突然秘密を打ち明けることのできる仲間を得たのだ。リザはもともと形式ばった人間であるが、それでも歓迎すべき同僚であった。ある意味で彼らは、出会った光景についてあまり衝撃を受けていなかった。この紳士たちは他の一六の任務を同時にこなしているのだ。彼らは、最悪の殺戮と飢餓に仕事に戻ったのだ。

ＲＰＦの前進につれて西部に住民が集まり、強制移住者や難民の新たな人道的災厄が生まれていた。憎悪を煽るラジオがＲＰＦは残虐行為をおこなうと言ったために、フツ族は死の恐怖におそわれて、ＲＧＦの退却に先立って移動していた――膨大な人数、少なくとも二〇〇万人はいた。もし彼らが西に移動しつづけて北部のギセニやゴマ、南のチャンググやブカヴをとおってザイールに流入すれば、大惨事となっていただろう――それらの地域は、危険で、敵意にみち、非友好的で貧しい地域だったからだ。北東ではカガメが地方を守っており、離散していたツチ族が戻りはじめ、土地を手に入れ、新たに作物を育てているものさえいた。それは非常に複雑な人道的問題だった。他と無関係に個別に起きている出来事というものはなかった。あらゆる出来事が、ほんの小さな出来事でさえも、何かに副次的な影響をもたらしていた。

私はリザとモーリスに、キガリ空港が脆弱であることやぼろぼろになった私たちの装備をもっと知ってもらう必要があった。そして、別の空挺保を見つける手助けをして欲しかった。また、戦闘地域に入る前に新たな装備と兵士とを統合する場所が必要だった。交戦当事者の目の前で訓練することになると、彼らに私たちの新しい武力行使の能力について正しい印象を与えることにならないだろう。補給基地がルワンダ

13 虐殺の報告

あったソマリアも経験していた。また、コロンビア、中央アメリカ、前ユーゴスラビアも経験していた。それらの経験から、彼らは恐ろしい事態にある程度慣れていた。私のような新参者ではなかったのだ。

私たちは彼らをできるかぎり歓迎した。夕食はひどい味の除隊時用兵糧（缶詰のソーセージ、イワシ、豆）だった。五月二五、二六日の二日にわたって私は彼らとずっと一緒にいた。自分の目で街を見ながら気づいたことは、キガリがゴーストタウンになっていたことであった。そこにはおそらく最大で二万から三万の人びとが、最悪のスラム街に身を寄せ合って、まだ生きていたかもしれない。誰も市内には入ってこず、もう新たに逃げ出す人もいなかった。周りは焦土戦術ならぬ焦人戦術の状態になっていた。ＲＰＦは空っぽの国を征服し、前線の後方に残った敵を降伏させていた。ビジムングはこのやり方についてこう述べた。「彼らは国を手に入れたが、国民はいない」

しかし、市内ではまだ殺戮はつづいていた。長い間隠れていた人びとが、空港に迫りつつあるＲＰＦへと逃れようとしていた。インテラハムウェと大統領警護隊は、ＲＰＦの偽装をして通りを走り回っていた。彼らが現われると隠れていた人びとが保護を求めて出てくるのだが、その代わりに殺されるのである。ＲＰＦの前進によって過激派は残忍なやり方で

国外にあるということはきわめて重要だった。

私は、ＲＰＦが私たちを出しぬくためにあらゆるやり方で慎重に作戦を遂行していることを彼らに教えた。会議では、指導者たちは筋のとおった要求にはすべて「イエス」といったが、しかしその後で、私たちの行動を制限し、私の部下が会議に参加することや、ＮＧＯと別個に議論を進めることを妨害した。同時に、ウガンダのＮＲＡ〔ウガンダ軍〕はＵＮＯＭＵＲの任務遂行を邪魔したが、それは偶然のことではなかったと私は確信している。そして私は、リザとモーリスにＲＧＦがいまだに国連施設を砲撃しているので用心するよう言った。ＲＧＦの言い分では、ＲＰＦが私たちの周りに展開しており、私たちが邪魔になっているというのである。

私はリザが真正面から交渉してくれたことに深く感謝した。彼は五月二四日、一晩中モーリスと私の先頭に立って、休戦交渉は直接的には決して休戦しないための言い訳ではないと諭した。彼がとった戦略は誰もがサインできる「休戦交渉する意志の宣言」を出させることであり、それはあらゆる面倒な前提条件をすっきりと処理するための方法であった。ひとたび袋小路から抜け出せば、適切に休戦に向かうことができる。

私は二日間にわたって四つの会議を設定した。なぜなら実際には四組のプレイヤーがいたからだ――しかし、その一組として暫定政府を数えるという考えに私はひどく不安を覚えた。私の主張では二つの陣営が存在したが、その一方は半分姿を消しかけている。安保理ではルワンダ代表が暫定政府に言及してはいたが、暫定政府は本来の政府とまったく関係がない。アルーシャ協定に縛られている本来の政府のメンバーの大多数は穏健派であったために、死亡するか潜伏している。もしも暫定政府を承認したら、フツ族をルワンダの代表民族として承認することとなる。そしてまさにそれこそ、会見でギタラマの暫定政府の大臣がリザに語ったことなのだ。彼らはこの戦争が民族紛争なのだ、とあからさまに言ってのけた。ＲＰＦはこの戦争は政治的なものであると主張している――ルワンダのデモクラシーのための戦いである、と。しかし、ＲＰＦはＲＧＦの黒幕がギタラマの政治家たちであるということは認めなかった。私たちは、どのようにＲＧＦの政治部門を再構築して、アルーシャ協定の下で交渉できるようにするか、という問題を解決していなかったが、リザは暫定政府との交渉に引きずり込まれかけていた。ＲＧＦの穏健派メンバーを支援しようという私の試みのほかに、この殺戮地帯においていかにして穏健な政治的主張を打ち立てるかについては、誰も取り組んでいなかったのだ。

上司たちにもう一つ説明したことは、人道支援に関するものであった。ＲＰＦはその支配地域で援助物資の分配を統制

13 虐殺の報告

しなければならなかったと主張し、結果的に、NGOが直接的に戦争遂行を支援することになった。大量の援助が前線のRPF兵士の食糧になったのだ。RGF側では、人道支援物資は赤十字によって供給されるものにかぎられていた。赤十字は特別な除外規定によって、RGFの支配地域でかなり自由に行動することができた。しかし援助を試みる他のNGOは襲撃され、怪我をしたり、道路封鎖で強奪されたりして、彼らの安全を保障するすべはないように思われた。リザとモーリスはここから前進するには私のUNAMIR2の作戦構想に沿った方法しかないと確信した。つまり、人びとが集結し、保護され、援助物資を受けとることができる安全な場所を作ることである。(このことに私はとても満足した。なぜならモーリスはまだ私の作戦プランの有効性についてペンタゴンと闘っていると話してくれたからだ。)

彼らが視察することで作られた最終報告書は、そのほうが国連という組織が受け入れやすくなるので、私よりもはるかに表現力のある人びとによって国連用語で書かれた。その報告書に新しく加えられたことはなかったが、組織のヒエラルキーの内部では、私よりも上級の権限をもつ人間によって表明されたものだった。そしてついに「停戦を確立しようとして、RGFの支配地域での意図的な市民の殺害の継続を許すことは非常識」であると認められた(リザが発言し、事務総長から報告書として五月三一日に安保理に提示された)。「これを止めなければ長期間に及ぶ暴力の応酬がはじまる危険がある。停戦には市民の殺害の停止が伴わなければならない、と繰り返して言う……。最優先事項は、家を強制的に追われた人びとの苦しみや、脅迫にさらされている市民の恐怖を取り除くことである」これは私の耳に快く響いた。それはRPFの報復の幻影に馬鹿げた恐怖を覚えて、RGFの戦線の背後にいる何百万もの人びとが、大移動をする可能性に焦点を当てるものだったからだ。「これには組織的な人道的支援作戦が必要である。これは適切な安全条件が確立されないかぎり、必要とされる規模で実施することは不可能である。UNAMIRはすでにこの安全を提供する計画を用意しており、それは第二の優先事項として、危険な状態にある市民を集めて、その安全を確保することである」これはもう一つの大きな突破口であった。私はようやく実際に殺戮を止めるために行動する攻撃的な権限を与えられたのである。

問題は(リザとモーリスも、私も皆知っていたように)国連には独自にその目標を達成する能力がなかったことだ。国際社会が介入しなければならない。「行動に対する私たちの準備や能力は最善の場合でも不十分であり、最悪の場合には悲しむべき状態にあることが明らかになった……システム全体についてこれに応える能力を強化するために見直しが必要である。そのような見直しがおこなわれることが、私の意図するところである」この報告書は安保理決議第九二五号の触媒になり、決議は六月八日に通過して、第一段階と第二段階の部隊の同時展開が承認された。私はブトロス＝ガリと安保理が、上級国連職員が訪問して報告書が届くと、きわめて迅速にその変更を確定できることに驚いた。それは、これ以上ないほどの茶番であった。

私と二日間すごした後、リザとモーリスはＵＮＡＭＩＲが日常的に遭遇する危険のほとんどすべてを経験した。三日間は安全に滞在できることになっていたにもかかわらず、私たちは発砲された。ディプロマ・ホテルにいるビジムングに会いにキガリを横断——三〇分から四〇分かかる旅——するために、ＵＮＡＭＩＲの敷地内で装甲兵員輸送車によじ登った時の彼らの表情を今でも覚えている。できるかぎりくつろいで、モーリスと私は昔のワルシャワ協定準拠の装甲兵員輸送車の内部デザインが貧弱だとか話していたが、リザは黙ったままだった。後にモーリスは、リザが、程度の差はあれほとんどの時間、酷い怪我をした背中の極度の痛みに苦しんでいること、装甲兵員輸送車に乗ることなどほとんどできないのだということを教えてくれた。ＲＰＦの領域を移動するしばらくの間はそれなりに安全だったが、乗務指揮官がＲＧＦの地域に近づいていると伝えたので、私はホルスターから銃を抜き、薬室に弾を込めた。ドアに一番近いチュニジア兵の護衛も軽機関銃を同じようにした。モーリスやリザは、旧式の装甲兵員輸送車ながら、おそらく安全である車内にいて、なぜそのような措置が必要だと私が感じているのか、と不思議そうな顔をした。私は車両の騒音の中で、インテラハムウェと自衛団が定期的に装甲兵員輸送車を停めて中を覗き込むのだと説明した。もし誰かが私の存在に気づいて「ダレール殺し」のヒーローになろうという気を起こした時のために、護衛と私はそなえておきたかったのである。

ギタラマまでの往復の旅によって、彼らはルワンダ国内で強制移住させられた住民の本当の規模に直面することになった。私たちは朝に司令本部を出発し、四輪駆動車に乗って移動した。後ろにはまだ動く二台の装甲兵員輸送車と共に護衛部隊がついてきた。道路はＲＰＦから逃がれてくる何万人ものルワンダ人で一杯だった。目的地に着くまでに、緊迫が三時間つづき、時間をかけて群衆の中をじりじりと進んだ。途中、疲れ切った、あるいは病気の老人が、もう一歩も前に足を進めることができないでいたり、残った重い家財を頭上に乗せて運んでいる前かがみの男たちや、子供たちがこれ以上歩くことができないが、かといって子供たちを抱いて運ぶ力も残ってないため絶望している女たちを間近で見ながら。部下のガーナ兵たちは後に着いてきていたが、しかし装甲兵員

13 虐殺の報告

輸送車は馬力不足で四輪駆動車よりもずっと大きいので、遥かに取り残されてしまった。

会議がおこなわれたが、暗くなる前にキガリに帰るか、さもなければそれなりの結果に直面しなければならないことは覚悟していた。装甲兵員輸送車がゴトゴトと視界に入ってきた時私たちはちょうど敷地から出たところだった。私は乗務指揮官に、回れ右をしてもとの道に戻るように言わなくてはならなかった。

午後、いつもの洪水のような雨が降りはじめた。雨があまりにも激しいので、時にはワイパーが役に立たなくて車を止めなければならないこともあった。魂の抜け殻のようになった人びとの列がえんえんとつづく曲がりくねった道のほんのすぐ側にいるにもかかわらず、装甲兵員輸送車を見失った。モーリスは、見失った装甲兵員輸送車について自分の考えを言った。キガリまでにはまだ一五かそれ以上のバリケードがあり、そこには半分酔っ払った、無慈悲でまったく予想もつかないことをするインテラハムウェがいる。その事実に彼は気を揉んでいた。それに加えて、どの過激派も私の顔を知っていて、見つけたら即座に私を撃ちたくてたまらないという事実もある。その時、この雨にずぶ濡れになり、疲れきり、敵意をもち、死と苦難に直面する人間たちの行列の真ん中で、私は長角牛を轢いてしまった。

徐行していたのだが、牛は完全に倒れてしまった。こんなに遠くまで何とか動物を引いて来た人がどう反応するか、私は予想もつかなかった。牛は非常に大切な商品であると同時に、ルワンダの共同体に属していることの象徴でもある。もし私が殺してしまったとしたら、最悪のニュースとなるだろう。

取り巻いていた群衆は動きを止め、私たちを恐ろしい目で睨み付けた。私たちは三人のアフリカ人ではない紳士であり、乾いた服を着てエアコンのきいた車に座っている。彼らにとってみれば、私たちは、彼らを道の下のかなり急勾配の坂道に押しのけるか、泥だらけの丘の側面に押しつけているにすぎない。そのうえ牛を轢いたのだ。

しかし私がドアを開ける前に（まだ開けるべきかどうか議論していた）、牛はよろめきながら立ち上がり、頭を振りなんとかボンネットにもたれ掛かった。そして牛が主人を道の峡谷側へと引きずっていくと、周囲の人びとがいっせいに笑い出した。

私は車を出す前に何回か深呼吸をした。私の同僚たちは事件のさなかは無口だったが、しかし二人ともがすぐに他の紛争地帯での似たような戦争体験記をブラックユーモアを交えて語りだした。

この訪問の最後のメモ。リザとバリルは、来た時と同じように道を遠回りして去らなくてはならない。いまだにカバレへ北進する主要ルートにおける彼らの安全を保障できないからである。彼らはウガンダの国境でヘリに乗りエンテベに飛んだ。そこから国連の飛行機が彼らをナイロビに、さらにその先まで運ぶことになっていた。ブー＝ブーは今ではナイロビに本拠を構え、アフリカ大陸中を飛び回って、アフリカ諸国の政府に部隊の拠出を依頼している。しかし、それはPKO局で調整される必要があるものだった。彼は、それ相応の大使のような暮らしぶりができるように、家を一軒借り上げることをナイロビのスタッフに要求したが、あちこちの出張を一人の補佐官でこなすように命令された。ブー＝ブーが、リザとモーリスが利用するために派遣された飛行機を勝手に徴用したために、リザとモーリスは一時的にエンテベに足止めされた。

なんとか装備を調達したり、部隊拠出国の最終決定をめぐって、骨の折れる交渉がニューヨークで白熱していた。エチオピアはまだその国々に加わっているが、自国の内戦を終わらせたばかりであり、平和維持活動の訓練を受けていないということを考えると、エチオピアが平和維持部隊を送るということ自体に驚かされた——実際のところ、彼らは反乱軍であってプロの軍隊ではない。（モエンもまた、ルワンダのフツ族がエチオピアの平和維持部隊を誤解してしまうのではないかという懸念を伝えてきた。なぜならエチオピア人は遺伝的にツチ族と繋がっていると思われていたからである。しかしながら暫定政府もRGFも結局のところ異論は唱えなかった。）しかし部隊の拠出経験のある一ダースほどの国家を求める試みは挫折し、絶望的なことに、これまで国連が実施した中でも最も複雑な作戦に、経験のないいくつかの国をむりやり参加させることになった。私は、これは技術的に間違いであるばかりでなく、多くの点で倫理的にも間違っていると考えた。ブー＝ブーは、もしもその国の政治家が「人権」という言葉を書くことができたらびっくりしてしまうような国にさえも、拠出部隊を探しに出かけていたのだ。

リザとモーリスの訪問から六月六日までの間に、私はPKO局に三つの別々の評価を送った。それらは、事態がどのように展開し、任務と将来の部隊展開にどのような影響を与えるかに関するものであった。何日もの間つづけて、できるかぎりの戦地情報を集めるために、多数の偵察チームを送った。私はティコに直接命令し、彼が選んだ四つの国連軍事監視員チームからなる小さなスパイ組織さえ作った。彼らは、並外れて勇気ある士官たちであり、作戦情報の収集における貴重な資産となった。彼らはまた、RGFの穏健派、カガメ、そして私を含む、さまざまな当事者間でおこなわれる慎重な取り扱いを要する任務を遂行した。

私は再度PKO局に憂慮を報告した。敗北に直面したRGFが他日の戦いにそなえて、軍と民兵部隊のゆっくりとした縮小とザイールに向けて西方への撤退をはじめるように、暫定政府から指示を受けているのではないかという憂慮である。西方への戦略的な撤退をおこなうことで、大量のフツ族を、彼らより先にザイール周辺地方へと移動させる一方で、彼らの方針である焦人戦術を遂行することができた。過激派政府の多くの有力メンバーが、フランス、そしてベルギーにさえも生き残っており、意気軒昂だった。彼らは、ルワンダの国連大使と同じように暫定政府と接触し、本国の過激派に援助をせがまれればそれに応えた。五〇万人のルワンダ人がすでにタンザニアに逃亡し、過激派の沈黙の支配下で生きていた。私は、ザイールのキヴ地方に、その四倍か五倍の人数が移動することが予想される、と考えていた。国内西部にいる莫大な数の強制移住者の移動に関する、最新の情報が必要であった。彼らが元の場所に戻るのを助け、この膨大な人間の流出をくい止めるためにである。西洋諸国に航空写真と衛星写真をくれるよう何度も求めたが、耳を貸してはもらえなかった。(後に、ロシアが衛星写真を売る用意があるといったが、そのような支出のための予算はなく、予算を出してくれるようにどの国も説得できなかった。)暫定政府と家を追われた大量のルワンダ人の状態を把握するには、毎日国連軍事監視員を使って、彼らの命を危険にさらすしか方法はなかった。家を追われたルワンダ人は、逃亡の最中に、飢餓で、疲労で、病気で人々の群れの中で死んだ、あるいは過激派の打ち下ろすマチェーテによって処刑された。難民がザイールになんとか到着したとしても、すぐさま過激派が難民キャンプに押し入ってきて、報復の準備をするだろう。もしそのようなシナリオが現実になった場合、今後何年にもわたってルワンダが不安定になることが確実になるだけでなく、この地域一帯の安定を失わせることになるだろう。

それでも、しばらくの間は、私は自分たちがいい調子であるような気がしていた。どのようにこれから進めるべきか、私が進言してきたことを基本的に是認したレポートを携えたモーリスとリザが出発したその翌日、私はジュネーブの国連人権理事会のルワンダに関する特別会議のレポートを受けとった。会議は、このルワンダで起こっている恐ろしい出来事は人権の侵害であり、世界はそれを止めるべく行動すべきだ、ということを躊躇なく認めていた。会議は六月初旬にチームをルワンダに派遣し、大量虐殺の容疑者を確定する調査に着手することに合意していた。

私は、ジュネーブ会議(リザとモーリスがキガリで私といたのと同時期に開催された）において、合衆国、フランス、ドイツ、オーストラリアのいずれもがルワンダで戦慄すべき事態が起こっていることを認める声明を出したことに興味をそそられたが、いずれの国も、具体的援助を申し出てはいなかった。合衆国の代表団を先導したジェラルディネ・フェラーロは、ＵＮＡＭＩＲの努力を支援するという声明を実質的には出していた。フランスは、「ジェノサイド」という言葉が、ルワンダで起こっている出来事を明確にする上で、決して強すぎる表現というわけではないと主張した。フランスの人権担当大臣リュセット・ミショー＝シェブリは、参集した外交官に向かって熱弁をふるった。「フランスの要求に応えて、国連安全保障理事会はＵＮＡＭＩＲを大幅に拡張した」彼女は、自分の国がしたことを、恥知らずにも次のように自賛したのだ。「速やかに、フランスは紛争の犠牲者に対する特別な援助を提供した」そう、脱出を希望したフランス人居留人と、ハビャリマナの家族については、フランスは特別な援助を提供した。

ちょうどその頃、モントリオールにあるアフリカ研究カナダ協会からファックスを受けとった。それは、フォスタンの家族がキガリでいまだに生存していることを知らせ、ＵＮＡＭＩＲがそれに関してできることはないかを問い合わせるものだった。ジェノサイドがはじまって七週間も経って、この要請は予想外のように思えるかもしれないが、五月の最終週には、カガメ将軍までもが、彼の親戚の一〇人がいまだ市内に隠れているという連絡をよこした。果たしてそんなことが可能なのだろうか？　過激派にとって不倶戴天の敵であるカガメの家族が、過激派が支配するゴーストタウンで生き延びられるなどということが。フォスタンとカガメの親戚が隠れている場所へ国連軍事監視員を派遣した。私たちは赤十字の支援を得て、なんとかフォスタンの義理の兄を救出した。カガメの親戚の場合は、部下の軍事監視員が家を訪れ、ドアをノックし、確認したが、誰も見つけられなかった。彼らは翌日もまた巡回することとして、再度その家を訪れたが、その時に床に横たわる死体を発見した。誰かが軍事監視員が来たことに気づき、家を見張り、家族を殺害したことは明らかだった。こうした状況が、始終私たちにはつきまとった。誰かを助けようとすることが、助けようとした人びとを危険にさらすこともあるという状況である。

ンディンディリマナとの私的会合から予測されたように、五月の下旬には穏健派はほとんど末期状態であった。ある日司令本部で、ルサティラとガツィンジから秘密裏に届けられた手紙を受けとった。次のように書いていた。彼らは昔の軍学校時代の生徒と共に南方で暮らしており、ＲＰＦに捕えられれた場合には抵抗する意志はないので、攻撃しないでほしいとカガメに伝えてほしい。私が彼らのメッセージを伝えると、カガメはいい印象はもたなかった。カガメの意見としては、ルサティラやガツィンジは初めから公然と過激派右派に抵抗すべきだったし、今となっては、そうしなかったことで自分たちとわずかに生き残った支持者や家族にもたらされた結果を甘受しなければならない、というものだった。

五月二七日に、クレイトン・ヤーチェと人道支援団体がぬかりなく手配して、住民移送が初めてうまくいった。私たちは、ＲＰＦの同調者をミルコリンからキガリの東南の街に移し、フツ族をアマホロから市外の、まだＲＧＦが掌握していた降車地点まで移した——移送者の数は全部で約三〇〇人であった。私は、最初の住民移送に参加したかったので、ＲＰＦの護送隊に加わった。それが一番トラブルに会う可能性があると考えていたからだ。私が護送隊に加わっていることを周知させておいたので、検問所を何事もなく通過した。難民が引き渡される町に到着すると、群衆が出迎えのために待っていた。それまで押さえつけられていた感情が一挙に爆発したのか——無数の抱擁と泣き声——、私が部隊司令本部に戻る時になっても、この飢えた人びとは差し出された食べ物に見向きもしないほどであった。（その日キガリへの帰途、小さな男の子に出会った。彼は、孤児を国外には連れ出さないという私の決意をひどく動揺させた。本書の序章で述べた出会いである。）

もう一方の住民移送もほぼ成功したが、護送隊がカダフィ十字路で銃撃を受けた。ＲＰＦは、橋を見下ろせる丘の東側に陣地を築いていたのに対し、ＲＧＦは西側に塹壕を掘っていた。人びとが、キガリから七キロほど外の、ギタラマへと向かう道のはじまりにすぎない降車地点に到着しても、歓迎集会は催されなかった。ＲＧＦの兵士が人びとに歩き出すように命じただけだった。

その翌日もまた住民移送を予定していたが、延期することにした。トラックの防御を強化する必要があったし、アマホロ・スタジアムにいる人びとの移送が公平で自由におこなわれるように、ＲＧＦ側の監視員が人びとの選択を精査できるよう手配する必要があった。規律のとれていないインテラハムウェに住民移送のための停戦を守らせておきながら、他の護送隊がＲＰＦの銃撃を受けることになったのは皮肉なことだった。

私は、ルワンダで起きている事態に対処するうえで不足している部分を補うために、国連軍事監視員を精力的に活動させ、すべての保護地域を定期的に巡回させた。国内で二ヶ所、情報がきわめて乏しい地域があった。一つはザイールとの国境から程近い、ギセニ周辺であった。その地域に暫定政府がメンバーを移動させているという話だったので、重要であった。二つ目は、広大な南部の森の西側にあるチャンググ地域であった。私たちは、森に膨大な数のツチ族が隠れていると、そうでない人びとは虐殺されたと聞いていた。暫定政府がどこに向かって動いており、ゴマ近くの国境で何が起こっているのかを知る必要があった。ゴマの国境を越えて、大量の武器弾薬がルワンダに入ってきている、という噂があったからだ。南部での私の関心はもっぱら人道支援状況にうまく対処することにあったが、同時にチャンググにはフランス語を話す白人の男たちがいる、という噂の真偽を確かめたかった。RGF側に、白人の傭兵が増えているのではないかと考えたのである。もっと確かなデータを入手するために、両方の場所に国連軍事監視員で構成される二つの偵察部隊を派遣した。後に、ギセニに向かったグループが、三八個もの大きな道路封鎖に出くわし、国連のやることなすことに憎しみを抑えきれない民兵組織のメンバーがいたことを知った。チャンググに向かったグループは、五二個の道路封鎖を通過する交渉をしなければならなかった。

私たちには、安全を求めて人びとが集まっている、キガリ周辺の場所の大部分を守るだけの兵力はなかった。孤児院や学校、教会の安全を確認し、食料や物資を置いてくるためのパトロールを一日に何度も送った。しかし最終的には、特に孤児院で切迫した事態が生じていたので、軍事監視員に怯えている難民たちのところで夜をすごすように命じた。軍事監視員がいれば殺人を食い止めることができるだろうと期待したのだが、実際ミルコリンと同様にうまくいった。また、大使館に潜み、食料が尽きていた約七〇〇人ものザイール人とタンザニア人を安全に国外へ脱出させた。

五月三〇日、停戦する意図があることを宣言するというリザのアイデアに合意することを目的とする、初めての停戦交渉が司令本部でおこなわれた。以前と同じく、それは安全に関する悪夢と呼ぶべきものであった。しかし少なくとも交戦当事者が面と向かい、悪意をもっていないということを公言させることはできた。RGF側の連絡将校エフレム・ルワバリンダがUNAMIRへ来てから、非常に驚くべき進展があった。彼は、憎悪を煽るラジオへの措置も含めて、二つの勢力の間の緊張を緩和する方法を見出すのを、UNAMIRが助けてくれないかと訊ねたのだ。RGFの発言とはとても思えない声明を流しているすべてのラジオ放送を、穏やかなものにしたいのだ、と彼は言った。(彼は後にRPFに向かう途中、待ち伏せされて殺された。)

その日、合衆国の対外援助担当国務次官ブライアン・アト

13 虐殺の報告

ウッドがナイロビに来ているという話を聞いていたので、私に会う必要があるはずだと私は主張した。彼はとても忙しかったが、ナイロビ空港のＶＩＰルームで数時間会う手はずを整えた。五月三一日早朝飛行機に乗り、ルワンダに来て初めてハーキュリーズ機で国外へ出た。私の制服は比較的清潔で糊も利いていたが、臭いは素晴らしいとはいえなかった。しかも他の部分について言えることは、首と、手から肘までは洗ったということだけである。

離陸すると、ハーキュリーズは空高く上昇していくのではなく、高原の崖から谷へ降下していった。乗客全員ＵＮＡＭＩＲで、飛行機にすし詰めになり、防弾チョッキと毛布の上に座った。中には、流れ弾から頭を守るために、鋼鉄製のヘルメットをかぶっている者もいた。私は生まれて初めてコックピットに座って地上ぎりぎりで飛ぶ飛行を経験した。タンザニアの国境まで、谷に沿って、まるでバナナを摘みとれるほど低く、山頂をかすめ飛ぶ。ケニアに向かって北東方向へ通常の高度で飛んだ。私は胸がむかつき、後ろに座っている連中は吐いていた。パイロットは明らかに得意になっていた――飛行の腕前に得意になっているのであって、砲撃を避けたおかげで何人もを気持ち悪くさせたことに得意になっているのでなければ良いのだが。

ナイロビ空港で、私はＶＩＰラウンジまで行くのにほとんどけんか腰にならなければならなかった。そこに行くには書類が必要だったのだが、それを知らず、明らかに書類を失くしていたからである。この混乱から、空港職員に対する私の見方はよけいに確固たるものになった――前年の一〇月、派遣団の指揮権を引き継ぐための飛行機に搭乗する際にも、同じ職員たちにかなりのＵＳドルを支払っていたからだ。

アトウッドは私が到着した一五分後に多くの側近を引き連れてやってきた。私は話しはじめ、二人の間に司令官用の戦術地図を広げた。私は言った。補給能力では合衆国に比肩できる国はなく、私の考えでは、安全保障理事会における合衆国の優位は疑いようもない。合衆国は、ＵＮＡＭＩＲ２のための装備と空輸能力を提供すべきだ。それから自分の作戦構想を詳細に述べた。初めて公にしたことの一つだが、何百万ものルワンダ人が西方へ移動してザイールやブルンジに入ったら、世界は、ルワンダ問題ではなく恐るべき地域問題に直面することになると警告した。この大量流出を防ぐ手段がすぐに必要だ。キガリでの戦いは終わっていないし、大量の弾薬がルワンダ、特にＲＧＦ側に入ってきている――五月一七日に決議された禁輸措置は無意味であり、無駄であり、履行されていない。アトウッドは親しみやすく、のんびりとした男だが、頭の切れる随行者の連中は私に「明確な説明」を求めつづけた。

最後にアトウッドは、アメリカ人がよくやるように、要点をはっきり言えと言った。私は答えた。「すぐに現場の平和維持部隊に装備を送ってほしい。装備なしにＵＮＡＭＩＲは何もできない。合衆国の戦略的空輸なしに、誰も何もできないのです」

握手をして別れ、彼は全力を尽くすと言ってくれた。私はしばらくの間、暗い、木のパネルのラウンジに座っていた。まるで、裁判所で尋問され、判決を待っているような気分だった。国連軍事監視員の一人が食堂へ降りていって、サンドウィッチをもってきてくれた――ほぼ二ヶ月間、新鮮なパンを口にしていなかった。ハーキュリーズに乗り、サンドウィッチを吐いてしまわないように願いながら、キガリに戻った。

その日の午後、いつものように小火器と大砲の不協和音の中で、私は三四頁にわたる現状再評価を書き終え、ニューヨークへ送った。その時、セネガルのディアグネ・ムベイ大尉が、ＲＧＦの路上封鎖にＲＰＦが撃ち込んだ迫撃砲の破片に直撃されたということを知った。彼はビジムングからのメッセージを私に届けに戻るところだった。ディアグネはダッシュボードに頭を叩きつけられて死んだ。アガート首相の子供たちを救った軍事監視員であり、それ以来数週間のうちに、その手できわめてたくさんのルワンダ人を救った。彼は、直接間接の砲火、地雷、暴徒、病気その他の脅威に勇敢に立ち向かい、人びとの生命を救うためにはどんな任務も喜んで引き受けた。本部では彼に敬意を表して一分間の黙禱を捧げ、六月一日には空港に積まれた土嚢の背後で、砲声を聞きながら彼のために小さなセレモニーをした。彼の遺体は青い難民用テントに包まれて、ルワンダのもう一人の英雄として本国に送られた。同僚の軍事監視員の一人が言うには、「彼は私たちの中で一番勇敢だった」ディアグネを友人だと思っていたＢＢＣのマーク・ドイルが、最近私に手紙を書いてきた。「ムベイほどの勇気と評判をもったイギリスやアメリカの平和維持部隊員が死んだら、どれほどの記事がメディアに出るか想像できるかい。彼については、ほとんど何も伝えられていないのに」（ドイルは後に雑誌『グランタ』で彼について多くのことを書いている）

六月一日。私は憲兵隊の協力をえて、市から西へと向かうより安全なルートを探すことにした。それで、ＲＰＦの攻撃とＲＧＦの緩衝地帯を避けることになる。かなり回り道をして、ひどく荒れた小道を選んだ。雨季に雨が激しく降ったので、地面にしみ込む間がなく、道を侵食し、滑りやすい深いぬかるみにしていた。旅の途中、丘の坂道の流出したところに着いて、そこを走り抜けようとした。一台の車両が滑って

13 虐殺の報告

丘を転がり落ちていった。幸運なことに誰も怪我をしなかった。

転落した車両はあきらめたが、簡単には盗まれないように車からディストリビュータ・キャップを外しておいた。一週間ほどたって、国連軍事監視員の一人がRPFが運転するそのトラックを見かけた。車両はUNのマークをカモフラージュするために泥で汚されていた。RGFもまたその車両に目をつけており、こういうやり方でUNAMIRはRPFに肩入れしているのだと結論づけた。八台の車両が、この時点までに国内のあちこちの場所で放置されていたため、RPFにそれらを使わないよう求める交渉をはじめなければならなかった。

細道や小道にそって走りつづけると、どの地図にも載っていない村の真ん中をとおり抜けることがあった。ある村で車を止め、すべての車両が追いつくのを待っていた。私たちがいる細道は、キガリを逃がれる人びとが使った脱出路の一つだった。ここにはバリケードの残骸があり、溝や道の脇で多くの人びとが殺されて投げ捨てられていた。待とうとして車を降りた時、比較的新しいものと思われる死体を何体か見た。子供の死体をちらりと見ると、動いた。思いすごしではないかとも思ったが、子供がぴくぴくと体を動かしているのを見て、助けようとした。子供を抱き上げようとかがみ込んだ。私の抱いている小さな死体が急に、腕の中でぞくぞくするようなぶよぶよしたものになった。すぐに動いているのが子供ではなく、うじ虫であることに気づいた。私は凍りつき、子供を放り出したくないものの、一秒も抱いていたくないと思った。なんとか死体を置き、震えながら立ちすくんだ。腕の中に何があったか考えたくもなかった。

私たちは道路の偵察をつづけた。正午すぎに丘の頂に到着した。目の前には、国内で家を追われ、キガリから外へ出る道路封鎖をなんとか通過してきた人びとの、大きなキャンプが延々とつづいていた。黒い雨雲に覆われた空は低く、青い難民テントがそれを支えるように立てられていた。まるで、強制移住者の海を見ているようだった。私たちはゆっくり丘を降りてゆき、キャンプを抜けて、次の高台の頂上の近くに設営された支援基地に向かって進んだ。丘はたくさんの人で混み合っていたので、どんなに小さな動きもさざ波のように四方八方へと広がる。群衆があまりにも多かったので、一人ひとり見分けるのは難しかった——あまりにも多くの顔、あまりにも多くの目があった。かつては明るい色だった衣服も色が落ち、泥で汚れていたので、何もかもが茶色一色だった。

ここの赤十字職員は現地住民であり、自分たちに突きつけられる要求に翻弄されていた。彼らはとても勇気があり、赤十字がルワンダのどの地域でも援助をおこなうことができることに非常に感銘を受けたと、私は説明した。取り囲んでいる群衆の中の年長者の一人が話しはじめた。自分たちの多くは大慌てで避難しなければならなかったので必要なものを置いてきた。ここに着いて以来、トウモロコシを食料支援として受けてきた。そしてそのトウモロコシを見せてくれた。大きくて、硬く、ごつごつした粒から見て、家畜用のトウモロコシだった。彼らにはトウモロコシをひくための道具はなかった。また、柔らかくするためにトウモロコシを調理する鍋もない。鍋に入れる水もなく、鍋を温めるための火をおこす薪もない。料理していないトウモロコシは食べることができないが、空腹のあまりそのまま食べた子供もいる。ごつごつした粒は子供たちの消化器官を傷つけ、内出血を起こした。子供たちはそれが原因で、腸から出血して死んでいくのだ、と。言葉で言い表わせないほど悲しい表情を浮かべ、年長者はどうにかできないかと訊ねた。しかし私には答えることができなかった。恥ずかしい思いで車に乗り込み、私たちはキガリまでの帰路についた。

帰路は往路と同じくらい運転しづらく、曲がりくねっていた。しかしそのおかげで、人道支援の対応がいかに遅かったかを、苦い思いで考える時間があった。ローマ、パリ、ジュネーブ、ニューヨークはいまだに評価につぐ評価を要求していた。約二〇〇万人もの人びとを助ける代わりに、国際社会と支援団体はいまだに何が本当に必要かを分析していた。その日の夕方のミーティングで、私はヤーチェからの状況報告を、国連ルワンダ緊急事務所の新しい代表者であるシャルル・ペトリエの報告とともに受けた。ペトリエはずっと延々と評価がつづいていることに絶望していた。私は彼に向かって、次の評価では次のような私の言葉を引用していいと言った。「私に二〇〇万人分の食料、燃料、医療品、水を送るように言ってくれ、そうすれば細かい分配の作業はこちらでやるから、お願いだから早くそれを送ることからはじめてくれ」

数年後、私は当時の政策立案者や評価を要求していた連中の何人かに会った。彼らはその機会を利用してこう言った。君は「あまりにも単純なやり方」で状況を見ていたのだ、と。

六月一日はカナダ国防省のナンバー2であるボブ・ファウラー、カナダ軍のナンバー3である海軍大将ラリー・マーレイが二四時間の訪問のために到着した日でもあった。ファウラーは一九六〇年代にブタレ大学で英語を教えたことがあり、このルワンダという、大きな少年たちに囲まれた小さないじめられっ子のようなアフリカの国に、暖かい感情をもっていた。作戦部長としてマーレイ海軍大将は、オタワにいる上司にカナダの軍事参加に関して勧告をする前に、自らの目

13 虐殺の報告

で現地の状況を確認したいと考えていた。時間がかぎられていたので、部隊司令本部でいくつかの資料に目をとおしてもらい、保護地区に案内し、赤十字病院とできるだけ街を案内した。そしてまたディプロマでビジムングと会って簡単な話し合いをした。完璧を期すかのように、ファウラーとマーレイが滞在中ホテル付近に何回も砲撃があった。

その日の夜、私たちはソーセージと豆が入った缶詰、それを飲み下すための水で夕食をとった。私たちはメインホールの脇にある小さな会議室で適当に集めた椅子に座り、その部屋には大きすぎるテーブルを囲んでいたので、ほとんど身動きがとれないほどだった。もっとも、前回の砲撃のおかげで建物に開いた穴をふさぐプラスチックやベニヤ板がなかったため、新鮮な空気と虫はたっぷりとあった。

彼らとの会話は生き生きして雰囲気は和やかだった。何度も話題になったのは、カナダ軍の飛行機と乗組員がやってくれている格別の仕事に対する敬意であった。私はファウラーとマーレイに、飛行機のエンジンが発するただの爆音でさえ、私たちの士気をとても高めてくれることを分かってもらえるよう説明した。常日頃感じ苦しんでいる孤独と、いつ攻撃されるか分からないという感覚を、飛行機の音を聞いた時には完全に忘れる。その飛行機の中身がたとえ空っぽだったとしても、飛行機がきてくれるかぎり一向に構わない。そして私は、飛行機と乗組員を残してくれたことについてファウラーとマーレイに感謝した。乗組員たちは、日常的に生命を危険にさらしており、実際にそれを証明するかのように、古いハーキュリーズ機の機体には弾丸の穴が開いているのだ。

私たちは交代でスピーチをした。マーレイ海軍大将は話の終わりに私に起立を求め、その場で私に殊勲十字章を授与した。私と一番近しい戦友たちの前で、彼は勲章を私の制服につけたのだ。私はまっすぐに立って平静でいるのがやっとだった。このような形で表彰されることを誇りに思った。しかし、あれほど多くの隊員たちに先んじて勲章をつけられるのは恥ずかしかった。私は戦場で兵士と士官を死なせていた。そして他にも多くの者が任務中に受けた傷で、医療物資の不足による病気で、本国に戻っていた。しかし彼らは勲章をもらっていないのだ。この受勲はルワンダでのもう一つのほろ苦い思い出である。

その夜客たちは司令本部の不快な環境の中で眠りについた。私たちは翌日RPFを訪れることを計画していた。しかし朝になってみると、安全を確保することはできなかったし、ルートにはすさまじい砲撃がなされていた。そこで私たちは屋根に上り、キガリの内部や周辺のいくつかの場所を指差した。彼らは二キロも離れていない市街区でRPFが攻撃しているところを見ることができた。

六月二日、私はコフィ・アナンからのメッセージを受けとった。メッセージは、カブガイと呼ばれる場所を特別に保護するよう求めていた。その土地はとても大きなカトリックの布教施設で、ギタラマからあまり離れてはいなかった。赤十字の報告によれば、そこに約三万人の人と多くの大司教や司教たちがいるとのことであった。RPFが包囲しており、教皇が直々に人びとの特別な安全確保を要請してきたのだ、とアナンは言った。私は答えた。「余裕があるかぎり何回も国連軍事監視員を派遣してカブガイを訪問させつづける。しかしもっと兵員がいないかぎり、それ以上のことはできない」

ヘンリーが議長を務める休戦会議で、両勢力とも引きつづき難民の脱出ないし移送のために休戦協定を重んじることに改めて同意した。六月三日、私たちはふたたび住民移送を試みることにした。ヘンリーがRGFの護送隊に帯同し、カダフィ十字路のある地域で人目についたほうが、RPFがなおも発砲するかどうかを確認するには望ましいだろうと私は考えていた。ヘンリーとUNAMIRの装甲兵員輸送車が居ても、RPFの支配地域から迫撃砲による砲撃がおこなわれた。

私は、護衛のフィルや何台かの装甲兵員輸送車と一緒に、十字路に姿をさらして、護送隊の帰りを待つことに決めた。開けた場所に立って何人かの男たちと話していると、RGFの兵士が背後の溝から現われた。いかにも荒くれという感じの軍曹で、服はボロボロだが完全武装であった。彼は緩衝地帯のRGF側の見張りだった。私たちと少し話し、丘の上を指差してRGFが陣取っている場所を示した。私はそれを確認するために首に下げていた双眼鏡に手を延ばした――RPFが砲撃してきた場合、迫撃砲がどこに位置しているかを煙から確認できるように双眼鏡をもってきていたのである。兵士は双眼鏡に興味を示した。私は双眼鏡をはずし彼に双眼鏡を覗かせてやった。明らかにそれは彼にとって初めての経験だった。双眼鏡を手にした彼は、私の防弾チョッキに目をつけ、これは何をするものか、どんな着心地か、と尋ねた。防弾チョッキを脱ぎ、着せてやった。そして首に双眼鏡をかけてやった。ほんの短い間だが彼は幸せそうだった。

私が防弾チョッキを返してくれと言って、彼が手渡そうとしたまさにその瞬間、迫撃砲弾が落ちてきて、私たちが立っていたところからほんの十メーター程の硬いアスファルトを直撃した。弾丸は道路のかけらと金属の破片を辺りに撒き散らした。本能的に、RGF兵士を含めて誰もが地面に倒れ込んだ。私は動かなかった。私は防弾チョッキを片手に持っていた。私以外、全員が地面に伏せていた。彼らは自分が直撃されていないことに気づくと、装甲兵員輸送車に隠れるためにすぐさま全員集まってきた。私は熱い金属の破片がズボンの足に刺さっていることに気づいた。しかし立ったままで、静かに防弾チョッキを着た。そして双眼鏡を返してもらおうとRGFの兵士のほうに顔を向けたが、彼はもうどこにも見えなかった。「まあいいさ。そこまで双眼鏡を気に入ったのなら、くれてやろう」そう思った。

フィルは、とても丁寧とはいえない言葉で、装甲兵員輸送車に身を隠すよう私を急かした。代わりに、私は弾孔がある場所まで行った。彼がついてきたので、私たちは弾孔について分析した。それは軽迫撃砲弾でRPF側から砲撃されたものだった。乗員たちが装甲兵員輸送車を十字路から離れた場所まで移動させたが、護送隊がくるまでの五分間程、私はその場に、向かってくる銃撃に身をさらして立っていた。誰も乗っていない護送隊がようやく私の脇を通過した。そしてもう銃撃はされなくなった。この任務をつうじて、私たちは一万人の人びとをこのようなやり方で守ったが、いつ銃撃されるかどうかは決して分からない中でのことだった。

その夜、ヤーチェが、ドン・マクニールが下書きした公式書簡を送ってきた。国連軍事監視員と同様にガーナ人兵士たちも住民移送という危険度の高い任務は不必要であると考えており、自分たちは不必要な危険にさらされていると考えている、それを伝えるものだった。私には彼らの不満は理解できたが、同意はできなかった。住民移送は私たちが実施することができる、数少ない積極的な活動の一つであるだけでなく、私たちが保護し、食料を与えなければならない人びとの数を減らすのに役立っているのである。しかし、例の十字路での出来事にまで事態が至ったことを考えれば、その手紙は有難かった。RPFが正気に戻るまでは住民移送を中止するという決断をさせてくれたからである。私はまた、RGFが、トラックから道に降ろされた人びとをどう処遇しているのかについても気にかかっていた。RGFの地域はまったくの混乱状態だったからだ。それに、これ以上住民移送を進める前に、対処しなければならないもう一つ厄介な問題があった。それは、私たちが匿っている人びとすべてが、ここを離れたいと思っているわけではないことである。今居る処での安全を求める者も確かにいた。また、この国から完全に出国したいと望んでいる者もいた。しかしそうするためには、彼らが適切な書類をもっていることを確認しなければならなかった。さもなければ、ナイロビは彼らを送還することになる。

しかし、驚くほど多くの人びとがここに留まることを望んだし、それが当然だということを認めざるをえなかった。私たちと居れば、ある程度の支援と最低限の保護を受けられる。

そして彼らは、まったく不確実なものに身を投げ出したいなどとは思ってはいないのだ。

その夜、私は十字路での迫撃砲による砲撃に関して、激しい抗議の手紙をカガメに書いた。私は、彼がUNAMIRに送ってきた連絡将校がすべての作戦を了解したこと、彼からすべてが承認されているという確認を受けとったことを、はっきりさせた。私は、私の交戦規則には反撃射撃を許可してあるということを改めて述べた。次のように手紙を締めくくった。「本官は、この件について貴官のじきじきの返答を要求する。強制移住者の交換を再開した際には、状況を監視するために、カダフィ十字路にふたたび兵員を展開するつもりである」

二四時間経たないうちに、私は将軍から遺憾に思うとの回答を受けとった。彼は、その地域の大隊司令官が彼の命令にしたがわなかったので、重い懲戒処分をおこなうことになる、と書いていた。後に、その大隊で起こったことについて二つの噂を聞いた。一つは、その大隊司令官が厳しく叱責され、後方部隊に送られて不名誉な指揮任務を引き継ぐことになったというものである。もう一つは、この大隊司令官は特異な人物で、異常なまでにフツ族を憎んでおり、あまりにも多くの損失を出してすでにカガメとトラブルになっていたため、除籍され銃殺されたというものだった。

ベルナール・クシュネルはキガリを去ってからも、ルワンダの孤児に関して人道支援団体と頻繁に連絡をとっていた。フランスのNGO代表としての力を使って、彼は重病の子供たちの一団をパリへ出国させる許可と、それを手伝うように求めてきた。私はとうとう、クシュネルが交渉して双方が合意するなら、子供たちを出国させようと言った。

五〇人を超える子供たちの避難は、六月四日におこなわれた。計画では、朝、カナダ軍のハーキュリーズがカナダの軍看護師を乗せてキガリに到着、荷下ろしをした後で、子供たちを乗せてナイロビまで飛ぶというものだった。ナイロビでは、フランス軍の病院飛行機が彼らを直接パリへ連れていくために待機している。作戦の結果は上々だった。その日の早朝、子供たちは機上の人になり、機にはフライトの間、彼らを落ち着かせるため看護師がついた。子供たちの中には酷い怪我を負っている者もおり、また多くの子供たちは一度も飛行機に乗ったことがなかったので怖がっていた。

飛行機はちょうど正午をすぎた頃にナイロビに到着した。しかし、フランスの飛行機は待っていなかった。そしてケニア人は子供たちを飛行機から降ろしたくなかった。その日はうだるような暑さで、アスファルトの滑走路からの熱によってさらに暑くなっていた。子供たちは九時間以上飛行機に閉

13 虐殺の報告

じ込められ、彼らの体調は悪化した——子供が一人死んだという報告があった。その夜ようやく病院飛行機が到着し、子供たちを乗せてパリへ運んだ。飛行機は翌朝フランスに到着した。一番報道されること請け合いの時間である。

六月五日の朝に手渡された一束の暗号ファックスで、第三段階の配置のために検討されている大隊がバングラデシュ大隊であることを知った。何と言えばよいのだろうか？

ヘンリーはナイロビにいた。そしてチュニスのサミットの準備としてブー＝ブーが司会を務める会議に出席した。このサミットは、停戦を仲介することを決めたＯＡＵが設定したものである。その朝のミーティングで、私は物資の状況報告をするよう求めた——特に、何台の車両が動いて、どれだけの食料と燃料が残っているのかを知りたかったのだ。国連軍事監視員がどれくらい器用かそれ次第だが、一ダースのトラックと四〇から五〇台の動く四輪駆動車があることが分かった。アマホロ・スタジアム、キング・フェイサル病院、ミルコリン・ホテルを維持している発電機用に少量の燃料が残っていたが、車両を動かすための燃料はほとんど底をつきかけていた。私は、たとえ状況が安全だと考えても、ガソリンがなくなるのを恐れて住民移送部隊を送ることができなかった。（翌日、燃料があったら貸してくれるようにカガメに頼んだ。しかし、この危機的状況で、もう一回分の住民移送の燃料をなんとか工面してくれたのは、赤十字であった。）

私の部隊についていえば、彼らにどこまで要求し、特に住民移送で生命を危険にさらすことができるようどうすれば彼らの意欲を維持できるかが、つねに私の頭を悩ましていた。ヘンリーの断固たる態度は、多くのアフリカ人国連軍事監視員と、もちろん彼の部下のガーナ人兵士の士気を高めるのにおおいに役立っていた。彼はまた、国連軍事監視員によって聖人の一人と考えられていたティコと強い絆を築いていた。ティコはどんな危険な状況でも一度も国連軍事監視員を置き去りにしたことがなかった。ヘンリーとティコは共に、精神的に弱り果て、過度な負担を強いられている国連軍事監視員に全力を尽くさせていた。

驚いたことにその日、イタリア外相が突然訪問した。彼は朝空港に到着して、私に挨拶したいと考えていた。すぐに彼のためにスケジュールを立てた。そしておおよそ一〇〇〇時に、メイン・ターミナルへ到着し飛行機を待った。ようやくエンジン音を耳にして、全員が着陸を見守るために外に出た。ハーキュリーズは銃撃の中を着陸することにも手慣れたもので、着陸して、ターミナルの前で方向転換し、タラップを降ろし、私たちの前で移動しながら、ガチョウが卵を産んでいくように荷運び台を置いてゆくというつもの手順を進める。しかしこの時は飛行機が方向転換、乗組員チーフがタラップを下げたその時、迫撃砲が管制塔のすぐ後ろに命中した。飛行機の轟音が爆発音を隠したが、もうもうと立ち上る煙を見た時、私はパイロットに発進するよう合図を送った。パイロットは即座に反応し、エンジンの回転数を上げ動きはじめた。しかし、乗務員のチーフは地上にいて、ヘッドフォンのコードが飛行機と繋がっていたので、彼は引きずられたまま飛行機が動き出した。大きなガチョウのような飛行機は前進し、彼はタラップを飛行機に戻そうとした。カナダ人の国連軍事監視員、ジャン＝イヴ・サン＝デニスは本能的に手伝いに駆けつけた。彼らはタラップを一つ引き上げ、そして二つ目もそうしようとした――飛行機はすでにかなり早く動いていたので、乗務員チーフはその後を走り、私たちは声援を送った。ようやく彼らはタラップを上げ、乗務員チーフが飛び乗り、飛行機は出発できることになった。ちょうどハーキュリーズが滑走路へ出た時、別の砲弾が、荷下ろしをしていたその場所に落ちた。(注2)

私はみんなにターミナルの中に入るよう命令した。心中では、きっと飛行機は吹き飛ばされることになるだろうと思っていた。命運が尽きて、大規模な爆発が起こって五、六〇人が亡くなり、その中にはイタリア外相も含まれることになるだろう。しかし、次の砲弾がかなり近くに落ちたにもかかわらず、ハーキュリーズは無事に離陸した。飛行機が地上からいなくなるとすぐに砲撃がやんだことから、この砲弾が飛行機を狙ったものであることは疑いようがなかった。

その出来事のあと、フランク・カメンジは飛行機を狙ったのがＲＧＦであることを言いにきた。彼の部下は、飛行機を攻撃せよというＲＧＦの作戦司令からの命令を傍受していた。その朝ビジムングと対面した時、彼はそれをきっぱりと否定した。ただしＲＧＦはイタリアの大臣の到着を知らされておらず、予告なしの訪問を喜んでいたわけではないことも認めた。

私は当分の間、空港の閉鎖を命令する以外になかったが、その結果まさしく最も恐れていた状態におかれることになった。迅速な補給も脱出ルートもないという状態である。

その夜眠る前、翌日が、Ｄデイ五〇周年であることに気がついた。ルワンダでの戦争がはじまる前の週に、私は個人的目標として六月六日をもって武装解除にとりかかるＤデイに設定していた。私は眠らずマットレスに横たわり、思いとは裏腹の現在の状況を数え上げた。食料は尽き、砲撃を受け、大量虐殺が猛烈な勢いでおこなわれており、そしていまだに騎兵隊は丘を越えてやってこない。

(注2) サン＝デニスは国防参謀総長の推薦だった。

13 虐殺の報告

六月六日。朝のミーティングで、ヤーチェはミルコリン・ホテルも含めて、私たちの敷地に入ってくる多くの人びとが、ここ数日で何千にも膨れ上がっていることを報告した。ヤーチェは移送する人びとのリストを作るのに苦労していた。ほとんどの人は残り、他の人も行くべきか残るべきか決めかねていたからである。

同日、RGFはキガリとギタラマを結ぶ道を解放するための攻撃を試みたが、RPFによって簡単に撃退された(六月一三日にはギタラマはRPFによって陥落し、臨時政府は初めはキブエに、つづいてザイール国境の最西北にあるギセニに逃げることになった)。私はその日に、カガメと会うためにふたたび訪問せねばならなかった。今回はムリンディではなく、新たに制圧した地域にある暫定的な司令部への訪問だった。いつもどおりの恐ろしい光景の中を進んでゆくと、二、三〇人程の兵士を周辺に配置した小さなコテージのテラスに、落ち着いて座っているカガメを見つけた。カガメの政治問題担当の上級顧問であるパトリック・マジムハカもその場にいた。テラスの影で枝編みの椅子に座っている二人の様子はあまりに穏やかであり、アマホロで隊員とともにすごす私の生活と彼らの状況があまりに対照的であることにショックを覚えた。カガメの服はプレスされて清潔であり、暖かく落ち着いた態度で私を出迎えた。コテージの中では家具は散乱し、床には割れたガラスの真ん中にハビャリマナの写真があった。かなり大きなコーヒーテーブルを前にして、私たちは長いソファに座った。そして私は、いつももち歩いている、戦闘地図をテーブルの上に置いた。打ち解けた感じで作戦の進展について話を進めながら、私は彼が口にするわずかな言葉を頼りに、今後の動静を探ろうと努めていた。私がブタレに近い南西の森のこちら側で動けなくなっている人の波について心配だと言うと、カガメはいつもと同じように、自分の目的はあらゆる場所で起きている殺戮を止めることだと言った。

私はカガメに、RGFの状況をどのように見積もっているのか尋ねた。彼は楽観視していた。キガリとギタラマの間の道は、今となっては大変危険なルートとなっている。彼はRGFの最強の兵士たちをキガリに封じ込めていたため、それ以外の場所ではRGFは戦闘にならなかった。カガメはいつでも好きな時にその戦力の不均衡を埋めることができ、敵を一掃することができた。彼は敵をおもちゃにしている、これが私がもった確かな印象である。

私は戦争関係にある当事者間の緊張を和らげたいというエフレム・ルワバリンダの構想について言及した。ルワバリンダは、カガメとビジムングとの会見が、この抜き差しならない争いを打開するかもしれないと考えていた。しかし、カガメはそれになんの価値も認めなかった。すべてのカードを握っているにもかかわらず、なぜ彼は敵と会おうとしないのだろうか？

六月七日。私は恒常的なストレスから逃れるわずかな休息を部隊に与える方法を考えだそうとして、頭を抱えていた。空港を閉鎖しなければならなかったために、ヘンリーはナイロビに取り残されていた。全員が彼の不在と、自分たちの孤立を感じていた。その晩に、ミーティングに出席したスタッフが、テレビとアンテナを探すことができないかと尋ねた。そうすれば六月一七日のワールドカップの決勝を見ることができる。（UNOMURはカバレでその大会を一緒に見られるように個人的に私に招待状を送ってきていた。決勝にはオランダとブラジルが残っており、両国が派遣団に参加しているからである。）これはささやかながら私のできることであった。私はスタッフがテレビを調達して、できるかぎり危険のないように、私の以前の住居に行きアンテナがまだ壊れていないかどうかを見てくることを認めた。もしアンテナが壊れていなかったら、それを持ち帰り司令部に設置したであろう。テレビがあればおおいに士気が上がっただろう。しかし六月一七日になった時には、UNAMIRの誰一人としてサッカーのことなど考えてはいなかった。

私が空港を閉鎖したと分かると、ヘンリーはカンパラへと行き先を変え、ナイロビからカンパラまでを空路で、そこからキガリまでは陸路で国を横断する補給ルートを組織するという、大変困難な仕事に取りかかった。三日間で、彼はケニア政府、ウガンダ政府、カンパラの国連開発計画、ニューヨークの国連本部、ナイロビにいる行政スタッフ、そしてRPFと交渉し、ルートを確保する合意を得た。彼は国連世界食糧計画からトラックを借り受け、ガーナ兵の増援——約五〇人——とともに最初の輸送団をみずから率いてキガリに帰ってきた。

六月八日に彼らが敷地内に入ってきた時には、私たちは拍手喝采した。これが、UNAMIR2が具体的に展開された最初のシグナルであり（たとえ実行されたのが一五日遅れで、兵士たちには必要な訓練も、装備も部隊経験もなかったとしても）、その後数週間、数ヶ月の間難民と私たちを支えることになる補給ルートを作り出したのだった。この作戦における世界食糧計画との協力は決定的に重要であった。彼らは私たちに大型トラックを提供し、その代わりに私たちは、人道支援活動家をルワンダに運ぶためのルート、調整、警備を提供した。（援助機関が平和維持部隊に不満を抱くのではなく協力すれば、どれほどのことが達成できるかを示す古典的な例である。）

皮肉なことに、その同じ日に、国連安保理は決議案九二五号の採決をおこない、UNAMIRの指令を一二月まで延長し、UNAMIR2の第一段階と第二段階の展開を同時に承認した。なんという茶番だろうか？　指令が承認されてからすでに二三日経過していたのであり、迅速な介入のための十分な力をもつところまで達しているべきであった。ガーナ兵の増援が到着したのを目にして私たちはおおいに喜んだが、五〇人では到底十分とは言えない

ヘンリーがガーナ兵を連れて戻ってきた六月八日に、リュック・ラシーヌ少佐はフランス人ジャーナリストが同行する国連軍事監視員の小さなチームを率いて、キガリ郊外にあるンヤミランボへ、サン・アンドレの家と呼ばれているフランス人が運営している孤児院の偵察に向かった。その孤児院はベルナール・クシュネルが監視対象の一つとしていた場所で、状況は絶望的であった。子供たちの大半はツチ族で、ほとんど食料も水もなく施設内にびっしりと詰め込まれており、庭にもめったに安全に出ることができなかった。その孤児院は、敵意に満ちた人びとに囲まれていた。それには民兵も含まれる。

孤児院へ行くために、ラシーヌは二一個ものバリケードで交渉しなければならなかった。ンヤミランボは、キガリに残されたわずかな人口密集地域の一つで、民兵で溢れていた。どのバリケードも閉ざされて酒盛りがおこなわれており、配置された連中は自家製のバナナビールで酔っぱらっていた。道路脇には小屋が建て込んでいるので、車でとおるのはトンネルをくぐるようだった。ラシーヌがンヤミランボの奥へと進むにつれて、インテラハムウェの心の中に分け入っていくように思えた。郊外の人びとはひどく貧しく、未来を想像することは難しく、フツ族の憎悪に満ちたメッセージを受け入れやすかったのだ。

孤児院はフェンスに囲まれた正方形の建物で、四方のフェンスに接してさらに多くの小屋があった。ラシーヌと彼のチームが車を孤児院の敷地内に乗り入れて大きな木の下に駐車すると、その場に駆け寄ったフランス人宣教師がわっと泣き出した。しかし国連車両の到着は周囲の注意をひき、まもなく何百人もの地元民が孤児院を取り囲む小屋の屋根に登り、飛び跳ねて孤児院の窓から子供たちを見ようとする者もいた。

建物の中では、子供たちの面倒を見ていた数人の大人が、恐怖のあまり気も狂わんばかりになっていた。ラシーヌは、その日のうちに子供たちを連れだす方法がないことを悟った。群衆は険悪な雰囲気になっており、国連が孤児を救出す

るのは一触即発の事態であった。しかし彼は、衰弱しきっていた大人の移送を試みることに決めた。時折、民兵が孤児院に向かって発砲していたので、全員を連れ出すのは慎重を要する。彼らはなんとか銃弾を避けて木の蔭にたどり着いたが、トラックにたどりつくまでにフランス人ジャーナリストが臀部を撃たれてしまったため、彼を担いでトラックに放り込み、脱出を図った。

ラシーヌはアクセルを踏み込んで、無理矢理バリケードに向けて発進し、停まれという言葉を振り切りながら突破した。ラシーヌは部隊司令本部に向かう前に、負傷したジャーナリストをキング・フェイサル病院で降ろし、ジェームズ・オルビンスキー医師に治療を頼んだ。ラシーヌとそのチームが離れたすぐ後で、ンヤミランボは暴発した——インテラハムウェは標的を取りのがした場合には、同じ部族の人間に銃口を向けることに何の良心の呵責もなかった。郊外は大混乱に陥り、三週間半後にキガリがRPFによって陥落させられるまで、その周辺に戻ることはできなかった——カガメの部隊でさえ、その地域を制圧するのには苦労した。

この失敗に終わった任務は、本来、医薬品を届け、罪のない人びとを救い、保護し、食料を与え、可能であれば救出を試みるために、私が国連軍事監視員に依頼すべき仕事であった。その夜ヤーチェは、毎日しているように、その日なされた人道支援の仕事について最新の報告をした。この時点で、ルワンダ人の個人と家族のところに行って助けてほしいという国外からの要請は九二一件あり、ルワンダ在留外国人を救出してほしいという要請は二五二件あった。これらの人びとはすべて、ニューヨークの国連本部にコネクションをもっているか、私たちに直接電話をかけてきていた。ラシーヌとそのチームはサン・アンドレ孤児院から生還したが、ラシーヌは子供たちを救えなかったことに打ちひしがれていた。自分たちが立ち去った後こそ、子供たちを皆殺しにする絶好の機会であることを彼は知っていた——連中は窓から見ながら、襲いかかる機会をうかがっていたのだ。

ちっぽけな成果を生み出すために、ありったけの努力、リソース、勇気が必要であった。しかし、私たちの周りにいる何十万もの人間たちはばらばらに引き裂かれており、何百万もの人びとが生きるために逃げ惑っている。時に私たちは、益よりも害をもたらすこともあった。失敗したものであれ「成功した」ものであれ、それぞれの任務が終わった後で、部下たちをこのような厳しく危険な作戦に携わらせることが果たして倫理的であるかどうか、私は自問自答しなければならなかった。ルワンダから本国に帰還した後、そして年月が経つにつれ、徐々にフランス、ベルギー、合衆国、RPF、RGFその他によってどれほど狡猾な策謀がめぐらされたかが明らかになった。私たちは、政治家たちが世界は殺戮を食い止めるために何事かをおこなったと言うための、ある種の言い訳であり、スケープゴートですらあった、私はそのように感じざるをえなかった。実際、私たちは目くらまし以外の何ものでもなかった。九〇年代後半、アルーシャで最初の証言をした後、私は個人的にどん底状態にあった。それはその時、自分が騙されていたということにようやく気づいたからである。部下たちに結果的には人間の命を救うために大変なことをやらせたが、この明らかになった殺戮の全体構図のうちではそれはほとんど無意味なことのように思えた。にもかかわらず私は、この危機を解決する努力を率先しているのだとつねに考えていたのだ。

13 虐殺の報告

ついに、カブガイで大虐殺があったという報告を受けた。ローマ教皇が保護するように要請していた場所である。その地域を確保していたＲＰＦ部隊の隊員グループが僧院に侵入し、大司教と三人の司教と一〇人の司祭を殺害した。このＲＰＦの造反部隊は何週間も行軍してきて、ありとあらゆる場所でフツ族による殲滅作戦の結果を目の当たりにした。彼らは教会が前大統領ハビャリマナの家族や前政権のメンバーときわめて親密であることをよく知っていた。簡単に言えば、彼らは教会の主要メンバーを復讐心から殺害したのであり、残虐行為を目撃してきたことで彼らの規律はもちこたえられないまでにすり切れていた。六月九日には停戦の会合が開かれ、ＲＰＦはカブガイでの軍の統制を全面的に失ったこと、聖職者たちを酷たらしく虐殺したのはＲＰＦの兵士グループであったことを認めた。聖職者たちは全員フツ族であった。ヘンリーはＲＰＦとＲＧＦの間を調整して、死体を回収して埋葬するために暫定政府に引き渡す輸送の仕事を引き受けた。その夜、モーリスに暗号ファックスで状況報告を送った時、ヘンリーは最後に「騎兵隊の早急な到着に感謝することだろう」と記している。

その朝私はヘンリーを残してナイロビに向かった。新しい首席管理官《CAO》であるゴロと直接話す必要があったし、また彼とスタッフがもっと迅速に私たちのニーズに応じるよう説得できるかどうか知る必要があった。それに規則を守らないＮＧＯの一団と援助団体にも会いたかった。彼らはナイロビに到着して数を増しつつあり、ルワンダの人道危機を解決する方法を他の誰よりも知っていると大言壮語していた。評価に値するいくつかの団体、特に赤十字と国境なき医師団は膨大な仕事を黙々とこなしつづけていたが、他の団体は状況を評価することや写真を撮る機会にばかり気をとられているようであった。私は彼らにＲＰＦとの取引について慎重になるように説得し、延々とつづく危機「評価」を止めて行動を起こすように、彼らを焚き付けることはできないものかと考えていた。国連の人道支援機関についていえば、世界食料計画という例外はあるものの、見るかぎりメンバーはほとんど現地に足を運んでいなかった。

忠実で冷静なアマドウ・リィは、そろそろ私が直接国際社会に向かって語る時がきたと考えていた。私はまた、個人的にもこの旅をしたい理由があった。カナダに戻ったマーレイ提督は、ベスと数日すごすことが私の精神に良いと考え、彼女を私に会わせるためにナイロビまで呼びよせる算段をしてくれていたのである。

私はRPF制圧地域を何の問題もなく四駆で北方へ走り抜けていった。地方は荒れ果てており、畑は枯れて作物はなく、多くの村が戦火によって完全に破壊されていた。RPFは私たちの車がガツナ橋を渡ることを認めなかったので、歩いて小さな川を越えてウガンダに渡り、平和と陽のあたる地域に足を踏み入れたことを身にしみて感じた。対岸でUNOMURからの国連軍事監視員に拾ってもらった。私は、私の指揮下にある地域司令官アズルル・ハク大佐に会うために立ち寄った。彼は暖かい紅茶と国境付近の状態を簡潔にまとめたレポートを用意して待っていてくれた。一時、国連はUNOMURを完全に解体したがっており、兵器禁輸が実施された以上、もはやUNOMURに必要な任務はないと主張していた。私は旅に出る前夜PKO局にレポートを送り、兵器禁輸措置が実効を上げているなどというのはお笑い草で、任務は続行すべきだと激しい口調で主張した。ハク大佐はNRA（ウガンダ軍）は相変わらず非協力的で、監視員の作戦を妨害していると語った。だが彼は国連軍事監視員を主要な国境検問所からさほど遠くないところに配置し、夜も残して監視させており、ウガンダとルワンダの間でかなりの不正輸出入があることを確認していた。

私はエンテベに飛ぶヘリに乗り込んだ。そこでハーキュリーズに乗り継げば、ナイロビまではもう一歩である。まもなく旧エンテベ空港の上空に到達し、新しい空港ターミナルを着陸前に観察した。エンテベはUNAMIR2の主要な準備基地となる予定だった。旧飛行場はまだ十分に利用可能で、滑走路は訓練や、やがて到着する装備の維持修理のための天幕サイトにすることができるだろう。（その後の数週間、私は、エンテベからキガリへの貴重な貨物輸送とバスをめぐって、人道援助組織と最後まで競争することになった。新しい部隊をエンテベからキガリまで陸路で、もし行程に問題がなければ丸一日かけて運ぶことができるのだ。私たちの要求はモンバサやダル・エス・サラームにまで届き、大型貨物車のレンタル料は急上昇していた。これは、需要と供給の資本主義的

13 虐殺の報告

システムが働いたからなのだろうか？　それとも、ハゲタカのように強欲な連中がうろついていたからだろうか？）

飛行機を乗り継ぐまでの小一時間程、空港をあちこち立ち寄って、業務を開始するためにすでにUNOMURから移動してきた国連軍事監視員に会いに向かった。しかしまもなくそんなことはすっかり忘れてしまった。待っているハーキュリーズから滑走路を私に向かって来るのはベスだったのだ。私はまるで映画の登場人物のように彼女に駆け寄りたかったが、彼女を見たとたん呆然としてできなかった。それまで帰る場所はずっと遠くにあるように思えていた。私たちはハーキュリーズに乗組員と一緒に最前列の座席をもらえた。ナイロビまでの飛行についてはほとんど何も言えないが、自分では泣いているという自覚がないのにもかかわらず、涙が自分の手に落ちていたのを覚えている。

もちろん、いったんナイロビに着いてしまえばベスと一緒にいる時間などなかった。すぐに空港から移動して、すべての人道援助活動家グループおよび外交官と情報を交換し、調整する会合に向かった。私は軍事情勢やジェノサイドについて事細かな報告をし、UNAMIR2の作戦構想と派遣団の新たな役割について説明した。それには、危機に瀕しているルワンダ人だけでなく、援助機関にも支援と保護を提供することが含まれている。私は彼らにRPF地域の自由な活動について強く警告し、いかにそれが交戦当事者の一方だけを支援し、戦闘を激化させることになるかを説明した。人道支援活動家たちが直接RPFと交渉しつづけるかぎり、彼らのグループが自分たちは中立であると主張してもRGFは決して認めないだろう。それは、RGF占領地域にある強制移住者のキャンプに近づく手段がなくなることを意味するだろう。私は、この高い志をもつ人道支援活動家たちにメッセージが伝わったか、私のルールを守ってくれるかどうか不安に感じつつ、会合を後にした。

それからほとんど一時間をかけて、世界中のメディアに、彼らが重大な誤りを犯していることをかなり率直に非難した。思うに、彼らの果たすべき役割は真実を報告すること、彼らの母国の日和見主義の政治指導者を容赦なく叩くこと、彼らにルワンダのジェノサイドへの関与を止めさせないことだ。「私には部隊が必要だ。今すぐに」私は言った。「さあここから出て行って、ルワンダの主張を広めて私を助けてくれ」と。少なくとも、彼らは私の話に耳を傾けてくれた。

街の別の場所にある国連本部に着く頃には、一七〇〇時をとうにすぎており、職員の大半は帰宅していた。そのサラリーマン的な勤務態度にほとんど私は爆発しそうになり、つねに良識あるアマドゥ・リィのおかげでなんとかそれを抑えていた。それにしてもあの夜、キガリでの差し迫った状況をもう一度説明し、私に会うため残っていたゴロとわずかな職員から官僚的な答えを受けた私は、思わず首席管理官《CAO》を脅迫していた。「私は君よりたくさんのライフルを持っているよ、ミスター・ゴロ。ここでそれを突きつけられたくはないだろう」少し落ち着きを取り戻した私は、どれほど話をしても、管理部のやつらに私たちがどんな状況で生きているかを分からせることはできないということに気がついた。そこで、彼らをキガリの現場に連れて行くというプレッシャーをかけることにした。そうすれば、彼らは死や飢餓のおぞましい臭いを直に嗅いだり、期限の切れた缶詰を食べ、その結果としてトイレットペーパーや水道水のないところで下痢をしたりすることがどんなことなのか経験させることができる。そうすれば、私の部隊は、耐えるように強いられている条件からして、品位ある限界をこえた忠誠心を要求されている。このように言う時、私がどれほど真剣であるかが分かるだろう。

　この時にはもう、私はカナダ大使館に行くのに大幅に遅刻していた。そこにルーシー・エドワーズ大使がベスと私のために居室とおいしい料理を用意してくれていたのだ。心地よい家にふたたび戻ることがどれほど素晴らしいことかは言葉にできない。しかし、全身を三回ごしごしこすって磨き上げてようやく、しばらくは普通に清潔であるふりをすることができる程度になったと感じたにすぎないことを告白せねばならない。

　つづく二日間、私はベスとケニア自然保護地区の一つにあるイギリス植民地スタイルの人里離れたホテルに身を潜めた。二日目の夜、妻と夕食をとっていた時、緊急の電話がかかってきた。私はすぐにキガリで何か恐ろしいことが起きたのだと思った。しかし、大きな勘違いで、電話はケニアのフランス大使からのものだった。彼がどのようにして番号を手に入れたかはいまだに謎である。彼の差し迫った用件は孤児たちの問題であった——彼は私がナイロビに戻ったら会いたがっていた。ベスのもとに戻りながら、フランス人に何があったのか、彼らの孤児に対する執着は何なのだろうか考えた。彼らはなぜクシュネルをとおしてではなく、今になって私に直接アプローチしてきたのか。私はふたたび席につき、ベスにフランス人が何事かを企んでいるので、それを知る必要があると話した。その時は、暫定政府、RGF、ブトロス＝ガリ、フランス、そしてRPFまでもが、人道的救済に見せかけたフランスの介入を確実なものにするために、私の知らないところですでに手を結んでいることなど想像だにしなかった。しかし、孤児に何かあったのだろうか？　私は戦場におけるチェスの歩《ポーン》のようなものであり、期待されていたのは、お偉い連中がする高度な政治ゲームに対応することだけだったのだ。

13 虐殺の報告

街に帰ると、私は会議に追われてベスとほとんど会えないでいた。フランス大使とも実際には会わなかったし、また向うも孤児について話したいという要請をそれ以上言ってこなかった。ベスが去る前の六月一四日に、エドワーズ大使は彼女の夫と数人の外交官との静かなディナーを開いてくれた。私はそこでひどいカルチャーショックを受けた。普通の人びととの交流――楽しい会話や、おいしい料理、ルワンダの外の世界――は、私には非現実であることを痛感した。虐殺の生々しい経験に苦しんでいた私は、何とかその夜をうまくすごした。ベスは愛らしく、そして私にこれから何が起こるのか、これまでに起こったのかについての心配を見事に押し隠していた。後に彼女は、私の心中で深刻な問題が生じていることが分かった、と言った――彼女や皆と居ても心ここにあらず、という風であったらしい。その夜のことで思い起こす軽い会話は、エドワーズが私の慢性的な不眠症の治療を薦めてくれたことである。彼女は夫の書いたカナダの森林産業の歴史についての本が完璧な睡眠薬になると薦めてくれた。彼女からその本を受けとったが、彼女の夫はニコニコ愛想良くそれを見ていた。彼女は正しかった――私はどうしても眠れない時にはその本を開いたが、一度も前書きを読み終えることができなかった。

ベスと騒がしいナイロビの街に別れを告げた時、私は精神的に葛藤していた。私が「現実」の世界と考えているもの――ルワンダのジェノサイド――と、「人工的」世界――富と権勢をもつ人びとの傍観者的な鈍感さ――との葛藤である。私はくりかえし自問自答した。「なぜルワンダに留まるのだ？　なぜ私の部隊に留まってくれとたのむのだ？　なぜ増強部隊を求めるのだ？」しかしいつでも答えは同じだった。ここに留まり、助けることは道徳的義務である。たとえ私たちの行動がたいした影響を与えなくても。帰途、エンテベでより徹底した予備調査のために多くの時間を費やした。旧飛行場を歩き、ハイジャックされた旅客機の残骸の側をとおりすぎ、イスラエルの急襲のヒロイズムを思い浮かべたり、キガリに残してきた人びとの無私の精神を考えたりした。

私がいない間、ヘンリーはすべての面での要求を手際よく処理していた。国連人権委員会の特別調査員であるルネ・ドニ＝セギが到着して、ジェノサイドに関する公式調査をはじめた。私たちはできるかぎり彼の仕事を手伝い、証人やすべての政治・軍事関係者たちとの会談を整えた。彼と彼のチームは私たちと一緒にアマホロに滞在した。というのも、そこが私たちに見つけられた一番安全な場所だったからだ。だがそのうちにそうとも言えなくなった。彼が交戦当事者に渡すように求めた最初の文書の一つは、カブガイでの聖職者殺害に対する激しい非難であった。世界中のメディアがこの事件を取り上げており、それはRPFを窮地に立たせた。ドニ＝セギは激昂して、カガメにその調査を最優先事項としておこなうように警告した。停戦交渉では、ヘンリーは交渉を進めようとしていたが、どの党派も明らかに特別調査委員が何を見つけ出すか不安に思っており、当然のことながら、インテラハムウェとRGFは調査にかなり神経質になっていた。

六月一三日、ヘンリーと人道支援チームは五五〇人を聖ファミーユ教会、キング・フェイサル病院、ミルコリン・ホテル、アマホロ・スタジアムからそれぞれの安全地帯に移送した。この住民移送はさらなる危険を引き起こしつつあった。人びとは適正な手続きを経ることなく車両に乗り込もうとしたが、適正な手続きは難民が私たちの場所に押し寄せている時には十分に実施できないし、私たちはリストを更新することも完全なものにすることもできなかった。そして、いったん人びとがちゃんと乗車しても、敷地から見えるところにインテラハムウェが道路封鎖を設置しているという単純な理由で怖がる者もでた。道路封鎖で住民の輸送車両が止められることはなかったが、民兵は明白な脅威であった。RTLMは相変わらず、フツ族も同じ規模で移送されていることや、フツ族の中には私たちの――十分であるとは言えないにしても――安全な管理地域を離れるのを拒む人びとがいることを知っている証人がいるにもかかわらず、UNAMIRはツチ族だけを救出していると主張していた。そしてついに六月一四日、インテラハムウェは聖ポール教会の敷地に突入し、約四〇人の子供たちを通りに連れ出して、ただそうすることができるということを誇示するためだけに、殺害した。そこに配置されていた国連軍事監視員は彼らより人数が多かったが、もちろん非武装であり、子供たちが引きずり出されていくのを見ているしかなかった。多分この虐殺は、その前日に私たちが成功した大規模な住民移送への報復であったか、もしくはルネ・ドニ＝セギを直接標的にした挑戦的行動だったのだろう。

この最も新しい残虐行為に対する説明はともかく、私は六月一六日遅くにキガリに戻り、ヘンリーは喜んで迎えてくれた。その夜、現地で何が起こっていたかだけでなく、国際的なレベルで何が起こっていたかについて情報を仕入れ、六月一四日ブー＝ブーが辞任を申し出て、翌日にはその申し出を国連が受理したということを知った。そしてふたたび、ルワンダの暫定政府は私を首にしようと、事務総長に抗議していた。それによれば私には「欠陥があり、［RPFに対して］あからさまに肩入れをしていることが、UNAMIRの失敗におおいに影響している」とのことである。私はかえってうれしかったが、それは私がルワンダに深入りしていることのあ

13 虐殺の報告

らわれだったのだろう。

第14章　ターコイズの侵略

キガリでの戦闘は六月中、止むことなくつづいた。カガメは心理戦の達人で、自分の部隊とＲＧＦの武器と兵員の不均衡を克服するために、それを駆使した。すでにキガリに拠点を築いていたＲＰＦの歩兵大隊と最初の電撃戦で合流したあと、カガメはＲＧＦの守備部隊を攻囲し、戦力を消耗させてゆくという、より慎重な作戦をとりはじめた。カガメは、エリートである大統領警護隊も、砲兵と装甲部隊も、首都を守ると決意した市民守備隊と民兵も、みじんも恐れていなかった。そうした連中には賢明で決然とした敵と戦うために必要な規律が欠けており、また防御に努力を集中するのではなく、市民を殺害することに戦力を浪費しているのだとカガメは思っていた。当初からカガメは、第一の課題としていたことに焦点を絞っていた。政府軍を戦場で打ち破ることである。

聖ファミーユ教会のエピソードは、ＲＰＦの能力の高さと大胆不敵さを示している。何千人ものツチ族がキガリ中心部の東側に位置する聖ファミーユ教会に避難していた。六月中旬のある夜、ＲＰＦは敵の支配地域の二キロ奥まで中隊を送り、六〇〇名のツチ族を教会から奪還し、政府軍の戦線を越えて安全地帯へ退避させた。この任務は隠密作戦としてはじめられ、周到に計画された大砲の援護によって完全な支援を受けた長時間の戦闘で幕を閉じた――そして、どの国の軍事部隊の基準にてらしてみても、第一級の救助作戦の名に値するものであった。

六月の戦いで政府軍は大幅に支配地域を失い、守備兵の士気は低下した。そしてまたもＲＴＬＭは、フツ族の悲運は私が作り出しているという暫定政府の非難を報道することによって、私個人を標的にした宣伝をエスカレートさせた。しかし、過激派部隊は思いもよらないところから支援を受けようとしていた。

14 ターコイズの侵略

ナイロビから戻った翌日、六月一七日の午後、オフィスで懸命に書類仕事と格闘していたところに、フィルが現われた。フィルの後ろにはベルナール・クシュネルともう一人のフランス人がおり、クシュネルがミッテラン大統領のルワンダ危機委員会の代表であると紹介した。彼らがこんなところにいるのは賢明ではないと私は思った。キガリにはＲＰＦがおり、彼らはフランス贔屓でなかったからである。それでも、底知れぬ活力と存在感を持つ人物であるクシュネルに会えて、どこか嬉しかった。たとえ彼の人道主義がフランス政府の目的を覆い隠す仮面となっていることがあり、それがいつどのような場合なのか分からなかったにしてもである。

ぶしつけに部屋に乗り込んできた初対面の時とは違って、クシュネルは一時間ほど時間を割いてもらえるかと丁寧に訊ね、自分が現地でフランス政府の代理人として活動しており、とりわけ私に会うために派遣されてきたのだと説明した。少なくとも今回の彼の役割は明確である。クシュネルはこの恐ろしい現状を要約し、国際社会が行動を起こさないことを痛烈に批判することから話しはじめた――それは私も容易に同意できることであった。しかし、その後の彼の言葉には閉口した。彼は言った。フランス政府は人道上の関心からフランス軍とフランス語系アフリカ諸国の連合部隊をルワンダへ投入し、ジェノサイドを止めさせ、人道支援をおこなうことに決めた。それらの部隊は、国連の第七章による指令《マンデート》に基づいて介入し、ルワンダ西部に人びとが紛争を逃れて避難することのできる安全地帯を設立する、と。彼は私の協力を求めた。私は間髪入れずに「ノン！」と言った――知っているかぎりのフランス系カナダ語の罵倒語を使ってこの偉大な人道主義者をののしりはじめた。クシュネルは多分自分なりに高潔なものと思える理由をあげて私を落ち着かせようとしたが、その理由はフランス人がルワンダでやってきたことを考えれば、救いようのない偽善にしか思えなかった。フランス人は虐殺を実行しているのが、自分たちの同盟者であるということを確実に知っていたからである。ちょうどその時、フィル・ランカスターがクシュネルの話を遮るようにドアを開けた。私をすぐに部屋の外に連れ出す必要があったのだ。私は席を立ち、どんな危機が生じたのかを見にいった。危機は一つではなく、二つであった。

国連軍事監視団のパトロールがキガリの郊外で地雷にやられたか敵の待ち伏せに遭った――写真でははっきりとは分からなかった。士官の一人がおそらく死亡、もう一人が負傷したという報告をフィルは受けていた。彼らを迎えに行った救急車――ここでいう「救急車」とは内装を取り去り、基本的な応急処置器具と一台の担架を積んだバンの愛称である——がトラブルに巻き込まれた。

　それと同時に、その日本部でおこなわれていた停戦会議が決裂し、人質事件の危機が生じかねないまでになっていた。会議が開かれているちょうどその時間に、住民移送をさせないために政府軍が、ツチ族の護送部隊に向かって銃撃していたのである。会議中に（無線で）そのニュースを聞いたＲＰＦの代表が、ガツィンジを含む政府軍の代表をすべて捕虜にした。私の部下の士官が仲裁しているが、今のところ行き詰まり状態である。フィルが私に窓の外を見るように言った。敷地では、両軍の武装護衛に囲まれて、大声をあげながら士官たちが乱闘をしている。そこにはヘンリーとティコの姿もあったが、それでもパニックが酷くなり、すぐにも大混乱になるのは明らかだった。フィルは「司令官、降りて行った方がいい。さもないと司令部を失うことになりますよ」と言った。

　どうやって敷地へたどり着いたのかよく覚えていないが、突然その真只中にいたように思える。私は部下の上級士官らにそこを離れるように命じた。そしてすぐ後に作戦室で会うことにした。私はモトローラで話をしているフランク・カメンジを見つけた。彼の話を遮って、この馬鹿げた行動を今すぐやめさせるよう上官に伝えろと言った。私が管理する敷地から人質を連れ去ったり傷つけたりしようとすれば、その人物自身逮捕されるだけでなく私の部隊による武力報復を受けることになるだろう。カメンジはめったに感情を表に出さないが、この時はカッと目を見開いて私のもとを去り、自分の無線に飛びついた。

　私は作戦室で、明らかに必死に怒りを抑え込んでいるヘンリーとティコに、パトロールで何があったのか質問した。すると正午約一五分前に軍事監視員チーム——ウルグアイ人マニュエル・ソーサ少佐とバングラデシュ人のアーサン少佐——が、キガリの北約二一キロでどうやら地雷にやられたらしいという知らせが入ったという。唯一人の医者であるガーナ人士官が、軍事監視員チームと一緒にバンを改造した救急車に飛び乗って出発し、それに装甲兵員輸送車が負傷した国連軍事監視員を救出するのに同行した。彼らは悪路と道路封鎖を一五キロほどうまく交渉して進んだが、そこでバンのタイヤがパンクした。医者と乗務員は車を乗り捨て、装甲兵員輸送車で先へ進んだが、それもまたオイル漏れを起こして動かなくなった。

　その一方で、ソーサとアーサンの後を進んでいた二人の軍事監視員チームが二人の負傷者を拾ったものの、今度はＲＰＦに捕まっていることをなんとか伝えてきた。

　状況は非常に不穏だった。ＲＰＦの兵士たちは、負傷したアーサンがバングラデシュ軍の制服を着て国連の徽章を付け

14 ターコイズの侵略

ているにもかかわらず、本当に非武装の平和維持部隊員であると信じなかった。さらには、アーサンとソーサは実際には地雷を踏んではいなかった。彼らは、ロケット砲の標的にされたのであり、アーサンがソーサを引きずり出そうとするところを、ふたたび発砲されたのだ。部隊員はアーサンの所持していた金を奪い、一団を率いていた軍曹は兵士たちにバングラデシュ人士官を引きずり出して、殺すように命令した。後から着いた国連軍事監視員の一人であるサクソノヴ少佐が急いで駆けつけてアーサンの命を助けるように頼んだところ、彼も監視下に置かれることになってしまった。最終的にアーサンの命を救ったのは、RPFの兵士たちが奪った金をどのように山分けするかをめぐっての口論をはじめたことだった。言い争いの間は、誰もソーサに触れることは許されなかった。彼はひどい怪我をしていたが、まだ生きていた。ほぼ一時間後に、RPFは全員を解放することにした。

負傷した同僚たちを連れて、サクソノヴ少佐と相棒のコスタ少佐は、一三一〇時頃に、装甲兵員輸送車が故障した場所にたどり着いた。しかし、遅すぎた。その途中でソーサはサクソノヴの腕の中で死んでいた。救急車を見つけてパンクしたタイヤを修理する間、緊張した時間をすごさなければならなかった。この時には、ティコはムスタフィズル・ラーマン中佐率いる第二の救護隊を出発させていたが、装甲兵員輸送車は、言うまでもなく、道路封鎖を一つひとつ通過するために延々と交渉しなければならず、ひどく足が遅くなっていた。カダフィ十字路の北では、度々砲撃を受け、迫撃砲弾があわやというところに落ちた。ようやく救急車と南に向かうUNAMIRの四輪駆動車に落ち合うと、ラーマンは彼の部隊の一部を壊れた装甲兵員輸送車の修理のために送り、残りを赤十字病院へ直行させた。

部隊司令本部の二階では、フィルがナイロビのハーキュリーズ派遣隊に連絡をとり、早急に治療のための脱出を要請した。彼らは空港が閉鎖されているにもかかわらず快諾し、三時間後には到着するといった。人質問題の行き詰まりはまだ完全には解決していなかったが、フィルはRGFとRPFの連絡将校にハーキュリーズの着陸許可を要請した。

作戦室では、私はヘンリーにRGFをここから脱出させる交渉を引き継いでもらい、ティコには監視員本部に戻って管理に当たらせた。私たちはひどい打撃を受けていたが、慌てたところでどうしようもない。たとえ慌てたとしても、それで部下の士官たちを責めることはできなかった。彼らは明らかに、日々ありえない状況に直面することからくるストレスと緊張、そして生活環境にさらされていた。私は自分がRPFを片づけると宣言した。相手が誰であってもすさまじい情熱でもって話をするカメンジは、まだ電話中だった。私が彼に近づくと、RPFは非を認めていると言った。
クシュネルと彼の同僚は、スプリングのへたった二つの肘掛け椅子に居心地の悪そうに腰を下ろして、オフィスでまだ待っていた。私はクシュネルに、フランス人の厚かましさは信じがたいと伝えた。私が知るかぎりでは、フランスが人道主義という口実を使ってルワンダに介入したことで、RGFがこの国の実権を握ることが可能になり、確実な敗北を目前にしても正当性を主張しつづけることができているのだ。もしフランスとその連合国が、本当にジェノサイドを止め、国連軍事監視員が殺されるのを防ぎ、国連派遣団の目標――フランスが安保理事会で二度賛成投票して決めたもの――を支援したいと思うのであれば、その代わりにUNAMIRを増強することもできたのだ。

しかし、明らかにクシュネルと彼の同僚は、私とそれ以上議論する気はなかった。彼らは私の任務はフランスの決定にしたがうことであると言ったわけではなかったが、それにもかかわらず、私はそういう印象をもった。彼らは次のように言った。今後四ヶ月私はRPF支配地域でUNAMIR2が作戦を展開できるように集中すべきであり、その間に、自分たちはRGFの支配地域と彼らが安全地帯となるべきであると考える地域について片づける。私は彼らが、私が自発的にUNAMIRをフランス部隊に従属させる気があるかどうかを確認するために来たのだという結論に達した。そんなことはありえない。

頭上にハーキュリーズの爆音を聞いて、私はその会談を唐突に終わらせた。クシュネルはRPFと会う時には何らかの支援がほしいと言った。私は彼に、フランスの行動計画にはまったく賛成できないが、できるだけの助けはすると言った。フランス嫌いの反乱軍《RPF》に自分の立場を主張するとは、クシュネルは相当のいかれた奴だと思った。フランス政府と軍部がすでにRPFの代表者とヨーロッパでこのプランについて高官レベルでの会談をもっていたこと、RGFの連絡将校であったエフレム・ルワバリンダを含めたRGFのメンバーたちがパリを訪れ、来るべきフランスの介入について協議していたこと、そんなことはその時点ではまだ知る由もなかった。私はマッシュルームように暗がりに置き去りにされ、まったく何も知らされないでいた――そして新鮮な肥料だけはたっぷり与えられていたわけだ。

空港では、負傷した士官を機上に乗せ、カナダ軍看護師の手に委ねるまで、ハーキュリーズはエンジンを回しつづけた。空港のVIPラウンジで、私たちは短いながらも厳かに、ソーサ少佐を追悼するセレモニーをおこなった。彼はルワンダで殺された一二人目の国連軍兵士であり、無念なことに、彼が最後の犠牲者ではなかった。私は彼と彼の家族のた

14 ターコイズの侵略

めに哀悼の意を表した。ふたたび士官の一人が青い難民用テントに包まれて、運ばれていった。その間に、私の小さなぼろぼろになった部隊は、彼を失った意味を理解しようとしていた――そして私たちが背負っているリスクにまったく世界がまったく無関心であることの意味を。

その夜、フランスのメディアはルワンダに部隊を配備するというフランスの計画を報じ、そのニュースはすぐにRTLM他の地元放送局によって国中に伝えられた。キガリの防衛部隊は、フランスがもうすぐ助けにくるという見通しに、狂喜乱舞した。彼らが新たな希望と自信を得たことの副作用として、大量虐殺の生存者を狩るという行為が復活した。その結果、まだ手が付けられていなかったいくつかの教会や公共施設に避難していた人びとが、さらに危険にさらされることになった。ジェノシデール〔ジェノサイドの実行者〕たちは、フランスが彼らを救いにくるので、ぞっとするほど恐ろしい仕事を終えてしまう白紙委任状を得たと考えたのであった。

夜寝る時間になっても、PKO局の三首脳に電話連絡をとることができなかった。しかし、混沌とした一日を伝える大量の状況報告――ソーサが死に、アーサンが負傷し、クシュネルがふたたび姿を現わしたということを含めて――を確実にニューヨークへ送った。夜の間に、一束の暗号ファックスがリザから届いた。簡単に言えば、彼は私に仕事に専念するように言った。「ますます危険な状態になっていると思われる状況では、君が必要な作戦上の決定をする」と彼は書いていた。「我々の一般的助言としては、はっきりとした計画が明らかになるまでは、リスクと犠牲者を避けるために、守備態勢をとることだ」ともあった。先月私に与えられた命令は、私がこれまでやってきたことをすべきだというものであった。しかしリザは、私にキガリの派遣団を孤立させて、RPFや暫定政府との連絡を維持するのをやめるように助言していた。増援部隊が到着するには二、三ヶ月かかるだろうが、それまでは、UNAMIRの活動をキガリの中と周辺の私たちの地域を受動的に守備することに限定するように求めているのだ。

そのファックスで、彼はフランスがルワンダ西部に部隊を送りたがっているということを正式に伝えた。そして、フランスの介入との関係における私の役割を言い含めた。フランスは私の指揮下には入らない独立した作戦を実施しようとしていると明言し、それはソマリアでアメリカが主導した希望回復作戦と似たものになるだろうと述べていた。今回のフランスの新しい派遣は、安保理の承認がなくとも実施されるかもしれない。「絶対に必要とされる協力体制をUNAMIRが提供し、重要な関係を作り上げることが、保証されなければならない」とも、彼は書いていた。「国連語」でこれは、フランスの権限《マンデート》が承認されるまでは、フランスにあまり協力的にならないことによって、PKO局と国連事務総長をかばえ、ということの遠回しな言い方だった。問題は、この言葉が、フランス部隊が実際に到着するまでは、フランスと接触を図るべきではないということを意味していることであった。この人道的大惨事は巨大でさらに広がっており、必要な措置は急を要するものになっていた。そして、私は現場で最新の情報と触れられる人間の一人であった。しかしながら、私は詳細に事態を観察しながら、フランスにそれをすすんで教えてはならない、というわけだ。

フランスが「ターコイズ作戦」と名づけた派遣は腹立たしいことであったが、現場の人間がその計画を把握していないのはまずいと思った。後に、私はターコイズ作戦に参加した多くの士官たちが、戦争がはじまる前はRGFへのフランス軍軍事顧問であったことを知った。彼らの存在はRPFにとってはどんなにショックだろう？　フランス人が純粋な人道的派遣で来るわけではないと疑っても仕方なかっただろう。そして、以前の顧問の存在がどれほどRGFと過激派の大統領警護隊を勢いづけるか？　彼らはすでにキガリの町中で喜び勇んでいる。国連に承認されたフランス軍兵士の登場によって、UNAMIRとRPFとの関係はさらに困難なものになるだろう。リザは「RPFがこの作戦そのものをどう認識するかによって彼らの態度が決まるだろうが、UNAMIRとの関係を悪化させるものではないことを望む」とも書いていた。もし私がそれほど険悪な気分ではなかったら、笑っていたことだろう。もちろん、残留しているすべてのフランス語系アフリカ人たちは、さらに大きな危険にさらされることになるだろう。

私はファックスをカビア博士とヘンリーに手渡し、このオーウェル風のシナリオの下で私たちがとるべき選択肢について二人で検討してほしいと頼んだ。この状況では、断固として戦う決意をしている交戦当事者を前にして、国連憲章第六章に基づく国連部隊、第七章に基づく国連部隊が役割を果たさなければならなくなる。フランス部隊は攻撃的であると評されており、RPFは全土を制圧しようと進撃していた。現状で、私たちはフランスとRPFの間の平和維持戦力になりえるだろうか？

その後での三首脳との電話は、いくぶん私を元気づけるものだった。アナン、リザ、モーリスは、このシナリオを考えられないと思っており、フランスが主導権をとることを望んでいなかった。しかし、考え違いをすべきではない。もうこれははじまっていることだからだ。

14 ターコイズの侵略

どのように事を進めようか？　前日の奇襲は非常に大きな衝撃だった――それは、フランスが部隊を派遣する前であるにもかかわらず、派遣団に対してRPFが露骨に過剰反応したことを示していた。まるで、RPFが私に退去しろという露骨なメッセージを送っているかのようだった。しっかりと結束した監視団のグループの一員を失ったティコは、その日の朝私に近づいてきて、国連軍事監視員の人間たちは依然として喜んで任務を遂行したいと思っているが、この状況では偵察や情報収集を実施するにはあまりにも危険すぎると言った。ティコは世界の最も劣悪ないくつかの戦闘地域において何年にもわたる経験をもつ、勇敢すぎるほど勇敢な男であり、いつでも任務をやり遂げてきた。それほどの兵士であっても、彼の部下の気持ちがいっそう重いものになったことを伝えることにしたのだ。もう十分だった。彼らは数ヶ月間にわたって、荒れ狂う戦闘の真只中で生活してきた。大変な犠牲を払ってきたのだ。人質にとられたり、銃撃戦に巻き込まれたり、撃たれたり、酔ってドラッグをやっているインテラハムウェに脅かされたり、住居や食料を数千人の強制移住者と分け合うように求められたり、とにかく戦争の運命によって虐げられてきたのだ。彼らがそのように感じたとしても驚くべきことではなかった。

私の考えでは、あの待ち伏せは私の判断が招いたものだった。前日までは、パトロール隊の一つを前線を越えて送り込むたびに、連絡将校をつうじて前もって交戦当事者への警告をしていた。しかし、私がキガリに戻った夜、カメンジも彼の副官もどこにも見当たらなかったが、パトロール隊を送って空港の偵察と暫定政府との接触をはかる必要があった。国連軍事監視員にはリスクがあまりにも高いと判断したらすぐに止めて帰ってくるように命令していたが、私はパトロールを出す必要に同意した。国連軍事監視員は私のお粗末な作戦決定の結果として、損害を蒙ったのだ。

その日の午後、上級士官たちと面会した。私は言った。そうだ、諸君にとんでもない危険を冒すように頼んできたのは私だ。それというのも、諸君は交戦当事者と重要な連絡をつけることができ、諸君だけが情報を集めることができたからであり、それを私たちが必要としていたからだ。これ以後、両軍からの同意を得ないかぎり、いかなる作戦を遂行することも求めない。そう言った。私には、どの点で彼らがこの任務にふたたび責任を負う勇気を得たのかは分からないが、彼らは私と一緒に任務をつづける自信があると言い、その会議を終えた。

それとは別に、私はウルグアイ分遣隊の士官たちと会った。私は彼らと悲しみを分かち合い、仲間の士官の死にお悔やみを言った。彼らは勇敢に任務を果たしており、この派遣団は彼らの仲間が死んだ後も、留まって献身してくれることを必要としていると伝えた。また、もし帰国したいということであれば、私が万全の支持をすると約束した——引き上げるという決断をしても不名誉の烙印は押されない、と。翌日三名の士官がウルグアイに戻りたいと申し出た。私は人数がそんなに少ないことに励まされたのであった。(注1)

ティコと国連軍事監視員に会う前、私はカガメに会いに行った。いつもの護衛と出発して、キガリ市から北のルートをとり、その後東に迂回してから南に向かい、最終的にニャバロンゴ川に向かう目立たない泥道を西へ曲がった。荒廃した村をいくつも抜けたが、中にはまだ燻っている村もあった。ゴミとぼろ切れと死体が、奇襲か虐殺がおこなわれた場所では混ざっていた。放棄された、死体だらけの検問所をとおりすぎた。あるところでは首が落とされた死体がゴミのように捨てられ、あるところではきちんと積まれた頭のそばに死体が丁寧に積み重ねられていた。多くの死体は、熱い太陽の下で、早くも腐敗して煌煌とした白い骨に変わっていた。

側溝と大量墓地の死体から分かる殺害だけでなく、他の犯罪の証拠がはっきりと分かるようになったのがいつのことだったか、覚えていない。長い間、眼前に存在することを認識しないように自己抑制が働き、この犯罪の痕跡をすべて心に封印していた。その犯罪とはレイプであり、深い衝撃を与えるほどの規模だった。

ジェノサイドの間、私たちは多くの死者の顔を見た。無垢な赤ん坊から当惑した様子の年配者まで、果敢な兵士から従順な眼差しの修道女まで。私はこれほど多くの死顔を見て、今もそれぞれの顔を思い出している。しかし早い段階で、なすべき仕事に集中しつづけることができるようにするために、自分とこの光景や音の間にスクリーンを張りめぐらせたようだ。長い間、レイプされ性器を切断された少女と女性の死顔を、私はまったく頭から消し去っていた。まるで、彼女たちが受けた仕打ちを考えると、気が狂いかねないかのように。

しかし、一目見れば、白くなった骨の中にすらその証拠を見つけることができるだろう。曲げられてばらばらになった足。骨の間にある割れた瓶やごつごつした枝やナイフ。死体がまだ新しい場合には、死んだ女性や少女の上やそばに精液にまちがいないものが溜まっていた。そこには必ず多くの血が見られる。男性の死体のいくつかは性器を切り落とされて

(注1) 私はほとんど知らなかったことだが、ソーサ少佐の死はウルグアイの政治状況に影響を与えた。選挙がおこなわれ、現職大統領はほとんど権力を失った。有権者は、なぜ政府がそのような遠い場所に士官を送り、死なせてしまったのか理解できなかったのだ。

14 ターコイズの侵略

いるが、多くの女性と若い少女は胸をえぐられ、性器も無惨に切り裂かれている。彼らは背中を下にして、足を曲げ膝を広く開いて、まったく抵抗できない姿勢で死んでいた。私が一番胸を突かれたのはショックと苦痛と屈辱が浮かぶ死顔の表情である。国に戻ってからも何年もの間、私は自分の心からこれらの顔の記憶を振り払ったが、しかし今でもあまりにもくっきりとその記憶が甦るのだ。

私たちは新たにRPFが占領した地域にいた。そこには死体と反乱軍兵士以外には人はいなかった。カガメのところへ私たちを連れて行ったRPFの案内は、砲弾でできた穴や跡が残る泥道が車に与える衝撃に気づかないかのように、かなりのスピードで飛ばした。RPFには修理工がいて交換部品もあったが、私にはどちらもなかった。戦争が終わるまで私の四輪駆動車をもたせなければならなかったので、慎重にスピードを落とした。

川の向こうにはカガメの暫定的な司令部を先遣隊がすでに設けていた。川には濁った土色の水が流れ、水位は高く流れも早かった。RPFの工兵は、軽い小型トラックなら慎重に渡ることができる箱舟タイプの橋を作っていた。車を降りて、上流で多くの兵士が長い棒を使って、膨らんだ死体を岸に引っ張り上げているのに気づいた。私にとっては、これはいまやありふれた光景で、心の保護スクリーンが働いて気にしないように遮断されているのである。

私は危険を冒して、車で橋を渡りたくなかった。徒歩で渡る際に、衣類が浮き基礎で支えられた支柱の間に挟まっていることに気づいて、立ち止まって向こう岸を見た。私の方を見ていたのは、橋の下に引っかかっている半裸の死体の顔だった。おびただしい死体があった。場所によっては、実際には死体でできた橋の上を歩いているほど、死体が積み重なっていた。遠くの土手では、死体の重さで橋がばらばらにならないように、兵士たちが死体を引き離そうとしていた。保護スクリーンが壊れ、気分が悪くなって、なんとか落ち着こうとした。私は虐殺された何百もの死体の上で上下する、橋の動きに耐えられなかった。

カガメが司令部にしている小さな小屋に着いて、最初に抗議したことは、国連軍事監視員チームに対する待ち伏せだった——それがターコイズのニュースよりも先に口をついて出たことだ。彼は誠実に哀悼の意を表明した。私の部下を銃撃したことについて彼がした唯一の言い訳は、私たちが故障した多くの車を放棄し、それをRGFが使っているということだった。彼が言うには、部下の兵士はUNAMIRの車両に乗っていても、事前に予告がないかぎりどの通行者も信用しない。私は反論した。そうであれば、カガメは自分の部隊が勝手に使っている国連車両を国連に返す努力をすべきだ。きっとRGFはそのように思っているはずだ。私は、今後は連絡将校と副官が私の本部にとどまり、六月六日のように、二人ともが夜に姿を消してはならないと主張した。彼らがいなくならなかったら、通行通知の問題は処理されたのだ。通行通知が出されれば、いかなる任務についてもその前夜にRPFから返答することを保証する、とカガメは言った。

私たちの話題はフランスの問題に移った。クシュネルとの会談について尋ねたが、カガメはその話題に不可解な態度をとった。私は心配になっていると言った。私と派遣団は、他の隠された課題から世界の注意をそらすための、ある種の宣伝として利用されているのではないか？　彼は全面的にこれを否定した。決して戦闘を望んでいるわけではない、と私は言った。私はRPFがフランスに対抗し、対決姿勢をとることを予想していたが、三首脳は盗聴防止電話で、合衆国がRPFに協力するようかなりの圧力をかけていると言っていた。私はカガメに、自分たちの作戦領域を確定しようとするフランス提案に対応し、カガメとターコイズ作戦のパイプ役になろうと言った。フランスに対して、キガリには兵員を展開させないと主張するつもりだった。最終的には、フランスがカガメの部隊に近づかないようにするために、首都を私のコントロール下に置く。しばらくの間、カガメは私をじっと見つめていた。そして、非常に自信に満ちた態度で、それについて心配する必要はないと言った。フランス軍はキガリには入らないだろう。その理由については、彼の評価はそっけないものだった。「パリよりもキガリの方が、たくさんの遺体袋を扱うことになるとフランスに言ってやれ」

私は死体の橋を渡って戻るのがひどく怖かった。戻る時には、鎧板の横や下を見ないように気をつけたが、死体の上を歩いているという事実を頭から消し去ることはできなかった。

その夜の状況報告には、私が当事者ではない、より大きなゲームがはじまったことについての不安以外は、加えることはあまりなかった。夜のミーティングで、キガリとその周辺での紛争のリスクを査定し、もう一度ありうる撤退計画を立てるようヘンリーに頼んだ。まもなく首都は主要戦闘地域になる可能性があった。

六月一九日、その日にはUNAMIR2は四六〇〇名の兵士を有しているはずだったが、私の部隊の兵力は五〇三名であった。そして私たちはいまだに、四月から私たちを苦しめ、じわじわと消耗させてきたありとあらゆる問題を抱えて生活していた。この日、国連事務総長は安全保障理事会議長に書簡を送った。第一段階配備が進みつつあったが、どの国も完全な装備を有し訓練を受けた歩兵大隊を提供しなかったので、少なくとももう三ヶ月間は、ＵＮＡＭＩＲ２は作戦可能にならないだろう、と書いてあった。このような状況――人道的問題の急増と、ルワンダにわずかな支援を与える試みをしたことによってＵＮＡＭＩＲに犠牲者が出たという事実――で、ブトロス＝ガリは次のような提案をおこなった。安全保障理事会が、ルワンダの強制移住者や危機に瀕している一般人の安全と保護を確実なものにするために、第七章の指令の下にフランスが率いる多国籍軍の作戦について検討することである。彼はまた、各国政府に、ＵＮＡＭＩＲ２が定員に達するまで、その部隊を維持するよう求めた。(注2)

　ブー＝ブーが公式に辞めたので、私は形式的に彼の政治的役割を引き継がなければならなかった。六月二〇日、私は「ルワンダ危機における、フランス主導で提案されたイニシアチブの評価」と題する文書を送った。私がかき集められる最も明瞭で、最も客観的かつ合理的な用語を使って、なぜフランスが部隊を展開すべきでないか、そしてそうなった時に起こるだろうと予測できることの理由を、残らず書き並べた。

(注2)ＵＮＡＭＩＲ２は一九九四年一二月になってようやくその展開を完了したが、それはジェノサイドと内戦が終了してからまるまる六ヶ月経っており、もはや必要ではなかった。

　私は国連に三つの選択肢を提案した。一つ目は、ＵＮＡＭＩＲを完全に撤退させ、フランスにすべての状況を委譲すること。二つ目の選択肢は、フランス部隊の展開に交戦当事者両者の同意を確実にとりつけるが、独立した派遣団としてのＵＮＡＭＩＲを保持し、フランスとＲＰＦの仲裁を引き受けることである。三つ目は、ＵＮＡＭＩＲをルワンダ近隣の国に移動させ、フランスが作戦を終えた後にＵＮＡＭＩＲ２を展開して、またルワンダに戻ることである。「フランス主導のイニシアチブが積極的に認められるのは、ＲＰＦが、フランス部隊が現地に入ることに同意する場合か、またその戦力がフランス部隊を含まない兵員と装備で入ってくる場合、そのいずれかの場合だけである。しかし、この選択肢はまったく不可能である」私は次のように書いた。「紛争の段階的拡大を避けるためには、ルワンダ国内と当該地域で……フランス主導のイニシアチブは独自にその行程を進ませ、ＵＮＡＭＩＲに安全な環境下で戦力を増強させるべきである……その後に、本派遣団は、指令のために計画された効果的戦力を保持して再展開することができるだろう」もしフランス部隊がやって来ても、交戦当事者の承諾を得ることができないのならば、第三の選択肢を推奨する。ニューヨークはもう、私がどの立場をとっているかをまちがいなく分かっている。国連のメッセージの最後の挨拶はいつも「よろしく《ベスト・レガーズ》」である。この任務に関して唯一この時だけは、文書を次のように締めくくった。「現時点において、部隊司令官としてよろしくと言うことは非常に難しい」

私は、フランスが実質的にどの地域を占領しようとしているのかについて、深刻な懸念を表明した。フランスは、RGFが首都に侵攻するのを支援する意図があるのか、あるいはRPFとの対決を避けようとしていたのか？ 誰も教えてくれなかった。ブトロス＝ガリが安全保障理事会議長に宛てた書簡は、ただフランスが「ルワンダの強制移住者」を助けたいと思っているとだけ述べており、それはあらゆる場所を意味していた。次の六日間、私はニューヨーク、パリ、キガリ、RPFそしてフランス部隊と議論した（これらの交渉にRGFが参加していたという記憶がない）。その議論の焦点は、フランス支配地域を画するためにルワンダの西部に一本の境界線を描くことであった。

六月二一日、私は議論の相手すべてに、その日の時点でのRPFの陣地の戦術的配置に関する図を送った。フランスの発表の後、RPFは作戦を加速させていた。そして、RGFは西方への撤退スピードを上げた。彼らの先には、推定二五〇万人のルワンダ人が移動していた。フランスが国連からの最後の承認を待ち受けている間にも、主に南部にRGFが保有する地域は縮小していった。私はRPFとフランスが、フランスの作戦地域として容認すると思われる最終ラインについての交渉を終えた。それから、両陣営と連絡をとっている国連軍事監視員を派遣して、現地における境界線を確認させた。その結果、予測したとおり、私の小さな部隊がなおもおこなわなければならない他の任務に加えて、私たちは国連第七章に基づく部隊と内戦での勝利者側との間に位置する、第六章平和維持部隊になってしまった。

フランス介入のニュースがルワンダで放送された時、私が危惧したようにRPFはトーゴ、セネガル、マリ、そしてコンゴ出身のフランス語系アフリカ人士官に報復した。物を盗まれたり、侮蔑されたり、手荒に扱われたりしたので、私は彼らをキャンプに引きこもらせなければならなかった。安全のために、彼らを任務地域から撤退させる交渉をし、ニューヨークにその決定を伝えた。六月二一日、前年の一一月から任務に献身したこれらの崇高なフランス語系アフリカ人の士官たちに別れを告げた。この派遣団ではフランス語を話すのは彼らだけだったので、RGF地域での仕事のほとんどを遂行しなくてはならなかったし、不当な危険にさらされてきた。彼らの仲間には殺された者もいれば、怪我をした者もいた。ほとんどが少なくとも一度は病気になった。そして、彼らは残りの人生においてずっと忘れることのできない光景を目撃した。しかし彼らは皆、失意と危険の中にあってもここに留まったのだ。それは胸に込み上げてくるものがある別れだった。

前線に比べて訓練が十分ではない部隊がいる後方地域では、RPFと口論になる危険性があったので、私はヘンリーにウガンダへの輸送隊をみずから先導する仕事を与えた。ティコは最後まで部下の国連軍事監視員と一緒にいたいと思っていたので、一緒に出かけた。キガリの郊外一二キロあたりで、彼らはRPFに引き戻され、飛行場に連れてゆかれた。フランク・カメンジは口を出さなかったが、彼の目には、RPFの兵士が四二人の男たち一人ひとりに、完全な「税関」検査をしようとしているように見えた。彼らの所持品は放り出され、電気機器――ラジオ、テープレコーダーなどといったもの――は没収された。検査は一時間ほどつづいた。それが終わると、滑走路から所持品を拾い上げて、バスに戻るように言われ、そして帰途についた。何ヶ月もの間ルワンダの人びとを助けるために命をかけてきた後のこの屈辱に彼らは耐えたが、強烈な怒りを生み出した。そのため、検問所で毎回足止めをされると、自分たちの手で問題を片付けようとするかもしれないとヘンリーは心配した。私が彼らの処遇についてRPFに抗議すると、占領軍が国外に出ようとする者を誰彼なく捜索するのは至極当たり前だと言われた。彼らが主張するには、昔かなりの略奪があったからである。

フランス語系アフリカ人の出発によって、私はフランス語を話せる士官をほとんど失った。この派遣団の短い歴史の中で三回目になる司令本部の根本的再編をしなければならなかったが、その間もずっと作戦は続行していた。UNAMIR2の来たる動員にともなう要求の重さ、複雑さ、切迫した緊急性に直面し、資源、補給、インフラ、兵士の訓練、エンテベの受け入れ基地と補給基地、必要になるであろう部隊経験、食糧、水をいかにして確保するかについて、詳細を詰めることに忙殺された。私はPKO局に、旅立った士官の代替要員としてナイロビから四八名の国連軍事監視員を採用しようと思うというメッセージを送った。

カナダ人たちは、本部でフランス語を話せる唯一の人員として穴埋めをしたが、憎悪を煽るラジオですべてのカナダ人が攻撃されていることで、彼らの本領は十分に発揮されなかった。私のせいでもあり、ルワンダ戦争において全面的な人権調査を開始するというカナダのイニシアチブのせいでもあった。新しく国連軍事監視員を採用することに関するPKO局への発言の中で、私は以下のように警告した。「もし事態が改善されない場合には、部隊司令官は「カナダ人」分遣隊も退去させざるをえないだろう。現時点で、部隊司令官はカナダ人派遣団の移動をRPF領域内だけに制限しようとしている」そしてこう結論づけた。「ましてやこれだけ仕事が増えると、派遣団は迅速な活動を維持できないだろう……部隊司令官はこれ以上ないほど断固としてこの点を主張する」ターコイズ作戦が発表された当時、私はもう少しのところで「やめさせてくれ、もう降参だ、もうつづけられない」と言いそうになっていた。部下の兵士たちは通常の平和維持活動では絶対起こらないような状況の下で試されていたし、知りたくもないような環境で生き残ってきた。彼らと一緒に任務を遂行する中で、途方もないほどの献身、決意、本物の勇気が繰り広げられるのをつねに目の当たりにしてきた。

六月二一日、RPFのニューヨーク事務局は談話を発表し、新しい安全保障理事会議長であるサリム・ビン・モハメド・アル＝クサイビに書簡を送った。もし理事会がフランスの派遣を承認した場合、RPFは「同時に現在いるUNAMIR派遣団の撤退を承認することを」要求する。「ルワンダ愛国戦線（RPF）はその兵員が、敵対関係が高まった場合に、UNAMIRと他の外国軍部隊とをつねに明確に区別する態勢にないことを懸念している。遺憾なことに我々は、UNAMIRの人員を、少なくとも一時的に、安全なところに撤退させる必要があるという結論に達した」当時権力をもつ人びとはRPFの立場を無視して事を進めた。次の日、国連安全保障理事会は、連合国を募ってルワンダに介入することを認める第七章に基づく権限をフランスに与える、決議案九二九号を承認した。OAUは最初に介入に反対したが、フランス語系アフリカ人国家の圧力に屈して意見を変えた。投票の際、ニュージーランド、ナイジェリア、パキスタン、ブラジル、中国は棄権した。安保理はターコイズ作戦の承認に二つの条件をつけた。派遣は六〇日間にかぎられること、またその時までに国連事務局はUNAMIR2を展開させるためにあらゆる努力をすることである。ベルギーの避難先から、首相指名者のフォスタン・トゥワギラムングがフランスの介入を非難する公式声明を発表したが、フランス軍がどうしても行くのであればUNAMIR2のために設けられた目的を達成しようとすることを期待する、と付け加えた。

その晩、非常に限定された指示を与えるPKO局から暗号ファックスを受けた。フランスはRGFとRPFの間にある紛争ラインには手を出さないと約束していた。電報によると、「我々はフランスがキガリに入ることを提案するとは思っていないが、もしフランス人が姿を見せたら、ただちに知らせてほしい。我々は、RPFが敏感になっており、フランスがキガリに入ることによって他の問題が引き起こされることを考えれば、フランスを説得しなければならない」ということであった。私にとってみれば、フランスは依然としてキガリ

14 ターコイズの侵略

に入ろうとしているように思えるし、もしフランスの降下兵がキガリに降りてきたらどうなるかも想定していた。撤退計画を仕上げておかなければならなかった。暗号ファックスの行間を読むと、私が頑強にキガリに居座りつづけるべきだと繰り返しているのに対して、すでに部隊をUNAMIRで任務につかせている国々から相当な圧力を受けていること、そして、最近犠牲者を出したことで新しい展開のために十分な部隊を提供することがますます困難になっているのに違いない、ということが分かった。(暗号ファックスでは、モーリス・バリルもまた非常に遠回しな言い方で、メディア担当の連絡将校の熱意を抑えてほしいと頼んできた。この将校は、私が命令したとおりメディアへの透明性を尊重しようとして、あまりにも正確に前線の移動を述べることで、RPFとRGF双方と問題を起こしていた。)

そしてこれが、私の士気を高めようとする、上司たちの試みであった。「貴官は予想もしない問題に直面しようとしており、我々はそうした問題を処理するために貴官が適切な判断をすると信頼しているが、同時に、我々はいつ何時でも相談に応じることを約束する」

暗号ファックスの最後の段落は次のことを伝えた。ブー＝ブーの後任でシャハリヤル・カーンというパキスタンの職業外交官が、UNAMIRへの途上でブトロス＝ガリの要請にしたがって、「あちこちの国の首都に立ち寄って相談している」とのことである。

いまでは首都キガリのどの通りにもフランス国旗が舞っていた。パリでよりも、キガリでのほうが「フランス万歳」の声が聞かれた。RTLMは住民にフランス人は彼らに合流してRPFと戦うためにやって来るのだ、と放送しつづけていた。私には、ターコイズ作戦によって救われる一つの生命は、少なくとも別の一つの生命を犠牲にすることになるように思えた。ジェノサイドが復活するからである。

六月二二日、私たち全員に対するRPFの姿勢は一変した。ルワンダにおける国連の代表者である私たちが、国連の指令に基づいたフランスの侵攻に協力していることを非難することを目的として、敵意、無礼、脅迫、直接的攻撃が日常的態度になった。カガメの立場は、私たちの安全を保障できない以上、ただちに撤退すべきだというものだった。何度も申し入れて彼との会談を設定し、できるかぎり忠実かつ直接的に、フランスの作戦の公表された目的を説明した。私たちはRPFの勝利を否定したりジェノサイドを擁護あるいは促したりするような、不愉快な陰謀に加担しているわけではない、ということを説得できたと思った。もちろん、後になって私は、RPFは公けにはフランスの介入に反対しながら、裏では、カガメが自分の作戦を完了する間はフランスの部隊展開に妥協していたのだということを知った。(注3) かつての敵同士が密接に調整して協力しており、私がどちらから得られるよりもまともな情報を得ていた。これはとんでもない権謀術数にほかならない。

　私はこれまで長い時間を費やし、完全な指令《マンデート》を与えられたUNAMIR2よりもターコイズ作戦を受け入れるほうがなぜカガメにとってはましだったのかを考えてきた。私にはこうとしか思えない。UNAMIR2の意図はジェノサイドを止めさせ、RPFから逃れてきた数百万の強制移住者を守るための保護地域を作ることであった。したがってUNAMIR2のために、私は間違いなく、RPFの侵攻によって人道主義的危機を悪化させてはならないし、状況が安定するまでは保護を提供するために介入すると主張していただろう。彼は、私がその仕事を第一の目的と見なしていることを知っていた。しかし、カガメは全土の制圧を望んでいたのであり、一部が欲しかったのではなかった。彼は完全に勝利するまでは事態を安定化させたくなかったのだ。私は今ではそう考えている。

　情報のないままに活動していたので、私はフランス軍がどのように入国し、どのように作戦を実施するのかを予想しなければならなかった。ブルンジがフランス軍の通過を拒否したことは知っていたし、ウガンダもそうするだろう。タンザニア西部にはフランスが使えるような社会基盤はなかった。私はフランスがキガリをとおって入ることに反対していた。ニューヨークには、もしフランスのキガリ通過を許可したなら司令官としての職を辞すとも言った。もしフランスの飛行機が空港に現われたら、それを撃ち落としていただろう。そしてメディアにはそのことを大げさに話した。ある程度本気だった。フランス部隊がキガリの真ん中に着陸したらRPFとの大規模な戦闘になり、RGFと暫定政府は生きながらえることになる。私はPKO局から、キガリは問題外であるという保証を得ていた。

　残された選択肢は、ザイール（今日のコンゴ（民主）共和国）だけだった。キヴ湖の北端に位置するゴマには、修理が必要ではあるにしても、フランスが使える近代的な空港がある。湖の南端にもブカヴという飛行場はあった。もしフランスがゴマとルワンダ国境のすぐ内側にあるギセニをとおってしか

（注3）一九九七年のある会議で、RPFの国連大使テオゲネ・ルダシングワが私に確証したことによると、彼とRPFヨーロッパ代表であるジャック・ビホザガラがパリに招かれ、私がまだそれを耳にする前に、ターコイズ作戦について全面的な説明を受けたとのことである。

14 ターコイズの侵略

入ってこないとすれば、フランスがＲＧＦを支援するために来たということが確証されると、私は確信していた。そうなれば、フランスがＲＰＦに対する戦闘作戦を実施することが予測される。それではＵＮＡＭＩＲへの直接的報復と撤退の強制へと繋がりかねない。しかしながら、もしフランス軍がブカヴをとおってチャンググで国境を越え、危険にさらされた膨大な人びとが集まっている西部に入ったら、フランスの介入の動機はあくまでも人道主義に基づくものであるし、私たちは任務を続行することが可能となる。

六月二二日に国連安全保障理事会が最終決議を採択する前に、フランスはすでにゴマに到着していた。このことを私は六月二三日の朝にメディアの報道をつうじて知った。国際社会には急速にＵＮＡＭＩＲ２を展開する手段がないという議論は、これで終わりになった。同日ＲＰＦは、もしフランスの作戦が人道支援目的にかぎられるのであれば反対しないという声明を出した。そしてフランス語系アフリカ人は去り、ＵＮＡＭＩＲへの敵意が急速に薄れていく中で、私たちはふたたびキガリからのパトロールを出しはじめた。不幸なことにほとんどのフツ族住民は、ＲＴＬＭとＲＧＦとインテラハムウェに追い立てられて、西に向かって移動しはじめた。さらに悲劇的なことに、移動するにつれて住民はインテラハムウェの道路封鎖につかまり、生き延びたツチ族が殺されただけでなく、ＩＤカードをもたない人びとも同様に殺された。「ゴキブリ」と疑われただけで死ななければならなかったのである。

六月二四日フランス軍はパトロール規模の戦力でルワンダに入り、北部のギセニと南部のチャンググに駐留し、そこから侵出してゆくことがメディアで報じられた。もしもフランス軍がＲＰＦに接近しすぎると、結果的にきっと戦闘になるだろう。そこでフランス軍司令官ジャン＝クロード・ラフォルカデ将軍のもとに行って、彼の意図を確認し、また両軍の連絡将校を交換しなければならなかった。彼のほうから会いに来るのを待っているつもりはなかった。

私はニューヨークに連絡をとり、フランス派遣団の幕僚をつうじて、ＰＫＯ局が現地でのターコイズ作戦本部の場所を特定し、司令官の会見の場を確保してくれるように依頼した。ふたたびＰＫＯ局から、フランス軍と協力すること、現実政治を理解し、我慢するよう指示があった。私はターコイズ作戦が良い結果をもたらすとは思えないと答えた。私には、それが現在おこなわれているジェノサイドを口実にして、フランスの国益を追求する冷酷な行動のようにしか見えなかった。上司たちからは、私の意見を考慮するという生ぬるい約束以外には何も得られなかった。

ＲＰＦがフランス軍の駐留について落ち着きをとり戻したように見えたので、私はヘンリーに市民の移送を再開し、ＲＧＦの戦争捕虜を赤十字とキング・フェイサル病院から移動させる準備をする必要性を説明した。また、私たちの敷地での人質事件以来、暗礁に乗り上げていた停戦交渉を再開して、暫定政府とフランス軍との関係を注視するために、暫定政府とふたたび接触しなければならない、と言った。さらに暫定政府がどこにあるにせよ、人道支援活動を維持するためにも連絡をとる必要があった。援助活動団体は、強制移住者の重荷が増大していたので、縮小してゆくＲＧＦ支配地域へのパイプ役を必要としていた。

その日の午後、ドン・マクニールが間に入って、フランク・カメンジと国境なき医師団ルワンダ・チームのリーダーでキング・フェイサル病院長を務めるジェームズ・オルビンスキー博士の話し合いがおこなわれた(注4)。病院が国連の保護下にあるという事実にもかかわらず、武装したＲＰＦ兵士が病院に繰り返し侵入し、医療物資を略奪していた。そこに常駐していたブルーベレーは、その連中を追い払うために「最小限の武力行使」をしたくて苛立っており、状況は非常に危険なものになりつつあった。

オルビンスキーはカメンジに、ルワンダも調印しているジュネーブ協定では、武装部隊はいかなる病院にも立ち入ることはできないし、ましてや赤十字の全面的保護下で活動している病院に立ち入るなどもってのほかであると抗議した。カメンジは、キング・フェイサル病院には八〇〇〇以上の保護された市民にまじって、民兵とＲＧＦの兵員がいると信じるに足る理由があり、またＲＰＦ部隊は自衛のために武器が必要であると答えた。最近、赤十字がおこなった負傷者移送の際に検問所での捜査で、ＲＰＦは手榴弾を発見していた。ＲＰＦの考えでは、病院はＲＰＦとルワンダ人民のものである。彼らは戦争中で、必要とするものをもって行くことは正当なことである。

マクニールは、誰もが医療物資を必要としているが、病院にいる強制移住者は、ＲＰＦの手で虐殺されるのではないかと心配しているということを指摘した。何千もの強制移住者を収容するためにフェイサル病院を使うことは、延々と運び込まれる負傷者を処置しようとする医療スタッフの努力の妨げになっている。彼は、近くのゴルフコースにフェイサル病院の難民のための新しい敷地を作ってはどうかと提案した。

（注4）国境なき医師団は五月末、カナダ人医師ジェームズ・オルビンスキーに率いられてルワンダに戻った。六月中旬、ジェームズと彼のチームはキング・フェイサル病院を使用できるようにした。

そうすれば、難民が移動する際に全体的な武器の所持検査をおこなう機会もできるだろう。ＲＰＦが武装して病院に乗り込む必要もなくなる。ひとたびＵＮＡＭＩＲ２が機能するようになると、より多くの医療物資と専用の野戦病院を建設することが必要になるだろうし、ＲＰＦにフェイサル病院を引き渡すことができるだろう。この解決策は皆に受け入れられた。

ドン・マクニールはいつもそのような解決策を生み出すことをつうじて、人道主義的義務を果たした。彼は怖がっているようには見えなかった（最初の災厄に終わった住民移送の出来事でそうであったように）し、想像力があり、手堅い常識も持ち合わせていた。無線での彼のコールサインはママパパ１であり、他者への献身と模範を示すことによって、その呼び名にふさわしく行動した。(注5) 彼は仕事に献身的であったが遊び心もあった。断固たる決意をもつ上官のクレイトン・ヤーチェと共に彼の熱意によって、ＵＮＡＭＩＲの人道支援チームはとても危険で誰にも感謝されない仕事であるにもかかわらず、他の者がその任務に就きたいと思うような部署になった。マクニールは、とりわけポーランド将校たちと仲が良かったが、その中には屈強なマレク・パジクもいた。彼は民兵からとり上げたＡＫ‐47を持ち歩いていた。パジクの部屋は遊びや議論の場になり、たいていはマクニールがその仕掛人であった。そうした集まりは、我らが人道主義の戦士にとって息抜きのためのバルブのような存在だった。彼らは人びとの安全を守るために民兵に睨みをきかせていた。毎日緊

（注5）ママパパという綽名は、マレク・パジクがつけたものである。最初の人道支援チーム（ＨＡＣ）の士官として、彼はキガリにまだ残っていた援助機関の安全確認をおこない、モトローラの無線を提供する仕事を任された。西側の軍事部隊で使われる音標文字に慣れていなかったので、援助機関が彼に連絡をとる時の無線コールサインを、自分の名前のイニシャルＭＰをとってママパパにした（正しくはマイクパパにするところである）。五月三日のミルコリン・ホテルからの脱出は失敗に終わったが、その際の無線交信をすべてのＵＮＡＭＩＲの兵員が状況を把握するためにチャンネルを合わせて聞いていた。そして全員がママパパというコールサインを聞いた——ガーナ部隊は特にそれを素晴らしいと考えた。このコールサインを通常の軍事形式に変えようとする試みもあったが、ガーナ人隊員は聞く耳をもたず、人道支援チームのすべてのメンバーをママパパと呼びつづけるので、特にヤーチェ大佐は驚いた。この名前はＵＮＡＭＩＲとＵＮＡＭＩＲ２をつうじて変わらず、世界中の多くの支援活動家が、割り当てられたママパパ・コールサインを使って、ＵＮＡＭＩＲに連絡をとった。

張した、たいていの人間の決意が鈍るような衝突の中で、命を危険にさらしていた。血まみれの老人、女性、子供を救護所へと運んだ。ポーランドの布教施設でジェノサイドの最初の事例の一つを目撃したパジクのように、彼らはその経験に苛まれていたが、しかし活動はつづけたのである。

ＲＰＦはふたたびキガリへの猛烈な攻撃にとりかかっていた。私はその頃あまりンディンディリマナに会っていなかったが、クシュネルと憲兵隊はキガリのＲＧＦ支配地域に捕われていた孤児の移送と保護のために精力的に仕事をしていた。他の穏健派のＲＧＦ指導者たちは、前の週に首都から姿を消していた。フランス軍の到着が過激派を刺激しそうだという新たな問題を考えると、自分たちの身に何が起きるか心配になったに違いない。

ヘンリーの父が亡くなり、結果的に、ヘンリーは残念ながら七月一杯特別休暇をとってガーナに発つことになった。六月二六日、彼をメリディアン・ホテルにいるビジムングに会いに行かせた。停戦交渉を再開するための基盤づくりをするためである。またヘンリーに、どうしたらＲＴＬＭが民兵や民衆を私を殺すよう焚き付けるのを止めさせることができるかという問題を、もう一度とり上げてほしいと思った。私は直接ビジムングやＲＧＦを責めていたわけではない。しかし、脅しは効果がないということを分からせなければならなかった。私にはここを去るつもりはないのだ。ニューヨークにいる誰も私に戻ってこいとは言ってきていない。私たちが事を進めなければならないのであれば、脅迫も止めさせなければならない。

ヘンリーはビジムングに、なぜフランス語系アフリカ人をナイロビに行かせたか、またカブガイでＲＰＦによって殺された多数の聖職者の遺体の様子を詳しく教えた。ＲＰＦは司教や司祭を自分たちで埋葬したうえ、そのことを暫定政府に知られるのを嫌がっていた。彼はまた、私がフランス軍司令官と会ったら、できるだけ早く私と会談して、私たちの役割を明確にするようビジムングと国防大臣に要請した。またヘンリーはビジムングに、自分の父が死んだのでしばらくの間留守にすること、そして私が停戦交渉を引き継ぐことになるだろうと伝えた。

部隊司令本部に帰ってきたヘンリーは、ビジムングはすこぶるご機嫌で、穏やかで友好的ですらあった、と言った。（これは先週から大きく変わった点である。先週のビジムングは、目標をまったく失ってしまったかのようにふるまっていた。）彼はヘンリーにお悔やみを言ったが、それは心から言っているように見えた。彼が、自分の周辺で何十万人もが死んだことに明らかに無関心である軍のトップであることを考えると、その言葉はヘンリーにとってとても奇妙に思えた。ヘンリーはまたビジムングをつうじて、暫定政府はギセニに隠れており、何人かの大臣はゴマにいる可能性があるということを確認した。ビジムングはヘンリーに、近々私がラフォルカデ将軍に会うためにゴマに行くことは、そこで国防大臣に会う絶好の機会になると言った。

　さまざまなＵＮＡＭＩＲ２分遣隊の偵察チームがはるばるエンテベから陸路キガリに到着しはじめていたため、本部は忙しくなっていた。ＲＰＦの国境警備隊が、これらの部隊の到着にさまざまなトラブルを起こしていた。彼らを国連平和維持部隊ではなく、旅行者であるかのように扱い、隊員とすべての装備を検査すると主張したためである。ＵＮＯＭＵＲが、国境のウガンダ側から丘を越えて部隊を輸送する案内と支援をおこなった。延々と交渉した結果、私たちはＲＰＦと円滑に事を運ぶため協約書を作成した。出発した装甲兵員輸送車と他の部隊、および人道支援物資はカンパラからの経路で移動しはじめ、ガーナ歩兵大隊の新たな中隊は一週間かそこらで到着する。カナダの通信連隊とエチオピア歩兵偵察部隊はすでに現地入りし、イギリス降下野戦病院やオーストラリア野戦病院と保護部隊偵察チームが続々と入ってきたし、さらにはカナダの野戦病院も近くに待機しており、部隊司令本部は新しい面々で完全に溢れかえっていた。私たちはもう孤独ではない——このことは私たちを元気づけたと同時に、極度に消耗させた。というのも、少人数であることに慣れきっていたからである。

　もちろん、容易いことは何一つなかった。首席管理官《CAO》と国連の官僚的手続きは、私たちが必要とするものに対してあいかわらず頑なな態度をとった。あらゆる補給やインフラの問題について、ＲＰＦとＲＧＦ双方と広範囲にわたって交渉する必要があった。またこの派遣団には、物資補給契約と輸送契約あるいは予算の増額もなかったし、ましてや食料も水も燃料もなかった。マイク・ハンラハン大佐指揮下のカナダ軍は完全装備で到着するだろうが、これは正規軍をもつ先進国にとっては標準的なことであった。少なくとも次の六週間から八週間は、私たちはこの経験豊かなプロの分遣隊の工兵、補給と支援人員に頼らざるをえないし、そしてまた、任務全体を遂行するためにはイギリス軍にも頼らざるをえないだろう。

　エチオピア軍は即応態勢とはまったく言い難い状態だった。彼らは長引いた内戦を終えたばかりで、エチオピア陸軍の参謀長を含む偵察部隊は、真新しい制服を着て明らかに不安になっていた。前にも書いたように、今回が彼らにとって最初の平和維持活動の経験であり、彼らは作戦を遂行するどころか、自立補給してゆくだけの装備もまったくもっていなかった。（しかし、兵士たちは驚くほどやりくりがうまかった。私はかつて彼らが長い小枝だけを使ってチャンググとザイールを繋ぐ橋に押し寄せる群衆を押し返すのを見た。小枝は多分家畜を移動させるために使われてきたようなものだった。また兵士たちは、地元の農民がほとんど実りのない作物を収穫するのを手伝うために、農地に入ることも平気だった。）他のほとんどのアフリカ部隊の暮らしぶりも似たりよったりだった。

おびただしい数の行政的な要求に応える日々がはじまったが、去年の一一月に比べて本部スタッフは少なくなっていた。いまだにジェノサイドはつづいていたが、その真只中にいて私たちは手のほどこしようがなかった。偵察隊がやってくると、鼻をつく腐敗した空気の中で危機感をもつよう繰り返し強調した。事態はすでに手遅れだ、と私は言った——私たちは初めから遅すぎたのだ。私は、マイク・ハンラハンが少なくとも私の嘆願が緊急のものであるとカナダに伝えてくれたことを今では知っている。だからカナダの分遣隊は彼の指揮官が予定していたようにのんびりと船で展開するのではなく、一刻でも早く到着するためにナイロビへ民間機でやってきたのである。

二つの厄介な事件がすでにフランス軍とＲＰＦの間で起きていた。少なくとも一〇人からなるターコイズの兵士がブタレ県の奥深くに入りすぎてしまった。それをＲＰＦが待ち伏せしていたのだ。この待ち伏せで実際に負傷者は出なかったが、フランスのプライドは傷ついた——特殊部隊が兵士たちの解放交渉をしなければならなかったからだ。もう一つの事件はキブエからギコンゴロへの道で起きた。二人のフランス軍兵士が発砲され、防弾チョッキのおかげでかろうじて助かったのである。二人のパトロール隊はＲＰＦに裏をかかれたあげくに、恥をかかされた。これでは、以前の仲間だったＲＧＦを支援し、ＲＰＦの鼻っ柱をくじきたいと思っているフランス軍に自制するように説得しても無駄である。

派遣団徽章がようやく到着し、六月二六日に、被弾したり、破壊されたり、解体された国連の四輪駆動車に囲まれて、部隊司令本部の入り口近くの中庭で、派遣団徽章授与式をおこなった。私は本国に連絡して、カナダの参謀総長あるいは国防大臣のいずれかが、ブレントに直接徽章を贈呈してほしいと頼んだ。(注6) ヘンリーとティコと私は、防弾チョッキを身に

（注6）そうはならなかった。ブレントの派遣徽章は初め彼の指揮官から手渡された。後に私は、ニューヨークの国連ＰＫＯ局の会議室で小さな式を執りおこなって、ルイーズ・フレシェットが徽章をブレントに授与するよう手配した。

14 ターコイズの侵略

まとってはいるものの、できるかぎり磨き上げて着飾って三列に並んだ六〇人の本部スタッフ、国連軍事監視員、そしてチュニジア分遣隊に派遣団徽章をピンでつけていった。流れ弾が飛んで来ることを考えて式典は手短にしなければならなかったが、一人ひとりの目を見て握手しながら徽章をつけて列を進むにつれて、私たちの誰もがこの任務の最悪の日々を思い出していたと思う。私はヘンリーとティコに徽章をつけ、彼らは私の防弾チョッキにつけた。

次の日、ガーナ大隊の徽章授与式のためヘンリーと空港で落ち合った。彼は授与式の前にビジムングと会見して、厄介な追加情報を伝えてきた。司令本部のスタッフは強制移住者や孤児の移送を再開することをめぐって、キガリ県で調査をしていた。キガリ県の副知事とのある会議で、副知事はあまりにもあからさまに、暫定政府は住民移送をつづけることに何の意義も見出していないと明言した。フランス部隊がまもなく首都に入り、全員に適切な保護を与えることができるからというのである。副知事はまた、フランス軍が到着してキャンプにいる人びとを見れば、キガリ県当局が彼らの暮らしの世話をしてきたということが明らかになると思うとも述べた。明らかに、暫定政府とその下部組織はフランス軍が本当にキガリに向かっていると信じていた。しかしヘンリーが小声で言ったように、彼らは「頭がおかしくなっている」のである。

私たちは階級の順に、ガーナの士官や下士官、兵士たちに徽章をつけていった。大隊の曹長がレコードを見つけてかけたが、私はナイロビに避難したガーナ連隊軍楽隊の音楽がなくて寂しかった。ジョー・アディンクラ中佐は、彼らは一番機で帰ってくるだろうと約束した。

その日私は、ターコイズとRPFの一番正確な境界線を確定するために、作戦チームとヘンリー、さらには二人のルワンダ人連絡将校とすごした。私たちは数名の国連軍事監視員チームを、主要道路を偵察しRPFの前線についてニュースを得るために派遣していた。カガメがようやくスピードを上げて――しかしむやみにではない――二つの主要な軸に沿って、国の西側に侵入しつつあった。一つはブタレからブルンジとの国境に向かって走り、もう一つはまっすぐルヘンゲリに向かい、そこにいる彼の部隊と合流することになる（兵士たちは、多数のRGF大隊を過激派の故郷に釘づけにしていた）。その日にキガリでの戦闘が激しくなった。カガメが指摘したように、フランス軍が介入する余地を与えないようにキガリを掌握することが目的である。私たちは強制移住者をルワンダ国内北部に留めておこうとする戦いでは敗れた。彼らはカガメの進軍を前にして逃げたのである。ターコイズの地域となる可能性がある土地は、ルワンダのごく一部に限られていた。

全体的に言えば、私たちはふらふらしながらではあるが、少なくとも前進しているかのように感じた。同じ言葉が頭の中を駆けめぐっていた。私たちはもはや孤立してはいない。

六月二八日の朝はターコイズ作戦とRPFの最前線に関して、最終的な詳細を詰めることで手一杯だった。町では多数の戦闘が起きており、時間を見つけては屋上に上がって双眼鏡で辺りを調べていた。見つけることができたのは、煙が上がって少数のRPF部隊が堂々と移動していることだけだった。私はキガリを一三〇〇時頃に離れ、護衛に守られながらメラマの境界を越えてウガンダを目指した。そこからUNOMURのヘリコプターでエンテベまで行き、ハーキュリーズに乗りついでナイロビへ飛んで夕食後に到着した。私の副官と四人のメディア関係者が同行し、ゴマへ向かう途中で四人からなる国連軍事監視員の連絡チームと合流することになっていた。彼らはフランス部隊に対する私たちの目と耳になるはずだ。

ルワンダ国内でUNAMIR当局が人道支援と平和維持活動を調整しようとしていることで緊張と混乱が生じつつあった。私と同じようにヤーチェとマクニールは、国連ルワンダ緊急事務所（UNREO）のナイロビ事務所で働いていたシャルル・ペトリエに絶対の信頼を置いており、シャルルが豊富な経験と状況を素早く分析する能力をもっているのでゴマに一緒に連れていくべきだと勧めた。人道支援活動は、まだRGF支配地域では最低限のものでしかなく、困窮している人びとの多くは、生き残るために休みなく西へ向かって移動していた。ナイロビでの六月二九日はとても骨の折れる我慢の一日であり、聞く耳をもたない連中に何度も同じ事を言った。私はすでにフランス国防大臣フランソワ・レオタールから敬遠されていた。彼は視察のために部隊を訪れており、その日にチャンググで私と会うように申し入れてきていた。私はナイロビにいる予定だったので行くことは不可能であり、彼はとても気分を害していた。しかしながら、私には好都合であった。彼にはメディアが同行しており、彼の側に歩み寄る姿勢を見せれば、私が中立であるということにRPFの疑念を抱かせることになっただろう。

ナイロビでは外交官団、国連文民行政支援スタッフ、メディアおよびNGOとの会議が開かれた。いつもどおり外交官たちは具体的な言質を与えないようにして、支持するという約束だけはした。メディアはターコイズ作戦に焦点を絞っており、私にもう一度フランス軍を脅してもらいたがっていた。新聞でパンチのきいた記事が書けるからである（丁寧にお断りした）。文民行政スタッフは成果を上げるのではなく言い

14 ターコイズの侵略

訳に終始し、NGOは中立性を維持するという理由から軍からの独立と不関与という要求をあらためておこなった。同時に、自分たちが活動することができるような「安全な環境」を要求した。国連ルワンダ緊急事務所はNGOや援助機関に、ナイロビだけでなくエンテベ、カバレ、ゴマ、ブジュンブラ、キガリで毎日情報会議を開くことに合意させるよう話を進めていた。そしてペトリエは、援助グループをナイロビから移動させて活動に入らせるために、数週間のうちにはキガリで活動を再開すると約束した。

ゴマに発つ前に、ナイロビに避難していた派遣団の八〇人あまりのフランス語系アフリカ人その他の国連軍事監視員と軍事スタッフの徽章授与式をおこなった。式典は国連の地域本部前で開かれた。今回は迫撃砲や流れ弾の心配もなく、何人かの外交官、国連上級職員、NGO職員もメディアと一緒に参加していたので、私は自分の考えと決意を語った。私たちは徽章に価する仕事をしてきたが、依然としてまったく仕事は終わっていないということを強調した。私は聴衆に、ヒロイズムと恐怖について語り、世界の無関心について語った。私が話している間でさえ、ルワンダ内では大量虐殺はつづいていたのだ。少なくとも数時間、できれば次のニュースの締め切りまでは心に残る感銘を与えようと最善を尽くした。それから授与式後の集いを楽しもうと思った。

ゴマの街はまるで黒と灰色で塗装されたかのように見える。六月三〇日一〇〇〇時頃、一本しかない滑走路に最終進入してゆく飛行機の中で、私は乗員の最前列に座っていた。私たちは連絡チームとその車両を拾うためにエンテベに立寄り、絶滅危惧種であるマウンテン・ゴリラの生息地である国立火山公園を越えて飛んだ。ダイアン・フォッシーは、その深い竹林でマチェーテを手にした殺人者に命を奪われ、愛するゴリラの間に埋葬された。私たちが飛び越えた七つの火山のうちの一つは不安定な状態で、蒸気と灰を噴き出していた。ゴマは陰鬱だった。ジェノサイドの前は、国境近くに位置するルワンダのギセニは美しい観光都市だった。しかしキヴ県の県都であるにもかかわらず、ゴマはひどく汚れた、暗い澱んだ水のような印象だった。

不規則に広がったターコイズの主力基地が眼前に広がってきた。降下する時、私は何百人もの子供たちが巨大な貨物機の発着陸にあわせて度胸試しをしているのに気がついた。足を踏み外したり躓いたりすれば、子供たちはその怪物に轢かれてしまうだろう。誰も子供たちを危険な目に合わせないように、フェンスを設置しようとは考えていなかった。何度もターコイズを訪れたが、それが最初の不吉な訪問であった。

しかし明らかに、フランス軍は補給物資や兵員用宿舎、軍事装備を出し惜しみすることなく、飛行場の周りや街の中に慎重に兵員を配備していた。キャンプの装備の規模とレベルを見て、自分に与えられた支援がいかに不足しているかが浮き彫りになった。資金とリソースは、一つの大国が背後にいるかぎり何の問題もなかった。ターコイズ作戦はフランス外人部隊、降下兵、海兵隊、特殊部隊のようなエリート兵を二五〇〇人以上擁していた。彼らは最新の武器、司令・管制・連絡本部施設、一〇〇台を越える装甲車、迫撃砲中隊、軽武装の偵察隊と中型の部隊輸送ヘリ、一ダースを越える地上攻撃・偵察用ジェット機を装備していた。それらがいまゴマへ巨大貨物機の大艦隊によって配備されつつある——ボーイング、エアバス、アントノフ、ハーキュリーズ、トランザールがあらゆる種類の物資を運んでくるのだ。燃料と水の入った巨大なタンクはすでに稼動しており、部隊と装備を収容するテントの群れが最後の仕上げだった。それら諸能力が、長年共に活動し、アフリカでの紛争に精通した司令チームの下に集められている。

少人数の、背の高い、きっちりした服装の、フランス軍上級士官が私たちを飛行場の端で待っていてくれた。灰色がかった緑の野戦服がとても似合っていた。ラフォルカデ准将は自己紹介し、主要な士官を紹介した。彼の声は低く、好意のこもった握手をし、愛想の良い物腰だった。私は自分のチームを紹介した。その中にはシャルル・ペトリエ、連絡将校、ジャーナリストも含まれていた。ラフォルカデは私たちをジープに乗せ、彼が設立した本部のある街の中心へ連れて行った。溶岩で覆われた大地を削り取ったほとんどとおれないような道をあちらへこちらへとバウンドしつつ、通りに集まった群衆にぶつからないように車で走りながら、私たちは少し話した。町全体が降ってくる灰で埃っぽかった。

約二〇分後、周りが低い塀で囲まれた敷地に入り、その中心に未完成の建物があった。通信車両、アンテナ、パラボラアンテナ、地上通信線がそこかしこに走っていることは、本部が十分な装備をもっていることを示していたが、ドアや窓はなく部屋はまだ完成していなかった。

私たちは、簡素なブリーフィングルームの中央に置かれた、小型で角張った軍用の野戦椅子に座って集まった。ラフォルカデの幕僚は壁に何枚かの地域地図をテープでとめ、そこには部隊配置に関する最小限の戦術情報が書き込まれていた。ラフォルカデはRPFの前線に関する私の見解にとても興味を示し、ブタレとルヘンゲリに兵を送ったことを認めた。その前の数日間、彼の部隊はチャンググから川を越えたところにあるブカヴに、第二の空挺堡を築いていた。自分が受けた指令《マンデート》は危険にさらされている人びとを守ることであり、必ずしもRGFを武装解除することではない、と彼は言った。

14 ターコイズの侵略

しかしながら、彼はバリケードを撤去し、自衛部隊とインテラハムウェを武装解除しようとしていた。彼は、フランス軍がその地域にいるのは、ＵＮＡＭＩＲ２が作戦行動に入るまで——長くて二ヶ月間——であることを強調した。彼の行動計画に関するブリーフィングは全体としてよく練られたものであり、利用できる手段はすべて考慮されていた。

私はラフォルカデと何人かの上級幕僚と一緒に、ＵＮＡＭＩＲ２に付託された指令《マンデート》、構想、作戦情勢についてシミュレーションをした。その上で、五つの部隊配置地区を書き入れた国全体の地図と予定されている部隊構成を示した。彼らにキガリでの戦闘状況と、強制移住者の大規模移動とキャンプの主要な位置の見通しを教えた。そしてラフォルカデの地図の前に立って、ルワンダ国内のフランス軍の守備地域がそれ以上越えてはならないと私が考える限界線を引いた。彼は驚愕した。ＲＰＦが先週一週間でそんなに早く前進したことが信じられなかったのだ。彼に、もし強制移住者がザイールとの国境付近まで移動したら、東ギセニで作戦を展開する余地はなくなるだろうと言った。南西ではＲＰＦがギコンゴロの東のカラマから約二〇キロにおり、ブルンジとの国境までまっすぐ前線を維持しているが、どのくらいの戦力かは分からなかった。彼の地図に書いた線では、彼の部隊とＲＰＦの先頭にいる陣営との間に狭い中間地帯しか残していなかった。ブタレは実質的にＲＰＦの手に落ちていることをはっきりと言った。私が明かしたことをまだ色々考えながら、ラフォルカデは休憩をとって軽い昼食を食べ、食後に地図を見直すよう提案した。

食事の間に、彼は部下の士官たちよりも誠実で分別があることに気がついた。私がまだつづいているジェノサイドを止める話をしている間、部下の士官たちはフランスが古い友人に抱いている忠誠心を話題にしていた。（私はハビャリマナの家族とミッテラン大統領との親しい関係について教えられた。大統領の息子の一人がルワンダで大きなビジネス利権を得ていたのである。）彼らは、ＲＧＦがＲＰＦに打倒されないようにＵＮＡＭＩＲは支援すべきだと考えていたが、それは私たちの仕事ではなかった。私は、暫定政府については警戒すべきだと警告した。私の考えでは、暫定政府はあらゆる手段を使ってその部隊とＲＰＦを対立させ、フランス軍をしっかりと自分たちの側に引き入れようとしかねないからだ。過激派は非常に抜け目がなく向こう見ずであるが、それと同時にショックも受けている。これまでのところフランス軍がバリケードを撤去し、どうやら自分たちの目的を手助けするために何もしてくれそうにないからだ。しかしフランス人の話し相手たちは納得せず、内戦の軍事的側面に対するＵＮＡＭＩＲの不手際について不満を言い募った。彼らはジェノサイドの現実と、過激派指導者、ジェノサイドの犯人、古くからの仲間が同一人物であるという事実を認めることを拒んだのだ。彼らは明らかにＲＰＦと闘いたがっていた。

これらの士官の何人かは、かつての植民地国家の内政に軍事介入するという、植民地時代の伝統から抜け出せていなかった。また民族間の諍いが起こったにすぎないと見なしており、その見方を変える理由はないと考えていた。ベルナール・クシュネルのような他のフランス市民は、純粋に人道主義に動機づけられていたようである。ターコイズで一番重要なのはどちらの態度なのかということについて、すべてのフランス人が一致することは決してなかったと思う。公正を期すために言えば、ターコイズ作戦に参加した兵士の多くがこの時点ではジェノサイドの規模について、またハビャリマナ体制がジェノサイドにどの程度関わっていたかについて、はっきりとは知らなかったと思う。私はフランス軍の動機を寛大に解釈しようという気にはならないが、正直に言えば、その後のジェノサイドの現実に直面してからは、彼らの多くが考えを変えることになったと信じている。

フランスのメディアはすぐさま、上官が言っていたように虐殺をおこなったのがＲＰＦではなく、彼らの同盟者であったことにショックを受けたフランス軍兵士のインタヴュー記事を掲載しはじめた。兵士たちの中には、すぐにジェノサイドにおける平和維持隊員の大変な責務を理解するものもあった。その人道的目的にもかかわらず、ターコイズ作戦は救援作戦に不可欠な軽トラックがほとんどなかった。ビセセロでは何百人ものツチ族がフランスのパトロールに助けてもらおうと隠れ家から出てきた。兵士たちは輸送手段を見つけてくるまで待っているように話し、人目につくところに彼らだけを残した。兵士たちがトラックで戻ると、ツチ族はインテラハムウェに虐殺されていた。ターコイズ作戦がつづいている間、さらに多くのフランス人兵士が似たような出来事に遭遇し、ルワンダでの自分たちの役割に嫌気がさしていった。

私たちが昼食後ブリーフィングルームに戻って、フランス人士官に、ＲＰＦが私にターコイズの仲介役になること、ＵＮＡＭＩＲが境界線の決定者かつ監視者になることを求めたということを伝えた。私たちは、ラフォルカデが遭遇するすべての非戦闘部隊と、犯罪をおかした人物も武装解除するつもりだということは確認したが、彼はルワンダのＲＧＦを武装解除せよという指令《マンデート》を一切受けていなかった。人道保護地域（ＨＰＺ）――この用語は、ルワンダにおいてターコイズが確保した地域を呼ぶために合意されたものである――におけるフランス軍指揮の部隊は、積極的に虐殺を止めさせることになるだろう。ラフォルカデは境界線を越えては部隊を出さないことに合意した。彼は国連ルワンダ緊急事務所を計画

14 ターコイズの侵略

に組み入れて、人道保護地域での人道支援活動を実行に移そうとしており、それによって私たちは皆一体となるだろう。私の派遣団は人道保護地域でもその指令を守るが、現場では彼の部隊と完全に協力することになるだろう。

私は、二五〇万人の強制移住者が国境を越えてザイールに溢れ出すようなことになると、どんな事態になるかを指摘して、彼らがRPFを恐れて西部の森をとおって逃げないようにすることに力を注ぐよう頼んだ。最後に、彼の軍の政治問題担当者に、人道保護地域全域に、ターコイズはRGFを増強するためにここにいるのではないというメッセージを流すように依頼した。

会議は友好的なままに終了したが、きっとラフォルカデは私が主張した多くの点についてパリに確認しなければならないだろう、と思った。そしてたとえ能力のある立派な司令官という印象を彼にもったとしても、彼の司令部を離れる時に、完全に見解が一致したなどと温かくて甘い幻想をもっていたわけではなかった。

私のチームは一五〇〇時にエンテベに向けて出発し、ヴィクトリア湖畔で一夜をすごした。それは、かつてはイギリス総督のものであった大統領宮殿の近くであった。翌朝カナダ・デーにルワンダに戻ると、飛行場の移動制限と連絡チームを視察した。ルワンダにやってくる分遣隊のための移行キャンプはまだ夢にすぎなかった。一週間もしないうちに残りのガーナ大隊がやってくると予想され、装甲兵員輸送車の操縦訓練をする必要があるにもかかわらず。ナイロビで心に響く演説をしても、この程度のことなのだ。

私たちはカバレまでヘリで行き、アズルル・ハクとUNOMURとの会合に立ち寄った。前線配給拠点を設立しているNGOとの会議は街中でおこなわれ、特に、最後の派遣団徽章授与式はホワイト・ホース・インでおこなわれた。私は部隊への賞賛と感謝の演説で、事態は改善される前に悪くなるものだという警告をした。そして、NRA(ウガンダ軍)との一触即発のゲームをうまくつづけるように求めた。それからヘリでミラマ高地まで飛び、国境を越えてルワンダに入り、護衛と合流した。

一年のこの時期は山火事が起こり、いくつかの場所で巨大な煙の塊が空を覆っていたとはいえ、カゲラ国立公園を抜ける道中は美しかった。そこは死の国だった——RPFは地域をしっかりとコントロールしていたにもかかわらず、いまだに荒れ果てた、ゴミの散乱した村々には民間人の姿は見当たらなかった。

私たちはその午後、ちょうどカナダ・デーの祝典の最中にアマホロに戻った。地獄の真只中の祝典など軽薄なことなのだが。カナダ人分遣隊は、我が国が最高のホッケー選手たちを生み出したことを世界中の人びとが知っているからには、この休日を祝してフィールド・ホッケーの試合をすることが正しいという結論に至った。競技場には本部の駐車場を使い、ヘンリーは我がチームと対戦するためにガーナ人のチームを集めることに同意した。自信満々のカナダ人チームは、アフリカ人に圧勝できるとほくそ笑んでいた。銃撃の可能性があるので、防弾チョッキを着たままでゲームはおこなわれた。

　私たちはホッケーの最強国は間違いなく母国カナダであると考えている。ゲームがはじまると、カナダは約一分の間優勢であった——ガーナ人の一人がジョン・マコマーを叩きのめすまでは。ジョンはがっちりとして、びくともしない歩兵将校であり、競技を戦闘であるかのように考えていた。彼が倒れたことが、事のはじまりであった。私は最初の数分間参加したが、行く手を阻まれてスティックを叩かれたとたんにそれが壊れ、固いアスファルトへ弾きつけられた後は、ポジションを譲り、よろよろゲームを外れた。ヘンリーは背丈が六フィート以上あり、体重が三〇〇ポンドに近い。彼がゲームに出てくると、カナダ人チームは戦術を変え、ヨーロッパ・スタイルのホッケーをした。試合が進み得点が重なってくると、私たちは情勢が有利どころか、負けつつあることを自覚した。ガーナ人はナショナル・スポーツとしてフィールド・ホッケーをプレイしており、ヘンリーはうまい、才能のある若者からなる選抜チームを組み、年長のそれほどうまくないカナダ人に対抗したのだ。

　それにしても、一時間か二時間、面倒な任務を忘れることができたように感じられた。後になって、キガリでカナダ通信連隊の偵察部隊を率いていたハンラハン大佐が、次のように書いている。「一九九四年七月一日の夜に、偵察部隊はダレール少将と六人のカナダ人国連軍事監視員にビールをねだった。ビールは、我々がカナダ・デーを祝うためにウガンダから持ち込んだものである。それは非現実的な祝典であった。ダレール少将と彼のチームは「ゾンビ」であった。彼らは私たちと同じ部屋にいたが、心は他にあった。うつろな目は自分の経験を思い出して死んでいた。そのストレスの代償は大きかった」

同日のニューヨークで安全保障理事会は決議第九三五号を可決した。それは事務総長に、ルワンダで「起こる可能性がある」ジェノサイド行為を調査する専門委員会を設置することを要求するものであった。世界はまだ正しい言葉でこの殺戮を呼ぶ気にはなっていなかった。RTLMは間髪入れずに決議を公然と避難した。その見解によれば、ルワンダ最高裁判所にはその役割を果たすのに十分な能力も公平さもあると

14 ターコイズの侵略

いうのである。放送局は、ラジオ用の乾電池を見つけることができるすべてのフツ人に、あきもせずに嘘を垂れ流していた。その一ヶ月後でさえ、私が訪れたザールの難民と強制移住者の惨憺たるキャンプの惨状の中で、小さなポータブル・ラジオに耳を寄せて、この下劣なプロパガンダを聞く人びとを見かけた。ラジオはあいかわらず当局を代弁し、多くの人びとはそれから離れることができなかった。過激派を非難しているために国境なき医師団は、口ひげを生やした白人、RTLMの憎悪リストにのったカナダ人全体と同様、いまでは親ツチ派と呼ばれている。そこで私は、ジェームズ・オルビンスキー（国境なき医師団のリーダーであり、しかもカナダ人でもある）と彼のチームが働いているキング・フェイサル病院周辺の警備を強化するよう命令した。

予測したとおり、人道保護地域を作ったことによって大量の強制移住者が中央ルワンダの中心から追いやられ、フランス軍支配地域に入った。これはターコイズ作戦のきわめて好ましからざる側面だった。ジェノサイドからルワンダ人を守りたいということを公的に表明したことで、フランス軍は自分たちのレトリックと積極的な国際メディアの目から逃れられなくなり、いまや食料を集めてルワンダの人びとの世話をしなければならなくなった。人道保護地域でニュースが得られる可能性があることが分かったために、それまで何週間も私と一緒にいたたくさんのジャーナリストはゴマまたはチャンググへと移動した。

しかし、キガリについては少しずつ楽観的になっていた。なぜならさらに多くのUNAMIR2部隊の到着がもう少しというところまできたからである。幕僚たちは飛行スケジュールを調整し、部隊拠出国を訪問して任務について説明し、部隊を迎える準備を整え、軍事的展開がなされることになれば生じるはずの無数の事柄に備えることで多忙だった。私の計画は部隊がルワンダに到着したらすぐに、フランス軍とRPFとの接触が起こる可能性が最も高い地点へ投入するというものだった。ルワンダの平和という目的のために任務につこうとしている部隊を、交戦当事者の一方と、もう一つの国連の指令《マンデート》を与えられた部隊との間の交戦を防ぐためにつぎ込まなければならない、というのは皮肉なことである。しかしそれについてはあまり考えすぎないようにした。これは、長きにわたって苦しんでいるルワンダ人に押しつけられた、残酷にねじれた終わりのない皮肉の一つにすぎない。

あらゆることが不条理な方向へ進むのを避ける唯一の方法は、私の部隊が使えるようになるのに合わせて、UNAMIR2をフランス軍部隊と現場で交代させてゆくことである。フランス軍が飛び込んでいった罠は、逃れようもなく閉じられはじめていた。できるだけ早く撤退する——彼らの指令の期限である六〇日より前であっても——か、または史上最も苛烈なジェノサイドの犯人の保護者としての役割を果たすことになるか、そのいずれかであろう。膨大な数の、脅されて強制移住させられた人びとが人道保護地域に移動しつつある。そしてRPFが、ジェノサイドの規模と恐怖についてよく知っており、しかも戦争で勝利した部隊をコントロールすることはほぼ間違いなく困難になるだろう。こうしたことを考えれば、フランス部隊が去る前に人道保護地域にUNAMIR2の部隊を配置することが絶対的に重要である。私はフランス軍との現場交代を遅らせることはできないと幕僚たちに強調した。しかしそれは、デリケートで危険な任務であった。というのはフランス軍地帯に逃げ込んだルワンダ人はほとんどがフツ族であり、ターコイズ部隊にはRPFを寄せ付けない能力があると信じていたが、私たちの能力にはあまり信頼をおいていなかったからである。彼らの心は、UNAMIRは敵「RPF」と協力関係にあるという嘘で満たされており、隣人たちの死に自分たちがどれほど共犯関係にあるか彼ら自身も、分かっていたからである。

　キガリ市街での戦闘はまだ緊迫していた。外に出るなという警告にもかかわらず、あるレポーターは爆発と夜中の曳光弾の光跡を見るためにメリディアン・ホテルのバルコニーへ出て、足を撃たれた（二番目の、そして最後のメディア関係の犠牲者であった）。彼は愚かであったが、注意していても十分防げないことも時にはあった。

　この前後に、テオネステ・バゴソラとの最後の、忘れられない出会いがあった。ビジムングに逢うためにディプロマ・ホテルへ行った私がフロントで待っていると、バゴソラがオフィスのドアを開け、私を見つけた。一〇メートルあまりも向こうから声をかぎりに叫びはじめ、私をRPF支持者だと非難した。私がミルコリンとメリディアンからの非常に重要な住民移送を徐々に減らしていると彼は大声をあげた。そしてアルーシャの和平プロセスが失敗したのは私とUNAMIRのせいだと難詰しながら、私の脇をとおり、曲がってロビーの二階へつづく長い階段を上がりはじめた。住民移送のための休戦を守ることができなかったのは彼の側だと穏やかに私が答えると、彼の怒りはさらに激しさをまして、私を睨みつけるために立ち止まって金属製の手すりに寄りかかった。顔の皺をすべてよせて威嚇しながら、もしまた会うことがあればおまえを殺すぞと彼は言った。それからふたたび階段を上りはじめ、見えなくなっても叫びつづけていた。ホテルのロビーにいる全員が立ち止まって聞いており、バゴソラの声がだんだんと聞こえなくなるまでの数分間、市民、兵士も全員が同じように無言でそこに立ち尽くした。それが、私がバゴソラと会った最後であった。彼は今、ジェノサイドの発案者としてアルーシャ法廷に被告として出廷しているところだ。今度彼に会うのは、私が証言をする法廷においてであろう。

14 ターコイズの侵略

　七月初めのあの長い夜を、ＲＰＦが街を支配するために戦っている間、私は時折バゴソラのような人間が念入りに作りあげた悪魔について考えをめぐらせた――過激派、インテラハムウェの若者たち、赤ん坊をおぶった普通の母親までもが、血まみれの光景と匂い、熱気に酔って、隣人を殺害した。彼らはＲＰＦから逃がれ、血塗られたキリング・フィールドに足を踏み入れ、腐って皮と骨の山と化した死体を踏み分けながら、一体何を思っているのだろうか。私は、ジェノシデール〔ジェノサイドの実行者〕を、悪魔のような行為をした普通の人間として描くのを拒絶した。私の心に浮かんだのは、彼らの犯した犯罪が彼らを人間ではない何ものか、人間の仕草を真似る肉で作られた機械にした、という考えである。どちらの側の容疑者にも「正当な根拠」があった。フツ族に関しては、不安と人種差別が憎悪と暴力的応答へと巧妙に作り上げられてきた。ＲＰＦの場合は、母国を勝ちとるためにはいかなる犠牲を払っても喜んで戦ったのであり、ジェノサイドに対する兵士の憤怒が彼らを機械に変えたのだ。では目撃者についてはどうか――何が私たちを駆り立てているのか？　私たちが見てきた光景は私たちの人間性をすり減らし、感覚を失った機械へ変えてしまったのだろうか？　一体どこに進みつづける動機を見出したのだろうか？　進みつづけること、それが私たちのなすべきことだったのだ。

　私たちは夜明けから夕暮れまでの問題、長い夜の問題を解決しつつあった。ハンラハンはカナダへ帰国する時、偵察団のメンバー二人を置いていった。そのおかげで彼らは、七月半ばには配置されることになっていたガーナ分遣隊のために、装甲兵員輸送車の自動車学校設立を手伝うことができた。エチオピアとザンビアの大隊は月末までに到着することになっていた――英語とエチオピア語が話せる通訳を探さなければならなかった。ハンラハンの部下のカナダ人たちはこの後三週間以内に到着するだろう。七月の終わりまでに約二八〇〇人の兵力に達して、人道保護地域にいるフランス軍にとって代わり、段階的にＲＰＦへその地域を明け渡すという私の積極的計画に、ちょうど間に合うはずであった。

　ラフォルカデは、彼が（そして彼の政府が）解釈した私たちの議論を確認するメモを送ってきた。彼にはＲＧＦを武装解除する指令《マンデート》は与えられていないが、人道保護地域においてはＲＧＦに活動させないと書いていた。彼のメモは人道保護地域において保護している人びとへの脅威とならないかぎり、ターコイズが民兵とRGFを武装解除するつもりはないということを語っていた。結果として、過激派は自由に人道保護地域を動き回ることができ、フランスから何の妨害も受けないし、またRPFからの報復を受けたり、衝突したりすることもない。私たちが引き継ぐ前にどの集団も武装解除すること、さもなければ控え目に考えても私たちの仕事が危険なものになる、そのように私はラフォルカデを説得しなければならなかった。RGFと民兵がフランス軍に対して発砲することはなさそうだが、私たちには発砲したくなるだろう。

ラフォルカデによる彼の軍とRPFの間の境界線の説明は、ゴマで私が提示した位置よりもまだわずかに東寄りであった。しかし、かつてフランスが安全保障理事会に提案した元々の境界線よりはかなり控え目なものになっていた。カガメがコピーを受けとると、彼はすでにラフォルカデが引いた境界線の西側に部隊があり、後戻りすることはありえないと明言した。私は仲裁しなければならず、ついていない日だった。数えきれないほどの会議、ファックス、電話の末にようやく、ルヘンゲリ、ブタレ、ギタラマまたは噂のあるキガリを含まないことで地域に関する同意を得た。私たちは、ターコイズとのワーキングプランも作った。

その夜、部隊司令本部の雰囲気はほとんどお祭り気分であった。ベスとカナダ兵士の奥さんたちが国から菓子のつまった巨大な空輸用カートンをまた送ってきたので、私たちは戦利品を分配した。オフィスの外のホールには、建物がホテルとして使われていた時の名残りである、カウンターつきの小さな一角があった。そこに立ってヘンリーとおしゃべりしていると、誰か——ひょっとしたらティコ——がスコッチのボトルをとり出しカウンターに置いた。私はオフィスに行きNGOが感謝の気持ちとしてくれたワインボトルを見つけ、どこからか何本かのビールも出てきた。私は小さな黄色いラジオとテープレコーダーを供出し、数少ないテープであるフランキー・レイン〔アメリカの歌手・俳優〕とストムピン・トム・コナーズ〔カナダの有名なカントリー・フォーク歌手〕を大音量で鳴らした。私たちは葉巻を吸い、建物内の、あるいは敷地内の誰もが夜中まで起きていた。私たちは境界線についての成功を祝っていた。しかしそれ以上に、自分たちが生き残ったという事実を祝っていたのだ。ヘンリー、ティコ、フィル、モエン、ラシーヌ、マコマー、オーストダル、完璧な人道援助チームであり、ぼろぼろになった集団の生き残り——私たちは生きて騎兵隊を見ることができたのだ。その夜は純粋な哀悼に満ちていたが、同時にまた溢れんばかりの笑いや今まで経験したことのないような強烈な喜びで一杯だった。

14 ターコイズの侵略

もちろんカガメとフランスの双方は境界線を検証しなければならなかった。そして、二つの主要な出来事が、新しい交戦当事者間にあわや戦闘を引き起こしかけ、私が双方に電話をした。

第一のものは、二人の在留外国人と、多数の孤児を連れてブタレから引き返してきたフランスの輸送隊を、RPFが待ち伏せしたことである。住民移送には同意していたが、現地司令官が輸送隊をいくつかのバリケードで足止めし、その上で発砲した。フランス人は撃ち返した。幸い誰も怪我をしなかったし、騒動は数時間で解決された。

第二の出来事はターコイズの中立であるという見せかけにはるかに大きなダメージを与えた。RGFの軍事顧問を長く勤めたチボー大佐というフランス軍士官が、人道保護地域の南西地方における責任者であった。チボーは、RGFあるいは民兵の武装解除をするためにルワンダにいるのではないし、もしもRPFが人道保護地域の境界線に近づこうとしたら、あらゆる手段を使って闘い、撃退すると公言していた。過激派がフランスから聞きたかったのは、まさにこの類の話である。それはまた見事に、貪欲なメディアの餌食となった。RTLMは大佐の姿勢をすぐに利用した。ラフォルカデはチボーを抑え込み、自分の信用を守るために、公式に、部下の司令官を激しく非難した。彼は明確なメディア声明を出して、ターコイズの立場を明らかにした。「我々はいかなる者に対しても人道保護地域における特別扱いを認めないし、いかなる武装勢力の侵入も拒否する」彼は状況説明の手紙を、私を介してカガメへ送り、カガメはいつものように疑い深そうに受けとった。問題は残った。どちらがターコイズの根幹にある心情を表明しているのか？ ラフォルカデだろうか、チボーだろうか。

これは新しい国連事務総長特別代理《SRSG》であるシャハリヤル・カーンが対処しなければならない政治的問題であった。彼は七月四日にキガリに到着することになっていた。カーンは非常に尊敬すべき危機管理者だという評判だった。モーリスは、彼が有能であるとともに事情に精通しており、アフガニスタンのような複雑な問題のある場所で仕事をしたことのある熱意溢れる人物であると保障した。私は、派遣団の政治行政機能を彼に委譲するのを心待ちにしていた。

七月四日の夜明けまでに、RGFがキガリから撤退してしまい、西へ向かってきれいに引き上げたという報告が入った。（後になって発見した証拠と防衛態勢をとっていたことから考えて、彼らは弾丸を使い果たしていたようである。）朝のミーティングまでにはキガリでの戦いは終わり、街はいつもと違って静まりかえっていた。

私たちは新しい国連事務総長特別代理を迎えるために、ほぼ一日を費やした。カーンはエンテベへと飛び、そこからルワンダ国境までヘリコプターで行った。国連事務総長特別代理は青い国連の防弾チョッキを着て、驚くほどの数の国連軍事監視員と国連車両に囲まれて、キガリまで陸路でやってきた。一八〇〇時頃に到着すると、アマホロ・スタジアムでガーナ人の衛兵に迎えられた。防御用の鉄条網の後ろには、まだおおよそ一万人の強制移住者がおり、興味津々で眺めていた。最初の握手からして、私には彼が頼りがいのあるリーダーだと感じた。彼は部隊司令本部のオフィス兼用の寝室を見ても顔色ひとつ変えなかったし、会う人全員に思いやりと誠意のこもった挨拶をした。それからの数週間、彼は私たちと一緒に相変わらずの酷い味のドイツ製糧食を食べ、いまだにつづいていた窮乏と配給を経験した。カーンは発想豊かで独創的な人物であり、急速に政治チームを彼の色に染め上げた。この長い期間で、カビア博士が楽しそうに見えたのは初めてだった。

第15章 多すぎて、遅すぎる

七月五日、内戦とジェノサイドは新しい局面に入った。カガメはできるだけ早く私との面談を求めたが、私はその朝の大半の時間を国連事務総長特別代理への状況説明と、彼をキガリにある私たちの拠点に案内するのに費やしていた。シャハリヤル・カーンは集団殺戮を最初に見た時のことを著書『ルワンダの浅い墓穴』に次のように書いている。「ダレール将軍がかつて大虐殺の起きた場所に車で乗せていってくれると、犬やハゲタカにえぐられむき出しにされた死体や骸骨が横たわっていた。その光景は背筋が凍るような、非現実的で身の毛もよだつものであった。さらに酷いものがあった。私たちは何百もの死体が庭に積み上げられた国際赤十字病院に足を運んだ。そこかしこに死体や手足のない子供、死にかけた女性がいた。床一面に血が流れ、腐った肉のひどい悪臭が立ち込めていた。どの空間もこうした患者で埋め尽くされていた。前日、政府軍（ＲＧＦ）が去る際に、無差別の迫撃砲攻撃をおこない、一発が赤十字病院の病棟に命中して七人の患者が殺されたのだった」（実際、私たちがそこに到着した時、職員がまだ死体の断片を片付けているところであった。）カーンはつづける。「私はそれまで、これほど恐ろしい光景、患者の目に浮かんだ虚ろな恐怖、強烈な腐臭に出会ったことはない。私は吐かなかったし、叫ぶことすらしなかった。あまりにもひどいショックを受けていたのだ。言葉もなかった。大虐殺を生き延びてきた同僚は感情を見せなかった。彼らはもっと酷いもの、もっとずっと酷いものを見てきたのだ」

その光景は本質的にはキング・フェイサル病院でも同じであった。しかしこの病院の場合は鍵付き病棟の見学があった。カーンがジェームズ・オルビンスキーに理由を訊ねると、そこにいる負傷者は虐殺に関与したことをＲＰＦが確認しており、生きたまま裁判にかけたいので、群衆のリンチにかけられないようにしているのだと説明した。カーンはこれを、勝利にわく反乱軍が驚くほどの規律を示している例だと考えた。

カーンはソヴィエトとムジャヒディン〔イスラム戦士〕の紛争があった最悪の時期にアフガニスタンにいた。子供時代には、一九四七年のヒンズー教徒とイスラム教徒の衝突を経験した。著書で彼は書いている。「事実は、実際の歴史では決して［ルワンダでのように］人間が同朋たる人間に対してこれほどまで理不尽で残虐な行為をしたことはなかったということだ……カンボジアやボスニアのキリングフィールドでさえ、ルワンダにおける身の毛もよだつほどすさまじい邪悪を前にすると、顔色を失うほどである」自分の主張の正しさを示すために彼は、数ある例のうちから次の一つを選んだ。「インテラハムウェは幼いツチ族の子供を殺すのに、親の目の前でまず腕を一本切りとり、それからもう一方の一本を切りとるというやり方を習慣にしていた。それから子供を出血させてゆっくりと死に追いやるためにマチェーテで首を切り裂き、子供たちがまだ生きている間に陰部を切り落として、恐怖で顔を引きつらせている両親に投げつけた。そして両親はそれよりはるかに手際よく殺されるのである」ジェノサイドを十分に見聞きしてきた私たちが、そういったことにも動じなかったとカーンは書いているが、それは間違いである。私たちは単に後々まで、自分の感情をはぐらかしていただけなのだ。

カガメはキャンプ・カノンベ内の小屋に司令所を移動し、キガリでの勝利後は寛大であろうと最大の努力をしていた。彼は、人道保護地域からのフランスの撤退を促すために、今はUNAMIR2の展開を全面的に支援していると言った。そして、数日内に空港を開港すると約束した。しかも、一方的に停戦を表明する用意さえしていた。しかし、もしRGFが停戦を受け入れないなら、ザイール国境まで戦うとカガメは確約した。

カガメとその政治顧問は、——当然多少の修正はあるものの——アルーシャ合意の枠組に基づいて、広汎な基盤をもつ統治機構をまもなく設置する、と伝えてきた。ジェノサイドにどのような形であれかかわった者は一切含まれないし、RPFは停戦を求めてはいても暫定政府とは交渉しないとしていた。彼の見解では、ルワンダは今や三つに分けられていた。一つはRPFの支配地域。次にターコイズ作戦の人道支援地域であり、UNAMIR2が監視し、できるだけ早くフランスを退去させるために引き継ぐ必要がある地域である。そして北西部にはそれに比べれば狭いRGFの支配地域があり、かりに前体制の部隊が武器を棄てないならカガメは躊躇

15 多すぎて、遅すぎる

なく攻撃をするつもりであった。ここでは私たちに与えられた地図は、勝利者の地図であった。私は、彼の計画を発表するのは新しい国連事務総長特別代理に会うまで待ってほしいと頼んだ。そうすればUNAMIRが新しい状況に対応するためにいくらかの時間を稼ぐことができる。彼はそれに同意した。

シャハリヤル・カーンが当初から派遣団を率いていれば、ルワンダにどれほどのものをもたらしてくれただろうか、それは夢想することしかできない。彼は、事態に先んじて準備することができるという貴重な指導力を備えていた。任務に就いて二日間で彼は、私たちが直面している最も重要な問題が、難民を家に戻すために行動する必要があるということをすでに理解していた。七月六日の朝、損害を受けた空港のVIP用のラウンジで、彼はカガメと初めて面会したが、その時にもすぐにRPFの立場がどういう意味をもっているのかを把握した——暫定政府とビジムングに停戦を受け入れるべきだと説得できるかどうかは私たちにかかっているのだから、できるだけ早く暫定政府とビジムングのもとに赴かねばならない。さもなければ、カガメは全面的勝利をおさめるために、残っているRGF勢力地域まで追撃するだろうし、人道的災厄はさらに広がるだろう。

カーンは次の日ゴマとギセニで最初の会議を開催し、ティコおよび文民職員と国連軍事監視員の混成チームを連れて陸路カベルへ、そこからザイールへヘリで向かった。(この訪問にもその他の危険な初期のシャトル外交の任務にもティコが随行した。ヘンリーが父親を埋葬する多くの細々したことを見届けるためにようやくガーナに戻ったからである。ティコは、誰であっても、カーンに危害を加えることができるほど接近することを決して許そうとはしなかった。)

ラフォルカデは空港でカーンと会い、ターコイズ作戦に関する短い説明をした。カーンとそのチームはフランス人の護衛の同行でギセニのメリディアン・ホテルの敷地内にまで入り、暫定政府の外務大臣であったジェローム・ビキャムンパカに会った。ビキャムンパカの仕事は明らかに新しいプレーヤーを値踏みすることだった。成果を上げるためには、カーンは完全に中立の立場で双方を説得せねばならなかった。数日にわたって、彼はRGFの長であったビジムングだけでなく、暫定政府の他の要人ともギセニで会談した。(憲兵隊参謀長であったンディリンディリマナの姿はどこにもなく、私は彼とついに再会することはなかった。)大臣たちはギセニに空路入ったことを大敗北ではなく戦略的撤退と呼んでいた。最終的には停戦には同意したが、私は、彼らがザイールの地方当局と取引きしているのではないか(もしかすると、キャンプ内部にいる彼らに同情的なフランス人上級士官と謀議しているかもしれない）と疑っていた。武器や政治機構を維持して、数年以内に武力を使ってルワンダに舞い戻り、戦争をもう一度ゼロからはじめるためにである。

ＲＰＦは、敵がザイールやターコイズの人道保護地域に難民キャンプを作ることによる帰結をはっきりと認識していた。七月八日、フランク・カメンジは私に「民主的変革の力」という新しいグループからの安全保障理事会議長宛の手紙を取り次いでくれるかと尋ねた。私はその手紙にサインしている人びとの名前を知らなかったけれども、グループはＭＤＲ党、ＰＳＤ党そしてＰＬ党を代表すると主張する穏健派の政治指導者から構成されていた。手紙は、人道保護地域が犯罪者にとっての防護地域と逃走経路となっていると述べ、猛烈な反対を表明していた。彼らがキガリの陥落後これほど早く姿を現わしたという事実は、旧アルーシャ協定に参加調印したほとんどの団体の連合を作ることをＲＰＦが促した証拠であった。ＲＰＦの勝利の後、フツ族住民を代弁することができる政治家――そしてそれゆえ、この真っ二つに分裂した状態にある国家の将来の政治構造について一堂に会して議論する道徳的権利もつ政治家――を特定しようとＵＮＡＭＩＲは努力していた。しかしその努力はせいぜいのところ散発的なものにとどまっていた。例によって、ＲＰＦがイニシアチブをとったのだ。私はカーンに知らせ、すぐに手紙を取り次ぐことに同意した。

ＲＰＦはまた、旧体制の命令構造の中で――渋々だとしても――一定の役割を演じた連中とは交渉をしないという立場を厳格にとった。翌日私は、ＲＧＦ穏健派から送られてきた公式宣言を受けとった。彼らは当時、ギコンゴロのちょうど南西に位置するキガメという町に隠れていた。（彼らとの連絡は途絶えていたが、おそらくすでにザイールへ逃げたのだと私は考えていた。）文書には過激派とは絶対に協調できないこと、アルーシャ合意に基づく停戦和平、そして国家の再構築全般に完全に同意することが書かれていた。ルサティラとガツィンジに率いられた九人の穏健派将校が署名をしていた。私はカガメにその宣言を送り、彼らのルワンダへの帰還を受け入れることが和解のための重要な行為であり、それによって新政府が国際的承認を受けるのに役立つだろうという添え状を付けた。しかし実質的に何の返事もなかった。カガメとその周囲の連中――ＲＰＦの強硬な政治的ネゴシエーターであるパストゥール・ビジムングのような人物――はいまだに穏健派将校を受け入れる余裕がなかったのである。

この間にも、派遣団の出入りはさらに大掛かりになっていた。七月九日、チュニジア兵を送る小さな送別会が空港で開

15 多すぎて、遅すぎる

かれた。任務の初期の段階で、私はこの厚い忠誠心をもつ分遣隊に大きな国連旗を手渡し、一九九三年一一月一日にキニヒラで掲揚した。任務が公式にはじまったということを明確にするためである。私たちがはっきりと非武装地帯の監視を引き継いだ時、現場で任務についていた唯一の部隊であった。そして、与えられたあらゆる危険な職務を果たしていた時も、その旗は掲げられていた。ハーキュリーズが扉を開いている滑走路で、私たちは互いに最後の敬礼を交わし、手を握り締めた。彼らに請われて私はあの時の国連旗にサインした。私はチュニジアのどこかの駐屯地でその旗は今も掲げられていると聞いている。

ガーナ兵で組織された第一陣の小規模な増援隊は、エンテベに降ろされて、想像していた歓迎もなく、訓練サイトもまったく機能していないということを知った。（私たちにはその予算がなく、国連職員からくどくどと役人的な言い訳があっただけである。）彼らは結局ルワンダにバスで移動し、キャンプ・キガリの陸軍士官学校に連れてゆかれ、そこに落ち着いた。

その日の遅くに、ラフォルカデが緊急のメッセージをすぐにカガメに手渡してほしいと言って送ってきた。彼はルヘンゲリから西、ザイール国境までの実質的なＲＦＧ支配地域である、国の北西部地域についてひどく憂慮していた。何十万もの強制移住者がその地域におり、ＲＰＦへの恐怖から動揺していた。彼はカガメに進軍を止めてもらいたいと考えていた。ゴマへの集団出国はザイール人との面倒事を引き起こし、また交戦当事者が政治協定を結ぶことを不可能にするだろう。

カガメはターコイズ作戦の目的に疑惑の目を向けていたのだが、ラフォルカデの手紙でそのすべてが確かなものになったかのように反応した――ターコイズの目的は明らかに政治的なものであって人道的なものではない、そう彼は非難した。彼は、進軍を止めるためにＲＧＦがなすべきことは無条件に停戦に同意することである、ということをラフォルカデに思い出させるように私に言った――敵とは違って、民間人は標的にしない、と。彼が考えるところでは、強制移住者の動揺は過激派のプロパガンダに対する反応であって、自分の責任ではない。その返事にラフォルカデは激怒した。

カガメはフランスの連絡将校を部隊司令本部に置きたいという要請を黙認した。彼は、ターコイズとの仲介役として私を利用するほうがどれだけ有効かをおそらく理解していたのであろう。連絡将校としてフランシス陸軍中佐とピエール海軍中佐がカナダ軍のハーキュリーズで車両および装備と一緒に七月一一日に到着した。すぐに私の司令本部まで案内され、私のオフィスに遠くない場所に仕事場を開設した。彼らは空港と司令本部までの道すがら重装備のＲＰＦ駐留部隊からじろじろ見られたが、すべて問題なくいった。彼らは親しみやすく協力的で、礼儀をわきまえていた。しかし私の司令本部がＲＰＦの支配地域内にあったので、彼らはしばらくの間司令本部の外に出ないことに同意した。安全のためであり、また同時に、ＵＮＡＭＩＲの中立を危うくすることになるようなＲＰＦに対する情報収集活動を彼らにおこなってほしくなかったからである。彼らが到着してから数時間のうちに、タｌコイズとＵＮＡＭＩＲ２の間には、信頼できる確固とした絆を作ることができた。

ＲＰＦが進攻してきたために、キガリは市の郊外の最貧地区の民兵が居住している村落を別にして、ほとんど放棄されていた。いまや増加しつづける強制移住者が市内に流入しはじめていた。家に帰ってくる者もいれば、不法侵入者と思えるものもいた。ＲＰＦの兵士が放棄された家から人びとを追い立てて、他の者を入居させるのを見ることは珍しいことではなかった。（私たちには、彼らがジェノサイドを生き延びた本来の住人なのか、それとも単にＲＰＦ運動の友人なのかどうか分からなかった。）日がたつにつれて、多くのツチ族難民とかつて故郷を追われた人びとがキガリにやって来て、定住した。

人びとの流入はカーンを心配させた。それは国を不安定にさせるだろうと考えたからだ。私は彼を近郊の非常に酷い生活環境の場所にあちこちと連れ回った。彼も私も、民兵の野蛮な所業の痕跡がそこかしこにある道端に残された死体やぼろ布の山の周りをうろつくのは気分はよくなかった。アマホロ・スタジアムはまだ満杯だったが、私たちの保護していた場所のいくつかはいまや無人か、二、三〇〇人の極度に援助を要する人びとに占拠されていた。ブタレ地区のある孤児院には三五〇人の負傷者がベッドに横たわり、多数の歩行できる患者を収容する臨時病院となると同時に、六〇〇人を超える子供を収容していた。そこでは一人のドイツ人医師と二人の看護師が、何人かのまだ健康な大人の助けを借りながら切り回していた。ヤーチェとママパパはユニセフと接触し、食料と水の配給を手配した。子供の多くは精神的にダメージを受けており、あちらこちらにじっと動かずに座り、何に対しても、何百ものハエが傷つき汚れて弱った体中の穴に群がっていても、無反応だった。彼らの痩せた顔の目はレーザー光線のように人を見つめて、エネルギーを投射して心に突き刺さり焼き尽くしてしまうのだった。

この頃から、私は夜あまり眠れなくなり、そんな子供たちの告発するような眼ざしや、見た後にすぐに心から追い払っていたぞっとするような光景、私が下した決断の無惨な結果の悪夢を見て、ぐっすりと眠れなくなった。私の夢はしばしば一〇人の死んだベルギー兵士の恐ろしい光景を細部にまで思い出させた。彼らは、あの恐ろしい病院の中庭の死体安置所のドアの側に、血まみれの固まりになって積み上げられていたのである。

15 多すぎて、遅すぎる

七月一二日はRPFが出した重要な政治声明からはじまった。「正式な政府組織の設立のためのRPF宣言」である。三ページにわたる文書には、RPFに大幅に有利になるようにアルーシャ協定を修正することが記されていた。このような行政上また立法上の立場は、以前には、過激派党派から出ていたが、今度はRPFから出てきているのである。ジェノサイドに関与した旧体制や軍のメンバーに対する恩赦はなかった——彼らは法的に完全な処罰に直面するだろう。フォスタン・トゥワギラムングが新首相になるだろう。他の政党の指導者たちは殺害されてしまったので、大統領と相談して彼らの代わりになる適切な人物を提案するのはフォスタンに任されている。大統領はRPFが指名することになるだろう。RPFの指導者たちは、自分たちの運動の手足となる政府と国軍を設立するために非常に迅速に動いた。彼らは新しい制度は民族を基本するものではないと明言したにもかかわらず、その主張を受け容れることは次第に難しくなっていった。それは、彼らの何人かが、いまや難民として、次回の戦争の手駒になる可能性のある人間として生活することを強いられた何百万ものフツ族に対して、傲慢な態度を示したからである。

ベルギーから帰ってきたフォスタンは、ナイロビでUNAMIRの連絡チームと接触し、キガリへ輸送してもらうよう頼んだ。彼は七月一四日に、ハーキュリーズ便の一つに乗って帰国した。私たちは、新しい派遣団スタッフのために、メリディアンの数フロアを片付けておいた。フォスタンが、首都には住むところがなく、RPFも彼に提供する場所はないと言っていたので、しばらくの間居住区としてはもちろんのこと、オフィスとしても使用しなければならない続き部屋《スイート》を彼のために用意した。私たちは彼にオフィスの物品、タイプの支援、長距離電話、食料やいくつかの輸送手段までも提供した。彼の生き残った家族はいまだちりぢりになっており、彼は生き残るために残り物をあさらなければならなかった。RPFがまったく支援しなかったからだ。彼の境遇が特別というわけではなかった。生存しているルワンダ人の役人が徐々に町に戻ってくるにつれて、私たちは彼らをメリディアンに詰め込まねばならなかった。キガリにあるものすべてが燃えてしまったか、さもなければ壊されてしまったか、略奪にあっていた。そしてRPFが、まだそれを整理していると ころで、戻ってきた役人たちは役所を開くのに助けを必要としていた。最高裁判事までもがメリディアン・ホテルに寝室を手配したのである。

あらゆる面で問題が生じていた。ヤーチェと人道支援活動チームは、ユニセフ、国連食糧計画、国境なき医師団、国際赤十字委員会といった大きなNGOや国際機関と、どのようにしてキガリの上下水道システムを復旧させるかという問題を解決するために話し合っていた。部隊司令本部ではスペースと通信手段が調達できなかったので、民間の人道支援活動グループのスタッフはダウンタウンにある国連開発計画のビルに移った。ママパパ・チームは、二〇〇人以上のフツ族の強制移住者を保護するために、ビュンバのキャンプから私たちが管理するキガリの安全な場所へ移送した。エンテベにいた国連軍事監視員は、空港当局から支援を受けるのに苦労していた。当局は、私たちが料金を未払いにしていたために、主要複合施設から追い出すと脅かしてきたのである。国連軍事監視員はまた、アメリカの装甲兵員輸送車の状態と全国に展開される大隊への業者の補給計画に関して、ブラウン&ルート社とやりあっていた。希望がもてる側面は、オーストラリアの偵察隊はまだ滞在していて、野戦病院をどこに設置するかを慌しく検討していたことである。彼らが部隊のために働くのは当然であるが、それだけでなく一般住民に最大限の支援もしなければならないということで意見が一致していたので、キガリの主たる病院を調査していた。私は急いで偵察隊長であるラムゼイ大佐に、帰国したら指導者たちに接触し、彼にUNAMIRの医療士官団長の地位を引き受ける——実際には作る——お墨つきを与えるように頼んでくれといった。ラムゼイは頭が切れた。ベルギーの野戦病院が出発してから初めて、私たちは部隊の支援に必要な資産をそなえた専門的な医療計画をもつことになった。オーストラリア人はまた、野戦病院を厳重に護衛するために歩兵中隊を連れてきた。

七月一四日、情報士官が朝のミーティングで、RPFがキガリで二つの尋問センターを運営し、一日中即決で死刑がおこなわれていると報告した。彼は守備の堅固な施設には近づけなかったが、情報提供者は信頼できると思った。また、新兵がキャンプ・カノンベで訓練されていた——彼らを検問所で見ることが次第に多くなった。東部ルワンダでは、スワヒリ語しか話せない兵士が身体検査やパトロールをおこなっていた。情報士官は彼らがウガンダ出身のNRA〔ウガンダ軍〕兵士だと考えていた。

その日のブカヴとゴマへの旅で、私は「キガメ・ナイン」宣言に署名したRGF穏健派のうちの五人と会った。彼らの中にガツィンジとルサティラがおり、再会できてほっとした。彼らとその家族は、宣言のあとフランスの手でザイールに避難したが、それは宣言によって彼らが以前にもまして過激派に狙われることになったからである。しかしフランスは彼らを支援せず、彼らは私に食料を買うためにいくらか現金をくれないかと頼んだ。彼らはキガリに帰って、国の和解のために働きたいと思っていた。自分たちはＲＰＦへ寝返ったのではなく、ルワンダを愛しているのだ、と主張した。私は彼らについてカガメに話しておくと約束した。この時は、カガメが彼らを帰国させるのであれば、保証人として役に立とうと申し出た。二、三週間して、彼らをキガリに連れてゆくと、ＲＰＦは彼らをミルコリン・ホテルに落ち着かせたので、食料を与え、警護することができた。ＲＰＦはしばらくの間彼らを放っておいてやきもきさせたが、しかし最終的に新しい国軍に統合した。

ゴマの上空を飛んでいた時、国境を渡る大規模な人びとの流れを見ることができた。（厳密に言えば、ギセニがＲＰＦの手に落ちたのは七月一七日だが、それまでにもＲＰＦの攻撃にさらされていた。）ラフォルカデと私は一時間ほど彼の補給基地で会談した。彼は推定約三〇万人がすでにザイールに渡り――それには憲兵隊や民兵グループも含まれる――、そしてギセニの北にあるキャンプに向かっていると言った。ラフォルカデもザイールの政府もそれだけの援助能力をもっておらず、また難民の数はすぐに一〇〇万人に達するだろうと考えていた。

ヘリコプターに戻ると、ＵＳドルで八〇〇ドルの着陸料を支払わないかぎり、空港から離陸することはできないと言われた。国連の航空機はそのような料金を免除されることになっているので、私は空港支配人と交渉するために管制塔に向かった。彼は現金で支払わなければ、出発することはできないと言う。空港の周りにはザイールの完全武装の衛兵が十分におり、脅しがとても現実的であることを示していた。私たちは金を出し合ったが、大部分はフィルが出した。結局その金は戻ってこなかった――支配人は一枚の領収書も出さなかったし、国連も支払いを拒むべきだったと主張し、支払いの事情を説明しても認めなかったからだ。

夜遅くにカーンと私は、私たちに降りかかっている新たな人道上の災厄に関して安全保障理事会での検討を説明する、ＰＫＯ局からの暗号ファックスを受けとった。フランスは、ＲＰＦに軍事作戦を止めて、人道目的のためにただちに停戦に調印するよう圧力をかけることを要求した。ブトロス＝ガリの上級顧問であるチンマヤ・ガレカーンが用意した説明メモから、彼らは皆、依然として戦闘はつづいていると考えていたようだ。しかし現在のところ、ルヘンゲリは陥落し、ＲＧＦは逃走していた。政府の崩壊をくい止めるには遅すぎたが、ＵＮＡＭＩＲ２を構築するためにより多くの支援をすれば、同様のシナリオが南部で難民に生じるのを防ぐことができる。フランスは、チャンググへの侵攻を止めようとして、南西の森と山をとおる唯一の道を封鎖することに賛成した。私はその夜、この成り行きだと、以前の作戦が完全に失敗に終わったように、この作戦も失敗に終わることになるのではないかと考えた。

この時まで、私の不在という重圧と私の任務の性質が、家族にとって一層の重荷となっていた。そして家族は、少なくとも夏の終わりまでに私が休暇をとって、会いたいと願っていた。ブトロス＝ガリは、この重要な時期に部隊司令官を変えたくなかった。だから彼は、予定されていた一〇月の任期終了まで、私に留まってほしいと考えていた。私は八月の終わり近くに休暇をとりたいと申し出た。そうすれば、子供たちが学校に戻るまでの間一緒にすごすことができるし、その後九月後半までにルワンダに戻り、任務の引き継ぎができる。私はヘンリー・アニドホと交代することを望んでおり、PKO局は彼に立候補の資格があることについては全員一致で支持した。その間に、私が休暇に発つまでに、ヘンリーを後任とするために、新しい部隊副司令官と参謀長を採用すべきであると提言した。

私が要請してから三日後、モーリスからの最初の返事が届き、ド・シャステレン将軍〔当時カナダ軍参謀総長〕が私の提案を承認し、ヘンリーを私の後任に押す推薦も支持したとのことであった。私はこの知らせを、数週間早くキガリを去りたがっているという私の希望を知っていたカーンに伝えた。彼は私の出発を残念がったが、その理由をはっきりと理解し、ヘンリーは立派に後任を務めるだろうと考えていた。

ゴマの連絡チームから、状況は緊迫し、難民の流出が増しているという知らせがあった。ザイール軍は、安全を確保するために、ゴマに降下大隊を移動させた。フランスは、RPFが大砲を含む重火器でギセニの東の前線陣地を砲撃していると報告し、さらにフランスは近距離攻撃ロケットを使って示威行動で応えていると伝えた。ザイールは、最終的に国境でRGFを武装解除し、マチェーテやライフルのような武器を回収したが、大型武器――大砲や重迫撃砲、対空砲、対戦車システム――は素通りで、市の北部へ送られた。ザイールにもフランスにも国境を越えてくる民間人の中から、民兵、憲兵や兵士を選り分ける基準がなかった。ヤーチェはゴマで、人道支援グループと国連ルワンダ緊急事務所、ターコイズの人道支援チームと一緒に、協調して活動しようと毎日をすごしていた。国連ルワンダ緊急事務所はルワンダの外で難民の世話をする役割を公式にはUNHCRに任せており、それに

15 多すぎて、遅すぎる

私は困惑した。メディアのカメラが、国境を越える大規模な移動を写し出したために、人びとの注目がルワンダ内部にいるジェノサイドの生存者に向けられることがずっと少なくなった。

情勢の悪化が伝えられたことによって、合衆国政府は公式の場で何かとうるさく言うようになった。七月一六日の朝、私は「ルワンダに関するホワイトハウスの声明」を添付されたファックスを受けとった。その声明によれば、「クリントン政権がルワンダ大使館を閉鎖し、すべての職員が国外に退去することを命令した。いわゆるルワンダ暫定政府の代表は五日以内にアメリカを退去しなければならない」クリントン政権は、合衆国政府は「安保理におけるルワンダの席から、暫定政府の代表を退席させるために、国連安保理の他の構成国と協議をはじめる……［そして合衆国は］国内におけるあらゆるルワンダ政府資産を凍結する。合衆国は、ジェノサイドを思わせるような虐殺を支持した体制の代表者が我が国に留まるのを許すことはできない、とクリントン大統領は述べた」最後の一節には驚いた。合衆国は「ルワンダ人民を守り、人道支援を確実なものにするための努力において主導的な役割を果たしてきた……［アメリカは］援助のために九〇〇〇万ドルを拠出し、約一〇〇人の国防省派遣団を送り……拡大されたＵＮＡＭＩＲを強く支持し、五〇台の装甲兵員輸送車両をカンパラに空輸した……［そして］国連ガーナ平和維持大隊に装備を支給した」

クリントンの嘘には、あきれてものも言えなかった。ＰＫＯ局はいまだに物資を送るために必要な軍の輸送機を供出させようとペンタゴンと闘っていた。ペンタゴンは実際には、ガーナ兵に装備を支給するのは費用がかかりすぎるし、ガーナはペンタゴンから装備を強請りとろうとしているように思えるという理由で断った。では、一体誰が九〇〇〇万ドルを受けとったのだろうか？

リュック・ナンシーとその小さなチームが人道保護地域の偵察から帰還した。そこで彼らは私たちの大隊にふさわしい場所を探し、地域のターコイズ司令官と文民当局との間での移管手続きを調整してきたのだ。彼らは武装したターコイズの護衛に付き添われて車で動き回り、少なくとも自分たちが国連に所属している証を示していた。その地域の人びとの多くはＵＮＡＭＩＲに敵意を抱いているか、そうでなければ、フランス軍がいなくなった後に自分たちを守るという仕事をする気がないのではないかと恐れていた。リュックは人道保護地域に入るすべての国連軍事監視員に、安全のためにフランス軍部隊と一緒に移動するように勧めた。彼の判断では、人びととの信頼構築に役立てるにはフランス語が話せることが重要である。支援物資はほとんど入ってきていなかったので、リュックは、展開すると同時に大がかりな食料配給をするよう推奨した。それによって私たちにも提供できるものがあるということを証明することになる。最後に彼は、ＲＰＦは進軍を止め、人道保護地域境界線を偵察することも止めなければ、人道保護地域の内側にいる人びとは安心できないと言った。

リュックは明言した。人道保護地域内のあらゆる地域でＲＧＦはいまだに武器をもって移動している。三つある人道保護地域のうち、民兵が武装していないのは一つの地域だけである。他の一つの地域では、彼らは特製のバンダナを巻き、秩序を維持するフランス軍の手伝いをしている。あちこちにまだ道路封鎖があり、多くの場合憲兵隊が配置されている。地域には最大二〇〇万以上の人びとがおり、その三分の二は国内強制移住者だ。そのうち約八〇万人は、チャンググからはかなり離れてはいるものの、森の西側にいる。ツチ族は少なくとも三つの場所に大量に収容されている。フランス軍はこの地帯に三つの軽武装大隊をおき、日夜精力的にパトロールしていた。

七月一六日私はゴマで朝の一一〇〇時にビジムング将軍と会うことになっていた。同時に、ゴマとブカヴ地区の県知事と連絡をとり、難民について、特にルワンダ軍とその中にいる民兵について、彼らがどのような計画をもっているかを自分自身で確かめたかった。空港でラフォルカデに会うと、彼はビジムングとの会見がどのように設定されたかについては口外しないように求めた——フランス軍のキャンプにＲＧＦの参謀長がいるというのは聞こえが悪いかもしれない。

フランスの幕僚は、私と副官のババカ・フェイ・ンディアェを、迷路のようなターコイズのテントの群れの中をとおって案内し、私たちだけで将軍に会わせてくれた。ビジムングはその朝に国境を越えたばかりで、酷い様子だった。とてもやつれており、左手に怪我をし、制服は汚れていた。彼は、ルヘンゲリよりも前で前進を止めなかったことと停戦宣言をしたことでＲＰＦに激怒していた。そのおかげで、国外脱出ができなくなったからである。彼は何ももっていなかった——道具も、金も食べ物も——ので、ＵＮＡＭＩＲが彼を助けてくれないかと訊ねた。私は、ゴマの連絡チームと接触を絶やさないようにして待機し、必要なもののリストを作るように言った。私たちが出発しようとすると、私の副官にタバコと石鹸を送ってくれるよう頼んだ。

私たちはフランス軍の本格的な護衛の下、ゴマ市内に向かった。道端に放置された、灰で覆われた汚れた死体や、押し込められている人びとの脇をとおりすぎながら車を走らせた。知事が私に会う時間ができるまで、少なくとも二〇分オフィスの前で待たされた。その知事は上品な男で、生真面目な雰囲気を漂わせていた。私はこの難民、民兵、ルワンダ軍兵員の襲来について彼の考えを聞いた。彼はNGOと国連からの莫大な援助が必要だと言った。というのも難民の流入が地域のインフラの容量を越えた負担となっており、地域住民の間にも苦難が広がっている。食料と水はすでに欠乏している。飢餓と災害も遠いことではないだろう。

RGFに関しては、彼らの小火器と主要な武器はキャンプと市から北へ数キロ離れた安全な管理地に移送されており、ザイール軍部隊はゴマにいる難民やNGOを保護するだろう、と知事は言った。私は、UNAMIRは援助物資の輸送隊を護衛するだけでなく、難民の帰還を援助するという期待にも応えることができるかもしれないと伝えた。しかし彼は、私の部隊がザイールに入ることには前向きでなかった。

ヘリコプターに戻る時、まだ午後の早い時間だというのに空が薄暗く見えた。最も近くにある火山が多くの灰を噴き出し、それが太陽をさえぎっているのだ。私は突然閉所恐怖に陥り、まるでこの風景に飲み込まれそうな感じがした。私たちは着陸料を払わなくても、空港を出発することができた。

ブカヴでも同様に、知事は国連部隊が国境を越えることに懸念を示した。彼は今までのところ彼の地方に逃げ込んできた三〇万人の難民については、なんとか処遇できていると言ったが、それ以上の人びとが川を越えるのはフランス軍が制止するよう望んでいた。私はこの町にNGOや国連機関がいないことに驚いたが、すでにターコイズにはしっかりとした人道支援計画などないことは分かっていた。フランス軍の目と鼻の先にあるチャンググでは略奪が横行していた。これではどうにも様にならない。

七月一七日にギセニが陥落した後、RPFの大砲の砲弾がゴマ周辺、主に火山の麓の間の逃走ルートに沿って着弾するようになった。ラフォルカデとザイール当局は激怒した。二、三発の砲弾が、飛行機が間断なく発着する滑走路をもつ空港に着弾した。パニックが起こり、難民の一部は国境からさらに遠くへ移動しはじめた。RPFは一体何を誇示しようとしているのだろうか？　私はフランク・カメンジに、砲撃をやめなければならないと司令部に知らせるよう命令した。一、二日して砲撃は止んだが、この砲撃は難民を心理的に消耗させる結果となった。

皮肉なことに一方的な停戦——またの名をRPFの完全勝利——が翌日宣言されたが、キガリの通りでは平和を祝う群衆はいなかった。人道支援活動の連中を別にすれば、私たちの誰もがほっとしたとは思えない。しかし、ヤーチェとママパパにとっては、ついに緊急援助を調整する唯一の全面的権威として振る舞うことができるようになった点でも、この国の司法、財政、医療、警察、政府のインフラの再建が本格的にはじまるという点でも喜ばしいことだった。そして本部の雰囲気もほんの少しだが和らいだ。戦闘と虐殺は公式には終わった。しかし、ゴマのキャンプと人道保護地域にいる強制移住者を悩ますことになる本当の意味での恐怖は、すぐそこまでやって来ていたのだった。

七月一九日、カーンと私は、政府による国家発展会議での新しい「広範な基盤に立つ国家統一政府」の公式な宣誓就任式に出席するために出発した。四月六日に遡る数ヶ月間、あれほど多くの試みが失敗したのを目にしてきた私は、国家発展会議の入り口の近くの芝生の上の高官の列の端に、日射しを避ける天幕の下、証人になるという以外には何の責任も負わずに座っていることを奇妙に感じた。RPFはセキュリティに気を使い、重武装の兵士が何百もの見物人と天幕の中の高官との間にも、国家発展会議の外周にも立っており、そのおかげで、新しい政府の宣誓就任で盛り上がるはずの晴れやかさや希望が損なわれていた。一般的な法則として、私が考えるに、セキュリティの対応が大規模であからさまになればなるほど、人びとは安全だと感じないものなのだ。

見ていると、セレモニーとしての要件は厳粛な作法にのっとっておこなわれた。ルワンダの新大統領パストゥール・ビジムングが宣誓した。彼はフツ族であり、ハビャリマナ政権では拷問を受けた。つづいて内閣の残りの八人が宣誓した。すべてのスピーチがキニヤルワンダ語でおこなわれたので、カーンと私には一言も分からなかったが、しかしビジムングはまったく堂々としているように見えた。ポール・カガメは副大統領兼国防大臣の宣誓をし、つづいて二人のフツ族が宣誓した。一人はフォスタンが首相として、アレクシス・カニャレングェが副首相としてである。

セレモニーが終わった時に私はこう考えた。「四年間森の中にいて、ようやく彼らは地位に就いたわけだ」この完璧とは言い難い一方的な停戦と勝利の性格について、またポール・カガメがこんなに堂々とその地位を引き受けたことについて、考えをめぐらせた。彼は、自分の勝利のために犠牲になった人びとへの罪責の念にかられるのだろうか？　彼とRPF指導部は、RGFの前線の向こう側で何が起こっているかを知っていた。彼とRPFの運動は、この国の緊張を和らげることになったかもしれないいかなる譲歩も拒み、容赦ない頑なな姿勢をとりつづけたが、それは内戦が起こる前も後も、RGFを敗走させていた時も変わらなかった。彼はUNAMIR2の支援に乗り気ではなかったが、それは、その本

15 多すぎて、遅すぎる

来の任務が虐殺と住民の大量強制移住を止めることだったからである。次第にブルンジからの帰還者のピカピカの車や、ウガンダに居住していたツチ族難民の牛荷車を、キガリの通りで目にするようになった。ちりぢりに故郷を追われていたメンバーが首都の立地条件の良い場所に住居を構え、時には戦争とジェノサイドを生き残った本来の所有者を追い出すことさえあった。カガメはそうしたことにほとんど手をつけなかったようである。この作戦全体をつうじて裏で糸を引いていたのは一体誰なのだろう？　この作戦とジェノサイドは、ルワンダが一九五九年以前の状態、ツチ族がすべてを牛耳っていた状態に戻る道ならしのために画策されたものではなかったのか？　私は自分がそんな恐ろしい考えを抱いているのに気づいた。フツの過激派は私よりもはるかに間抜けだったのだろうか？　一〇年経っても、とりわけその時以来この地域に起こったことから見て、この難問を解くことができないでいる。

ＲＰＦの勝利について考えて不安になった私は翌日の午後、副大統領カガメとキャンプ・カノンベにある塀に囲まれた彼の家で、彼が新しく勝ちとった国が直面している差し迫った問題について話し合った。彼は私のＵＮＡＭＩＲ２の展開と私が構想している部隊構成についてはすべて同意したが、私も彼も国連の展開速度がいまだに上がっていない現状では、課題を達成するには慎重を要するだろうと認識していた。私はまた、部隊の一部をギセニ地域に移動させることを提案した。それは、ルワンダ側にある帰還者のための短期滞在用キャンプを確保するためであり、またゴマに入り彼らを救出する準備をするためである。強制移住者の流出が止まったら、カガメはルワンダ内での大がかりな支援活動をすべきだということに同意した。それは人びとを国に引き戻す磁力の役割を果たすだろう。彼は新政権の大臣の何人かを人道保護地域に送り込み、住民たちにこれからどういうことが起ころうとしているのかを説明することをはじめ、ブカヴに逃亡しないように促す、というアイデアを出した。

彼は民間航空にキガリへの定期運行をはじめるよう説得するため、空港の補修に私たちの助けを必要としていた。彼はできるだけ早く正常化したいと思っていた。編成された部隊が七月三一日に人道保護地域に入ることが予定されていたが、それに間に合うようにあらゆる努力をするよう求めた。そして彼は八月二二日までにフランス軍が出国することを断固として主張した。そのために、私たちがフランスと共に、人道保護地域に官僚インフラを作りあげるよう求めた。権限委譲の前に、文民政府の空白期間ができるのを避けるためにである。カナダには軍の再建を手伝う技術派遣を求めた。カナダはその種の任務を達成できるという評判を得ていたし、私たちの部隊はバイリンガルであるからだ。彼は私に引き受けてほしい別のデリケートな仕事をまだ抱えていた。君は、ターコイズとザイール政府を説得して、ザイールに持ち込まれた重火器と車両を返却させることができるだろうか？ 彼は私ならば事態が落ち着くまでそれを抑えておくことができるだろうと言ったが、彼はそれを返してほしいと言っているのだ。敵の手中にあるかぎり、それらの武器はルワンダの安全への恒常的な脅威となる。（これは私がルワンダを去るまでには実現しなかった。）

ソフトドリンクを飲みながらの彼の家での二時間にわたる会議で、私たちは少なくともここ二、三ヶ月の計画を建てた。私に必要なのは、部隊と約束されたリソースだけであった。私はカガメに強調した。飢餓と疫病が難民キャンプに蔓延しはじめているという報告を受けた。もたもたしている余裕はない。

新政府の就任式の後は時間との戦いであったが、それは私にとっては新しいことではなかった。なぜならＵＮＡＭＩＲはずっと現場の状況に追いつこうと走りつづけてきたからだ。フランス軍は八月二二日をすぎても駐留する権限を主張して不平をもらした。ＲＰＦはそうした不平を受けて、フランス軍をルワンダから追い出してとって代わるようＵＮＡＭＩＲに圧力をかけはじめた。私たちの補給状況は依然として不安定だった。私たちは定期的に水や食糧、燃料が底をつき、何をするにしても必要なはずの十分な数の動く車両、無線機、装備を得られそうにはなかった。多くの分野で、私たちは前進ではなく後退していた。

ゴマでの状況は本当に絶望的だった。メディアが難民の流入を報道することに力をいれるにつれて、世界の世論はそれぞれの政府に行動を起こすよう圧力をかけはじめていた。ＮＧＯは、ザイールでキャンプが溢れているからと言ってルワンダの国連ルワンダ緊急事務所から逃げ出し、協力と調整をしないままにカメラマンを追ってゴマに行き、過剰援助としか言いようのない活動をはじめた。その間にも、一〇〇キロ南では、依然としてルワンダ側にいる多数の人びとのほとんどが十分な援助を受けられず、その状況を伝えるメディアはほとんどなかった。私たちが何を言っても、南部に注目を向けることはできなかった。

必要最低限の要求にも、ニューヨークはまだ煮え切らない態度をとっていた。全国においた偵察部隊を別にして、ＵＮＡＭＩＲ２は指令《マンデート》が承認された後もいまだに六〇日間展開されず、展開予定日を三〇日すぎていた。私は自分の部隊がどこにあるのか尋ねることにうんざりしていた。

15　多すぎて、遅すぎる

キガリには生活が戻りはじめた。政府の宣誓があった後、最初は一人が、次に一つの家族が、最後に残った保護民のすべてが、縁者と家庭に起こったことを調べるために去っていったので、アマホロ・スタジアムと他の保護地区は少しずつ空になっていった。ほとんどの場合、調査の結果は悪いニュースだった。誰もがジェノサイドで誰かを亡くしていた。紛争前の人口の一〇パーセント近くが一〇〇日間に殺害され、少なくとも一人も家族を失わなかった家族はほとんどなかった。ほとんどの家族がもっと多くの人を失った。ルワンダで生き残った九〇パーセントの子供たちは、この期間に自分の知っている人間が暴力的な死を迎えるのを目の当たりにしたと推定されている。

家や仕事に関して言えば、最初はRGFが、インテラハムウェが、そして普通の市民が、彼らが手にすることができるものをすべて街からもち去っていた。紛争前の私の家で残っていた唯一の備品はゴルフクラブのセットだった。それはベルギーの駐在武官から借りていたものだ。それと雑誌『マクリーン』。洗面台、蛇口、窓、固定照明、何もかもがもっていかれてしまった。

カガメ軍に最近入隊した新兵の中にも略奪に関与している者がいた。カガメは新兵たちに、給与は勝利した後で払うと約束したが、彼には金がなかった――首都に政府の現金はなかったのだ（金は暫定政府と共に消えていた）。カガメの部隊は、見つけることができたものを、報酬として奪いはじめた。ジェノサイドの生き残りや故郷を追われていて帰還した者たちもまた、目についたものを漁った。数年後に、ウガンダの路上マーケットで、キガリの資材が買えたという話を聞いた。

私は、報復に燃える新兵と、目についた物は残らず奪い合っている帰還者たちを抑制するために、カガメが最大限の努力をしたと信じている。また彼は、ルワンダから漏れてくる彼らの暴挙を伝える噂が、メディアと政治の無用な注目を集め、国の再建のために外国からの借款と援助を獲得しようとする努力の妨げになり、これが最も重要なことだが、RGFのプロパガンダとRPF統治下のルワンダに戻ることに対するフツ族の恐怖を煽ることになる、それを正しく認識していたと思う。「二重のジェノサイド」という神話がどんどん広がっている――中には、人種戦争には良い面も悪い面もあるのだという説を唱える人も実際にいるほどだ。カガメが一番望んでいないのは、このような主張がどんなかたちであれ正当化されてしまうことである。不幸なことだが、RPFの規律のとれていない後方部隊や帰還者が自分たちの分け前を求めるにつれて、私たちが受ける報復殺人、略奪、レイプの報告は無視できない数になった。帰還者に対して検問所で秘密尋問がおこなわれるという噂は人びとを不安にさせていた。私たちは調査をおこない、ジェノサイドを非難したのと同様に、公式にこれらの残虐行為を非難した。ルワンダでの和解の唯一のチャンスは、皆がマチェーテを捨てて、ジェノサイドの立案者と実行犯に対して真の正義がなされることに注力することなのだ。

この国はまた再建にも注力しなければならなかった。水道設備は長い間に破壊されており、生命維持に最も不可欠な条件である水が手に入らない。井戸は干上がるか汚染されており、他の唯一の水源はキガリに流れる小川や川だったが、それを飲むことなどとても考えられなかった。食料は欠乏していた。ルワンダの国中の畑で穀物は腐っていた。穀物を収穫する人がいなかったし、市場にもってゆく人もいなかったからだ。街の下水システムは、紛争前には耐えられる状態に近かったものでさえ、深刻な衛生上の危機を示していた。燃料がなく、電気がなく、電話も他の通信手段もない——ないもののリストは日毎に増えていった。そんな時には政府が介入すべきだが、大臣が就任したものの政府のインフラはまだ存在していない。カガメは手持ちのあらゆる手段を使って北西のザイールとの国境を守り、南西ではフランス軍に対抗して軍を強化していたが、誰が彼を責められるだろうか？　少ないながらも私たちがもてるもので援助をつづけ、政府が運営してゆけるように努めた。しかし、国連はルワンダの文民行政組織に、私たちの資源を一切貸与したり与えたりすることを認めなかった。数百万ドルの人道支援がゴマに流れこんだが、キガリを助けるためには二、三〇〇〇ドルすら得ることができなかった。私たちはしばしば官僚を無視して、場合によっては自分たちのポケットに手を突っ込んでなんとか援助したが、それ以上のことはできないということにばつの悪い思いをした。

ルワンダ国内で生き残ろうとするルワンダ人の生活は、七月後半から八月前半には不可能に思われていた。しかし人びとは、甘えることなく賞賛に値する立ち直りを見せた。ゆっくりとではあるが、街角には小さな市場が現われ、人びとが大地で働き、少ない時期外れの穀物を収穫するのが見られるようになり、小商いが再開し、しっかりと耳をすませていれば道端での笑い声も聞かれるようになった。大きな問題は残っているが、ほんの少しの手助けで、生存者たちが踏んばって国家を再建するだろうと期待した。

しかし国外からの援助の申し出については危ぶまざるをえなかった。安全に入国できるようになるにつれて、必然的に旅行者がやって来る。毎日、政治家、官僚、NGOスタッフ、有名人、俳優、歌手、トムやらディックやらハリーがどうに

15 多すぎて、遅すぎる

かして入国できる誰もが(もし私の言い方が辛らつに聞こえるなら、そのように私たちは感じていたのだと言うほかない)ルワンダにやって来て、彼らの訪問、宿泊所、移動、旅行計画を調整するよう要求するのである。彼らはスタッフと時間、多くの貴重なリソースを縛った。そうした訪問者たちがルワンダへの援助を獲得するため、またUNAMIR2部隊を展開させるための政治的闘争に絶対的に不可欠であることを私は認識していたが、その一方で、思い出すのもいやになるくらい多くの時間を、言葉にできないような状況を説明することに費やした。一つひとつの言葉が私の心を引き裂きはじめた。これらの訪問にはユーモラスな一面もあって、それは、カーンと私がきまって重要な客人を期限切れのドイツ製糧食の夕食会に招待したことである。多分それは私たちの子供っぽさであったが、重要な客人がこのような「公式」晩餐会を目にした時に浮かべる驚きの表情をおおいに楽しんだ。彼らはこの恐ろしい料理を食べようとして苦しそうにごくりと飲み込んだが、それが何ヶ月もの間私たちの主食だったのだ。そのうちに、えんえんとつづくこのような状況説明と客人の相手を免除してもらい、ヘンリーに代わってもらった。

七月二一日、ゴマでは誰もが驚くほど大規模で壮大な人道支援物資の空輸が、合衆国によってはじめられた。その三日前に大統領が支援を承認し、最初の合衆国機が着陸していた。アメリカ人は、食料の配給を急ぐあまりに、低空飛行する輸送機を使って、巨大な救援物資の塊を投下することさえ試みた。しかし、この巨大な食糧の塊によって地上にいる人びとに多くのけが人が出たため、この独創的な試みは早急に中止された。このようなことはソマリアでは役に立ったが、とがってがたがたした地形と群衆が群がっているここでは、物資を安全に落とせる場所はどこにもなかった。

私はその朝、いまやおなじみになったハンマーや、ノコギリ、ショベルの音で目を覚ました。第一カナダ司令部の先遣隊と通信連隊が主力部隊のための場所を準備しているのである。リザはカーンに暗号ファックスを送ってきて、UNAMIR流の意味での「緊急事態」における「より広範な予測される役割」を求めてきた。私たちはその時すでに人道保護地域での任務と、私たちが「家に帰ろう作戦」と呼んでいた、人びとをザイールのキャンプから安全に連れ帰る活動をはじめていた。私は、国連事務総長特別代理その人がいまやこの任務の幅広い政治的成功の責任を負い、ダル・エス・サラームやカンパラに行って、ルワンダとその周辺地域を支えるために隣接諸国を政治的・外交的努力に関与させるよう試みなければならなくなったことを喜んだ。カーンは、ビジムング大統領がみずからザイールとタンザニアを訪問して様子を視察し、アフリカ同朋諸国の指導者たちとキャンプの過激派の存在と影響を議論するために、飛行機を提供することに賛成した。

私の作戦上の優先順位は明確だった。まず、リュック・ラシーヌ率いる国連軍事監視員を人道保護地域に移動させて私たちが引継ぐための方法を準備させる、第二に、ママパパをギセニとギコンゴロ地域にやり、いまだに国境のこちら側でとり残されている人びとを助け、フランス軍やザイール軍、RPF部隊と連携して事態を落ち着かせる必要がある、第三に、人道保護地域境界線の監視をつづけ、RPFがその地域に入り込まないようにさせる必要がある、第四に、装備と車両と一緒にやってくる新しい分遣隊の到着、訓練、展開の調整にスタッフが全力で取り組む。この計画の責任者であるマイク・オーストダルは、すべてについて先頭に立って熱心にとり組んだだけでなく、訓練の責任者の仕事も引き受けた。彼は書面で訓練するかわりに、新しく到着した士官と下士官にロールプレイをおこなわせた。それは、彼らが私たちの交戦規則を理解しているかどうかのテストになった。私は、小さな司令本部のスタッフが、切迫した状況を切り抜けようとしてすばらしい知恵を出しつづけたことを、賞賛してもしきれない。

国際社会は新政府の正統性に保証を与えることを避けていた。人権報告官は、ジェノシデール〔ジェノサイドの実行者〕をかくまっている国々を厳しく批判しただけでなく、ルワンダ国内でおこなわれている略奪や報復殺人、即決処刑も非難した。カガメでさえそれらを止めることはできなかったのだが。このことはカガメやパストゥール・ビジムングが恐れていたように、新政府のイメージには悪影響をもたらし、多くの国々が援助を申し出るのに煮え切らない態度をとった。コレラが流行したことによっていまやゴマには、人道保護地域で餓えている強制移住者よりも、キガリで市民社会の絆を取り戻そうとしている生存者よりも、大きな同情が世界中から寄せられた。私は自分が、恐怖の大きさを心の中で比較するという不愉快な立場にいることに気づいた。一体世界はどうして毎日三〇〇〇人の死者が出るゴマを前にすると、ルワンダ国内でのジェノサイドの結果はたいしたことではないと思い、人道保護地域での一七〇万人もの人びとには気づかないで放っておくことができるのだろうか。(最終的には想像していたように、コレラ禍は約四万人の死者を出したものの、ジェノサイドに比べれば比較にならなかった。)しかしコレラ感染が最高潮に達したのを目撃した人びとは、そのような計算をするどころではなかったのだ。七月二五日、サン＝デニス少佐がフランス軍と連絡をとる予定でゴマへ向かった。

15 多すぎて、遅すぎる

数年後、彼は私にゴマで見たものを手紙に書いてきた。「通りを歩いていると、道に散乱する何百もの死体から目が離せなくなってしまった。皆……コレラで死んでいた。腐敗臭が鼻をつき、とにかく吐いてしまいたかった。しばらくの間、フランス軍兵士が回収してきた死体で一杯になったダンプカーについて行った……私は今でも兵士たちの目を覚えている。生気を失って、悲しみであふれていた……

「帰路、病院の前まで行って、最も身の毛もよだつような光景を目にした……病院の前に積み上げられた、少なくとも二〇フィートはある死体の山だ……そのうちの何人かはまだ目が開いていて、耐え難いほど強烈なまなざしで自分のことをにらんでいるような気がした。私は目を背けざるをえなかった」その近所で、サン＝デニスは疲れきった女性と子供たちのグループの中に、息子の世話をする一人の母親に出会った。その日はちょうど彼の母親の七五歳の誕生日で、その光景は彼に信じられないほどの衝撃を与えた。「私はそこで立ち止まって、彼らに何か手助けができないかと思ったが、国連はここではあまり歓迎されていないから、国境を越えてルワンダに入るまでは立ち止まったりしないほうがいいと警告されていた。あの家族はどうなるのだろう、生き残ることができるだろうかと考えながら、私はそこを立ち去った」彼は司令本部に戻るとすぐに母親に電話をかけた。しかし、「幼い子供と母親のイメージが頭から離れなかった。長くは話ができなかった。電話を切ってスコッチをらっぱ飲みした。そんなことはそれまでしたことはなかったが、なんとかして口から死の臭いを消したかったのだ」

今では新政府のものになったラジオ・ルワンダは、ゴマの難民に向けて、戻ってくるよう放送をしていた。アナウンサーは大きな国連機関が家のない人びと、何もたない人びとを助けると約束したブトロス・ブトロス＝ガリの七月一九日付けの手紙から引用して読み上げた。ブトロス＝ガリはまた、国連諸機関に共同でルワンダ危機の被害者のために援助を訴えるよう求めていること、国連人道問題局の局長であるピーター・ハンセンが八月二日にジュネーブで開かれる会議の議長をつとめて、すべての支援者からの寄付を調整することを発表した。しかしまずハンセンは、現場を自分の目で見て評価するためにルワンダに向かわねばならなかった。

彼は人道危機についてはベテランであり、彼の訪問はプロの仕事であった。他の国連機関の上級代表を含む、少なくとも二〇人の人間を引き連れていた。カーンと私との会見で、彼は早急に難民を本国に帰らせることが賢明であると認めてくれたし、ルワンダ国内で援助するというアイデアを受け入れてくれた。彼とカーンは大統領と新政府のメンバーを訪ね、ゴマやブカヴのキャンプを回った（しかし人道保護地域の強制移住者のキャンプは回らなかった）。ここまでのところ、主にゴマの空港に駐屯しているラフォルカデの支援部隊は、サン＝デニスが述べたような光景に圧倒され、茫然としていた。ラフォルカデはこの国に十分な戦闘準備をしてやってきていたが、人道援助の物資は十分ではなかった。コレラが蔓延し、ルワンダ人の高いＨＩＶ／ＡＩＤｓ罹患率のおかげで部隊が健康上のリスクにさらされていることを知ったために、ターコイズはその場に凍りついて、動けなかったのである。

ＵＮＡＭＩＲ2はまだリソースと装備の争奪戦にかかりっきりだった。ベルギーはようやく、マラウイ共和国の中隊がキガリに着いたら、装備を提供することに同意した。かつての宗主国は装備が途中でハイジャックされてクーデタに使われたり、新政府を強化するために宮殿の衛兵をそろえるのに使われたりするのを恐れていたのだ。エンテベの基地はまだほんの基礎的なものにすぎず、ＵＮＯＭＵＲの職員と手持ちのリソースをもっと使って、改善するようにさせた（ＵＮＯＭＵＲは終了することになっていて、まもなく彼らの貴重な救援が得られなくなった）。私たちの施設は、部隊を展開されるまでの間、収容するにはあまりにも手狭であった。しかし増援部隊はまだ来そうにはない。七月最後の週まで、派遣団は上から下まで合わせて六〇〇人の人員だった。

私のキガリのスタッフは、いまだにひどい状況の中で生活し、疲れが目に見えていたが、それはある面で、私たちの手助けをしようとやって来たいろいろなチームとつき合うことのストレスからのものでもあった。ドイツ製の糧食の新たな包みが開封されてひどい匂いが漂った時には、食べ物をめぐって別の暴動がおきるところだった。残っている食べ物がない時に非常に気前よく提供されたこの糧食は、とっくに賞味期限が切れていた。（カナダの分遣隊が到着し、全員で分け合うことのできるまともな食料をたっぷり支給してくれたことで、この危機は解決された。）

私は、さまざまなレベルの能力と知識を有する三〇人足らずの派遣団司令本部のスタッフとともに、多様な作戦任務をつづけようとしていた。ＵＮＡＭＩＲをルワンダの安定と平和の妨げにするまいと誓っており、スタッフもこの約束を果たすためにぼろぼろになるまで働いた。戦争がはじまって以来、主要スタッフには、二、三の特例を別にすれば、休暇を認めなかった。数人が疲弊しきって、無表情で無反応になったので、帰国させなければならなかったこともある。しばらく前から自分たちが暮らしている環境に苛立ち、感情を抑えられなくなった者もいる。あたかも限界を超えたように、彼らはみずからルワンダ人になりきって解釈するようになり、自分を犠牲者と完全に同一化するようになったのだ。ひとた

15　多すぎて、遅すぎる

び恐怖にとらわれてしまうと、彼らは重要な仕事を処理することができなくなった。数日間休ませるために、ナイロビにハーキュリーズ便で送り出すことをはじめた。彼らの疲労は医学的な症状としてはっきりと現われた。ナイロビで医者の診察を受けて、ホテルの部屋に移り、体を洗い、眠り、食べ、何とかして心を癒そうとした。自分で歩ける負傷者を手当てする予算はなかったので、このような休息や回復の費用は患った本人の自腹だった。

　私たちを本当にまいらせたのは、希望が見えては打ち砕かれることがくりかえされたことだ。ターコイズを世界が援助しているのを見ていて、いわく言いがたい感情がわき起こったことも一つである。しかし、最終的にはアメリカ人が援助してくれるだろうと信じていて、結果的にまったく失望させられたことも一つである。

　最初にキガリに着任したアメリカ人将校はジャック・ニックス准将で、どこから見ても堅実なアメリカ陸軍の一つ星将軍のイメージだった——そのステレオタイプに当てはまらないのは、彼が葉巻を吸わないことくらいだった。アフリカ統合機動部隊（ＪＦＴ）の野戦司令官としてニックスは、アメリカのこの地域における作戦構想を話し合いに私のところにきた。

　彼は、アメリカは最初にエンテベから作戦を実施し、その後すべての資材を輸送機で運び、さらにトラックに乗せてキガリのＵＮＡＭＩＲに移動し、そしてゴマや他のルワンダ各地に行くと言った。私は、最も緊急を要するのは、装備と人員を空港で降ろすことだと言った——私たちがインフラを整備するまでは、ハーキュリーズを一機キガリに送る以上のことはできないだろう。彼の知るかぎり、彼の任務はゴマとルワンダでおこなわれている国連の活動を手助けすることであったが、何をするにしても、統合機動部隊の総司令官ダニエル・シュローダー中将に確認をとらなければならなかった。彼は数日中に現場に到着予定であった。私は、ゴマは一時的な課題であるべきだと念を押して彼と別れた。アメリカ人が問題の解決に寄与するには、支援活動はルワンダ国内からのものでなければならない。

　国連は空港でかなりの貢献をした。ＰＫＯ局からの電話を受けて二四時間以内に、約二〇人のカナダ空軍航空管制官のグループが本国のあちこちの基地から集められ、飛行機でルワンダに向かった。キガリに着くと、彼らはハーキュリーズから管制塔と空港施設に直行した。見つけた死体を片付け（キガリでは放置された建物で死体がないものはなかった）、その場所を洗い流し、自分たちの古い手動の視認航空管制装置を設置した（それは「バトル・オブ・ブリテン」〔第二次世界大戦のイギリス本土防衛の航空戦）の時代の物に見えた）。そして、管制塔のルワンダと国連の旗の下に大きなカナダ国旗を掲げた。夕方までには、業務を開始したのだ。

数日後、合衆国の地上整備員と荷下ろし人員が、うじゃうじゃいるメディアを連れて到着すると、アメリカ人は恥ずかしげもなく自分たちがキガリ空港を「開港した」と宣言した。しかし、世界中の新聞に配信された写真には、窓から身を乗り出している我が国の空港管制官たちが、大きなカナダ国旗を指差しているのが大きく写っていた。アメリカ人たちはその後、飛行場を機能させ、必要とされる多くの支援、やってくる分遣隊、補給物資を迎えるために、カナダ人や国連の他の部隊と協力して働いたが、その際にさんざんからかわれる羽目になった。

七月の最後の週、イギリスの海外開発大臣チョーカー女男爵に会うため、ウガンダとの国境に向かって北へ車を走らせなければならなかった。彼女はゴマとムリンディに行ったばかりで、キガリにまで足を伸ばす時間がなかったのだ。（急いでつけ加えると彼女は「旅行者」であった。外交儀礼に基づいた訪問でもなかったし、お手製のティー・ビスケットの缶詰をもって旅をしており、それを皆に分けてくれた。）私たちはキロメーター六四地点（一一六頁参照）で落ち合って、北に進み、ガツナ橋からウガンダへ入った。その間私は、私たちがなぜイギリスが約束したトラック、工兵、整備小隊、野戦病院、少数の司令部要員、国連軍事監視員を必要とするのかをはっきりと説明した。彼女はキガリを偵察するために彼女に同行している大佐を派遣して、私たちが必要としているもののリストをイギリス国防省に送るように言った。別れ際、彼女は私が頼んだものを約束してくれたが、政府から与えられているルワンダとＵＮＡＭＩＲの援助期間は六ヶ月しかないと念を押した。

エンテベではアメリカの存在はすでに大きいものとなっていた――星条旗がメインターミナルの屋根からたなびいていた。私は一階の小さなオフィスにいる私のチームを訪ね、その後、短期滞在用キャンプへと向かった。ガーナ兵の小隊がテントを張って簡易トイレ、ベンチ、テーブルを設置していたが簡易ベッドはなかった。電気、水道、調理器具、電話線もなかった。装甲兵員輸送車が廃棄部品の山のそばに静かに列をなしていた。軍の輸送を請け負っているブラウン＆ルート社の修理工が交換部品が足りないと毒づきながらも懸命に働き、車両をブルーの国連色に塗り替える作業がはじまっていた。国連開発計画の現地代表やＵＮＯＭＵＲの文民支援スタッフの例外的な努力をもってしても、キャンプはどうしようもなく物資が不足していた。私は、部隊移動の責任を負っ

15 多すぎて、遅すぎる

ている国連軍事監視団に戻り、派遣団とニューヨークに、エンテベ基地は機能していないので、やってくる部隊は直接キガリに向かうべきである旨の注意を促すように言った。キガリであれば、なんとか私たちで対応できるからである。マイク・ハンラハン率いる大規模なカナダの分遣隊が翌日には到着することになっていたので、至急その声明を出す必要があった。

その後、新しいターミナルの最上階に向かった。そこには少なくとも一〇〇人の軍事要員が、シュローダーが到着する前にアメリカの司令本部を設置しようと、右往左往していた。ニックスはゴマにいて偵察任務についていた。下級の幕僚に負担をかけたくなかったので、私はキガリに戻った。アメリカの司令本部の家具がいかにも快適に見えることに皮肉な笑いを残して――それは、最高の力を有する軍隊の優先事項とは何であり、彼らがどれほどの能力をもつかを示していた。

もちろんハンラハンには決してそんなことは言わなかった。そして翌日、カナダの一七〇人の要員がエンテベに到着した。部隊の兵力は充実しており、いつでも作戦可能な状態で、一つひとつが完全な部隊として独立して展開する用意ができていた（通常の場合、増援任務に送られるのは人間だけである）。彼らは任務の公式通知を受けてからちょうど一四日後に現場に到着し、その迅速さを自慢にしていた。ハンラハンはエンテベ飛行場のキャンプを一瞥し、キガリへ飛ぶことができるようになるまで、大きな倉庫とホテルの部屋をいくつも借りた。これこそ、私が派遣部隊に切に求めた迅速性と適応性なのだが、しかしこれは「持てる」国にしかできないことであった。

シュローダー将軍と初めて会うことになっていた日の前夜に、PKO局がアメリカのメディアで流れた関連するニュースの抜粋を送ってきた。『ワシントン・ポスト』は、合衆国政府は少なくとも二〇〇〇人の部隊を、「ルワンダ人の難民をザイールの恐怖のキャンプから家に帰らせるための援助網を設置するため」ルワンダに送る計画であると報じていた。統合参謀本部の作戦部長であるジョン・シーハン中将の言葉が引用されていた。「作戦は、アフリカにいる国連部隊と協力しておこなわれ、数ヶ国が参加することになるだろう」『ワシントン・ポスト』がエンテベでおこなった将校のインタヴューによれば、彼らの仕事は「歩いて家に帰る難民を支援する食料や水を備えた救援基地を設立することだ」シーハンによれば、「アメリカ軍チームは、キガリの空港からザイールとの国境までつづく道に展開し」、帰ってくる集団移動者のために計画された支援体制として中継地点を設置する。「キガリに多国籍軍の司令本部を創設することは、フツ族難民に報復がおこなわれないということを示すという意図もある」今回は、合衆国が私の作戦構想をまるまる受け入れたようなものだから、三首脳は素晴らしい仕事をやってのけたわけだ。私たちは元気が出た。今やゴマの大災厄を終結させ、人道保護地域の強制移住者を家に帰らせる手段も計画もあるように思えた。

朝のミーティングで、ゴマの連絡将校からの報告があり、ふたたび現実に衝撃を受けた。伝染病が蔓延する地獄のようなキャンプから脱出してルワンダに戻ってきた難民が、過激派に襲撃された。何人かが殺され、多くの人びとが手足を切断され、見せしめとしてキャンプに送り返された——好んでおこなわれた仕打ちはマチェーテを使ってアキレス腱を切り、犠牲者が歩けないようにするものだった。このニュースを聞いて私は、事件を防ぐよう援助することができたすべての国家と機関、特にターコイズに対して激しい非難をおこなった。私が大声を上げたのは礼儀をわきまえないものであり、そのおかげで私の幕僚とフランス軍の連絡将校ははっきり分かるほど居心地が悪そうだった。私が非難をやめると、指揮官たちは静かに自分の職務に戻った。

漫画に登場する将軍のように大声を上げたり、わめき散らしたりしたことはそれまでにはなかった。事実、危機が高まっていた時ですら、模範となるべきカナダの司令本部は穏やかで抑制的で効率的であった。私はしばらく一人で、壁に留められたルワンダの大きな地図をじっと見た。他の連中を休息のためにナイロビに送ることになった、あの兆候と症状が私にも現われたということを認めざるをえなかった。ほとんど眠れなかったし、ベスが最後に送ってくれた慰問小包に入っていたピーナッツバター以外のものは口にすることができなかった。私は不機嫌で、まったく間の悪い時に不意に白日夢に襲われた。私はすぐモーリスに自分の状態について話すことを決心した。そして落ち着きをとり戻してアメリカ人司令官に会った、

シュローダーより前に、非常に緊張した面持ちの大佐に率いられた小規模の憲兵隊が先乗りしていた。彼らは空港ターミナルに準備本部を設ける場を与えられた。将軍は小型の双発の司令官用機で到着した。初めて彼を目にした時、これで本物の助けがようやくやって来たと思えた。私に対する彼の言葉は、「将軍、あなたの手足となって助けるために着任しました」であった。

私たちは司令本部で、ゴマと人道保護地域双方での作戦構想、私の部隊の現場での状態、私が有する今後の能力、彼の部隊に求める活動の優先順位について時間をかけて検討した（優先順位は、空港の運営、エンテベ、ゴマ、キガリ間での

15 多すぎて、遅すぎる

資材と人員の輸送、地雷除去、中継地点のための補給とセキュリティ要員、キガリでの水と電気、できることなら、チャングググ近くの水力発電所の復旧である)。それからその日の時点での人道支援と政治的状況について検討した。彼とその数少ない幕僚はノートをとった。シュローダーが帰る時になって、当面のアメリカの援助について未解決の問題は、ワシントンの政治的姿勢だけであった。

翌七月二九日の朝、私はPKO局から夜中に送られてきたワシントンに関する抜粋を読んでいた。これには三首脳からのメモが付してあり、私たちの計画が深刻な反対にあっていると警告していた。シュローダーが、ワシントンでは躊躇する声が上がっているものの、合衆国は部隊を展開することになるだろうと語ったとされていた。しかし彼は、キガリは困難な状態にあるので、慎重に事を進めるつもりだとつけ加えていた。「やりたくないことの一つは、すでに過剰な負担を負っているキガリのインフラを押しつぶしてしまうことだ」これは一体なんというごまかし文句だろうか？　彼がもっている資産こそが、その負担の解決となるのである。明らかに私と別れてから、エンテベでメディアのインタヴューを受けるまでの間に、上から説教されたのだ。国務省とペンタゴンが反目しているのは明白で、国務省はキガリに大規模に合衆国が駐留すると口にすること、あるいは救援活動の適切な核を首都キガリに置くと口にするのは時期早尚だと考えていた。抜粋をぱらぱらめくると、国防長官ウィリアム・ペリーが統合参謀本部議長ジョン・シャリカシュヴィリ将軍と共に週末にはこの地域を訪問することになっていた。キガリについての政策決定は、この訪問が終わるまで、何もなされない。

問題の原因は匿名の国務省職員によって表沙汰にされた。彼が言うには、クリントン政権は合衆国軍がルワンダに駐留することによって、事実上ルワンダの新政府を承認したと見られたくないのだ。というのも新政府は人権保護の責任についてワシントンをいまだに満足させていないからである。政権はまた、ルワンダでの合衆国軍要員の安全が完全に保障されるまでは、軍の配備を望んでいなかった。合衆国軍はキガリから作戦を遂行することがより効果的であると考えていたが、シャリカシュヴィリ将軍は記者に、合衆国高官は、アメリカ部隊がルワンダ国内に入ったとしたら、どのように参加している部隊の安全を確保できるかについて懸念していると語った。中継地点の設置に代わる可能な方策として、シャリカシュヴィリは「ペンタゴン高官はまた、帰宅途中の難民に食料や必需品を空中投下することを検討している」と述べた。合衆国政府の偉大な人道主義者たちは、アメリカ人の犠牲者を出しかねないルワンダ国内では何にも参加したくなかったのである。

シュローダーは曖昧な態度をとるには正直すぎて、私との短い会見であまりに多くの約束をしてしまっていた。私はエンテベの彼の司令本部に電話をかけたが、彼はすでにゴマに向かっていた。副官はその日のうちに折り返し電話をすると約束した。しかし実際には、ふたたびＵＮＡＭＩＲは孤立無援になったのである。

カナダ軍は溢れだし、アマホロ・スタジアム地区への移動をはじめた。この場所は最後にルワンダ人難民が去って以来手が付けられておらず、溢れた下水施設に似ていた。私が昔いた連隊の信号手であるレブラン連隊上級軍曹は到着して数時間のうちに、部隊を完全に清掃態勢にした。（彼らは非常に良い仕事をしたおかげで、一週間後に新しいルワンダ政府の若者大臣パトリック・マジムハカがアマホロに移動するので、場所を明け渡してほしいと言った。ゴロはノーと答えた――この場所をきれいにしたのは私たちであるし、そもそも賃貸料を払っているのは私たちなのだから。）通信設備や司令本部の施設を設置する任務についていない者は、磨き上げたり、組み立てたり、土嚢を積んだりした。まるで、大工と配管工と電気屋に侵略されたようなものだった。一時は、私の少人数のベテラン集団のほうが役立つのではないかという印象をもっていたのだが、カナダ軍は奮闘して力量を示し、私たちがそれまで以上に働けるようにした。

私の要望でハンラハンと一緒にやって来た支援部隊――建設工兵中隊、補給管理グループ、充実した輸送小隊――は、すぐに部隊の補給と管理の役割全部を引き継ぎ、ゴロと国連文民職員、およびブラウン＆ルート社の間の調整役となった。私は食堂で身体の大きな建築技師たちとおしゃべりして、短い期間で膨大な量の仕事をこなしていることを誉めた。しかし、彼ら自身は満足していなかった。ここに来る途中で誰かが土壇場になって他の物を乗せる代わりに電動工具を全部荷から降ろしてしまったのだ。そのため彼らは手動工具を使って仕事をした。時代遅れのマメを作っていることに誇りをもっていたが、それにしても時間がかかりすぎていると感じていたのだ。

カナダ軍は二〇〇のベッドを完備した野戦病院を送ることに決めた。それは私の指揮下にではなく、ゴマのＵＮＨＣＲ活動への独立した人道的支援としてである――しかし私は、それがルワンダに到着する間際まで、この妙案については知らされていなかった。しかしながら、彼らが私とＵＮＡＭＩＲの司令本部スタッフと議論した結果、カナダ軍の病院は私が計画したまさにその場所に設置されることになった――ギセニとルヘンゲリとの間の、住民が帰還する道沿いである。

15 多すぎて、遅すぎる

イギリス軍はルヘンゲリ市内の病院を割り当てられ、計画どおりに、オーストラリア軍にはキガリの病院が割り振られた。

国連のシステムをとおしてさらに多くの派遣団が準備され、合衆国がようやく役に立つものを提供した。UNAMIRの部隊と装備をキガリに空輸するというものである。エチオピア、ザンビア、マラウイ、マリ、ナイジェリアの歩兵中隊と部隊が展開の準備をしていた。カガメは、ターコイズがフランス語系アフリカ人兵士を私の指揮下に移管するという計画に賛成していた。そうすれば、人道保護地域を引き継いだ時に、十分な数のフランス語系部隊を現場に置くことができる。私はいつもの国連の寄せ集め部隊で対処しなければならなかった。それらの部隊はいずれも固有の複雑な命令関係、言語、技術をもっており、到着してみなければその実力が未知数であるが、それらにくじ引きのように任務を割り当てた。前年一〇月の最初のUNAMIR設立の時と同じような不満、遅延、作戦機会の喪失に巻き込まれつつあった。しかしこの時は、もっと複雑な感情に耐えなければならなかった。

今になっても私は、キガリに援助にやってきた、ほとんどが善意の人びとに対して、私自身が抱いた反発をうまく説明できない。多分それは、彼らの明らかに無関心な態度、私が重要だと考えていた命令を無視するそのお気楽さによるものであった。おそらく、それは彼らのうちの数人でしかないが、集団墓地の横で記念写真をとったり、その人たちにもかつては名前があったということに気づかないかのように死体を跨いでゆけることであった。スピード、革新、想像力、作戦上の優先順位の理解は、成功するにはなくてはならない要素である。ジェノサイドが終わった後に到着した支援フタッフのあまりにも多くが、いかなる点でも、私たちの緊急の目的を達成することに結びつかない規則や規制、手続きをもち込んだ。

この見方の違いよりももっと面倒なことは、新しくやって来た連中がアウトサイダーだと感じられたことであった。彼らは、私たちが最も必要とした時にはおらず、危険や苦難を分かち合わなかった。私は、まるで彼らが何か個人的なものを汚しているかのように、彼らが家族の集まりを邪魔しているように感じたのだ。それまでの数ヶ月の私たちの経験は、私と私の少数の戦士たちを世界から引き離し、ある意味では、皆、個人的すぎて他の人びととは共有できない想い出や、もはやすぎ去った時間の文脈を抜きにしては表現しがたい、そんな記憶に私たちはとらわれていた。新しくやってきた人びとで、ここで何が起こったのかについて関心を示しているように思える者はほとんどいなかった——そして多くの者が、起きた事は懸命に急いで払いのけて新しい物事の秩序を作ろうとしているのだ、そう考えても駄目だった。あれほど長い期間、純粋なアドレナリンで走りつづけていたために、ひとたび危険が去り手助けが到着すると、以前と同じようには働けなかったのかもしれない。

また、私がすべてのメディアの関心の中心にいた間に、私のエゴが受容できないほど大きくなっていた可能性も、完全に否定することはできない。おそらく、ローマ時代の将軍のように、誰かが「カエサルを忘れるな。お前もただの人間だ」と耳元で囁いてくれる必要があったのだろう。人間の条件とは、エゴのごまかしを抑制するための終わりのない戦いである、そのように定義されるのではないだろうか？

その一方で、私は、自意識に囁きかける批判に耐えることができなかった。当然のことだが、フランス軍は、同盟国の崩壊の責任を追及することと、自分たちはジェノサイドにはまったく無関係であるように見せることに関心を払っていた。一切のことはとにもかくにも国連の失敗であると主張するほど都合の良い方法はないだろう。私が国連部隊の現地指揮官であるのだから、フランス軍にとっては私がとにもかくにも失敗したのだと仄めかすことくらい容易いことはなかった。それに加えて、ＮＧＯに関わる人びとの群れからのぞっとするような反応があった。彼らは危険が去ると数時間もしないうちに現われたが、自分たちが見聞きしたものの感情的トラウマに対処するスケープゴートを見つけなければならなかったのだろう。私はＮＧＯ団体の人びとを非難しているわけでも、彼らの批判がまったく的外れだと言っているわけでもない。しようと思えば、私たちはもっと多くのことができた。しかしこの場合「私たち」とは誰のことなのか？　自信を喪失して神経過敏になっている者には、その囁きはナイフのように切れ味が良いのだ。

国連開発計画の会議センターで最初のＮＧＯの支援調整会議の共同司会をシャルル・ペトリエと務めたことを覚えている。人道支援活動の世界は急速に恐ろしいバベルの塔になってしまい、ヤーチェとマクニールはその塔の下でめまいを起こしていた。会議は延々とつづいた。非常に多くの介入があり、非常に多くの一致しない課題があり、ＵＮＡＭＩＲのリソースに対する非常に多くの要求があったため、会議の議事録はレンガほどの厚さになった。私を苛立たせたのは、支援団体があまりにも思慮もなく原理原則を主張したことである。何はともあれ、中立を守らなければならない、という原理原則である。私の意見では、私たち全員がおかれているこの新しい現実では、彼らが自分たちの独立性を非常に狭く定義しているために、しばしば自分たちが標榜する目的の実現を損なうことになってしまっていた。

この独立性の誤った使われ方の例を一つ挙げると、カナダ軍の野戦病院は定期的に怪我人と病人を集める救急チームを派遣していたが、その医師と看護師が、何百人もの人びとが

15　多すぎて、遅すぎる

治療を待っている小さなＮＧＯの支援ステーションにぶつかった時のことである。患者の多くが野天に横たわり、人で溢れる施設の入り口で死にかけている人もいた。赤十字の腕章をした軍の医師と看護師が手助けを申し出ると、ＮＧＯのスタッフは事もあろうに、それを拒否したのである。彼らはすぐそばにいる患者の生命を失うことよりも、自分たちの中立性を失うことを恐れたわけである。カナダ軍の医療チームは反論にとり合わず、途方に暮れているグループを全部かき集めて、野戦病院で待ち構えているスタッフのところまで輸送した。

赤十字は断固として中立を維持するのであり、それはジェノサイドに関する国際法廷の証言台に立つことさえ拒否する程だ、というのは現実政治《レアルポリティック》の注意深い解釈と同じくらい、揺るがすことのできない倫理的な評価基準でもある。しかし、軍が人道上の危機に深く関わらざるをえないような紛争においては、ＮＧＯがこだわる中立性も真剣に考えなおす必要がある。フィリップ・ガイヤールのような人は、この新しい役割を苦もなく理解していた。

七月の終わりに、カーンと私は数人のスタッフとともに、緒方貞子国連難民高等弁務官を、司令本部での期限切れ糧食の夕食でもてなした。緒方の機関はゴマ地域の中心であり、人の出入りを管理し、コレラと飢餓に対処していた。緒方は非常に頭の切れる人物であり、私たちがおこなった状況説明と討論の間に状況を把握したことは明らかだった。彼女が帰る時までには、カーンと私は彼女が本国送還計画を遅滞なく進めることを支持してくれたと考えていた。しかしゴマに帰ると、彼女はそのような計画は無謀だと表明した。難民がルワンダに帰る時にコレラをもち込み、それが山中にも広がるだろう。民兵が難民の中に紛れ込んでおり、新政府を不安定化するかもしれず、また旧体制の自治体首長たちが国内にこっそり帰って、混乱をもたらすかもしれない。彼女が言うには、ルワンダ国内が部分的に正常化するまでは、難民は適切な場所に留まるべきである。カーンは腹を立て、ふたたび私は癇癪を起こした。それは、キャンプを維持しているのは国連難民高等弁務官事務所であるという決意を知らせる縄張り意識だったのだろうか？　この危機は明らかに、ジュネーブから受けた彼らの命令と管理構造に対する、最初の本物のテストだった。「部分的な正常化」を待つという決定は、一〇〇万を超える人質を過激派の手中に残すことになる。予想されたとおり、結果的に過激派がキャンプの支配権を握り、気に入らないＮＧＯを追い出すことさえしたのである。

私が落ち着きを取り戻すと、フィルが近寄ってきた。彼は私を厳重に見張っていて、度を越して感情的になりすぎたら落ち着かせようとしていたのだ。フィルは、私に自分自身の状態と派遣団の状態についてよく考えなければならないと言った――それもすぐに。その夜私は何時間も、自分がどんなに遠くにまで来てしまったのか、ここを去らなければならなくなるまでに、この派遣団と自分自身のために何ができるかについて、静かに考えた。

七月三一日、四〇〇人の要員――今はジョー大佐が率いる、ヘンリーのガーナ兵――が人道保護地域でフランス軍と交代する最初のUNAMIRとして、キガリを出発することになっていた。〇六三〇時頃私はフィルと副官と一緒に、彼らを見送るためにカダフィ十字路近くの大きな駐車場まで車で出かけた。車両が夜明けのオレンジ色の輝きから現われ、整列して駐車した。車から降りた部隊を、私は自分の周りに集合させた。私は彼らにこの任務の重要性と、彼らに課された要求の困難さについて話した。彼らは個別に自分に割り当てられた人道保護地域を、確実に平穏にすることを要求されている。彼らはやる気があり、活力に溢れていた。私は、ジェノサイドの絶頂期をつうじて彼らを頼りにしてきたのと同じように、もう一度新しい任務の先兵になってくれることを期待していると話した。私は彼らの幸運を祈り、これまでと同じようにうまくやってくれさえすれば良いと話した。

それから、連隊曹長の点呼と士官への敬礼とともに、彼らは完全に積載オーバーの車両によじ登り、ジプシーの幌馬車よろしく出発した。部隊は何台かのトラックの荷台にマットレスを敷いて横たわり、鍋とフライパンを抱えていた。鉄製ベッドから枝編みの椅子にいたるまですべての積荷の上に腰掛けている兵士もいた。何台かのトラックの荷台は幌で覆われていたが、他のトラックは丸見えで、数頭のヤギや数羽の鶏もいた。私は彼らに犠牲者が出ないことを静かに祈った――この部隊はすでに十分に死者をだし、苦難を経験していたからだ。彼らが丘の向こうに消えると、ヤーチェに祝福の言葉をかけ、ヘンリーだったら人道保護地域を引き継ぐために出発した元気のいい一団の旅立ちの証人になったことを、自慢しただろうと言った。

私は首都の安全と本部任務のためには、ガーナ兵のうちの一〇〇人は残しておかなければならないところだったが、この一回の移動で編成部隊は駐屯地から基本的にいなくなった。それは危険な賭けだったが、そうせざるをえなかった。さもなければ、フランス軍を追い出せというRPFからの無理な圧力に直面することになっただろう。

八月になった――人間の破壊と感覚の麻痺というこのグロテスクな行為がはじまって五ヶ月目だ。ラフォルカデが、私たちの計画よりも早く人道保護地域から部隊を撤退させてい

15 多すぎて、遅すぎる

るという報告をゴマから受けた。フランス軍はいまや人道援助活動からの異議申し立てと戦っているだけではなく、インテラハムウェとも衝突していた。またRPFとの事態もまだ緊迫していた。それと同時にフランス首相は、ターコイズの平和維持部隊員は、人道保護地域全域を引き渡した後も残留すべきだと表明した。裏で牛耳っていたのは誰なのだろうか？

　フランス首相のゴマとルワンダへの七月三一日の訪問は、時期を逸した喜劇的事件であった。彼は、直前になってパストゥール・ビジムングと私にチャンググまで会いに来るよう招待したが、私たちのどちらもその招待を受けなければならないとみじんも感じておらず、ルワンダの新しい政治的現実についてまったく配慮を欠いていた。ベルナール・クシュネルは今やヨーロッパ連合代表であり、最近ではキガリに出たり入ったりしていたが、母国が新しいルワンダ政府をあからさまに侮蔑していることに対する批判を公にしていた。(注1)

セス・センダションガのようなルワンダ人政治家（今は内務大臣）は、難民を説得して帰還させようと、ますます頻繁にギセニを訪れていた。カーンは、人道保護地域内のUNAMIR担当領域になるべく早く難民が行くことができるように、政府と密接に連携していた。私たちはヘリコプターや陸上輸送、燃料や最小限の人道援助をルワンダ政府に提供した。政府は、人道保護地域に残る住民を支援し、戻ってくる人びとを助けるために国中で最大限の活動をしていた。

　息子としての役割を果たし、子供たちと会ったヘンリーが、激務に復帰した。彼が戻った日の晩に、彼と私は共に腰を下ろし、任務の将来について話し合った。もし私が去らねばならないとしたら、兵士や士官は、私が得られる最高の後任の指揮官が与えられるに値する。その人物は、ヘンリー・アニドホだった。彼は、この土地や重要人物、状況や計画、成し遂げるべき仕事が分かっていた——そして、欠乏に苦しめら

（注1）クシュネルはいつものように前触れもなく顔を出し、ルワンダにやってきたEUの代表団を案内して、国際人権コミッショナーに求められていた調査を開始するために、一〇〇人の人権監視官を提供した。国連の後援の下に特別調査がすでにはじまっており、なぜEUがこのような活動に乗り出すのか不審に思い、彼らの活動は方向が間違っていると思うと言った。クシュネルには、この微妙な段階ではルワンダが必要としているのは、もう一〇〇人の人権調査官（彼らがゴマのキャンプの中にいる犯人たちに近づくのは容易ではないだろう）がRPFの内部を探ることではなく、一〇〇人の能力のある警察官がやってきて、新しく生まれつつある憲兵隊を訓練するのを手助けし、首都に法と秩序をもたらすことだと言った。

れ、あの光景を目撃したにもかかわらず、彼はすり切れていなかった。モーリスだけでなく国防参謀総長に対しても推薦状を書いておいたが、それを彼に見せた。そして三首脳が彼の指名を支持していると言った。彼の母国の政府から許可が得られれば、残るは最終的な承認と権限の移譲だけだった。

八月二日に、私は本部にいるシュローダーに会うためにエンテベに行った。国防長官ペリーとシャリカシュヴィリ将軍とその大勢の取り巻きたちが訪問しても何も変わらなかったが、カーンと私は地域の急を要する問題を説明するのに最善を尽くした。今回も、シュローダー将軍は非常に歓迎してくれ、直ちにその部下に最新の状況報告をさせてくれた。彼の戦力の多くはゴマに移動中であり、ニックスを半永久的にそこに送り込んでいた。彼は全部で三〇〇人もの憲兵と飛行場要員を、キガリで降ろす装備と一緒に数日間のうちに送る予定だった。また、八月六日にはC５軍用輸送機の私の部隊への配備がはじまると期待できた。

あまりにもたくさんの忙しく働く人びとや黒板や地図、かたかた音を立てる通信設備などに取り囲まれていたので、それから私たちは二人だけで話した。オフィスで二人きりになると、質問をする必要さえなかった。彼によれば、彼の受けた命令では、活動の主力をゴマに集中し、エンテベから作戦行動することになっていた。キガリ空港にいる彼の部下たちは、飛行場周辺を離れる事は許されていなかった。政治的圧力がかけられていて、彼の部隊に死傷者を出すことになるようないかなるリスクも負うことはできなかった。ささやかな一角にいる国連軍事監視員を訪ねるために彼の下を去る時には私は頭にきていたし、シュローダーは自分の上司が決めたやり方を批判して恥じ入っていた。彼の政治的主人はゴマとリスクのないアプローチにとらわれていた――モガディシオの影がまだつきまとっていたのである。そのような活動は、この地域での紛争の継続を助長することにしかならない。

私は使い古したターミナルの上まで登り、弾丸の穴だらけの管制塔から外を見渡した。私の部隊のエンテベのキャンプはちっぽけで、このアメリカの活気に満ちた大事業の前では、アマチュアの作戦のようにしか見えなかった。国外の世界がようやくルワンダの大規模な災厄に介入したと思ったら、それを完全にめちゃくちゃにしかけている――それも、そもそものジェノサイドに適切に対応することができなかったのと同じ理由で。私にはそのことが信じられなかった。アメリカの支援がなければ「家に帰ろう作戦」の前途は暗いということを知りつつ、その夜私はキガリに帰った。

私が指揮をとった最後の数週間、アメリカ軍はあらゆるリソースを使って、キガリ空港の防御壁の内側に座り込み、私

15 多すぎて、遅すぎる

たちの部隊を出入りさせること以外ほとんど何もしなかった。キガリでは犯罪による負傷者がいまだにおり（国連文民警察は新しい政府とともに懸命に働いていたが、もちろんまだやるべきことはあった）、人びとは地雷や不発弾の被害にあっていた。アメリカ軍は十分な装備を積み、医療スタッフを乗せた救急車をもち込んでいたのに対して、私たちはバンや無蓋トラック、四輪駆動車、時にはダンプ車でなんとか対処していた。しかし、緊急の負傷者をキガリの病院に搬送してくれないかとアメリカ軍に頼むと、内規を引き合いにして断られた。

そして、水のことがある。イギリスとカナダの工兵の助力で、市の周辺に浄水場を設置することができたが、私たちの居住区や民間住民のところまで大量の水を運搬する手段がなかった。その結果、私たちは水を出しっぱなしにせざるを得ず、ただ燃料と時間を食いつぶすだけだった。ルワンダ人は、毎日バケツや缶を満たすために水場までの長い道のりを歩かねばならなかった。ある日、C5輸送機が空港に着陸して、多数の巨大な水輸送トラックを降ろした。そのうち何台かは国連色に塗装されていた。彼らの規則を知っていたが、私たちが護衛につき保護するので、その車両を運転してくれないか、そして飲料水をキガリ市内の住民とUNAMIRのために、配給所にまで移動させることができるか、と尋ねた。彼らは断った。それでは、その車両を「借用」することができるかと聞いた。その車両は国連向けのものだと思ったからである。彼らは、自分たちには車を貸す権限がないと言い、ノーと言った。車両は私たちのところに来たのではなく、ゴマ行きのものだと言った。どうやら、水輸送トラックは誤ってキガリに降ろされたようである。

UNAMIR1貢献のためにもともとアメリカが算定した額はたった三〇〇〇万ドルにすぎなかったが、合衆国は国連に約束しておきながら、結局払わなかった。UNAMIR2への額はそれをほんのわずかに上回ったにすぎない。ゴマの難民キャンプを支援すると決めたことで、合衆国はその一〇倍の額――三億ドル――をその後二年以上にわたって支払った。もし、ルワンダの国連を合衆国は援助すべきだったのかどうかという議論全体を、費用対効果を根拠にして少しでもおこなうならば、合衆国政府はUNAMIRを支援することで多額の金を節約することができただろう。ワシントンのバランス・シートに書き込まれた八〇万の人びとの生命についていえば、その最後の数週間に、あるアメリカ人職員から衝撃的な電話を受けた。彼の名前はずっと思い出せないのだが。彼は何かの計画立案にたずさわっていて、どれだけのルワンダ人がこれまでに死んだのか、何人が難民となり、何人が国内で強制移住者となっているのかを知りたがった。彼の計算では、一人のアメリカ兵士の生命を危険にさらすことを正当化するためには八万五〇〇〇人のルワンダ人の命が必要だと私に言った。言うまでもなく、これはおぞましい話だ。

気を遣ったカナダ軍の信号士官が、床の上に敷いた薄くて古いマットレスの代わりに、簡易ベッドを見つけてくれた。しかし私は、シュローダーと会って帰ってきた夜は、そのベッドでさえ寝ることは難しいと思った。どんなに迅速に動いたとしても、私たちは求められたことを満たすことはできないのではないか、という思いにとりつかれた。その朝のミーティングは、活動のリズムが急激に早まっていることを示していた。私たちがこなすべき物事の一日のリストは、平均一五だったのが四九までになった。それらの日々のリストを見返してみると、私はしばしば同じことをくり返し言っており、非現実的な要求をするようになっていたことが分かる。私はまた、始終癇癪を起こしていた。

ミーティングの終わり近くで、私は、派遣団の基礎、特に水の供給を確保することが相変わらず困難であることにふたたび爆発した。苦労していた補給責任者であるジョン・マコマー少佐はすでに目立たないように非常に多くの問題を解決していて、彼のことを「静かなる奇跡の人」と呼んでいる者もいた。彼と、若い同僚であるサン＝デニス少佐はもうこれ以上はできないというところまで懸命に働いていたが、カナダ軍の補給基地は開いたばかりで、契約はまだ交渉中だったために、いくつかの問題はまだうまく解決できていなかった。マコマーは、私が彼を直接非難していると感じていたが、何も言わなかった。指揮官グループを見まわして、私がマナーとユーモアのセンスという、指揮官の資質として不可欠な二つのものを急速に失っていることに気づいた。

ミーティングの後、私は車に乗り、誰にも告げずに出発した。これが初めてのことではなかった。本部で終わりのない問題と要求に向き合っていると、息苦しくなるのだ。それから逃れるために出かける用事を作り出していた。現場の部隊を視察しなければならないとか、そうでなければただ国を回ってくるとか決めて。どの村にも、どの道路沿いにも、どの教会にも、どの学校にも、埋葬されていない死体があった。私の夜見る夢は昼間の現実になり、次第に二つを区別できなくなっていた。

その頃には、私は独りになりたいという気持ちを隠すために、あれこれ言い訳をしないようになっていた。ただひそかに抜け出し、車を運転してあちこちに行き、悲観的なことを考えていた。部隊の士気に影響を与えることを恐れて、それを誰にも言えずにいた。いつの頃からか、死にたいと思うようになっていた。地雷を踏むか、待ち伏せに自分から飛び込むかして、全部を終わりにしたいと思ったのだ。自分のせい

15 多すぎて、遅すぎる

で死なせてしまったと感じていた死者たちの一人になりたいという気持ちがどこかにあったのだと思う。これほど多くの人びとが死んだにもかかわらず、ルワンダを生きて離れるという考えに向き合うことができなかった。国のあちこちに行くと、どの道もどの村も空っぽで、まるで核爆弾かペストにやられたようだった。一人の人間にも生き物にも会うことなく、何マイルも走ることができた。あらゆるものが死に絶えたように見えた。

一人でさまよっている途中で、ケベック・シティの良き羊飼い修道女会に属する近代的な女子修道院に行きついた。そこは略奪者で溢れていた。ピストルを引き抜いて、出て行くよう命令した――彼らは立ち去った。私はシスターたちに返すためにチャペルの小さな木製の十字架を拾い上げた。多くのドアは蹴破られていたが、作り付けのベッドや修道女の私物はまだあり、水と排水設備と窓は無傷だった。私は車に戻り、カナダ軍分遣隊の本部に電話をして、マイク・ハンラハンとそこで会いたいと言った。彼は一五分もしないうちに、レブランと一緒に到着した。私は彼らに修道院の面倒を見るよう頼んだ。ハンラハンは、ケベックにいる修道院長に電話をして、その建物を彼の部隊の休息所として使う承諾を得た。修道院長の唯一の条件は、部隊がチャペル内にバーを作ってはならないということだった。信号部隊の隊員は修道院を完璧に改装し、補修してから、その数ヶ月後、修道会に引き渡した。お互いの感謝の気持ちが表われたとても感動的なセレモニーがおこなわれた。これは一つのハッピーエンドだった。

七月の終わりに向け、私は毎日にいくらか生の潤いをもたらすために、ガーナ兵の護衛に数頭の山羊――雄と雌と何頭かの仔山羊――を買ってくるように頼んであった。水をやり、餌をやり、山羊がアマホロをのんびりと歩く姿を見て、私は大きな喜びを感じた。スタッフは山羊を喜ばなかった。あちこちに、作戦室の中にまで糞を落としていったからだ。ある日、ガーナ人の当番兵がオフィスに駆け込んできて、すぐ来てくれと言った――野犬の群れが私の山羊を襲っているというのだ。考える間もなく、私はピストルを握って駆け出し、駐車場を横切りながら犬に向けて発砲しはじめた。私は犬に向かって弾を撃ち尽くした。犬は撃ち損じたが、それでも追い払ったので、山羊を守ることができて満足した。オフィスに戻ると、少なくとも五〇人の驚いた、心配そうな目が私をじっと見つめているのに気づいた。カーン、文民スタッフ、幕僚、そして兵士たち。彼らは何も言わなかったが、言いたいことは明らかだった。「将軍は気が違った」

八月三日の夜、私はモーリスに、予定よりも早く指揮を解いてもらう必要があると連絡した。彼がアナンとリザに相談すると、彼らはモーリスが国連事務総長に直接この件について話をするよう勧めた。彼は後に、私を交代させないと二週間以内に死んでしまうだろうと、ブトロス＝ガリに警告したと語った。私は知らなかったが、フィルは私の健康状態の悪化に関してモーリスに連絡をとりつづけていた。それがモーリスの迅速な対応のための地ならしになったのだ。フィルがこのようなことをおこなったのは、古くからの友人であり指揮官である私に対する愛情と忠誠心からである。指揮官が責任を負えなくなっていると気づいた場合には、側近の部下が命令系統にしたがってその情報を伝達することは、忠誠に反することではなく、忠誠そのものなのである。このような行動をとる勇気をそなえた部下をもったことは、まさしく喜ぶべきことである。

次の日の朝、カーンに自分は去るべきだと伝えた。彼は残念がったが驚いてはいなかった。私が感じた罪悪感は計り知れなかった。

八月四日夜に、ＰＫＯ局から前日の安全保障理事会の審議の記録を含む暗号ファックスを受けとった。会議で何度か、合衆国の代表がダレール将軍はまもなくカナダ人の同じ位階の人間と交代するだろうと告げていた。これが、私が自分の解任を聞いた初めてのものだった。家では、ベスはハリファックスへの旅行に出かけていたが、二人の年下の子供たちを連れてケベック・シティに戻ると、留守番電話がクリスマス・ツリーのように点滅していた。それには、家族と友人から、ようやく私が家に帰ることになってどんなにうれしいかというメッセージが残されていた。公式の電話はなかったが、そのことをベスは気にしなかった。彼女はカナダ国防省のオペレーション・センターに自分で電話をし、ニュースを確認した。

ヘンリーは人道保護地域のガーナ兵を訪問中で不在だった。私はヘンリーがそれに最もふさわしい人物であるにもかかわらず、指揮権を引き継がないということを聞いて、ひどく動転した。私はどういうことなのか知ろうとモーリスに電話をすると、ＰＫＯ局は私の推薦を完全に支持したのだが、国連事務局がヘンリーを拒否したというのだ。モーリスはそっと打ち明けた。彼らは西洋諸国出身のバイリンガルの将軍を望んでいるのだ、と。そこにはどんな判断基準が働いていたのだろうか？　ヘンリーはフランス語を話すことも理解することもできなかったが、通訳を介して有能に仕事をこなしていた。ヘンリーが必要な技量をすべてそなえており、世界中の誰よりも経験を積んでいるのに、出身地がなぜ問題にならねばならないのだろう？　しかしこの決定は最終的なものだった。国連はカナダに私の交代者を求めた。立てつづけに部隊司令官を指名するというまたとない機会を与えられて、カナダは快く私の後任にギイ・トゥシナン大将を任命した。

ヘンリーが帰ってから、私は悪い知らせを伝えた。彼はそれについてはストイックな態度で、まだ自分が必要とされているのならば、部隊の副司令官として誠実に任務をつづけると言った。しかし彼が残念に思い困惑したのは、すでにガーナ政府に、彼の任命とそれに必要となる昇進を支持するかどうか打診していたことである。

15 多すぎて、遅すぎる

翌日、私は最後の訪問のために副官、運転手、護衛とともに人道保護地域へ向かった。晴れて雲ひとつない美しい日だった。人道保護地域手前の最後のＲＰＦのバリケードでスピードを落とした時、ルワンダへと帰っていく人の列が、木々に囲まれた丘の向こうにつづく、泥まみれの脇道へと誘導されているのに気づいた。私は四輪駆動車を止めて降り、人びとの列がどこに向かっているのか訊ねた。もごもごと曖昧な返事が返ってきた。私はこの列についていくことにした。

私はまだ前輪でさえ道路からそらして泥道に乗り入れていなかったと思うが、ＲＰＦの兵士がＡＫ－47を文字どおり目の前に突きつけて制止した。兵士たちは私に銃口を向けて、その先には行ってはならないと叫んだ。私はジェスチャーを交えて、君たちのボスに会いに行くのだと叫び返した。こんな風にして私たちは下士官が現われるまでそこにいた。私はなぜこの丘の向こうがどうなっているのかを調べに行ってはいけないのかと尋ねた。彼は、彼の部隊が帰還者の身体検査をして、武器と元民兵、ＲＧＦ兵士を捜索しているのだと答え、私をとおすことを拒否した。ブルーベレーであろうとなかろうと、必要となれば武力を行使する権限が与えられている、と警告した。

私は引き下がった。私と話し合ったことを黙殺して、カガメが帰還者の身体検査を認めているという証拠を、この目で見たのだ。そして最悪の事態が起こっているとしか考えられなかった。私は部下を人道保護地域で危険にさらしているが、そのおかげで、カガメの部隊は帰還しようとしているルワンダ人を粛清することができるのだ。

私たちはリュック・ラシーヌとその地域のフランス軍指揮官と落ち合うために道を先に進んだ。彼らはギコンゴロ近くの道端で待っていた。彼らの見解では、ここでは安全はいまだに非常に微妙なものである。ガーナ兵は地元民の中に入って暮らしており、パトロールも一般には快く受け入れられている。しかし多くの人びとが、誰がフランス軍を引き継ぐのかを心配していた。ラシーヌは私を脇に連れ出し、たくさんの支援物資をこの地帯に早く送ったほうがいいと強調した。ゴマにいる人びとが好待遇をうけているという噂が流れているからだ。私は、トラックが手に入り次第、ヤーチェと人道支援グループチームの活動をここに集中させると約束した（私たちはいまだに輸送隊が飛行場に来るのを待っていた）。

私は護衛チームを連れて、ガーナ軍を訪問するために先に進んだ。大隊司令部は丘の上の廃校にあり、その周りに一個中隊が宿営していた。彼らはなんとかやっていたが、キガリからの補給ラインはきわめて不完全で、地元の市場で買い物をせざるをえなかった。装甲兵員輸送車の大半はきちんと整列しており、私が尋ねると、新たに訓練された運転手はこの曲がりくねった丘の小道を運転するのにあまり自信がないと答えた。さらに問うと、本当の理由が分かった。この丘を走るには、装甲ジープか一トンクラスのトラックが必要なのだ。

人道保護地域をとおっての帰り道、私はある村に車を停めてジャーナリストの一団を待った。彼らが私を見つけて、インタヴューをしたがったからである。車から二〇メーターほど離れてうろうろしていると、年長の村人たちが近づいてきた。私たちは話しはじめた。数分のうちに、一〇〇人を超える群衆になり、その多さにさらに多くの人が集まってきた。年長者たちはフランスの出発と、その結果としてのＲＰＦの到着に関心を寄せていた。議論のはじまりは友好的なもので、数人の人間が質問をして、他の人びとが熱心に聞いていた。私の周りの人の輪はますます広がり、次々と質問がとんだ。群衆の反応に大きな変化が起こりはじめた。一瞬笑い声が起こり、次の瞬間には険悪な空気になった。反ＵＮＡＭＩＲかつ反ＲＰＦの新たな質問者たちは叫びはじめた。私はピストルは抜かなかったが、手はかけていた。その時、車に乗っていた副官が群衆の中を私に向かって突進してきた。誰も道を譲らなかった。あまり心がこもっているとはいえない有難うとさようならを言うと、私は突然副官の方へ走った。一緒になって私たちは方向を変えて、無理矢理四輪駆動車へと帰った。車に乗るとすぐに、戦略的撤退をはじめた。報道の連中に会っても、私はまだ息を切らせていた。私は彼らについてくるよう合図を送り、群衆から十分に離れた安全な場所に着いたと判断してから車を停めて会見を開いた。その後数年間、私は人混みの中で押されることに耐えられなくなった。

八月六日、私はビジムング大統領に招待された。彼は新しい仕事をこなし、国家の長としての身なりも板についてきたように見えた。私たちは、どのように人道保護地域への政治的訪問者を案内するかということから首都への給水、飛行場の格納庫の修理から昔話までさまざまなことを話し合った。私の頭にあった第一の問題は、人道保護地域からの出口で遭遇した身体検査である。私はパストゥールに、人権活動関係者とニューヨークから、彼の政府に緊張を緩和し、透明性をもっと高めさせるようにかなりの圧力がかけられていることを話した。彼は自分たちの立場が悪くなっていること、またそのようなことがおこなわれているという理由で政府の公式

15 多すぎて、遅すぎる

の承認がかなり遅れるようなことになると、政府にとって危険でもあることを認めた。私ははっきりと言った。RPF支配地域では適正な手続き《デュー・プロセス》なしに処刑がおこなわれているので安全ではない、そのようにUNAMIRが宣言せざるをえなくなれば、人道保護地域にいる人びとはできるだけ早い手段で西へと向かうだろう。そしてUNAMIRは、人びとを危機から守るという指令《マンデート》にしたがって、武力でRPFをとめる以外に方法はないだろう。そうなれば安全保障理事会はフランスに留まるよう要請する可能性が非常に高いし、亡命している暫定政府とその部隊がある程度国際的な同情を集めることになるだろう。

彼は私がまもなくルワンダを去ることを知っており、残念だ、その前にもう一度会いたいものだと言った。彼も私もムリンディで夜遅くまで友のように語り合ったことを思い出していたが、周りに職員がいたので、最後の会見は形式的に終わった。

カナダ陸軍司令官ゴード・リーアイ中将が、八月六日から八日まで部隊を訪問するために、私の旧友で陸軍の広報担当将校であるラルフ・コールマン中佐を連れて、ルワンダを訪れた。私的な会話の中で、リーアイ将軍は、後任がギイ・トゥシナンになるだろうとはっきり言った。私はギイがバイリンガルの補給将校であると知っていた。彼の技能と経験はきっとルワンダとUNAMIR2に役立つだろう。しかしリーアイには、まだヘンリーを指揮官として推していると話した。リーアイは、私が帰国したらポストは陸軍の副司令官であり、第一カナダ師団の師団長になるだろうと教えてくれた。これは私が司令官の任務に就くことを意味しているのでうれしかった。しかしながら、前任の副司令官は六月後半に退役しており、それ以来ポストは空いていて、参謀長が兼任していた。リーアイは私ができるだけ早くカナダに戻って仕事に復帰することを望んでいた。それから彼は私がこれから取り組まなければならないたくさんの問題を詳しく説明した。それには、ソマリアの余波に対処する必要、厳しい予算と人員削減による陸軍の再編、ますます早まる作戦運用が含まれていた。話が終わった時には、話がはじまった時ほどうれしくはなかった、と認めねばならない。私は肉体的にも精神的にも疲弊しきっており、休息が必要だった。私が、新しい任務を引き受ける前に休暇が欲しいと言うと、彼はすぐに同意した。しかし、彼は「あまり長くはだめだ」と言わんばかりの視線を私に投げかけた。

トゥシナンは一週間の引き継ぎ期間のため、八月一二日にルワンダに到着する。私は八月一九日にUNAMIRの指揮権を彼に引き渡すことになる。

それまで、私は息つく間もなく仕事に没頭した。八月八日までには、兵員は六〇〇からおよそ一〇〇〇人にまで増えたが、それでもまだ大隊の半分と一つの戦闘中隊しかなく、残りは国連軍事監視員と幕僚と支援部隊であった。時々、私は八月二二日に迫っている最終期限を前に、その時になったら私の虚勢が明らかになってしまうかもしれないと冷や汗をかいた。安保理でのゲームは着々とつづいていた。その前の週に私たちは三ヶ月分の報告書を提出したが、マデリン・オルブライトは新しい指令《マンデート》に含まれる言葉使いに難色を示していた。ルワンダ地方の安定性と安全を「確保する」という言葉が含まれていたからだ。「彼女の見解では、任務は『安定性を促進する』と述べたほうがより実際的だろうということだ」と暗号ファックスに書いてあった。一体、「確保」することなしに「促進」するための武力の行使規模をどこまで拡大しようというのだろうか？　下級の士官はその結果として生まれる新しい交戦規則を、現場でどのように理解するのだろうか？　またしても、政治屋たちが十分理解していない曖昧な指令のおかげで、兵士たちを負傷させ、死に追いやり、罪のないさらに多くの人に犠牲を払わせることになってしまうだろう。私は自分がこの地を去ることについてひどく複雑な感情を抱いていたが、それは何よりもこのような暗号ファックスや、行政官連中とのイライラするような会議によるものであった。私は、これ以上の言い訳も、遅れも、予算の制約も一切受け容れることはできないと、あくまでも主張した。

私は、ラフォルカデに事情を説明し、権限委譲と彼の部隊の撤退にかんして見解が一致していることを確認するために、会いに行った。彼は、期限内にすべての兵員と装備を国外に退去させるようにという圧力を痛感していたが、いまだに政府がもう少し長く留まるように求めてくるだろうという噂もいくつか耳にしていた。私は、ここに留まることは問題外だと言った——そうすれば、ＲＰＦは人道保護地域を突破して彼の部隊と衝突することになるだろう。私は後任者をじきじきに紹介するために来週また来る旨を伝えて、穏やかな雰囲気で別れた。

ラフォルカデは、私がオーギュスタン・ビジムングに会いにいくための移動手段と護衛を提供してくれた。ビジムングから私に会いたいと申し出たのだ。ＲＧＦの前参謀長は、その時は、キヴ湖を見渡せる丘の上の居心地のよい小屋に住んでおり、すっかり寛いだ様子だった。彼は数人の上級ザイール人将校、数人のフランス人将校、そして驚いたことに、あの巨漢のＲＧＦ中佐に囲まれていた。四月一七日の午後にバゴソラのオフィスに入ってきたあの中佐である（ビジムングのＧ－２つまり情報将校であり、ジェノサイドに深く関与し

15 多すぎて、遅すぎる

ていたと言われる人物である)。

ビジムングは、家までの長い階段を登り切ったところで私を迎えた。彼と中佐は非の打ちどころのないRGFの制服に身を包みブーツまで磨き上げていた。席について話しはじめると、ビジムングはリラックスしているように、いや気力に溢れているようにさえ見えた。彼はすぐにRPFに対する厳しい批判をはじめ、RPFがジェノサイドをおこなったこと、RGF士官とその家族を標的にして処刑しようとしていると非難した。彼は、ルワンダ国内がどんな様子かとは尋ねなかったが、帰国してRPFを徹底的に叩きたいという想いは耳にたこができるほど繰り返した。彼が興奮状態になる前に——そしておそらくは彼らの将来の作戦計画のいくらかを漏らす前に——中佐が話に割り込んで、うまく会見を終わらせた。私たちは立ち上がって、別れを言った。皮肉のこもった笑顔で、ビジムングは私に、事態は自分にとって好都合だし、これ以上UNAMIRの誰にも会う必要はないと言った。彼も私も、握手しようとはしなかった。

エンテベに立ち寄ってムセヴェニ大統領を訪問した後(大統領は私を優しい眼ざしで見つめて言った。「いや、将軍、この一年でずいぶん老けたな」)、UNAMIRの司令本部に帰ると、国連事務総長が安全保障理事会議長に送った手紙のコピーがデスクの上にあった。私の目は重要な部分を追った。

「……彼の政府は[ダレールを]本国任務に当てることを決めた……[ギイ・トゥシナンは]一九九四年八月一五日より任務に就くことになる」そういうわけで、いまや正式の決定になった。

八月一三日、カーンはPKO局から電話を受け、新政府へ出向いてターコイズの出発を二週間遅らせると言うように頼まれた。私はそれに反対したが、ニューヨークは私の主張がはったりでしかないと考え、安全に任務を遂行するには私たちの部隊はあまりにも手薄なのではないかと非常に神経質になっていた。カガメは最初は原則的に同意したが、パストゥール・ビジムングは断固として譲らなかった——いかなる遅れも許されない、と。

ギイ・トゥシナンが予定どおり到着し、私たちは一緒にあちこちを周り、ミーティングを開き、決定会合をおこなった。ジャン・トゥシナンと一緒にもう一人カナダ人がやって来た。ジャン・アープ大佐で、私と同じ兵科の砲兵であり、初めての専任参謀長としてこの派遣団に大きな影響を与えた。離任する数日前のミーティングで、水不足の問題がふたたび議題に上った。私は行政スタッフに非常に悪意のある態度をとりかけたが、ギイがすぐに割って入り、自分が調べてみたいと言った。その時に私は、本当に仕事から降りたのだと自覚した。

私がギイを連れてラフォルカデに紹介に行くと、フランス軍司令官は、フランス語系アフリカの大隊を確実に支援するために、ゴマに小規模な補給部門を維持するという問題を切り出した。私は、国連はこの地域でのターコイズのいかなる残留も認めないだろうと、断言した。彼は私の強硬な姿勢に少し驚いていたが、ギイは私を支持してくれた。

八月一八日、カガメの新居での昼食に招かれた。彼は妻子とそこで暮らしていた。それまでに比べるといささか形式ばった昼食で、会話は軽い話題、メニューにはなんと肉まであった。要するに楽しい二時間だった。カガメは私に元気でと言い、大変心のこもった感謝の言葉を述べた。いつかルワンダに戻ってきてほしいとも言った。

私は、二〇〇四年春にタンザニアのアルーシャで開かれる、ルワンダにおけるジェノサイドを裁く国際刑事裁判所での、UNAMIR部隊司令官として検察側の証言を終えたらすぐにでもルワンダに戻りたいと思っている。法廷の場所は、アルーシャ和平協定が調印された場所――実際まさにその建物だ――であり、今は合意を反故にした過激派に正義をもたらすために、裁判が開かれる場所になっている。

ずっと一緒に地獄を果敢に旅してきた人びとに、どのようにさよならを言えばいいのだろう？　八月一八日の夜、古株連中、ヘンリー、ティコカ、勇敢な文民秘書スザンヌ、ヤーチェ、カーン、ゴロ、他のスタッフが勢揃いしてお別れパーティを、シェ・ランドの壊れたレストランで開いてくれた。エレネ・ランドと子供たちが殺されて以来ここは閉鎖されていたので、それを奇麗にするためにどんなに苦労したか、それについては考えないようにした。屋根の大きな穴には何枚もの難民用の青いシートが張られていた。そして、カナダ軍の補給基地の部隊指揮官が見つけた町で開いたばかりの仕出し屋が、何ヶ月もの間キガリで誰も見たことのないような食事を用意した。生き残ったランドの親類が何人か帰ってきており、パーティは彼らがもう一度ビジネスを再開するのを目的とするものでもあった。

その夜、私たちはしこたま飲んだ。歌を唄い、しばらくの間ストンピン・トム・コナーズのテープを持ち出したりもした。何人かは嗚咽をもらした。それは滅多にないようなお祝いであり、深い傷と怒りから馬鹿笑いと愛情まで、さまざまな感情を解き放った。これは大袈裟な言い方ではない。

翌朝、私はスタッフたちに正式にさよならを言った。その後、小雨が降る中を、司令本部正面玄関前で、司令官の交代式をした。ヘンリーが、それがふさわしいと主張したのだ。誇り高きガーナ分遣隊が私を待っており、それに多くの幕僚が加わった。ギイ、カーン、私が将兵を観閲し、全員にUN

15 多すぎて、遅すぎる

AMIRのバッチをつける間、私の大好きなガーナ大隊の軍楽隊が演奏してくれた。私は何を話したかは思い出せないが、雨が降っていたので早く切り上げられてありがたかったことを覚えている。ガーナ軍の伝統にしたがって、私はギイに指揮官用の白い官杖を渡した。

そして私は壇を降り、屋根のない四輪駆動車に乗った。車の前には二本の長いロープが伸ばされ、それにそって士官全員が位置についた。彼らは私を司令部の敷地から「蛍の光」が流れる中引っ張り出した。私はロープを引っ張っていたティコを呼び、こっちに来て一緒に車に乗るように言った。なぜなら、最後に車を降りるために彼の助けが必要だったからだ。彼は私と一緒に車に乗り込み、倒れそうになる私を弟のように支えてくれた。私たちは笑い、ロープを握っている部下たちに叫び、私を見送りに集まってきた群衆に手を振った。車が止まると、ティコは私を四駆から降ろして、空港に向かう便に乗せてくれた。そして嵐のように周囲にいるすべての人と熱い抱擁をかわして、私は出発した。

フィルは、国連スタッフが私のチケットに関してしでかしたひどい混乱を解消するために、ナイロビに先に飛んでいた。母国に帰る前に、家族としばらく休暇をすごすために、アムステルダムに旅行することになっていた。私の父とベスの父が戦った古い戦場を歩いてすごそうとしたのだ。

翌朝、フィルは私を空港に連れて行った。フィルに多くを語る必要はなかった。彼は、任務の完了前に私が自分の部隊を放棄することにどれだけ罪悪感を感じているか、多くの人びとを救うことができなかったこと、そのためにルワンダ人がいまだに死の瀬戸際にいることに、どれだけ罪悪感を感じているか、それを理解していた。だが、彼は私にそれを口にさせようとはしなかった。あなたは自分自身が犠牲者の一人になったという事実を受け入れなければならない、彼はそう言ってくれた。他の犠牲者と同じように、あなたもここを脱出する必要があるのだ。そうしても罪悪ではない。

一九九四年八月二〇日、私はアフリカを離れた。初めてルワンダに来た日からほぼ一年になる。その時の私は、かつてこの世のささやかな楽園であった国に、永続的な平和をもたらすという任務への期待に胸をふくらませていたのだ。

結論

本書「序章」で私は、ルワンダ人の死体が溢れた小屋が連なる道で、三歳の孤児と出会った話をした。私はまだ、もしも生きていればもうティーンエイジャーになっている、あの少年のことを考えている。彼は、そしてジェノサイドによって生まれた他の何万もの孤児たちはあれからどうなったのだろう？　生き残っただろうか？　家族の誰かと再会しただろうか？　それとも、ルワンダのあの子供たちが詰め込まれた孤児院で育てられたのだろうか？　誰かが彼を世話してやり、心から愛してくれただろうか？　それとも、自分の幼年時代を彩る憎悪や怒りの中で育てられたのだろうか？　彼は自分の中で、ジェノシデール［ジェノサイドの実行者］を許せただろうか？　それとも、民族憎悪のプロパガンダと報復の欲望の虜となって、暴力の連鎖を永続させることに加担しただろうか？　彼はすでに、地域戦争で活躍する一人前の子供兵士になってしまっただろうか？

ルワンダのジェノサイドの帰結について考える時、私は何よりもまず、何百もの蒸し暑い教会や礼拝堂、修道院の中で、マチェーテによって傷つけられてひどい苦痛とともに死んでいった人びとのことを考える。彼らは、神の加護を求めてそうした場所を訪れたにもかかわらず、神の加護どころか、魔王の兵器の手にかかってしまったのだ。私は殺された三〇万人以上もの子供たちのことを、そして幼少期に歪んだ文化的理念を植えつけられて殺人者となった子供たちのことを考える。そして、生き残ったものの、ジェノサイドやいまだにつづいている地域紛争によって孤児になった子供たちのことを考える——ルワンダのキリング・フィールドで私たちは彼らの両親を見捨てたが、それと同様に、一九九四年以来、私たちは事実上、そうした子供たちを見捨てているのである。

ルワンダのジェノサイドに思いを馳せる時、これらの子供たちが受け継いだのが生き地獄であったことを認めなければならない。ジェノサイド後の仕事をつうじて、私は、ジェノサイドや内戦に巻き込まれた子供たちが生きていかなければならない環境を深く知ることになった。二〇〇一年一一月に、カナダ国際開発庁（ＣＩＤＡ）の担当大臣の、戦争によって影響を受けた子供たちに関する特別顧問という職務の一環として、シエラレオネへ現地訪問した。この現地訪問は、少年兵や森の妻たち――家族のもとから誘拐された後、かつて強大な力を有していた反政府武装集団である革命統一戦線（ＲＵＦ）の一員として数年間戦ってきた子供たち――の動員解除や社会復帰に関する一次情報を得るためのものであった。私はシエラレオネ最東部に位置するカイラフンやダルの町の近くにある、反政府武装集団の支配地域の中心部深くに入った。退役少佐であるフィル・ランカスターも所属していた小規模なチームが、地方の動員解除センターへ行った時のことを思い出す。皆一三歳ぐらいの年齢の少年たちと一緒に座って、すぐに戦術や森の中の生活、内戦の残酷さについて語り合った。彼らは更生のための再訓練をほんの数日しか受けていなかったが、平和を維持することができる国で、輝かしい未来を手にすることを強く望んでいた――今やようやくそのような未来を思い描くことができるようになったのだ。しかし、彼らと話すと、キャンプでの生活がうまくいかなかった場合には、森の中の自由で暴力に満ちたテロリズムの生活に帰ってゆくことは明らかだった。森では、自分が欲しいものを力によって奪いつづけることになるだろう。更生や社会復帰の期間はせいぜい三ヶ月間の予定だった。そして、その後はどうなるのか彼らは知りたがっていた。誰が彼らを受け入れるだろうか。誰かが受け入れるとしても、家族やコミュニティではないことは確かだし、また荒廃した国でもないことも確かだ。この国では、教師や教育を受けた者や指導者になる資質のある者が暗殺の格好の標的にされたのである。九歳、いやもっと幼くして誘拐された大勢の少年たちはＲＵＦの小隊指揮官となったが、経験という点でいえば、一三歳から二五歳に達していた。もしも武器を捨てるということが、地方に点在する強制移住者と難民のキャンプで暮らす何千人もの人びとの一人になる以外には未来がないということを意味するのであれば、彼らは武器を捨てることに同意しないだろう。彼らの中には、キャンプの内部で幼い子供たちのためのキャンプを運営している者もいた。もしも戦闘の試練に耐えたこのリーダーたちが高等教育や社会開発プログラムの特別な対象とならないとしたら、彼らはきっと少年たちをキャンプから森に帰してしまうだろう。単純で、善意でおこなわれる古き良き時代の学校教育は、子供たちのニーズを満たすには十分なものになりそうになかった。

少女たちはより厳しい状況にあり、恥ずかしがってなかなか助けを求めに来ようとはしなかった。彼女たちの多くは、レイプや幼い妊娠、助産婦のいない出産によって深刻な医療問題を抱えていた。健康状態は非常に悪かった。少女たちは多くの割合で、反政府軍の成人男性によってエイズに感染させられていた。また感情的な傷を負い、「普通の」生活の経験が乏しかったために、適切に子供たちの世話をすることが難しかった。彼らは、自分たちがそんなものを受けた覚えがないのに、赤ん坊にとって必要な愛情をどこで見つけて、赤ん坊に与えることができるのだろうか。しばらくすると、少年たちは大概の場合コミュニティに戻ることが認められたのだが、少女たちはしばしば避けられ、見捨てられた。ここの男性優位文化では、兵士が彼女たちに押し付けた役割によって、少女たちは永遠に穢れたものだと考えられるからである。もしも彼女たちが家に帰ろうとしたなら、子供とともにコミュニティで除け者になってしまう。もしも強制移住者と難民のキャンプに行けば、ふたたび成人男性の犠牲となってしまう。彼女たちの中には、反政府武装集団の一員として戦ったり、重要な役職に就いたりした者も存在した。もし適切な支援があれば、彼女たちはリーダーになるチャンスがあった——男女平等運動の第一線で変革の先駆者となっただろう。動員解除と社会復帰キャンプは彼らや彼女たちの最善のチャンスであったが、実際にはほとんどチャンスはなかった。とりわけ援助コミュニティの支援が遅れ、手助けしなかった場合には。

これが、あのルワンダの道で出会った少年を待ち構えていたであろう運命であり、ルワンダでのジェノサイドで殺された子供たちが幸運なことにも避けることができた運命であった。これらの無秩序に、暴力的に、使い捨てにされる若い命——そして母国で、そして必然的に世界のそれ以外の場所で若い命が浪費されるという結果——は、ルワンダでこのような事態が将来起こることがないようにするために精力的な活動をおこなう、最大の理由である。

あまりにも多くの関係者が、私たちが一緒になってルワンダでおかした失敗のスケープゴートとして、犯人以外の原因をあげつらうことにやっきになっていた。ルワンダの事例は、国連が不適切で、堕落し、退廃的な組織であり、紛争解決をおこなう有効性も能力ももはや失っていることを証明した、と言う人もいる。別の人びとは、安全保障理事会の五つの常任理事国を非難した。特に合衆国とフランスについては、国益以上のことを見据えることができず、ジェノサイドを止めるための国際的な介入を主導したり、支援したりすることができなかったと非難した。さらに別の者は、ルワンダでの出来事を報道しなかったメディアや、迅速かつ効果的な対応をとれなかったNGO、もっと断固とした決意を示すことができなかった平和維持部隊、そして任務に失敗した当の私を非難した。この本の執筆にとりかかった時、私は自分の個人的失敗を分析したいと思った。しかしそうすることは、問題の核心を見逃すことになると確信するに至った。

一九九四年の九月にカナダへ帰国してからというもの、私自身に対する非難、告発、政治的動機に基づく「調査」、軍法会議、後知恵での批判、事実の歪曲や真っ赤な嘘をこの目で見てきたし、それに苦しんできた——そのいずれも、死者を生き返らせたり、平和な未来へと向かう道を指し示したりすることはないだろう。その代わりに、非難合戦ではなく——そんなものはありふれている——、そのような事件が二度と起こることがないようにするための具体的な一歩を踏み出すという観点から、どのようにしてジェノサイドが起こったのかを研究する必要がある。ふさわしいやり方で死者を追悼し、生きている人びとの可能性を尊重するために必要なのは、非難ではなく説明である。私たちはこの地球上から、ジェノシデールたちがジェノサイドをおこなっても処罰されないということがないようにしなければならないし、また、全人類のための正義の原理を改めて強く訴えなければならない。その結果、誰しもが、ほんの一瞬でも、ある人間たちは別の者たちよりも人間らしいとしてランク付けするという倫理的かつ道徳的な過ちを犯さないようになるだろう。一九九四年に国際社会は無関心によってそうした過ちを是認したのだ。

ルワンダに広まったとてつもなく有害な民族的過激主義は、きわめて根強くておぞましい敵であったことは疑いない。それは植民地に対する差別や迫害、個人間の確執、難民生活、嫉妬、人種差別、力の政策、クーデタ、内戦による深い対立から形成されている。ルワンダにおける内戦の両陣営は、共に過激主義を助長した。フツ族民族集団の狂信的極右は、MRND党や、その悪辣な分派であるCDR党に結集し、ジュヴナル・ハビャリマナ大統領と夫人の側近グループが彼らを助長した。ツチ族にもまた、一九五九年の革命で苦い経験をした多くの難民たちの一部に強硬派が存在した。そして貧困とウガンダの御都合主義の環境で育った少年少女は、自分たちの故郷を国境越しにじっと見つめていたのであり、武力を使って奪うまでは、その故郷に帰ることはできなかったのである。そうした人びとの中には、ハビャリマナ政権によって迫害されて復讐心に燃えるフツ族もいた。

これら過激派が一体となって、一つの民族集団全体の殺戮——ルワンダで生きる権利をもつツチ族を一人残らず絶滅させるという、ルワンダ人がルワンダ人に対しておこなう試み――を思いつくような雰囲気を作りだした。暴力的な過激主義は数十年間に及ぶ武力による平和の中で育まれたのだが、これはフツ・パワー〔フツ至上主義〕が「最終的解決」を実行に移す前に、抑え込むか根絶することもできたものだ。無関心や内輪もめ、混乱や対処の遅れによって、私たちはジェノシデールを揺さぶって、ジェノサイドを阻止する機会を何度も逃してしまった。私たちの成功を保証することになりえたであろう要素を、容易に挙げることができる。まず、アルーシャ和平合意が調印されたらすぐに、ルワンダに派遣される憲兵隊や文民警察の存在を効果的なものにするために、最初に政治的・文化的な実際的知識を取得すること。UNAMIRが暗中模索しないように、それまでの交戦当事者の意図や野心や目的についての、信頼性ある情報を提供すること。強硬派の裏をかいたり、RPFがタイミングよく譲歩するように仕向けたりするための、政治的・外交的な強制力を派遣団に与えること。派遣団に対して適切な行政的支援並びに補給支援をおこなうこと。もっと多くのよく訓練され、十分な装備を整えた大隊を派遣すること。指令《マンデート》をもっと柔軟かつ強制的に適用すること。そしてこういった要素すべてを成し遂げるために、ほんの一億米ドルほど予算を増額することである。

私たちは内戦の再開やジェノサイドを防ぐことができただろうか？　端的に言えば、イエスだ。もしUNAMIRが、第一週目に要求した程度の控え目な部隊と能力の増強を受けていたならば、虐殺を止めることができただろうか？　間違いなく止めることができただろう。それにより国連軍の犠牲者を出すリスクを負うことになっただろうか？　そのとおりだろう。しかし、兵士たちや平和維持活動貢献国は、人命や人権を守るための対価を払う覚悟をすべきである。もしUNAMIR2が予定どおりに、また要求どおりに展開されていたら、長期化した虐殺期間を短縮しただろうか？　そのとおりだ、もっと早く虐殺を止めていただろう。

このようなやり方で、UNAMIRの能力の増強を選択していれば、かなり短期間のうちに、前交戦当事者から主導権を奪いとることができただろうし、状況を悪化させるであろう「第三の勢力」を摘発したり弱体化させるのに十分な時間をえて、攻撃を阻止することもできただろう。このパズルに欠けているピースは、アルーシャ合意を機能させ、この破滅に向かいつつある国を最終的にはデモクラシーと恒久的平和に向かって歩ませるという、フランスとアメリカの政治的意思であったと私は確信している。この二ヶ国がルワンダの危機の解決の鍵を握っていたことは疑いようがない。

疑いようのないことだが、ルワンダ人のジェノサイドの究極的な責任は、それを計画し、命令し、監督し、最終的に実行したルワンダ人にある。彼らの過激主義は、旧宗主国によって巧妙に煽動されて生じた、何年にもわたる権力闘争と不安定の結果であり、それは消えそうもない、不愉快な結果である。しかしまた、ルワンダ人たちの死の責任は、軍事の天才ポール・カガメにも帰することもできる。彼は、ジェノサイドの規模が明らかになっても作戦のスピードを上げなかった。また、彼の同胞であるツチ族は大義のための代償を支払わなくてはならないと、何度か私にあからさまに話したことさえある。責任があるということでいえば、その次にくるのはフランスである。フランスは介入するのがあまりにも遅すぎたし、結果的にジェノシデールたちを保護することで、この地域を永久に不安定化させたのである。そして合衆国政府はＵＮＡＭＩＲを役立つものにすることに積極的に反対の立場で動き、フツの難民住民とジェノシデールを同じように援助することに関与し、もがき苦しんでいるジェノサイドの生存者を放置した。国連とベルギーも失敗はしているが、これらと同等の責任があるわけではない。

　私自身の過誤は次のとおりである。すなわち、ＵＮＡＭＩＲの軍事部門における指揮官という責任を負った人間として、この小さくて貧しい、人口過剰気味な国とその国民にはジェノサイドの恐怖から救い出す価値がある、そのことを国際社会に納得させることができなかったことである――たとえ成功するために必要な方策があまりなかったとしても。こうした私の無能さは、私の経験不足とどの程度関係しているのだろうか？　どうして私などがＵＮＡＭＩＲの司令官に選ばれたのだろうか？　私の経験は、カナダの平和維持部隊を訓練して古典的な冷戦形式の紛争に出動させるというものでしかなかった。実際に平和維持部隊の一員として、紛争の現場に出動した経験は一度もなかった。私には政治に関する専門的知識などなかったし、アフリカ問題に関する予備知識や訓練の経験もなく、理性よりも憎悪が強い民族紛争の只中で作戦を展開したこともなかった。私には、前交戦当事者の二枚舌を判断する手立てがなかった。古典的な平和維持活動に関する、ましてやポスト・モダン版の平和維持活動（私は紛争解決と呼びたい）に関する上級士官の専門教育は、多くの場合、士官たちを現場に放り込み、自分たちで問題に対処できるかどうか見極めることに終わっている。国連に軍事的貢献をする国の数は、伝統的に貢献してきた国々（カナダは主要な貢献国であった）の数を越えて増加しているものの、この役割を果たすための本格的な教育と訓練という必要不可欠な条件はいまだにまったく整っていない。紛争は益々醜悪で複雑なものになり、また指令《マンデート》は曖昧で限定的なので、私のように技術的にも経験的にも明らかに限界がある指揮官が増えることになる。国連主導の任務の必要はこれからもつづくだろうし、そうした任務がますます複雑になるとともに、より大きな国際的な影響力をもつことになるだろう。地球規模のコミュニティとして、こうした部隊司令官の仕事を満足にこなせるだけの、複数の専門分野をもち、多様なスキルをもった、人道主義者の上級指揮官を、国の枠組を越えて集めておくことがきわめて重要である。

それでも本当のところ、このルワンダ人の物語は、危機にさらされた人びとの助けを求める声に耳を傾けることができなかった、人類の失敗の物語である。

国連とは国際社会を象徴する存在にすぎない。国際社会は、それぞれの国益を越えてルワンダの利益のために行動することができなかった。何らかの対応をすべきだということについてはほとんどの国家は同意していたが、どの国も、この問題に対応すべき国家は自国ではないという言い訳を用意していた。その結果、悲劇を防ぐための政治的意思と物質的手段が国連に与えられることはなかったのである。

多くの政府やNGOと同様に、国連は激動の一九九〇年代をよろよろと切り抜けた。九〇年代は、冷戦時代の了解を公然と無視した武力紛争の急増で台無しになった一〇年間であった。私の母国カナダは、利他的衝動に動かされ、旧ユーゴスラビアやソマリア、カンボジアやモザンビークといった場所での作戦に参加した。冷戦の間、一般的に平和維持活動とは、和平合意の履行を監視したり、紛争再開に発展しかねない個々の偶発事を防止したりすることであった。九〇年代に平和維持活動の主眼は変わった。任務の目的は、人道的支援が行き届くシステムであれ、また戦闘勢力に力ずくで認めさせる合意であれ、一定の秩序をもたらすことになった。UNAMIRは、古典的な冷戦方式の平和維持活動任務として出発したが、気がつくと内戦とジェノサイドの真只中にいた。このような状況ではいずれも、人道上の破局は安全保障上の問題の引き金となるか、あるいはその帰結となった。強制移住者と難民が、これまでにまず見たこともないほど大量に移動し、過激派や地方の軍事指導者や武装強奪団の餌食となった。大抵の場合、平和維持活動任務はその場しのぎの対応をせざるをえなくなり、紛争と人道的危機の双方を解決するための支援活動は後手に回ってしまった。

どこに介入すべきかについて、どのように選択するのだろうか？　カナダや他の平和維持活動参加国は、国際世論の支持が得られそうな場合にかぎって、活動するようになっていた——道徳的相対主義に繋がる危険な道である。これは国が善悪の区別がつかなくなるという危険を冒すことであり、国際舞台で活動する多くのプレーヤーが時代遅れと見なしている概念である。ある政府は武力の行使自体を最大の悪と見なしている。またある政府は人権の追求を「善」と見なし、人権侵害が生じた場合には武力行使を選択するだろう。九〇年代が幕を下ろし、新しい千年紀がはじまっても、これらの厄介な局地的戦争が終わる兆しはなかった。その結果、あたかも、私たちが困難な紛争に直面する度に、紛争に関わるうえで、その紛争を「案じる」ことができるのかどうか、被害者と「一体感」を持てるかどうか、という基準に合致しなければならないかのようになったのである。どの派遣も、兵士の生命や国家の資源を危険にさらすだけの「価値」があるのかどうかという観点から判断された。これに対し、マイケル・イグナティエフは次のように警告した。「人権のためのリスクなき戦争というものは道徳的矛盾である。人権という観念は、すべての人間の生命が平等な価値をもつということを前提としている。リスクを免れた戦争では、私たちが介入して救い出そうとしている人びとの生命よりも、私たちの生命のほうが重要だと考えられているのである」(『ヴァーチャル・ウォー』風行社、二〇〇三年)ルワンダでの司令官としての経験からいえば、まさにそのとおりだ。

私たちは、地球上のどの地域に関心を持つべきかについては、国益という判断基準に頼っていた。二一世紀には、残忍で自分のことしか考えない独裁者に支配され、戦士になる可能性がある若者に武器を与えて洗脳し、破壊行為やテロ活動をさせるために世界中に送り出す破綻国家は、一つとして容認することはできない。私たちが人権や人間の安全保障、悲惨な貧困から目をそらせていると、どんなことが待ち受けているのか、ルワンダはそれを警告するものであった。私がルワンダの道路脇で出会ったような何千万人もの三歳児たちには、誰かの奴隷でも下僕でも所有物でも使い捨ての駒でもなく、人間としての人生を生きる価値があるし、まさしくそのチャンスが与えられなければならない。

国際的な人間関係の中で、私たちがより高邁な道を選択しようとしていることを示す何らかの兆しがあるだろうか。それほど多くはない。ルワンダのジェノサイド以後に中央アフリカの大湖地域全体を巻き込んだ紛争を見てみよ。一九九四年九月、私が任務を終えてニューヨークに帰還報告すべく戻った時のことである。その時私は「家に帰ろう」作戦と名づけ、国連事務局や部隊貢献をしている国々やメディアに個人的見解として紹介した計画を認めてくれるよう、最後の説得を試みようとしていた。UNAMIR2は、人道保護地域に避難していた一七〇万人の国内強制移住者を自分たちの家に帰らせることを計画しただけではなく、ルワンダ国境から数キロメーターの範囲内のキャンプに避難していた二〇〇万人以上の難民の迅速な帰還を支援する計画を立てていた。UNAMIR2が難民の帰還の安全と調整を保障する一方で、NGO、国連機関、ＲＰＦは、資源と土地や住居の公正な再配分の問題を解決するよう求められるだろう。シャハリヤル・カーンの全面的な支援もあって、私はこれを実施する必要性を人びとに説くためにあちこちに働きかけた。というのも、難民をいつまでも難民キャンプに住み着かせておくわけにもいかないし、そんなことをすれば惨事がいつ発生するかも知れなかったからである。私たちには、強制移住をさせられたルワンダ人とジェノシデールを引き離す必要があった――犯人を逮捕して法の裁きを受けさせる必要があった――し、またルワンダ人をルワンダに帰国させる必要があったのである。

私は、この作戦に着手するか、そうしないのであれば結果について責任をとる必要があると主張した。隣接諸国に避難した二〇〇万人のルワンダ人難民は、ジェノシデールの言いなりになって難民キャンプの恐ろしい環境下でいまだに苦しんでおり、国際的な良心の残り物で食いつなぎ、声を上げることもできずほとんど希望もない。彼らは、中央アフリカの大湖地域全体の火種となって、ルワンダのジェノサイドよりもさらに規模の大きな惨事を引き起こしかねなかった。

部隊貢献をおこなっている諸国との会議で、私が話し終わるとすぐにフランス国連大使は立ち上がり、私の計画はうまくいきそうにないと発言した。彼は私の反論を聞く前に席を立った。彼の態度は他国に波及した。私の計画には明らかにリスクがあるという説明を聞いた結果、他の国々はまったく逃げ腰になったのである。しかし最終的に、行動を起こそうという主張を圧殺したのは、合衆国の無関心であった。合衆国の良心は明らかにゴマに対する過剰な援助活動で満足していたのである。一九九四年から一九九六年にかけて、難民キャンプにいたジェノシデールたちは、ルワンダ、ウガンダ、ブルンジに対する襲撃を開始した。一九九六年にルワンダのＲＰＦ政権は報復としてザイールに侵攻し、多くの難民を強制的に帰国させた。その他の何十万もの人びとがキヴ地域の道やジャングルで死に、ふたたびＲＰＦから逃げ出した。

その結果、地域紛争はつづいた。一九九四年のルワンダからの国外脱出から、二〇〇三年に再燃したジェノサイドまでの間に、コンゴ〔旧ザイール〕と大湖地域での死者は四〇〇万人と見積もられているが、それにもかかわらずつい最近まで、世界は人員不足で資源も乏しい平和維持活動部隊を送る以外には、何の援助もしてこなかったのである。一九九四年にルワンダで殺害された人間の五倍もの人びとが殺され、ふたたび世界中のテレビ・カメラがその出来事を捉えてからようやく、世界の国々はあわてて、殺戮を止めるためにそれほど熱意のない、臨時の派遣団を送ることになった。ルワンダから帰還した軍人や生存者は、最近コンゴで起こっている出来事を見ると、一九九四年に経験したあの恐怖と同じことの繰り返しに思えてしまう——それももっと悪質となって。無念なことに、ルワンダでの惨劇から一〇年、私たちはふたたび大規模な人間性の破壊の目撃者となったということは明らかである。それはポンティウス・ピラトゥスと同じような道徳的責任回避の態度を先進世界に引き起こしたのである。今回の唯一の違いは、世界各国のメディアが一九九四年よりもずっと積極的であり（もっとも、その理由はルワンダのジェノサイドの記憶が今も残っているからか、あるいは二四時間放送のニュースが急増してその需要に応える必要からだが）、世論を動かせるようになっていたことである。しかしながらこの派遣団は、その構想からして、ＵＮＡＭＩＲがかつてルワンダで直面したのと同じ、財政、補給、政治的欠陥に苦しんでいた。そしてルワンダの時と同様にフランスはふたたび表向きは平和維持を目的として部隊を派遣しているが、国連の指揮系統に属さないと主張している。彼らは、あまりにも制限が多く、しかもそのためだけに作られたＰＫＯ局の軍事的指揮系統によって、現地における自分たちの主導権や行動を制限されたくないのである。確かに、それはそれで賢い選択だと思う。しかし、負の側面もある。つまり、中央アフリカへのフランスの新たな介入は、第一世界の国々がますます国連を回避して、単独であるいは自国の意思を他国に押し付けられるように、小規模の連合を組んで行動する傾向を強める一例となる——このような傾向は、国際的な平和や安全を脅かす紛争を解決する国連の能力を改善したり強化したりするものでは決してない。紛争解決を担う国連の権威は強化されるどころか、逆に損なわれているのである。

西側先進諸国がこういった単独行動を好む理由は何なのだろうか。二〇世紀最後の一〇年間は、国益や主権や覇権国を目指すといったことが、世界の紛争地域に対してどれくらい真剣に支援し、資源を割くかを決める第一の評価基準になった。もしも問題となっている国に世界政治上の戦略的価値がある場合には、隠密作戦から圧倒的軍事力のあからさまな行使まで、あらゆる介入が俎上に上るだろう。しかし、そうでない場合には、無関心でいることがふさわしい。

これら世界の強国が、魔法にかかったように人間性の新しい時代（この言葉は、コフィ・アナン国連事務総長が二〇〇〇年九月のミレニアム国連総会での事務総長演説で名づけたものである）に飛び込んでいくと想像することは、事実に目をそむけることである。二〇世紀——大量虐殺の世紀——から人間性の世紀へと至るには、世界中のひたむきな意志とそれを達成する手段が必要になるだろう。

人道援助や、圧政から自由になる個人の自由の擁護といった、感情移入しやすいフレーズがしばしば使われるが、一時的な介入や救援努力といったものは、ＣＮＮが国際社会の移り気な関心を捉えておこうとゴールデンタイムにそれまでとは別の災厄を放映すれば、すぐに干上がってしまうことが多い。国連の有効性を批判することはできるが、この許し難い無関心や介入対象の選り好みという問題を唯一解決できるのは、新たな活力を与えられ、改革された国際機構しかないのである。その国際機構は、世界の平和と安全を維持する責任を負い、国際社会に支えられ、国連憲章の基本原則や世界人権宣言にのっとった国連のことである。紛争解決に関わろうとするならば、国連は生まれ変わらなければならない。この改革は、国連事務局、行政機構や官僚だけにかぎらず、加盟各国をも巻き込んだものでなければならない。加盟国は各々の役割を再考し、目的の更新に責任を負う必要がある。さもなければ、国連が無効なものになってしまうとともに、本当の意味で人間性の時代になるという希望は潰えてしまうだろう。

カナダ軍平和支援訓練センターでは、教官がカナダ軍兵士に世界の状況を説明するためにあるスライドを使う。地球全体の人口を一〇〇人とすると、五七人がアジアに、二一人がヨーロッパに、一四人が南北アメリカに、八人がアフリカに住んでいることになる。アジアとアフリカの人口は毎年増加しているが、ヨーロッパと北アメリカの人口は減少している。世界の富の五〇％は六人に握られ、その全員がアメリカ人である。七〇人は読み書きができない。五〇人は栄養不足のために栄養失調になっている。三五人は安全な飲み水を手に入れることができない。八〇人はきちんとした家に住んでいない。大学教育を受けるのはたった一人である。地球に住む人びとのほとんどは、第一世界に住む私たちが当然のことであると思っているような環境とは大いに異なる環境で暮らしているのである。

しかし、未来への希望が見出せない環境で生きていくことに第三世界の若者はこれ以上我慢できないだろう、という事実を示す多くの兆候が見られる。私がシエラレオネの復員キャンプで出会った少年たちから、パレスチナやチェチェンの自爆テロリスト、そして世界貿易センタービルとペンタゴンに飛行機で突っ込んだ若きテロリストにいたるまで、これ以上彼らを無視するわけにはいかないのだ。私たちは、彼らの怒りの原因となっているものを取り除くための具体的な方策をとらなければならない。そうしないならば、重大な結果に見舞われることを覚悟しなければならない。

地球村の状態は急速に悪化しており、その結果、世界中の子供たちが怒りを覚えている。その怒りは、私がルワンダのインテラハムウェの十代の少年兵の目の中に見たものであり、シエラレオネの子供たちの心中にあるのに気づいたものであり、ルワンダの普通の市民の群衆の中にあるのを感じたものである。そしてそれは、九・一一を引き起こした怒りである。権利も、安全も、未来も、希望も生き延びる術もない人間たちは自暴自棄な集団となって、自分たちが必要とし、自分たちはそれに価すると信じているものを手にするために、自暴自棄な事件を起こすだろう。

もし九・一一が私たちに「テロとの戦い」をおこない、それに勝利しなければならないということを教えたとしても、それはまた、若きテロリストたちの怒りの原因（たとえそれが見当違いのものであったとしても）をすぐにでも解決することに取り組まなければ、この戦いに勝つことはできないということも教えたはずである。私たちがいくらアルカイダの爆破犯を殺しても、世界中から彼の代わりをするたくさんの志願者が集まってくるだろう。次の一〇年間で、テロリストは大量破壊兵器を手に入れるだろう。才能のある若い化学者あるいは密輸業者が核兵器や生物あるいは化学兵器を手に入れ、そのきわめて個人的な怒りを私たちにぶつけるために、使用することはもはや時間の問題である。

こうした怒りはどこから来るのだろうか？　本書ではその原因のいくつかを説明してきた。強い部族意識、人権の欠如、経済の崩壊、粗暴で堕落した軍事独裁政権、エイズの蔓延、国家財政の赤字の結果、環境悪化、人口過剰、貧困、飢餓。このリストはまだまだつづく。これらの要因とさらに他の理由からただちに、人びとが未来への希望を失い、貧困と絶望の中で、生き延びるために暴力に訴えざるをえなくなってしまうという事態が起こりうるのである。未来への希望がないということ、それこそが怒りの原因なのだ。もし私たちが、こういった世界中の数え切れないぐらい多くの人びとに希望を与えることができないとすれば、未来はルワンダやシエラレオネやコンゴや九・一一の繰り返しでしかなくなるだろう。

本書で私は何度も問いかけてきた。「私たちは同じ人間なのだろうか？　あるいは人間としての価値には違いがあるのだろうか？」と。間違いなく、先進国で暮らす私たちは、自分たちの命の方が地球上の他の人びとの命よりも価値があると信じているかのような行動をとる。あるアメリカ人士官は、八〇万人のルワンダ人の命はアメリカ人兵士一〇人の命を危険にさらすにしか価しない、そう言って恥じるところはなかった。またベルギー人は、兵士が一〇人戦死した後で、ルワンダ人の命のためにベルギー人兵士の命をこれ以上一人たりとも危険にさらすことなどできないと主張した。私がたどりつくことのできた唯一の結論は、私たちの中に人間性を注ぎ込むことが是非とも必要だということである。もし私たちがすべての人間が同じ人間であると信じているのであれば、私たちはどのようにしてそれを証明しようとするのか？　行動によってしか証明しようがないのだ。第三世界の生活状況を改善するために使う資金を用意し、エイズのような恐ろしい問題を解決するために時間と労力を費やし、兵士の命を人間性のために犠牲にする覚悟をすることによってである。

　軍人として、私たちは自国の主権を守るために山中を移動するのはいつものことであるし、生命をリスクにさらしている。将来私たちは、国益を越えて、人類のためにリソースを投入し、血を流す覚悟をしておかなければならない。私たちは啓蒙の、理性の、革命の、産業化の、グローバル化の世紀を生きてきた。どんなに理想主義的に聞こえようとも、この二一世紀は人間性の世紀にしなければならない。人間性の世紀とは、私たちが人間として、人種、信条、肌の色、宗教、国益といったものを克服し、国家や民族の善よりも人類の善を重視する時代のことである。子供たちのために、私たちの未来のために。求めよ、さらば開かれん。

◉人名・地名・用語一覧

〔日本語〕

アカゲラ川　ルワンダとタンザニアを隔て、ヴィクトリア湖に注ぐ川。

アカゲラ公園（カゲラ公園ともいわれる）　ルワンダ北東部に残された最後の野生の大草原の保護地域。僻地にあるため、ガビロ地域での唯一のＲＧＦの基地は、インテラハムウェの訓練センターではないかと疑われた場所である。ア・カゲラ公園とも呼ばれる。

アガート夫人　アガート・ウィリンギイマナ。暫定政権の首相。ＭＤＲ党員であり穏健派フツ族。九三年四月七日に首相の座につき、九四年四月七日に殺害された。

あごひげ　国連開発計画（ＵＮＤＰ）の護衛官のコードネーム。フランス市民。

アディンクラ（ジョー・）中佐　ガーナ大隊先遣隊指揮官。先遣隊は、主力部隊が作戦と運営を引き継ぐのを容易にするために、主力部隊に先立って派遣される少数の選抜士官から構成される。

アナビ（ヘディ・）　ＰＫＯ局の政治部門、アフリカ担当責任者。

アナン（コフィ・）　平和維持活動担当国連事務次長（一九九三年三月―一九九六年一二月）。一九九七年一月一日から現在まで〔本書執筆時〕、国連事務総長。ガーナ人。

アニドホ（ヘンリー・）准将　ガーナ人のＵＮＡＭＩＲ副司令官。また、一九九四年一月二一日からダレール将軍がルワンダを離れるまで参謀長を務める。

アマホロ・スタジアム　キガリの東端にあるスタジアム、トレーニング施設、駐車場、競技者用宿泊施設をそなえた建物。当時ＵＮＡＭＩＲの司令本部が置かれていた。アマホロとは、キニヤルワンダ語で平和を意味する。

アマリリス作戦　九四年四月に実施されたフランス人国外脱出作戦。

アヤラ・ラッソ（ホセ・）　国連人権高等弁務官であり、九四年五月にルワンダを訪れ、ルワンダで視察した状況をジェノサイドであると述べた。

アラール（ジャン・ヴィクター・）将軍　第二次大戦時の有名な英雄であり、後にカナダ軍総司令官となった。

アルキヴィスト（ペル・Ｏ・）　九四年二月一四日に辞職するまで、首席管理官。

アルーシャ和平合意　アルーシャ協定、アルーシャ交渉、あるいは単にアルーシャとも呼ばれる。RPFとルワンダ政府との間の平和協定は、五つのプロトコル(協定)から成り立っており、ルワンダの内戦を終わらせ、最終的には、デモクラシーと人権保障をルワンダに確立することになる、平和に向けたプロセスを開始するものであった。九三年八月四日に調印。

暗号ファックス　ニューヨークの国連本部とキガリのUNAMIR司令本部の間で確保されたファックス。

安全保障理事会(SC)　国連のそれぞれの国家を代表する大使からなる決定機関であり、国際社会の平和と安全を監視し、確実なものにする責任を負う。理事会は事務総長から報告を受け、また事務総長に指針を与える。安全保障理事会は、平和維持部隊派遣の指令を発令する。

移行政府(BBTG)　広範な勢力からなる移行政府。政治的な袋小路に陥ったためについに設立されなかった。

イネンジ　キニヤルワンダ語で「ゴキブリ」を指す言葉で、過激派がツチ族をこう呼んだ。

インコタニ　キニヤルワンダ語で「勇敢に闘う者たち」。RPFの部隊。

インテラハムウェ　キニヤルワンダ語で、「共に闘う者たち」。支配政党であるMRND党の青年部に所属する好戦的な若者が訓練され、ツチ族に対する民族的憎悪を教え込まれた。当時のルワンダ国旗の赤、緑、黒を配した綿製の野戦服をまとい、マチェーテ[山刀]あるいはカラシニコフをまねた模造銃をもち、多くの場合、暴力行為を煽動した。ジェノサイドの間の殺人の大半の責任は彼らにある。

インプザムガムビ　キニヤルワンダ語で、「ただ一つの目的をもつ者たち」。CDR党の青年集団／民兵が訓練され、武装し、大統領警護隊他のRGFの集団に率いられた。彼らは、インテラハムウェと密接な関係をもっており、ジェノサイドの間、殺戮に手を染めた。

ヴァルカルティエ　第五旅団の本拠地。カナダ、ケベック州ケベック・シティの郊外にある。

ウィリンギイマナ(アガート・)　→アガート夫人

ウォルドラム(ブッチ・)　カナダ空軍退役将軍であり、ニューヨーク現地活動部門に勤務。九四年四月五日にUNAMIRを訪れ、四月六日から七日の事件の間、現地に滞在。その後ナイロビに離脱し、UNAMIR支援の空中輸送路を設立した。

王立カナダ連隊　カナダ陸軍の予備役歩兵連隊。

オーストダル(マイク・)中佐　分遣隊司令官として勤務したカナダの増援士官。

オルビンスキー(ジェームズ・)博士　キガリのキング・フェイサル病院で、ジェノサイドを通じて医師として働いたカナダ人外科医であり、数百、おそらく数千名の命を助けた。

穏健派　難民を帰還させ、人権を尊重する多民族、複数政党による政治権力を樹立しようとした。

カイバンダ(グレゴワール・)　一九六一年の蜂起と独立によって成立したフツ主導のルワンダ政府の代表。一九七三年のハビャリマナのクーデタで退陣させられ殺された。ル

人名・地名・用語一覧

ワンダの前大統領兼外務大臣。

ガイヤール（フィリップ・）　ルワンダにおけるジェノサイドの前、その過程をつうじてルワンダにおける国際赤十字の首席代表。国際赤十字はこの危機の間ずっとルワンダにとどまった唯一の人道機関である。

回廊清掃作戦　RPFの大隊と政治家が、キガリ市内の安全な場所に入るために、安全なルートを用意する作戦。九三年一二月二八日に、アルーシャ和平合意に基づいて実施された。

カヴァルガンダ（ジョセフ・）判事　憲法裁判所長官。

カガメ（ポール・）少将　RPFの軍事組織であるルワンダ愛国軍（RPA）の軍事司令官。ツチ族で、メディアは「アフリカのナポレオン」と呼んでいた。二〇〇〇年四月二二日第五代ルワンダ大統領に就任。

過激派　フツ・パワー（フツ至上主義）を信じ、難民の帰国を好まず、人権を尊重する多民族・多党派間でのデモクラシーに参加することを拒んだ人びと。主に、MRND党とCDR党であるが、RPF以外のすべての党派に存在する。

ガサナ（アナスタセ・）博士　フツ族穏健派であり、四月六日まで外務大臣であった。ハビャリマナ大統領の飛行機が撃ち落とされる直前に、彼は飛行機から下ろされていた。戦闘期間の多くをタンザニアで過ごし、RPFが戦争に勝利した後には元の地位についた。

カジュガ（ロバート・）　インテラハムウェの総裁であり、ジェノサイド期間中のほとんどの殺人の責任者。

ガタバジ（フェリシアン・）　社会民主主義党（PSD党）の党首。ブタレ出身のフツ穏健派として著名であった。

カダフィ十字路　キガリに出入りする多くの主要道路が交差する重要地点で、町の北西の角にあった。

ガツィンジ（マルセル・）大佐　九四年四月七日、ンサビマナの後任としてRGF参謀長に任命されたものの、二週間もせずにオーギュスタン・ビジムング将軍と交代。ブタレ出身の穏健派軍人であり、後にRPFに寝返った。

カナダ第五砲兵連隊　カナダ陸軍常駐部隊のフランス語系砲兵連隊。ケベック州ヴァルカルティエに配置。ダレール将軍はここに配属となり、後に司令官となる。

カニャレングェ（アレクシス・）大佐　RPF議長。フツ族。

カバレ　UNOMUR本部。ウガンダの国境の町カバレに置かれていた。

カビア（アブドゥル・ハミッド・）博士　UNAMIRの行政官。UNOMURの政務官として任務につき、後にキガリに転任。国連外交官であり、豊かな現場経験と本部経験を有する政治専門家。シエラレオネ出身。

ガビロ　アカゲラ国立公園に近い非武装地帯の東側にあるRGFの基地。

カメンジ（フランク・）少佐　UNAMIRへのRPF連絡将校。

カラミラ（フロデュアルド・）　MDR党の副党首

ガレカーン（チンマヤ・）　ブトロス＝ガリの上級政治顧問であり、国連事務次長。

カレンジ（カラケ・）司令官　ＵＮＡＭＩＲへのＲＰＦの最初の連絡将校。

カーン（シャハリヤル・Ｍ・）　パキスタンの職業外交官。一九九四年六月、ブトロス＝ガリによって国連事務総長特別代理に任命された。

『カングラ』　民族的、反ＵＮＡＭＩＲのプロパガンダに満ちた過激派の新聞。

カンバンダ（ジャン・）　ＭＤＲ党の過激派であり、九四年四月七日のジェノサイドをおこなった政府を代表する名目上の首相となった。ルワンダ国際刑事裁判所（ＩＣＴＲ）でジェノシデール〔ジェノサイド実行者〕と認定され、終身刑を宣告された。

キガリ地区　キガリにある司令部で、マーシャル大佐の指揮下にあった。大佐は同時に、メリディアン・ホテルの近くの敷地内に駐屯するベルギー分遣隊の司令官であった。そこはキガリ武器管理地域（ＫＷＳＡ）の内側にあるＵＮＡＭＩＲの作戦領域であり、ベルギー大隊、バングラデシュ大隊、軍事監視員、時にはチュニジアの部隊から構成されていた。

キガリ知事　タルシセ・レンサホ。

キガリ病院　キャンプ・キガリの近くにあった一般病院。

キガリ武器管理地域（ＫＷＳＡ）　キガリの軍事部隊間での合意では、すべての武器弾薬は保管され、武器あるいは武装部隊はＵＮＡＭＩＲの許可と同伴がある場合にかぎって移動できることになっていた。これは、一九九三年の一二月二三日に調印されたが、実際に守られた地域は、市の中央から半径約二〇キロメーターであった。

技術派遣団　問題地域を視察し事務総長に報告するために送られる、多分野からなる偵察あるいは情報収集を目的とする国連チーム。事務総長は、その報告を安保理に報告する。

ギセニ　ルワンダの北西の県で、県都もギセニ。キヴ湖の観光都市であり、過激派ＣＤＲ党の本拠地。

ギタラマ　キガリからほぼ四〇キロの場所で、暫定政府が置かれていた。

キーティング（コリン・）大使　ニュージーランドの国連大使、九四年四月に安全保障理事会の議長となった。

キニヒラ　非武装地帯（ＤＭＺ）の真只中にある放棄された茶プランテーション。アルーシャ和平合意の多くの条文はここで調印された。しばしば中立的な会見場所として使われた。

キニヤルワンダ　ルワンダの公式言語。フツ族、ツチ族、トゥワ族が使う。

キャロル（リンダ・）　ルワンダにおけるカナダ外交官で、一〇〇人をこえるカナダ人を国外脱出させることに成功した。

キャンプ・カノンベ　キガリ国際空港の東端にあったＲＧＦの軍事基地。

キャンプ・キガリ　キガリの中央にあったＲＧＦの基地。司令部、偵察大隊、修理輸送部隊と軍病院／回復センターがあった。

人名・地名・用語一覧

キャンプ・バゴグウェ　北西ルワンダにあったRGFの特殊部隊訓練キャンプ。

強硬派　過激派の別称。

キング・フェイサル病院　最新式の、しかしずっと使われていなかった病院だが、UNAMIRは野戦病院、そして地元民を手当てするために使った。国境なき医師団（MSF）に引き継がれた。

クシュネル（ベルナール・）　フランスの元政治家で、国境なき医師団の創設者。ジェノサイドの間、二度にわたってルワンダを訪れている。

クラース（ウィリー・）　ベルギーの外務大臣で、ルワンダとUNAMIRを一九九四年二月に訪問した。

グラスホッパー　非常に高度の警戒を要する出来事のコードネーム。

グールディング（マラック・）　ジェームズ・ジョナを引き継いだ政治担当の国連事務次長。イギリス人。

クレイス（フランク・）大尉　ベルギー降下特殊部隊士官であり、UNAMIRの情報部門の責任者。

軍事監視員（MILOB）　それぞれの国から国連に派遣された非武装の士官であり、多国籍のチームを構成し、監視、観察、報告任務に送り出された。UNMO（国連軍事監視員）としても知られている。

軍事顧問　ルワンダ軍に派遣されたベルギーとフランスの軍事顧問であり、RGFの中核士官に助言した。

軽歩兵大隊　車両を有しない様々な規模の歩兵部隊。

ケイン（ママドウ・）　国連事務総長特別代理（SRSG）であるブー＝ブー博士の政治顧問。

ケストルート（アンリ・）少佐　キガリ地区の作戦将校。ベルギー人。

県　ベルギーの植民地体制に基づくルワンダの政治単位。九三年から九四年には、ルワンダは知事と副知事をおく一〇の県から成っていた。現在のルワンダは、一一の県／州に分割されている。

現地活動部門（FOD）　PKO局の一部門であり、平和維持活動の展開を支援するために、運営管理と補給（通信、輸送、資金、物資調達、建設、情報システム、契約、一般サービス）を提供する。

憲兵隊　六〇〇〇人からなる降下部隊であり、ルワンダの国家警察部隊。政府に管轄されており、キガリとルヘンゲリに基地があった。ベルギー軍とフランス軍の顧問団によって訓練され、フランスのジャンダルメリをお手本としている。もっぱら政治的に利用されたが、時に軍を補強するために前線にも動員された。

降下大隊　キガリに駐屯したフランス軍パラシュート大隊。九三年一二月に撤退したが、九四年四月に非アフリカ系外国人居住者を脱出させるために舞い戻った。

降下特殊大隊　ベルギー軍パラシュート・コマンド大隊。

降下特殊部隊　RGFのパラシュート・コマンド連隊。

交戦規則（ROE）　任務における軍事力の使用を定めた規則であり、リスク要因の変化にしたがって改訂される。

合同軍事委員会　ダレール将軍、RGF司令官、憲兵隊司令官、RPF司令官によって、目標を設定し、数多くの小委員会からの提案に承認を与えるために構成された。小委員会は、アルーシャ平和合意で求められた撤退、武装解除、動員解除、兵の社会復帰／免責、双方の治安部隊の再統合の過程を細部にわたって計画した。

国連軍事監視員（UNMO）　→軍事監視員

国連事務総長特別代理（SRSG）　国連事務総長に指名された派遣団の政治責任者であり、通常派遣団の長を務める。UNAMIRのSRSGは、九三年一一月から九四年六月までカメルーン出身のジャック＝ロジェ・ブー＝ブー、九四年七月一日よりパキスタン出身のシャハリヤル・M・カーンであった。

国連保護地域　危機に陥った人びとのための保護地域（アマホロ・スタジアム、メリディアン・ホテル、キング・フェイサル病院、ミルコリン・ホテル、ドム・ボスコ校のベルギー軍キャンプなど）。

国連ルワンダ緊急事務所（UNREO）　ルワンダへのあらゆる人道援助努力を調整するために設立された。

コジョ（アペド・）大尉　トーゴ人の軍事監視員でUNAMIR兵士（ベルギー人一〇人とガーナ人五人）に対する一九九四年四月七日の最初の攻撃を目撃した。

国家発展会議（CND）　キガリにある国民議会兼居住用ホテル。RPFの指揮部門と保安大隊はこの建物のホテル側に駐屯した。UNAMIRは国民議会部分を占有し、保安のためにその周辺も占有した。

国境なき医師団　必要とされる場所であればどこにでも医療援助をおこなう独立系の人道医療支援機関。

コミューン　県の下位に位置する政治単位、地方に相当する。

ゴロ（アレイ・）　九四年五月にド・リゾを引き継いだチャド人の首席管理官。

サヴァルド（マルセル・）　元カナダ軍補給将校であり、技術派遣団における国連現地活動部門チームのリーダー。

サリム（サリム・アーメッド・）博士　アフリカ統一機構事務総長、タンザニア人。

サンジャン王立軍事大学（CMR）　カナダのフランス語系軍事大学。ダレール将軍はCMRに士官候補生として入学し、後に司令官として奉職した。

三首脳　モーリス・バリル少将、コフィ・アナン、イクバル・リザにダレール将軍がつけた綽名。

暫定政権　ハビャリマナ大統領によって九三年四月七日に任命され、移行政府（BBTG）が引き継ぐまで権力をもつものとされた。UNAMIRの時期にはアガート夫人が暗殺されるまで、夫人によって率いられた。九四年四月七日、過激派に支配された暫定政権はジャン・カンバンダに率いられて権力を掌握し、九四年七月に敗退してルワンダを追われるまで存続した。

サン＝デニス（ジャン＝イヴ・）少佐　カナダ軍増援士官、国連軍事監視員。

人名・地名・用語一覧

参謀長（COS）　司令官直属の司令部付上級参謀士官であり、職務遂行上、各部門（兵員、作戦、兵站、計画など）の統括に責任を負う。

指揮所　上位の司令部に対して所属する部隊の統率に責任を負う現場司令部。主に、情報伝達、作戦計画、調整に用いられる。

ジャック博士　ジェノサイドがおこなわれている期間、国家発展会議（CND）にいたRPFの政治担当官の戦場名。

シャリエ（ジョゼ・）将軍　ベルギー陸軍参謀長。

ジャン＝ピエール　九四年に武器の隠匿を証言した情報提供者で、かつては特殊部隊員であり大統領警護隊員、インテラハムウェの訓練責任者であった。

首席管理官（CAO）　国連活動で運営管理と補給に責任を負う上級国連文民職員。UNAMIRの最初の首席管理官はアルキヴィスト、後にド・リゾ、さらにゴロに代わった。

シュローダー（ダニエル・）中将　合衆国のアフリカ統合機動部隊のアメリカ人司令官。

小隊　中隊を構成し、中尉に指揮される最大三五名までの部隊。

ジョナ（ジェームズ・O・C・）　シエラレオネ出身の、政治問題担当国連事務次長。のちに マラック・グールディングに交代する。

シルバーバック作戦　九四年四月に実施されたベルギー人の国外脱出作戦であるが、それにはUNAMIRのベルギー分遣隊も含まれた。

シンディクバボ（セオドール・）　フツ族のMRND過激派で、ハビャリマナ暗殺後に暫定政府の大統領に指名された。

人道支援グループ（HAC）　九四年四月一三日国連ルワンダ緊急事務所（UNREO）を密接に支援するために形成され、人道的支援その他の保護を援助した。

人道保護地域（HPZ）　「ターコイズ作戦」によって確保されたルワンダの地域、セクター4とも呼ばれる。

スィネン（ヨハン・）　駐ルワンダベルギー大使。九四年四月に帰国。

聖ファミーユ教会　キガリの中心にある大きな教会／学校の建物であり、ジェノサイドのあいだ、数千人もの人びとの保護地となった。

センダションガ（セス・）　RPFの政治指導者であり、ウガンダのRPFに参加するためにルワンダから逃れた。フツ族。

ソーサ（マニュエル・）少佐　ウルグアイ人軍事監視員で、ロケット砲によって殺された。

ソマリア統合機動部隊（UNITAF）　人道支援物資を届けるための安全な環境を確立するためのもの。

第五旅団グループ　カナダ第五機械化旅団（CMBG）。全兵種がフランス語系カナダ人によって編成される。ケベック州ヴァルカルティエに配置。

第三勢力　和平プロセスを脱線させようと目論む過激派集団に対して、UNAMIRがつけた名称。

大隊　理想的には八〇〇人からなる同じ兵種の兵士の集団で

あり、単一の司令系統にしたがい、統合された一補給部隊と四ライフル部隊からなる。

大統領警護隊　高度な訓練を受け、十分な装備をもつ冷酷非情なＲＧＦの警護隊で、キガリ中心部に本拠をおき、キガリ空港近辺も含めて市街全域に派遣されていた。ハビャリマナ大統領に強い忠誠心を抱く過激派集団。

第七章平和維持活動　国連憲章第七章に基づいて実施される国連平和維持活動を指すために用いられる言葉で、強制力を用いて平和回復することを意味する。

第六章平和維持活動　国連憲章第六章に基づいて実施される国連平和維持活動を指すために用いられる言葉で、古典的意味での平和維持活動を意味する。

ターコイズ作戦　九四年の六月から八月にかけて国連憲章第七章によるフランスの侵攻作戦で、国連の承認をめぐって論争となった。

ダレール（ロメオ・）将軍　九三年一〇月から九四年八月まで、ＵＮＡＭＩＲのカナダ人司令官であり、ＵＮＯＭＵＲの首席軍事監視官。その職にあって九四年一月一日付けで少将に昇進。二〇〇〇年四月二二日オタワにて中将で退官。

チャールズ司令官　キガリにおけるＲＰＦの歩兵大隊司令官の戦場名。

中隊　大隊の下位の単位で、約一二五名で構成される。

ツチ族　人口の約一四パーセントをしめるルワンダの少数民族集団。

ディアグネ少佐　セネガル人ＵＮＡＭＩＲ参謀であり、紛争中は軍司令官の記録係を務めた。

ティコカ（イソア・）大佐　アルーシャ和平交渉の間、国連軍事監視員を務め、後にＵＮＡＭＩＲの主席軍事監視員になった。通称ティコ。フィジー出身。

デ・カント（ヴィレム・）大尉　オランダ軍士官。ダレール将軍によりＵＮＯＭＵＲ勤務からＵＮＡＭＩＲの副官として引き抜かれ、九三年一〇月から九四年三月まで勤務。

デサンデ（ビーデンガー・）　前チャド大使であり、国連事務総長特別代理（ＳＲＳＧ）執務室の政務官。

デメ（アマドウ・）大尉　セネガル人士官であり、ＵＮＡＭＩＲの情報部門に勤務、九四年一月に隠匿された武器を見つけた。九四年四月のベルギー軍離脱にともなって、情報部門の責任者となった。

デルクロワ（レオ・）　ベルギーの国防大臣で、九四年五月にＵＮＡＭＩＲを訪問。

デルポルテ（エディー・）少佐　ベルギー軍憲兵士官。西サハラ国連活動（ＭＩＮＵＲＳＯ）からＵＮＡＭＩＲに移り、ルワンダでは技術的任務を任され、九四年四月まで憲兵隊の分析をおこなった。

ドイル（マーク・）　ＢＢＣのレポーターであり、ジェノサイドの間、ルワンダに残った唯一の記者。

ドゥウェズ（ジョー・）中佐　ルロイ中佐に代って、九四年四月一日から二〇日まで、第二ベルギー降下特殊部隊のベルギー人指揮官。

トゥシナン（ギイ・）少将　九四年八月、ダレール少将に代

人名・地名・用語一覧

わってUNAMIRのカナダ人司令官になった。

トゥワギラムングゥ（フォスタン・） アルーシャ協定で選ばれた移行政権の首相予定者。MDR党のメンバーで九三年から九四年には穏健派フツ族であったが、政治的立場を変え、一九九四年七月にRPFが勝利した後に首相になった。

トゥワ族 人口の約一パーセントをしめるルワンダの少数民族で、主にピグミー族である。

ド・シャステレン（ジョン・）将軍 カナダ軍参謀総長。

ドム・ボスコ校 キガリのベルギー軍基地が置かれた場所。ベルギー軍はそこに何百人ものツチ族を置き去りにし、結果的に彼らが虐殺されることになった。国立技術学校（ETO）とも呼ばれる。

ド・リゾ（クリスティーヌ・） 九四年二月アルキヴィストの出発により、首席管理官の職を引き継ぎ、九四年五月ゴロと交代した。

トロート（フィリップ・）上級伍長 部隊司令官付き運転手。ワロン系ベルギー人降下特殊兵。

南部地区 UNAMIRの一分担地区で、ブタレに司令部をおき、作戦地域はルワンダ南部の政府支配地域である。軍事監視員だけで構成されていた。

ヌンシオ大司教 バチカン法王のルワンダ大使であり、ジュゼッペ・ベルテロ大司教。キガリ外交官団の長老。

ハク（アズルル・）大佐 UNOMUR副司令官、次席軍事監視官（DCMO）、バングラデシュ人。ダレールが、UNAMIRの軍事司令官であると同時にUNOMURで首席軍事監視官としてキガリに滞在していた当時、実際にはUNOMURの次席軍事監視官がこの地域の司令官でもあった。一九九四年二月にベン・マティワザ大佐を引き継いだ。

派遣団地位協定（SOMA） 国連派遣団と受け入れ国の間で、国内法の免責、義務と関税の免除などの行政上法律上の問題に関して結ばれる協定。

派遣団長 国連事務総長より、国連の平和維持活動任務に含まれるすべての部門の全体的指揮を任ぜられた個人。通常は、国連事務総長特別代理が務めるが、UNAMIRでは、部隊司令官が団長を務めた。

バゴソラ（テオネステ・）大佐 国防大臣官房長官、RGF。過激派として知られる。現在ルワンダ国際刑事裁判所での被告人である。

パジク（マレク・）少佐 ポーランド人士官であり、人道支援グループ（HAC）で活動した。人道支援グループのコールサイン「ママパパ」は彼のイニシアルに由来している。

パッセージ作戦 カナダ軍が一九九四年にルワンダ難民への援助を提供するために実施した作戦。

パッテン（ロベルト・ファン・）大尉 オランダ人副官。九四年二月にヴィレム・デ・カント大尉を引き継いだ。

ハビャリマナ（ジュヴナル・）少将 ルワンダ大統領（独裁者）、一九七三年クーデタで権力の座につき、九四年の四月六日の夜あるいは七日の未明、飛行機事故で死んだ。ルヘンゲリ出身のフツ族で、MRND党の設立者であり党首であった。

バラヤグイザ（ジャン＝ボスコ・） 過激派CDR党の指導者の一人。

バリス（ウォルター・）中佐 ベルギー人参謀将校。UNAMIRの副作戦士官として勤務。

バリル（モーリス・）将軍 カナダ人で、国連事務総長の軍事補佐官であり、また、PKO局軍事部門の責任者でもあった。

ハンセン（ピーター・） 国連人道問題担当事務次長。ジェノサイドがはじまって最初にルワンダを訪問した上級国連職員。

ハンラハン（マイク・）大佐 第一「カナダ司令部信号連隊」（1CDHSR）の司令官。

ビアズレー（ブレント・）少佐 ダレール将軍付のカナダ人副官。

ビキャムンパカ（ジェローム・） MDR党のフツ過激派であり、暫定政権で外務大臣に任命された。また、ヨーロッパとニューヨークでジェノサイドに関して偽情報を流し、隠蔽しようとした。

ビジマナ（オーギュスタン・） 国防大臣、MRND党の過激派、フツ族。

ビジマナ（ジャン＝ダマスセネ・） 九三年九月にルワンダの国連大使となり、九四年一月に安全保障理事会のメンバーとなった。

ビジムング（オーギュスタン・）中佐 紛争勃発時に少将に昇進。九四年四月末に、デオグラティアス・ンサビマナの後任マルセル・ガツィンジの後を受けてRGF参謀長となった。フツ族でもさらに過激な至上主義派である。

ビジムング（パストゥール・） RPFの上級政治顧問、RPFの執行部のメンバーであり、情報・書類委員会委員。フツ族。九四年七月から二〇〇〇年五月、ルワンダ大統領。

非武装地帯（DMZ） DMZはルワンダ北部、RPFとRGF軍の間に設けられた。およそ一二〇キロにわたり、最も狭いところで一〇〇メーター、最も広いところで二〇キロあった。DMZは、一九九一年に休戦が実施されたときの最後の双方の前線部隊の位置である。どちらの軍も、非武装地帯に入ることは許されず、OAU中立的軍事監視グループの管轄下に置かれ、後にはUNAMIRに移管された。

ビュシエール（ミヒャエル・）少佐 カナダの士官。ジェノサイドの最中にソマリアから転任し、首席兵員士官（Chief Military Personnel Officer）として勤務。

ビュンバ ルワンダの北中央部にある県で、県都名もビュンバ。UNAMIRの非武装地帯地区司令部があった。RGFのキャンプも非武装地帯に近い同じ地域にあった。ビジマナ（国防大臣）の故郷。

ピンスキー（エレネ・） カナダ人でランドアルド・ンダシングワと結婚、一九九四年四月七日に殺害された。

ファウラー（ボブ・） カナダ国防副大臣。

フィゴリ（ハーバート・）大佐 非武装地帯部門の指揮官。ウルグアイ人であり、一月中旬にUNAMIRを離れた。

人名・地名・用語一覧

フェリ（ジョー・） ＯＡＵの中立軍事監視グループの政治顧問であり、後に、ルワンダにおけるＯＡＵの代表者となった。

ブキヤナ（マルタン・） 過激派ＣＤＲ党の全国代表。九四年二月二一日のフェリシアン・ガタバジの暗殺への報復として、二月二二日、ブタレ近くで穏健派に殺害された。

ブシュネル（プルーデンス・） アメリカ合衆国のアフリカ地区担当の国務次官補。

部隊地位協定（ＳＯＦＡ） 国連部隊と受け入れ国の間で、国内法の免責、義務と関税の免除などの行政上法律上の問題に関して結ばれる協定。

ブタレ ルワンダの南中央にある県で、県都もブタレという。ＵＮＡＭＩＲの南部地区司令部があった。

フツ族 ルワンダの民族的多数派、人口の約八五パーセントを占める。

フツ・パワー ルワンダのあらゆる側面におけるフツ支配を掲げる過激派運動で、多くの政治党派に登場した。

ブトロス＝ガリ（ブトロス・） 一九九二年一月から一九九六年一二月まで国連事務総長。

ブー＝ブー（ジャック＝ロジェ・） 九三年一一月二二日から九四年五月まで国連事務総長特別代理（ＳＲＳＧ）。カメルーンの前外務大臣・外交官。

ブラグドン（パディ・）准将（退役） 国連地雷撤去計画の責任者。

ブラヒミ報告 国連平和維持活動に関する国連の内部報告。ルワンダ以後に作成され、平和維持活動についての国連の能力について改善するよう包括的な勧告をおこなっている。

プランテ（ジャン＝ギイ・）少佐 ジェノサイドの期間中にソマリアからルワンダに転属したカナダ人士官であり、メディア広報担当士官を務めた。

ブルーベレー 国連平和維持部隊員の俗称。部隊員が空色のベレー（あるいは青いヘルメット）をかぶっていることからそう呼ばれた。

ブレイム（マンフレッド・） 国連文民警察部門責任者。

フレシェット（ルイーズ・） 一九九二年から一九九五年までカナダ国連常任代表。一九九七年三月二日から現在（実際には二〇〇六年）まで、国連事務次長。

分遣隊司令官 国連軍に部隊を派遣する各国は、自国の分遣隊司令官を任命して、自国軍の指揮管理に責任を負わせる。分遣隊司令官は、自国軍の訓練と監督に責任を負い、派遣地域と自国との間の連絡網を整備し、自国の分遣隊に関連する事項について、国連軍司令官との唯一の接点となる。しかしこれは二次的な任務であると考えられているため、多くの場合には、分遣隊司令官となった士官は、同時に国連軍の主たる司令官か幕僚に任命される。

分隊 通常八人から一一人の兵士からなり、下級下士官つまり軍曹によって指揮される一団。

ヘイン（アルトゥーロ・） 国連ルワンダ緊急事務所（ＵＮＲＥＯ）の調整官。

ペシェイラ（スザンヌ・） 部隊司令官秘書。パリに拠点を置くユネスコのエクアドル人要員であり、UNAMIRに出向していた。

ペダノウ（マケレ・）　アルーシャの国連政治オブザーバー。

ペトリエ（シャルル・）　ルワンダおよびブルンジにおける次席国連人道調整官。

ベルガセム（モハメッド・）司令官　九三年七月から九四年五月一日までの第一次と第二次のUNAMIRで、OAU中立的軍事監視グループ（NMOG）のチュニジア部隊司令官。病気を理由にカナダに渡り、ふたたび任務に復帰することはなかった。

防衛的態勢　塹壕のように、ある場所を守るために用いられる防衛施設。

防衛用品　鉄条網、砂嚢、波形鉄板、材木などで、ある場所を防御するのに使われるもの。

ポンセ大佐　アマリリス作戦のフランス陸軍司令官。

マクニール（ドン・）少佐　カナダの増援士官。ジェノサイドの間、人道支援部門に所属し、コールサイン「ママパパ1」で知られ、数千人の生命を救う任務にあたった。

マコマー（ジョン・）少佐　カナダの増援士官であり、国連平和維持軍司令官のもとで補給責任者として働いた。

マジムハカ（パトリック・）　RPFの第一副議長、移行政府（BBTG）の青年スポーツ担当大臣、RPFの勝利後は、新政府の大臣となった。多くの場合RPFの首席交渉担当者であった。

マーシャル（リュック・）大佐　ベルギー人、キガリ地区司令官、またUNAMIRベルギー分遣隊司令官。

マッゲン（ピーター・）少佐　UNAMIR司令部の作戦センターのベルギー人上級当直士官であり、バングラデシュの当直士官の監督と訓練にあたった。

マティワザ（ベン・）　UNOMURの副司令官であり、次席軍事監視官。実際には、ダレールがキガリに着任して以来、非武装地帯の実質的司令官となる。九三年九月から九四年二月まで、カバレに滞在した。ジンバブエのズールー族である。

マミラガバ（ベルナール・）　インテラハムウェ全国委員会の指導者。

マルティン（ミゲル・）少佐　ニューヨークにおけるPKO局担当デスク。アルゼンチン軍士官で国連に出向していた。また、同時に、他の多くの任務の担当デスクも務め、九四年一月中佐に昇進。

マルロー（ジャン＝フィリップ・）　フランスの駐ルワンダ大使。

マーレイ（ラリー・）副提督　カナダの国防参謀会議副議長であり、作戦地域で活動に従事している全カナダ軍の責任者。

ミーティング　司令官が部下に命令を発令する会議で、命令グループ、Oグループとも言われる。

民兵　ルワンダの政党はいずれも青年組織をもっており、政党指導者や集会を守るために、政党に忠誠を尽くす防衛隊の役割を果たした。

ムウィニ（アリ・ハッサン・）　タンザニア大統領、アルーシャ和平合意の推進者。

ムゲンジ（ジャスティン・）　PL党党首。強硬派であり、最近ルワンダ国際刑事裁判所に起訴された。

ムセヴェニ（ヨウェリ・）　ウガンダ大統領。NRA（ウガンダ国民抵抗軍）のリーダーであり、RPFの支援者であり支持者であった。

ムニャゼサ（フォスティン・）　臨時政権内務大臣、MRND党の過激派。

ムベイ（ディアグネ・）大尉　セネガル人の軍事監視員であり、アガート首相の子供たちの生命を救ったが、後に、キガリでの迫撃砲攻撃で殺された。

ムリンディ　キガリの北六〇キロにある、元茶プランテーションであり、かつてRPFのルワンダにおける司令部が置かれていた。

メラマ　ルワンダとウガンダを分ける国境であり、タンザニアの国境にも近い。

モエン大佐　UNAMIRの首席作戦士官。バングラデシュ人。

ヤーチェ（クレイトン・）大佐　ガーナ人で、四月七日まで非武装地帯（DMZ）の部門指揮官。その後、キガリに撤退し、ジェノサイドの間、UNAMIRの人道支援部門の責任者を務めた。

ユイッテルへーヴェン将軍　ベルギー軍上級軍事士官であり、クラース大臣と同時にルワンダを訪問した。

輸送機動分隊　兵員と物資の航空機からの受けとり、積載、荷卸し、急派の訓練を受けた三〇人の隊員。

ユニセフ（UNICEF）　国連児童基金

ラジオ・ムハブル　RPFが運営していたラジオ局。

ラジオ・ルワンダ　政府管轄下にあるラジオ局。

ラシーヌ（リュック＝アンドレ・）少佐　カナダ軍の増援軍事監視員で、その卓越した言語能力と幅広い経験を買われて、ダレール将軍が厄介な任務につけた。人道保護地域の地域司令官として偵察隊と共に働き、また人権派遣団との連絡将校として働いた。

ラフォルカデ（ジャン＝クロード・）准将　フランスのターコイズ作戦司令官。

ランカスター（フィル・）少佐　カナダ人の軍事監視員。九四年五月にブレント・ビアズレー少佐を引き継いだ。

ランス作戦　UNAMIR2のためにカナダ軍が一九九四年から一九九六年に実施した作戦。

リィ（アマドウ・）　国連開発計画（UNDP）の駐在代表、UNAMIR以前のルワンダにおける上級国連代表。セネガル人。

リヴェロ（イセル・）　国連PKO局の中央アフリカ担当官、キューバ人

リザ（イクバル・）　PKO局事務次長補。パキスタンの外交官であり、長く国連で勤務した。

リード（ロバート・）海軍少佐　カナダ軍増援士官で、ジェノサイドの期間にソマリアからルワンダに転属した。補給

基地司令官に任命された。

旅団　旅団司令部を中心として多数の部隊から構成される。国と旅団編成によってその人員は異なるが、おおよそ三〇〇〇人から六〇〇〇人規模となる。

倫理コード（別名倫理宣言）　アルーシャ和平合意は、各政治勢力に暫定政権に参加する条件として、倫理宣言に調印するよう求めた。各党派は、それぞれ他の党派の倫理コードの書類に調印しなければならなかった。CDR党はアルーシャ和平合意にも倫理コードにも調印することを拒んだため、RPFと穏健派はCDR党を暫定政権に加えることを拒否した。

ルギウ（ジョルジ・）　ツチ族に対するジェノサイドを煽動したRTLMを運営していた傭兵。

ルサティラ（レオニダス・）大佐　軍事大学学長であり、RGFの上級大佐。後に将軍に昇進。フツ穏健派であり、戦争末期にRPFに寝返った。

ルタレマラ（ティト・）　RPFの議会議員に推薦された。ツチ過激派。

ルヒギラ（エノック・）　大統領官房長であり、前ルワンダ首相、ハビャリマナの腹心。

ルヘンゲリ　北西部の県で県都も同名。ヴィルンガ山脈に位置し、過激派フツ体制の本拠地であり、緊急即応部隊を含む憲兵隊学校が置かれた。

ルロイ（アンドレ・）中佐　九三年一〇月から九四年五月まで、第一ベルギー降下特殊大隊（ＫＩＢＡＴ）司令官。

ルワバリンダ（エフレム・）中佐　ＵＮＡＭＩＲに派遣されていたＲＧＦの連絡将校。一九九四年七月始めに殺害された。

ルワンダ国際刑事裁判所（ＩＣＴＲ）　戦争犯罪を裁くために、国連の援助を受けてタンザニアのアルーシャに設けられた司法機関。

ロイ（アーマンド・）将軍　一九九三年にケベックのカナダ陸軍軍事地域司令官を務めた。

ロス（カム・）大佐　一九九三年春、第一次国連ルワンダ技術派遣団を率い、平和維持部隊の展開を勧告した。ＵＮＡＭＩＲでは、オタワの国防軍総司令部で、カナダ軍の平和維持活動の統括官であった。

ローソン（デイヴィッド・）大使　駐ルワンダ合衆国大使であり、戦争の開始とともに帰国した。

ロタン（ティエリー・）中尉　ベルギーの降下部隊、アガート首相を警護する迫撃砲部隊の小隊長であったが、九四年四月七日に殺された。

ローマン（ジャン＝ピエール・）大佐　ベルギー降下特殊旅団の司令官。クラース大臣と共にルワンダを訪問した。

ンギルムパッセ（マテュー・）　過激派であり、ＭＲＮＤ党総裁。

ンケザベラ（エフレム・）　インテラハムウェの指導者、特別顧問。

ンサビマナ（デオグラティアス・）大佐（後に少将）　ＲＧＦ（陸軍）参謀長、ハビャリマナ大統領の熱烈な支持者であり、九四年四月六日から七日にかけての飛行機爆破で、大統領と共に殺された。

ンジロレラ（ジョセフ・） MRND党の事務総長。

ンタゲルラ（アンドレ・） 過激派であり、MRND党の幹部と目されていた。

ンダシングワ（ランドアルド・） 穏健派PL党のツチ族リーダーで、ランドと呼ばれていた。暫定政府と移行政権の労働社会問題担当大臣であった。シェ・ランドというホテル、バー、レストランのオーナーであり、カナダ人エレネ・ピンスキーと結婚した。家族とともに九四年四月七日に殺された。

ンタリャミラ（サイプリエン・） ブルンジ大統領であり、ハビャリマナ大統領とともに九四年四月六日から七日にかけての飛行機爆破で殺された。

ンディアェ（ババカ・フェイ・）大尉 UNAMIRの部隊司令官副官。セネガル人。

ンディンディリマナ（オーギュスタン・）大佐（後に少将）憲兵隊参謀長で、国防大臣に作戦任務、支援、兵站について報告する立場にあったが、内務大臣に対しても毎日、国内の警察活動について報告していた。九四年三月初めに少将に昇進。フツ族であり、MRND党のメンバー、ハビャリマナを信頼し、支持者であった。現在、ルワンダ国際刑事裁判所（ICTR）に告発されている。

ントゥイラガバ大佐 RGFの軍情報部長。

〔アルファベット〕

CDR党 「共和国防衛のための同盟」を意味し、過激派。ジャン・シランベール・バラヒニュラ、ジャン＝ボスコ・バラヤグイザ、マルタン・ブキヤナに率いられて、MRND党から分派した集団。CDR党指導部は、アルーシャ平和合意と倫理宣言に調印することを拒否したため、移行政府から締め出された。露骨に暴力的な反ツチ派である。

KIBAT キガリ駐留ベルギー大隊の愛称。

MDR党 民主的共和主義運動。現在ではルワンダ民主主義運動として知られており、ハビャリマナ大統領の政権（MRND党）の主要な対立政党であったが、この政党が分裂したことから政治的行き詰まりに陥ってしまった。多くのMDR党メンバーがジェノサイドに加わる一方で、それ以外の者は犠牲者となった。

MRND党 「発展のための革命的国家運動」。一九七五年に当時のハビャリマナ大統領が設立した。ハビャリマナ政権下で与党であったが、一九九三年に「民主主義と発展のための国民共和主義運動」と党名変更した。過激派政党。

NRA ウガンダ国民抵抗軍すなわちウガンダ軍。

OAU アフリカ統一機構。一九六三年に設立された組織で、エチオピアに本部をおく。その第一の目的はアフリカ諸国間の統一と連帯を促進することにある。他の目的、目標としては、アフリカの全体的な生活水準を改善すること、アフリカ諸国の領土的統合と独立を維持すること、そして国際的協力を促進することがある。OAUの参加国はアフリカ五四国のうち五三ヶ国にのぼる。唯一参加していない国はモロッコ王国であり、一九八四年に参加国であったときに西サハラの紛争当時国として認められたことから一九八五年に脱退した。

OAU中立的軍事監視グループ(NMOG)　三〇から四〇の軍事監視員とチュニジアの軽歩兵中隊から構成され、主に非武装地帯に拠点を置いていた。一九九三年一一月一日にUNAMIR1に吸収。

PDC党　キリスト教民主党。ジャン＝ネポムセネ・ナインジラ率いる穏健派政党。

PDI党　イスラム民主党。

PL党　自由党。ランド・ンダシングワとジャスティン・ムゲンジに率いられた穏健派政党であり、実業界といくつかのツチ族グループに人気があったが、九三年九月に民族別に分裂した。

PSD党　社会民主党。統一がとれ影響力を有した穏健政党であり、「知識人の政党」として知られる。フレデリック・ンザムラムバホ、フェリシアン・ガタバジ、テオネステ・ガファランジの三人に率いられ、主に、ルワンダ南部のブタレに本拠をおいた。穏健派フツ族から構成される。

RGF　ルワンダ政府軍。フツ族主流のルワンダ政府陸軍。キニヤルワンダ語とフランス語を話す。

RGF司令本部　キャンプ・キガリに設置されていた。

RGF地区　UNAMIRの一分担地区で、非武装地帯南部のルヘンゲリに司令部をおき、ルワンダ北部の政府支配地域を取り囲んでいた。軍事監視員だけで構成される。

RPF　ルワンダ愛国戦線。ツチ族主流の軍事的政治的運動であり、ウガンダの難民キャンプで集められたルワンダ人難民から構成される反乱軍を訓練した。ウガンダの支援を受けており、英語を話す。カガメに率いられていた。その基になったのは、一九七九年にはじまった国家統一を目指すルワンダ人同盟(RANU)であり、一九八七年にRPFに変わった。

RPF地区　UNAMIRの一分担地区で、RPFの司令部と共にムリンディに司令部をおく。その作戦地域はルワンダ北部のRPF支配地域である。軍事監視員だけで構成される。

RTLM　ミルコリン自由ラジオテレビ。キガリの民間ラジオ局であり、体制内外の過激派分子と強い関係があった。

UNAMIR　国連ルワンダ支援団。

UNAMIR1　アルーシャ和平合意の履行を支援するために、九三年一〇月五日安全保障理事会第八七二号決議によって設立された。

UNAMIR2　ルワンダにおいて危機にさらされている強制移住者、難民、民間人に安全と保護を与えるために、九四年五月一七日安全保障理事会第九一八号決議によって設立された。

UNHCR　国連難民高等弁務官事務所。

UNOMUR　国連ウガンダ・ルワンダ監視派遣団で、UN

人名・地名・用語一覧

ＡＭＩＲの一部門とされた。カバレに司令部を置き、作戦地域はウガンダ・ルワンダ国境のＲＰＦ支配地域の反対にあるウガンダ側である。軍事監視員だけで構成され、ウガンダからルワンダのＲＰＦへの人、武器、物資の流れを監視した。

◉読書案内

おそらく本書を読んだ人たちの中にはもっと詳しくルワンダのジェノサイドについて調べる気になる人たちもいるだろう。以下に掲げるのは、精確で、十分な調査がなされており、事実の提示の仕方がすぐれているという理由から、私がお勧めする書籍と報告書のリストである。これは私の意見と見方を反映した、個人的な読書リストであることを強調しておきたい。

ジェノサイドに至るルワンダの最も優れた簡明な歴史としては、フランスの社会科学者ジェラール・プルニエによる作品『ルワンダ危機――ジェノサイドの歴史』(New York: Columbia University Press, 1995) がある。プルニエはルワンダに暮らして、ルワンダ国民とその歴史について研究してきたルワンダ研究者であり、このような研究は優れた学者ならではのものである。

ジェノサイドの背景、およびその阻止の失敗についての最良の全体的説明としては、リンダ・メルヴァーンの『裏切られた国民――ルワンダのジェノサイドにおける西洋の役割』(London: Zed Books, 2000) がある。私は、この書の著者に情報を提供し、いくつかの章について相談を受けた。しかし調査は彼女の、彼女だけによるものである。彼女は私が知らなかった多くのことを突きとめた。彼女の著作は入手可能な最良の資料の一つである。

アメリカ人学者による二つの価値ある仕事として、サマンサ・パワーの『地獄の問題――アメリカとジェノサイドの時代』(New York: Basic Books, 2002) とマイケル・バーネット『ジェノサイドの目撃者――国連とルワンダ』(Ithaca: Cornell University Press, 2002) がある。この二つの仕事は、ルワンダを事例研究として使いながら、合衆国政府と国連本部における決定の裏側を読者に教えている。一九九四年になぜ誰も助けに来なかったかをもっとよく理解したいと思っている読者に、この二冊を強くお勧めする。

現実のジェノサイドの最良の、また読むのに苦痛を覚えるほど綿密な説明をしたものとして、アメリカの人権活動家であるアリソン・デス・フォージスの『語る者はいなくなった――ルワンダにおけるジェノサイド』(New York: Human Rights Watch, 1999) がある。アリソンは、ルワンダにおける人権の歴史の専門家であり、一九九四年に国際社会を動かしてルワンダに介入させ、ありのままのジェノサイドを白日の下にさらそうとしていた時に、私たちの最も偉大な協力者の一人であった。彼女はアルーシャのルワンダ国際刑事裁判所で証言し、ジェノサイドのあらゆる側面について詳しいと考えられている。

個人的な視点から書かれた、ジェノサイドの悲劇に関して最も心かき乱される説明は、フィリップ・ゴーレイヴィッチの『明日私たちは家族たちと一緒に殺されることをお伝えしたい――ルワンダの物語』（New York: Straus and Giroux, 1998）である〔邦訳『ジェノサイドの丘――ルワンダ虐殺の隠された真実』柳下毅一郎、WAVE出版、二〇〇三年〕。ゴーレイヴィッチはジェノサイド後のルワンダに入り、生存者の話を直接聞いた最初のジャーナリストの一人である。彼はその情報をもとに、魂を直接揺さぶるような作品を生み出した。

ジェノサイド後のルワンダを描いたものとしては、シャハリヤル・カーンの『ルワンダの浅い墓』（London: I.B. Tauris Publishers, 2000）が、いかにして国際社会がジェノサイドの生存者を助けることに失敗したかについての最も完全な説明になっている。カーンはUNAMIRの終わりの時期、国連事務総長特別代理であった。私たちは一ヶ月あまり一緒に勤務したが、私は彼が、ずば抜けた経験をもつ外交官であり、革新者であり、才能ある指導者であり、素晴らしい人間であるということを知った。

UNAMIRに関するカナダ軍の公式の歴史は、ジャック・カストンゲイ博士によって書かれている。彼はサン＝ジャン王立軍事大学の校長を務める軍事史家であり、私が士官候補生としてそこに通っていた頃の教授でもあった。当初から私は、この派遣団に関する公式史が欲しいと思っていた。それは、カナダ陸軍が過去の軍事作戦の期間に作成してきたような種類のものである。カストンゲイ博士はまだ司令本部が置かれている間に派遣地域に赴き、見すごされたままになっていた書類を調べ直した。彼の説明は、ブレント・ビアズレーと私自身が、ジェノサイドの起こった直後に考えていたことを表わしている。

二人の上級士官が、派遣任務期間中の現地での複雑な軍事的指令と政治的作用に関して優れた本を書いている。一つは、私の副司令官であったガーナ軍准将ヘンリー・アニドホによって書かれた『キガリに向けられた砲』（Acca: Woeli Publishing Service, 1997）である。これは経験豊富なアフリカ人兵士である平和維持部隊員の視点で見た派遣団の物語である。ヘンリーは私の下で働き、私の交代要員でもあった。彼にはジェノサイドの期間とその後のルワンダを直接見る機会があった。アフリカ部隊員の指揮に関する彼の洞察はとりわけ貴重である。また彼は同僚の嫉妬と冷淡な政府が待つ国に帰ることになった。UNAMIRのガーナ軍部隊は、ルワンダで勇敢な働きをしたにもかかわらず、その政府からも、軍からも、同朋市民からも十分に評価されなかった。私が挙げておきたいもう一つの著作は、リュック・マーシャル大佐の『ルワンダ　地獄への降下――ある平和維持部隊員の証言一九九三年一二月―一九九四年四月』（Brussels: Editions Labor, 2001）である。彼は、ベルギー分遣隊司令官であると同時に、キガリ地区司令官を務めた。彼は、危機的状況における平和維持活動任務の指揮について第一級の解説をしている。危機的状況では、国への忠誠と任務と道徳性への忠誠との間で引き裂かれる。彼はUNAMIRにおける最も困難な、キガリ武器管理地域で指揮をとった。そして彼の本は、この紛争解決の新時代の複雑な様相についてのきわめて個人的な考察になっている。彼は求められる以上の義務を果たした。彼の行為とその気高い個人的な道徳的基準のおかげで、ベルギー政府が戦場で私たちを見捨て、その上世界の他の国々に支援しないように働きかけようとしている時にさえ、ベルギーが一片の尊厳をもって振る舞ったということを認めさせることになった。その報いとして彼の母国がおこなったのはただ彼を破滅させることだけであった。作戦において指揮を執ることのリスクに関して、これ以上に適切な事例はない。

ジェノサイドの間、私は殺戮を止めるために五五〇〇人からなる緊急国際介入部隊の計画を立てたが、結局採用されなかった。一九九七年、この計画がジョージタウン大学において国際的な軍事分析にかけられ、合衆国陸軍のスコット・フェイル大佐が、和解不可能な紛争防止に関するカーネギー委員会の研究資金を使って研究した。この計画はいくつかの国の上級士官によって評価された。彼らの分析は、フェイル大佐によって『ジェノサイドの防止――どうすれば武力の早期使用がルワンダで成功する可能性があったか』(New York: Carnegie Commission, 1998) として出版された。彼らの判断によれば、計画された介入はうまくゆけばジェノサイドを止めることができただろうし、少なくともその被害者を劇的に減少させたことだろうとのことである。

OAUと国連はいずれも一九九四年のルワンダにおけるジェノサイドについて行き届いた調査をおこなった。私の眼からすれば、二つのうちOAUの報告のほうがより詳細かつ精確である。国連平和維持活動の改革に関するブラヒミ報告は、ラクダル・ブラヒミ大使率いる専門委員会による、国連平和維持活動の努力に関する重要な研究であり、過去十数年にわたるUNAMIRその他の国連派遣で学んだ教訓の読み応えのある概要である。それは、不安定地域における複雑な紛争解決と平和維持活動に応えるために、国連が必要としている改革の概要を述べている。

きっと私は、他にもある優れた解説を見落としていることだろう。それらの著者には申し訳ないと思う。読者には、図書館の目録と書店の棚を、一九九四年にルワンダで起こったことを説明する著作がないか慎重にチェックすることを強くお勧めする。一番大事なことは、若い著作家、ジャーナリスト、学者たちがこの人間の悲劇の研究をつづけ、ジェノサイドに関する理解がますます深まるようになることである。何が起こったかを理解できずに、二度とそれが起こらないとどうして保証できるだろう。

私が推薦したい最後の著作は、新時代を画す報告『我ら民衆?――二一世紀における国連の役割』であり、国連事務総長コフィ・アナンが演説したものである。この報告でアナンは、新しい「人間性のミレニアム」の世紀の難問に対処するよう訴え、紛争に打ち勝つよう主張している。私は紛争をこの眼で見たが、それでもまだ私たちは打ち勝つことができる、そう信じている。

訳者あとがき

本書は、Lt.Gen (ret) Roméo Dallaire with Brent Beardsley, *Shake Hands with the Devil: The Failure of Humanity in Rwanda* (Random House Canada, 2003) の全訳である。原題をそのまま訳せば、『悪魔と握手する——ルワンダにおける人道主義の失敗』となる。原題も捨てがたかったが、ルワンダのジェノサイドについて予備知識がない読者にとってはやや暗喩的で分かりにくい題名のように思われた。ダレールは、本書の執筆動機をほぼ次のように語っている。なぜアフリカの小さな、貧しいが美しい国でジェノサイドがおこなわれたのか、国際社会はその事実を知っていながら何の手だても講じることなく、約八〇万人もの人びとの生命を殺戮者の手に委ねることになったのか、その顚末を現場の責任者であったPKO部隊司令官ダレールの立場から「説明する」ことにある。このことを踏まえて、書名は『なぜ、世界はルワンダを救えなかったのか——PKO司令官の手記』とした。底本には初版ハードカバー版を用いたが、二〇〇四年のペーパーバック版とはかなりの異同があるため、ペーパーバック版で修正されたと思われる部分はそれに依拠した。なお本書は、カナダでベストセラーとなり、二〇〇四年のカナダ総督文学賞（ノンフィクション部門）を獲得している。

ルワンダから帰国後のダレールの経歴については一五章でも触れられているが、補足しておけば、一九九四年に、陸軍（地上軍）副司令官とカナダ第一師団司令官を兼任し、さらに九五年ケベック地域地上軍の指揮を執ることになった。翌九六年には参謀長に昇進し、国防司令部の次官補（人事）スタッフの一員となる。九八年、次官補（軍事ヒューマン・リソース担当）になり、九九年年には士官専門教育に関する国防参謀総長の特別顧問に任じられる。

本国勤務に戻り順調に出世コースを辿ったように見えるが、ダレール自身が序で述べているように、彼は重い心的外傷後ストレス障害（PTSD）にかかっており、二〇〇〇年、アルコールと薬物の大量服用で自殺を図り、昏睡状態に陥っているところを公園で発見された。他にも何度か自殺を試みた。いまなおカウンセリングと薬物治療をつづけている。

陸軍を病気除隊後、ダレールは戦争被災児問題と小火器拡散禁止に関するカナダ政府特別顧問を務めた。その後ようやく本書を書き上げ、二〇〇三年に出版して高い評価をえた。また本書でも予告されていたとおり、〇四年一月ルワンダ国際刑事裁判所の法廷に立ち、バゴソラ大佐に対する証言をおこなった。結局バゴソラは、〇八年、ジェノサイドとベルギー兵士一〇名の殺害の命令責任を問われて有罪（終身刑）を宣告されることになる。また二〇〇四年にダレールは、ジェノサイド一〇周年のための追悼式典に出席するために、ルワンダを再訪して講演をおこなっている。この旅の様子はShake Hands with The Devil: The Journey of Romeo Dallaire (2004), co-produced by CBC, White Pine Pictures, The Documentary Channelとして映像化され、日本でもＮＨＫで『元ＰＫＯ部隊司令官が語るルワンダ虐殺』として放映された（是非再放送をお願いしたい）。

二〇〇四年から〇五年には、ハーバード大学ジョン・Ｆ・ケネディ行政大学院のカー人権政策センターでフェローとして研究した。当時、センター長を務めていたのがマイケル・イグナティエフである。〇五年、当時の首相で自由党党首ポール・マーティンの推薦で上院議員に任命され、ケベック代表の自由党員として活動する。同年、ピアソン平和メダルを授与される。マーティンの辞職後の自由党党首選では、〇六年から自由党下院議員を務めていたイグナティエフを強く押して運動した。また現在も、モントリオール・ジェノサイド及び人権研究所（ＭＩＧＳ）の上級研究員などを務めており、紛争解決、平和構築、少年兵問題、武器拡散防止などについて研究や指導、講演をつづけている。

私が本書に出会ったのも、イグナティエフの著作をとおしてである。二〇〇〇年に出版されたイグナティエフ『ライツ・レヴォリューション』（金田耕一訳、風行社、二〇〇八年）を入手して読みすすめるうちに、世界の人権革命において中心的な役割を果たしているカナダを象徴する人物として、前ユーゴスラビア国際刑事裁判所主任検察官としてミロシェヴィッチの民族浄化策を告発し、後に国連人権高等弁務官になったルイーズ・アーバーとともに、ロメオ・ダレール将軍の名を挙げていることに興味を引かれた。アーバーについてイグナティエフは『ヴァーチャル・ウォー――戦争とヒューマニズムの間』（金田耕一・添谷育志・髙橋和・中山俊宏訳、風行社、二〇〇三年）の「正義と報復、一九九九年七月」で次のように述べている。「アーバーが実効化することをその任務としている道徳的普遍主義――南東ヨーロッパの小さな村でおこなわれた戦争犯罪は、彼らの問題であるのと同じように私たちの問題でもあるという考え方――は、この仕事を引きうけたときに考えていたほどには普遍的なものではないということがわかってきた」。彼女はルワンダ国際刑事裁判所でも主任検察官を務め、暫定政府首相ジャン・カンバンダの有罪（終身刑）を勝ちとったが、ルワンダでのジェノサイドが八〇万人の虐殺という驚くべき規模であるにもかかわらず、「誰の関心も惹かない」ことを認めている。イグナティエフによれば、アーバーはその任務をつうじて、「ヨーロッパの道徳的想像力が予想したとおり不公平であることをたっぷりと学んだ」ということになる。

本書を読むと、安全保障理事会の迷走、国連の貧困なリソースと官僚主義的無能、大国（特にアメリカ合衆国とフランス）の見事なまでのダブルスタンダード、国益優先の国際政治の権謀術数、植民地主義によって増幅された民族対立の根深さなど、ジェノサイドの背景にはさまざまな要因が複雑に絡み合っていることが分かるだろう。しかしルワンダのジェノサイドの究極的な原因を突きつきつめていえば、それはまさしくアーバーが学んだ私たちの道徳的想像力の不公平さであるといえる。ダレールとアーバーは道徳的普遍主義という高邁な理想を実効化することを任務とする行動の人である。しかし彼らは、ヨーロッパあるいは先進諸国の人びとが掲げる道徳的普遍主義が、口先だけのものでしかないという現実に直面する。私たちは人道主義を口にしながら、遠い場所にある、たいして影響力のない国に暮らす人びとが陥っている恐ろしい惨状には無関心でいられる。私たちの道徳的想像力は、それほど不公平で貧困なのである。

その意味で、本書はジェノサイドによって無惨に命を奪われた人びと、家族を奪われた人びと、強制的に家を追われた何百万もの人びとの物語ではない。(注) 本書は何よりも、ジェノサイドの真只中で孤軍奮闘して、なんとか道徳的普遍主義を意味あるものにしようとして果たせなかった、一人の「人道主義の戦士」の物語である。また同時に、ジェノサイドがおこなわれるのをただ傍観していた国際社会、人間性について語りながら人間性が破壊されるままにしていた世界中の人びと、つまり私たちの物語である。

ルワンダのジェノサイドについて知ることは、人権の時代にあってもなお私たちの道徳的想像力が人間性を支えるにはどれほど貧困で不公平なものであるかを知ることである。また、道徳的普遍主義を現実のものにするためには、道徳的アピールだけではなく、具体的な力がどれほど必要であるかを知ることである。私たちは民族紛争の時代の現実にそくして自分たちの道徳的想像力をいかにして鍛え上げることができるのだろうか。またどうすれば、道徳的普遍主義を本当の意味で具体的なもの、実効力のあるものにすることができるだろうか。本書がそれを考えるための出発点になることを期待したい。世界各地で紛争が生じ、ＰＫＯ派遣がアジェンダになっている昨今の状況を考えれば、今なお本書は読まれるべき価値があると信じている。

本書は、本来であればもっと早くに出版されるべき書物であった。ジェノサイドからダレールが原著を書くまでに約九年、私が翻訳を企図してから出版するまでにさらに八年もの歳月がすぎてしまった。当初は数人で共訳というかたちを考えていたが、さまざまな事情で協力者を集めることができなかったため、私の個人訳ということになった。加えて私自身が体調を崩したおかげで、翻訳は遅々として進まず、長い間机の片隅に放置されることになってしまった。本書の出版が遅れたことの責任の大半は私にある。

また、本書はその性格上、訳者の本来の専門ではない領域の用語が頻出する。かなり調べ上げたつもりだが、それでも専門家からすれば不適切な語句・表現があるかもしれない。個人訳によって生じうる誤訳悪訳もふくめて、読者諸兄のご指摘ご批判を賜りたい。

訳者あとがき

本書を翻訳中、ルワンダのジェノサイドとＰＫＯの失敗の物語を熱っぽく語る私の話に耳を傾け、是非早く翻訳を仕上げて出版すべきだと励ましてくれた友人、同僚諸氏に感謝したい。また私の体調が最悪であった時期に、本書の一部を一緒に読んでくれた早稲田大学政経学部の「英書購読」の受講生の諸君にお礼を言いたい。ようやく彼らとの約束を果たすことができたわけである。今では社会人となっている彼らが、本書を読んでどのような感想を抱くのか、是非聞いてみたいと思っている。

いつも翻訳出版を引き受けていただいている風行社の犬塚満さんは、私がルワンダのジェノサイドとダレールが果たした役割について説明すると、即座に本書の意義を理解してくださり、出版を快諾してくださった。それにもかかわらず私の個人的な事情で、なかなか原稿をお渡しすることができなかった。犬塚さんは私の体調を気遣いながら気長に待ってくださり、時には叱咤激励してくださった。最後には、丁寧に校正刷りに目をとおして多くの誤訳や勘違いを指摘してくださるなど、単なる出版編集者の仕事をこえた大変なご苦労をおかけすることになってしまった。犬塚さんのご尽力なしには、ここまでたどりつくことはできなかった。心から感謝する次第である。

二〇一二年七月

金田耕一

（注）ルワンダの人びとの経験した地獄については、読書案内にも紹介されているフィリップ・ゴーレイヴィッチ『ジェノサ

イドの丘』の他に、日本語で読めるものとして、レヴェリアン・ルラングァ『ルワンダ大虐殺――世界で一番悲しい光景を見た青年の手記』（山田美明訳、晋遊舎、二〇〇六年）、イマキュレー・イリバギザ／スティーヴ・アーウィン『生かされて。』（堤江実訳、ＰＨＰ研究所、二〇〇六年）、アニック・カイテジ『山刀で切り裂かれて――ルワンダ大虐殺で地獄を見た少女の告白』（浅田仁子訳、アスコム、二〇〇七年）がある。また、映像作品として、本書にもたびたび登場するミルコリン・ホテルの支配人ポール・ルセサバギナを主人公とした『ホテル・ルワンダ』（テリー・ジョージ監督、日本公開二〇〇六年）、またベルギー分遣隊の撤退によって保護していたツチ族が虐殺されたドム・ボスコ校の悲劇を描いた『ルワンダの涙』（マイケル・ケイトン＝ジョーンズ監督、日本公開二〇〇七年）がある。

[訳者紹介]

金田耕一（かなだ　こういち）

1957 年広島県生まれ。
早稲田大学大学院政治学研究科博士課程単位取得。博士（政治学）。政治学／政治理論専攻。日本大学経済学部教授。
主要業績
『メルロ・ポンティの政治哲学――政治の現象学』（早稲田大学出版部、1996 年）、『現代福祉国家と自由――ポスト・リベラリズムの展望』（新評論、2000 年）、『現代政治理論』（共著、有斐閣、2006 年）、マイケル・イグナティエフ『ヴァーチャル・ウォー――戦争とヒューマニズムの間』（共訳、風行社、2003 年）、バーナード・クリック『現代政治学入門』（共訳、講談社、2003 年）、マイケル・イグナティエフ『人権の政治学』（共訳、風行社、2006 年）、マイケル・イグナティエフ『ライツ・レヴォリューション――権利社会をどう生きるか』（風行社、2008 年）、T・ガートン・アッシュ『フリー・ワールド――なぜ西洋の危機が世界にとってのチャンスとなるのか？』（共訳、風行社、2011 年）。

なぜ、世界はルワンダを救えなかったのか――PKO司令官の手記

2012年8月25日　初版第1刷発行
2020年2月20日　初版第2刷発行

著　者　ロメオ・ダレール
訳　者　金　田　耕　一
発行者　犬　塚　　満
発行所　株式会社 風 行 社
〒101-0064　東京都千代田区神田猿楽町１－３－２
Tel. & Fax.　03-6672-4001
振替　00190-1-537252
印刷・製本　中央精版印刷株式会社
装　丁　矢野徳子（島津デザイン事務所）

ISBN978-4-938662-89-9